Pepi Tichler

Wasserwald

Ein Linz-Krimi

bayerverlag 2018

Pepi Tichler ist 1952 in Linz geboren und lebt da heute noch mit seiner Familie. Er war Banker, doch seine wahre Leidenschaft, gehört dem Schreiben. Pepi Tichler erfindet seit seinem 15.Lebensjahr Geschichten. Bis vor ein paar Jahren nur für sich und seine Freunde.

2015 erschien sein erster Roman, die *Tichler-Saga*. Nun veröffentlicht er seinen ersten Krimi.

Impressum

ISBN 978-3-902952-64-6
BayerVerlag, Wilhering

Auf FSC-zertifiziertem Papier gedruckt und gebunden bei Mayer Print und Repro, St Florian – das verringert die Transportwege, das Geld bleibt im Land, sichert Arbeitsplätze und die hohen österreichischen Umweltstandards.

Für meinen Enkel Moritz

Lass dich immer von deiner Phantasie beflügeln.
Träume deine Träume – und lebe sie.
Denke das Unmögliche.

Vorwort

Als ich meinen ersten Roman herausgebracht hatte, die ‚Tichler-Saga', war ich – und bin es bis heute – überrascht von den vielen positiven Rückmeldungen. Ich wusste ja nicht, ob mein Geschreibsel irgendjemanden interessierte.

Und so wurde ich auch immer wieder darauf angesprochen, ob ich wieder mal was veröffentlichen wollte. Den Plan dazu hatte ich nicht wirklich, war doch die ‚Tichler-Saga' ein einmaliges Projekt, bei dem ich einen Punkt aus meiner ‚List-to-do-before-you-die' abarbeitete.

Da ich aber doch ein ziemlich leidenschaftlicher Schreiber bin, machte ich mich eines Tages daran, einen Krimi zu beginnen. Warum einen Krimi? Weil ich selbst – was Filme und Bücher anbelangt – ein Krimi- und Thriller-Fan bin.

Und ich habe ihn in Linz angesiedelt. Weil ich ja mein ganzes Leben in Linz verbracht habe und mich da am besten auskenne. Und die Leser werden sicher den einen oder anderen Schauplatz wiedererkennen.

Jänner 2018
Pepi Tichler

PS: Die Handlung, alle Personen und Firmen, die in diesem Roman eine wesentliche Rolle spielen, sind frei erfunden. Eine Ähnlichkeit mit lebenden oder verstorbenen Personen wäre rein zufällig und nicht beabsichtigt.

Prolog

Dienstag, 10. Juli

Nicht zu glauben, dass es hier zwischen Leonstein und Molln so eine große Verkaufshalle gab. Wie's eben das Programm einer Verkaufsfahrt vorschrieb, besuchten sie heute eine Teppichhandlung. Hubert und Magda Mibitsch hatten nicht vor, auf dieser Reise irgendetwas zu kaufen. Beide waren schon in Pension und wollten sich nur auf günstige Art und Weise ein paar schöne Tage machen.

Gestern Nachmittag hatten sie sich einen Vortrag über Matratzen anhören müssen. Der hatte dreieinhalb Stunden gedauert. Sie hatten in dieser Zeit den *Seminarraum* nicht verlassen dürfen. Eigentlich eine Frechheit. Aber sie hatten zwischendurch Kaffee und Kuchen bekommen. Der Dimitri und die Amelie hatten am Ende Matratzen bestellt. Übernachtet hatten sie in einem Hotel in der Nähe von Trattenbach – ziemlich in der *Einschicht*. Das Abendessen dort war ganz gut gewesen. Aber die Getränke im Hotel waren relativ teuer gewesen. Aber was sollte es? Die ganze dreitägige Reise hatte nur 50 € gekostet. Für zwei Personen! Ein Schnäppchen!

Hier in der Teppichhandlung wurden sie von einem in Vorarlberg gebürtigen Türken empfangen. Er sprach in perfektem vorarlberger Dialekt, *odr*? Er meinte, er sei der Projektleiter. Welches Projekt? Das Projekt schien den Namen »*Einem-Rudel-Ahnungsloser-ein-paar-Teppiche-verkaufen*« zu haben. Sie erfuhren, dass es in der Türkei über 200 Teppichfabriken gäbe. Und diese Teppichhandlung würde ausschließlich Teppiche aus der Türkei vertreiben. Und alle türkischen Fabriken würden von der türkischen Regierung gefördert. Aha, Hinweis 1: »Regierung«, das bedeutete, dass hier alles seriös war! Die Gebäude der türkischen Teppichfabriken würden von der Regierung errichtet und sie würden 20 Jahre lang miet- und betriebskostenfrei sein. Daher konnten die Teppiche so günstig hergestellt werden. Aha, Hinweis 2: die Teppiche waren ausgesprochen billig.

Zuerst erfuhren sie, wie die Teppiche hergestellt wurden. Dazu hatte man eigens Knüpferinnen aus der Türkei eingeflogen. Sie wurden in einen Raum geführt, in dem ein paar ältere, fremdländisch aussehende Frauen hockten. Sie waren folkloristisch gekleidet (wie eben die Durchschnittstürkin zur Arbeit ging) und knüpften ein paar Millionen Knoten pro Quadratzentimeter – drum sah man auch nicht, dass wirklich was weiterging. Hubert und Magda erfuhren bei dieser Gelegenheit aus dem Mund des vorarlberger Türken alles über Seidenraupen und wie daraus Seidenfäden gesponnen wurden. Magda flüsterte »das werden wir jetzt zu Hause auch probieren«.

Kurz darauf ging's aber ans Eingemachte. Die kleine Gruppe – sie waren 22 Personen, die Reiseleiterin hatte sich abgeseilt – wurde in einen großen Raum geführt. Sie mussten sich alle im Halbkreis hinsetzen. Teppichvorführung!

Aber vorerst wurden sie noch auf die Folter gespannt. Sie erfuhren, wie sozial die türkischen Teppichfabriken eingestellt waren und wie gut es die arbeitende türkische Landbevölkerung hatte, seit sie nicht mehr auf den staubigen Feldern arbeiten mussten, sondern in den Fabriken locker ein paar Teppiche knüpfen konnten. Der Vorarlberger meinte, dass »*jede Knüpferin nach einer halben Stunde Knüpfen eine halbe Stunde Pause*« hätte. Das entlockte den Verkaufsfahrt-Reisenden kein müdes Lächeln. Aber sie waren ergriffen. Als den meisten ein paar Tränen über die Wange rollten, wurden Raki und türkischer Kaffee serviert – jetzt am Vormittag! Das förderte die Kauflust. Eine ganze Armee von Teppichherbeischleppern erschien. Ein Teppich nach dem anderen wurde aufgerollt. Immer wieder ging ein Raunen durch die Masse – *Masse* , das waren die 22 Verkaufsfahrt-Reisenden.

Mittlerweile hatte sich ein gutgekleideter älterer Herr mit Halstuch und Pferdeschwanz dazugesellt. Er wurde als Archäologe vorgestellt. Was tat der hier? Naja, er sei Sachverständiger für antike Sachen. Er saß die ganze Zeit geduldig und wortlos in der Gruppe. Nur einmal stand er auf, deutete auf das Muster eines eben aufgebreiteten Teppichs und sprach die bedeutungsvollen Worte »Das sind antike Blütenblätter!« Tosender Applaus. Er verneigte sich. Setzte sich wieder. Leider hatte er nur diese eine unbedeutende Nebenrolle.

Hubert und Magda lernten – ebenso wie ihre Reisekollegen – auch gleich, wie man einen handgeknüpften Teppich von einem Fabriksteppich unterschied. Denn das war wesentlich! Ein Fabriksteppich hielt höchstens 10 bis 15 Jahre, eben so lange, bis man sich abgesehen hatte und ohnedies einen neuen wollte. Dagegen wurde ein handgeknüpfter ein paar hundert – oder tausend? – Jahre alt. Bei diesem hatte man keine Chance, ihn loszuwerden – man musste ihn bis zu seinem Lebensende anschau'n.

Nun kam der Höhepunkt. Ein etwas größeres Taschentuch wurde von zwei Männern hereingetragen. Das war ER! Nämlich der Seidenwandteppich, den man dem Papst geschenkt hatte. Einige stellten sich die Frage, warum er dann noch hier war. Eine Knüpferin, *»eine arme Frau, deren Mann gestorben ist«*, hatte in ihrer Traurigkeit *»fünf Jahre lang«* daran herumgeknüpft. Der Vorarlberger las feierlich ein von weiteren zwei Mann herbeigebrachtes Dankschreiben des Papstes vor.

»Ich entbiete meinen allerherzlichsten Dank… blablabla… unendlich kostbares Stück… blablabla… an dem fünf Monate lang geknüpft wurde…«

»Fünf Jahre!« unterbrach ihn Ingrid Lehn. Sie war schon über 70, aber geistig ziemlich rege.

»Äh nein, fünf Monate…«

»Aber, sie haben vorher gesagt fünf Jahre.«

»Ja… äh… fünf Jahre… äh… fünf Monate… äh… das war der andere. Aber schauen Sie, ich möchte Ihnen jetzt noch ganz was anderes, was ganz Besonderes zeigen…«

Als die ausgebreiteten Teppiche eine Höhe von einem halben Meter erreicht hatten, war die Vorführung zu Ende. Sie wurden aufgefordert, sich jetzt noch *»ganz zwanglos und in Ruhe«* die Räume anzusehen. Kaum war Hubert aufgestanden, hatte eine junge Dame seine Hand ergriffen. Verwirrt blicke er sie an. Sie sei Rosanna, meinte sie. Aha. Sie würde ihm jetzt die Teppiche zeigen. Aha, welche Teppiche? Na, was er wollte. Nein, er musste auf's Klo!

Weit gefehlt, wenn er glaubte, so einfach davonzukommen. Als er vom Klo zurückkam, spähte er vorsichtig nach links und rechts, um sich unauffällig zu verdrücken. Aber Rosanna wartet mit Magda vor der Klotür auf ihn. Magda hatte ihr mittlerweile erzählt, dass sie eher an modernen Teppichen interessiert wären. Schwerer Fehler! Na klar, Rosanna wollte ihnen jetzt die moderngemusterten Teppiche zeigen.

»Ich will aber gar keine sehen!« sagte Hubert.

»Ja, aber ansehen kostet nichts, wir haben so schöne Stücke«, konterte Rosanna.

»Ich kaufe aber sicher keinen.«

»Wer sagt denn was von ‚kaufen', nur eben ‚ansehen'.«

Sie rollte drei Teppiche vor den beiden auf. Magda und Hubert schauten gelangweilt. Sie rollte noch drei auf.

»Schön, nicht wahr?«

»Ja«, brummte Hubert.

»Sie sind alle wunderschön.«

»Ja.«

»Welcher gefällt Ihnen?«

»Gar keiner.«

»Aber einer muss Ihnen doch ein wenig besser gefallen, als die anderen«

»Ja.«

»Ja?«

»Ja.

»Welcher?«

»Dieser.«

»Ja, dieser ist wunderschön. Und die Farbe! Und die Schattierungen! Es ist unser schönster Teppich.«

»Ja.«

»Darf ich sagen, wieviel er kostet?«

»Ist mir wurscht.«

»Er kostet… er kostet… 2.000 €.«

»Aha.«

»Nur (!) 2.000 €.«

»Aha.«

»Ist er zu teuer?«

»Nein.«

»Ja und?«
»Wir kaufen keinen Teppich.«
»Warum nicht?«
»Wir gehen jetzt.«
»Darf ich Ihnen noch…«
»Wir gehen jetzt.«
»Aber wir haben doch noch…«
»Wir gehen jetzt. Wo ist der Ausgang?«
»Ich zeige Ihnen.«
Dann meinte Rosanna noch zu Magda: »Ist der immer so?«
»Wie ist er denn?« fragte Magda.
»Na, so… ‚bestimmt'.«
»Ja.«
»Wie lange sind Sie schon verheiratet?«
»Lange.«
»Und da ist er immer noch so?«
Rosanna ließ die beiden schließlich vor einer unauffälligen Tür stehen. Sie traten durch. Tatsächlich, das war der Ausgang. Alleine – ohne Unterstützung – hätte man das Verkaufsgelände niemals verlassen können. Den Verkäufern entrinnen konnte man erst, wenn sie sich geschlagen gaben. Na, wer würde denn hier wirklich was kaufen? Hubert meinte, er würde sein letztes Hemd verwetten, dass hier niemand von der Reisegruppe was gekauft hatte.

Sein letztes Hemd wäre schnell weg gewesen. Mehrere hatten Teppiche erstanden. Sie kauften sich zwar abends kein Bier im Hotel, weil es zu teuer war, aber wenn die Teppiche ja gar sooo günstig waren… Hubert kam mit Manfred Pfähl ins Gespräch. Manfred erzählte stolz, dass er einen Seidenwandteppich gekauft hatte. Um 7.000 €. Hubert blickte ihn mit weit aufgerissenen Augen an. Sicher sagte er gleich, dass das ein Scherz war.

»Naja«, meinte er, »ich wollte eigentlich eh gar keinen Teppich. Aber *der da* hat ursprünglich 35.000 € gekostet – und *die da* sind immer weiter heruntergegangen.«

»Aha.«

»Als ich dann gesagt habe, dass ich mir auch 7.000 € nicht leisten kann, haben sie mir angeboten, dass ich nur 5.000

bezahlen muss und dafür einen alten Teppich ‚zurückgeben' kann.«

»Aber…«, sagte Hubert erstaunt, »das sind ja 80% Preisnachlass!«

Hinter ihnen hörten sie einer Plumpser. Dimitri Orrov war gerade in Ohnmacht gefallen. Er hatte auch einen Teppich gekauft. ‚*Äußerst günstig*'. Er hatte ihn von 4.000 € auf 3.600 € heruntergehandelt. Geschah ihm recht – Dimitri war eh ein Ungustl.

Tragödie in den Bergen

Zu einem folgenschweren Unfall kam es gestern auf einer Bergstraße zwischen Weyer und Gaflenz. Ein vollbesetzter Bus kam auf einer sogenannten »Verkaufsfahrt« von der Straße ab, stürzte etwa 20 Meter über einen Abhang und überschlug sich dabei mehrmals. Dabei kamen sieben Menschen (fünf Frauen und zwei Männer) ums Leben. 15 Personen, sowie der Lenker Martin L. und die Reiseleiterin Helena M. wurden teils schwer verletzt von neun Rettungswagen und dem Notarzt-Hubschrauber ins Landeskrankenhaus Steyr eingeliefert. Die Unfallursache dürfte bei einem Bremsversagen liegen. Genaue Untersuchungen wurden eingeleitet.

Steyrer Nachrichten, 12. Juli

Einige Jahre später

Du denkst, dass sie ‚hoch geflogen und tief gefallen' ist. Hast ihr noch nachgeblickt, als sie unter dir verschwand. Du wunderst dich, wie einfach es gewesen war. So ein kleiner Stoß. Du hattest gedacht, dass sie schreien würde. Schreien im Fall. Aber sie war vollkommen lautlos entschwunden. Du denkst nicht mehr an sie. Du denkst an ihn. Und hoffst, dass er nun endlich anerkannte, dass er Schuld auf sich geladen hatte – dass er seine Schuld erkannte. Du stellst dir vor, wie sehr er sie vermissen würde. Bis an sein Lebensende vermissen. Du stellst dir sein Gesicht vor, von Tränen überströmt. Ein Ozean voll Tränen. Du stellst dir vor, wie sein Herz zerbricht, wie der Schmerz über ihn kommt, eine Welle nach der anderen. Wellen des Schmerzes, Wogen des Schmerzes. Du hast ihn bestraft. Denn er ist schuldig. Du hast ihn bestraft, denn du hast die Macht. Du bist fröhlich, als du dich an den Abstieg machst.

Sonntag, 16. Oktober

Nick blickte auf den verrenkten Körper, der etwa vier Meter unter ihm lag. Die Frau bewegte sich nicht. Das sah nicht gut aus.

Nikolaus Aerchen – wurde aber nur Nick genannt – war seit 30 Jahren Bergretter und gehörte damit zu den Erfahrensten. Mit fünf Bergkameraden vom Bergrettungsdienst Spital am Pyhrn hatten sie einen zweistündigen Aufstieg hinter sich. Mit ihnen waren zwei Sanitäter und ein Notarzt gekommen. Es war ein durchaus nicht alltäglicher Einsatz. Die zentrale Bergrettung hatte um 09.11 Uhr auf der Nummer 140 einen merkwürdigen Notruf erhalten. Merkwürdig deshalb, weil die Anruferin nur ein einziges Wort gesagt hatte. »Hilfe!« Normalerweise beschrieb der Anrufer eines Notrufs, wo er sich befand, bzw. wo er weggegangen war oder wo sein Ziel lag. Und vor allem, warum er in einer Notlage war. Der Anruf war von einem Handy gekommen, daher konnte man es orten und sie hatten auch ein ziemlich genaues Ziel, als sie aufgestiegen waren.

Und als er nun hinunterblickte auf die reglose, am Bauch liegende Frau mit einem Rucksack am Rücken, hatte er ein ganz flaues Gefühl im Magen. Womöglich war sie nicht mehr am Leben. Sie lag auf einem Felsvorsprung. Um zu ihr zu gelangen musste man sich ein paar Meter abseilen, denn von unten schien es keinen Zugang zu geben.

»Tom«, fragte er den Arzt, »steigst du mit mir ab?«

»Eh klar«, war die sofortige Antwort. Tom war begeisterter Bergsteiger, wie er.

Sie seilten sich an, und begannen den kurzen Abstieg. Gesichert wurden sie von ihren Kameraden. Als sie bei der Frau waren, beugte sich Dr. Thomas Endscheri über die Frau. Er tastete am Hals nach ihrem Puls. Bekümmert zog er die Stirn in Falten. Tastete am Handgelenk.

»Kein Puls«, seufzte er, »komm, hilf mir, sie umzudrehen.«

Vorsichtig drehten sie die Frau auf den Rücken. Oh, mein Gott! Nun war am ersten Blick zu sehen, dass die Frau tot war. In ihrem Schädel klaffte ein riesiges Loch. Franz untersuchte sie oberflächlich.

»Ich würde sagen, die hat keinen einzigen heilen Knochen mehr am Leib. Sie muss aus großer Höhe gestürzt sein.«

Sie blickten die Felswand hoch.

»Na, wenn sie hier heruntergestürzt ist, waren das gute 200 Meter«, sagte Nick.

»Ja, so wird's wohl gewesen sein«, bestätigte Tom.

»Siehst du irgendwo ihr Handy?« fragte Nick.

»Nein, wahrscheinlich hat sie es eingesteckt, ich schau mal nach.«

Nachdem er die Taschen ihrer Hose und der Jacke durchsucht hatte, meinte er »nein, nichts zu finden.«

Nick machte sich über den Rucksack her. Er fand einen Ausweis.

»Sie hieß Christiane Rüger, Studentin. War 24 Jahre alt. Mein Gott, noch so jung…«

Nachdem er den Rucksack weiter durchsucht hatte, fand er auch das Handy. In einer Außentasche.

»Merkwürdig…«, sinnierte er.

»Was ist merkwürdig?« fragte Tom.

»Na, wann hat sie wohl damit angerufen?«

Ratlos sah ihn Tom an.

»Was meinst du?« fragte Nick nochmals, »Wann hat sie angerufen?«

»Meinst du die Uhrzeit? Die kannst du unter ‚abgehende Anrufe' sehen.«

»Nein, ich meine nicht die Uhrzeit. Sondern die Situation.«

»Die Situation?«

»Schau mal. Hat sie angerufen, bevor sie abgestürzt ist? Dann hätte sie angerufen, hätte dann das Handy in Ihren Rucksack gesteckt und wäre dann abgestürzt. Sie konnte aber doch vorher nicht wissen, dass sie abstürzen würde.«

»Naja…«

»Oder sie war bereits abgestürzt und hat dann erst angerufen.«

»Ausgeschlossen! So, wie sie zugerichtet ist, konnte sie nach dem Sturz keinesfalls mehr telefonieren. Sie muss sofort tot gewesen sein.«

»Ja, eben…«

»Es kann wohl nur so gewesen sein, dass sie vor dem Absturz schon in Not geraten war. Und dass sie deshalb angerufen hat. Vielleicht, weil sie den Weg verloren hatte, oder weil sie sich irgendeine andere Verletzung zugefügt hatte.«

»So wird's wohl gewesen sein«, sagte Nick nachdenklich, »jetzt müssen wir sie aber bergen.«

Sie seilten den Leichnam vier Meter hoch. Sie entschieden, dass sie die tote Frau – sie wog ohnedies kaum 50 kg – bis zur Kutterer Hütte auf einer Bahre tragen würden. Von dort konnte sie ein Geländewagen ins Tal bringen.

Sonntag, 23. Oktober

Es war ein Fehler gewesen, so spät am Abend noch einen Termin für eine Gartenbesichtigung zu vereinbaren. Es war ja schon dunkel. Und um diese Jahreszeit war kein Mensch mehr im Garten. Aber damit konnte ja niemand rechnen. Ja, sie wollte ihren Garten so bald wie möglich verkaufen. Aber so eilig hätte sie es ja auch wieder nicht gehabt.

Niemals hatte sie gedacht, dass ihr jemand etwas antun könnte. Ihr ganzes Leben nicht. Ihr ganzes Leben hatte sie keine Angst gehabt. Keine Angst. Vor gar nichts.

Sie hatte schon nicht begreifen können, was sie beim Brunnen draußen sollte. Warum sollte sie zum Brunnen mitkommen? Was gab es hier zu sehen? Was gab es hier anzuschauen? Und dann hatte sie gesehen, dass der Deckel offen war. War neugierig nähergetreten. Und dann hatte sie den Stoß gespürt. Hatte sich nirgends festhalten können. War gefallen. Und dann auf dem Wasser aufgeschlagen.

Sie wunderte sich. Wunderte sich, dass sie auf einmal so klar denken konnte. Ihr Gedächtnis war doch in den letzten Jahren immer schwächer geworden. Ihre Gedanken immer langsamer. Und jetzt sah sie alles plötzlich so klar.

Als sie über sich das Scharren von Beton auf Beton gehört hatte, hatte sie es gewusst. Der Schacht war verschlossen worden. Niemand würde ihr helfen. Sie würde sterben. Niemand würde ihre Schreie hören. Eine Weile würde sie sich noch mit Strampeln halbwegs über Wasser halten können. Eine Weile noch…

Die Arm- und Beinbewegungen ihres alten Körpers wurden langsamer. Sie spürte, wie sie die Kraft verließ. Die wenige Kraft, die sie hatte. Wasser drang in Mund und Nase. Sie spuckte. Hustete. Was sie noch weiter schwächte. Versuchte nun doch zu schreien. Wusste, dass es vergeblich war. Wieder Wasser im Mund. Strampelte. Aber bald würde sie keine Kraft mehr haben. Wasser. Wasser im Mund. Wasser in der Nase. In der Kehle. Sie gurgelte. Spuckte. Hustete. Das Wasser ging nicht mehr raus. Keine Luft. Wo war die Luft? Sie schluckte. Spürte, wie das kalte Wasser durch die Speiseröhre floss. Noch mehr

Wasser. Luft! Luft! Sog tief ein. Wollte Luft einsaugen. Fühlte nur Wasser. In der Luftröhre. Sie hustete. Keine Kraft mehr zum Spucken. Wollte nochmals Luft holen. Bekam keine Luft. Nur Wasser. Sie fühlte, wie ihr Hirn nebelig wurde. Ein dicker schwerer Nebel breitete sich in ihrem Hirn aus. Sie konnte den Nebel sehen. Wie war das möglich. Hinter dem Nebel konnte sie ihre Eltern sehen. Sie saßen auf einer Bank. Hielten sich liebevoll bei den Händen. Sah den See, an dem sie Bert kennenlernte. Sah, wie sie heirateten. Sie stand am Altar. Neben ihr Bert. Sie steckten sich die Ringe an. Sah wie Bettina den ersten Tag in den Kindergarten ging. Wie Michael am ersten Schultag weinte, weil er nicht in die Schule wollte. Und Martin, wie er immer seinen älteren Geschwistern nacheiferte… Sah, wie Bert immer schwächer wurde. Wie er mit seinem bleichen Gesicht im Bett lag. Sah, wie er die Augen geschlossen hatte. Für immer geschlossen hatte…

Wieder bist du erstaunt, wie leicht das war. Und wie sich das wiederholt hat. Auch sie ist vollkommen lautlos gefallen. Hat nicht geschrien, nicht mit den Händen gerudert. Ist einfach lautlos gefallen. Du rückst den Deckel wieder zurecht. Jetzt kann sie niemand mehr hören. Selbst, wenn sie sich doch noch entschließt, zu schreien. Du wärst gerne dabei gewesen, wenn er die Nachricht erhielt. Er würde zusammenbrechen. Es ist schlimm, wenn man die Mutter verliert. Ja... So schlimm, dass man seine Schuld erkannte. Er würde das Leid erfahren. Dasselbe Leid, das er anderen zugefügt hatte. Du denkst – nein du weißt - dass er schuldig ist. Schuldig, keine Buße getan zu haben. Schuldig, sein armseliges Leben einfach weitergelebt zu haben. Du bleibst noch eine Weile stehen und schaust in dich hinein. Möchtest wissen, wie du dich fühlst. Du stehst ganz still und horchst in dich hinein. Es fühlt sich gut an. Mit langsamen, aber festen Schritten gehst du davon.

Freitag, 4. November

Es war einer dieser letzten warmen Herbsttage. Normalerweise zog im November schön langsam der Frost ins Land. Heuer war es zwar nachts auch schon empfindlich kalt, aber seit zwei Tagen hielt der Föhn das Wetter stabil und brachte noch ein paar warme Tage.

Adam Sapfl war 54 Jahre alt. Ein schwerer Mann, aber ohne wirklich dick zu sein, rundes Gesicht, kleiner schmaler Mund, schütteres, kurzes Haar. Er hatte mit seiner Frau Sophia einen kleinen Garten in der *Kleingartenanlage Althausweg*. Hier verbrachten beide einen Großteil ihrer Freizeit. Adam hatte sich für heute den Aufbau eines Frühbeets aus Kunststoff vorgenommen. Das alte frühere Mistbeet – oder mistige Frühbeet – war abgerissen. Es war gemauert bis betoniert gewesen – der Abriss mühselig. Jetzt musste ein neues Beetl her. Ein modernes Glasfrühbeet. Schließlich wollten die Sapfels auch weiterhin selbstgezogenes Gemüse – alles wurde auf einmal reif – dem selbstgekauften – billigeren – vorziehen.

Und sein Freund Arno hatte versprochen, ihm zu helfen. Leider gab's ein Frühbeet nicht ganz einfach zu kaufen. Fündig wurde Adam im Internet:

> *Frühbeet Allgäu Modell 2, 100x120 cm, Bestell-Nr.FS2, Preis 153 €.*
>
> *Frühbeet Verlängerung 100 cm, Bestell-Nr. FS2V, Preis 120 €.*
>
> *Zwei automatische Öffner für Frühbeet, Bestell-Nr.ÖB, Preis je 48 € = 96 €. Gesamt 369 €. Lieferung frei Haus.*

Da standen also nun die zwei Kartons. So klein und federleicht, dass sich darin unmöglich ein Frühbeet verstecken konnte. Adam war bereits mittags vom Büro in den Garten gefahren, denn er hatte sich ausgerechnet, dass sie wohl zwei Stunden zum Montieren und Aufstellen benötigen würden. Arno war auch schon da, denn es war sein erster Urlaubstag, bevor er morgen mit seiner Frau nach Norddeutschland aufbrechen würde. Um die volle Konzentration herzustellen, nahmen sie vorerst mal zwei kleine Bierchen.

Dann ging's aber los. Adam und Arno begannen auszupacken und alle Einzeltrümmer aufzulegen. Es waren insgesamt rund 10.000 Teile und ganz sicher wussten sie: das konnte niemals ein Frühbeet werden! Sie nahmen noch ein kleines Bierchen.

Dann begannen sie die mitgelieferte Montageanleitung zu studieren. Hier war zumindest angeführt, welche Trümmer dabei sein müssten. Sie lasen von Quer-, First- und Diagonalstreben, von Verschlussgehäuse, Verschlussbolzen und -platten, von T-Knoten, Sicherungsmuffen und Kugelbolzen. Auch Eckprofile, Kastenprofile (oben und unten!) und einfache (?) Kastenprofile schienen dabei zu sein. Ebenso Verbindungsprofile, Firstprofile, Deckprofile. Und Verbinderwinkel, Firstwinkel, Erdanker, Senkblechschrauben und Sicherungsmuffen. Zylinderschrauben, Vierkantschrauben und selbstsichernde Muttern. Und vor allem Stegdoppelplatten.

Gut. Ganz ruhig. Das sagte beiden eigentlich nicht sehr viel. Aber vielleicht wurden sie aus den vielen Zeichnungen schlauer, die die Montage Schritt für Schritt darstellten. Und den dazu passenden Kommentaren:

Mussen beachten Bohrungsabstandmaß mit 15,6 mm.

Erkennbar Nummer auf die Unterseite.

In Schraubkanal einfuhren 2 Stk Muttern M6 oberes Kastenprofiles.

Einer der Gartenbesitzer war doch Kroate. Sie überlegten kurz, ob sie ihn bitten sollten, diese Anweisungen zu übersetzen. Ratlos blickten sie auf die verstreuten Frühbeet-Trümmer und zogen wieder die Montageanleitung zu Rate.

Deckelprofil 954 mm und Deckelscharnier vermittelt aufdrucken auf Stegdoppelplatte bis zur Anlage. Arno drückte mal probeweise auf ein Scharnierl drauf. Nichts tat sich. Wahrscheinlich hatte er nicht ‚*vermittelt*'.

»Sag mal, hast du im BKA niemanden, der die Autoren dieser Bedienungsanleitung verhaften kann?«

»Da fällt mir momentan niemand ein. Aber ich könnte den Polizeipräsidenten ersuchen.«

»Ja, mach das. Ich mag kein Bier mehr«, meinte Adam, »Was hältst du davon, wenn wir zur Beruhigung ein Achterl trinken?«

Arno war einverstanden. Sie setzten sich in die Sonne, tranken das Gläschen aus.

»Mal ganz was anderes«, sagte Arno, »eure Gartenanlage ist doch so gepflegt, aber der eine Garten da drüben, unweit vom Vereinshaus, der ist doch total verwildert.«

»Ja, leider. Die Magda ist gar nicht gut beisammen. Sie tut sich beim Gehen schwer und kann ihren Garten nicht mehr pflegen. Und seit Wochen hat sie niemand mehr gesehen. Wo sie doch sonst jeden Tag hier war. Merkwürdig…«

»Naja, da müsst ihr aber irgendwas tun, sonst verwildert der Garten komplett… Aber jetzt sollten wir schauen, dass wir mit deinem Frühbeet weiterkommen.«

Also zurück zur Bedienungsanleitung.

Verschlussbolzen stecken ein in Verschlussgehause. Deckel richten exakt zu Giebelseiten. Legen Verschlussgehause Unterkante oberen Kastenprofil. Hebestange vorgeben senkrechter Lage Position.

Diese Anweisung war zu lang – sie übersprangen sie lieber.

An beiden Verbindungsprofil ein Aluminiumwinkel bei Vierkantschrauben schrauben. In deinem Firstprofil pro Seite eine Vierkantschraub. Dabei Firstende bündig an außen Kastenprofil an.

Sie genehmigten sich noch eine Achterl.

Mussen Ecken und Verbindungsprofile ganz auf Stegdoppelplatten und Kastenprofile aufschieben. Dazu Vierkantschrauben in das Schraubkanal von oberes und unteres Kastenprofil eingeführt und fest angezogen.

Obwohl es sich ja um ganz exakte Anweisungen zu handeln schien, wurden beide daraus trotzdem nicht schlauer. Das änderte sich auch nicht, als Adams Nachbar Walter auf ein Bier vorbeikam. Jetzt wären sie zwar zu Dritt gewesen, aber das nützte nichts. Die zwei von Adam geplanten Montage-Stunden waren um, eigentlich müsste das Frühbeet schon stehen. Es wurde dunkel. Sie räumten alles zusammen und warfen die Trümmer in der Hütte auf einen Haufen. Heute würde das nichts mehr werden. Sie tranken noch ein Achterl. Adam war klargeworden, warum sein Schwiegervater sein Frühbeet der Einfachheit halber betoniert hatte.

Freitag, 18. November

Arno und Karin Rack betraten die Rezeption des kleinen Hotels. Arno stellte sich vor.

»Sie haben ein Doppelzimmer bestellt?«, fragte die Rezeptionistin.

»Ja«, bestätigte Arno.

»Wollen Sie ein Raucher- oder Nichtraucher-Zimmer?«

»Nichtraucher.«

»Doppelzimmer gibt's aber nicht als Nichtraucher-Zimmer.«

»Ähh…«, Arno war verblüfft.

»Wenn Sie ein Doppelzimmer wollen...«

»Ja...?«

»...müssen Sie ein Raucher-Zimmer nehmen.«

»Dann nehmen wir eben ein Raucherzimmer«, seufzte Arno.

»Sie könnten aber...«

»Was?«

»...ein Zweibettzimmer haben. Da gibt's Nichtraucher.«

»Denn nehmen wir eben ein Zweibettzimmer«, antwortete Arno – jetzt schon leicht genervt.

»Aber wenn Sie möchten....«

»Gebn's schon den Schlüssel her«

Arno und Karin erhielten zwei Plastikkarten und die Erklärung, wo das Zimmer lag.

»Übrigens, wo kann ich denn parken?«, fragte Arno.

»Wo steht denn ihr Auto?«

»Gleich vor der Tür.«

Die Rezeptionistin schaute hinaus und meinte »gut.«

»Wie – gut?«

»Sie fahren vor bis zur nächsten Straße.«

»Aha.«

»Dort biegen Sie rechts ab.«

»Okay.«

»Dann fahren Sie geradeaus weiter bis zur nächsten Straße.«

»Aha.«

»Dann biegen Sie rechts ab.«

»Aha.«

»Geradeaus bis zur nächsten Straße und dann Vorsicht!«

»Wieso?«
»Da müssen sie scharf rechts abbiegen.«
»Das werd' ich schaffen.«
»Dann bis zur nächsten Straße.«
»Aha.«
»Und denn rechts abbiegen.«
»Okay…«
»Dann ein kleines Stück geradeaus bis zur Hofeinfahrt.«
»Gut.«
»Und dann rechts einbiegen – Sie sind am Parkplatz im Hof«
»Also fünf Mal rechts abbiegen?«, fragte Arno ungläubig.
»Genau«, bestätigte die Rezeptionistin.

Arno brachte die Koffer ins Foyer. Und brachte dann das Auto auf den Parkplatz. Tatsächlich. Fünf Mal rechts abgebogen. Die Hofeinfahrt war nämlich direkt hinter dem geparkten Auto gewesen – in einer Einbahnstraße. Eigentlich hätte er auch drei Meter zurückschieben können…

Es war Arnos und Karins letzter Urlaubstag. Morgen würden sie nach Hause fahren. Arno war 49 Jahre alt, mittelgroß und noch immer einigermaßen schlank. Er trug ständig einen Drei-Tage-Bart, seine Schläfen waren angegraut, was ihm trotz der etwas zu groß geratenen Nase durchaus ein attraktives Aussehen verlieh. Er freute sich schon auf das Wiedersehen mit seinen beiden Töchtern Katja und Leni. Sie studierten an der Kepler-Uni und wohnten noch zu Hause. Wohl nicht mehr lange, dann würden sie wohl ausziehen – wie sie beide schon angekündigt hatten – und Karin und er würden dann alleine sein. Seine Frau Karin war Werbetexterin und zwei Jahre jünger als er. Obwohl sie also beide unter Tags ohnedies nicht zu Hause waren, würde ihre Wohnung trotzdem bald leer und *einsam* sein. Das war unausbleiblich und darauf freute er sich gar nicht. Aber er freute sich schon, wenn er am Montag wieder den Dienst beim LKA antrat.

Zur Polizei und zum Landeskriminalamt war er eher durch Zufall gekommen. Wie fast sein ganzes Leben durch Zufälle geprägt worden war. In der Jugend hatte er die Hauptschule besucht – mit stark wechselnden Erfolgen. Als 14-Jähriger hatte er bereits einen konkreten Berufswunsch. Er wollte Elektriker oder Elektrotechniker werden. Also war die logische Wahl eine berufsbildende Schule, eine technische, damals HTL genannt. Bei der Aufnahmeprüfung fiel er allerdings durch. Der Grund war, dass er ‚Maschiene' mit ‚ie' geschrieben hatte. Also wählte er statt der HTL die Oberstufe des Gymnasiums. Nach der Matura hatte er keine blasse Ahnung, welchen Beruf er ergreifen sollte. Bei der ‚Berufsberatung' saß er einem älteren, eher uninteressiert wirkenden Mann gegenüber. Auch Arno war eher uninteressiert und nicht wirklich bei der Sache. Er blickte aus dem Fenster. Sah, dass draußen eben ein Polizeiwagen vorfuhr. Er hatte die Frage des Mannes, wofür er sich denn interessiere gar nicht richtig wahrgenommen. In Gedanken versunken hatte er beim Anblick des Polizeiwagens gemurmelt »die Polizei«. Der Mann verstand es jedoch als Antwort auf seine Frage und verschaffte ihm einen Schnuppertag bei der Polizei. Und so war er zur Polizei gekommen.

Ebenso zufällig hatte er seine Frau Karin kennengelernt. Er hatte sich mit seiner damaligen Freundin in einem Café verabredet. Alle Tische waren besetzt gewesen, also hatte er eine junge Dame gefragt, ob er sich zu ihr an den Tisch setzen dürfte. Seine Freundin hatte sich verspätet. Jedenfalls um mehr als eine halbe Stunde. In der Zwischenzeit war er mit der jungen Dame an seinem Tisch ins Gespräch gekommen. Sie hieß Karin. Nach einer halben Stunde hatten sie gemeinsam das Café verlassen, noch bevor seine Freundin aufgetaucht war. Auch dass er schließlich die Karriereleiter bei der Polizei emporgeklettert war, war fast ein Zufall gewesen.

In den ersten Dienstjahren hatte er sich geistig nicht ausgelastet gefühlt. Er beschloss daher, neben dem Dienst ein Jura-Studium zu beginnen. Er biss sich sechs Jahre durch und schloss mit dem Doktorrat ab. Er verwendete jedoch seinen Doktortitel nie und ließ sich auch nicht mit *Dr. Rack* anreden. Als neue Stellen zu besetzen waren, konnte er mit seinem abgeschlossenen Hochschulstudium nicht übergangen werden. Und so war er schließlich Chefinspektor beim LKA OÖ geworden, im ‚EB Leib und Leben'. So hieß die ‚Mordgruppe' im Amtsdeutsch. Hier war er der Chef von neun Kollegen –

KollegInnen – wie's gender-richtig hieß. Sie waren ein gutes Team und er hatte den Eindruck, dass er als Chef beliebt war. Aber heute, heute war noch Urlaub und Karin und er würden noch ein Urlaubs-Abschiedsessen nehmen.

Als Arno ins Hotelzimmer kam, war Karin schon leicht verzweifelt. Sie hatte mehrmals versucht, sich ins W-Lan – ‚WIFI' wie man im Ausland sagte – einzuwählen. Am Zimmer war ein kleines Kärtchen mit dem Zugangscode.

»Das kann's aber nicht sein!« meinte Arno, »das sind ja Monster-Codes.«

Netzwerk: B Box BC4D2C21

Passwort: C2F9A71257D2D2D15D3AC67A5F5727

Dieses Passwort erinnerte Arno an die Codes im BKA. Auch die waren höchst kompliziert und schwierig zu merken. Aber nicht so lange wie dieser hier. Hier Bestand die ‚Sicherheit' offensichtlich nicht darin, dass man ihn sich merken musste – das war ohnedies unmöglich – sondern, dass man ihn richtig eingeben konnte.

Karin meinte, dass sie es schon dreimal probiert hatte, aber im Passwort schien ein Fehler zu sein. Es funktionierte nicht.

Als probierte es Arno. Nach einer Minute war das Passwort erfasst. »Falsches Passwort«! Also nochmals. »Falsches Passwort«! Und noch einmal. »Falsches Passwort«!

Also das war doch…

Arno lief zur Rezeption hinunter. Auf die Frage, ob das Passwort eh richtig sei, meinte die Rezeptionistin »ganz sicher«. Sie schnappte sich Arnos Handy, gab das Passwort mit wieselflinken Fingern ein – und plauderte dabei auch noch mit Arno!

Na, da war Arno aber gespannt. Eigentlich nicht einmal gespannt – er *wusste*, dass das nicht funktionieren konnte.

»Verbindung hergestellt!«

Na, sowas…

Wenig später liefen Arno und Karin zu Fuß in den Hafen und hielten angestrengt Ausschau nach einer richtigen Fischerkneipe – sie konnten doch die Ostsee nicht verlassen, ohne einen frisch gefangenen und ebenso frisch gebratenen Ostseefisch verspeist zu haben. Endlich, in der Straße *Altefähr* fanden sie eine typische Fischerkneipe. Ein kleiner weißgetünchter Schuppen mit einem verrosteten Jever-Bier-Schild und einem schief hängenden Holzbalken mit der Aufschrift *Holüber*. Jeder Mensch wusste, dass das das typische Fischerwirtshaus war. Sie traten ein durch die niedrige Tür. Der Gastraum bestand nur aus einem einzigen Zimmer. Bis auf einen Tisch waren alle besetzt. Die »Eingeborenen« sahen hier ganz normal aus. Eigentlich müssten sie von Sturm und Regen wettergegerbte Gesichter und gebeugte Rücken haben. An eine Wand war ein Segelschiff genagelt. An der anderen hingen Rettungsringe, Ruder, Steuerräder. Ein großes Messer zum Fischeköpfen. Der größte Teil der Decke wurde von einem Fischernetz bedeckt. Über ihrem Tisch hing ein schwerer Anker. Bei einem gebeugten Fischer – er sollte wohl schon längst in Pension sein – bestellten sie ein »Störtebecker schwarz« und ein »Diebels alt«. Der Fischer-Kellner schlurfte wortlos davon. Die Leute an den anderen Tischen lugten zu ihnen herüber. Tuschelten.

Sie bereiteten sich darauf vor, einfach nur »Fisch« zu bestellen. Einfach »Fisch«. Und man würde ihnen zwei Fische bringen. Direkt aus der Ostsee. Der Fischkutter hatte sie wohl eben hergebracht. Geköpft wurden sie bestimmt direkt vor der Tür. Sicherlich zitterte ihr Schwanz noch, wenn sie in die große Pfanne mit heißem Öl geworfen wurden. Der Alte schlürfte herbei. Brachte ihre Biere und – sie waren verblüfft – eine Speisekarte. Die hatten hier ja eine ganze Auswahl an Fischen!

Nach Studium der Karte, meinte Arno »Na, dann bring uns zweimal Scholle.«

»Scholle gibt's nicht, Scholle gibt's nur im Juni.«

Wieder waren sie verblüfft: erstens ist doch die Scholle der typische Ostseefisch und zweitens stand sie auf der Karte.

»Was kannst du mir denn empfehlen?«

»Naja«, der Alte kratzte sich am Kopf, »ick ess am liebstä Budderfisch.«

»Na, dann nehmen wir Butterfisch.«

»Gut.«

»Ist der Butterfisch von hier?«

»Wat meenste ‚von hier'?«

»Na, von hier, aus der Ostsee.«

»Ne, der is aus'm indischen Ozean – glaub ick.«

»Aha, und welche Fische sind von hier?«

»Von hier sen gar keene«.

»Dann nehmen wir den Butterfisch.«

Als sie auf ihr Essen warteten, meinte Karin »Heuer hat dich im Urlaub gar niemand angerufen.«

»Angerufen? Wer sollte mich anrufen?«

»Na, vom Dienst.«

»Ja..., Anna hat mich nicht ungerufen, wahrscheinlich gab's auch nichts Wichtiges.«

»Bist du enttäuscht?«

»Nein, wieso sollte ich enttäuscht sein?«

»Nun, wenn deine Leute alles allein hinkriegen...«

»Was meinst du?«

»Wenn deine Leute alles allein hinkriegen, dann bist du doch... überflüssig.«

»Haha, das ist ja gerade umgekehrt.«

»Umgekehrt?«

»Na, ich bin stolz darauf, dass meine Mitarbeiter alles allein hinkriegen, dass sie mich nicht für jede Kleinigkeit brauchen.

»Stolz?«

»Na, überleg mal. Was wäre ich denn, wenn ich lauter Nieten hätte, die nichts allein zustandebringen. Aber ich habe gute Leute, die selbständig handeln können... Das ist ein Kompliment für mich. Darauf bin ich stolz.«

Endlich kam ihr Fisch. Er schmeckte ausgezeichnet. Auch der doppelte Korn. Er kam auch aus der Tiefkühltruhe.

Samstag, 19. November

Das gab's doch nicht! Diese Tür… die ging einfach nicht auf. *Passiert mir eh öfter,* dachte Anna. *Also – alles mit der Ruhe. Nochmals. Systematisch. Zuerst steck ich die Karte mit der zu mir schauenden Schrift nach oben in den Schlitz. Rot! Tür öffnet nicht. Also jetzt mit der von mir wegschauenden Schrift nach oben in den Schlitz. Rot! Dann mit der zu mir schauenden Schrift nach unten. Tür öffnet nicht. Und schließlich mit der von mir wegschauenden Schrift nach unten in den Schlitz. Rot!* Tür öffnete nicht.

Jetzt hatte sie sich aber wirklich konzentriert. Alle Möglichkeiten hatte sie durch. Zum dritten Mal. Sie nahm' nochmals das Hotel-Visitenkarterl aus der Tasche. ‚Starlight Hotel. Zimmer 304'. Und 304 stand auch an ihrer Zimmertür. Also das richtige Zimmer war es. Was sollte sie jetzt machen? Kurz vor Mitternacht – und sie kam nicht ins Zimmer.

Hörte sie da was? Sie lauschte angestrengt. Den Mund leicht geöffnet, um besser hören zu können. War da jemand in ihrem Zimmer? Vorsichtig legte sie das Ohr an die Tür. Ja, es schien, als ob jemand auf ihrem Zimmer wäre. Eingebrochen? Schloss umprogrammiert? Sollte sie klopfen? Nein, das traute sie sich nicht. Wenn da ein Einbrecher drinnen war? Aber sie konnte sich ja eh täuschen. Da konnte niemand drinnen sein! Wahrscheinlich war nur die Karte kaputt…

Es war Emmas Idee gewesen, dass sie noch diese Nacht in Wien anhängten und erst am Sonntag nach Hause fuhren. Sie hatten ein zweitägiges Seminar des Bundeskriminalamtes besucht. ‚*Geldwäsche und die Zusammenhänge mit Gewaltverbrechen*'. Es hatte von Freitag Vomittag bis Samstag Mittag gedauert. War doch ziemlich interessant gewesen. Sie konnten in ihrem Beruf ohnedies nicht ‚stehenbleiben' – die Verbrecher entwickelten sich weiter, also mussten sie das auch tun. Für den Abend hatten Sie Karten für das Musical *Mary Poppins* besorgt. Mit Lisa in der Hauptrolle. Und dann hatten sie sich noch einen schönen Abend gemacht. Anna hatte das Hotel gebucht. Dieses verflixte Hotel! Das heißt, nicht das Hotel war verflixt, nur die Tür…

Anna Condère arbeitete beim BKA, war 41 Jahre alt und mit einem Arzt verheiratet. Sie hatte zwei Kinder, die beide die Oberstufe des Gymnasiums besuchten und daher nicht mehr allzu viel Fürsorge benötigten. Sie trug stets ein dezentes Makeup, ihr dunkles, halblanges Haar war mit einigen grauen Strähnen durchzogen, die ihr einen seriösen Ausdruck verliehen. 170 groß, immer sehr geschmackvoll gekleidet – eher ähnlich einer erfolgreichen Geschäftsfrau als einer Kriminalbeamtin. Sie hatte mit 20 ihre Polizeikarriere begonnen, zwei Babypausen eingelegt und sich sukzessive nach oben gearbeitet. Ihre Eltern sagten immer, dass aus ihr wider Erwarten doch noch was geworden war. Anna wusste genau, dass sich Vater und Mutter um sie die größten Sorgen gemacht hatten. In ihrer Jugend war sie unausstehlich gewesen, kaum zu bändigen, hatte immer und überall angeeckt. Das hatte schon in der Schule begonnen. Abgesehen davon, dass ihr Vater – wie es eben früher bei einem Fehlverhalten der Schüler üblich gewesen war – fast monatlich in die Schule zitiert worden war. Schon in der Hauptschule hatte sie mehr Probleme gehabt, als sie gebraucht hätte. In der Folge waren auch die Zeugnisse nicht das, was man sich für ein Mädchen ihrer Intelligenz erwarten hätte können. Das wurde dann auch in der Handelsakademie nicht besser. In der ersten Klasse wäre sie fasst durchgefallen, die Nachprüfung in Englisch bestand sie nur mit Müh und Not.

Und dann war da diese Sache mit der Nadel gewesen. Ihre Mitschülerin Konstanze hatte ihr einen Reisnagel auf den Sessel gelegt. Das war nicht angenehm, als sich Anna gesetzt hatte. Und sie hatte auf Rache gesonnen. Und da im Schulfach eine Nadel – eine Nähnadel – gelegen hatte, war ihr DIE Idee gekommen. Konstanze hatte immer ein dünnes Polsterchen auf ihrem Sessel. Und anstatt sich mit einem Reißnagel zu rächen, rächte sich Anna mit einer Nadel, die sie in das Pölsterchen steckte. Damals mussten die Schüler noch aufstehen, wenn die Frau Professor am Beginn der Stunde erschien. Und nach dem ‚Setzen‘, setzten sich die Schüler. Auch Konstanze setzte sich. Aber nur kurz. Denn sofort fuhr sie mit einem Schmerzensschrei wieder in die Höhe. Die Nadel hatte ihren Weg in ihren Allerwertesten gefunden. Anna hatte sich sofort gemeldet und unter großem Hallo in der Klasse ihre Schuld eingestanden. Aber so einfach war die Sache nicht gewesen. Die Nadel war nämlich weg. Einfach weg! Sie hatte sich so tief in Konstanzes Hintern gegraben, dass sie weder zu fühlen, noch zu sehen war. Aber zu spüren. Nachdem die Sache also etwas verzwickt war, wurden sie beide von der Frau Professor zum Direktor geschickt. Versteht sich von selbst, dass der Herr Direktor da auch nichts machen konnte. Er schickte Konstanze zum Arzt und Anna nach Hause. Konstanze ging nicht zum Arzt, sondern ins Unfallkrankenhaus. Diese – im Grunde genommen gesunde – Bewegung veranlasste die Nadel, sich weiter fortzubewegen. Sie war schließlich keine Stecknadel mit einem Kopf, sondern eine Nähnadel, die sich so richtig ins Fleisch weiterbohrte. Im UKH konnten sie anfangs die Nadel gar nicht mehr finden. Erst durch ein Arschröntgen konnten weitere Schritte unternommen werden. Und das war eine Operation, mit einem 10 cm langen Schnitt und ein fast einwöchiger Spitalsaufenthalt. Im Grunde war das von Anna mehr als eine Eselei gewesen und in der heutigen Zeit wäre der Schulausschluss und wahrscheinlich ein Prozess wegen schwerer Körperverletzung die Folge gewesen. Aber Anna hatte einen Klassenvorstand, der für derartigen Unsinn durchaus Verständnis hatte. Er rettete sie bei der Disziplinarkonferenz, Anna kam mit drei Nachmittagen ‚Karzer' davon. Aber sie kam auch in den Folgeklassen nicht zur Ruhe. In der vierten Klasse fasste sie ein durchaus beachtenswertes Zeugnis aus. Nur ein einziger Dreier! Sonst lauter Vierer. Und der Dreier war in Betragen. Erst nach der Matura, die sie mit Bravour bestanden hatte, war ihr Leben langsam in ruhigere Bahnen gekommen. Bei einem Urlaub in Frankreich hatte sie ihren Mann kennengelernt, der ein Jahr darauf zu ihr nach Österreich übersiedelt war. Heute schätzte ihr Chef Arno Rack an ihr neben ihrem klugen analytischen Verstand ihre coole Gelassenheit. Sie war eigentlich fast immer der ruhende Pol des Teams.

Nachdem das Seminar zu Ende war, waren sie zum Hotel zurückgelaufen, hatten einen Drink genommen und waren über den Naschmarkt geschlendert. Dort hatten sie ein – oder zwei? – Glaserl Wein getrunken und waren dann essen gegangen. Das Essen war hervorragend gewesen. Man aß in Wien in den unscheinbarsten Beisln wirklich ausgezeichnet. Sie waren dann in ein Weinlokal übersiedelt und nach ein paar Gläsern waren sie gegen 11 Uhr nachts Richtung Hotel gegangen – nicht ganz genau wissend, wo und wie, aber immerhin, die Richtung wussten sie. Als sie fast beim Hotel waren, hatten sie eine *American Bar* bemerkt und spontan beschlossen, noch einen Absacker zu nehmen. Na, aus dem einen war ein zweiter geworden.

»Am Montag ist Arno wieder zurück.«

»Ja, sein Urlaub ist wieder zu Ende.«

»Freust du dich schon?«

»Ja… eigentlich schon.«

»Ich auch.«

»Glaubst du, weiß er, dass ihn alle mögen?«

»Ich glaub‘ schon.«

»Er wird Augen machen… Wegen der Beweise, die wir noch zum *versuchten Totschlag* zusammengetragen haben.«

»Ja… das weiß er sicher zu schätzen.«

Aber langsam waren ihre Augen kleiner und ihre Zungen schwerer geworden. Noch ein letzter Drink – es war eh schon halb zwölf – und dann hatten sie sich leicht beduselt auf den – jetzt nur noch kurzen – Weg zum Hotel gemacht. Überraschung: ihr Starlight Hotel war ja fast direkt gegenüber ihrer *American Bar*! Na sowas? Das hatten sie vorher gar nicht gesehen. Also wünschten sie sich eine gute Nacht, Emma wohnte im fünften Stock, Anna im dritten. Und so stand Anna schließlich vor ihrem Zimmer – und konnte nicht hinein.

Also, was bleibt ihr anderes übrig, als hinunter zum Portier zu fahren. Der musste ihr eine neue Karte geben. Im Lift stand – Emma.

Emma Till arbeitete in der gleichen Abteilung wie Anna und sie waren in den letzten Jahren Freundinnen geworden. Emma war 27, klein und zierlich, hatte fast das Gesicht eines Kindes, das erst durch ein Lächeln zum Gesicht einer jungen Frau wurde.

Und wenn sie lachte, lachte sie über das ganze Gesicht – von den Augen bis zum Mund. Ihr dunkelbrünettes Haar fiel ihr offen auf die Schultern. Sie hatte einen messerscharfen Verstand und war bekannt für ihre unkonventionellen Ansichten, Ideen und Einschätzungen – was ihr mitunter die Bezeichnung ‚verrückte Nudel' einbrachte. Sie hatte keine leichte Jugend gehabt. Sie war die jüngste der vier Töchter von Wolf und Marie Bauer gewesen. Sie hatten in einer kleinen Substandardwohnung im Zöhrdorferfeld in Linz gelebt. In ihrer Erinnerung war ihre Mutter ständig betrunken gewesen. Sie hatte unter Tags hauptsächlich geschlafen. Und war wütend geworden, wenn sie geweckt wurde. Getrunken hatte sie nachts. Ihre älteste Schwester Elsi hatte sich um die Familie gekümmert. An ihren leiblichen Vater hatte sie nur mehr eine verblasste Erinnerung. Er war Handelsreisender gewesen und daher nur selten zu Hause. Als sie elf gewesen war, war ihr Vater nicht mehr zurückgekommen. Er war an einem Montag Morgen zur Arbeit aufgebrochen und auf immer verschwunden geblieben. Wochenlang hatten sie auf seine Rückkehr gewartet. Ein halbes Jahr später war ihre Mutter gestorben. Sie hatte sich erhängt. Und vier minderjährige Mädchen zurückgelassen. Die vier Schwestern waren zu vier verschiedenen Zieheltern gekommen. Emma hatte sich nicht zurechtgefunden. War mit ihren Stiefeltern nicht zurechtgekommen. Mit 13 hatte sie sich einer Mädchenbande angeschlossen. Sie waren herumgestreunt und hatten kleine Diebstähle verübt. Die Diebstähle wurden größer und dreister. Schließlich hatten sie eine alte Dame überfallen und ihr die Handtasche geraubt. Sie waren natürlich erwischt worden. Emma war in das Kindererziehungsheim Steyr-Gleink gekommen. Sie war inzwischen zu weit vom Weg abgekommen, um aus eigener Kraft ihr junges Leben in den Griff zu bekommen. Nach einer Reihe von weiteren Diebstählen war sie wieder verhaftet worden und anschließend mit 15 in die Jugendstrafvollzugsanstalt Graz-Marlau eingeliefert worden. Mit 16 war sie entlassen worden und zu neuen Zieheltern gekommen, einer Schneiderin und einem Polizisten. Das Ehepaar Wolf und Margit Till hatte sie adoptiert und ihr ersten Halt geboten. Sie hatte eine Lehre als Verkäuferin begonnen.

Und dann hatte sie Karl kennengelernt. Karl war fünf Jahre älter als sie und er war für sie der große Bruder, den sie nie gehabt hatte. Sie sah zu ihm auf. Und von Karl erhielt sie Werte vermittelt. Bisher hatte sie den Sinn in ihrem Leben vermisst. Und gar nicht gewusst, wie schmerzlich es war, keinen Lebenssinn zu finden. Von Karl hatte sie gelernt, sich zu fragen, was für sie wichtig war auf dieser Welt. Wofür sie in der Welt stehen möchte. Was sie aus ihrem Leben machen wollte. Karl und sie hatten lange Gespräche geführt. Ganze Nächte lang. Und in ihr war ein Hunger nach Bildung erwacht. Sie begann, neben der Lehre die Abend-Handelsakademie zu besuchen. Und schloss sie schließlich nach nur vier Jahren mit der Matura ab. Sie hatte endgültig Halt in ihrem Leben gefunden. Da Karl inzwischen Polizist geworden war, hatte sie sich auch bei der Polizei beworben, ihre Jugendstrafe war bereits getilgt gewesen. Sie war nicht stolz auf ihre missratene Jugendzeit, aber sie war stolz darauf, dass sie es geschafft hatte, sich aus dem Sumpf zu ziehen. Aber außer ihrem Chef Arno Rack wusste von ihren Kollegen niemand über ihre dunkle Vergangenheit Bescheid. Emma verstand sich gut mit Anna.

Sprachlos starrte Anna auf Emma.

»Ähhh…, was machst denn du noch auf?«

»Na, die Scheißtür geht nicht auf.«

»Was, deine auch nicht? Meine auch nicht.«

Als sie im Lift nach unten fuhren, kamen sie zur Überzeugung, dass sie mit ihren Zimmerkarten irgendwo in die Nähe eines Magnets – oder so was? – gekommen waren. Und dieser hatte wohl ihre Zimmerkarten kaputt gemacht.

»Guten Abend die Damen« meinte der Portier.

»Guten Abend. Ja, es ist so, dass meine Karte kaputt ist…«

»Meine auch!«

»Aha.«

»Wir können nicht in unsere Zimmer.«

»Darf ich mal sehen?« fragt der Portier.

Sie gaben ihm ihre Karten.

Er steckt sie in seinen Computer.

»Ja, meine Damen…«

»Ja…?«

»Die Karten sind nicht kaputt…«

»Nicht…?«

»Sie sind im falschen Hotel. Sie sind hier im Starlighthotel Salzgries und wohnen aber im Starlight Renngasse, das ist 300 Meter weiter…«

Mein Gott, hoffentlich hatte sie hier niemand gesehen. Wegen des Seminars hätte es ja sein können, dass auch andere Polizisten hier übernachteten. Das wäre ja eine schöne Blamage, wenn diese Story in der Nietzschestraße die Runde machte.

Montag, 21. November

Adam Sapfl war erst seit einem halben Jahr Obmann im Gartenverein. Seinen Garten jedoch hatte er schon über 30 Jahre. Im Vorjahr hatte man ihn dazu bewegen können, die Funktion des Obmanns zu übernehmen. In ihrer Kleingartenanlage hatten sie einen Brunnen – so konnten sie ihr eigenes Nutzwasser entnehmen. Das Recht auf die Nutzung des Brunnens, das sogenannte Wasserrecht, wurde immer nur befristet vom Magistrat Linz erteilt. Und dieses Nutzungsrecht lief nächstes Jahr ab. Also hatte Adam vor einem Monat um Verlängerung angesucht. Er dachte zuerst, dass das ein einfacher bürokratischer Akt sei, wurde aber eines Besseren belehrt. Der erste Schritt des Verlängerungsverfahrens war der Besuch eines Vertreters der Stadt Linz, der vor Ort nach dem Rechten schauen würde.

Der Besuch von Herrn Dipl.Ing. Michel Dorf von der Wasserabteilung der Stadt Linz war für heute neun Uhr angesagt. Adam hatte seinen Stellvertreter Wolfhard und Zeug- und Wasserwart Helmut zur Besprechung mit Dipl.Ing. Dorf eingeladen. Der kleine Elektroofen im Vereinshaus lief auf der höchsten Stufe, denn es war schon empfindlich kalt geworden. Helmut hatte schon vor drei Wochen die Wasserversorgung stillgelegt, denn es hatte schon einige Frostnächte gegeben – die Brunnen-Wasserleitungen waren nicht frostsicher verlegt.

Pünktlich um neun Uhr erschien Dipl.Ing. Dorf. Vorerst wurde die Gartenanlage anhand eines Planes besprochen, dann besichtigte Dorf die Wasserpumpen und den Windkessel im Vereinshaus-Keller. Anschließend ging es zur Begutachtung des Brunnens, der mit einem grün lackierten Eisendeckel verschlossen war. Der Deckel wurde entfernt. Adam sah zum ersten Mal in den Brunnen. Der Wasserstand befand sich etwa vier Meter unter der Oberfläche.

»Ja, der Brunnenverschluss ist in Ordnung«, lobte Dorf, »werfen wir mal einen Blick hinein.«

Er holte eine große Taschenlampe aus seiner Aktentasche.

»Wie oft wird die Wasserqualität begutachtet«, fragte er.

»Jährlich«, antwortete Adam, »oder?« ergänzte er mit einem unsicheren Seitenblick auf seinen Stellvertreter Wolfhard.

»Alle zwei Jahre«, berichtigte Wolfhard.

»Okay…« sagte Dorf, während er mit seiner Taschenlampe in den Brunnenschacht leuchtete. »Was ist denn das dort unten?«

»Was?« fragten Adam, Wolfhard und Helmut gleichzeitig.

»Na dort unten, schaut's einmal, da schaut doch was aus dem Wasser.«

Nur ganz undeutlich war zu erkennen, dass irgendwas ganz wenig aus dem Wasser ragte.

»Aber, da kann nichts drinnen sein«, sagte Helmut, »da kann doch gar nichts reinfallen.«

»Dort unten ist aber was«, beharrte Dorf.

»Was sollen wir jetzt tun?«, fragte Adam.

»Da muss jemand runtersteigen und nachschau'n«, bestimmte Dorf.

Ja, aber wer? Alle sahen sich an und hofften, dass ein anderer sich zum Abstieg bereiterklären würde. Schließlich meinte Adam »Okay, ich steig' runter«.

Innen im Brunnenschacht waren eiserne Steighilfen einbetoniert. Adam schwante, dass er nass werden würde. Aber da konnte man nichts dagegen machen. Vorsichtig stieg er den Schacht hinunter. Er hatte sein Handy mit, das er als Taschenlampe verwendete. Als er die Wasseroberfläche erreicht hatte, konnte er noch immer nichts Genaues erkennen – außer eben, dass irgendwas ganz leicht aus dem Wasser ragte.

»Kannst was sehen?«, rief Wolfhard.

»Nein, ich seh' noch nichts«, rief Adam zurück, »da muss ich noch weiter runter. Ich muss ins Wasser hinein.«

Als Adam bis zur Hüfte im Wasser stand, konnte er endlich dieses aus dem Wasser ragend ‚Ding' erreichen. Er griff zu. Seine Hand ergriff etwas Weiches, Kaltes, Nasses. Es war eine Hand.

Der markerschütternde Schrei aus dem Brunnen ließ die drei oben wartenden erstarren.

»Was ist los? Was ist passiert? Ist dir was passiert?«, riefen die drei durcheinander.

»Nein, es ist nichts passiert, ich komm wieder hoch«, vernahmen sie Adams bebende Stimme aus dem Schacht.

Wenig später erschien ein leichenblasser Adam am Brunnenrand.

»Und? Was ist?«, frage Dorf.

»Da unten…« begann Adam. Dann wandte er sich ab, würgte und übergab sich.

»Mein Gott, was ist da unten?«, fragte Wolfhard – mehr zu sich selbst, als an irgendjemanden direkt gewandt.

»Da unten…«, stotterte Adam, »da ist… da liegt…«

»Ja was?«, drängte Helmut.

»Da unten…, da liegt…eine Leiche im Wasser.«

»Eine Leiche?« fragten die anderen drei gleichzeitig.

»Ja, eine Leiche. Wir müssen gleich die Polizei anrufen.«

Adam zog sein Handy aus der Tasche. Wie waren doch gleich die Notrufnummern? 122, 133, 144… Alphabetisch… Feuerwehr, Polizei, Rettung. Also 133.

Sieben Minuten später – Adam hatte seine nasse Hose gegen eine trockene getauscht – hörten sie das Folgetonhorn der Polizei. Drei uniformierte Polizisten stürmten beim Gartentor herein. Einer davon stellte sich als Revierinspektor Hofer vor.

»Sie haben einen Leichenfund gemeldet? Wer ist hier der Verantwortliche?«

»Das bin wohl ich«, meldete sich Adam, »Adam Sapfl, ich bin der Obmann.«

»Und wo ist die Leiche?« fragte Hofer.

»Unten im Brunnen«, antwortete Adam.

»Taschenlampe!« forderte Hofer von seinen Kollegen.

Er leuchtete in den Brunnen, sah aber nichts. Die Hand war jetzt zur Gänze versunken.

»Da seh‘ ich aber nichts. Wenn das ein Scherz gewesen ist, kommt euch der aber teuer zu stehen.«

Ein Uniformierter stieg in den Brunnen ab. Nach kurzer Zeit bestätigte dieser, dass da unten tatsächlich eine Leiche lag.

»Okay«, meinte Hofer und wies seine Kollegen an. »Alles absperren. LKA-Mordgruppe und Spurensicherung verständigen. Und die Gerichtsmedizin! Und schickt die Gaffer weg!« Binnen kurzem hatte sich eine kleine Gruppe von Neugierigen eingefunden, angelockt vom Folgetonhorn der Polizei.

»Und Sie bleiben alle hier«, sagte Hofer mit einem strengen Blick auf Adam, Wolfhard, Helmut und Dipl.Ing. Dorf, die noch immer wie begossene Pudel dastanden.

**

Chefinspektor Arno Rack hatte es heute nicht eilig. Sie waren erst gestern aus Stralsund zurückgekommen. Gott sei Dank war nicht so viel Verkehr gewesen, wie in der Urlaubssaison. Trotzdem waren sie erst abends angekommen – und dann hatten sie noch mit den Töchtern ein Glas Wein getrunken. Schon vor seinem Urlaub hatte er im LKA angekündigt, erst mittags zum Dienst zu erscheinen. Nachdem Karin heute noch einen Urlaubstag hatte, saßen sie jetzt am Vormittag bei einem späten, aber gemütlichen Frühstück. Die Töchter kamen ohnedies nicht vor Mittag aus dem Bett – naja, Studentinnen! Er hatte *Eierspeis*‘ mit Champignons zubereitet – sein täglicher Beitrag zum Frühstück war es, ein paar Eier zuzubereiten. Und zu Arnos Frühstück gehörte es – wenn es die Zeit erlaubte – die Zeitung zu lesen und ein Kreuzworträtsel zu lösen. Irgendwann hatte ihm jemand gesagt, dass es kein besseres Gedächtnistraining gäbe, als ein Kreuzworträtsel.

»Stadt im Ruhrgebiet«, fragte Arno Karin, »fünf Buchstaben, der erste ist ein H, der vierte ein N«.

»Keine Ahnung«, antwortete Karin. Ihr Interesse war nicht übergroß.

»Und ein Kurzwort für eine Lederart. Fünf Buchstaben. Der dritte und der letzte ist ein O.«

»Kroko«

»Ahh… genau.«

Arnos Handy klingelte. Seufzend meldete er sich.

»Chef«, sagte seine Kollegin Anna, wir haben eine Leiche. Du musst sofort kommen. Wir sind schon vor Ort.«

»Wo?« fragte Arno kurz.

»Kleingartenverein Althausweg. In der… warte mal…«

»Ich weiß, wo das ist. Wir treffen uns dort in 20 Minuten.«

Gartenverein Althausweg. Das war der Gartenverein seines Freundes Adam. Erst vor dem Urlaub war er dort gewesen. Sie hatten erfolglos versucht, ein Frühbeet aufzubauen. Na sowas…

Damit war das gemütliche Frühstück beendet. Rasch zog Arno sich an.

»Zieh den warmen Mantel an«, rief ihm Karin nach, »und vergiss nicht die Handschuhe… und eine Haube… es hat nur fünf Grad.«

Still lächelte Arno. Es fiel ihm gar nicht ein, darauf zu antworten. Wenn's darum ging, was anzuziehen war, dann war seine Frau eindeutig seine Mutter. Die Mutter, die das kleine unvernünftige Kind umsorgen musste.

Als er am Althausweg eintraf, erwarteten ihn schon seine Kollegen Anna und Klaus. Mit einem kurzen Blick erfasste er das Geschehen. Ein relativ großer Bereich um eine große Holzhütte, dem Vereinshaus, war mit dem blauweißen Polizeiband abgesperrt worden. In einiger Entfernung standen etwa 10 Schaulustige. Im abgesperrten Bereich zwei in weiße Overalls gekleidete Spurensicherer mit weißen Latexhandschuhen, Mund- und Haarschutz. Sie beugten sich über den Brunnenrand. Eine Ärztin, die er vom Sehen kannte, aber deren Namen er nicht wusste. Vier Personen, von denen er einen als seinen Freund Adam erkannte. Sie waren im Gespräch mit einem Uniformierten, der offensichtlich ihre Aussagen aufnahm.

»Wie war der Urlaub?« fragte ihn Anna, seine Stellvertreterin.

»Viel zu kurz. Wir sind erst gestern Abend nach Hause gekommen«, antwortete er, »was haben wir hier?«

»Tja, sie hat wohl schon einige Zeit im Brunnen gelegen.«

Sie deutete auf die von einer weißen Plastikhülle bedeckte Gestalt.

»Also eine Frau. Wissen wir schon, wer sie ist?«

»Ja«, meldete sich Klaus zu Wort, »nach Angaben des Obmanns des Gartenvereins dürfte es sich um Magda – oder Magdalena – Lesberger handeln. An die 70 Jahre alt und Witwe.«

Klaus Drofoby, 38 Jahre alt, ledig, aber in festen Händen. Ein baumlanger Kerl. Alles an ihm konnte man wohl am besten als

‚korrekt' bezeichnen: seriöser Haarschnitt, unauffällige randlose Brille, immer tadellos rasiert. Sein breiter Mund, den er oft zu einem charmanten Grinsen verzog, milderte die Strenge seiner Erscheinung. Im Dienst hatte ihn kaum jemals jemand anders als mit einem dunklen Anzug bekleidet gesehen. Er war vom Drogendezernat zu ihnen gewechselt, war seit drei Jahren in Arnos Team. Er rühmte sich selbst, ein Gesundheitsfanatiker zu sein. Besonders, was das Essen anbelangte. Aber dies brachte ihm vielfach den Spott seiner Kollegen ein. Denn das, was Klaus als besonders gesund bezeichnete, war meist beileibe nicht gesund. Des Öfteren wurde er gehänselt, wenn er sein *‚gesundes'* Fruchtjoghurt aß. Dass da der größte Dreck drinnen sei, und dass es besser wäre, er würde Powidltascherl essen – eine Anspielung auf seine Herkunft. Und das war es dann, was ihn doch auf die Palme brachte. Klaus war alles andere als ein *‚Ausländerfreund'* und daher wurde er gar nicht gerne erinnert, dass seine Großeltern eigentlich auch *‚Ausländer'* gewesen waren, als sie kurz vor dem Kriegsende von Tschechien nach Österreich flüchteten. Schon in der Schule war er wegen seines Namens gehänselt worden. Drotschobi, Fodrobtschi, Bidrofotsch,... er kannte all die fantasievollen Namen schon lange. Er wollte nicht mit Tschechien oder Ausländern in Zusammenhang gebracht werden. Daher versuchte er auch, sich durch Äußerlichkeiten abzugrenzen. Alles an ihm, hatte einen Hauch von Seriosität und Eleganz. Aber Arnos Team im LKA schätzte ihn als die ‚Verlässlichkeit in Person'.

»Kann es ein Unfall gewesen sein?« fragte Arno.

»Wohl kaum«, antwortete Klaus, »die Brunnenabdeckung ist ziemlich schwer und lag nach Aussage des Obmanns korrekt auf dem Brunnen. Überdies gesichert mit einem Vorhängeschloss. Es scheint unversehrt. Keine Kratz- oder Aufbruchspuren. Also kann sie kaum hineingefallen sein und danach den Brunnendeckel geschlossen und das Schloss abgesperrt haben.«

»Kann eine einzelne Person den Brunnendeckel bewegen?«

»Ja.«

»Sehr schwer?«

»Naja, schon einigermaßen schwer... Aber jeder gesunde Mensch kann ihn bewegen.«

»Wie lange ist sie schon drinnen gelegen?«

»Die Ärztin kann es noch nicht sagen…«, antwortete Anna.

»Eh klar«, kommentierte Arno trocken.

»...aber sie schätzt *mehrere Wochen*. Genaueres kann sie erst nach der Obduktion sagen.«

»Habt ihr schon Fotos gemacht?« fragte Arno mit Blick auf die Schaulustigen. Er hatte es zwar in seiner Dienstzeit noch nie erlebt, aber die Theorie sagte, dass der Täter *oftmals* an den Schauplatz zurückkehrte und sich unter die Zuschauer mischte. Also war das Fotografieren umstehender Personen zu einer Routine geworden, die allerdings noch nie zu Ergebnissen geführt hatte.

»Ist erledigt«, antwortete Klaus knapp.

Arno ging hinüber zu dem Uniformierten, der noch immer bei Adam und den drei anderen stand. Er stellte sich vor und gab allen die Hand.

»Adam, erzähl mir nochmals genau, was hier heute passiert ist.«

Adam erzählte zum zweiten Mal. Das erste Mal hatte er es schon Bezirksinspektor Hofer erzählt, der alles notiert hatte.

»Warte mal«, sagte Arno, »wer sind denn die?« Arno deutete auf eine kleine Gruppe von Leuten, die ein paar Meter entfernt standen. »Wie kommen die herein? Der Tatort ist doch großräumig abgesperrt.«

»Das sind Gartenmitglieder. Das heißt, genauer gesagt, das sind Mitglieder der Vereinsleitung. Die waren vorher schon herinnen – bevor abgesperrt wurde.«

»Aha.«

Adam winkte dem kleinen Grüppchen zu, dass sie näher kommen sollten.

»Darf ich vorstellen«, sagte Adam, »Das sind Reinhold und Silke, die beiden Kassiere. Traudi und Elfi, die Schriftführerinnen. Gerhard, Zeug- und Wasserwart. Manfred, Veronika und Alois, Rechnungsprüfer. Mein zweiter Stellvertreter Chris ist nicht da, sonst ist die Vereinsleitung komplett.«

Arno hatte allen die Hand gegeben.

»Bitte unterstützen sie uns bei unseren Ermittlungen. Meine Mitarbeiter werden auf Sie zukommen, um Sie zu befragen.«

Alle nickten. Und entferten sich langsam.

»Gab's heute irgendwelche Auffälligkeiten? Irgendetwas, was nicht normal war, oder merkwürdig oder außergewöhnlich?«, fragte Arno.

»Nein«, schüttelte Adam nach einigem Nachdenken den Kopf, »mir ist nichts aufgefallen.«

Auch die anderen drei schüttelten den Kopf.

»Ich müsste dann weg«, sagte Dipl.Ing. Dorf unsicher, »ich werde doch nicht mehr gebraucht – oder?«

»Nein, Sie können gehen«, antwortete Arno, »vielen Dank für Ihre Geduld, wir werden uns nochmals bei Ihnen melden, damit Sie Ihre Aussage unterschreiben.«

»Und das«, ergänzte er an Wolfhard und Helmut gewannt, »gilt auch für Sie. Wenngleich wir mit Ihnen wahrscheinlich noch einmal sprechen müssen.«

Dorf, Wolfhard und Helmut wandten sich ab.

»Adam, hast du noch etwas Zeit für mich? Gehen wir in deine Gartenhütte.«

In der Gartenhütte war es ziemlich kalt. Arno behielt seinen Mantel an.

»Adam, erzähl einmal. Ist das die Magda, die ihren Garten so vernachlässigt hat. Die, über die wir neulich gesprochen haben?«

»Ja, das ist sie.«

»Und wann wurde sie das letzte Mal gesehen?«

»Genau weiß ich das nicht. Ich selbst habe sie sicher schon mehr als zwei Monate nicht mehr gesehen.«

»Wer kann uns da genauere Auskünfte geben?«

»Wahrscheinlich die unmittelbaren Nachbarn.«

»Mit denen müssen wir sprechen. Kannst du mir die Daten geben?«

»Warte, ich habe eine Mitgliederliste mit allen Daten. Und einen Lageplan.«

Er holte einen Ordner aus der Kredenz, entnahm zwei Blätter und übergab sie Arno.

»Gut, hast du irgendeine Vermutung, was hier passiert sein könnte?«

»Nein, überhaupt nicht. Wurde sie umgebracht?«

»Vermutlich. Das werden wir noch ermitteln. Erzähl mir was über diese Magdalena.«

»Ja, sehr viel weiß ich auch nicht über sie. Ich glaube, sie ist verwitwet und hat einen Sohn, der sich aber nicht für den Garten interessiert. Ich hab ihn noch nie gesehen. Eigentlich war sie immer alleine im Garten. Früher hat sie ihn immer sehr gepflegt. Aber in den letzten beiden Jahren ließ sie alles verwildern. Sie konnte körperlich einfach nicht mehr.«

»Was hat sie denn gehabt?«

»Das weiß ich nicht.«

»Gut. Sag einmal, wie war das denn mit diesem Schloss auf dem Brunnendeckel?«

»Was soll gewesen sein?«

»Na, es war doch abgeschlossen.«

»Ja, und…«

»Wer hat einen Schlüssel dazu?«

»Eigentlich nur der Karl, unser Wasserwart.«

»Sonst gibt es keinen Schlüssel?«

»Oja, einer hängt in der Vereinshütte.«

»Ist der noch da?«

»Ja, denn den haben wir heute genommen, um aufzuschließen.«

»Sonst hat niemand einen Schlüssel für das Schloss?«

»Ich glaub nicht… Aber es ist ja nur ein einfaches Schloss. Man weiß ja nie, wer im Laufe der Zeit zu so einem Schlüssel gekommen ist.«

»Und wer hat einen Schlüssel zum Vereinshaus?«

»Einen Schlüssel zum Vereinshaus hat nur die Vereinsleitung. Die Namen stehen auf der Liste. Aber auch hier gilt natürlich: im Laufe der Zeit können eigentlich auch mehrere Personen zu einem Schlüssel gekommen sein – auch wenn sie ihn nicht haben *sollten*. Und so einen Schlüssel kann man ja auch ziemlich leicht nachmachen lassen. Außerdem…«

»Was außerdem…«

»Naja, das Vereinshaus ist nicht immer abgeschlossen – es kann schon sein, dass die Tür einen halben oder auch ganzen Tag mal nicht verschlossen ist. Ist ja auch nichts Wertvolles drinnen.«

»Okay, das war's vorerst einmal.«

»Wie war dein Urlaub in Norddeutschland?«

»Wir waren in Lübeck – eine wunderschöne Stadt. Die Heimatstadt des Marzipans. Dann waren wir in den kleinen Hafenstädten Husum und Büsum. Das ist eigentlich eine sehr einsame und merkwürdige Landschaft dort oben. Alles flach. Die höchsten Erhebungen sind die Windräder der Windparks. Aber freundliche, wenn auch etwas wortkarge Menschen. Eine Schifferlfahrt nach Helgoland haben wir auch gemacht. Zum Schluss waren wir noch an der Ostsee in Rügen, Rostock und Stralsund. Alles in allem haben wir viel gesehen und es war auch einigermaßen erholsam, weil's dort oben jetzt außerhalb der Urlaubssaison sehr ruhig ist.«

»Wie geht's Karin und den Mädchen?«

»Alles gut. Alles okay. Und Sophia?«

»Der geht's auch gut. Na, die wird staunen, wenn ich ihr erzähle, was heute hier passiert ist.«

»Adam, dann wünsche ich dir noch einen schönen Tag. Danke für die Auskünfte. Wir werden aber sicher nochmals auf dich zukommen.«

Arno ging zurück zu Anna und Klaus. Die Tote wurde eben abtransportiert.

»Gibt's was Neues«, fragte Arno.

Man hatte festgestellt, dass Magdalena Lesberger 71 Jahre alt geworden war. Sie war seit zehn Jahren verwitwet und hatte drei Kinder hinterlassen: Martin Lesberger, 40, ledig, Michael Lesberger, 42, ebenfalls ledig und Bettina Eisinger, geborene Lesberger, 43, verheiratet.

»Gut«, sagte Arno, »wie wollen wir weiter vorgehen? Was schlagt ihr vor?«

»Wir sollten wohl mit den Kindern reden – am besten heute noch«, schlug Anna vor.

»Und mit den Nachbarn«, ergänzte Klaus, »den Nachbarn hier im Garten und bei ihr zu Hause, bei ihrer Wohnung«.

»Okay Klaus, übernimm das du bitte«, bestimmte Arno und übergab die Mitgliederliste samt Lageplan. »Konzentrier dich auf den Garten, denn hier ist sie schließlich gefunden worden.« Er erzählte ihm noch von der doch etwas merkwürdigen Geschichte vom Brunnenschloss bzw. vom Schlüssel zur Vereinshütte.

»Und Klaus«, ergänzte Arno, »kannst du für morgen früh um 08.00 Uhr eine Lagebesprechung ansetzen lassen. Emma und Johann sollen auch dabei sein. Sie müssen in diesem Fall mithelfen.«

»Okay.«

»Anna und ich fahren jetzt zu den Kindern. Wir berichten dann morgen.«

Dienstag, 22. November

Kurz vor acht waren sie im Besprechungszimmer versammelt: Anna Klaus, Emma und Arno. Johann war noch nicht da. Sie hatten ein gutes Klima in der ‚EB LKA 1 LL' – Ermittlungsbereich Landeskriminalamt 1, Leib/Leben. Arno waren derzeit neun Ermittler unterstellt. Sie waren alle *per Du*, weil das Arno so wollte und weil es die Zusammenarbeit seiner Meinung nach wesentlich erleichterte. Aber Arno Rack stand damit öfters in der Kritik seiner Vorgesetzten, denn diese meinten, dass er zu amikal mit seinen Mitarbeitern umging und dass das ein Zeichen von Führungsschwäche wäre. Arno kümmerte sich herzlich wenig darum, denn solange seine Gruppe die höchste Aufklärungsquote Österreichs hatte, sah er sich in seiner Meinung bestätigt – *und die da oben konnten ihn mal*.

Johann saß vor seinem Laptop und schickte die Anfrage ab. Sah ganz so aus, als ob er gefunden hatte, wonach er suchte.

Mit seinen 58 Jahren hatte Johann Tampf fast 40 Jahre Polizeidiensterfahrung. Er war ein schmaler, hagerer Typ. Hohe Stirn, was nichts anderes bedeutete als ‚kaum Haare' – und die wenigen, die er hatte, waren schlohweiß. Er hatte 40 Ehejahre auf dem Buckel und eine Schar Enkelkinder. Er war der Senior in Arnos Team. Außendienst tat er nicht so gerne, er war mehr der Mann für die Recherchen, die man vom Büro aus betreiben konnte.

Er war heuer schon spät dran, daher waren die Angebote nicht mehr so üppig. Er hatte ein Appartement in Wolkenstein im Grödnertal gesucht. Für seine Frau und ihn und für ihre Freunde. Also brauchten sie jedenfalls zwei Schlafzimmer. Seit 35 Jahren fuhr er im Winter immer in den Schiurlaub. Und sie hatten herausgefunden, dass ein Appartement das Non-Plus-Ultra war. Seit sie nicht mehr so fanatisch mit den Schiern unterwegs waren wie früher, sondern nur mehr fuhren, wenn schönes Wetter war. Wenn's nämlich Schlechtwetter hatte und vielleicht sogar *Schusterbuben* scheite, blieben sie zu Hause. Zu Hause – das hieß in ihrem Appartement. Das Zu-Hause-Bleiben gestaltete sich nämlich mühsam, wenn sie nur ein Hotelzimmer hatten. Am Zimmer konnte man nicht bleiben, jedenfalls nicht gemütlich. Da musste man dann trotzdem durch den Ort spazieren, einen Kaffee trinken, vielleicht ein kleines Bier nehmen, noch einen Kaffee trinken. Und dann war es immer noch Vormittag. Bei einem Appartement war das anders – man war irgendwie zu Hause.

Früher waren sie bei jedem Sauwetter auf der Piste gewesen. Er dachte zurück, als er das Schifahren gelernt hatte. Er hatte mit 20 keine Ahnung vom Schifahren gehabt. Er war zwar in der Schule zweimal auf Schikurs gewesen, aber einmal war er so erkältet gewesen, dass er die ganze Woche im Bett verbracht hatte und das andere Mal waren sie überhaupt nicht zum Schifahren gekommen, weil die Pisten wegen Lawinengefahr gesperrt gewesen waren. Seine Frau hatte darauf bestanden, dass er es lernte. Und sein Freund Manfred hatte versprochen, ihm das Schifahren beizubringen. Sie waren nach Schladming auf die Planai gefahren. Manfred hatte gesagt, dass man es am besten lernen würde, wenn man den Hang queren würde. Aber als Manfred gesehen hatte, dass er wirklich keinen Tau vom Schifahren hatte und sich außerdem auch nicht sehr geschickt anstellte, hatte er rasch das Interesse verloren. Also war Johann von ganz oben auf der Planai gestartet. Hatte eine Hangschrägfahrt gemacht. Aber als er am drüberen Ende der Piste angekommen war, hatte er keine Ahnung gehabt, wie das nun weitergehen sollte. Vor allem hatte er keine Ahnung, wie man bremst und wie man umdrehte. Also hatte er sich auf den Bauch geworfen, hatte sich auf den Rücken gedreht, die Schi in die andere Richtung gehieft und war mühsam wieder aufgestanden. Und so ging das weiter. Innerhalb eines Tages schaffte er es genau ein Mal, die Planai zu bezwingen. Als er abends im Tal ankam, hatte er kein trockenes Kleidungsstück mehr am Leib. Ohne Unterhose war er mit Manfred wieder zurück nach Linz gefahren. Und er hatte sich geschworen, nie wieder Schifahren zu gehen. Konsequent wie er war, war er mit seiner Frau zwei Monate später auf Schiurlaub nach Hinterglemm gefahren. Dort hatte er einen Anfängerschikurs gemacht und war innerhalb einer Woche so weit gekommen, dass er schon mit Frau und Freunden mitfahren konnte. Nur halt nicht schnell genug. Aber sie hatten eh immer auf ihn gewartet. Und immer, wenn er sie keuchend erreicht hatte, waren sie wieder losgefahren. Er hatte sich geschworen, dass er das Schifahren unbedingt so lernen musste, dass er den Spieß umdrehen konnte. Und zwei Jahre später hatte er es geschafft.

Es klopfte an der Tür. Sie wurde geöffnet, ohne dass er »herein« sagte. Es war Emma.

»Kommst du Johann?,« fragte sie, »es warten schon alle.«

Als Johann das Besprechungszimmer betreten hatte, begann Arno mit seiner Zusammenfassung. »Gestern wurde Magdalena Lesberger, 71, Witwe, Mutter von drei Kindern, im Brunnen des Gartenvereins Althausweg gefunden. Der Brunnendeckel war mit einem Vorhangschloss gesichert, das Schloss war unversehrt. Einen Schlüssel zu diesem Schloss hat der Wasserwart des Gartenvereins. Ein weiterer Schlüssel hing am Schlüsselbrett im Vereinshaus. Zugang zum Vereinshaus kann praktisch jeder haben, da mit den Schlüsseln ziemlich sorglos umgegangen wurde.«

»Darf ich hier anfügen, was die Berichte der Gerichtsmedizin und der Spurensicherung hergeben?« fragte Johann. »Die Magda Lesberger«, fuhr er fort, »dürfte vor etwa vier Wochen verstorben sein. Und zwar zwischen 22. und 26. Oktober, genauer lässt sich der Todeszeitpunkt nicht eingrenzen. Sie weist keine Gewaltverletzungen auf, sie ist in den Brunnen gefallen und dort ertrunken. Laut Auskunft ihres Arztes hatte sie Arthrose im fortgeschrittenen Stadium in beiden Hüften und Knien – eine Behebung konnte wegen ihrer Herzschwäche nicht erfolgen. Die Spurensicherung hat im und im Umkreis des Brunnens eine Unmenge von Fingerabdrücken sichergestellt, die von über 20 verschiedenen Personen stammen dürften. Ansonsten: nichts.«

Diese Informationen hatte Arno noch nicht gehabt, sie überraschten ihn aber nicht.

»Anna und ich haben gestern noch mit den Kindern gesprochen«, fuhr Arno fort, »Anna, berichtest du bitte aus deiner Sicht.«

»Vorauszuschicken ist, dass offensichtlich zwei der drei Kinder keine besonders enge Bindung an die Mutter hatten. Sie wirkten nicht erschüttert, als wir die Todesnachricht überbrachten... Also, das älteste Kind ist die Tochter. Bettina Eisinger, geborene Lesberger, 43, verheiratet mit Michel Eisinger, 44. Sie ist Behindertenbetreuerin, ihr Mann ist Baggerfahrer. Sie leben in einer kleinen Wohnung in Auwiesen und scheinen alles andere als begütert zu sein. Sie kann nicht sagen, mit wem ihre Mutter befreundet oder bekannt war. Das konnten übrigens auch die beiden Söhne nicht. Das zweitälteste Kind ist Michael Lesberger, 42, ledig, er ist Schadensgutachter bei einer Versicherung. Ihm scheint's finanziell am besten zu gehen. Er meinte sich zu erinnern, dass die Mutter mal von einem *Freund* erzählt hätte, war sich aber nicht sicher. Der jüngste Sohn Martin ist anders als seine Geschwister. Er schien von der Todesnachricht wirklich geschockt, brach in Tränen aus und hatte sich dann emotional überhaupt nicht mehr im Griff. Er ist 40 und wie sein Bruder ledig. Er war Busfahrer, ist aber seit Längerem arbeitslos und lebt in einer ärmlichen Ein-Zimmer-Wohnung in Ebelsberg. Keiner konnte sich vorstellen, dass es jemanden gab, der ihrer Mutter Böses wollte.«

»Gibt's vielleicht einen finanziellen Hintergrund?« fragte Emma Till.

»Was meinst du?«

»Na, die Kinder scheinen doch in ziemlich ärmlichen Verhältnissen zu leben... Erbschaft, oder so?«

»Ähhh...«, Anna war etwas überrascht, »wissen wir, ob die Tote etwas hinterlässt?«

Niemand meldete sich.

»Okay«, mischte sich Arno ein, »recherchierst du das bitte, Johann?«

Johann nickte.

»Was hast du?« wandte sich Arno an Klaus.

Klaus hatte gestern noch mit vier Gartennachbarn und drei Wohnungsnachbarn gesprochen. Alle sagten aus, dass sie die Magdalena Lesberger ‚*schon länger*' nicht gesehen hatten – also mindestens ‚*ein paar Wochen*'. Genauer konnte es niemand sagen. Die Wohnungsnachbarn stimmten aber überein, dass das merkwürdig war, denn sie war sonst nie länger weg gewesen. Aber letztendlich hatte es niemanden wirklich gekümmert. Ihre Wohnungsnachbarn hatten keine Besucher registriert und auch nichts Ungewöhnliches bemerkt. Die Gartennachbarn wollten sie im Garten teils mit einer Frau, teils mit einem Mann gesehen haben. Obwohl das durchaus ungewöhnlich war, gab es keine Beschreibungen zu diesen Personen, es war sogar so, dass sich alle bei genauerem Nachfragen ‚*gar nicht mehr so sicher*' waren.

»Mit dem Obmann, diesem Adam Sapfl, hab ich nicht mehr gesprochen. Arno, wie gut kennst du denn den?«

»Ziemlich gut. Seit 20 Jahren. Warum?« antwortete Arno.

»Naja, einige der Nachbarn im Garten haben erzählt, dass Sapfl als Obmann mit der Lesberger im Clinch gelegen ist.«

»Im Clinch…?«

»Na, weil sie ihren Garten nicht mehr ordentlich gepflegt hat.«

»Und du meinst, weil ihre Ribiselstauden zu hoch waren, hat er sie umgebracht?«

»Ähhh, wohl nicht«, antwortete Klaus leicht errötend. »Ich hab gestern natürlich nichts protokolliert, ich hab nur meine Notizen, wir sollten sie wohl herbestellen und nochmals genauer befragen. Ich hab auch noch ein paar Namen von Personen, die ich gestern nicht erreicht habe.«

»Wir haben also so gut wie nichts«, fasste Arno zusammen. »Vorschläge für die weitere Vorgangsweise?« fragte er in die Runde.

»Wir sollten die Wohnung und das Gartenhaus durchsuchen. Ich könnte mich mit der Spurensicherung darum kümmern«, sagte Anna.

»Ich schau mal«, meldete sich Johann, »ob ich über die Hinterbliebenen und die Zeugen irgendwelche interessanten Hintergrund-Informationen finde.«

»Ja«, ergänzte Arno, »und mach bitte Befragungstermine mit allen Beteiligten bei uns in der Nietzschestraße aus, damit ihre Aussagen protokolliert werden können. Und von allen bitte Fingerabdrücke nehmen und mit den Abdrücken vom Brunnen vergleichen. Klaus, machst du bitte die Befragungen und Protokolle?«

»Ich schau mal, ob ich im Netz irgendetwas finde«, bot Emma an, dazu brauche ich die gesamte Namensliste der Zeugen und Hinterbliebenen.«

»Und ich«, schloss Arno ab, »werde zuerst Anna zu den Durchsuchungen begleiten und dann teilweise bei den Befragungen dabei sein. Nächste Besprechung heute Abend um 17:00 Uhr. Bitte denkt alle darüber nach ob wir mehr Leute in unsere Ermittlungsgruppe einbeziehen sollen.«

Bei der Durchsuchung von Magda Lesbergers Wohnung stellte die Spurensicherung gleich zu Beginn fest, dass es keine Einbruchsspuren gab. Die Spurensicherung begleitete daher Arno, der zum Gartenhaus fuhr und Anna die weitere Durchsuchung der Wohnung alleine überließ. Auch im Gartenhaus wurden keine Einbruchspuren festgestellt. Die Spurensicherung wurde daher wieder abgezogen. Arno durchsuchte das Gartenhaus, den Keller, und einen Geräteschuppen. Er fand nichts, außer wertlosen Krimskrams. Enttäuscht verließ er den Garten und fuhr zur Wohnung, wo Anna noch immer bei der Durchsuchung war. Auch Anna hatte nichts Besonderes gefunden. Die Wohnung einer alten Frau. Viele Erinnerungen, Fotos, Häferl-Sammlungen und so weiter.

»Eines vielleicht…«, sagte Anna, »die Kontoauszüge vom Pensionskonto – ich habe sie durchgesehen.«

»Und?«

»Naja, sie hatte nicht gerade eine üppige Pension, aber auch keine besonderen Ausgaben. Sie muss ein Sparbuch gehabt haben, denn sie hatte einen Dauerauftrag vom Pensionskonto auf ein Sparkonto. Ich habe aber kein Sparbuch gefunden«.

»Hast du die Bank und die Sparbuchnummer?« fragte Arno.

»Ja, Sparkasse Oberösterreich – und hier ist die Sparbuchnummer.«

»Dann brauchen wir jetzt den Staatsanwalt, dass wir von der Sparkasse die Auskünfte bekommen. Ich kümmere mich gleich darum«, versprach Arno und begann mit dem Handy zu telefonieren.

Nach dem Gespräch: »Wir können uns den Beschluss in einer halben Stunde abholen. Anna, am besten, du holst ihn dir selbst und fährst dann gleich zur Sparkasse. Ich fahr jetzt zu den Befragungen – wir treffen uns dann im Büro.«

Bei der Lagebesprechung am Abend berichteten sowohl Emma als auch Johann, dass ihre Recherchen noch keine Ansatzpunkte ergeben hatten. Auch die nochmaligen Befragungen, so Klaus, waren ergebnislos verlaufen.

Das interessanteste war zweifellos die Sparbuch-Spur. Anna berichtete von ihrem Besuch bei der Sparkasse. Das Sparbuch hatte nur noch einen Kontostand von 1,56 €. Allerdings wurden vor drei Wochen und zwar am 2. November 130.000 € bar abgehoben. Zu diesem Zeitpunkt war das Opfer laut Gerichtsmedizin nicht mehr am Leben gewesen. Die Sparkasse hatte als Abheber Martin Lesberger identifiziert. Da kam Ihnen zugute, dass die Geldwäschebestimmungen bereits seit Jahren vorschrieben, dass sich der Beheber von Sparbüchern ausweisen musste.

Die Frage war also nun, wie Martin Lesberger zu dem Sparbuch gekommen war. Man konnte ja auch vermuten, dass Martin seine Mutter umgebracht hatte, um in den Besitz des Geldes zu kommen. Dafür hatten sie allerdings keine Beweise. Aber es lagen genügend Verdachtsmomente vor, die eine Einvernahme rechtfertigten.

»Gut, dann holen wir ihn morgen rein«, bestimmte Arno.

Mittwoch, 23. November

Schon am frühen Morgen hatte Anna nochmals Michael Lesberger und Bettina Eisinger aufgesucht und über das Sparbuch befragt. Mit dem Ergebnis, dass beide von einem Sparbuch der Mutter wussten, allerdings konnten sie keine Angaben zur Höhe des vermutlichen Sparbuchguthabens machen.

Anna hoffte, dass sich bei der um 10:00 Uhr folgenden Einvernahme von Martin Lesberger was ergeben würde – womöglich konnten Sie den Fall heute noch abschließen.

Martin Lesberger wurde von einem Streifenwagen abgeholt und ins Polizeipräsidium in der Nietzschestraße, Vernehmungsraum 2, gebracht. Er hatte dunkle Augen, dunkle Haare, einen dunklen, ungepflegten Vollbart und eine etwas korpulente Figur.

Auszug aus dem Einvernahme-Protokoll:

Condère: Herr Lesberger, wir haben das Handy ihrer Mutter nicht gefunden.

Lesberger: Sie hatte keines. Ich auch nicht.

Condère: Herr Lesberger, wie lange wussten Sie bereits von dem Sparbuch ihrer Mutter?

Lesberger: Das wusste ich immer schon.

Condère: Wussten Sie auch wieviel Geld auf diesem Sparbuch war?

Lesberger: Nein, das wusste ich nicht.

Condère: Wissen Sie, dass das Geld nicht mehr auf dem Sparbuch ist?

Lesberger: Nein.

Condère: Wissen Sie, wer das Geld vom Sparbuch behoben hat?

Lesberger: Nein, das weiß ich nicht.

Condère: Herr Lesberger, haben Sie selbst das Geld vom Sparbuch behoben?

Lesberger: Nein, das war ich nicht.

Condère: Herr Lesberger, bei der Sparkasse wurden Sie aber als Abheber identifiziert. Sie haben bei der Behebung ihren Ausweis vorgelegt. Warum lügen Sie uns an?

Lesberger: Nein das war ich nicht… Das muss jemand anderes gewesen sein… Jemand muss mit meinem Ausweis behoben haben…

Condère: Herr Lesberger, lügen Sie doch nicht weiter. Sie haben bei der Behebung ja auch für den erhaltenen Betrag unterschrieben. Wir können durch eine Unterschriftsprobe leicht feststellen und Ihnen nachweisen, dass Sie das waren.

Lesberger: (schweigt)

Condère: Geben Sie zu, dass Sie den Betrag abgehoben haben.

Lesberger: Ich glaube… ich muss… ich will… ich will jetzt einen Anwalt haben.

Condère: Ja, das wäre Ihnen sehr zu empfehlen. Kennen Sie einen Anwalt? Wollen Sie einen anrufen?

Lesberger: (niedergeschlagen) Nein, ich kenne keinen Anwalt. Haben Sie einen für mich?

Condère: Okay, Sie können einen Pflichtverteidiger haben und wenn Sie wollen, können wir den auch für Sie anrufen.

Lesberger: Ja bitte.

Condère: Herr Lesberger, wie ist das jetzt? Stehen Sie uns weiter für die Befragung zur Verfügung oder sollen wir auf das Eintreffen des Anwalts warten?

Lesberger: Nein, wir brauchen nicht warten, fragen Sie nur.

Condère: Gut. Herr Lesberger, wieviel haben Sie behoben?

Lesberger: (schweigt)

Condère: Herr Lesberger, wir waren bei der Sparkasse und wissen, wieviel Geld auf dem Sparbuch war…

Lesberger: Etwas über 130.000 Euro.

Condère: Was haben Sie mit dem Geld gemacht?

Lesberger Ich habe es immer noch. Es liegt zu Hause.

Condère: Wie sind Sie zu dem Sparbuch gekommen?

Lesberger: Ich habe gewusst, dass es ein Sparbuch gibt und ich habe es gesucht.

Condère: Und gefunden?

Lesberger: Und gefunden.

Condère: Und wann haben Sie es gefunden?

Lesberger: Das weiß ich nicht mehr so genau, es muss vor ein paar Wochen gewesen sein. Wenn Sie eh bei der Sparkasse waren, müssen Sie ja eh alles wissen. Wieso fragen Sie dann?

Condère: Haben Sie das Sparbuch am Tag vor der Behebung gefunden?

Lesberger: Ja, genau. Am Vortag.

Condère: Gut, das war dann der 1.November. Allerheiligen. Zu diesem Zeitpunkt war ihre Mutter schon verstorben. Wie sind Sie zu dem Sparbuch gekommen? Sagen Sie uns das bitte genau.

Lesberger: Ich war in der Wohnung meiner Mutter und habe gesucht.

Condère: Wie sind Sie in die Wohnung gekommen?

Lesberger: Ich habe einen Schlüssel.

Condère: Wie lange haben Sie den Schlüssel schon?

Lesberger: Den habe ich schon immer.

Condère: Herr Lesberger, Sie haben also schon immer gewusst, dass ihre Mutter ein Sparbuch hat und Sie hatten schon immer einen Schlüssel zu ihrer Wohnung. Warum sind Sie gerade jetzt, und zwar am 1.November auf die Idee gekommen, in die Wohnung ihrer Mutter zu gehen und das Sparbuch zu suchen?

Lesberger: (sehr leise) Ich weiß nicht.

Condère: Bitte lauter – und ins Mikrophon.

Lesberger: Ich weiß es nicht!

Condère: Aber Herr Lesberger, Sie hätten doch damit rechnen müssen, dass ihre Mutter zu Hause ist.

Lesberger: Nein, ich habe vorher einige Male angerufen und sie hatte nie abgehoben. Ich wusste also, dass sie nicht zu Hause ist.

Condère: Was haben Sie denn vermutet, wo sie ist?

Lesberger: Weiß nicht.

Condère: Herr Lesberger, war es nicht so, dass sie ihre Mutter in den Brunnen gestoßen haben, dann in Ihre Wohnung gegangen sind und das Sparbuch an sich genommen haben?

Lesberger: Nein, ich habe gar nicht gewusst, dass meine Mutter nicht mehr lebt. Aber ich will jetzt einen Anwalt sprechen, ich will nichts mehr sagen ohne einen Anwalt.

Aufgrund des Vernehmungsergebnisses stellte der Staatsanwalt schließlich einen Haftbefehl aus. Aber sie hatten nur einen zwar *sehr begründeten Tatverdacht*, allerdings noch keine Beweise. Die mussten sie erst suchen und sicherstellen. Bei der Besprechung am nächsten Tag erstellten sie den weiteren Arbeitsplan. Konnten Sie bei Martin Lesberger einen Schlüssel für die Garten-Vereinshütte – oder das Brunnenschloss – finden? Fanden sich unter den sichergestellten Fingerabdrücken beim Brunnen auch die von Lesberger? Hatte jemand Martin Lesberger im Garten gesehen – alle Gartenmitglieder mit Foto befragen.

Arno war klar, dass sie – selbst wenn sie in ihrem Arbeitsplan weiterkamen – noch immer keine Beweise hatten. Das wären alles bestenfalls Indizien. Aber letztendlich hoffte er, genügend Indizien sammeln zu können, dass sich Lesberger zu einem Geständnis bereiterklärte. Insgesamt hatte er aber kein gutes Gefühl. Martin Lesberger kam ihm einfach nicht wie ein Mörder vor. Schon gar nicht, wie ein Muttermörder. Aber das war nur ein Gefühl – und mit Gefühlen konnte man gar nichts anfangen.

Samstag, 26. November

Die Sonne stand tief um diese Jahreszeit – jetzt in der Nähe der kürzesten Tage des Jahres. Die Schattengräser waren noch dick mit Raureif beschlagen. Die Bäume warfen lange, tiefe Schatten. Die Nadeln der Fichten waren gegen die Sonne fast durchsichtig, die letzten Reste des Laubes brannten rotgelb. Die Wege schlängelten sich wie mäandernde Bäche durch die Wiesen. Es war einer der Prachttage im Wasserwald.

Johann Nesburg war freier Journalist und konnte sich seine Arbeitszeit selbst einteilen. Darauf legte er großen Wert, denn er hatte schon andere Jobs gehabt, die ihn zeitlich ziemlich gestresst hatten. Seine Frau Ida war in einer Rechtsanwaltskanzlei tätig und praktisch den ganzen Tag nicht zu Hause. Nachdem sein Sohn aus erster Ehe, Julian, vor vier Monaten und 13 Tagen an Leukämie verstorben war, war die Wohnung zu Hause unter Tags öde und leer.

Johann war eine auffällige Erscheinung. Über 190 groß, ein vollkommen glatt rasierter Schädel und ein abnormal breiter Mund. Er war mit seinen 47 Jahren in guter körperlicher Verfassung – nicht zuletzt, weil er jeden Tag ein kleines Fitnessprogramm absolvierte. An sechs von sieben Wochentagen drehte er eine Nordic-Walking-Runde im Wasserwald. Auf Power! Dabei ging er eine Strecke von rund sechseinhalb Kilometern in knapp einer Stunde.

Begonnen hatte alles auf einer Familien-Sportwoche. Dort war ein Nordic-Walking-Kurs angeboten worden. Er wusste, dass er keinesfalls ein Stecken-Spazier-Träger werden wollte, aber per Spaß hatte er mitgemacht. Und es hatte ihn gleich am Anfang gepackt: Wahnsinn, wie schnell man mit den Stöcken Tempo erreichen konnte, als ob man schweben würde. Und seitdem walkte er. Er rechnete, dass er pro Jahr wohl 250 Runden drehte. Zu je 6,5 km. In den letzten 15 Jahren war er also auf rund 25.000 Kilometer gekommen. Und er walkte ohne Rücksicht auf Witterung oder Gesundheitszustand. In den letzten Tagen zum Beispiel war er sehr stark verkühlt. Husten, Halsweh und Schnupfen wollten einfach nicht nachlassen. Er war fast schon am Verzweifeln, seine Verkühlung war so stark, dass er auf einer Walking-Runde ein ganzes Paket Papiertaschentücher verbrauchte.

Im Wasserwald gab es viele Spaziergänger mit Hunden. Das war anfangs ein Problem gewesen. Nicht nur, dass er Hunde keineswegs liebte, er fürchtete sich früher auch vor ihnen – jedenfalls vor den größeren. Aber seit er konsequent mit den Nordic-Walking-Stöcken unterwegs war, ließen ihn auch die Hunde in Frieden. Warum das so war, das wusste er nicht. Vielleicht fürchteten sich die Hunde vor den Stöcken? Oder – diese Theorie hatte er jedenfalls gehört – er hatte jetzt aufgrund der mitgetragenen Stöcke keine Angst mehr und sonderte daher auch keinen Angstschweiß mehr ab. Und lockte dadurch auch keine Hunde mehr an. Egal, warum es so war, er war zufrieden.

Auf seiner Runde begegnete er auch immer wieder den gleichen Menschen, die ebenfalls walkten, joggten, spazierten oder nur ihre Hunde ausführten. Man kannte sich vom Sehen, man grüßte sich kurz – und man wusste mit ziemlicher Sicherheit, wann wer zu welcher Zeit unterwegs war.

Nach einer knappen Stunde war er wieder am Parkplatz zurück – hier konnte er die Papiertaschentücher dem Papierkorb übergeben. Johann säuberte seine Schuhe notdürftig, warf die gestylte Haube (eine ‚*Gerda-Haube*'!) und die Handschuhe samt den Stöcken in den Kofferraum. Den dunklen Van mit den getönten Scheiben, der ganz am Rande des Parkplatzes stand, bemerkte er nicht.

Sonntag, 27. November

Er musste der beste Ehemann von allen sein. Sonst hätte er nicht ausgerechnet heute seine Wanderschuhe geputzt. Es war *saukalt*, der Himmel war trübe und über dem Mühlviertel hingen die Schneewolken. Ab und zu ein Hauch von *waunn da Schneewind obawaht*. Es war wahrlich kein Über-Drüber-Tag für einen Schuhputz im Freien.

Aber Arno stand am Balkon, mit einem dünnen Pulli bekleidet und schwang die Schuhbürste. Noch pfiff er ein munt'res Liedchen vor sich hin. Am Schauplatz, sprich Balkon, erschien seine Frau Karin. Selbst in der kalten Jahreszeit brauchte so ein Blumenkistl-Schnittlauch Feuchtigkeit. Karin goss also ihren Schnittlauch, wechselt ein paar nette Worte mit Ehemann Arno – denn wenn er schon mal Schuhe putzt, musste man ihn ja bei Laune halten. Sie warf noch einen Blick auf die dunklen Schneewolken, trat wieder ins Wohnzimmer und schloss gedankenverloren die Balkontür.

Arno fehlten die Worte. Er war so überrascht, dass er nicht einmal protestieren konnte. Er blickte auf die geschlossene Balkontür und glaubte einfach an einen Irrtum, der sich sofort aufklären würde.

Karin ging beschwingt in die Küche. Sie trat ans Fenster und blickte hinaus. ‚Gleich wird's zu schneien beginnen', dachte sie, ‚eigentlich wär's an der Zeit für einen Nachmittagskaffee - hier in der warmen Stube grad das richtige an einem grauslich kalten Tag'.

Sie brühte sich in aller Ruhe eine Tasse auf, setzte sich gemütlich zum Tisch und schlürfte ihren Kaffee. Wieder blickte sie zum Fenster hinaus. Dichtes Schneetreiben. Ihr schauderte bei dem Gedanken, jetzt draußen sein zu müssen. Sie zog ihre Weste etwas enger um sich und genoss ihren Kaffee. Sie griff sich die Zeitung und überflog einige Artikel.

Das rhythmische Klopfen schien von den Nachbarn zu kommen. Die kriegen heut wohl Schnitzeln. Der Schneesturm war dichter geworden. Ein Blick aus dem Fenster – da draußen sah man ja die Hand vor den Augen nicht, bei diesem Schneetreiben – der Schnee peitschte waagrecht gegen die

Fensterscheiben. Klopf. Klopf. Klopf. Na, die Nachbarn kriegten wohl Besuch, bei der Menge Schnitzeln, die sie klopften....

Wie kalt würd's wohl draußen sein? Sie ging zum Fenster um einen Blick auf den Außenthermometer zu werfen. Minus neun Grad – na ganz schön heavy. Klopf. Klopf. Klopf. Die müssen ja einen ganzen Autobus zu Besuch kriegen – wer kann denn so viele Schnitzel auf einmal backen? Klopf. Klopf. Klopf. Schön langsam ging Karin aber das Klopfen auf die Nerven.

Wo war eigentlich Arno? Karin ging ins Wohnzimmer. Niemand da. Sie blickte zur Balkontür. Ach…? Dahinter zappelte ihr Ehemann von einem Bein auf das andere. Die Arme um seinen Körper geschlungen. Die Haare schnee- und eisverkrustet. Den Mund zu einem stummen Schrei geöffnet. Er schien zu frieren.

Eilig hatte ihn Karin dann ins Bett verfrachtet. Sie war am Boden zerstört.

»Wo bin ich nur mit meinen Gedanken gewesen?« wiederholte sie immer wieder.

Und Arno musste ständig ein Grinsen unterdrücken. Denn schließlich war es meist umgekehrt. Karin warf *ihm* vor, geistesabwesend zu sein. Immer mit den Gedanken bei seiner Arbeit… Er hatte einen halben Liter Tee mit Rum – Rum mit Tee? – bekommen und war nun unter dicken Decken verpackt.

Bei ihrem aktuellen Fall kamen sie gar nicht weiter. Martin Lesberger war noch immer in U-Haft, aber sie hatten keine Beweise gefunden. Sicher würde der Staatsanwalt morgen bestimmen, dass er freizulassen war.

Sie hatten 56 Parzelleninhaber und deren Partner verhört – das waren fast 100 Personen. Nichts. Niemand hatte Martin Lesberger jemals in der Gartenanlage gesehen. Sie hatten anhand der Fotos alle Schaulustigen vom Tatort identifiziert und verhört. Weitere 20 Personen. Nichts. Sie hatten 18 Personen aus dem Umfeld von Magdalena – also hauptsächlich Nachbarn – verhört. Nichts. Sie hatten alle Fingerabdrücke verglichen. Nichts – jedenfalls waren die von Martin Lesberger nicht dabei. Sie hatten weder Vereinshaus- noch Brunnenschloss-Schlüssel in Martin Lesbergers Wohnung gefunden, sie hatten alle möglichen und unmöglichen Konstellationen von Vereinshaus-Schlüssel und Brunnenschloss konstruiert. Es hatte zu nichts geführt.

Das einzige, was entstanden war, war eine Nebenerscheinung, eine kleine philosophische Betrachtung. Magdalena Lesberger war zwischen 20. und 26. Oktober in den Brunnen gestürzt. Die Brunnenwasserversorgung war aber erst am 1. November gesperrt worden. Das hieß: die Gartler hatten fünf bis zehn Tage Wasser verwendet, in dem gerade eine Leiche verweste. Nicht gerade appetitlich. Trotzdem spielte die Tote dadurch dem Magistrat Linz in die Hände, denn die Bestimmung war eindeutig: *Brunnenwasser war kein Trinkwasser!* Und musste auch als solches gekennzeichnet sein. Dass alle Gartler das Brunnenwasser tranken, war allgemein bekannt. Dass da niemand krank geworden war? Nun auch dafür hatte sich eine Begründung gefunden. Das Gartenjahr neigte sich dem Ende zu, es war schon ungemütlich kalt und es hielten sich kaum mehr Personen in den Gärten auf.

Warum kam ihm das alles jetzt in den Sinn? Gut, das Halbliter-Häferl Rum mit Tee war ausgetrunken. Da konnten die Gedanken schon mal etwas ausrutschen.

Karin öffnete leise die Tür.

»Arno, bist du wach?« fragte sie halblaut.

»Jaaa-aa«, antwortete Arno heiser, aus dem Halbschlaf gerissen.

Karin hielt ihm sein Handy hin.

»Es ist Emma. Willst du mit ihr sprechen?«

»Ja, gib her.« Er nahm das Handy entgegen und meldete sich »hallo Emma.«

»Hallo Arno. Ich hoffe, ich störe dich nicht…« sagte sie etwas schuldbewusst.

»Nein, nein, was gibt's?«

»Nun, mir ist da noch etwas eingefallen zum Lesberger-Fall.«

»Ja?«

»Vielleicht sind wir die Sache von der falschen Seite angegangen. Ich hätte da so eine Idee… vielleicht etwas verrückt… aber…«

»Okay, Emma«, sagte Arno, plötzlich hellwach und interessiert, »kannst du vorbeikommen?«
»Bei dir?«
»Ja.«
»Wann?«
»Na, jetzt.«
»Jetzt?«
»Ja. Jetzt.«
»Ich bin in einer halben Stunde bei dir.«

Zuerst hatte Arno natürlich Emma sein heutiges Balkon-Abenteuer erzählen müssen. Aber Emma war ungeduldig.
»Arno, wir haben bisher nur ein Motiv. Nämlich Geld.«
»Wir haben ja auch nur einen Verdächtigen.«
»Und darauf haben wir alle Gedankengänge konzentriert.«
»Wohl oder übel.«
»Fangen wir ganz neu an. Ganz von vorne. Ich stell dir Fragen – und du beantwortest sie.«
»Okay, schieß los.«
»Was haben wir über Magdalena als Gartenbesitzerin herausgefunden?«
»Ihr Garten war ungepflegt. Weil sie aus gesundheitlichen Gründen nicht mehr konnte.«
»Wie oft war sie im Garten?«
»In letzter Zeit ganz selten.«
»Warum war sie dann jetzt, zwischen 20. und 26. Oktober im Garten? Die Gartensaison neigte sich schon dem Ende zu. Es war nicht mehr warm und angenehm. Es war kalt und unfreundlich. Warum war sie dort?«
Arno dachte nach.
»Vielleicht hat sie etwas abgeholt? Oder hingebracht?«
»Und da ist dann plötzlich ihr Mörder gestanden und hat sich gedacht, dass das eine gute Gelegenheit war?«
»Nicht sehr wahrscheinlich.«
»Sie… sie hat… sie hat sich verabredet?«
»Bingo! Sie hat sich verabredet!«
»Mit wem? Warum? Wozu?«
»Ich glaube, da könnte dir dein Freund Adam helfen.«

»Adam?«

»Ruf ihn an und sprich mit ihm. Dann wird dir klar werden, warum sie sich im Garten mit jemanden verabredet hat.«

»Emma, komm, lass jetzt die Spielchen. Hilf mir auf die Sprünge.«

»Adam könnte dir erzählen, dass die Vereinsleitung unbedingt wollte, dass Magda ihren Garten verkauft. Weil er so ungepflegt war…«

»Ahhh… Sie könnte sich mit einem Käufer verabredet haben? Zur Besichtigung. Zu Preisverhandlungen?«

»Bingo!«

»Und dieser Käufer…, dieser Interessent…, hat sie dann… umgebracht? Mit welchem… Motiv? Oder war es umgekehrt? Der Mörder hat sich als Interessent ausgegeben?«

»Ja, das meine ich.«

»Aber, woher hat er das gewusst? Dass der Garten zu verkaufen ist?«

»Wenn er die Magda gekannt hat, dann muss er auch gewusst haben, dass sie den Garten verkaufen will.«

»Klar. Das bringt uns aber keinen Schritt weiter. Wir suchen einen Unbekannten, der Magda nach dem Leben trachtete. Wir haben keine Ahnung, was das Motiv gewesen sein könnte. Aber… aber es könnte uns akzeptieren lassen, dass Martin Lesberger nicht der Möder ist…«

»Da ist noch was…«, sagte Emma zögerlich.

»Ja?«

»Ich bin auf das ganze erst bei meinen Internet-Recherchen draufgekommen. Ich habe die Homepage des Landesverbands der Kleingärtner OÖ gefunden. Und dort gibt's eine Gartenbörse, also welche Gärten frei werden. Und dort stand der Garten von Magda Lesberger drinnen.«

»Gute Arbeit. Was schlägst du jetzt vor?«

»Also, wenn es jemand auf Magda abgesehen hatte«, überlegte Emma laut, »dann könnte er wegen eines – vorgetäuschten – Gartenkaufs mit ihr Kontakt aufgenommen haben. Er könnte sich mit ihr im Garten verabredet haben und sie dabei in den Brunnen gestoßen haben… Oder… er wollte den Garten wirklich kaufen…«

»Dann macht es aber keinen Sinn, dass er sie ermordet hat. Es sei denn… er hoffte, den Garten billiger von den Erben zu kaufen. Aber worum geht es dabei? Um ein paar hundert oder ein paar tausend Euro? Dafür bringt man doch keinen Menschen um.«

»Richtig, ich glaub auch nicht, dass Geld ein Grund gewesen sein könnte. Ich glaube, dass es etwas *Persönliches* sein muss.«

»Ja, etwas Persönliches…«, sinnierte Arno, »bei über 80% aller Tötungsdelikte gibt es eine Beziehung zwischen Täter und Opfer. Aber damit sind wir wieder am Ausgangspunkt. Solange wir niemanden finden, der etwas gegen Magda gehabt hat, stecken wir in einer Sackgasse.«

»Ich weiß.«

»Gut, wir werden das morgen im Team diskutieren. Vielleicht kommen wir da irgendwie weiter.«

Du beobachtest, wie sie läuft. Leichtfüßig. Unbeschwert. Sie läuft nicht wie andere, die trainieren. Sie keucht nicht. Sie ist nicht schweißüberströmt. Sie hat nicht diesen schweren Schritt. Sie tänzelt fast. Und hat ein Lächeln im Gesicht. Sie weiß noch nicht, dass du sie in wenigen Minuten ereilen wirst. Du denkst, dass es schade ist um sie. Schade in einem höheren Sinn. Aber so ist das Leben. Du hast die Macht. Die Macht zu strafen. Die Macht, ihn zur Einsicht zu bringen. Und du weißt, er wird einsichtig werden. Er wird einsehen, dass er Schuld trägt. Schuld am Unglück anderer. Und er wird bereuen. Sein sorgloses Leben wird hiermit zu Ende sein. Du denkst daran, dass er den Rest seines Lebens die Schuld auf seinen Schultern spüren wird. Du kniest am feuchten Boden. Das kleine Wäldchen gewährt dir Schutz. Es ist jetzt an der Zeit. Der Hund kommt angerannt.

Montag, 28. November

»Wenn wir nichts Neues haben, wird der Staatsanwalt heute die Entlassung von Lesberger verfügen. Haben wir irgendwas?«

Arno fühlte sich wieder fit. Gott sei Dank hatte er sich bei seinem Balkonabenteuer nicht erkältet. Alle hatten sich zur Morgenbesprechung versammelt.

Anna, Klaus und Johann schüttelten den Kopf. Nichts Neues. Emma erzählte von ihrer Theorie mit dem Gartenverkauf und dem Verkaufsinserat im Internet. Aber das waren letztendlich Theorien, die Lesberger eher entlasteten. Sie kamen überein, dass Emma ihre Theorien weiterverfolgen sollte, was aber nichts weiter war als ein Ausdruck ihrer derzeitigen Hilflosigkeit. In diesem Moment kam der Notruf herein.

**

Sie joggte fast jeden Tag im Wasserwald. Etwa 40 Minuten umfasste ihr tägliches Programm. Auch heute. Obwohl es nass, kalt und unfreundlich war. Es nieselte leicht. Sie lief mit ihrem Hund.

Es war ein *Airedale Terrier* mit einer Schulterhöhe von 50 cm, also ein *Hochläufiger Terrier*. Es war ein lernfreudiges, intelligentes, wenig nachtragendes und sehr kinderliebes Tier. Aber, er benötigte viel Bewegung und Beschäftigung und war daher für bequeme Menschen nicht geeignet. Sie zählte sich nicht zu den bequemen Menschen. Sie nannte ihn *Xolotl* – nach dem aztekischen Gott.

Meist lief *Xolotl* neben ihr her, denn sie nahm nicht immer den gleichen Weg. Eben war er aber ein kleines Stück vorausgelaufen und in einem kleinen Wäldchen verschwunden. Als sie wenig später selbst an diesen Wäldchen vorbeilief, erwartete sie, dass im selben Moment *Xolotl* wieder auftauchen würde. Aber er kam nicht. Sie war schon vorbeigelaufen und hatte sich umgesehen. *Xolotl* war nirgends zu sehen. Also lief sie das kurze Stück zurück, hinein in das Wäldchen. Rief nach ihm, aber von *Xolotl* war nichts zu hören und nichts zu sehen.

Ratlos sah sie sich um. Das Wäldchen war winzig klein und umfasste höchstens 20 Bäume. Hier konnte *Xolotl* doch nicht verschwunden sein. Plötzlich sah sie etwa drei Meter vor ihr etwas auf dem Boden liegen. Sie trat näher. Um Gottes Willen... das war doch... Was war denn das? Mein Gott, das war *Xolotl*. Er lag auf dem Rücken und zuckte. Sein Bauch war aufgeschlitzt. Gedärme hingen heraus. Blut floss aus ihm. Sie fiel vor *Xolotl* auf die Knie. Sie verstand gar nichts. Schluchzte auf. Sie hörte – oder spürte – in diesem Moment eine Bewegung hinter sich. Wollte sich umdrehen. Fühlte, wie sie an den Haaren gefasst wurde. Ihr Kopf wurde brutal zurückgerissen. Fühlte etwas Scharfes, etwas Kaltes an ihrem Hals...

**

Arno und Anna waren auf dem Weg. Eine Tote im Wasserwald! Ausgerechnet im Wasserwald, in dem Arno schon so oft gejoggt war. Das letzte Mal war erst ein paar Wochen her. Eine Tote im Wasserwald! Was konnte das bedeuten? Sie hatten pro Jahr maximal 20 Fälle. Im Vorjahr hatten sie fünf Anzeigen wegen vollendeter Tötung und 11 wegen versuchter Tötung gehabt. Und alle 16 Fälle hatten sie aufgeklärt – eine Aufklärungsquote von 100% konnte leider nicht mehr übertroffen werden. Drei Anzeigen wegen vollendeter Tötung hatten sie heuer schon gehabt. Und jetzt innerhalb von nur einer Woche zwei weitere. Die Wahrscheinlichkeit eines Zusammenhangs war groß. Mal sehen.

Im Wasserwald, am Fundort der Leiche, gab es nichts zu tun. Die Spurensicherer waren am Werk. Die Ärztin hatte ihre Erstuntersuchung beendet. Sie befragten kurz das vierzehnjährige Mädchen, das die Leiche gefunden hatte. Sie hatte ihren Hund äusserln geführt und hatte auch den Notruf abgesetzt. Sie konnte nichts zu irgendeiner Aufhellung der Sache beitragen. Sie hatte die Tote gefunden, sofort per Handy die Polizei gerufen. Gesehen hatte sie im Umfeld niemanden. Es war ein unfreundliches Wetter, inzwischen war der Niesel- in Dauerregen übergegangen. Es war nasskalt. Sie fuhren zurück.

Bei der Toten handelte es sich um eine attraktive 30- bis 40jährige Frau. Die Kehle war ihr aufgeschlitzt worden, sie war innerhalb von Sekunden verblutet. Keine Vergewaltigung. Gleichzeitig war – wahrscheinlich mit der gleichen Waffe – ihr Hund getötet worden. Es handelte sich um ein angeblich edles Tier, einen *Airedale Terrier.* Die Tote war relativ zentral im Wasserwald entdeckt worden, in einem winzigen Waldstück. Die Mordwaffe war bis jetzt nicht gefunden worden.

Der Wasserwald war ein Naherholungsgebiet mit Wald- und Wiesenflächen im Linzer Bezirk Kleinmünchen-Auwiesen. Das Gebiet umfasste eine Fläche von etwa 1,5 mal 1 Kilometer und war Teil des Wasserschutzgebietes des Wasserwerks Scharlinz. Durch den südwestlichen Abschnitt führten auch einige Straßen mit *Fahrverbot ausgenommen Anlieger*, da sich einige Wohnhäuser und Bauernhäuser im Gebiet befanden.

Die Tote war Joggerin gewesen, sie trug weder Ausweispapiere noch Handy bei sich und konnte bis jetzt nicht identifiziert werden. Auf den Parkplätzen rund um den Wasserwald war bis jetzt kein herrenloses Auto gefunden worden. Sie musste zu Fuß gekommen sein. Aus den umliegenden Wohngebieten. Aber die waren riesig. Der Wasserwald war wohl von tausenden Wohnungen und Privathäusern zu Fuß erreichbar. Vermisstenmeldungen waren bis jetzt nicht eingegangen. Sie hatten alle umliegenden Polizeidienststellen angewiesen, Vermisstenmeldungen und -anfragen unverzüglich an das *LKA, EB 1 Leib/Leben* weiterzuleiten. Sie konnten nur warten.

Laut Ersteinschätzung der Gerichtsmedizin war die Frau zwischen 09.30 und 10.00 gestorben. Die Meldung über den Leichenfund war um 10.45 bei der Polizeidienststelle Kleinmünchen eingegangen. Die Polizisten waren um 10.51 vor Ort gewesen. Das LKA wurde um 10.54 verständigt. Arno war mit Anna um 11.13 am Tatort eingetroffen – also etwa 1½ Stunden nach der Tat. Nachdem die durchschnittliche Verweilzeit von Besuchern im größten Park von Linz auf rund eine Stunde eingeschätzt wurde, bedeutete das, dass sich bei Ihrem Eintreffen niemand mehr im Wasserwald aufgehalten hatte, der auch schon zur Tatzeit dort war.

»Das ist ein Dilemma«, sagte Emma Till, »denn Parkbesucher sind wohl kaum namentlich bekannt. Wir müssen unbedingt öffentliche Aufrufe starten, dass sich Parkbesucher bei uns melden sollen, sonst haben wir überhaupt keine Chance, Zeugen aufzuspüren.«

Arno zögerte kurz. Dann rief er »okay! Klaus, ruf' das ‚*Büro Öffentlichkeitsarbeit*' an, es soll sofort jemand rüberkommen. Anna, du kümmerst dich darum, dass ein Call-Center eingerichtet wird – die Telefonnummer brauchen wir sofort. Ach ja, Johann, sag Nico, Kai und Ute, sie sollen alles liegen und stehen lassen und sofort zu uns in den Besprechungsraum kommen.«

Sie erklärten dem Pressemenschen, worum es ging. Er rauschte ab. Eine Viertelstunde später war er zurück mit einer Medien-Liste.

Von den Radiosendern wählten sie aus: *Ö-Regional Radio OÖ, Krone-Hit-Radio, Life-Radio, Radio Arabella, Welle1-OÖ.* Außerdem würden sie die *OÖ Nachrichten* und die *Kronenzeitung OÖ* um eine kurze Notiz ersuchen. Vielleicht ließ sich noch im TV etwas unterbringen, und zwar um 19.00 in der Sendung *Oberösterreich Heute* des ORF2, Landesstudio OÖ.

Die Notiz lautete: *Heute Vormittag wurde im Linzer Wasserwald eine Frau tot aufgefunden. Alle Personen, die sich zwischen 09.00 und 10.00 im Wasserwald aufgehalten haben, werden ersucht, sich unter folgender Polizei-Tel.Nr. zu melden: 05 9133 401111.*

Sie hatten darauf verzichtet, den Personenkreis einzuschränken auf jene, die eine Beobachtung gemacht hatten. Denn, dann würde sich wahrscheinlich kaum jemand melden.

Um 16.52 Uhr kam der Anruf von der Polizeiwache Spallerhof.

»Chefinspektor Arno Rack?« fragte eine ihm unbekannte Stimme.

»Ja.«

»Hier spricht Revierinspektor Ötziishir. Ich habe hier einen Mann mit seiner Tochter. Er vermisst seine 36-jährige Frau. Er meint, dass sie wahrscheinlich mit dem Hund im Wasserwald joggen war.«

»Geben Sie ihm keinerlei Informationen. Wir kommen sofort.«

Er war mit Emma zum Spallerhof gerast. Da der Ehemann immer der erste Verdächtige war, wollte sich Arno voll und ganz auf ihn konzentrieren. Er fragte Emma, ob sie sich zutrauen würde, das Gespräch zu führen.

»Ja. Welche Strategie?«

»Ich will erst alles über ihn, seine Frau und seine Familie erfahren. Erst dann können wir ihm sagen, dass sie tot ist.«

»Also, die grausame Variante.«

»Geht nicht anders, wir wissen überhaupt noch nichts. Kann er schon was erfahren haben? Sind im Rundfunk schon Meldungen durch?«

»Nein, die starten mit den 17-Uhr-Nachrichten. Die wird er wohl kaum am Revier hören. Wenn ihm also die Polizeidienststelle nichts gesagt hat…«

»Ich habe ihm nur gesagt, dass wir eine Vermisstenmeldung nicht vor 24 Stunden aufnehmen können«, erklärte Revierinspektor Ötziishir, »und dass er deshalb auf meinen Chef warten müsste. Seitdem sitzt er mit seiner Tochter in unserem kleinen Nebenzimmer.«

»Gut gemacht. Können wir?«, fragte Arno an Emma gewandt.

Sie betraten einen kleinen Raum. Darin war ein Aktenschrank, ein Tisch und fünf Sesseln. Der Mann war in den 40ern, groß, schlank, dunkelblondes Haar, das aus der Stirn gekämmt war und im Nacken eine Rolle bildete. Das Gesicht zierte ein etwas ungepflegt wirkender Schnurr- und Kinnbart, ein *Henriquatre*. Das Mädchen war etwa 10 Jahre alt, sehr zart, lange blonde Haare. Beide machten einen unsicheren und fast verängstigten Eindruck.

»Ich bin Bezirksinspektorin Emma Till«, stellte Emma sich vor und deutete auf Arno »und das ist mein Kollege Arno Rack.«.

Sie setzten sich beide an den Tisch. Zuerst ging es um die Personalien. Der Mann war Friedhelm Schmidt, 38, Automechaniker. Die Tochter hieß Tina und war 10. Der Mann rieb sich immer wieder nervös die Hände.

»Sie vermissen Ihre Frau? Erzählen Sie bitte.«

»Meine Frau heißt Luisa, ist 36 Jahre alt und Hausfrau. Sie geht fast jeden Tag joggen. Meist in den Wasserwald. Denn von uns ist's dorthin ja nicht weit. Und sie nimmt immer Tinas Hund mit.«

»Ach, du hast einen Hund?«, wandte sich Emma an Tina, »wie heißt er denn?«

» *Xolotl*«, antwortete Tina.

»Das ist aber ein ungewöhnlicher Name. Was ist er denn für einer?«

»Ein *Airedale Terrier.«*

»Aha. Bitte Herr Schmidt, erzählen Sie weiter.«

»Ja,... Mittags rief mich Tina an und sagte mir, dass ihre Mutter nicht zu Hause sei. Tina war von der Schule gekommen. Ich hab dann Mittagspause gemacht und versucht, Luisa auf dem Handy zu erreichen. Aber da hat sich Tina gemeldet, weil das Handy zu Hause gelegen ist. Dann habe ich Luisas Freundinnen bzw. unsere gemeinsamen Freunde angerufen. Niemand hatte etwas von ihr gehört. Natürlich hab ich nicht alle erreicht, es hätte also sein können, dass sie mit irgendwem auf einen Kaffee gegangen war...«

Er verstummte. Arno begriff, dass er selbst nicht wirklich an diese Möglichkeit glaubte.

»Wie heißt die beste Freundin von Luisa?«

»Das ist die Mia Raichz, sie wohnt im Haus neben uns.«

»Okay, erzählen Sie weiter.«

»Ich musste dann noch ein paar wichtige Sachen in der Arbeit erledigen und bin dann so bald wie möglich nach Hause gefahren. So um halb fünf. Aber Luisa war noch immer nicht da. Wir wussten nicht, was wir tun sollten, daher sind wir hierher zur Polizei. Können Sie uns bitte helfen? Vielleicht Krankenhäuser...? Oder Verkehrsunfälle...? Bitte...«

»Wann haben Sie denn Luisa zum letzten Mal gesehen?«

»Beim Frühstück. Ich bin um halb acht zur Arbeit.«

»Wo arbeiten Sie denn, Herr Schmidt?«

»Bei der Firma ‚*Auto perfect*' am Franzosenhausweg. Aber was hat das mit meiner Firma zu tun?«

Er wirkte nun etwas panisch. Hatten sie einen wunden Punkt getroffen? Oder war er nur ungeduldig?

»Ganz ruhig, Herr Schmidt«, sagte Emma in beruhigendem Tonfall, »wir müssen uns nur erst mal einen Überblick verschaffen. Ist sowas schon öfter vorgekommen?«

»Dass sie nicht nach Hause gekommen ist? Nein… ich kann mich nicht erinnern, dass ich sie schon einmal gesucht hätte. Vielleicht ist sie manchmal ein halbe Stunde zu spät gekommen. Aber sie ist ja jetzt…«, er blickte auf seine Uhr, »schon sieben oder acht Stunden verschwunden…«

Seine Stimme war jetzt schriller geworden und drohte zu kippen.

»Ich glaube, wir machen eine kleine Pause«, mischte sich Arno nun erstmals ein. Aber er wollte diesem Friedhelm Schmidt alles andere als eine Pause gönnen.

»Geh, Frau Till, bitte, schaust du mal mit Tina kurz nach draußen?«

Emma stand auf und nahm Tina bei der Hand.

»Tina, kommst du mal mit mir? Vielleicht fällt uns gemeinsam noch etwas ein, wo deine Mutter sein könnte?«

Emma verließ mit Tina das Zimmer. Friedhelm Schmidt sah Ihnen mit großen, entsetzten Augen nach.

»Herr Schmidt«, wandte sich Arno an seinen nunmehr alleinigen Gesprächspartner, »stellen Sie mal ein paar Vermutungen an – so verrückt sie auch sein mögen – wo ihre Frau sein könnte.«

»Ich… Ich… weiß nicht mehr was ich denken soll und woran… Woran ich denken kann…«, stotterte Schmidt.

»Könnte sie bei einem Mann sein?«

»Was? Was? Ich verstehe nicht.«

»Herr Schmidt, Sie verstehen meine Frage sehr wohl.«

Friedhelm schwieg und starrte Arno ins Gesicht. Seine Lider zuckten. Er verlor zunehmend die Kontrolle.

»Herr Schmidt, könnte Ihre Frau eine Beziehung zu einem anderen Mann haben?«

»Nein, keinesfalls. Wir lieben uns und wir führen eine gute Ehe.«

»Haben Sie eine Geliebte, Herr Schmidt?«

»Was? Ich? Nein, keinesfalls.«

»Gab es Streit zwischen Ihnen und Ihrer Frau?«

»Nein, wir haben nicht gestritten.«

»Wann war der letzte Streit, Herr Schmidt?«

»Ich kann mich gar nicht mehr erinnern… vielleicht im vorigen Monat…«

»Und warum ging es dabei?«

»Ach, irgendwie eine Lappalie… wahrscheinlich ging's darum, wen wir zu uns nach Hause einladen sollten… oder irgend eine ähnlich unwichtige Sache.«

»Gut, Herr Schmidt. Hatte Ihre Frau Feinde?«

»Was heißt ‚*hatte*'? Wa.. wa.. was heißt das? Wa.. wa.. wa.. was mei.. mei.. mei.. meinen S.. S.. S.. Sie da.. da.. da.. damit?«

Er stotterte jetzt stark. Ahnte – wenn vielleicht auch nur im Unterbewusstsein – dass da mehr nicht stimmte, als dass seine Frau mal kurz abgängig war. Er war vor dem Zusammenbruch.

»Ich meinte natürlich ‚*hat*' Ihre Frau Feinde?«

»Ni... ni... ni... nicht dass ich wü... wü... wüsste… na... na... natürlich hat sie ma... ma... manchmal mit je... je... jemanden eine Au... Au... Au... Auseinanderse... se... se… – aber si... si... si... sicherlich nichts Ernstha... ha... haftes.«

Es trat eine längere Pause ein. Arno überlegte, wie weit er gehen sollte. Insgesamt hatte er den Eindruck gewonnen, dass dieser Friedhelm Schmidt sauber war, beziehungsweise in der Eile jetzt noch keine Anhaltspunkte festgestellt werden konnten, ob er mit dem Tod seiner Frau etwas zu tun haben könnte. Er kam zu dem Schluss, dass er nun abbrechen musste und Friedhelm Schmidt die Wahrheit sagen musste.

»Herr Schmidt,« begann Arno, »ich muss mich jetzt erstens bei Ihnen für unsere Vorgangsweise entschuldigen, aber Sie werden verstehen, dass dies notwendig war. Zweitens muss ich Ihnen nun eine ganz traurige Mitteilung machen.«

Arno hatte in den letzten Minuten gesehen, wie Friedhelm Schmidt verfiel, immer kleiner im Sessel wurde und zu schwitzen begonnen hatte. Seine Augen vor Entsetzen weit aufgerissen. Er ahnte, was jetzt kommen würde.

»Herr Schmidt, wir haben Ihre Frau im Wasserwald tot aufgefunden.«

Arno wollte ihn scharf beobachten. Das war aber nicht mehr möglich. Friedhelm Schmidt begann ein unverständliches Gemurmel, Speichel floss ihm aus den Mundwinkeln. Dann verdrehte er die Augen und kippte wie in Zeitlupe vom Sessel.

Arno stürmte nach draußen, orderte einen Krankenwagen, Krisenintervention und Jugendamt.

Als sie zurück in die Nietzschestraße fuhren, sagte Emma leise »Arno, darf ich was sagen?«

»Was soll das? Du kannst immer was sagen«, antwortete Arno unwirsch und unfreundlich. Er ahnte was kommen würde.

»Das eben war nicht in Ordnung.«

»Was«, fragte er barsch, obwohl er genau wusste, was Emma ansprach.

Emma schwieg. Auch Arno.

Arno dachte, dass sie Recht hatte. Sowas machte man nur in äußersten Notfällen. Es war ausgesprochen grausam. Und gerade in diesem Fall, wo man den Zusammenbruch des Ehemannes schon vorausgesehen hatte… Das hätte er nicht tun dürfen.

»Ich dachte…«, begann Arno, »ich wollte…«

Längeres Schweigen.

»Es war ein Fehler.«

»Ja, das war es. Arno, es steht mir nicht zu, denn schließlich bist du mein Chef. Aber ich wollte, dass du weißt, dass ich das missbillige. Bitte bring mich nie wieder in so eine Situation… dass ich bei sowas mitmachen muss.«

»Ist okay, Emma.« Und nach längerem Schweigen. »Gut, dass du es gesagt hast. Es war nicht nur mutig von dir, sondern auch richtig. Ich brauch das. Ich brauche es, dass mich jemand auf Fehler hinweist. Wenn ich niemanden hätte, wäre ich ein einsamer Mensch. Und wenn jemand kein Feed-Back mehr zu dem bekommt, was er tut, dann ist er nicht nur einsam… dann ist er ein armer Teufel.«

Ihre Kollegen warteten schon auf sie. Nico Lauss, Kai Pirinner und Ute Ruhs waren zu ihrer kleinen Gruppe dazugekommen. Anna, Klaus und Johann hatten sie schon über die bisher vorliegenden Ergebnisse informiert. Emma berichtete von Friedhelm Schmidt.

»Hat sich schon jemand gemeldet auf unserem Aufruf?«, fragte Arno mit einem Blick auf die Uhr. Es war halb sieben und die ersten Aufrufe waren vor eineinhalb Stunden rausgegangen.

»Das Call-Center ist mit drei Personen besetzt. Es kommt nicht viel rein. Wenn was Interessantes dabei ist, stellen sie sofort zu uns durch.«

»Und?«

»Drei hörten sich interessant an. Sie waren um die fragliche Zeit im Wasserwald. Auf Anhieb konnten sie aber nichts Konkretes sagen. Sie kommen morgen Vormittag zu uns rein.«

»Gut, vielleicht kommt nach *Oberösterreich heute* noch was rein. Wir brauchen heute eine Nachtschicht. Wer bleibt hier?«

»Ich kann hierbleiben«, meldete sich Nico.

Nico Lauss, war 28 Jahre alt, ledig und offensichtlich derzeit in keiner Beziehung. Er war mittelgroß, stämmig, die dunklen Haare kurz geschnitten, er trug einen gepflegten, kurz geschnittenen Vollbart. In seiner Jugend war er Schilangläufer gewesen. Damit hatte er seinem Vater nachgeeifert, der in seiner Jugend ein erfolgreicher Schilangläufer gewesen war. Von klein auf war er vom Vater trainiert worden. Als junger Bursche war er nicht immer damit einverstanden gewesen – er hätte gerne die Interessen seiner Freunde geteilt. Vater war vollkommen aus dem Häuschen gewesen, als er sich mit 18 – eben auf dem Sprung in die Nationalmannschaft – entschloss, zum Biathlon zu wechseln. Vater hatte ihm das zuerst verbieten wollen, dann hatte er ihm gedroht und schließlich hatte er ihn angefleht. Aber er ließ sich nicht abbringen.

In der Biathlon-Mannschaft wurde er wegen seines läuferischen Könnens mit offenen Armen aufgenommen. Aber er musste vorerst Schießen lernen – ein Training, das sich über drei Jahre hinzog, bevor sich erste Erfolge einstellten. Da er nach wie vor ein für Biathlon-Verhältnisse hervorragender Läufer war, stand er mit 22 Jahren kurz davor, in die Nationalmannschaft aufgenommen zu werden. Doch dann traten zwei Ereignisse ein, die seine Biathlon-Karriere beenden sollten. Bei einem Qualifikationsrennen war er mit über einer Minute Vorsprung in Führung gelegen. Im letzten Schießen – stehend – hatte er wohl aus Nervosität über seinen ersten großen, in greifbarer Nähe liegenden Erfolg – auf die falsche Scheibe geschossen. Obwohl er mit allen fünf Schüssen getroffen hatte, hatte er natürlich fünf Strafrunden kassiert. Er wäre wahrscheinlich trotzdem noch unter die ersten Zwanzig gekommen, aber seine Enttäuschung war so groß gewesen, dass er das Rennen aufgegeben hatte. Die Aufregung in der Mannschaft und unter den Trainern war riesengroß gewesen. Dass ein Athlet einfach aufgab, war ein absolutes *Nogo*. Das war höchstens bei schwerwiegenden Verletzungen denkbar. Aber damit waren körperliche Verletzungen gemeint – und nicht seelische. Schließlich hatte man ihm seinen Fauxpas in Anbetracht seiner Jugend nachgesehen.

Doch leider trat nur einen Monat später das zweite bestimmende Ereignis ein. Beim Ausscheidungsrennen in die Nationalmannschaft, war er vor dem letzten Schießen – diesmal liegend – wieder in Führung gelegen. Nahezu uneinholbar. Selbst wenn er ein oder zwei Strafrunden kassierte, würde er aufgrund seiner Laufstärke immer noch gewinnen können. Und dann war das Unvorstellbare eingetreten. Er hatte das Ziel fünf Mal verfehlt. Das war ihm in den letzten Jahren nicht mal auf dem Trainingsstand passiert – schon gar nicht bei einem Rennen. Fünf Mal verschossen! Wie betäubt, war er auf der Matte gelegen. Hatte noch immer durch die Zieleinrichtung geblickt. War unfähig gewesen, aufzustehen. Er konnte sich nicht einmal rühren. Nach fast einer ganzen Minute hatte er sich schwerfällig erhoben. Er hatte das Gewehr in den Schnee geworfen. Hatte es wieder aufgehoben. Hatte es vorne am Lauf gepackt. Und in rasender Wut mehrmals über den Holzzaun der Pistenbegrenzung geschlagen. Das Präzisionsgerät war erledigt gewesen. Ebenso die Biathlon-Karriere des Nico Lauss. Vor fünf Jahren hatte er sich beim LKA beworben und seit zwei Jahren war er in Arnos Team. Nicht zu Unrecht wurde er auch heute noch manchmal *Bitzlhäferl* genannt.

»Gut, Nico. Noch etwas. Wir haben hier eine äußerst brutale und kaltblütig in der Öffentlichkeit begangene Gewalttat. Der Täter ist gefährlich. Ab sofort gilt, dass alle Befragungen und Recherchen außer Haus nur mehr zu Zweit durchgeführt werden. Ich will keine Alleingänge. Ist das klar? Das ist eine Anweisung! Haben das alle verstanden?«

Alle nickten.

»Als erstes müssen wir Friedhelm Schmidts Alibi überprüfen. Klaus, bitte übernimm das gleich morgen früh. Kai, du hilfst ihm dabei. Okay?«

Rein optisch war Kai Pirinner das genaue Gegenteil von Klaus Drofoby. Immer lässig bis nachlässig gekleidet, sah der 35jährige mit seiner gelockten Mähne und dem nachlässigen 3 bis 5-Tage-Bart eher aus wie ein Bergsteiger oder Abenteurer, als ein Kriminalist. Das war aber nicht weit hergeholt, denn Kai war ein Quereinsteiger.

Von Kindheit an war das Klettern seine Leidenschaft gewesen. Kein Klettergerüst war vor ihm sicher gewesen. Von seinen Eltern hatte er außerdem die Begeisterung für die Berge mitbekommen. Mit 14 unternahm er seine ersten ernstzunehmenden Kletterversuche im Gebirge. In Maria Alm am Steinernen Meer. In der Folge absolvierte er eine Kletterschule und nahm an mehreren Klettermeisterschaften teil. Das Wettklettern interessierte ihn jedoch bald nicht mehr und er wandte sich den natürlichen Herausforderungen im Felsklettern zu. Er kletterte mehrere schwierige und entlegene Wände *Free Solo* auf der ganzen Welt und fand eigene, neue Kletterrouten. Er erreichte den Schwierigkeitsgrad 8+ auf der UIAA-Skala. Finanzieren konnte er seine Reisen durch Vorträge und Filme. Vor vier Jahren war er in der Rinnerberger Klamm im Nationalpark Kalkalpen 20 Meter abgestürzt. Er hatte sich beide Beine gebrochen. Vierzig Mal. Seitdem hinkte er. Ans Klettern war nicht mehr zu denken gewesen.

»Alles klar, Boss«, sagte Kai.

»Johann, bitte recherchiere das Umfeld der Familie… Freunde, Bekannte, Verwandte – kannst du damit heute noch beginnen?«

»Ja, ich fang dann gleich an.«

»Und schaff die Handys der Familie Schmidt herbei. Wir müssen die letzten Anrufe wissen.«

Arno wandte sich an Ute Ruhs, »für dich hätte ich eine besondere Aufgabe. Du bleibst voll in den Schmidt-Fall involviert, übernimmst aber vorerst hauptverantwortlich den Lesberger-Fall. Der Staatsanwalt hat heute Martin Lesberger aus der U-Haft entlassen. Du weißt noch nicht viel über den Fall, also lies dich in die Akte ein. Ich möchte, dass jemand ohne Vorbehalte und Vorkenntnisse drüberschaut und vielleicht so zu neuen Ideen und Ansätzen kommt. Passt das für dich, Ute?«

»Klar mach ich das, ich wird' mich noch heute Abend einlesen«, antwortete Ute Ruhs. Sie war 38, verheiratet, seit 15 Jahren bei der Polizei und seit acht Jahren in der Mordgruppe des LKA. Trotz ihrer eher stämmigen Figur war sie eine quirlige Person, hatte bis auf die Schultern fallende, rot gefärbte Haare. Sie quasselte gerne etwas zu viel und wurde daher oft unterschätzt, sie hatte einen analytischen Verstand und war für die Gruppe sehr wertvoll. Sie war die Spezialistin für alles EDV-technische. Was sie auf einer Festplatte nicht finden konnte, konnte keiner finden. Und was sie im Internet nicht finden konnte, das gab es dann ganz einfach nicht. Arno hatte einmal zu ihr gesagt, dass er gar nicht wissen wolle, wie sie das mache. Und sie hatte geantwortet, dass das auch besser so sei.

Ihre Kenntnisse und Fähigkeiten kamen nicht von ungefähr. Eher aus Langeweile hatte sie sich in ihrer Jugendzeit dem damaligen LCC, dem Linzer-Computer-Club angeschlossen, einem Zusammenschluss experimentierfreudiger Technikenthusiasten. Der Club war nahezu ausschließlich männlich geprägt, als Mädchen war sie hier eindeutig die Ausnahme gewesen. Aber gemeinsam war allen, dass sie Spaß daran hatten, Systeme bis ins Detail zu untersuchen. Sie waren keine Hacker – jedenfalls nicht in der negativen Bedeutung dieses Wortes. Aber sie wussten von der Bedeutung der Hacker, von dem innovativen Einfluss, den sie ausübten. Sie diskutierten, wie langsam der Ausbau des Internet ohne Hacker vor sich gegangen wäre – oder die Entwicklung der Personal Computer. Es war schließlich den Hackern zu verdanken, dass Software und Hardware rasant verbessert wurden, dass Verfahren neu erfunden wurden, dass

Sicherheitslücken aufgezeigt und korrigiert wurden. Sie lernte unendlich viel im LCC. Aber beinahe hatte sie übersehen, dass sich das Geschehen im LCC langsam veränderte. Man ging immer öfter und immer bewusster an Grenzen heran. Schließlich hatte sich eine kleine Gruppe in die Datenbanken der OÖ Landesregierung gehackt. Sie hatten zwar keinen Schaden angerichtet, aber sie hatten Spuren hinterlassen. Spuren, die die Polizei direkt zum LCC führte. Sie war mit zwölf ihrer Kollegen verhaftet, wenig später wieder freigelassen und auf freiem Fuß angezeigt worden. Der Prozess war ein Dreivierteljahr später angesetzt gewesen. In dieser Zeit hatte sie all ihre Sünden abgebüßt. Als die Gerichtsverhandlung begann, war sie nur noch ein nervliches Wrack gewesen. Der Prozess dauerte drei Tage. Und am Ende war sie freigesprochen worden. Es war ihr die sprichwörtliche Lehre für's Leben gewesen.

»Und was mache ich?«, fragte Anna.

»Anna, du suchst bitte nach Zusammenhängen der Fälle Schmidt und Lesberger.«

»Zusammenhänge…? Gibt's denn welche?«

»Weiß nicht. Aber so kurz hintereinander… Man weiß ja nie. Emma und ich fahren zu dieser Mia Raichz, der besten Freundin von Luisa Schmidt. Nächste Besprechung morgen acht Uhr.«

Mia Raichz war eine kleine Enddreißigerin mit einem dunklen Wuschelkopf. Sie hatte sie in die Wohnung gebeten und gleich gefragt, ob Luisa schon wieder aufgetaucht war.

»Ja, leider, Frau Raichz. Wir haben sie im Wasserwald tot aufgefunden.«

»Waaaas?«, fragte Mia Raichz entgeistert. »Wi… wieso, was ist passiert?«

»Das ermitteln wir gerade. Wir sind hier, um Ihnen ein paar Fragen über die Familie Schmidt zu stellen. Werden Sie uns helfen?«

»Ja, freilich. Was ist denn passiert?«

»Frau Raichz, wo ist ihr Mann?«, fragte Arno, ohne auf ihre Frage einzugehen,

»Der ist nicht da. Ist vier Tage auf Ausbildung. In Aigen Schlägl.«

»Wie lange kannten sie Frau Schmidt?«

»Seit wir hier wohnen. Also seit… seit etwa 13 Jahren…«

»Waren Sie eng befreundet?«

»Ja, schon. Wir haben uns fast jeden Tag gesehen. Und konnten über alles reden.«

»Erzählen Sie uns von Frau Schmidt.«

»Erzählen… ja, also… sie ist… war… sehr… herzlich. Wir kamen gut miteinander aus. Sie liebte ihren Mann… ihre Tochter. War sehr sportlich, ging wochentags immer laufen. Man konnte die Uhr danach stellen.«

»Heißt das, sie ging jeden Tag um die gleiche Zeit laufen?«

»Ja, immer um neun Uhr. Vielleicht mal ein oder zwei Minuten vorher oder nachher. Aber schon immer ziemlich exakt um neun Uhr.«

»Nahm sie immer die gleiche Strecke?«

»Das weiß ich nicht.«

»Wann war sie wieder zurück?«

»Zwischen zehn vor zehn und zehn … so in etwa.«

»Frau Raichz, wie schätzen Sie denn die Ehe der Schmidts ein?«

»Ich glaube, das klappte ganz gut. Sie waren oft bei uns zu Besuch, und wir – mein Mann und ich – bei ihnen. Natürlich…«

»Natürlich?«

»Natürlich haben sie sich manchmal gestritten. Wie das halt in einer Ehe so ist.«

»Worüber?«

»Ach…, ich glaub, da war nicht wirklich ein bestimmtes Problem. Mal über dies, mal über das… manchmal ging's um's Geld… glaube ich. Manchmal um Tina… um die Schule…«

»Hatte Luisa Schmidt einen Liebhaber? Ging sie fremd?«

»Nein, davon weiß ich nichts.«

»Hätten sie es gewusst?«

»Ich glaub schon, wir haben uns fast alles erzählt.«

»Und Friedhelm Schmidt, ging der fremd?«

»Nein, auch darüber hab ich nie was gehört.«

»Frau Raichz, können Sie sich vorstellen, wer Luisa Schmidt umgebracht haben könnte?«

»Umgebracht? Heißt das, sie wurde umgebracht?«

»Ja, nach dem derzeitigen Ermittlungsstand schon.«

»Nein, das ist ja nicht zu glauben! Umgebracht? Ja, wer denn?«

»Das wollte ich Sie fragen, ob sie irgendeine Vermutung haben.«

»Nein, da weiß ich gar nicht…«

»Hatte Luisa Feinde?«

»Feinde?«

»Ja, lag sie mit jemandem in Streit?«

»Luisa war keine Frau, die gerne stritt. Ich weiß auch niemanden, der mit ihr böse gewesen wäre…«

»Gut, Frau Raichz. Danke für die Auskünfte. Wenn Ihnen noch was einfällt, rufen Sie mich bitte an.«

Er überreichte ihr eine Visitenkarte. Sie verabschiedeten sich.

Es war inzwischen 20.30 Uhr geworden.

»Trinken wir noch ein Bier?«, fragte Arno.

»Naja… ein schnelles«, antwortete Emma.

»Da vorne ist ein Beisl.«

Nachdem sie zwei kleine Biere geordert hatten, fragte Arno, »was hältst du davon?«

»Scheint eine ganz normale Familie gewesen zu sein. Es scheint nicht die geringste Vorstellung zu geben, wer der Frau die Kehle aufgeschlitzt hat und warum. Es gab nichts zu stehlen, sie wurde nicht vergewaltigt. Entweder es läuft ein Irrer herum, der – einfach mal so – jemanden umbringt – oder es steckt irgendwas dahinter. Das *irgendwas* müssen wir herausfinden, denn an einen Irren glaub ich nicht wirklich.«

»Der Ehemann?«

»Entweder, er ist ein Oskar-verdächtiger Schauspieler oder er hat nichts mit ihrem Tod zu tun. Ich glaube Letzteres.«

»Ja«, seufzte er, »zwei Fälle ohne Täter, ohne Motiv, ohne irgendwas… gut morgen sehen wir weiter. Soll ich dich nach Hause bringen?«

»Das wär‘ super.«

Dienstag, 29. November

Arno gab eine Zusammenfassung des Gesprächs mit Mia Raichz. Nico berichtete, dass sich nur mehr zwei Personen gemeldet hatten, die ernst zu nehmen waren. Damit waren es insgesamt fünf, die heute Vormittag ihre Aussage machen würden. Nico würde die Aussagen aufnehmen, denn – so meinte er – er habe nachts einige Stunden neben dem Telefon schlafen können. Er hatte sich bereits eine Karte vom Wasserwald besorgt und würde einen Plan anfertigen, in dem er alle Wege der Zeugen mit den Zeitangaben einzeichnen würde.

Dann war Johann an der Reihe. »Die Auswertung der Handys hat ergeben, dass Friedhelm Schmidt in den letzten 24 Stunden vor der Tat sechs Gespräche geführt hat. Keines hatte länger als zwei Minuten gedauert. Eins hat er mit seinem Chef geführt, zwei mit seiner Mutter Agathe Schmidt, und drei mit drei verschiedenen Personen – das wird noch überprüft. Luisa Schmidt hatte vier Minuten mit Mia Raichz gesprochen und zwei weitere Gespräche mit Freundinnen zu vier bzw. neun Minuten. Er hatte auch den Zeitraum rückwärts überprüft – keine Ge-spräche mit sich wiederholenden Teilnehmern. Also mehr oder weniger keine Ergebnisse. Friedhelm Schmidt arbeitete seit drei Jahren bei der Firma *Auto perfect*, davor hatte er in einem anderen Autohaus gearbeitet. Seine Eltern lebten in Freistadt. Geschwister hatte er keine. Luisa stammte aus Waidhofen an der Ybbs, dort lebten ihre Eltern und ihre beiden verheirateten Geschwister.

Anna meldete, dass die Berichte der Spurensicherung und Gerichtsmedizin heute Vormittag fertig sein würden. Und dass sie folgende Zusammenhänge gefunden hätte:

Beide Morde im Süden von Linz, Luftlinienentfernung rund 2 km

Beide Opfer Frauen, keine Vergewaltigungen

Keine Verdächtige, keine Motive

»Aber«, ergänzte sie, »das gibt nicht wirklich was her. Wenn wir die Unterschiede aufzählen, nämlich Alter der Opfer, Tathergang etc. wiegen diese sicherlich schwerer. Aber ich bleib da dran und wenn noch jemanden etwas auffällt – bitte mir sagen. Friedhelm Schmidt ist noch im Krankenhaus, er hat sich von seinem Zusammenbruch gestern Abend noch nicht erholt. Er ist derzeit nicht vernehmungsfähig. Die Kleine..., die... wie heißt sie doch gleich... die Tina, ist vorerst bei der Freundin Mia Raichz untergekommen. Das Jugendamt belässt sie bis auf weiteres dort.«

**

Als sie sich mittags wieder trafen, hatten sie schon wesentlich mehr zu diskutierende Details.

»Wir waren bei der Firma *Auto perfect*«, begann Klaus, »und haben mit den sieben Angestellten beziehungsweise Arbeitern gesprochen. Alle haben bestätigt, dass Friedhelm Schmidt den ganzen Vormittag in der Firma war. Allerdings ist die Werkstatthalle relativ unübersichtlich – und jeder arbeitet für sich alleine. Bei näherem Nachfragen mussten die Arbeiter zugeben, dass sie wahrscheinlich nicht bemerken würden, wenn jemand eine viertel oder halbe Stunde mal weg wäre.«

»Und«, ergänzte Kai, »wir haben auch gleich ausprobiert, wie lange es dauert, vom Franzosenhausweg in den Wasserwald zu kommen. Da hätten wir vier Minuten mit dem Auto, sechs Minuten zu Fuß in den Wasserwald bis zum Tatort – wenn man läuft sogar nur drei Minuten, wenn man drei bis fünf Minuten für die Tat einkalkuliert, hätte Friedhelm Schmidt nur 17 bis 24 Minuten hin- und zurück benötigt. Nur so viel zum Alibi.«

»Das heißt, die Gelegenheit hätte er gehabt. Wir dürfen ihn also nicht zur Gänze ausschließen. Noch was?«

»Schmidts Chef hat ausgesagt«, meinte Klaus, »dass es sich bei Schmidt um einen verlässlichen und fachkompetenten Arbeiter handelt, mit dem es nie Schwierigkeiten gegeben hätte. Aber er hätte keinen privaten Kontakt gehabt und könne daher nicht mehr sagen. Zwei Arbeiter scheinen mit Schmidt befreundet zu sein. Auch sie sagten nur Gutes über ihn.«

Anschließend zitierte Johann aus den inzwischen eingelangten Berichten. Luisa Schmidt war eine gesunde Frau, sportlich durchtrainiert. Todesursache war das Verbluten infolge eines tiefen Schnitts durch ihre Kehle. Dafür war ein etwa 20 cm langes, scharf geschliffenes Messer gewesen, es könnte sich um ein Küchenmesser gehandelt haben. Ansonsten hatte sie keinerlei Verletzungen, auch keine Abwehrverletzungen. Das legte den Schluss nahe, dass sie überraschend von hinten angegriffen wurde. Eine Fremd-DNA wurde an Luisas Hals sichergestellt, die lief gerade durch die internationale DNA-Datenbank. Ergebnisse frühestens morgen. Die Spurensicherung hatte rein gar nichts. Für Fußspuren war der Boden zu hart gewesen, Fingerabdrücke gab es keine.

Dann folgte der große Auftritt von Nico. Er hatte eine Karte aufgehängt, auf denen er die Wege der fünf Zeugen mit Uhrzeiten eingezeichnet hatte.

»Grundsätzlich muss man sagen, dass die fünf Zeugen äußerst glaubwürdig waren. Es handelte sich um Erich Theod, 55, Maler, er war mit seinem Hund spazieren. Ebenso mit dem Hund unterwegs war Nece Ssary, 29, ein arbeitsloser Elektriker. Weiters der Nordic Walker Johann Nesburg, 47, Journalist, Frank Reich, 55, der Frühpensionist drehte ebenfalls mit den Nordic-Walking-Stöcken seine Runde und die Joggerin Lara Phary, 46, Hausfrau. Sie sind alle Stammgäste im Wasserwald, also fast täglich dort. Wenn man ihre Aussagen gegen-checkt, zeigt sich große Übereinstimmung, auch deshalb, weil sie sich auch gegenseitig begegnet waren.«

Er erklärte den Plan, die Routen der Zeugen, die ausgesagten Begegnungen, die Uhrzeiten.

»Letztendlich sind folgende Personen für uns interessant: Ein Hundesitter, Afrikaner, mittelgroß, kurzes krauses Haar, Jogginghose. Er war allen fünf vom Sehen bekannt, weil er offensichtlich fast jeden Tag in den Wasserwald kommt. Den müssten wir eigentlich auftreiben können. Dann hätten wir einen Nordic-Walker, ebenfalls schon öfter im Wasserwald gesehen, etwa 50 bis 60 Jahre alt, übergewichtig, heller Jogginganzug, Auch den müssten wir finden können. Die folgenden drei wurden noch nie im Wasserwald gesehen. Eine Joggerin, in Jeans und Kapuzenpulli, groß, schlank, sonst keine Angaben. Ein Hunde-Spaziergänger mit einem weißen Pudel, mittelgroß und gedrungen, bekleidet mit einem Anorak. Und ein Jogger, etwa 30 Jahre alt, groß und schlank, der merkwürdigerweise einen Mantel trug.«

»Der letzte... die Beschreibung passt auf Friedhelm Schmidt...«, meinte Arno nachdenklich, »und dass er einen Mantel trug, aber als Jogger unterwegs war, ist doch auch merkwürdig. Vielleicht war es gar kein Jogger, sondern nur einer, der lief, weil er es eilig hatte. Kai und Klaus haben doch gesagt, dass er in einer guten Viertelstunde von der Arbeit wieder zurück hätte sein können...«

»Wir könnten eine Gegenüberstellung machen.«

»Das werden wir machen. Aber ich weiß noch nicht, wann Schmidt aus dem Krankenhaus entlassen wird... Also: wir haben fünf Personen, von denen wir zwei eventuell finden und identifizieren können. Für heute ist es zu spät, aber ab morgen sollen Polizisten nach den beiden Beschriebenen Ausschau halten. Sehen wir bei den restlichen dreien eine Chance?«

»Naja«, antwortete Kai, »dass die drei von unseren fünf Zeugen noch nie gesehen wurden, kann auch heißen, dass sie sie nicht bewusst wahrgenommen haben, oder dass sie nicht jeden Tag dort sind, oder dass sie sonst zu einer anderen Zeit dort sind. Da gibt es viele Möglichkeiten. Daher sollten die Uniformierten auch nach diesen Ausschau halten.«

»Gut, veranlasst du das bitte. Und was ist mit den fünf Zeugen? Sie haben sich zwar gemeldet, könnten theoretisch aber auch Täter sein.«

»Klar. Ich geb‘ Johann die Personalien. Vielleicht findet er irgendwelche Zusammenhänge. Ausgesagt haben alle fünf, dass sie niemanden namens Schmidt kennen würden.«

»Okay, bleibt bitte dran, ich schau mit Emma mal ins Krankenhaus zum Schmidt.«

Mittwoch, 30. November

Von den Polizeistreifen waren im Wasserwald zwei der vorgestrigen Besucher gefunden worden. Oneor More, 35, Senegalese, er ist Hundesitter und war mit vier Hunden unterwegs gewesen. Er hatte die Hotline angerufen, war aber wegen seines schlechten Deutsch als unwichtig eingestuft worden. Lodmedned Demirz, 48, Albaner, Kellner, er war mit seinem weißen Pudel spazieren und hatte den Zeugenaufruf nicht gehört. Die Überprüfung dieser beiden hatte keine Ergebnisse gebracht. Ebenso die Überprüfung der fünf Zeugen, die sich auf ihren Zeugenaufruf gemeldet hatten. Alle hatten einen guten Grund im Wasserwald zu sein – nämlich den, dass sie regelmäßig dort waren. Keiner hatte auch nur den geringsten Bezug zur Familie Schmidt. Sie hatten keine Vorstrafen, lediglich zwei Verkehrsdelikte waren vorgemerkt.

Da es also gegen diese sieben Zeugen keinerlei Verdachtsmomente gab, erhielten sie auch keinen Beschluss zu Abnahme und Vergleich der DNA. Die gefundene DNA konnte nicht zugeordnet werden – die internationale DNA-Datenbank hatte keine Übereinstimmung ausgeworfen. Also konnten sie mit der DNA vorerst nichts anfangen – sie konnte aber in einem späteren Stadium der Ermittlung noch bedeutend werden.

Ihre Hoffnungen ruhten nun auf jenem Jogger, der merkwürdigerweise einen Mantel getragen haben soll und den die Zeugen beschrieben hatten mit etwa 30 Jahre alt, groß, schlank. Wenn es Friedhelm Schmidt gewesen war, dann hatte er wahrscheinlich eine Arbeitsmontur getragen, die er durch einen Mantel verdeckt hatte. Und er war kein Jogger gewesen, sondern ein Mörder in höchster Eile.

Dazu hatten sie heute eine Gegenüberstellung arrangiert. Der am Morgen aus dem Krankenhaus entlassene Friedhelm Schmidt war mit vier Polizeibeamten hinter einer Einsicht-Glasscheibe gestanden. Die fünf Zeugen aus dem Wasserwald hätten ihn identifizieren sollen. Aber die Wahl der fünf fiel auf insgesamt drei verschiedene Polizeibeamte. Damit war Schmidt entlastet. Eine weitere Spur war verendet.

**

Seit Wochen war sie schon im Chatroom *teeniemeeting.com* gewesen. Hatte ein paar neue Freundinnen gefunden. Anfangs hatte sie sich geärgert, dass sie sich unter ihrem richtigen Namen angemeldet hatte – also fast, denn ihr *nickname* war *katz99*. Aber dann hatte sie gesehen, dass jeder ihren Familiennamen für ein originelles Pseudonym hielt. Also – alles gut! Celine war zwölf Jahre alt, ging in die zweite Klasse des Gymnasiums, hatte langes brünettes Haar, ein schmales mädchenhaftes Gesicht, auf dem ihre Brille etwas zu wuchtig wirkte und einen schlanken Körperbau – an der Grenze zu dünn – einen typischen Mädchenkörper.

hallo katz99

Wer war denn das? Aha, ein gewisser ‚knight7'. Wahrscheinlich ein Junge, denn ein Mädchen würde sich kaum *Ritter* als *nickname* aussuchen. Er hatte einen Fußball als *Avatar*.

hallo knight7, schrieb sie zurück.

was machst du gerade?

na, ich chatte – was sonst?

ich meinte, wo du bist?

im internet-cafe, log sie.

ahh, ich bin zu hause

okay

katz99, alle hören uns zu. wollen wir in den IM-room gehen?

Sie wusste, was ein IM-Room war. Da kommunizierten nur zwei miteinander. Alle anderen konnten nicht mehr sehen, was sie schrieben.

okay

Sie klickte auf das IM-Symbol

hier können wir uns besser unterhalten

wer bist du denn, knight7?

ja, das ist mein nickname. Und den hat man doch, um nicht sagen zu müssen, wie man wirklich heißt

ja ich weiß, ist aber öde, ich heiße celine

Sie wusste genau, dass man im Netz, besser gesagt in Chat-Rooms seinen richtigen Namen nicht sagen sollte. Aber bevor er sie *katz* nannte… Aber sie hätte natürlich einen anderen Namen nehmen können – aber jetzt war es zu spät.

ein schöner name, ich heiße cinderella

im ernst?

nein, war nur spaß

wie heißt du denn? wenn du's nicht sagst, steig ich aus

kevin

du bist ein junge?

ja, sonst würd ich kevine heißen, gg

lol

mom

Sie wusste, dass das ‚warte einen Moment' hieß

np

re, war nur mein dad, ist schon wieder weg

wb

muss heute noch lernen

ich auch

was musst du denn lernen

mathe

was? ich auch

und eigentlich auch physik und englisch

das gibt's doch nicht

was gibt's nicht?

das sind genau die fächer, in denen ich auch hänge

wirklich?

ja, stehe zwischen vier und fünf

ich auch

Sie waren verwandte Seelen. In der Schule verschollene Seelen – aber verwandt. Was war das für ein Glücksfall, dass sie sich gefunden hatten. *knight7*, wie romantisch! *Ritter Nr. 7*.

muss jetzt schluss machen

morgen wieder?

wann?

1500?

okay

bb

bb

Donnerstag 1. Dezember

»Wir haben noch die drei Telefonate überprüft, die Schmidt geführt hatte«, sagte Nico Lauss, »also da ist zuerst Lodmedned Dafer, Albaner, ein Arbeitskollege, da ging's laut Dafer nur um die Vereinbarung, sich abends auf ein Bier zu treffen. Und dann waren da noch zwei Freunde aus der Kegelrunde. Da ging es um die Aufstellung bei der nächsten Kegel-Meisterschaftsrunde. Alles eher unverdächtig.«

»Schon wieder was Unverdächtiges«, brummte Arno.

»Der hat den gleichen Vornamen, wie der Zeuge aus dem Wasserwald?«, fragte Anna.

»Vielleicht ist das in Albanien ein geläufiger Vorname«, antwortete Nico.

»Gestern hab ich den Beschluss zur Konteneinsicht bei Schmidts Bank bekommen«, sagte Kai Pirinner, »und ratet mal, was ich gefunden habe.«

»Kai, wir sind hier bei keiner Quiz-Show, sag schon«, antwortete Arno. Er war äußerst schlecht gelaunt. Er hatte schlecht geschlafen. Die ganze Nacht waren ihm die beiden Fälle im Kopf herumgegeistert – und dass sie noch immer keine Anhaltspunkte hatten. Jeder unaufgeklärte Mordfall war eine Katastrophe. Ihnen fehlten die Ansatzpunkte, in welche Richtung sie weiter ermitteln sollten. Und er hatte schon den ganzen Tag Kopfschmerzen – wahrscheinlich wegen des Schlafmangels.

»Beim Girokonto gibt es keine Auffälligkeiten. Aber die Sparkonten… die sind leergeräumt.«

»Und?«

»Sie wurden erst *kürzlich* leergeräumt.«

»Wann?«, fragte Arno, leicht genervt, »muss man dir alles aus der Nase ziehen?«

»10.000 Euro wurden am 27. behoben – einen Tag vor dem Tod von Luisa. Und gestern um 09.40 wurden weitere 20.000 Euro bar behoben. Auf den Sparkonten ist praktisch nichts mehr drauf.«

Alle schwiegen.

»Was heißt das für uns?« fragte Arno in die Runde.

»Ist schon merkwürdig«, bemerkte Anna, »was macht man mit so viel Bargeld? So hohe Beträge braucht ja heute kaum noch jemand. Größere Beträge bezahlt man per Überweisung. Auch ich persönlich hab schon seit Ewigkeiten nicht mehr als vier- oder fünfhundert Euro in der Hand gehabt.«

»Gut, dann lassen wir mal die Phantasie schweifen. Wofür könnte man soviel Bargeld brauchen?« fragte Emma.

»Eine größere Reise?«, schlug Ute vor.

»Überweisung!« konterte Anna.

»Ein neues Auto?« schlug Kai vor.

»Überweisung!« konterte Anna.

»Eine neue Wohnung? Oder Wohnungseinrichtung?« schlug Emma vor.

»Überweisung!« konterte Anna.

»Das ist doch alles Blödsinn«, rief Klaus, »da wird meine Frau ermordet und ich beschäftige mich mit Urlaub, Auto und Wohnungseinrichtung.«

»Also ich hatte zuletzt viel Bargeld in der Hand, als wir unser Haus bauten,« warf Ute ein, »um die Schwarzarbeiter zu bezahlen.«

Alle lachten.

»Ja…«, meldete sich Ute, »es kann also nur was sein, wofür eine Überweisung nicht geeignet ist… Und was ist das? Was Geheimes. Was Verbotenes. Was Illegales.«

»Die Bezahlung eines Auftragsmordes…«, sagte Emma in die Stille hinein.

Schweigen.

»Also…«, sagte Arno zögerlich, »sind wir da jetzt nicht schon ziemlich im Reich der Fantasie?«

»Wieso? Er hat jemanden angeheuert, um seine Frau umzubringen. Er leistet zuerst die Anzahlung und nach ausgeführter Tat den Rest.«

»Gibt's jemand, der um 30.000 Euro einen Mord begeht? Naja, wahrscheinlich schon. Aber welches Motiv hätte Schmidt? Wir haben kein Motiv gefunden.«

»Tja, aber wenn es so war, müssen wir es erst finden«, ließ Emma nicht locker.

»Unabhängig von dieser gewagten Theorie«, sagte Klaus, müssen wir jedenfalls herausfinden, wofür das Geld ist – oder war.«

»Okay«, beendete Arno die Diskussion, »wir werden ihn morgen fragen.«

**

katz99 bist du online?

ja

los ab, in den IM

hast du gestern noch gelernt?

ja, und du

ja bis 8 Uhr

und dann?

dann ist mama nach hause gekommen

und?

wie immer hat sie genervt

was? nervt dich deine mama so wie mich die meine

ständig, mach dies, mach das, warum hast du das vergessen, warum hast du dies nicht gemacht

das darfst du nicht, dies darfst du nicht, wieder eine schlechte note in mathe, was soll ich nur mit dir machen

du kennst das

zur genüge

wie alt bist du?

bin 15, und du?

auch 15

Ein bisschen würde man doch schwindeln dürfen. Wenn sie zugab, erst 12 zu sein, würde ihr Kevin wohl sofort bb sagen.

wow, wir sind gleich alt

was magst du denn für filme

ich finde ‚pitch perfect 2' grossartig

ja den mag ich auch, und ‚kein ort ohne dich' und ‚allegiant'

die gehören zu meinen lieblingsfilmen

'saphirblau' hat mir auch sehr gut gefallen

ja, den lieb ich, hab ihn schon drei mal gesehen

unglaublich

wer sind denn deine lieblingsschauspieler?

emma watson und taylor lautner
ja, die sind super, und miley cyrus
miley cyrus ist ein hammer
wir könnten ja mal…
was?
ach nichts, muss jetzt aufhören, meine mama kommt heim
bb
bb

Das war ein Waaaaaahnsinn. Sie liebten die gleichen Filme, die gleichen Schauspieler. Das war magisch. Megamagisch.

**

»Einen Sechser«, sagte Arno.

Naja, war etwas gewagt, dachte er. Sküs zu fünft und ein König. Aber er hatte den ganzen Abend noch kein wirklich gutes Blatt gehabt. Also spielte er jetzt diesen *Verzweiflungssechser.* Der Verzweiflungssechser war eigentlich die Spezialität von Joschi, dem Gambler. Aber – selbst wenn Joschi einen Verzweiflungssechser ansagte, wusste man nie, ob wirklich Verzweiflung die Motivation war, oder ob er nur seine Gegner in (Un)Sicherheit wiegen wollte.

Sie waren insgesamt 20 Tarockierer. Sie spielten regelmäßig. Karl war der Organisator und Initiator, er bildete mit Rudi S, Wolfgang, Joschi, Pepi und Traudi den Kern, der vor vielen Jahren die gemeinsamen Tarockrunden begonnen hatte. Dann waren Boxi und Walter dazu gekommen – ebenfalls erfahrene Tarockierer. Schließlich waren Robert und Dieter gefolgt, die es eben erst gelernt hatten. Allen gefielen diese netten Tarockpartien, zu denen man sich ungezwungen anmelden konnte – oder auch nicht – wie man wollte und Zeit hatte. Bald ergänzten Rudi H, Roland, Ernst und Bernhard die Runde. Dann kam Amina dazu, auch sie hatte es gerade gelernt. Frischlinge waren auch Erich, Herbert, Gerhard und Christian. Sie hatten kaum jemals mit Spielkarten zu tun gehabt, bis sie Tarock lernten. Helmut war der letzte Neuling, aber schon ein langjähriger Tarockierer. Er würde nicht der letzte sein, der zu ‚*Karls Tarockrunde*‘ stieß.

Als Arno kürzlich gefragt wurde, was ihm am Tarock-Spiel so gefiele, hatte er geantwortet:

»Es ist ein Spiel, bei dem man niemals sicher sein kann, wie es ausgeht. Es gibt zwar immer Wahrscheinlichkeiten, oder ‚Höchstwahrscheinlichkeiten', aber *‚wie's der Teufel will'* kommt es anders, als du denkst, denn eine Wahrscheinlichkeit ist niemals eine Gewissheit. Du hast ein wunderbares Blatt und spielst daher allein. Im Normalfall, hat jeder deiner drei Gegenspieler ein paar Tarock und du hast natürlich die meisten. Aber es kann auch so kommen, dass EINER deiner Gegenspieler – fast – alle Tarock hat und dann geht's dir schlecht. Eine weitere Faszination an Tarock ist die Vielfältigkeit. Das Um und Auf sind natürlich die Tarock. Aber selbst wenn du nur wenige hast, kannst du immer noch gewinnen, weil der Spieler verliert und du trotz deiner schlechten Karten mit deinen Mitspielern gewinnst. Oder wenn dich jemand ruft, den du auch mit einem mäßigen Blatt helfen kannst. Aber zugegeben: am meisten macht's Spaß, wenn du selbst gute Karten hast und daher viele Spiele selber machen kannst. Und es ist am besten, du verdrängst die Scheißabende, an denen du nur Scheißblätter hast und kaum selber agieren kannst. Aber was mich am meisten fasziniert: du kannst der routinierteste Tarockierer westlich von Santa Fe sein – du kannst immer wieder noch was lernen. Und überdies sind unsere Tarockrunden genial. Wir sind eine Runde von richtigen Freunden, bei denen eben der eine etwas routinierter tarockiert, der andere etwas unroutinierter. Aber das ist eigentlich egal. Jeder darf Fehler machen – und tut es auch. Jeder!«

Die Spielrunden fanden immer bei jemand anderem zu Hause statt. Und dort gab's immer auch was zu essen. Heute spielten sie bei Rudi, am Büchlholzweg. Nachdem Joschi, Rudi und Bernhard »gut« gesagt hatten, nahm Arno die sechs Blatt des Talons auf. Naja…, nur zwei Tarock, aber wenigstens noch ein König. Also… so schlecht war das gar nicht geworden. Sküs, XX, IXX und vier kleine Tarock, Herz König und Karo König mit drei Karo-Skatindeln – eine schöne Zugfarbe. Aber das Beste: er hatte drei Damen, einen Reiter und zwei Buben abgelegt, also insgesamt 15. Das war fast das halbe Spiel.

»Ich liege«, lautete Arnos Ansage.

»Gut«, sagte Bernhard.

»Na, da helfen wir ein wenig zusammen«, sagte Rudi unaufgeregt – Rudi, der 85 Jahre auf dem Buckel hatte, aber tarockierte wie ein Einser. Bei einem ‚*Kontra*' gab es mehrere inoffizielle Ausprägungen: ein ‚*Helfen-wir-zusammen*' war die mildeste Form des Schusses, ein ‚*Schusserl*' war schon etwas heftiger und ein ‚*Schuss*' ließ gar keinen Zweifel aufkommen, dass sich der Gegner sehr stark fühlte.

»Na freilich, helfen wir zusammen«, freute sich Joschi über den Schuss.

Scheiße, das konnte jetzt ganz schön schiefgehen. Aber er hatte schon 15 abgelegt. Alles, was er brauchte, war, dass ihm ein König durchging und dass er mit seinen drei hohen Tarock mindestens zwei schöne Stiche machte. Rudi konnte ja nicht wissen, dass er schon 15 hinuntergelegt hatte.

»Weißt' was«, sagte Arno gelassen, »ich geh retour.«

Das darauf von Rudi folgende »Oje« war für Arno schon ein gutes Zeichen.

Er begann mit seiner Zugfarbe, dem Karo König und machte sich keine Hoffnungen, dass er durchgehen würde. Aber jeder hatte einen Karo. So ein Massl! Er selbst hatte schon die Karo Dame abgelegt – und jetzt hatte jeder genau einen Karo gehabt! Er zögerte, welche Karte er jetzt spielen sollte. Die richtige war wahrscheinlich die Zugfarbe. Andererseits konnte es recht hilfreich sein, wenn er den Mond rauslockte, denn wenn er jetzt den XXer spielte, musste er kommen, damit sie den Pagat heimbrachten. Und dann hatte er die zwei höchsten Tarock in der Hand und konnte sich darauf konzentrieren, einen König einzustechen.

Er spielte den XXer. Bernhard schmierte den Pagat und Joschi stach mit dem Mond. Gut. Joschi, das Tarock-Schlitzohr, spielte den Pik König aus. Wahrscheinlich hatte er fünf oder sechs Pik und wusste mit Sicherheit, dass ihn auch Bernhard oder Rudi mit Tarock abstechen würden. Arno würde – so vermutete wahrscheinlich Joschi – nur einen kleinen Tarock nehmen, weil die Farbe ja das erste Mal gespielt wurde. Aber da vermutete Joschi falsch, denn der König kam Arno gerade recht, darauf hatte er gehofft. Er stach mit dem IXXer, den natürlich niemand, auch Rudi nicht, der keine Pik hatte, überstechen konnte.

Das sah bisher nicht schlecht aus. 15 runtergelegt und etwa 12 oder 13 bereits eingestochen. Er brauchte jetzt nur noch einen hohen Stich mit seinem Sküs, dann war er schon am Ziel. Er spielte seine Zugfarbe Karo, Joschi stach und spielte wieder Pik. Arno nahm einen kleinen Tarock und wurde natürlich von Rudi überstochen. Rudi spielte Herz, Joschi hatte auch ein Herz, Arno stach mit dem König, und… und… was hatte Bernhard? – keine Herz! Er stach seinen König mit einem Tarock. »So macht man das«, sagte Bernhard befriedigt und spielte ein Treff-Skatindel aus. Rudi gab ein weiteres Treff-Skatindel zu, Joschi stach mit XV, Arno gab einen kleinen Tarock zu. Joschi spielte Pik, Arno gab einen kleinen Tarock zu, Rudi stach. Rudi spielte die Herz-Dame, Arno stach mit dem Sküs und bekam noch einen Buben dazu, das musste reichen.

Arnos Handy klingelte. Er warf einen kurzen Blick drauf. Es war Emma. Er zögerte. Das Spiel war ohnedies gleich zu Ende. Er nahm ab.

»Emma, wart' bitte einen Moment«, sagte er ins Handy ohne zuzuhören und legte es wieder weg.

Das Spiel war schnell zu Ende. Er machte keinen Stich mehr. Die machte alle Rudi. Aber er hatte gewonnen – 37!

Arno nahm das Handy, und meldete sich.

»Hallo Emma, entschuldige, aber…«

Er wurde sofort von Emma aufgeregt unterbrochen. »Du musst sofort kommen.«

»Was ist denn passiert?«

»Bitte mach dich gleich auf den Weg, ich erzähl's dir unterwegs. Vertrau mir, wir brauchen dich hier.«

»Okay, ich ruf dich wieder an, wenn ich unterwegs bin.«

Er beendete das Gespräch.

»Es tut mir leid, Freunde. Aber ich muss dringend weg. Der Dienst…«

»Kommst du nochmal wieder?«, fragte Rudi.

Arno blickte auf die Uhr. Es war schon nach acht.

»Nein, das hat keinen Sinn. Das dauert sicher länger. Sorry, aber ihr wisst ja…«

Hastig verabschiedete er sich. Als er im Auto saß, dachte er dran, dass er gar nicht wusste, wo er eigentlich hinkommen sollte. Er startete, schaltete die Freisprecheinrichtung ein. Wählte Emmas Nummer.

»Arno, ich bring dich jetzt mal auf den aktuellen Stand.«

»Sag mir erst, wo ich hin muss.«

»Ach ja, zum Brau-Stüberl in der Dauphinestraße 55. Kennst du das?«

»Nein, aber ich werde es schon finden.«

Er fuhr den Bachlbergweg hinunter und bog in die Harbachstraße ein. Es war kaum Verkehr. Er brauchte das Blaulicht nicht.

»Also, hör zu. Ich bin die Akten nochmals durchgegangen. Und mir ist aufgefallen, dass Schmidt doch mit einem Lodmedned Dafer, einem Arbeitskollegen telefoniert hat. Und einer der Wasserwaldbesucher hieß Lodmedned Demirz, das war der, der angeblich unseren Zeugenaufruf nicht gehört hat. Und am Anfang glaubten wir ja, die Familiennamen wären Dafer und Demirz. Aber das stimmt nicht. Der Familienname ist Lodmedned.«

Inzwischen war er auf der Mühlkreisautobahn und fuhr über die Vöestbrücke.

»Ich hab das überprüft. Sie sind Brüder. Und dass Schmidt kurz vor dem Tod seiner Frau mit dem Bruder eines Mannes telefoniert hat, der zur Tatzeit im Wasserwald war, das war mir zu viel des Zufalls.«

Arno passierte gerade die Abfahrt Prinz-Eugen-Straße.

»Wenn unsere Theorie vom Auftragsmord stimmt, dann würde die Geldübergabe schnell, also vielleicht heute, über die Bühne gehen. Ich hab daher die Überwachung von Demirz Lodmedned bis morgen früh angeordnet. Durch Kai und Klaus. Ich habe mit Nico den Schmidt überwacht.«

Arno freute sich, dass seine Anweisung, alle Ermittlungen zu zweit durchzuführen, so strikt eingehalten wurde. Und er musste lächeln. Emma hatte die Überwachung ‚*angeordnet*‘ – das konnte sie natürlich nicht, das konnte der Staatsanwalt, er und seine Stellvertreterin Anna. Aber Emma nicht. Was aber nur zeigte, wie gut ihr Team funktionierte. Aber Emma hätte von

Anfang an Anna involvieren müssen. Das musste er mit ihr klären. Später.

»Und kaum waren wir eine halbe Stunde vor Schmidts Haus, ist er rausgekommen und zum Brau-Stüberl gefahren. Ich traute meinen Augen nicht, als ich dort unseren Überwachungswagen mit Kai und Klaus gesehen habe. Sie waren Lodmedned gefolgt. Dann hab ich dich sofort angerufen.«

Arno hatte gerade die Vöest-Ausfahrt passiert.

»Und was hast du jetzt vor, Emma?«

»Nun, Schmidt und Lodmedned treffen sich gerade im Brau-Stüberl. Ich vermute, dass dort das Geld übergeben wurde oder wird.«

»Hast du die *Cobra* angerufen?«

»Nein.«

»Warum nicht.«

»Wir sind zu viert – mir dir zu fünft. Das müsste doch zu schaffen sein. Wir gehen rein und verhaften sie.«

»Emma, wenn wir zu bald reingehen und das Geld noch nicht übergeben ist, haben wir gar nichts.«

»Ja, ich weiß… darum ist es mir ja auch so wichtig, dass du endlich hier aufkreuzt.«

Er hatte den Bindermichl-Tunnel durchquert und war auf die Salzburgerstraße abgebogen.

»Gut, beobachtet den Eingang des Brau-Stüberls weiter, aber hol Kai und Klaus zu euch ins Auto. Ich möchte, dass wir gemeinsam besprechen, wie wir vorgehen. Wir brauchen einen Einsatzwagen zum Gefangenen-Transport. Ruf bitte gleich an. Aber die sollen sich ja nicht unterstehen und mit Blaulicht und Folgetonhorn zu kommen! Ich lass das Handy an, bin gleich da.«

Er bog links ab in die Laskahofstraße und dann gleich nochmals links in die Dauphinestraße. Er musste zwei vorweg hineinschicken. Klaus kam nicht in Frage, denn er trug sicher einen Anzug und fiel sofort auf. Am besten Kai, denn der war sicherlich freizeitmäßig bis nachlässig gekleidet. Lodmedned kannte Nico. Und Schmidt kannte ihn und Emma. Scheiße. Er fuhr die Dauphinestraße entlang, wenig später war er da. Parkte ein. Spähte nach Emmas Überwachungswagen. Sah ihn. Ging langsam hinüber und stieg hinten ein. Emma, Nico, Kai und Klaus saßen drinnen.

Natürlich hatte Klaus einen Anzug an.

»Wie lange sind sie jetzt schon drinnen«, fragte Arno.

»Schmidt ist jetzt 26 Minuten drinnen und Lodmedned 31«, antwortete Emma nach einem Blick auf ihre Uhr.

»Ich meine, wenn hier Geld übergeben wird, dann wurde es bereits übergeben. Worauf sollten sie warten? Was meint ihr?«

Allgemeine Zustimmung.

»Hat jemand einen Pullover für Klaus?«

Offensichtlich nicht.

»Klaus du ziehst meinen Pullover an. Du gehst mit Kai hinein. Am besten wär's, wenn ihr irgendwie hinter die beiden kommen könnt. Wenn ihr euch gesetzt habt, schickst du mir eine SMS, wo die beiden sitzen. Nach der SMS warten wir genau zwei Minuten. Dann kommen wir nach. Ihr beide müsst uns Deckung geben. Gibt's einen Hinterausgang?«

»Nein«, antwortete Emma.

»Okay. Waffen überprüfen. Ich glaub zwar nicht, dass wir sie brauchen, aber wir müssen darauf vorbereitet sein. Los geht's.«

Der angeforderte Gefangenen-Transporter war eingetroffen. Arno zog seinen Pullover aus und gab ihn Klaus. Kai und Klaus gingen los. Der baumlange Klaus mit großen Schritten, Kai hinkte mühsam hinter ihm her. Sie öffneten die Tür zum Brau-Stüberl. Gingen hinein. Die Tür fiel hinter ihnen zu.

Emma, Nico und Arno warteten. Nach etwa eineinhalb Minuten kam die SMS. »Dritter Tisch links«.

Sie warteten die vereinbarten zwei Minuten. Dann gingen auch sie los.

Arno hatte seine Glock 19 in die Manteltasche gesteckt und die Hand auf ihr. Er konnte innerhalb einer Sekunde entsichern und die Waffe ziehen. Sie betraten das Lokal. Gingen wortlos und zielstrebig auf den dritten Tisch links zu, an dem Schmidt und Lodmedned saßen. Die beiden sahen erst auf, als sie bereits vor ihnen standen.

»Friedhelm Schmidt und Demirz Lodmedned, Sie sind verhaftet.«

Die beiden ließen sich widerstandslos festnehmen. Sie legten ihnen Handschellen an. Die Sofortdurchsuchung ergab keine Waffen. Lodmedned hatte einen Umschlag mit 20.000 Euro bei sich. Die Belehrung erfolgte auf der Straße.

Als sie in die Nietzschestraße fuhren, sagte Arno »Emma, der Schmidt hat doch nicht mit Demirz Lodmedned, sondern mit seinem Bruder Dafer telefoniert, oder?«

»Ja.«

»Ruf an, sie sollen ihn herbringen. Und wenn wir da sind, veranlasse bitte gleich von den beiden einen DNA-Abgleich mit den am Tatort gefundenen DNA-Spuren.«

**

Auszug aus dem Vernehmungsprotokoll, 30.11., Beginn 22.45. Anwesend Friedhelm Schmidt, Arno Rack, Kai Pirinner.

Rack: Herr Schmidt, Sie haben vor dem Tod Ihrer Frau mit einem Dafer Lodmedned telefoniert. Wer ist das?

Schmidt: Ich protestiere. Meine Frau wurde ermordet. Ich bin seelisch und nervlich vollkommen am Ende. Und dann werde ich einfach so mir-nix-dir-nix verhaftet. Ich protestiere.

Rack: Ja, das steht Ihnen zu. Beantworten Sie bitte meine Frage.

Schmidt: Wie war die Frage?

Rack: Sie haben vor dem Tod Ihrer Frau mit einem Dafer Lodmedned telefoniert. Wer ist das?

Schmidt: Das ist ein Arbeitskollege.

Rack: Worum ging es bei dem Gespräch?

Schmidt: Weiß ich nicht. Wann soll ich mit ihm telefoniert haben?

Rack: Am Sonntag, den 26. um 17.24 Uhr

Schmidt: Ich weiß nicht mehr genau, aber vermutlich wollten wir auf ein Bier gehen.

Rack: Gut. Woher kennen Sie Demirz Lodmedned.

Schmidt: Er ist der Bruder von Dafer.

Rack: Und woher kennen Sie ihn?

Schmidt: Ich... ähhh… kenn ihn einfach… weiß nicht mehr, seit wann ich ihn kenne.

Rack: Demirz Lodmedned hatte bei der Verhaftung 20.000 Euro bei sich. Wissen Sie, woher er die hatte?

Schmidt: Keine Ahnung.

Rack: Hatte er sie von Ihnen?

Schmidt: Nein, von mir nicht.

Rack: Okay, wo sind die 20.000 Euro, die sie heute von Ihrer Bank behoben haben?

Schmidt: Ich… äähhh… behoben…? Von meiner Bank…? Äähhh…

Rack: Herr Schmidt, wo sind die 20.000 Euro?

Schmidt: Ich… ich… hab sie nicht mehr.

Rack: Weil sie jetzt Lodmedned hat?

Schmidt: Äähh… nein…. Nein.

Rack: Herr Schmidt. Ich frage Sie jetzt mal Folgendes: Glauben Sie, dass wir beweisen können, dass die 20.000, die Sie bei Ihrer Bank behoben haben, dieselben sind wie die, die Lodmedned bei sich hatte? Überall sind ihre Fingerabdrücke drauf…

Schmidt: Okay, okay. Ich hab sie ihm gegeben.

Rack: Herr Schmidt, was haben Sie mit den 10.000 Euro gemacht, die sie vor dem Tod Ihrer Frau bei der Bank abgehoben haben?

Schmidt: Äähhh…

Rack: ja?

Schmidt: Die hab ich auch Lodmedned gegeben.

Rack: Sie haben also Lodmedned insgesamt 30.000 Euro gegeben. Wofür?

Schmidt: Ich war sie schuldig.

Rack: Schuldig?

Schmidt: Ja.

Rack: Was heißt das, Herr Schmidt. Wofür waren sie diese 30.000 Euro schuldig.

Schmidt: Das kann ich nicht sagen.

Rack: Das können Sie nicht sagen. Okay, Herr Schmidt, ich sage Ihnen, wofür Sie die schuldig waren. Für den Tod Ihrer Frau.

Schmidt: Nein!

Rack: Sie haben Lodmedned als Mörder gedungen. Geben Sie es endlich zu. Herr Schmidt, sie verbessern durch ein Geständnis Ihre Lage.

Schmidt: Nein! Nein! So war das nicht. Ich habe mit dem Tod meiner Frau nichts zu tun. Und Lodmedned auch nicht.

Rack: Aha. Das ist dann alles nur Zufall, dass Demirz Lodmedned genau zu dem Zeitpunkt im Wasserwald war, als Ihrer Frau die Kehle aufgeschlitzt wurde.

Schmidt: Waaaas? Demirz war im Wasserwald? Nein, nein, nein. Das stimmt alles nicht. So war das nicht. Demirz Lodmedned hat nichts mit meiner Frau zu tun. Sie müssen den Mörder woanders suchen.

Rack: Herr Schmidt wir machen jetzt eine Pause. Sie überlegen sich inzwischen, ob sie weiter Lügen wollen.

Arno wollte wissen, wie weit Emma mit Demirz Lodmedned gekommen ist. Er wollte in den zweiten Vernehmungsraum gehen, sah Emma aber auf ihrem Arbeitsplatz sitzen.

»Emma, bist du schon fertig?«

»Ja. Er hat kein Wort gesprochen.«

»Kein Wort?«

»Nicht einmal, dass er die Aussage verweigert. Er starrt einen nur bewegungslos an. Spricht kein Wort.«

»Scheiße.«

»Und bei dir? Wie war's mit Schmidt?«

»Er hat nur zugegeben, dass er Lodmedned 30.000 Euro gegeben hat. Aber er will nicht sagen, wofür. Und der andere Lodmedned, dieser Dafer?«

»Den bringen sie erst morgen.«

»Warum.«

»Ich habs ihnen frei gelassen, weil wir ja eh zwei Verhöre zu führen hatten. Was machen wir jetzt? Versuchen wir's bei Schmidt mit einem Bluff?

»Ich glaub, das bringt's heute nicht mehr. Schaun wir morgen weiter.«

Freitag, 2. Dezember

Emma saß nach einer für sie extrem kurzen Nacht mit Karl beim Frühstück. Sie kannten sich schon seit über 10 Jahren. Aber weder er noch sie hatten sich in den ersten sechs Jahren ‚*was gedacht*'. Klaus Lage hatte – das waren sie sich beide sicher – sein Lied ‚*1000 und 1 Nacht*' nach ihnen geschrieben.

Sie hatte ihn angerufen, weil sie jemanden zum Reden brauchte. Denn reden konnten sie sehr gut miteinander.

Du wolltest dir bloß den Abend vertreiben
und nicht grad allein sein und riefst bei mir an.
Wir waren nur Freunde und wollten's auch bleiben
ich dacht' nicht im Traum, dass was passieren kann.
Ich weiß nicht, wie ewig wir zwei uns schon kennen
Tausendmal berührt, tausendmal ist nix passiert.
Tausend und eine Nacht, und es hat Zoom gemacht.

Und sie hatten geredet und geredet und geredet… Die ganze Nacht. Jeder hatte erzählt, von seinen jüngsten Problemen, von den jüngsten Freuden. Sie hatten geredet bis die Sonne aufging.

So eng neben'nander und doch garnix gecheckt.
War alles ganz logisch
wir kennen uns zu lange
als dass aus uns nochmal irgendwas wird.
Ich wusst' wie dein Haar riecht
und die silberne Spange
hatt' ich doch schon tausendmal beim Tanzen berührt.
Tausendmal berührt, tausendmal ist nix passiert...

Und sie erinnerte sich noch genau an dieses Gefühl, als er seinen Arm um sie gelegt hatte. Dieses Gefühl der Wärme, der Geborgenheit. Dieses Gefühl, das ihr das Kribbeln im Magen machte… Und plötzlich hatten sie sich geküsst. Und waren wie ganz selbstverständlich ins Bett gegangen.

Oh, wie viele Nächte wußt' ich nicht
was gefehlt hat
wär' nie drauf gekommen
denn das warst ja du.
Und wenn ich dir oft von meinen Problemen erzählt hab
hätt' ich nie geahnt
du warst der Schlüssel dazu.
Doch so aufgewühlt hab ich dich nie gesehen.
Du liegst neben mir
und ich schäm' mich fast dabei;
was war bloß passiert
wir wollten tanzen gehen
alles war so vertraut und jetzt ist alles neu
jetzt ist alles neu.
Tausendmal berührt, tausendmal ist nix passiert...
Tausend und eine Nacht, und es hat Zoom gemacht.

Und nun waren sie seit vier Jahren zusammen, führten ein gemeinsames Leben, obwohl sie sich das vorher nie hatten vorstellen können. Vor einiger Zeit hatten sie eine gemeinsame Wohnung in der Volksfeststraße gekauft, 65 Quadratmeter. Sie hatten sie gemeinsam finanziert – einem alleine wäre das nicht möglich gewesen.

»Ich muss dir was erzählen«, sagte Karl während er sein Spiegelei zerteilte, »ich glaube eigentlich schon, dass man sich in der Wüste verirren kann. Oder im Urwald. Im dichten Dschungel. Oder beim Wandern. Haben wir ja schon miteinander erlebt. Aber gestern war ich im Passage-Kaufhaus. Ich fand einfach nicht mehr raus…«

»Was, du hast nicht mehr aus dem Passage-Kaufhaus rausgefunden?«, fragte Emma belustigt.

»Na, hör zu. Ich war im Parkhaus mit dem Auto bis in die siebente Etage raufgefahren. Eh schon ein gebranntes Kind. Hab früher schon mehrmals im Parkhaus nicht mehr gewusst, wo mein Auto steht. Daher eh gut aufgepasst. Zu Fuß in die achte Etage. Dann in den Übergang zum Passage-Kaufhaus. Und gleich zum Lift. Ein gläserner Lift. Achtung! Merken! Das sind hier andere Etagen. Achte Parkgaragen-Etage ist gleich vierte

Passage-Kaufhaus-Etage. Alles merken! Wo ist der Saturn? In der siebenten Passage-Kaufhaus-Etage. Leicht zu merken für den Rückweg. Von der siebenten Passage-Kaufhaus-Etage mit dem Lift in die vierte Passage-Kaufhaus-Etage, dann hinüber in die achte Parkgaragen-Etage, zu Fuß in die siebente Parkgaragen-Etage… Kinderleicht!«

»Was wolltest du eigentlich im Passage?«

»Ich wollte einen Drucker kaufen. Der Saturn ist aber nicht so übersichtlich. Das ist doch dort irgendwie riesengroß. Schlendere herum. Finde kein Computer-Zeugs. Vielleicht ganz hinten? Auch nicht. Oder da ganz drüben? Auch nicht. Tja, Männer fragen auch nicht… Na endlich, da steht's ja. Ich muss noch ein Stockwerk mit der Rolltreppe rauf. Seh' mir die Drucker an. Schnapp mir schließlich einen. Geh zur Kasse. Aber, wo ist die Kasse? Hier jedenfalls nicht, einen Stock tiefer. Hinunter mit der Rolltreppe. Kassen sind in mehreren Richtungen angeschrieben. Na, dann lauf ich halt zu irgendeiner. Gefunden.«

»Erzähl weiter, das ist ja richtig spannend.«

»Gut. Nachdem ich bezahlt hatte, ging ich zum Lift. Zum gläsernen Lift. Na, da ist er ja. Weiß genau, dass ich in die 4. Passage-Kaufhaus-Etage muss. Ha! Ich vergess' so was doch nicht. Steige im 4. aus. Äähhh… da ist aber irgendwie kein Übergang zum Parkhaus. Das gibt's doch nicht! Gehe rundum. Soweit man eben kommt. Recht weit ist's eh nicht. Kein Übergang. Hab ich mir das falsch gemerkt? Vielleicht war's doch die 3. Etage? Fahr' mit dem Lift in die 3. Etage. Kein Übergang zum Parkhaus. Gehe rundum. Leichte Verzweiflung kommt auf. Kein Übergang. Na, dann wird's die 5. gewesen sein. Fahre in die 5. Kein Übergang zum Parkhaus. Gehe rundum. Verzweiflung nimmt zu. Habe kein Wasser bei mir. Werde ich verdursten? Verhungern? Wann sperren die zu? Kein Übergang. Dann bleibt nur noch die 2. Etage. Dort gehe ich rundum. Nein, auch nicht.«

»Du Ärmster, ich seh' dich direkt vor mir, wie du schwitzt.«

»Dann hab ich DIE Idee: Ich könnte ja ganz runter fahren, auf die Straße rausgehen und von dort wieder zurück ins Parkhaus. Gedacht, getan: ich steig wieder in den Lift und fahr in's Erdgeschoß. Als ich aus dem Lift aussteige, steht da ein

Security. Obwohl Männer nicht fragen – niemals – frage ich ihn einfach. Da meint er freundlich, wenn ich ins Parkhaus wolle, dann müsse ich den anderen Lift – den da drüben – nehmen. Und da hab dann erst bemerkt, dass es ZWEI Lifte gibt.«

»Hihi, dich kann man gar nicht mehr alleine irgendwo hingehen lassen. Du wirst langsam alt.«

»Ja, mir scheint's auch so. Wie war dein Tag gestern?«

»Ach, alles ganz verzwickt. Wir glauben, dass wir es mit einem Auftragsmord zu tun haben. Dieser Schmidt, der Ehemann der Toten, hat offensichtlich einen Demirz Lodmedned 30.000 bezahlt, um seine Frau zu ermorden. Aber wir wissen noch nicht, wie wir es beweisen.«

»Sagtest du *Lodmedned*?«

»Ja. Warum…?«

»Irgendwie kommt mir der Name bekannt vor… aber ich komm im Moment nicht drauf… Na, wenn's mir einfällt, sag ich's dir.«

**

Auszug aus dem Vernehmungsprotokoll, 01.12., Beginn 10.30. Anwesend Friedhelm Schmidt, Arno Rack, Anna Condère.

Condère: Herr Schmidt, Sie haben gestern zu Herrn Rack gesagt, dass sie Herrn Lodmedned Geld schuldig gewesen waren. Hatten Sie sich das Geld bei ihm ausgeliehen?

Schmidt: Ja, genau. Ich hab es mir ausgeliehen.

Condère blätterte in einer Akte. Tat, als suchte sie was. Fuhr mit dem Finger einige Zeilen entlang.

Condère: Wann haben sie es ausgeliehen? Wofür? Und wieviel?

Schmidt: Ja… ähhhh…. vor zwei Jahren. 30.000 Euro. Ich brauchte es für ein neues Auto.

Condère: Ihr Auto ist mindestens fünf Jahre alt.

Schmidt: Ich… ähhh… hab mir's dann doch nicht gekauft.

Condère: Und was haben Sie mit dem Geld dann gemacht?

Schmidt: Ich… ich… ich habs ausgegeben.

Condère: Herr Schmidt, Sie lügen uns hier nach Strich und Faden an. Ich muss Sie darüber informieren, dass Demirz Lodmedned gestanden hat. Er hat ausgesagt, dass er von Ihnen 30.000 für den Tod Ihrer Frau erhalten hat. Durch sein Geständnis wird er zum Kronzeugen… Und Sie, Herr Schmidt, bleiben übrig… wenn Sie nicht endlich die Wahrheit sagen.

Schmidt: Nein, nein, nein, nein, nein. Das gibt es nicht. Sie lügen. Lodmedned hat niemals gestanden. Das konnte er gar nicht gestehen. Weil ich ihm Geld gegeben habe, das ich ihm schuldig war.

Condère: Okay, Sie kommen zurück in Ihre Zelle.

Auszug aus dem Vernehmungsprotokoll, 01.12., Beginn 11.05

Anwesend Demirz Lodmedned, Arno Rack, Anna Condère.

Condère: Herr Lodmedned, haben Sie sich überlegt, ob Sie mit uns sprechen.

Lodmedned: (schweigt)

Condère: Ich muss Sie darüber informieren, dass Friedhelm Schmidt gestanden hat. Er hat ausgesagt, Ihnen 30.000 Euro gegeben zu haben, damit Sie seine Frau beseitigen.

Lodmedned: (schweigt)

Condère: Ich deute ihr Schweigen so, dass Sie dieser Aussage zustimmen.

Lodmedned: (schweigt)

Condère: Herr Lodmedned, ich weise Sie darauf hin, dass Ihr Schweigen einem Geständnis gleichkommt.

Lodmedned: (schweigt)

Auszug aus dem Vernehmungsprotokoll, 01.12., Beginn 11.18

Anwesend Dafer Lodmedned, Arno Rack, Anna Condère.

Condère: Herr Lodmedned. In welchem Verhältnis stehen Ihr Arbeitskollege Friedhelm Schmidt und Ihr Bruder Demirz Lodmedned.

Lodmedned: Ich nix wissen. Sie bekannt gewesen. Ich sonst nix wissen.

Condère: Schmidt hat Ihrem Bruder Geld gegeben. Wissen Sie wofür?

Lodmedned: Ich nix wissen von Geld geben.

Condère: Haben Sie Schmidt mit Ihrem Bruder bekanntgemacht?

Lodmedned: Ich nix wissen. Was heißen bekanntmacht?

Condère: Wie haben sich die beiden kennengelernt?

Lodmedned: Ich nix wissen. Sie Bier getrunken.

Condère: Herr Lodmedned, Sie sind verheiratet und haben drei Kinder?

Lodmedned: Ja.

Condère: Herr Lodmedned, Sie sagen immer ‚ich nix wissen'. Ich glaube, Sie sind sich nicht im Klaren darüber, dass Sie hier in einer Mordermittlung verhört werden. Haben Sie verstanden – in einer Mordermittlung!

Lodmedned: Mordermittlung? Wieso Mordermittlung?

Condère: Ich sage Ihnen mal was. Wenn Sie hier weiter den Ahnungslosen spielen und die Aussage verweigern… Wissen Sie, was dann mit Ihnen passiert?

Lodmedned: Ich nix spielen Ahnungslos. Ich nix wissen.

Condère: Wissen Sie, was dann mit Ihnen passiert? Sie werden angeklagt wegen Beihilfe. Sie verlieren Ihre Arbeit. Sie werden eingesperrt. Wahrscheinlich mehrere Jahre. Was ist dann mit Ihrer Familie? Wovon lebt dann Ihre Familie? Wovon leben Ihre Kinder? Sie sitzen im Gefängnis. Ihre Frau wird ausgewiesen. Ihre Kinder werden ausgewiesen. Wissen Sie, wo die dann hinkönnen? Wissen Sie, wovon sie leben sollen? Ich würde Ihnen also dringend raten, endlich unsere Frage zu beantworten. Also nochmals: Wissen Sie, wofür Herr Schmidt Ihrem Bruder Geld gegeben hat.

Lodmedned: Ich… ich… ich… nicht sagen dürfen… dürfen nix sagen…

Condère: Wieso *dürfen* Sie nichts sagen?

Lodmedned: Ich… haben Angst… nicht sagen dürfen…

Condère: Wovor haben Sie Angst? Vor wem haben Sie Angst?

Lodmedned: Vor… vor… diesen Leute…

Condère: Wer sind diese Leute?

Lodmedned: Ich können nix sagen. Wenn ich sagen, bin ich toter Mann. Die mich bringen um. Du verstehen? Wenn ich sagen, die mich bringen um. Und mein Frau. Und mein Kinder. Ich nix sagen können.

Er begann zu weinen.

**

»Ich fasse einmal zusammen, was wir haben«, erklärte Arno in der versammelten Runde, »wir vermuten, dass Schmidt Demirz Lodmedned gedungen hat, seine Frau umzubringen. Dafür spricht, dass Schmidt und Dafer Lodmedned am Vorabend des Mordes miteinander telefoniert haben, dass sich Demirz Lodmedned nachweislich zur Zeit des Mordes im Wasserwald aufgehalten hat und dass Schmidt Demirz Lodmedned 30.000 € übergeben hat. Schmidt behauptet, dass er sich das Geld ausgeliehen hat, aber da hat er sich in so viele Widersprüche verwickelt, dass das ganz offensichtlich gelogen ist. Was spricht noch für unsere Theorie des gedungenen Mörders?«

Er blickt in die Runde.

»Dass Demirz Lodmedned jede Aussage verweigert«, sagte Emma.

»Dass er sich Geld ausgeliehen hat, ist Blödsinn«, sagte Nico, »er hat ein Konto bei der Bank, das nicht überzogen ist – und auch kaum einmal war. Er hat ein regelmäßiges Einkommen, warum hat er nicht einen Kredit bei seiner Bank aufgenommen?«

»Mir fällt auch nichts mehr ein, was *dafür* spricht«, meldete sich Johann zu Wort, der sonst immer schwieg, »aber es ist alles so logisch, es kann gar nicht anders gewesen sein. Und ihr werdet sehen, die gefundenen DNA stimmt mit Demirz Lodmedned überein. Und dann ist alles bewiesen. Meines Erachtens ist der Fall gelöst.«

Klaus meldete sich mit leiser Stimme. »Auch wenn ihr das jetzt nicht hören wollt, aber wir haben kein Motiv. Warum sollte Schmidt seine Frau umbringen lassen. Wir haben doch absolut nichts in dieser Richtung gefunden. Oder?«

»Nein, Klaus, haben wir nicht. Dein Einwand ist vollkommen berechtigt«, sagte Arno – und an Johann gewandt, »wann können wir denn mit dem Bericht über den DNA-Vergleich rechnen?«

Emmas Handy läutete. Arno schaute sie strafend an. Es war Karl. Sie drückte ihn weg.

Nico sagte, »und ihr wollt wahrscheinlich auch nicht hören, dass diese Angst von Dafer Lodmedned auch irgendwie nicht ins Bild passt. Wovor hat er solche Angst? Vor wem? Wenn es sich um einen gedungenen Mord handelt, dann hätte er gesagt, dass er vor seinem Bruder Angst hat. Hat er aber nicht. Er sagte doch, er habe Angst vor *diesen Leuten*. Nicht wahr, Anna, so hast du doch berichtet, oder?«

»Ja, richtig«, sagte Anna nachdenklich.

Emmas Handy läutete. Sie errötete und schaute auf's Display. Schon wieder Karl. Sie drückte ihn weg. Aber gleich drauf läutete das Handy wieder.

»Also bitte…!«, tadelte Arno.

Emma stand auf und verließ den Besprechungsraum. Sie und Karl hatten eine Vereinbarung. Wenn etwas wirklich dringend war, dann rief man drei Mal an. Es musste also wirklich dringend sein. Sie nahm den Anruf an.

»Emma, ich habs gefunden. Der Odmedned ist schon einige Zeit im Visier der *Task Force Wettbetrug*. Im Zusammenhang mit der Wett-Mafia, einem international agierenden Netzwerk. Aber dass müsst ihr doch gefunden haben, zumindest einen Hinweis. Ihr braucht doch nur die Suchmaschine im internen Bereich verwenden.«

»Moment, Moment, Moment. Das haben wir doch gemacht. Da ist nichts zu finden.«

»Ich hab nur den Namen eingegeben… und ihn gleich gefunden…«

»Also... ich versteh das nicht…«

Emma ging in ihr Büro. Ihr Computer lief, sie hatte ihn nicht ausgeschaltet.

»Karl, warte noch kurz«, sagte sie ins Handy.

Sie rief die interne Suchmaschine auf. Gab L-O-D-M-E-D-N-E-D ein. Kein Treffer.

»Karl, ich glaub, ich spinne. Ich hab keinen Treffer.«

»Das gibt's doch nicht«, antwortete Karl, »warte ich mach ein Foto von meinem Bildschirm und schick dir's aufs Handy.«

Wenig später erhielt Emma das Bild auf ihr Handy. Sie öffnete es. Und stürzte gleich drauf in den Besprechungsraum.

»Es gibt einen Odmedned, mit »O« wie Otto, ohne »L« wie Ludwig. Ich glaube, die Lodmedneds haben gefälschte Pässe.«

Über Demirz Odmedned gab es jede Menge Material. Es ging um eine ostasiatische Wettmafia, die in Europa von Albanern vertreten wurde. Demirz und Dafer Odmedned wurden mit internationalen Haftbefehl gesucht. Wegen Erpressung und Wettbetrug. Demirz auch wegen Mordes in drei Fällen. Die vorliegenden Fotos belegten eindeutig, dass es sich dabei um *ihre* Lodmedneds handelte. Das änderte alles. Erstens würden sie die Odmedneds an das BKA übergeben müssen, an die *Task Force Wettbetrug.* Und auch wenn sie Demirz den Mord an Luisa Schmidt nachweisen konnten, musste er letztendlich an Belgien ausgeliefert werden, denn von dort stammte der Interpol-Haftbefehl. Aber der Fall war damit nicht gelöst. Denn was hatte Schmidt mit einer Wettmafia zu tun? Sie gingen nochmals den Lebenslauf von Friedhelm Schmidt durch. Dass er früher mal Fußballspieler gewesen war, hatten sie gewusst. Aber im Licht der neuesten Erkenntnisse, ergab sich daraus ein neuer Sinn.

**

Während Anna, Ute und Johann diese Recherchen durchführten, gönnte sich Arno eine Pause. Er lud Emma ein, mit ihm einen Kaffee zu trinken. Aber nicht im Präsidium, er lud sie in das kleine Café in der Kaplanhofstraße ein, das zu Fuß erreichbar war. Es war klein und teuer, sodass es kaum von Polizisten besucht wurde. Er machte das gerne, dass er zu heiklen Gesprächen einen neutralen Boden wählte, ein Umfeld also, das nicht dienstlich war.

»Emma, ich möchte noch was mit dir klären«, sagte Arno, nachdem sie *due Espressi* geordert hatten.

»Ja, was gibt's?«

»Du hast gestern, zwei Überwachungen angeordnet…«

»Äh… ja«. Emma war verunsichert. Und etwas schuldbewusst.

»Du kannst das so einfach?«

»Naja, es… es war Gefahr im Verzug.«

»Ach…? Du weißt, dass du Anna übergangen hast?«

»Hat sie sich beschwert?«

»Nein, hat sie nicht.«

Sie schwiegen beide.

»Also… also, es war so…«, begann Emma.

Sie brach ab. Schwieg.

»Wie war's?«

»Es war… es war ein Fehler.«

»Okay.«

»Okay?«

»Ja,… das war's.«

»Das war's…?«

»Ja. Du hast einen Fehler gemacht. Und du weißt es. Das war's.«

»Es tut mir leid.«

»Ja, schon gut. Erledigt. Vergessen. Du bist ja schließlich richtig gelegen.«

Beide schwiegen einige Zeit. Sie tranken ihren Kaffee.

Arno fragte, »was meinst du, wie wir jetzt weitermachen sollen?«

»Ich glaube, da sollten wir uns erst mal klar werden, was hier abgelaufen ist. Dann können wir eine Strategie entwickeln, wie wir weiter vorgehen.«

»Gut, besprechen wir das gemeinsam.«

Sie kamen zum Schluss, dass ein Zusammenhang zwischen Wettmafia und dem Mord an Luisa Schmidt bestehen musste. Wahrscheinlich spielte es eine Rolle, dass Schmidt Fußballer gewesen war. Aber ohne der Aussage von Schmidt oder Odmedned würde kein Licht in die Sache kommen. Da Odmedned wahrscheinlich nicht reden würde, mussten sie es mit Schmidt nochmals probieren. Sie beschlossen, mit schweren Geschützen aufzufahren.

**

hallo kevin
hallo celine
muss dir gleich was sagen
was?
hab heute ‚kill em with kindness‘ von selena gomez runtergeladen
hab ich schon, ist mein lieblingssong
magst du selena?
und wie
hast du auch ‘out of the woods’ von taylor swift
ja, hab ich
und ‚cold water‘ von justin bieber
lad ich mir morgen runter
waaaaahnsinn, wir mögen die gleichen songs
muss dir auch was sagen
sag
hab höllische schmerzen im knie
du ärmster, was ist passiert
ja, weisst du, ich bin kapitän von unserer fussballmannschaft
waaaaaas? kapitän bist du?
naja, in der jugendmannschaft, aber…
aber…
ich komm bald in die kampfmannschaft
wow, das ist ja super
weil ich die meisten tore schieße
gratuliere dir
danke
muss lernen
ich auch
bis morgen
bis morgen
bb
bb

Sie hielt das nicht mehr aus. Sie hielt das üüüüüberhaupt nicht mehr aus. Die gleichen Songs, die gleichen Sänger. Das war eine… eine Seelenverwandtschaft. Eine Seelenverwandtschaft, wie man sie nur ganz selten fand. Sie spürte ihn in ihrem Herzen. Ganz deutlich.

**

»Herr Schmidt, wir wollen uns nicht mehr lange mit Ihnen aufhalten«, begann Arno Rack, »Lodmedned heißt in Wirklichkeit Odmedned und wird per internationalem Haftbefehl wegen mehrfachen Mordes gesucht. Der Fall ist abgeschlossen. Sie werden wegen Anstiftung zum Mord an Ihrer Frau Luisa Schmidt angeklagt. Was jetzt noch offen ist…

Arno suchte in einem Stapel Papiere. Zog ein amtlich aussehendes Formular hervor.

»Sie müssen jetzt noch«, fuhr Arno fort, »den Antrag auf Übergabe ihrer Tochter Tina Schmidt an die Fürsorge mit späterer Freigabe zur Adoption unterzeichnen…«

Arno hielt ihm das Formular hin. Schmidt treten die Augen aus dem Kopf. Seine Hände begannen unkontrolliert zu zittern.

»Was… was… was…«, stammelte er, »was… ich soll…« Tränen traten ihm in die Augen. »Das können Sie nicht machen…«, rief Schmidt verzweifelt, »meine Tina… ich kann doch nicht… nein, nein, nein…« Tränen rannen ihm jetzt über die Wangen. »Bitte nicht, bitte nicht«, schluchzte er.

»Tut mir leid Herr Schmidt«, setzte Arno noch einen drauf, »aber es besteht immer noch die Hoffnung, dass Ihre Tochter akzeptable Zieheltern erwischt. Und es ist ja nicht so, dass Sie Ihre Tochter nicht mehr sehen. Sie kann Sie im Gefängnis besuchen. Aber Sie müssen sich schon auf zwanzig Jahre einstellen…«

»Nein, nein, nein… bitte nicht, bitte nicht…«, jammerte Schmidt.

»Nichts zu machen«, sagte Arno unerbittlich.

»Ich erzähle alles. Alles. Ich erzähle alles.«

»Gut, dann fangen Sie an.«

»Es ist… es ist eine lange Geschichte... Der Ursprung liegt 15 Jahre zurück…«

Schmidt wischte sich die Tränen aus dem Gesicht. Seine Stimme war wieder fester geworden.

»Erzählen Sie.«

»Ich war Fußballer. In der zweit- und dritthöchsten Liga. Und ich hab einen großen Blödsinn gemacht. Vor fast 15 Jahren sind

Leute an mich herangetreten. Leute, die ich nicht kannte. Es waren Osteuropäer und sprachen schlecht Deutsch. Sie gaben mir 1.000 Euro und sagten, dass ich bei der nächsten Meisterschaftsrunde möglichst kein Tor schießen sollte. Ja, so ging es los…«

»Und…?«

»Ich habe kein Tor geschossen. Aber nicht, weil ich keines schießen wollte, sondern weil ich gar keine Gelegenheit dazu hatte. Der Gegner war zu gut. Aber um das ging's eigentlich nicht. Es ging darum, dass ich nicht sofort Anzeige erstattet hatte. Aber… nach dem Spiel kamen die Leute wieder und gaben mir 5.000 Euro. Sie sagten, das sei dafür, dass ich kein Tor geschossen hätte… Und ich hab das Geld genommen…«

»Weil sie es brauchten?«

»Brauchte…? Unbedingt brauchte ich es nicht… Aber wir hatten gerade geheiratet… Und das Geld tat uns gut. Wir brauchten es nicht unbedingt, aber wir konnten uns mehr leisten.«

»Wie ging es weiter?«

»Ich hörte ein paar Wochen nichts von diesen Leuten. Ich glaubte schon, es wäre alles vorbei. Aber dann tauchten sie plötzlich wieder auf und sagten, dass es sehr gut wäre, wenn wir das nächste Spiel verlieren würden. Und am Wochenende verloren wir das Spiel. Ich hatte nichts dafür getan, ich hatte nicht einmal gespielt, weil ich verletzt war. Aber die Leute kamen wieder und gaben mir 5.000 Euro. Und wieder hab ich das Geld genommen.«

Schmidt verstummte. Sagte längere Zeit nichts.

»Weiter. Aber kürzen Sie's ab. Denn Wettbetrug ist nicht unser Zuständigkeitsbereich.«

»Die Forderungen wurden immer dreister. Aber ich konnte nicht mehr zurück. War schon zu tief verstrickt. Und ich hatte dann auch wirklich ins Spielgeschehen eingegriffen, habe Elfmeter verschuldet, absichtlich danebengeschossen, brutale Fouls gemacht, sogar Eigentore geschossen… Und als das alles nicht mehr reichte, hab ich mir aus meiner Mannschaft welche ausgesucht, die mir halfen. Und ich hab sie von dem Geld, das ich erhielt, bezahlt.«

»Wieviel haben Sie insgesamt erhalten?«

»Etwa drei- bis vierhunderttausend.«

»Was haben Sie mit dem Geld gemacht? Wo ist es?«

»Weg.«

»Weg?«

»Einen großen Teil habe ich ausgegeben. Für unseren Lebensstil. Und den Rest hab ich zurückgezahlt.«

»Zurückgezahlt?«

»Vor drei Jahren hab ich mit dem Fußball aufgehört. Ich war damals 35. Und seit diesem Zeitpunkt haben mich die Leute erpresst.«

»Womit? Dass sie alles aufdecken würden?«

»Nein. Die würden nie etwas aufdecken. Ich habe mitbekommen, dass das eine riesige Organisation ist. Es geht um Millionen. Oder vielleicht sogar um Milliarden…? Wahrscheinlich laufen im fernen Osten die Fäden zusammen. Sie haben sowas Ähnliches wie Filialen auf der ganzen Welt. Und diese Filialen setzen das um, was zentral vorgegeben wird. Nein, sie haben mich nicht mit ‚*aufdecken*' erpresst.«

»Womit sonst?«

»Sie haben verlangt, dass ich weiterspiele. Als ich 33 war, wollte ich schon aufhören. Ich wollte einfach nicht mehr. Dieser ganze Dreck. Der ganze Mist. Der Betrug... Aber das haben sie nicht zugelassen. Also hab ich weiter gespielt. Aber zwei Jahre später hab ich dann endgültig aufgehört. Sie haben gesagt, dass sie so viel in mich investiert hätten. Und dass ich das Geld zurückzahlen müsste. Sie haben mich ganz einfach bedroht. Erst nur mich. Sie haben mir den Arm gebrochen. Dann haben sie meine Familie bedroht. Haben Tina vor der Schule aufgelauert und sie belästigt…«

Wieder folgte ein langes Schweigen

»Also habe ich bezahlt«, fuhr er fort, »sie haben nie einen großen Betrag verlangt, sondern immer nur Beträge von 5.000 oder 10.000 Euro. Anfangs dachte ich jedes Mal, dass dies wohl das letzte Mal sein würde… Aber sie kamen immer wieder. Ich habe in den letzten drei Jahren, insgesamt rund 200.000 € bezahlt. Die letzte Rate gestern. Jetzt hab ich kein Geld mehr.

Kann nichts mehr bezahlen. Daher ist's auch egal, dass jetzt alles rauskommt.«

»Herr Schmidt, wenn das alles stimmt, warum sind sie dann so lange mit Odmedned im Brau-Stüberl zusammengesessen. Das waren mehr als 20 Minuten. Haben Sie sich da mit ihm freundschaftlich unterhalten?«

»Ich habe versucht, ihn zu überzeugen, dass er mich jetzt in Ruhe lassen soll. Weil ich kein Geld mehr habe. Er hat gesagt, dass ich mir eben einen Kredit aufnehmen müsste. Schließlich müsste ich jetzt gut auf meine Tochter aufpassen, hat er gemeint, weil ich doch nur noch sie hätte…«

»Herr Schmidt, glauben Sie, dass ihre Frau von diesen Leuten umgebracht wurde?«

»Ich weiß es nicht«, sagte Schmidt nach langem Nachdenken, »aber ich glaubte ursprünglich nicht, dass sie zu solchen Mitteln greifen würden. Ich dachte, dass das zu viel Staub aufwirbeln und letztendlich ihr Geschäft gefährden würde. Aber vielleicht habe ich mich damit nur selbst beruhigt. Seit ich regelmäßig bezahlte, hatte ich keinen wirklichen Stress mit diesen Leuten. Aber in der letzten Zeit, haben sie den Druck erhöht, weil ich ihnen sagte, dass ich kein Geld mehr habe. Sie sagten immer, ich sollte gut auf meine Frau und auf meine Tochter aufpassen… Mein Gott!«

Er schlug die Hände vor's Gesicht.

»Und zu diesen Leuten gehören Demirz und Dafer Lodmedned – oder Odmedned. Waren das ihre Kontaktleute?«

»Demirz Lodmedned tauchte erst vor rund eineinhalb Jahren auf. Davor waren es andere. Ja, da gibt's noch eine ganze Menge anderer Leute, von denen mir die Namen bekannt sind...«

»Und Dafer Odmedned?«

»Ich weiß nicht, welche Rolle Dafer spielt. Er hat mit mir nie über die Sache gesprochen. Ich hab überhaupt erst vor ein paar Monaten durch Zufall erfahren, dass er mit Demirz verwandt ist.«

»Okay, Herr Schmidt, wie gesagt, das ist nicht unser Zuständigkeitsbereich. Wir übergeben Sie jetzt der Betrugsabteilung. Ich weiß nicht, ob Sie in Haft genommen oder auf freiem Fuß angezeigt werden. Das hängt wohl von ihrer Kooperationsbereitschaft ab.«

»Ich… ich werde nicht wegen Mordes angeklagt?«

»Ich glaube nicht. Das kommt auf den Staatsanwalt an. Ob der Ihnen die Geschichte glaubt.«

»Wissen Sie, Herr Rack, ob ich in Haft genommen werde oder nicht, das macht mir am wenigsten Sorgen. Hauptsache, ich werde nicht wegen Mordes angeklagt. Ich werde Ihre Kollegen um Schutzhaft bitten. Sobald bekannt wird, dass ich rede, wird in der Organisation der Teufel los sein. Daher mache ich mir in erster Linie Sorgen um meine Tochter. Ich habe die 20.000 bezahlt, um Zeit zu gewinnen, damit ich meine Tochter wegbringen kann. Können Sie meine Tochter schützen?«

»Das werden wir, Herr Schmidt, das werden wir.«

Alle gratulierten Arno. Wie er das Verhör geführt hatte, wie er Schmidt weichgeklopft hatte. Arno war etwas peinlich berührt. Aber seine Abteilung war in Feierstimmung. Man hatte den Fall binnen drei Tagen gelöst. Als der Bericht über den DNA-Vergleich eintraf, wurde die Feierstimmung allerdings getrübt. Die an der Leiche gefundene DNA stimmte weder mit Friedhelm Schmidt, noch mit den Odmedneds überein.

**

Am Spätnachmittag hatten Arno und Anna noch einen Termin bei Staatsanwalt Dr. Franz Osen.

»Chefinspektor Rack«, sagte Osen herzlich, »ich gratuliere Ihnen zu Ihrem Ermittlungserfolg.«

»Danke.«

»Odmedned redet weiter nicht. Aber das ist bedeutungslos. Wir haben einen international gesuchten Mehrfachmörder dingfest gemacht. Ob er gesteht oder nicht, ist nicht von Bedeutung und auch nicht mehr unsere Sache. Der Fall ist gelöst, erledigt und abgeschlossen.«

»Herr Dr. Osen«, wandte Arno ein, »die DNA stimmt nicht mit den Odmedneds überein…«

»Egal! Die DNA wird häufig überschätzt. Sie kann praktisch von jedem stammen. Von wem auch immer… vom Auffinder der Leiche, von einem Spurensicherer, von einem Arzt, vom Messerschleifer… Erinnern Sie sich doch an den Skandal mit den verunreinigten Wattestäbchen?«

Arno erinnerte sich noch gut… Vor einigen Jahren war in Deutschland ein Serientäter verzweifelt gesucht worden. Das »Phantom« hatte auf mehreren Dutzend Tatorten DNA hinterlassen und war für 40 Straftaten verantwortlich gemacht worden. Die deutschen Kollegen waren verzweifelt gewesen, weil der Serientäter so ungewöhnlich aktiv gewesen war. Zeitlich waren die Taten fast nicht machbar gewesen. Und vor allem war es um völlig unterschiedliche Taten gegangen, von einfachen Einbrüchen, über Diebstahl, Raub und schließlich auch mehrere Morde. Letztendlich hatte sich herausgestellt, dass die Polizei verunreinigte Wattestäbchen für die DNA-Tests verwendet hatte. Die DNA stammte von einer Arbeiterin, die in der Produktionsfirma die Wattestäbchen verpackt hatte. Das hatte jedenfalls die Staatsanwaltschaft Heilbronn verlautbart. Sie hatten damals lange diskutiert, ob dies die Wahrheit war. Oder ob hier irgendwas vertuscht worden war…

»Also,« fuhr Osen fort, »der Fall ist gelöst. Herzliche Gratulation. Aber, Herr Rack, sie kümmern sich jetzt mit voller Kraft um den Fall Lesberger. Nächste Woche will ich Ergebnisse haben.«

Arno hatte – schon wieder – kein gutes Gefühl. Das alles war ihm doch ein wenig zu plötzlich, zu leicht und zu einfach gegangen. Er fühlte sich auch körperlich nicht wohl. Er fühlte sich ein wenig schwindling, sein Hemd war verschwitzt und er meinte, dass es ihm am Körper klebte.

»Wir müssen entscheiden, wie wir im Lesberger-Fall weiter vorgehen«, sagte Arno zu Anna.

»Ja, wir sollten uns wohl mit dem ganzen Team zusammensetzen. Fahren wir nochmals ins Büro.

Zurück im Büro bat Anna Klaus, Emma, Johann, Nico und Kai ins Besprechungszimmer. Ute hatte schon Feierabend gemacht. Alle warteten auf Arno.

Als die Tür aufging und Arno den Besprechungsraum betrat, sah Anna sofort, dass mit ihm etwas nicht stimmte. Er war leichenblass im Gesicht, Schweißtropfen standen ihm auf der Stirn.

»Ich… weiß… nicht…«, sagte Arno schwer atmend. Und brach plötzlich zusammen. Zuerst gaben die Beine unter ihm nach, er ruderte noch mit den Armen, dann fiel er Richtung Besprechungstisch. Schlug mit einem satten Geräusch seitlich mit dem Kopf auf der Tischkante auf.

Seine Kollegen waren erschrocken aufgesprungen. Niemand hatte schnell genug reagieren können, um ihn aufzufangen. Alle starrten sekundenlang geschockt auf den leblos vor ihnen liegenden Körper. Als erste reagierte Emma. Sie kniete sich neben ihn und brachte ihn in eine Seitenlage. Fühlte seinen Puls. Inzwischen hatte Anna schon ihr Handy gezückt und den Notruf 144 gewählt.

Kaum eine halbe Minute nach seinem Zusammenbruch, schien Arno wieder zu erwachen. Er öffnete die Augen, starrte seine Kollegen verständnislos an. Blut rann ihm über die linke Gesichtshälfte. Er hatte sich beim Sturz auf den Tisch ein Cut oberhalb der Schläfe geschlagen.

Emma öffnete ihm den Hemdkragen. Sie bemerkte, dass sein Hemd total durchgeschwitzt war. Anna hatte ein paar Papiertaschentücher aus ihrer Handtasche geholt, kniete nun ebenfalls neben Arno und versuchte die Blutung zu stillen.

»Was… ist…?«, stammelte Arno.

»Du brauchst jetzt nicht sprechen, die Rettung kommt gleich«, antwortete ihm Emma.

»Rettung?« Arnos Stimme klang schwach. Er schien verwirrt.

Kurz drauf vernahmen sie das Folgetonhorn der Rettung. Wenig später wurde die Tür aufgerissen, zwei Sanitäter stürmten herein.

Samstag, 3.12.

knight7, bist du online?

Celine wartete schon seit 20 Minuten, dass Kevin endlich online gehen würde. Anfangs war es nur ‚nett' gewesen, mit ihrem Ritter zu chatten. Mittlerweile – das gab sie vor sich selbst offen zu – war es zu einer Sucht geworden.

knight7, bist du online?

Noch immer nichts. Er war ja sooo süß. Neulich hatte sie ihn gefragt, wie er denn aussähe. Und er hatte geschrieben, dass man sich selber nur schwer beschreiben könnte. Und dann hatte er ein Foto von sich geschickt, auf dem er ein T-Shirt von Kristen Stewart anhatte. Das war der helle Wahnsinn. Er hatte ein schmales Gesicht – mit ein paar Pickeln, aber das machte nichts, die waren süß. Eine gerade Nase. Blaue Augen. Das dunkelblonde Haar stand etwas wirr ab. Ein Wahnsinn! Er schien einen muskulösen Oberkörper zu haben. Kein Wunder – als Fußballer. Er war der Star seines Vereins. Und er hatte gerade sie ausgewählt. Wenn das doch alle wüssten. Sie hatte es nur ihrer besten Freundin gesagt. Nina war schon 14 und hatte schon einen Freund. Ihr hatte sie es gesagt. Und sie hatte sich für sie gefreut. Aber sein Foto hatte sie ihr noch nicht gezeigt. Wieder tippte sie.

knight 7, bist du online?

Kevin liebte die gleichen Filme wie sie. Er liebte die gleichen Fernsehsendungen. Die gleiche Musik. Und er hatte die gleichen Probleme mit seinen Eltern, wie sie mit ihrer Mama. Kevin hatte sie gefragt, wie sie denn aussehen würde. Sie hatte geschrieben, dass sie 165 groß wäre, lange brünette Haare und dunkelbraune Augen hätte. Das stimmte auch alles. Und vorgestern hatte er gefragt, ob sie ihm ein Foto von ihr schicken könnte. Sie hatte aber kein passendes. Auf allen Fotos, die sie hatte, sah sie aus wie ein kleines Kind. Grauenhaft. Sie sagte, dass sie kein Foto hätte. Und plötzlich blinkte es rechts unten am Bildschirm.

knight7 ist online

Endlich!

hallo kevin, ich hab schon auf dich gewartet

bin gerade vom training zurückgekommen. musste noch kurz duschen

und... wie war das training?

hab ganz schön geschwitzt. wie geht es dir?

alles klar bei mir

bist du allein zu Haus?

na klar, wie immer. mama kommt erst am abend

Trotzdem hatte sie vorsichtshalber die Tür zu ihrem Zimmer zugesperrt. Man wusste ja nie... Der Teufel schläft nicht. Plötzlich kam Mama aus irgendeinem Grund früher nach Hause – und erwischte sie beim Chatten. Dann wär' aber der Bär los. Hausarrest, Handy- und Computerentzug drohten. Sie hatte Mama versprechen – ja geradezu schwören müssen – dass sie über das Netz keine Freundschaften einging. Und – das war das größte Vergehen – Mama würde mitbekommen, dass sie nicht lernte. Darum die verschlossene Tür.

was machst du denn gerade?

ich chille ein bisschen

musst du nicht lernen?

keinen bock drauf

aber, wenn du in mathe einen 5er bekommst...

scheiß mathe!

schreib nicht so. ich mag es nicht, wenn du solche ausdrücke benutzt

Wie süß. Sie hatte schon mitbekommen, dass er ein sehr ernsthafter und ordentlicher junger Mann war. Einer, der nicht fluchte und keine Kraftausdrücke verwendete. Ganz anders, als sonst die Jungs in seinem Alter, die immer vom *bumsen* und *ficken* reden mussten.

entschuldige. ist mir so rausgerutscht

celine...?

ja

hast du schon ein foto von dir gemacht?

nein. vielleicht morgen

du hast es versprochen

ja, ich halt ja auch meine versprechen

okay, freu mich, wenn ich endlich sehen kann, wie du aussiehst

ja, geduld, junger mann, geduld

Aber das mit dem Foto war ein Problem. Sie konnte keinesfalls eines schicken, das nur so geknipst war. Sie musste sich stylen. Sonst sah sie ja aus wie 12 – wie ein Kind. Und jedenfalls mussten mehrere Fotos gemacht werden, damit sie das beste aussuchen könnte.

celine, ich muss jetzt dann zu lernen anfangen

ja, ich weiß. ich auch

bist du morgen wieder online?

nein, morgen ist sonntag. meine mama will, dass wir gemeinsam einen ausflug machen. wird bestimmt total langweilig

ach... schade

dann bis montag

nein, montags kann ich nicht. papa will, dass ich nach dem training noch bleibe und mit ihm das spiel der kampfmannschaft ansehe.

ach...

na, dann bis dienstag

ja, wieder ab drei

okay, bis dahin. und ciao

tschüss

bb

bb

**

»Herr Rack, hatten sie das schon öfter?«

»Was?«

»Dass sie ohnmächtig geworden sind?«

»Nein, noch nie.«

»Die Untersuchungen haben bisher...« Der Arzt brach ab und flüsterte etwas mit der Krankenschwester.

‚Kein gutes Zeichen', dachte Arno.

»Die Untersuchungen haben bisher nichts ergeben. Sie sind eigentlich ein gesunder Mensch.«

»Eigentlich?«

»Ähh.. nun ja... sie sind ein gesunder Mensch. Vielleicht nicht ganz gesund ernährt, vielleicht etwas zu wenig Bewegung. Ihr Körper ist alles andere als in Topform. Aber sonst sind Sie gesund.«

»Fallen gesunde Menschen so einfach in Ohnmacht, Herr Doktor?«

»Das kann schon vorkommen…«

»Und was habe ich dann? Oder was hatte ich?«

»Wir gehen von einer Synkope aus…«

»Aha«, sagte Arno, obwohl er nicht im Geringsten wusste, was das war.

»Auslöser war wohl eine orthostatische Hypovolämie…«

»Herr Doktor, kann ich eine Übersetzung haben, diese lateinischen Ausdrücke sagen mir nichts?«

»Man kann sich das so vorstellen. Die im Körper zirkulierende Blutmenge ist temporär zu gering. Das kann sein, wenn man zu wenig Flüssigkeit aufgenommen hat und sich in einem Zustand der Erregung befindet. Der Puls steigt und gleichzeitig fällt der Blutdruck, wodurch es zum Verlust des Bewusstseins kommt.«

»Ist das heilbar?«

»Eine Synkope, also eine Ohnmacht, ein Kollaps, eine Bewusstlosigkeit kommt bei vielen Menschen vor. Sie ist meist eine… wie soll ich sagen… eine unglückliche Verkettung verschiedener Umstände. Wenn eine Synkope nicht mehrmals auftritt – oder sogar regelmäßig – ist sie nicht gefährlich. Auch nicht lebensbedrohend. Bei einer Synkope handelt es sich um eine *rasch* einsetzende Ohnmacht – *loss of conciousness* – die mit einem Verlust des Muskeltonus einhergeht. Die Gefährlichkeit liegt eigentlich beim Sturz, den man sich dabei zuzieht. Das ist ja bei Ihnen noch ganz glimpflich ausgegangen. Sie haben sieben Nähte am Kopf.«

»Und wie geht's jetzt weiter?«

»Ein paar Routineuntersuchungen müssen wir schon noch machen. Das geht aber erst am Montag.«

»Dann kann ich jetzt nach Hause?«

»Nein, so schnell geht das nicht. Sie bleiben jedenfalls über's Wochenende zur Beobachtung bei uns.«

Sonntag, 4. Dezember

Lange hatten sie nach einem Ausflugsziel gesucht. Es war schließlich ihr Vorschlag gewesen, der angenommen wurde. Sie hatte in der Zeitung gefunden: *Eine Wallfahrt nach Jeruzalem, slowenisch mit ‚z' geschrieben, was ein gesprochenes weiches ‚s' bedeutet, findet hier ihr lohnendes Ziel.* Daher fuhren sie heute zeitig weg – um sechs Uhr.

Mia Mibitsch war 39 Jahre alt und von Beruf Trauerrednerin. Ihre Großeltern waren Albaner gewesen und hatten Mibici geheißen. Ihr Vater hatte nie eine ordentliche Schulbildung bekommen und war zeitlebens Hilfsarbeiter gewesen. Ihre Mutter musste zum Haushalt beisteuern und ging putzen. Als Mia im Alter von 10 Jahren – wie auch ihre Mitschüler – einem Intelligenztest unterzogen wurde, war das Ergebnis ein IQ 139. Da ein derartiger IQ an der Grenze zwischen *Superhirn* und *Genie* lag, wurde der Test wiederholt – mit einem ähnlichen Resultat. Irgendwie kam es nie zu einer Begabtenförderung. Im Gegenteil – sie verlor immer mehr das Interesse an den Unterrichtsfächern. Den Lehrstoff bezeichnete sie als kindisch und einfach. Sie besuchte zwar das Realgymnasium, kam über nie über einen mittelmäßigen Notenschnitt, sie war eine Außenseiterin.

Nach der mit ach und krach abgelegten Matura, bekam sie einen Job bei einer Versicherung. Dort lernte sie den Studenten Matthias Koll kennen – und lieben. Sie arbeitete in vier Jahren bei sieben verschiedenen Firmen, konnte sich aber niemals mit den Arbeitsinhalten anfreunden und gab schließlich auf und wurde Hausfrau. Matthias blieb der einzig konstante Faktor in ihrem Leben. Er wurde ihr *Lebensmensch*. Leider konnten sie keine Kinder bekommen, sie hatten alles versucht. Nachdem Ihre Mutter verstorben war, versuchte sie es wieder im Berufsleben. Sie wurde Trauerrednerin. Matthias Koll war ein bekannter Uni-Professor geworden. Vor drei Monaten war Matthias an Schilddrüsenkrebs gestorben – im Alter von 50 Jahren! Drei Wochen nachdem der Krebs entdeckt worden war. Eigentlich unfassbar. Ihre Freundinnen sagten, dass sie damals gar nicht sie selbst gewesen war. Kein Wunder. Aber sie war eine starke Frau, hatte ihren Verlust verwunden und in ein normales Leben zurückgefunden. Sie war fast 180 groß, schlank und beinahe muskulös – und dass das so blieb, stellte ihr konsequentes Training im Fitness-Center sicher. Sie hatte hellbrünettes, mit noch helleren Méchen durchzogenes Haar, das ihr über die Schulter fiel. Ihr etwas herb wirkendes Gesicht war lang und schmal, Makeup verwendete sie grundsätzlich nicht.

Sie trafen sich jedes Jahr. Zu keinem bestimmten Zweck, zu keinem bestimmten Zeitpunkt. Kennengelernt hatten sie sich schon vor Jahren bei der Krisenbewältigung, besser gesagt bei der Trauerhilfe, die ihnen von der OÖ Fürsorge angeboten worden war. Alle drei hatten damals bei dem furchtbaren Busunglück Angehörige verloren. Und irgendwie war es dazu gekommen, dass sie sich seither trafen. Die Initiative ging immer von jemand anderem aus – und es klappte. Diesmal hatte Mia die Initiative ergriffen und auch angeboten, dass sie alle in ihrem Auto fuhren.

Es war ein wunderschönes Tagerl, glasklares Sonnenlicht und um die Null Grad. Jeruzalem wir kommen! Mia hatte kein Navi. Blöderweise hatte sie auch keine slowenische Straßenkarte mit, aber das war bedeutungslos, denn der Weg schien klar und Anna hatte den ÖAMTC-Routenplan ausgedruckt – Jeruzalem war – sicher – leicht zu finden.

Anna Lehn, 42, Bilanzbuchhalterin, war die ernsthafteste von den dreien. Ihre Urgroßeltern waren Großbauern in der Nähe von Waxenberg gewesen. Sie hatten zwölf Kinder gehabt, die ihrerseits wieder sechs bis elf Kinder in die Welt setzten. So war das riesige Bauerngut durch Erbteilung in viele Kleinparzellen aufgeteilt worden, sodass schließlich kaum noch jemand als Bauer davon leben konnte. Jedenfalls Annas Eltern nicht. Sie hatte die Volks- und anschließend die Hauptschule besucht, ihr Vater war Schichtler in der Voest gewesen. Er verstarb, als sie noch zur Lehre ging. Als sie die kaufmännische Lehre absolviert hatte, lernte sie einen Mann kennen, zog nach Linz und heiratete ihn. Überstürzt, weil sie schwanger war. Die Ehe hielt zwei Jahre, sie hatte wieder ihren Mädchennamen angenommen. Seitdem war sie alleinerziehende Mutter und arbeitete als Buchhalterin. Sie war mittelgroß und schlank, hatte aber einen etwas überdimensionierten Hintern. Das Haar trug sie kurzgeschnitten und in einem nicht gerade vorteilhaften rot gefärbt – um die Augen sah man schon ein paar Krähenfüße. Ihr größter Wunsch als alleinerziehende Mutter war, dass ihre 15jährige Tochter Gitta irgendwann einmal vernünftig wurde.

Anna saß auf dem Beifahrersitz und würde den Scout geben, wenn's kritisch wurde.

Auf der Autobahn ging's Richtung Graz. Vor Kammern verlangte Klara eine Toilettenpause. Also machten sie bei der Raststation Kammern halt. Sie nahmen einen Espresso – na, die Preise waren hier nicht schlecht, woanders bekam man dafür ein Menu. Kurz vor Marburg, bei Pesnica bogen sie ab nach Osten auf der Bundesstraße. Bei Lenart waren sowohl Mia als auch Anna mit ihrem Latein am Ende. Wo ging's hier nach Jeruzalem? Die Schilder sagen ihnen nicht viel: Über Senarvckuska? Oder über Trnospvcynska Vas? Vielleicht über Svavnjca Okoslavci? Oder doch über Dvcnsninornjane? Eigentlich müssten sie hier nach Süden abbiegen, aber da gab's nur eine abgefackte Schotterstraße.

Mia und Anna fragten an einer Tankstelle nach dem Weg. Tankwart Nr.1 hatte noch nie einen ausgedruckten Routenplaner gesehen. Er griff das vor ihm liegende Blattl Papier nicht an, drehte es mit den Fingerspitzen vorsichtig in alle Richtungen, als könnte es jederzeit explodieren. Jeruzalem? Hhhm? Bedenklicher Gesichtsausdruck. Er rief seinen Kollegen Tankwart Nr.2. Sie sprachen miteinander die Sprache mit den vielen »Tsch's«. Sie kamen ins Diskutieren und hatten Mia und Anna vergessen. »Hallo, hallo« machte sich Mia wieder bemerkbar »hallo, Jeruzalem?« Sie sahen sie feindselig an, weil sie ihre Diskussion unterbrochen hatte. Tankwart Nr.2 erklärte dann auf Slowenisch den kürzesten Weg nach Jeruzalem. Mia und Anna verstanden das alles ganz gut, vor allem das Wort Jeruzalem. Ihr Gesichtsausdruck dürfte aber nicht jenen von Erleuchteten entsprochen haben, darum wurde Tankwart Nr.3 gerufen.

Er sprach klassisches Hochdeutsch. »Straße viel kaputt« meinte er, »viel bauen, viel dreckig, viel schlecht, viel kaputt«.

Sein Lieblingswort war ‚viel'. Er meinte offensichtlich, dass die Straße erst im Bau war. Na gut.

»Du gehen Radgnona«.

»Nein« sagte Mia selbstsicher, »ich gehen Jeruzalem«.

»Du gehen Radgnona. Viel gut Strass. Dann du gehen Jeruzalem«.

»Ich gehen Radgnona, dann ich gehen Jeruzalem« wiederholte Mia sicherheitshalber.

Alles klar. Die ÖAMTC-Straße nach Jeruzalem war offensichtlich noch im Bau. Der kürzeste Weg führte wahrscheinlich über Bad Radkersburg. Das hätten sie billiger haben können. Nach einer weiteren Stunde Fahrzeit waren sie an der slowenischen Grenze in Bad Radkersburg. Gefühlsmäßig mussten sie jetzt irgendwie nach Süden. Aber »irgendwie« war genauso wenig exakt wie »Süden«. Sie kurvten auf kleinen Straßerln herum, die mal nach Norden, mal nach Westen führten, mal nach Süden, mal nach Osten. Es gab in Slowenien wirklich jede Menge Wegweiser, aber auf keinem stand »Jeruzalem« – nicht einmal was, was so ähnlich klang. Sie erreichten eine kleine Stadt namens Ljutomer – hier würden sie nach dem weiteren Weg fragen. Drei erschöpfte Frauen kletterten aus dem Auto.

Obwohl sie alle relativ schlechtes Slowenisch sprachen – eigentlich gar keins – bekamen sie doch mit, dass Jeruzalem ganz in der Nähe liegen musste. Sozusagen gleich um's Eck. Sie müssten nur da hinauf und dort hinüber und dann… wären sie schon da. Sie befuhren in der nächsten halben Stunde das kleinmaschige Straßennetz von Ostslowenien. Es war sehr schön hier. Man sah Weinhänge, kleine Dörfer. Viele kleine Dörfer. Jeruzalem war nicht dabei.

Sie fragten noch ein paar Mal nach dem Weg. Man lächelte sie milde an und meinte, dass sie eh schon fast da wären. Kurz bevor der Sprit ausging, kurz bevor die Reifen abgefahren waren und kurz bevor sie zum nächsten großen Service mussten, passierte was ganz Unglaubliches: ein Wegweiser, auf dem »Jeruzalem« draufstand. Jubel brandete auf. Fantastisch – sie waren da. sechs Stunden Fahrzeit, statt der prognostizierten 3½. Gar nicht schlecht. Anna und Klara schickten sich an, Mia zu lynchen. Aber das Wetter war schön, die Landschaft lieblich, alle hatten Hunger und Durst – das Lynchen wurde verschoben.

Das Dorf Jeruzalem war einzigartig. Eigentlich war es kein richtiges Dorf, sondern eher ein kleiner Ort. Oder noch was Kleineres – was ist kleiner als ein Ort? Es gab hier ein (1!) Haus, das gerade umgebaut wurde, eine (1!) Kirche, die gerade renoviert wurde und auf dem kleinen Parkplatz einen (1!) Container, der gleichzeitig Vinothek und Fremdenverkehrsbüro war. Aber die Landschaft war wirklich sehenswert. Man sagte, die Landschaft sei hier sanfter und weitläufiger als die südsteirische und sie würde eine ‚*Ahnung des Meeres*' mitschwingen lassen. Zwar ähnlich der Südsteiermark. Aber nur ähnlich. Denn die Weingärten waren hier terrassenförmig und nicht parallel zur Hangneigung angelegt. Die Rebstöcke trugen noch die letzten Blätter. Selbst um diese Tageszeit waren die Blätter noch bedeckt von dickem Raureif, der in der Sonne glitzerte. Eine verzauberte Landschaft.

Sie rätselten, wie's den alten Malteser Rittern ergangen sein mag, als sie hierher kamen? Wie hatten sie – ohne Wegweiser – hierher gefunden? Die alten Ritter, die den Kreuzzug nach Jerusalem aus Geldmangel nicht auf dem Seeweg, sondern zu Lande unternahmen, waren von diesem Flecken mit seinen Weinbergen so angetan, dass sie kurzerhand beschlossen, sie seien schon am Ziel. Ubi bene, ibi Jerusalem, sozusagen: Wo es uns gut geht, da liegt unser Jerusalem. Was aus Kreuzzügen jeglicher Art geworden wäre, hätten alle heiligen Krieger so gedacht, ließ sich leicht ausmalen.

Sie schauten in die Kirche und brachen dann zu einer Wanderung auf: vier Minuten bis zum Gostisce ‚Vinski Hram' von Vincenc Brenholc, gleich auf dem Nachbarhügel. Das Essen war gut, vom Wein war niemand begeistert – außer Mia, aber die musste ja, schließlich wollte SIE hierher. Der Beste war noch der *Sipon* – er wurde aus der selten gewordenen Furmint-Traube gekeltert. Als Napoleon vor rund 200 Jahren in Pettau (heute Ptuj) einzog, so ging die Mär, ließen ihn Bauern ihren Wein, den Furmint, kosten. Nach einem Schluck meinte der Feldherr gnädig: C'est bon. Damit war der slowenische *Sipon* geboren.

Als sie also gemütlich beim Brenholc saßen, sagte Klara Pfähl »Habt ihr eigentlich schon gehört…?«

Mia und Anna sahen sie gespannt an. Warteten auf das, was kommen würde. Aber Klara machte es spannend. Typisch Klara – immer ein wenig geheimnisvoll. Sie war mit 51 die älteste der Runde. Mit ihrer großen, hageren Figur, ihrem dezent geschminkten Gesicht und ihrer jugendlichen Frisur – sie war blond – wirkte sie jedenfalls nicht wie 51, sie hätte am ersten Blick gut und gerne die jüngste der Runde sein können. An ihre Kindheit dachte sie mit Schaudern zurück, auch wenn sie das Meiste aus ihrem Gedächtnis verdrängt hatte. Als sie in die Schule gekommen war, hatte es begonnen. Ihr Vater war regelmäßig nachts in ihr Zimmer gekommen und hatte sich zu ihr gelegt. Er hatte ihr eingeschärft, dass sie niemandem etwas sagen dürfte, auch ihrer Mutter nicht. Aber eines Nachts hatte Mutter die Tür geöffnet und hatte Vater ertappt, als er auf ihr lag. Sie hatte nicht verstehen können, warum Mutter wortlos die Tür geschlossen hatte und wieder verschwunden war. Aber nächsten Tag hatte Mutter zu ihr gesagt »ich kümmere mich darum, ich lass dich nicht alleine«. Sie hatte nicht gewusst, was das bedeutete.

Erst viel später hatte sie die ganzen folgenden Ereignisse verstanden. Vater war immer blasser geworden, die Haare waren ihm ausgefallen, dicke schwarze Ringe unter den Augen. Er war immer schwächer geworden, hatte sie auch nicht mehr nachts besucht. Eines Morgens hatte Mutter gesagt, dass Vater nicht mehr aufgewacht sei. Niemals hatte sie erfahren, womit ihre Mutter den Vater vergiftet hatte. Sie hatte die Hauptschule fertig gemacht und eine Ausbildung zur Krankenpflegerin begonnen. Eine Weiterbildung hatte die andere gejagt, eine Abendschule die andere. Sie hatte den Fotografen Manfred Pfähl geheiratet und ihm zwei Kinder geboren, Lasse und Astrid. Heute war sie Krankenschwester im Hohipera-Krankenhaus. Ihren Mann hatte Klara bei dem Busunglück verloren. Ihre Tochter Astrid war vor ein paar Wochen abgehauen und bis heute nicht mehr aufgetaucht.

»Na was ist? Habt ihr gehört, oder nicht?«, fragte Klara nochmals.

»Was sollen wir gehört haben?« fragte Mia leicht genervt.
»Es geht um eine gewisse Magdalena Lesberger…«
»Wer ist das?«, fragte Anna.
»Lesberger. Sagt euch das nichts?«
»Lesberger, Lesberger…«, wiederholte Mia, den Namen leise, »hieß nicht so… der Busfahrer damals?«
»Ja, genau. Die Magdalena Lesberger ist die Mutter von dem Busfahrer damals…«, sie legte wieder eine Kunstpause ein.
»Und – was ist mit der?«
»Sie wurde gefunden…«
Anna und Mia rollten jetzt mit den Augen, dass nur mehr das Weiße zu sehen war.
»Sie wurde gefunden… in einem Brunnen… und sie ist tot«. Klaras Tonfall war fast triumphierend.
»Mein Gott…«, sagte Anna bekümmert.
»In einem Brunnen? Das ist ja furchtbar. Ist sie hineingefallen?«, fragte Mia.
»Nein«, antwortete Klara, »ich hab gelesen, dass es sich um Fremdverschulden handelt. Das heißt wohl, dass sie hineingestoßen wurde – oder?«
»He, Mädels«, meldete sich Anna zu Wort, »wen interessiert das eigentlich. Ich habe damit längst abgeschlossen. Und das alles ist für mich Schmarrn von gestern. Vermiesen wir uns den schönen Tag heute doch nicht selber.«
Sie verbrachten noch den frühen Nachmittag in der Gegend von Jeruzalem, besuchten noch zwei Vinotheken. Denn hier vertrieben die Weinbauern ihren Wein nicht selbst, sondern über Vinotheken, die sie gemeinsam gründeten, besaßen und betrieben.
Da sie mit vier Stunden Rückfahrt rechnen mussten, machten sie sich um 16.00 auf den Rückweg. Als sie kurz nach 20 Uhr in Linz ankamen, schworen sie sich, das nächste Mal ein nicht so weit entferntes Ziel ins Visier zu nehmen.

Du hattest gedacht, dass das nun wirklich schwierig werden würde. Und es war schwierig geworden. Noch nie hattest du eine Schusswaffe abgefeuert. Nun, das war leicht gewesen. Dein Zeigefinger war ganz locker auf dem Abzug gelegen. Du hattest ihn einfach gekrümmt. Ganz einfach. Aber die beiden… das war schwierig gewesen. Aber notwendig. Denn sie muss spüren, was Verlust bedeutet. So wie du ihn gespürt hast. Und du denkst daran, wie sie leiden wird. Lebenslänglich. Weil ihr das Herz herausgerissen wird. Du hast ihr ihre Liebsten genommen. Sie wird verzweifeln. Und endlich ihre Schuld erkennen. Du wirst ihr diese Erkenntnis gebracht haben. Dazu hast du die Macht. Du blickst dich nochmals um. Alles hat seine Richtigkeit. Alles ist richtig. Du löschst die Lichter und verlässt das Haus.

Montag, 5. Dezember

»unsere beziehung entwickelt sich nicht. der sex mit dir war großartig und die zeit mit dir war schön. aber wir sollten uns nicht mehr sehen. ich hoffe wir können freunde bleiben. N.«

Diese SMS hatte Isabella heute Morgen bekommen. Sie hatte ohnedies schon die Ahnung gehabt, dass ihre Beziehung mit Nico etwas abzukühlen schien, aber das war wirklich die Höhe! Was bildete er sich ein?!

**

Anna Condère hatte die interimistische Leitung der Abteilung übernommen, bis Arno Rack wieder einsatzfähig war. Anna hatte gestern mit Arno telefoniert und er hatte gemeint, dass er Mitte der Woche wieder im Dienst sein würde. Die abschließenden Untersuchungen waren zwar noch nicht erfolgt, Arno hatte aber betont, dass er nicht krank sei und bald wieder voll einsatzfähig sein würde. Na – man würde ja sehen.

Sie wollte mit Klaus Drofoby, Emma Till, Johann Tampf, Nico Lauss, Kai Pirinner und Ute Ruhs besprechen, wie sie im Fall Lesberger weiter vorgingen.

»Also gut«, sagte Anna, »nachdem der Fall Schmidt geschlossen ist, widmen wir uns wieder mit voller Kraft dem Lesberger-Fall. Ute, hast du noch was rausbekommen können?«

Bevor Ute antworten konnte, wurde die Tür aufgerissen. Herein kam Isabella. Sie war Telefonistin und Anna kannte sie nur vom Sehen.

»Ja, bitte?«, sagte Anna und wollte fragen, was dieser Auftritt bedeute. Isabella achtete nicht auf sie, sondern fixierte Nico.

»Nur, dass du es weißt«, sagte Isabella in einem kühlen und beherrschten Ton Richtung Nico. »Unsere Beziehung entwickelt sich nicht, weil *du* auf der Stelle trittst. Weil *du* dich nicht bewegst. Weil *du* unfähig bis, dich zu verändern.« Sie machte eine kurze Pause.

»Und der Sex mit dir war *nicht* großartig. Er war höchstens Durchschnitt. Unterer Durchschnitt. Und unsere gemeinsame Zeit war höchstens für *dich* schön. Höchstens für dich! Und glaube ja nicht, ich weiß nicht, dass du schon seit Wochen mit einer anderen Frau ausgehst.«

Wieder eine kurze Pause. Nico war in seinem Sessel zusammengesunken.

»Und mit jemandem per SMS Schluss zu machen, das kann höchstens einem Zehnjährigen einfallen. Das zeigt auch von deiner geistigen Kapazität. Von deiner Feigheit. Und von deinem infantilen Egoismus! Und übrigens, falls du es nicht weißt, auch in einer SMS gibt's die Groß- und Kleinschreibung! Und wenn du glaubst, dass wir Freunde bleiben können, dann hast du einen noch größeren Vogel, als ich bisher geglaubt habe.«

Sie drehte sich um, verließ den Besprechungsraum und knallte die Tür lautstark zu.

»Was war denn das?« fragte Emma und sah dabei Nico an. Auch alle anderen hatten den Blick verwundert auf Nico geheftet.

»Also ich… ähhh….tut mir leid…«, stotterte Nico.

»Ich möchte dir gerne eine Geschichte erzählen. Willst du sie hören?« fragte Emma.

»Ähhh… nein… eigentlich nicht…«

»Hör sie dir trotzdem an. Eine Frau ging spazieren. Nach einer Weile bemerkte sie einen Mann, der ihr folgte. Die Frau drehte sich um und fragte ihn ‚Weshalb läufst du mir nach?'. Der Mann antwortete ‚Weil ich mich in dich verliebt habe!' Die Frau sagte ‚Wie kannst du dich denn in mich verlieben? Meine Schwester ist viel schöner als ich. Sie läuft hinter mir. Geh zu ihr und verliebe dich in sie.' Der Mann kehrte um und suchte nach der Schwester. Aber er traf nur eine Frau, welche sehr hässlich war. Der Mann wurde sehr ärgerlich, ging wieder zu der ersten Frau und sagte zu ihr: ‚Warum hast du mich angelogen? Deine Schwester ist viel hässlicher als du!' Darauf antwortete die Frau: ‚Du hast mir doch auch nicht die Wahrheit gesagt. Denn wenn du dich wirklich in mich verliebt hättest – warum bist du dann zu der anderen gelaufen?' Da schämte sich der Mann.«

»Ich weiß nicht… weiß nicht… was…«, stotterte Nico.

»Ja, wenn du nicht weißt… dann denk einfach mal in einer stillen Stunde darüber nach.«

Niemand sagte ein Wort. Als das Schweigen im Zimmer schon fast unerträglich wurde sagte Anna »Gut, können wir uns dann wieder unserer Arbeit zuwenden? Ute, hast du was gefunden?«

»Ich habe den Gedanken von Emma weiterverfolgt«, antwortete Ute Ruhs. »Ich habe den Obmann des Gartenvereins, den… den…«, sie blätterte in ihren Unterlagen, »...den Adam Sapfl gefragt, ob er Namen von Interessenten für den Garten von Magda Lesberger hat. Und ich hab von ihm 11 Namen bekommen. Teilweise mit Adresse, teilweise nur mit Telefonnummer. Aber ich hatte noch keine Zeit, mich näher darum zu kümmern…«

»Gut, dann kümmere ich mich mit Nico um diese Interessenten. Die anderen machen den Papierkram aus dem Schmidt-Fall fertig.«

Als alle gingen, hielt Anna Emma zurück.

»Woher hast du denn dieses Geschichtl?«

»Das ist eine Geschichte aus Indien.«

»Und woher hast du sie.«

»Ich kenne da einen Coach, er heißt August und coacht Privatpersonen – auch Führungskräfte. Ich habe schon einige Seminare bei ihm gemacht. Von dem habe ich diese Geschichte. Und sie gefällt mir…«

**

»Celine, das war gar nichts!«

Diese blöde alte Funsn. Schmiss ihr einfach das Schularbeitsheft auf den Tisch. Was konnte sie denn dafür. Sie war nun mal kein Sprachentalent.

»Wenn du dich nicht mehr bemühst, wirst du die Klasse wiederholen. In Mathe und Physik stehst du ja auch auf einem glatten Fünfer – habe ich erfahren. Wie bei mir in Englisch.«

Sie könnte dieser depperten Lehrerin Eine hineinhauen. Blamierte sie vor der ganzen Klasse. Sollte sie doch scheißen gehen mit ihrer Scheiß-Englisch-Schularbeit. Diese blöde Sau konnte sie jetzt auch noch brauchen. In der Pause hatte sie sich eh schon grün und blau geärgert. Philipp hatte schon zweimal in der Pause mit ihr gesprochen. Sie hatte schon gedacht, dass er sie vielleicht mag. Aber jetzt… Dieser blöde Wixer! Da hatte er am Gang doch mit so einer blöden Blondine zu schmusen begonnen. Hatte ihr seine Zunge in den Hals gesteckt. Und alle hatten zugeschaut. Das war wahrscheinlich auch der Zweck der Übung gewesen. Dieser Philipp konnte sie vergessen. So ein Arschloch!

»Kannst du bitte mal aufpassen Celine, wenn ich die Hausübung ansage. Kind, was träumst du denn den ganzen Tag?«

Celine sah nur noch rot. Diese blöde Kuh!

»Liebe Frau Professor, sie sind weder meine Mutter, noch bin ich Ihr Kind. Also nennen Sie mich nicht *Kind*.«

»Wenn du in Englisch nur halb so gut wärst wie dein freches Mundwerk… Aber wenn du unbedingt eine Klassenbucheintragung willst – bitte sehr.«

Celine stand auf, packte ihre Sachen zusammen und verließ die Klasse.

»Celine, Celine, wo willst du hin? Celine, du bleibst hier!«, hörte sie den Trampel noch rufen. Sie kümmerte sich nicht darum. Alles Scheiße. Sie war zu blöd für's Gymnasium. Das hatte sie schon immer gewusst. Die ganze Welt war Scheiße. Kevin war der einzige Lichtblick in ihrem Leben. Aber heute konnte sie nicht mit ihm chatten. Was für ein Scheißtag!

**

Das war heute ein ganz schön stressiger Tag gewesen. Natürlich nicht wirklich stressig, weil er im Krankenhaus ja ohnedies nichts zu tun hatte. Aber er hatte auf der Hals-, Nasen- und Ohrenstation, der Inneren Medizin, der Neurologie, der Orthopädie, der Psychosomatik, der Urologie und der Zahn-, Mund- und Kieferheilkunde Untersuchungen über sich ergehen lassen müssen. Er vermutete, dass diese Untersuchungen wohl mit seiner Zusatzversicherung zusammenhingen. Naja, die Krankenhäuser mussten auch sehen, wo sie blieben – und daher alle Untersuchungen ansetzen, die bezahlt wurden.

Aber ganz wohl fühlte er sich nicht. Warum war diese Ohnmacht gekommen. Woher war sie gekommen? Ja, schon, er hatte am Freitag den ganzen Tag nichts gegessen, nichts getrunken – außer vier oder fünf Espressi. Aber sowas müsste doch sein Körper wegstecken können. Oder? Jedenfalls hatte er bisher nie irgendwelche Beschwerden gehabt. Warum jetzt auf einmal? War er alt geworden? Machte sein Körper nicht mehr alles mit? Was bedeutete das für sein weiteres Leben? Musste er sich einschränken? Wenn ja, in welcher Weise? Würde sein Leben weiter noch lebenswert sein? Oder musste er sich damit abfinden, dass er schön langsam kürzertreten musste? *‚Ihr Körper ist alles andere als in Topform*‘, hatte der Arzt gesagt. Was sollte das heißen? Er hatte geglaubt, dass er seinen Körper ganz gut in Schuss hatte. Vielleicht sollte er sich doch mehr Zeit für Sport nehmen?

Und er wollte einfach noch nicht alt und siech werden. Er war doch erst 49! Also im *besten Alter*. Oder? Er würde noch mit dem Arzt sprechen müssen, was das alles letzten Endes für ihn bedeutete. Und da hatte er böse Ahnungen. Ärzte neigten dazu, alles zu übertreiben. Was würde er ihm alles für sein weiteres Leben verbieten? Was würde er ihm vorschreiben? Und was davon würde er einhalten müssen? Einhalten können? Ein Leben voller Einschränkungen? Ihm graute davor.

Er hatte den Arzt belogen, als er gesagt hatte, dass er noch niemals eine Ohnmacht gehabt hatte. Er erinnerte sich noch gut. So, als ob es gestern gewesen wäre, dabei war es fast vierzig Jahre her. Es war im Gymnasium gewesen, in einer Pause. Eine verrückte Wette. Es war darum gegangen, wer am längsten die Luft anhalten konnte. Sie waren zu viert gewesen – und er hatte gewonnen. Das hatte er aber nicht mitbekommen. Er war am Boden zu sich gekommen. Die Rettung war eingetroffen, die Sanitäter hatten ihn auf eine Bahre gelegt und weggetragen. Im Krankenhaus war er damals – genau wie jetzt hier – tagelang untersucht worden. Ohne Ergebnis. Und er hatte nicht gesagt, dass er seine Ohnmacht selbst verschuldet hatte. Hatte nicht vom Luftanhalten erzählt. Auch seinen Eltern nicht. Die hatten sich natürlich Sorgen gemacht. Erst mehrere Jahre später, als er voller Verzweiflung und Wehleidigkeiten während einer Grippe mit hohem Fieber im Bett gelegen war – da hatte er seiner Mutter gestanden.

Dienstag, 6. Dezember

Arno saß *auf Nadeln*. Gestern hatte ihm eine Schwester gesagt, dass er heute entlassen würde. Er hatte gefrühstückt und gemeint, jetzt könnte er gehen. Weit gefehlt. Der Arztbrief fehlte noch. Was brauchte er einen Arztbrief? Der Arzt hatte gesagt, dass ihm im Grunde nicht viel fehlen würde. Ja, natürlich hatte er die Ermahnungen bekommen, gesünder zu essen. Mehr Gemüse. Weniger Fleisch. Weniger Fett. Mit einem Wort – weniger Schweinsbraten, mehr gekochten Fisch. Jaja, gekochten Fisch…! Und dass er mehr Bewegung machen müsste.

»Ab einem gewissen Alter…«, hatte der Arzt gesagt… Was hieß hier *gewisses Alter*? Er war doch nicht alt. Aber das mit der Bewegung, würde er trotzdem beherzigen. Er würde wieder regelmäßiger laufen gehen. Ja, das würde er. Auch wenn er sich die Zeit dazu *abzwicken* müsste. Das Laufen hatte ihm immer Spaß gemacht. Aber wenn man zu wenig lief, machte es eben keinen Spaß. Der Spaß würde kommen, wenn er wieder im Training war.

Er ging hinaus auf den Gang. Zum Schwesternzimmer.

»Ist mein Arztbrief schon fertig?«

»Nein, leider. Sie müssen noch ein wenig warten. Aber er ist schon in Arbeit.«

»Aber das haben Sie vor 45 Minuten auch schon gesagt. Ich brauch eigentlich eh keinen Arztbrief…«

»Tut mir leid, aber Sie müssen schon darauf warten.«

»Können Sie mir den nicht zuschicken?«

»Nein leider, bitte haben Sie noch Geduld.«

Er wandte sich ab. Blickte den Gang hinunter. Da kam ja Karin daher! Na sowas! Das war doch gar nicht ausgemacht! Er hatte mit Karin vereinbart, dass er mit dem Taxi nach Hause fahren würde. Damit sie keinen Urlaub zu nehmen brauchte.

»Na, bist du schon fertig?«, fragte Karin.

»Nein«, knurrte er, »ich muss noch auf den Arztbrief warten. So ein Blödsinn. Wie wenn sie mir diesen nicht zuschicken könnten.«

»Naja, dann warten wir eben noch. Wir haben es heute ja eh nicht eilig.«

»Jaja…«

»Was heißt *jaja*?«

»Jaja heißt jaja. Warum, holst du mich eigentlich ab? Das hatten wir doch gar nicht ausgemacht?«

»Ich war mir nicht sicher…«

»Was warst du dir nicht sicher?«

»Na, ob du eh nach Hause fahren würdest.«

»Wo sollte ich denn sonst hinfahren?«

»Na, vielleicht ins Büro?«

Arno fühlte sich ertappt. Genau das hatte er vorgehabt.

»Also… ins Büro..? Ich wäre…«

»Du wärst ins Büro gefahren! Ich weiß das!«

»So ein Blödsinn! Woher willst du das wissen?«

»Weil ich mit dir seit 25 Jahren verheiratet bin?«

Karin hatte das wie eine Frage formuliert. Arno schwieg. Wurde er wirklich schon alt? War er so leicht durchschaubar?

**

knight 7, bist du online?

Das würde noch etwas dauern. Es war erst halb drei. Sie würde jetzt Kevin ihr Foto schicken. Per E-Mail. Sie betrachtete das eingescannte Foto nochmals am Bildschirm. Ganz passabel. Oder war sie doch zu dick?

Aus dem Badezimmer hatte sie sich von Mama das Rouge besorgt, die falschen Wimpern, den Lidschatten, den Nagellack. Aus dem Schlafzimmer hatte sie sich von Mama den BH *‚ausgeborgt'*. Sie hatte ihn mit Socken ausgestopft und ihr neues bauchfreies T-Shirt von Miley Cyrus drübergezogen. Auf den Fotos sah es aus, als hätte sie wirklich schon einen Busen. Fantastisch. Sie hatte ihre engste Jean angezogen und sie soweit hinuntergezogen dass ihr Nabel auf 20 cm zwischen T-Shirt und Jean frei blieb. Natürlich hatte sie die Brille nicht auf. Sie hatte an die hundert Fotos mit Selbstauslöser gemacht. Die Auswahl war also ganz gut gewesen. Sie hatte eines ausgewählt, auf dem sie einen verführerischen Gesichtsausdruck hatte – ein bisschen wie Taylor Swift. Sie sah älter aus und irgendwie sexy – und heiß. Sie drückte auf *senden*. Die E-Mail war weg.

knight7, bist du online?

Sie starrte auf ihren Computer. Sie musste noch warten. Es war erst viertel vor drei. Also warten. Es kam ihr so vor, als würde sie ihr ganzes Leben lang warten. Nur warten. Warten, dass Kevin online ging. Warten auf einen Freund. Alle schienen schon einen Freund zu haben. Nur sie nicht. Vielleicht würde Kevin ihr Freund werden. Sie wünschte es sich so sehr. Wenn sie daran dachte, hatte sie richtig Schmetterlinge im Bauch.

Sie durfte nicht vergessen, die Bilder am Computer zu *verstecken*. Mama durfte sie keinesfalls sehen. Mama würde sie erwürgen. Mama hatte am Morgen gesagt, dass sie heute früher nach Hause kommen würde. Dem konnte man zwar nicht trauen, aber man wusste ja nie… Hoffentlich kam sie nicht so bald, dass sie sie beim Chat mit ihrem *Ritter* erwischte. Mama hatte eh kaum Zeit für sie, aber wenn, dann behandelte sie sie wie ein Kleinkind. Mama interessierte sich nicht wirklich für sie, alles Interesse galt dieser Scheiß Firma. Eine Reparaturwerkstätte für Busse. Mama hatte früher immer ‚*klein aber fein*‘ gesagt. In letzter Zeit jammerte sie aber immer öfter. Mama hatte erzählt, dass sie vor ein paar Jahren fast hätte aufgeben müssen. Ein Bus, der bei ihr zum Service gewesen war, hatte einen Unfall gehabt. Mama sagte, dass sie keine Schuld getragen habe, aber dass die Kunden eine Zeit lang trotzdem ausgeblieben waren.

Plötzlich sah sie das Blinkzeichen am Bildschirm. Er war online.

hallo celine!

hallo kevin!

du bist ja noch hübscher, als ich mir vorgestellt habe

Sie errötete. Er hatte das E-Mail schon geöffnet. Hatte ihr Foto schon gesehen. Ihr Herz klopfte wie wild.

gefällt dir das foto?

ja, mein gott, bist du schön

übertreib mal nicht

nein, nein, ich meine es wirklich so

gg

möchte gern mehr von dir sehen

was meinst du damit?

na, dass ich gerne mehr von dir sehen möchte

mehr?

ich möchte sehen, wie du wirklich bist. ich möchte dich treffen.

Ihr Herz schlug jetzt wie wild. Er wollte sie treffen. Wirklich und wahrhaftig treffen. Sie hatte sooooo darauf gehofft. Obwohl – da gab es eine eiserne Chat-Regel. ‚*Mache nie eine persönliche Verabredung*'. Sie hatte eh schon die ganze Zeit darüber nachgedacht. Einerseits hatte sie es sich so gewünscht, andererseits… Aber diese Regel galt für Chatter, die sich nicht kannten. Sie kannte Kevin schon in- und auswendig. Daher galt die Regel für Kevin nicht – das hatte sie beschlossen.

ich glaub nicht, dass das geht

warum nicht?

mama lässt mich nicht alleine weg

du kannst ja sagen, dass du mit deiner freundin ins kino gehst

ja, aber…

was aber?

wann könnten wir uns denn treffen?

wie wär's mit morgen?

morgen?

ja, was hältst du davon, wenn wir ins kino gehen?

kino wär toll

da könnten wir auch was essen. vorher. oder nachher. wie du willst

welches kino

na, vielleicht ins cineplexx?

was spielen sie denn dort?

die 5.welle. hast du schon gesehen?

nein, aber davon gehört, mit chloë grace moretz? nick robinson?

ganz genau

die 5.welle wär toll

na super

also morgen. und wann?

was hältst du von 18 uhr?

muss erst mama fragen

okay, wir chatten morgen wieder um 1500

okay, bb cu

nein wart noch

ja?

willst du wissen, wie man die download-geschwindigkeit raufschraubt

das geht?
na klar, man muss nur ein kleines programm installieren
wirklich?
*ja, nimm morgen deinen laptop mit, dann installier ich's dir
*okay, bb cu
bb cu

**

Helena Meischl hatte heute Geburtstag. Heute war sie 29 Jahre alt geworden und sie vermutete, dass *ihre Männer* wohl eine Geburtstagsüberraschung vorbereitet hatten. *Meine Männer* war ihre Bezeichnung für Ihren Mann Vincent und ihre beiden Söhne Luca und Felix – sie waren drei bzw. fünf Jahre alt. Helena war mittelgroß und hatte eine schlanke und *kurvige* Figur – so meinten jedenfalls ihre Kollegen in der Schule. Der Gesamteindruck ihres freundlichen Gesichts wurde übertönt von der wilden, üppigen Kraushaarmähne. Sie war Hauptschullehrerin in Enns für Mathematik, Physik und Technisches Werken und hatte die letzten Tage auf einem Krisenbewältigungs-Seminar in Innsbruck verbracht. Sonntag Mittag war sie abgereist, das heißt mit ihrem schon etwas klapprigen Ford nach Tirol gefahren. Sie wollte sich zwischendurch telefonisch vergewissern, dass es *ihren Männern* gut ging, hatte aber ihren Mann – er war auch Lehrer – nicht erreicht. Naja, wahrscheinlich hatten *ihre Männer* viel unternommen und zum Telefonieren keine Zeit gehabt – sie ja übrigens auch kaum, wie sie mit etwas schlechtem Gewissen feststellte, denn auch das *Abendprogramm* war anstrengend gewesen.

Als sie jetzt um halb acht zu Hause in Pichling ankam, ließ sie ihr Auto stehen, um gleich in ihr kleines, aber gemütliches Häuschen zu laufen. Sie ließ den Motor laufen, denn ihr alter Ford sprang nicht immer gleich an. Vincent konnte ja den Wagen in die Garage fahren und ihr Gepäck ins Haus bringen. Sie sperrte die Haustür auf und rief »hallo Männer, ich bin wieder da!«.

Merkwürdig, dass sie keine Antwort bekam. Und alles finster? War das Teil der Geburtstagsüberraschung? Sie stieg die Treppe zum Wohnzimmer hinauf…

Mittwoch 7. Dezember

Arno begann heute wieder seinen Dienst. Da sein Auto immer noch in der Nietzschestraße stand, hatte ihn Emma mit ihrem Auto von zu Hause abgeholt. Es staute wieder einmal. Der Verkehr in Linz war wirklich nicht mehr auszuhalten. Arnos Handy klingelte. Er nahm den Anruf entgegen. In Linz-Pichling waren Leichen entdeckt worden. Er wurde dringend vor Ort benötigt.

Also drehte Emma um, setzte das Blaulicht auf das Autodach und fuhr auf die Mühlkreisautobahn. Eigentlich müssten sie in 30 Minuten in Pichling sein. Aber im Mona-Lisa-Tunnel staute es. Nichts ging mehr. Unfall im Tunnel. Sie standen über eine halbe Stunde. Also kamen sie erst nach einer Stunde in Pichling an.

Rund um das schmucke kleine Einfamilienhaus waren Absperrbänder gespannt. Wie immer waren bereits die Spurensicherer bei der Arbeit. Ein Uniformierter stellte sich vor und erstattete den ersten Kurzbericht. Um fünf Uhr früh war beim Polizeiposten Pichling die Meldung eingegangen, dass vor dem Haus in der Ziererfeldstraße 89 ein Auto mit laufendem Motor stand. Eine Streife hatte Nachschau gehalten. Der Wagen war unversperrt, die Autoschlüssel steckten. Sie stellten den Motor ab und läuteten beim Haus Nr. 5. Allerdings öffnete niemand. Daher fuhren sie wieder zum Posten zurück. Beim Schichtwechsel um acht Uhr versuchte es das neue Team nochmals. Da das Haus unversperrt war, betraten sie es. Sie fanden es so vor, wie es jetzt war. Nichts war verändert worden.

Arno und Emma erhielten Latexhandschuhe, Haarschutz und Plastikbeutel für die Schuhe. Sie wurden in den ersten Stock geführt. In ein gemütlich eingerichtetes Wohnzimmer. Zwei Spurensicherer waren bei der Arbeit. Das Bild, das sich ihnen bot, war grauslich. In einem Fauteuil saß ein Mann, dem der halbe Hinterkopf fehlte. Das, was fehlte, befand sich offensichtlich an der Wand hinter ihm. Er war blutüberströmt, beide Arme hingen über die Fauteuil-Lehnen. In der rechten Hand hielt er selbst im Tod noch einen Revolver. Als sie in ein kleineres Zimmer geführt wurden, offensichtlich das

Kinderzimmer, wandelte sich das Bild von grauslich zu schier unerträglich. Auf einem Bett lagen zwei ebenfalls blutüberströmte Kinder. Zwei Buben in Schlafanzügen, etwa drei bis sechs Jahre alt. Sie hatten die Hände über der Brust gefaltet und jeder ein Loch in der Stirn. OGottOGott.

Emma begann zu würgen. Hielt sich die Hände vor den Mund.

»Schnell, raus. Badezimmer«, rief Arno.

Er führte sie eilig ins Vorzimmer. Die zweite Tür, die er öffnete, war ein Badezimmer. Er ließ Emma allein. Hörte von draußen, wie sie würgte und sich übergab.

‚Das wird Zoff mit der Spurensicherung geben, wenn sie das Badezimmer noch nicht untersucht haben', dachte Arno.

Er blickte den Flur entlang. Eine der Türen, die er schon geöffnet hatte, hatte in eine kleine Abstellkammer geführt. Da war noch eine weitere Tür. Er öffnete sie und sah, dass sie in ein Schlafzimmer führte. Offensichtlich das Elternschlafzimmer. Ein ordentlich gemachtes Doppelbett, zwei Nachtkästchen und ein Schrank, der die ganze Wand einnahm. Er öffnete die Schranktüren. Kleidung. Wäsche. Er trat wieder auf den Flur, sah, dass noch eine schmale Treppe in ein weiteres Obergeschoß führte.

»War da schon jemand oben?«, fragte er. Er erhielt als Antwort nur Schulterzucken. Er stieg die Treppe hinauf. Hier war eine kleine Mansardenwohnung. Ein kleiner Vorraum und zwei Türen. Hinter der ersten Tür war eine Art Arbeitszimmer mit kleinem Schrank, Schreibtisch und vier Sesseln. Er öffnete die zweite Tür. In etwa das gleiche – auch eine Art Arbeitszimmer, mit offenem Wäschekasten, Bügelbrett. Er blickte in das Eck hinter der Tür.

Hier saß zusammengekauert eine Frau am Boden. Sie hatte die Beine angezogen und den Kopf dazwischen gesteckt. Mit den Armen umklammerte sie ihre angezogenen Beine. Sie wiegte sich leicht hin und her. Arno ging neben ihr in die Hocke. Er legte ihr eine Hand auf die Schulter und sagte leise zu ihr, dass er von der Polizei sei und dass sie keine Angst haben müsse. Sie reagierte nicht.

Arno stand auf, lief die Treppe hinunter. Emma stand vor ihm. Bleich wie die Wand.

»Emma, ruf sofort die Rettung. Da oben ist eine völlig verängstigte Frau.«

Nachdem Emma den Notruf abgesetzt hatte, stiegen sie beide die Treppe hinauf. Die Frau saß noch genauso da, wie Arno sie verlassen hatte. Emma setzte sich auf den Boden zu der Frau, legte ihr einen Arm um die Schulter und sprach leise auf sie ein. Dass sie keine Angst zu haben brauchte, dass alles wieder gut werden würde, dass man sie ins Krankenhaus bringen würde. Ihre Stimme war beruhigend, hatte aber keine Wirkung auf die Frau. Sie wiegte sich weiter lautlos hin und her. Bald hörten sie das Folgetonhorn der Rettung.

Arno lief hinunter, klärte die Sanitäter und den Notarzt über die Sachlage auf. Die Sanis und der Arzt liefen ins Haus. Wenig später kamen sie mit einer Bahre, auf der die Frau lag, wieder heraus. Die Frau lag auf dem Rücken und starrte mit offenen Augen ins Leere.

»Was hat die erste Untersuchung ergeben?«, fragte Arno den Arzt.

»Offensichtlich ein schwerer Schock. Körperliche Verletzungen konnte ich in der Eile nicht feststellen.«

»Wohin bringen Sie sie?«

»Ich glaube, es ist wohl am besten…«, der Arzt zögerte kurz, »wenn wir sie ins Wagner Jauregg, also in die Uniklinik für Neurochirurgie bringen. Dort kriegt sie die beste psychiatrische Versorgung.«

Arno wandte sich an einen uniformierten Polizisten. »Sie fahren bitte mit. Und positionieren sich bis auf weiteres vor jeder Tür, hinter der sich die Frau aufhält. Außer dem Krankenhauspersonal hat niemand Zutritt. Haben Sie das verstanden?«

»Ja.«

»Gut. Bis auf weiteres darf niemand zu dieser Patientin. Nur mit meiner Genehmigung. Alles Gute. Ich sorge für Ihre Ablösung.«

Und zu Emma gewandt, »bitte organisiere die Bewachung rund um die Uhr.«

»Hältst du das für notwendig?«, fragte Emma.

»Naja… nicht unbedingt *notwendig*. Aber letztendlich gibt es hier drei Tote und eine Überlebende, die sich versteckt hat. Solange wir nicht wissen, was hier geschehen ist…«

Der Arzt trat auf sie zu. Er kannte ihn nicht. Ein dicker Mann um die fünfzig mit schütterem Haar.

»Eindeutig ein Amoklauf«, sagte er, »erweiterter Suizid.«

»Das sind schon die Schlussfolgerungen«, antwortete Arno, »die überlassen Sie bitte uns. Was haben Sie festgestellt?«

Der Mann errötete. »Alle drei sind durch die sichtbaren Schussverletzungen gestorben. Ansonsten keine Gewalteinwirkungen. Ist schon eine Weile her…«

»Wie lange?«

»Das kann ich nicht ohne weitere Untersuchungen sagen.«

»Schätzen Sie mal.«

»Das kann ich nicht… nicht ohne weiteres…«

»Jeder kann schätzen«, unterbrach ihn Arno, »stellen Sie einfach eine Vermutung an, niemand wird Ihnen den Kopf abreißen, wenn sie nicht stimmt.«

»Na, dann würd ich sagen… etwa… zwei bis drei Tage…«

»Waaaas? Tage? Nicht Stunden?«

»Tage.«

**

»Du weißt aber schon, wie ungesund Fertiggerichte sind?« fragte Klaus, der vor ein paar Minuten gesehen hatte, wie Anna sich in der Küche eine Fertiglasagne im Mikrowellenherd aufgewärmt hatte.

»Ungesund?«, fragte Anna provokant, weil sie wusste, dass sie damit den Gesundheitsfanatiker Klaus auf die Palme bringen konnte.

»Na bitte! Weißt du nicht, dass da jede Menge Transfettsäuren drinnen sind?«

»Und die sind nicht gesund?«

»Also wirklich! Gesättigte Fette sind schon schlecht, aber Transfette sind das reine Gift.«

»Und du glaubst, davon stirbt man?«

»Jaja, spotte nur. Du wirst schon sehen, wohin du kommst, wenn du weiter so ungesund isst.«

»Und du mit deiner Putensalami?«

»Was ist damit?«

»Salami ist Salami. Egal ob aus Truthahn oder Esel oder Elefant... Putensalami solltest du nur essen, wenn du krank bist.«

»Krank?«

»Ja, wenn du Antibiotika brauchst.«

»Sehr witzig.«

»Und überhaupt – glaubst du dass dein Studentenfutter, das du tagein tagaus isst, gesund ist?«

»Nüsse haben gesunde Fette. Sie sind Gehirnnahrung.«

»Ja, aber die Rosinen! Ein Packerl Studentenfutter ist soviel wie sechsundzwanzig Stück Würfelzucker.«

»So ein Blödsinn! Das ist Fruchtzucker!«

»Kein Blödsinn. Ob Frucht oder nicht. Zucker ist Zucker!«

»Naja, sonst ess' ich ja eh keinen Zucker. Höchstens Birkenzucker…«

»Zucker ist Zucker! Und du mit deinem Birkenzucker – da kriegst ja höchstens d'Scheißerei. Und du isst sonst keinen Zucker? Was ist denn mit deinen Smoothies, die du den ganzen Tag säufst?«

»Vitamine!«

»Aber da ist soviel Zucker drinnen, dass es einem Diabetiker die Patschen aufstellen…«

Sie wurde von Arno unterbrochen, der mit einem Fremden eintrat. Sie waren schon eine Weile im großen Besprechungsraum gesessen und hatten auf Arno gewartet. Die ersten Untersuchungs- und Rechercheergebnisse waren da, aber ohne Arno konnten sie nicht beginnen.

»Entschuldigt die Verspätung. Ich darf euch zuerst unseren Gast vorstellen«, begann Arno und deutete auf einen Mann um die vierzig, dichtes schwarzes Haar, randlose Brille, lässig gekleidet. »Das ist ein alter Freund von mir, Chris Tianistov, vom BKA. Er ist Spezialist auf dem Gebiet *Massentodesfälle*. Ich hab ihn hergebeten, weil wir schon lange keinen derartigen Fall mehr hatten. Er wird uns jedenfalls mit den theoretischen Grundlagen versorgen. Chris, herzlich willkommen.«

Tianistov erhob sich kurz und nickte in die Runde.

»Ich fasse jetzt zusammen, was die vorläufigen Berichte ergeben haben. Vergesst bitte nicht, dass alle Ergebnisse wirklich *vorläufig* sind und noch einer Bestätigung bedürfen. Es handelt sich um die Familie Meischl, wohnhaft in einem Einfamilienhaus in Linz-Pichling. Der Vater, Vincent Meischl, 30, Professor an einem Linzer Gymnasium, hat offensichtlich seine beiden Kinder Luka, drei und Felix, fünf Jahre alt, erschossen und anschließend Selbstmord verübt. Die Waffe hatte er im Tod noch in der Hand. Die Tat fand in der Nacht von Sonntag auf Montag statt und zwar in der Zeit zwischen 23.00 und 02.00 Uhr. Die Mutter Helena Meischl, 29, Hauptschullehrerin in Enns, war von Sonntag bis Dienstag auf einem Seminar in Innsbruck. Sie wurde heute völlig desorientiert in der Mansarde des Hauses aufgefunden. Sowohl von Vincent Meischls Schule, als auch vom Kindergarten wurde Montag erfolglos versucht, Kontakt aufzunehmen. Am Dienstag verständigte das Linzer Gymnasium die Polizei. Diese Meldung wurde nicht mit der nötigen Dringlichkeit weitergeleitet, daher gab es am Dienstag noch keine Nachschau. Hier hat – das muss man sagen – unser Polizeiapparat versagt. Die Mutter hatte, als sie gestern Abend nach Hause kam, offensichtlich den Motor ihres Autos laufen gelassen. Darum verständigten Nachbarn heute in den frühen Morgenstunden die Polizei. Bei der Nachschau wurden die Leichen entdeckt.«

Arno blickte in die Runde. Befriedigt hatte er festgestellt, dass sich alle Notizen gemacht hatten.

»Bei der Waffe handelt es sich um einen Revolver der Marke Taurus 605, Kaliber .357. Es wurde die Munition Topshot Competition, .357 Magnum verwendet. Die Herkunft der Waffe ist noch unbekannt. Weder Vater noch Mutter haben einen Waffen- oder Waffenbesitzschein. Die Mutter ist nicht ansprechbar und nicht einvernahmefähig, sie steht unter starken Beruhigungsmitteln.«

Arno macht eine Pause.

»Wieviele Schüsse wurden abgefeuert?«, frage Kai Prinner.

»Nur drei.«

»Weiß man schon was über die Familie?«

»Nur aus der Erstbefragung der Nachbarn. Eine nette Familie. Beliebt in der Nachbarschaft. Familienstreitigkeiten wurden nicht beobachtet. Keine negativen Aussagen. Niemand kann sich vorstellen, was da passiert ist.« Arno wandte sich an Johann Tampf, »hast du was in der Polizeidatenbank gefunden?«

»Keine Einträge«, sagte Johann.

»Wenn ihr vorerst keine Fragen mehr habt, dann darf ich jetzt dich bitten, Chris, dass du uns ein paar theoretische Grundlagen beibringst – übrigens, danke, dass du dich so schnell und unbürokratisch bereit erklärt hast, uns zu helfen. Du bist ja direkt aus Wien angereist.«

»Das mache ich gerne«, sagte Chris Tianistov, »und Wien ist ja keine Weltreise entfernt. Also…, nachdem ich vorher ‚*Amoklauf*' aufgeschnappt habe – ein Amoklauf war das ganz sicher nicht. Bei einem Amoklauf kommt es zur Tötung von Menschen, die dem Täter unbekannt sind. Das war hier – nach derzeitigen Erkenntnissen – nicht der Fall. Als *Amok* werden scheinbar wahllose Angriffe auf mehrere Menschen in Tötungsabsicht bezeichnet. Dabei wird die Gefahr, selbst getötet zu werden, zumindest in Kauf genommen. Zur Geschichte des Amoklaufs – die ist wichtig für das Verständnis. Die *Amucos* waren im 13. Jahrhundert indische Elitesoldaten, die sich gegenüber ihrem König zum Kampf bis in den Tod verpflichtet hatten. Später übernahmen javanische und malaiische Krieger den einschüchternden Kampfruf der Amucos *Amok! Amok!* Im Laufe der Zeit wurde der Amoklauf gegen ‚*Ungläubige*' Bestandteil des religiösen Fanatismus. Und wer den Tod dabei fand, galt als Allah wohlgefällig. Auch bei den Assassinen und Berserkern war diese Art des Kampfes verbreitet. Im malaiisch-indonesischen Kulturkreis traten auch individuelle Amokläufe auf, bei denen sich Verurteilte ihrer Strafe entzogen, indem sie so lange töteten, bis sie selbst den Tod fanden. Das war auch eine Form des sozialen Protestes, denn durch die Androhung von Amokläufen bei grober Ungerechtigkeit, wurden Machtmissbräuche für Herrscher immer riskanter. Im 17. Jahrhundert erreicht der Begriff des Amoklaufs die westliche Welt. Man glaubte, dass Amokläufer nur im Vollrausch ihre Tat begingen. Heute wissen wir, dass es eine uralte Kampfkunst ist, die meist mit religiösem Fanatismus einhergeht.«

Tianistov machte eine Pause.

»Heute kennen wir zwei Arten des Amoklaufs. Beide haben gemein, dass dem Täter völlig unbekannte – und damit wahllos ‚*ausgesuchte*' – Menschen getötet werden. Der Grund für den Amoklauf, also das Motiv, ist jedoch völlig unterschiedlich. Beim nicht-religiösen Amoklauf fühlt sich der Täter ungerecht behandelt oder vom Schicksal benachteiligt. Er tötet so lange, bis auch sein Leben ‚beendet' ist, jedenfalls fürchtet er nicht um sein Leben. Wenn er am Leben bleibt, ist dies nur ein Zufall zu verdanken. Der religiöse Amoklauf wird fast ausschließlich von Islamisten verübt. Der Täter will Allah gefallen und wird mit der Aufnahme ins Paradies belohnt. Der Amoklauf endet mit dem Tod des Täters – wenn nicht, verübt er Selbstmord. Nur dieser Selbstmord ist nach dem islamischen Glauben gestattet, nicht erlaubt ist ein Selbstmord ohne Tötung fremder Menschen.«

Tianistov blickte in die Runde.

»Sie sehen also, wir haben es hier mit keinem Amoklauf zu tun. Wir dürften es hier entweder mit einem *erweiterten Mord* oder einem *erweiterten Selbstmord* zu tun haben. Beim *erweiterten Mord* nehmen Menschen aus Aggression andere mit in den Tod. Hier wird etwa bei einem Rosenkrieg ein gezielt gewaltsamer finaler Schlusspunkt gezogen. Beim *erweiterten Selbstmord* ist das Motiv hingegen ganz anders, die Motivlage ist altruistisch, also selbstlos und uneigennützig. Jemand, der altruistisch handelt, opfert sich im Sinne reiner Menschenliebe auf, um anderen zu helfen. Der Täter empfindet eine Situation als vollkommen aussichtslos und möchte auch nicht, dass seine Liebsten sich diesem Umstand noch länger aussetzen müssen. Bei diesen Tätern ist es sehr gut möglich, dass eine psychiatrische Erkrankung vorliegt und er unter Wahnvorstellungen leidet. Aber – und das brauche ich Ihnen als erfahrene Kriminalisten nicht zu sagen – solche Taten können natürlich auch vorgetäuscht sein und ganz andere Motive haben.«

»Herr Tinastinov«, meldete sich Nico Lauss, wurde aber von Tianistov unterbrochen, »bitte nennen Sie mich Chris, mein

Familienname – er ist übrigens Tianistov – ist schwer auszusprechen.«

»Entschuldigung, Chris, können Sie uns dafür ein Beispiel nennen?«

»Ähhh… wofür?«

»Sie sagten, dass ein erweiterter Suizid auch vorgetäuscht sein könnte.«

»Ach ja, in Ihrem Fall könnte es zum Beispiel sein – es ist aber nur ein Beispiel – dass die Mutter die Morde begangen hat, weil sie ihre Familie los werden wollte, weil sie in jemand anderen verliebt ist. Aber bitte nehmen Sie das nicht als Theorie, sondern als Beispiel.«

»Was hatten die Meischls für einen Glauben?«, fragte Anna.

»Ich weiß, worauf du hinauswillst, Anna. Aber alles weist drauf hin, dass sie Christen waren. Aber das müssen wir noch überprüfen.«

»Chris, nachdem du schon da bist«, fuhr Arno fort, »was sind die dringendsten Punkte, die wir ermitteln müssen?«

»Da kann ich nicht wirklich helfen, da seid IHR die Spezialisten dafür.«

Aus der dann folgenden Diskussion entstand die Arbeitsliste. Ermittlung und Vernehmung von Freunden, Verwandten, Arbeitskollegen – und deren Umfeld. Befragen nach Eheproblemen, psychischen Problemen, Beziehungen Vater/Mutter. Alibi der Mutter? Schmauchspuren auf den Händen der Mutter? Vernehmung der Mutter. Warum ist der Mutter nicht aufgefallen, dass sie mehrmals von Kindergarten und Schule angerufen wurde? Sie muss doch alles als eingehende Anrufe auf ihrem Handy gehabt haben. Und warum hat sie selbst von Sonntag bis Freitag keinen Kontakt zu Kindern und Ehemann gesucht? Hatte Vincent Meischl einen Waffenschein? Stammte die Waffe aus dem Besitz der Meischls? Wenn nicht, woher stammte die Waffe? Gab es Probleme in den Schulen, mit Lehrern, Schülern, Eltern? Fingerabdrücke am Revolver, im Haus? Wer profitiert von der Tat?

Arno beendete die Besprechung. »Ich sage euch jetzt noch, worum ständig meine Gedanken kreisen. Um den *Zufall.* Grundsätzlich glaube ich nicht an Zufälle. Wir haben aber hier eine Ansammlung von Zufällen. Abgesehen von 39 Fällen von versuchter Tötung, hatten wir in den letzten drei Jahren insgesamt 16 Fälle von vollendeter Tötung. Das ist rein rechnerisch alle 10 Wochen ein einziger Fall. Und jetzt haben wir innerhalb von guten zwei Wochen drei Fälle mit fünf Toten. Zufall. Zufall? Daher mein Appell an euch: sucht nach Zusammenhängen. Danke. Aber nun an die Arbeit…«

**

Schon am Nachmittag war Johann Nesburg bei Klara Pfähl eingetroffen. Er hatte Klara angeboten, ihr beim Kochen zu helfen. Aber das würde auch heute nicht klappen. Sie hatten es schon mehrmals probiert. Ihr Koch-*Stil* war einfach zu unterschiedlich. Johann wollte beim Kochen immer gleich alles Geschirr abwaschen, wegräumen. Das hieß, Küche allzeit pipifein. Klara jedoch hatte zu sowas keine Zeit, wenn sie kochte. Also glich die Küche bei ihr eher einem Schlachtfeld.

Johann hatte seine Kindheit in Marchtrenk verbracht. Als er 12 war, waren seine Eltern nach Linz übersiedelt und schon damals hatte er gewusst, dass er Journalist werden wollte. Zu dieser Zeit hatte es weder eine Journalismus-Lehre noch ein konkretes Studienangebot in dieser Sparte gegeben. Nach dem Gymnasium hatte er als Volontär bei einer Tageszeitung begonnen und sich schließlich zum Reporter hochgearbeitet. In dieser Zeit hatte er auch Julia kennengelernt und sie binnen Kurzem auch geheiratet. Er war mit seinem Beruf immer unglücklicher geworden und hatte sich schließlich selbständig gemacht – als freier Reporter, der seine Reportagen an den Mann bringen musste. Das hatte er sich einfacher vorgestellt, als es war. Und dann hatte ihn der erste Schicksalsschlag getroffen. Vor über zehn Jahren hatte er seine Frau Julia verloren. Sie war bei einem Kletterurlaub in Südamerika abgestürzt. Er hatte damals nicht gewusst, wie er weiterleben sollte. Eben noch war ihre kleine Familie im Lot gewesen – und plötzlich stand er alleine da, mit einem 5-jährigen

Sohn und einer 14-jährigen Tochter. Die Tatsache, dass er sich jetzt um seine beiden Kinder kümmern musste, hatte ihn über seinen Verlust hinwegkommen lassen. Und zu Dritt hatten sie ihr Leben gemeistert. Seine Tochter Amelie hatte ziemlich bald die Mutterrolle übernommen. Bis ihn der zweite Schicksalsschlag getroffen hatte. Amelie war bei einem Busunglück ums Leben gekommen. Er hatte viel darüber nachgedacht, warum Gott – wenn es einen gab – so viel Leid über einen Einzelnen bringen konnte. Johann war monatelang in psychiatrischer Betreuung gewesen, war unter dem Einfluss schwerer Psychopharmaka gestanden. Aber wieder war es sein Pflichtbewusstsein gewesen, das ihn gerettet hatte. Er musste sich jetzt um seinen Sohn Julian kümmern. Das war nicht einfach gewesen, denn Julian hatte auch einen psychischen ‚Knacks' – ein Trauma – abbekommen. Schließlich hatte er zum zweiten Mal seine ‚Mutter' verloren. Dann hatte Johann Ida kennengelernt und sie ein paar Monate später auch geheiratet. Wohl etwas überstürzt, wie er sich mittlerweile eingestanden hatte.

Und dann hatte das Schicksal ein drittes Mal zugeschlagen. Julian war an Leukämie erkrankt. Das war auch der Zeitpunkt gewesen, als er sich seiner Frau Ida entfremdet hatte. Immer mehr hatte er sich Klara zugewandt. Er hatte Klara von der Krisenbewältigung nach dem Busunfall gekannt und sie hatten sich erst zufällig getroffen, dann geplant. Schließlich hatte ihre Beziehung begonnen. Und sie hatte sich während der Krankheit von Julian vertieft. Aus Rücksicht auf Ida hatte er seine Beziehung zu Klara geheim gehalten.

Julian hatte keine Chance gehabt. Zu Jahresbeginn hatte man ihm gesagt, dass er vielleicht noch Monate, vielleicht aber auch noch Jahre leben würde. Es wurden acht Monate. Als es so weit war, hatte Johann befürchtet, dass er das ohnedies nicht überleben würde, denn ein Mensch konnte nur ein gewisses Maß an Leid, eine gewisse Dosis an Verzweiflung, ertragen. Aber einerseits war ihm Klara ein großer Halt gewesen – ein größerer Halt, als ihm Ida je war. Andererseits war er von sich selbst überrascht, wie stark er war und wie gut er den Tod seines letzten Kindes bewältigt hatte. Ja. Es ging ihm gut. Sehr gut sogar. Auch wenn er sich manchmal nicht mehr ganz genau an bestimmte

Dinge oder Vorgänge erinnern konnte. Das war zu verschmerzen. Es ging ihm gut.

Ida war für ein paar Tage nicht zu Hause. Sie unternahm eine kurze Bildungsreise über Einladung der Anwaltskammer. Daher hatte Johann Klaras Einladung zum Abendessen angenommen. Klara hatte auch ihre Freundin Mia eingeladen. Zu dritt würden sie einen netten Abend verbringen.

»Was soll ich denn kochen?« fragt Klara.

Vor, neben und unter ihr lagen aus Zeitschriften ausgeschnittene Rezepte, handschriftlich gekritzelte Kochempfehlungen und die verschiedensten Kochbücher.

‚Wie man sich da zurechtfinden kann, ist eines der Rätsel der weiblichen Psyche', dachte Johann. Aber »Was du willst«, war seine hilfreiche Antwort.

Klaras Kehle entwand sich ein tiefer Seufzer.

»Weißt du noch, was wir letztes Mal gekocht haben?«, fragte sie.

Johann fragte sich, was sie mit ‚letztes Mal' meinte. Nachdem er nicht recht wusste, was er sagen sollte, brummte er zerstreut »nein, weiß ich nicht«. Er fürchtete, er machte nicht den Eindruck, als ob er angestrengt nachdenken würde.

Längeres Schweigen. Klara kramte in Zetteln, blätterte in Büchern, machte ein paar kleinere Rezeptstapel, mischte sie wieder – um gleich darauf wieder kleine Türmchen zu stapeln.

»Was wär' denn, wenn ich gefüllte Putenroulade mit Schnittlauchsauce machen würde?«

Da Johann keinen Gusto auf Putenroulade hatte, sagte er »ich glaub', das hast du schon letztes Mal gekocht.«

Noch ein tiefer Seufzer von Klara. Wieder längeres Schweigen. Dann legte sie Johann drei Vorspeisen, vier Hauptspeisen und zwei Nachspeisen zur Auswahl vor. Johann wurde neugierig. Er las die Rezepte durch, das Wasser lief ihm im Mund zusammen. Er wählte eine Vor-, eine Haupt- und eine Nachspeise aus.

»Wenn ich heute keine Kalbssteaks mehr bekomme, was soll ich dann machen?«

Johann schwante, dass seine Arbeit noch nicht zu Ende war. Er musste auch noch eine Reserveauswahl treffen.

Als Klara Pfähl nach ihrem kurzen Einkaufstripp wieder zu Hause war, war Johann auf dem Sofa eingenickt. Das war in letzter Zeit so typisch für ihn. Er ermüdete so plötzlich, dass er auf der Stelle einschlief. Ja sicher, nicht nur die letzten Monate waren schwer für ihn gewesen – sein ganzes Leben war eine Aneinanderreihung von Schicksalsschlägen. Aber er hatte sich in den letzten vier Monaten – seit Julians Tod – doch sehr stark verändert. Teils war er in sich gekehrt und deprimiert, teils hellwach und lustig. Das wechselte von einer Sekunde auf die andere. Und er war aufbrausend, ärgerlich und rechthaberisch geworden. Manchmal hatte sie den Eindruck, als ob eine innere Wut, eine innere Rage, in ihm wohnte. Und dann seine Blackouts… Wusste nicht mehr, was er gestern Nachmittag gemacht hatte, wo er vorgestern Vormittag gewesen war…, das war manchmal schon fast gespenstisch. Ob er in den letzten Monaten überhaupt noch Artikel geschrieben hatte, wusste sie nicht. Und wenn, ob er auch welche verkauft hatte? Als ‚Freier Journalist' schien er ziemlich ‚frei' zu sein.

Aber sie hatte jetzt keine Zeit, diesen Gedanken nachzuhängen. Sie hatte es jetzt schon wirklich sehr eilig. Wenn das Essen bis 20 Uhr halbwegs fertig sein sollte, musste sie schnellstens beginnen. Wo war nur das Rezept… wo hatte sie das wieder hingelegt?

Eigentlich brauchte sie sich keine Gedanken über Johanns Vergesslichkeit zu machen – sie selbst verlegte immer wieder was und es dauerte oft Stunden, bis sie es wieder gefunden hatte. Gefunden…

Klara war froh, dass sich Johann und sie gefunden hatten. Obwohl sie noch immer nicht sicher war, ob das was auf Dauer werden konnte. Schließlich war er verheiratet und sie hatten nie über eine Zukunft gesprochen. Es war einfach nie dazu gekommen. Aber schließlich hatten sie viel gemeinsam. Wenn es auch nur gemeinsame Schattenseiten waren. Sie hatte ihren Mann Manfred beim gleichen Unfall verloren, wie Johann seine Tochter Amelie. Dadurch hatten sie sich ja auch kennengelernt. Und Johann hatte zwei Kinder alleine großziehen müssen, genauso wie sie. Nur waren ihre Kinder schon fast ‚aus dem Wasser' gewesen. Ihr Sohn Lasse war inzwischen 25 Jahre alt geworden und im Vorjahr in eine eigene Wohnung gezogen und absolvierte gerade ein Auslandssemester in Schweden. Übernächstes Jahr würde er sein Studium abschließen. Aber ihre Tochter… sie wusste nicht, was mit dem Dirndl los war. Sie hatte sie seit vier Wochen nicht gesehen. Sie war einfach nicht mehr nach Hause gekommen. Als sie sich schon die größten Sorgen gemacht hatte, hatte sich Astrid gemeldet. Per SMS. Sie hatte geschrieben, dass es endlich an der Zeit wäre, auf eigenen Beinen zu stehen. Daher hätte sie sich entschlossen, mit ihrem Freund zu verreisen. Nicht wohin. Nicht für wie lange. Kein Tschüss. Kein ‚Mach dir keine Sorgen'. Sie hatte sie wohl hundert Mal angerufen, aber Astrid nahm nicht ab. Beziehungsweise waren die Antwort auf ihre Anrufe ‚Die gewählte Rufnummer ist derzeit nicht erreichbar'.

Jetzt musste sie sich aber wirklich beeilen. War der Wein eingekühlt? Ja. Aber allzu viel würde sie ohnedies nicht trinken dürfen. Und es durfte auch heute nicht zu spät werden. Schließlich hatte sie morgen Frühschicht. Und die Station war ohnedies chronisch unterbesetzt. Viel zu wenig Schwestern… Aber was sollte es? Jetzt ging's erst mal los mit dem Kochen.

Johann erwachte auf dem Sofa. War er eingenickt? Es war mittlerweile dunkel geworden. Hatte er geschlafen? Er hörte geschäftiges Treiben aus der Küche. Geschirr klapperte, der Heißluftherd blies, der Dunstabzug saugte. Ab und zu drangen leise Seufzer und heisere Flüche aus der Küche. Er stand auf und ging in die Küche. Weil er ganz genau wusste, was kommen würde, fragte er vorsichtig »wann kommt denn Mia?«.

»Um acht – ich weiß es eh«.

Die Seufzer wurden lauter, die Flüche heiserer. Wann würde es so weit sein? Er wartete schon darauf.

Endlich, das Warten hatte ein Ende. Ein letzter Seufzer, ein letzter Fluch. Und dann: »ich werd' nicht fertig!«.

Wie immer hat dieser Ausruf Klaras etwas Trotziges und gleichzeitig Verzweifeltes. Trotzig, weil so was mitschwingt wie ‚ist mir eh egal' oder ‚na, so ist es nun mal' und ‚da kann man halt nichts machen'. Verzweifelt, weil noch immer etwas

Hoffnung mitschwang, es doch noch zu schaffen – aber mit einem großen Schuss Hoffnungslosigkeit.

Na, das hatte heute aber etwas länger gedauert. Das *Ich-werd-nicht-fertig* kam immer. Nach Johanns Aufzeichnungen kam es durchschnittlich eine Stunde vor Eintreffen der Gäste. Heute war das *Ich-werd-nicht-fertig* sehr spät gekommen. Erst um 19.20 Uhr, also 40 Minuten bevor Mia eintreffen würde.

»Kann ich dir was helfen?«, fragte Johann und hörte – wie immer – »ja bitte«.

Johann war nicht überrascht, dass die Küche vollkommen verwüstet war. Man hörte nie den Knall. Man spürte nie die Erschütterung. Trotzdem war Johann wieder überzeugt, dass eine Bombe eingeschlagen haben *musste*. Gebrauchtes, angepatztes Geschirr lag unter den Küchengeräten, drüber und drunter waren allerhand Häferl, Brettln, Messer und Löffel verstreut. Na servas – wenn er hier helfen wollte, musste er sich mit einer Arbeitsfläche von 10 Quadratzentimetern begnügen. Also, Ärmel aufgekrempelt, los ging's.

Johann wurde aber auch nicht fertig. Er und Klara wurden beide mit ihren Vorbereitungsarbeiten nicht fertig. Mia würde einlaufen, kurz *bevor* sie – völlig – fertig waren.

**

Celine hatte den 12er-Bus um 17.25 genommen. Hatte ihn gerade noch erreicht. Mit dem nächsten wäre sie zu spät gekommen. Mama hatte gesagt, dass sie heute nicht vor 20 Uhr nach Hause kommen würde. Also hatte sie gar nicht fragen müssen. Sie hatte einen Zettel auf den Tisch gelegt. ‚*Bin mit U. im Kino und längstens um neun zu Hause*.' Das Theater würde also beginnen, wenn sie zurück war.

Sie hoffte, Kevin würde nicht gleich merken, dass sie noch keine 15 war. Sie hatte etwas Rouge aufgetragen und hoffte, dass sie das älter machte. Sie war ja so aufgeregt. Steckte sich einen Kaugummi in den Mund. Wer weiß, vielleicht würde Kevin sie heute küssen? Ihr erster Kuss! Schon wieder die Schmetterlinge im Bauch! Und vielleicht würde er sie fragen, ob sie seine Freundin sein wollte. Mein Gott! Sie hoffte inständig, dass jemand aus der Schule im Kino sein würde. Und sie mit Kevin sehen würde. Das wär was! Die ganze Schule würde darüber reden.

Beim Chat heute Nachmittag hatte Kevin gesagt, dass er auch mit dem Bus kommen würde. Und er hatte um ihre Handy-Nummer gebeten. Falls etwas schiefgehen sollte und sie sich im Kino nicht finden konnten… Sie blickte auf die Fahrgäste im Bus. Die meisten hatten müde und missmutige Gesichter. So wollte sie mal nicht werden. Das Leben war doch so schön. Und bald würde es noch schöner werden. Mit Kevin, ihrem *Ritter*.

Erstaunt blickte sie aus dem Busfenster. Sie war ja schon da! Rasch hängte sie sich ihre Laptop-Tasche um und machte sich bereit zum Aussteigen. Sie lief dann die paar Meter zum Kinoeingang. Blickte auf die Uhr, ob sie eh nicht zu spät war. Nein. Zehn vor sechs. Sie sah sich um. Was für ein Gedränge. Vielleicht war Kevin schon hier? Konnte ihn aber nirgends sehen. Die Minuten verrannen. Sie schlenderte herum, blickte sich immer wieder nach Kevin suchend um. Aber es waren so viele Leute hier. Hoffentlich fanden sie sich. Dann hörte sie den Piepston von ihrem Handy. Sie hatte eine SMS erhalten.

»celine, ich kann dich nicht finden. kannst du auf den parkplatz heraus kommen? kevin.«

**

Mia Mibitsch freute sich, dass sich das alles zeitlich doch ausgegangen war und hoffte auf einen fröhlichen Abend, obwohl sie im Grunde eine Trauergemeinschaft waren. Hatten sie doch alle drei bei ein und demselben Unfall Familienmitglieder verloren und hatten sie doch alle drei im heurigen Jahr nochmals geliebte Familienmitglieder verloren. Johann stand manchmal so neben sich selbst, dass er fast zum Fürchten war. Und Klara sagte noch immer, dass sie glaubte, ihrer Tochter ginge es gut. Dabei wusste Klara ganz tief in ihr drinnen sicherlich, dass sie ihre Astrid niemals wiedersehen würde.

Es würde sich also herausstellen, ob diese ‚Dreier-Trauer-Gesellschaft‘ heute ihren Schmerz überwinden konnte. Aber damit kannte sie sich ja aus. Mit Trauergesellschaften. Täglich

hatte sie damit zu tun. Eigentlich wusste sie selbst nicht mehr, wie sie zu ihrem Beruf gekommen war. Trauerrednerin! Niemand ergriff einen solchen Beruf! Wahrscheinlich war sie dazu gekommen, weil sie damals für ihre verunglückte Mutter die Trauerrede gehalten hatte. Und dann wurde sie mehrmals angesprochen, ob sie nicht auch… Ob sie nicht so lieb sein könnte… Na, und so war es zu ihrem Beruf geworden. Sie hatte auch die Trauerrede für ihren Mann gehalten. Matthias war an der Uni sehr beliebt gewesen. Und sie hatte noch nie so eine große Trauergemeinschaft gesehen, wie bei seinem Begräbnis. Unzählige Studenten… unzählige Professoren.
Sie vergewisserte sich nochmals, dass sie nichts vergessen hatte. Dann läutete sie an der Wohnungstür. Klara und Johann öffneten gemeinsam.

»Wir sind leider noch nicht fertig…«

Sie überreichte Klara das kleine Blumensträußchen und Johann das für ihn ausgesuchte Taschenbuch.

**

Sabine Katz war eine nicht unattraktive Frau Anfang der Vierziger. Sie hatte in ihrem Leben zwei Haupt- und mehrere Nebeninteressen. Von den Hauptinteressen kam an erster Stelle ihre Firma und an zweiter Stelle ihre Tochter Celine. Sie selbst hätte das sicher anders gesehen, denn sie gaukelte sich vor, dass Celine in Ihrem Leben an erster Stelle stand. Aber so war es nun mal nicht. Ihre ganze Lebensenergie steckte sie in ihre Firma. Schon im jugendlichen Alter war für sie eines klar gewesen – sie wollte und musste sich in einer Männerwelt behaupten. Daher hatte sie auch Automechanikerin gelernt. Und schon in der Lehre hatte sie es allen gezeigt, nämlich, dass eine Frau das gleiche leisten konnte wie ein Mann. Sie hatte ihren Lehrabschluss gemacht und später die Gesellenprüfung abgelegt. In einer kleinen Autowerkstatt hatte sie ihre praktischen Kenntnisse und Fähigkeiten vervollkommnet. Mit 24 hatte sie die Meisterprüfung abgelegt. Sie hatte ihre und die Ersparnisse ihrer Eltern verwendet, um eine Buswerkstatt zu eröffnen. S.Katz GesmbH. Sie wusste, dass die Busunternehmen unter den teuren

Service- und Reparaturarbeiten stöhnten. Busse wurden in erster Linie in den teuren Vertragswerkstätten serviciert. Und genau in diese Marktlücke würde sie stoßen. Mit ihrer kleinen Werkstatt, die auf Busse spezialisiert war. Sie bot Fixpreise für Servicearbeiten und Reparaturen. Und diese waren rund 30% niedriger als die Konkurrenz. Als sie den ersten Kunden gewonnen hatte, stellte sie einen Mechaniker an. Allerdings benötigte sie jetzt auch technisches Gerät, das nicht billig war. Sie finanzierte es auf Kredit. Und als sie vier Kunden hatte – diese verfügten zusammen über eine Flotte von 14 Bussen – stellte sie einen zweiten Mechaniker an. Tatsächlich gelang es ihr, Stammkunden an sich zu binden. Sie konnte sich mit 28 Jahren eine erfolgreiche Unternehmerin nennen. Das Geschäft lief gut, aber doch wieder nicht so gut, dass man damit reich werden konnte. Es reichte gerade mal, um die Mechaniker zu bezahlen, die Kredite regelmäßig zu tilgen und ihren eigenen Lebensunterhalt zu bestreiten.

Von Anfang an steckte ihre ganze Energie in ihrem Unternehmen. Für was anderes hatte sie keine Zeit. Auch nicht für eine enge Beziehung. Mit Beziehungen konnte sie nur schlampig umgehen. Und aus einer dieser flüchtigen *Bekanntschaften*, stammte ihre Tochter Celine. Sie war 29 gewesen, als sie zu ihrem Entsetzen feststellte, schwanger zu sein. Dem Vater traute sie nicht zu, ein Vater zu sein – und schon gar nicht ihr Ehemann. Er war in ihren Augen ein einziger Irrtum gewesen. Sie beschloss, alleinerziehende Mutter zu werden. Sie brachte ihre Tochter zur Welt. Über die schwierige Zeit, in der sie nicht arbeiten konnte – es waren ohnedies nur wenige Wochen – half ihr ein damaliger Angestellter hinweg. Friedhelm Schmidt kümmerte sich um alles, *er* war es, der die Firma am Laufen hielt.

Im Laufe der Jahre wurde Friedhelm ein richtiger Vertrauter. Er war es, den sie in der einen oder anderen Sache um Rat fragte. Die Firma gedieh, sie hatte etwa zehn Gelegenheitskunden und sieben Stammkunden mit einer Flotte von 27 Bussen. Das konnte sie mit zwei Angestellten bewältigen. Und hatte trotzdem – aus ihrer Sicht – *genügend* Zeit für Celine. Sie konnte so viel verdienen, dass sie sich ein kleines Häuschen, einen Altbau im

Keferfeld leisten konnte. Der Kaufpreis war natürlich fremdfinanziert. Sie sah bald, dass sich ihre Lebenssituation damit nicht unbedingt verbessert hatte. Niemals hätte sie gedacht, dass ein Haus so viel Arbeit machte. Trotzdem war sie glücklich, denn mit dem Häuschen hatten Celine und sie jetzt auch einen Garten und einen Pool.

Vor ein paar Jahren wäre es fast zur Katastrophe gekommen. Ein Bus, der bei ihr zum Service war, war abgestürzt. Es hatte sieben Tote gegeben. Und natürlich hatte man versucht, ihrer Werkstätte die Schuld dafür zu geben. Aber sie hatte alle Servicearbeiten dokumentiert und konnte sie auch mit Computerausdrucken belegen. Sie kam heil aus der Sache raus. Aber die Gelegenheitskunden blieben aus und vier ihrer Stammkunden meldeten sich nicht mehr. Auf ihre Anrufe, erhielt sie nur Ausreden. Aber sie hatte nicht locker gelassen. Hatte sie immer wieder aufgesucht, mit den Firmenchefs gesprochen. Immer wieder. Und ihre Hartnäckigkeit war belohnt worden. Drei der vier abgesprungenen Kunden hatte sie zurückgewonnen. Und schön langsam waren auch die Gelegenheitskunden wiedergekommen. Und dann hatte Friedhelm gekündigt. Ohne Vorwarnung. Ohne einen Grund anzugeben. Das war ein Vertrauensmissbrauch. Sie fühlte sich verraten. Obwohl sie relativ bald wieder Ersatz fand, konnte sie den Abgang von Friedhelm lange nicht überwinden.

Ihr Arbeitstag umfasste in der Regel 12 bis 13 Stunden. Nach einem hastigen Frühstück mit Celine verließ sie das Haus um 07.30 Uhr. Und von der Arbeit kam sie kaum einmal vor 19.00 oder 20.00 Uhr zurück. An eine ersthafte Beziehung war da überhaupt nicht zu denken. Und eigentlich war für Celine auch zu wenig Zeit übrig. Celine war jetzt zwölf und äußerst schwierig. Hatte die Pubertät schon eingesetzt? Sie stritten sich ständig und Sabine hatte das Gefühl, dass alles, was sie sagte – egal was – einfach nur *doof* war. Hoffentlich ging diese Phase bald vorbei. Unter der Woche kamen sie gar nicht gut zurecht. Aber die Wochenenden! Die Wochenenden verbrachten sie gemeinsam – wenn auch meist mit Arbeit am, im und um ihr Haus.

»Celine!«, rief Sabine, als sie das Haus betrat, »Celine, ich bin da.«

Sie streifte die Schuhe ab, zog den Anorak aus.

»Celine, ich hab Pizza mitgebracht!«

Celine hörte sie wieder mal nicht. Sie stieg die Treppe zu Celines Zimmer hinauf, horchte an ihrer Tür. Nichts zu hören. Sie klopfte an. Nichts zu hören. Klopfte nochmals. Dann öffnete sie die Tür. Celine war nicht da! Sie hätte doch lernen sollen. Warum war sie nur in der Schule so schlecht? Mathematik, Physik, Englisch. In der zweiten Klasse des Gym. Sie konnte ihr da auch nicht helfen. Aber wo war sie nur? Was sollte denn das? Wo war sie?

Sabine durchsuchte das ganze Haus. Celine war nicht da! Das war unmöglich! Sie hatten ganz klar vereinbart, dass jede Abwesenheit besprochen und von ihr genehmigt werden musste. Daran hielt sich Celine – Gott sei Dank. Aber darum konnte es auch nicht sein, dass sie nicht da war. Oder hatte sie was vergessen? Hatten sie was vereinbart und sie wusste es nicht mehr? Sabine dachte angestrengt nach. Nein, da war nichts gewesen. Sie setzte sich in der Küche an den Tisch, um nachzudenken. Da sah sie den Zettel.

‚*Bin mit U. im Kino und längstens um neun zu Hause*.‘

Was zum Teufel sollte das? Sie konnte doch nicht einfach… Sie hätte sie fragen müssen! Und wer zum Teufel war »U«? Ulli? Ulrike? Ute? Ursula? Urania? …Keine Ahnung. Sie hatte noch nie von einer Freundin mit diesem Namen gehört. Sie wusste nur… von dieser… dieser… Norma? Oder Nina? Ja, Nina.

Tja, da musste sie wohl oder übel Celine am Handy anrufen. Sie würde zwar gleich wieder sagen, dass ich ihr nachspioniere, aber schließlich hatte *sie* eine Vereinbarung gebrochen.

»Der Teilnehmer ist derzeit nicht erreichbar, bitte versuchen Sie es später nochmals.«

Natürlich, im Kino hatte sie das Handy ausgeschaltet. Sie blickte auf die Uhr. Es war inzwischen 20.21 Uhr. Das Kino musste bald aus sein, denn schließlich wollte sie um 21.00 zu Hause sein.

Sabine schaltete das Ofenrohr ein, um die Pizzen warmzustellen. Nervös rief sie nochmal Celine an.

»Der Teilnehmer ist derzeit nicht erreichbar, bitte versuchen Sie es später nochmals.«

So richtig nervös wurde sie um 20.45. Der Film musste längst aus sein. Celine musste das Handy schon wieder eingeschaltet haben. Oder hatte sie es vergessen? Wieso hatte sie es überhaupt ausgeschaltet? Normaler Weise schaltete sie nur auf *stumm*. Oder in den Flugmodus.

Nach 21.00 war Sabine kurz vor dem Ausflippen.

»Der Teilnehmer ist derzeit nicht erreichbar, bitte versuchen Sie es später nochmals.«

Noch immer! Aber jetzt musste sie jeden Augenblick nach Hause kommen. Aber die konnte was erleben! Sabine stellte sich ans Fenster. So konnte sie den Zugang zum Haus beobachten. Gleich würde sie kommen…

Celine kam nicht. Um ½ 10 war Sabine an der Grenze zur Hysterie. Sie musste was tun. Aber was? Sollte sie ihre Eltern anrufen. Vielleicht war Celine dort? Aber wie wäre sie nach Gallneukirchen gekommen? Unwahrscheinlich. Aber vielleicht hatten sie was von Celine gehört? Sie wählte die Nummer ihrer Eltern.

»Hallo Mami, wie geht es euch?«

»Uns geht‘s gut. Wie geht's denn dir, mein Kind. Und wie geht's Celine?«

Also hatten sie auch nichts von ihr gehört. Sie beendete das Gespräch so schnell wie möglich. Sie musste diese Nina anrufen. Aber sie hatte keine Telefonnummer. Wusste nicht mal den Familiennamen. Vielleicht hatte Celine die Nummer irgendwo notiert. Sie flog die Stufen hinauf. Stürzte in Celines Zimmer. Setzte sich an den Schreibtisch. Wo war denn…? Wo war denn ihr Laptop? Der war doch immer am Schreibtisch. Wo konnte denn der sein? Sie sah in den Schubladen nach. Im Schrank. Der Laptop war nicht da. Merkwürdig. Hatte sie den mitgenommen? Ins Kino? Aber wieso denn?

Sie musste die Nummer von Nina finden. Durchstöberte alle Schubladen. Nichts zu finden. Was sollte sie tun? Was *konnte* sie tun? Es war schon fast zehn. Oh mein Gott! Celine, wo bist du?

Sie rief die Polizei an.

»Polizeiwache Keferfeld, Inspektor Bauer. Wie kann ich Ihnen helfen?«

»Meine Tochter ist verschwunden.«

»Sagen Sie mir bitte ihren Namen und ihre Adresse.«

»Sabine Katz, Landwiedstraße 314.«

»Und der Name Ihrer Tochter?«

»Celinc.«

»Und wie alt ist sie?«

»Zwölf, sie ist erst zwölf!«

»Wieviele Tage ist sie schon verschwunden?«

»Tage…?«

»Wie lange ist sie schon verschwunden?«

»Äähhh…, sie blickte auf die Uhr, seit zweieinhalb Stunden… oder seit… seit eineinhalb Stunden.«

»Seit eineinhalb Stunden?«

»Ja.«

»Hören Sie, Frau Katz, sie wird sich sicher nur ein wenig verspätet haben…«

»Ja, verstehen Sie denn nicht? Celine ist zwölf. Und sie ist verschwunden. Sie ist nicht nach Hause gekommen. Ich weiß nicht, wo sie ist. Ich weiß nicht, wo sie sein könnte.«

Ihre Stimme war immer schriller geworden.

»Sie müsste längst zu Hause sein! Sie ist sonst immer zu Hause! Sie ist doch erst zwölf! Und es ist mitten in der Nacht! Ich weiß nicht was ich tun soll!«

»Frau Katz, beruhigen Sie sich. Es ist nicht ungewöhnlich, dass…«

»Nicht ungewöhnlich? Nicht ungewöhnlich?«, unterbrach ihn Sabine mit sich überschlagender Stimme, »das ist sehr wohl ungewöhnlich. Wo kann eine Zwölfjährige denn um diese Zeit sein? Ihr ist bestimmt was passiert. Man hat sie entführt.«

»Frau Katz, bitte bleiben Sie ruhig. Ich kann Ihnen aus unserer Erfahrung sagen, dass es nicht ungewöhnlich ist, wenn sich Mädchen in diesem Alter verspäten. Sie sind bei Freundinnen, übersehen die Zeit, vergessen anzurufen…«

»Ich hab sie schon hundert Mal angerufen, ihr Handy ist aus…«

»Frau Katz, rufen sie erst mal ihre Freundinnen an…«

»Das… das… das kann ich nicht…«

»Wieso denn nicht, Frau Katz?«

»Ich… ich…«, sie begann zu stottern. Hatte ein schlechtes Gewissen. Sie war eine schlechte Mutter. Kannte nicht mal die Freundinnen ihrer Tochter. Sie wollte schon sagen, dass sie sie nicht kannte, besann sich aber, »ich habe die Telefonnummern nicht. Sie müssen doch was tun. Sie ist doch noch ein Kind…«

»Frau Katz, ich mache Ihnen einen Vorschlag. Sie rufen erst mal die Krankenhäuser an. Vielleicht ist ihr schlecht geworden und sie ist vorübergehend in ein Krankenhaus gekommen. Und wenn sie dann noch nicht zurück ist, melden Sie sich nochmals bei uns. Okay?«

»Okay.«

Sabine startete ihren Laptop. Rief die Linzer Krankenhäuser auf. Wählte eine Telefonnummer nach der anderen. Überall fragte sie, ob heute eine Celine Katz eingeliefert worden war. Nichts. Bald hatte sie alle Krankenhäuser durch. Es war inzwischen nach 23.00 Uhr. Sie musste wieder bei der Polizei anrufen. Aber wenn die wieder sagten, dass sie noch keine Vermisstenanzeige entgegennehmen konnten? Sie googelte ‚*Vermisstenanzeige*'. Alles Mögliche kam – nur keine Fristen. Sie tippte ein ‚*ab wann kann man eine Vermisstenanzeige machen?*' Na endlich. Sie las:

> ‚*Grundsätzlich gilt ein Kind als vermisst, wenn es in seiner gewohnten Umgebung nicht aufgefunden werden kann und Eltern nicht wissen, wo es sich aufhält. Wenn also befürchtet wird, dass ihm etwas zugestoßen ist, dann sollten Eltern sofort eine Abgängigkeitsanzeige erstatten. Der Mythos, dass eine Anzeige erst nach 24 oder 48 Stunden aufgenommen wird, trifft weder bei Erwachsenen noch bei Kindern zu und ist gesetzlich nicht vorgesehen. Diese Fristen werden allerdings in der Praxis herangezogen, wenn die Vermutung besteht, dass es sich um ein sogenanntes freiwilliges Verschwinden handelt.*'

Natürlich wusste Sabine, dass im Internet jede Menge Halb- und Unwahrheiten standen. Okay, Celine war noch nicht 14, daher noch ein Kind. Sie musste die Polizei überzeugen, dass Gefahr für Celine bestand, dann *mussten* sie eine Vermisstenanzeige entgegennehmen. Nochmals rief sie bei der Polizei an.

»Polizeiwache Keferfeld, Inspektor Bauer. Wie kann ich Ihnen helfen?«

»Sabine Katz. Ich hab alle Krankenhäuser angerufen. Sie ist nirgends. Sie müssen jetzt eine Vermisstenanzeige aufnehmen.«

»Frau Katz, schaun Sie…«

»Gar nix, *schaun Sie*. Ich hab mich erkundigt. Bei abgängigen Kindern müssen Sie eine Anzeige aufnehmen.

»Na gut«, seufzt der Inspektor, »kommen Sie vorbei. Vergessen Sie nicht, ein Foto mitzunehmen.«

Sabine suchte auf ihrem Laptop drei neuere Fotos von Celine. Sollte sie die ausdrucken und auf Papier mitnehmen? Oder digital? Vorsichtshalber druckte sie die Fotos aus und speicherte sie auf einem Stick. Sie lief in den Vorraum, zog in fieberhafter Eile die Schuhe an, warf sich den Mantel über, sprintete zum Auto raus, ließ es an und bog mit quietschenden Reifen in die Landwiedstraße ein. Wenig später war sie in der Polizeiwache. Das Aufnehmen aller Daten dauerte eine gute halbe Stunde. Kurz nach Mitternacht hatte sie die Vermisstenanzeige unterschrieben.

»Was passiert jetzt?«, fragte Sabine.

»Die Anzeige geht an alle Polizeidienststellen raus.«

»Und was passiert dort?«

»Ja… alle halten Ausschau nach Ihrer Tochter.«

»Halten Ausschau…?«

»Ja. Die Anzeige geht auch an das LKA.«

»LKA?«

»An das Landeskriminalamt. Von dort werden die Ermittlungen aufgenommen.«

»Soll ich dort anrufen.«

»Nein, Frau Katz, *die* werden *sie* anrufen. Warten Sie ab bis morgen früh. Entweder Ihre Tochter ist bis dahin eh schon zurück – sonst wird sich ein Kriminalbeamter vom LKA bei Ihnen melden.«

»Kann *ich* inzwischen irgendwas tun?«

»Ja, erinnern sie sich bitte an die letzten Tage. Was ist da alles passiert? Ist irgendwas Merkwürdiges vorgefallen? Ist etwas Unerklärliches oder Außergewöhnliches geschehen? Haben Sie Fremde rund um Ihr Haus beobachtet. Erinnern Sie sich an Freunde, Bekannte, Verwandte. Machen Sie eine Liste mit den Kontaktdaten. All das wird das LKA von Ihnen wollen. Je besser Sie das alles vorbereitet haben, desto schneller geht alles.«

Du blickst auf sie hinab. Sie ist noch genauso bewusstlos, wie du sie verlassen hast. Vor ein paar Stunden hast du gezögert. Erstmals. Du konntest dich nicht entschließen. Daher bist du gegangen. Um jetzt wieder zurückzukehren. Bist du nun gescheiter geworden? Bist du nun entschlussfreudiger? Obwohl du weißt, dass sie dich nicht hört, beugst du dich zu ihr hinab und fragst sie leise, ob sie wisse, dass sie die Schuld mitgenommen hatte, als sie den Leib ihrer Mutter verließ. Die Schuld der Mutter. Du erzählst ihr, dass ihre Mutter sich weigert, ihre Schuld anzuerkennen. Dass ihre Mutter ein sorgloses Leben führt, wo sie doch so viel Leid über andere gebracht hat. Du sagst dir, dass sie noch ein Kind sei und noch nicht verstehen würde. Aber dass sie sich auf dich verlassen könnte. Du würdest ihre Mutter auf den richtigen Weg führen. Durch Schmerz und Leid. Das Messer liegt leicht in deiner Hand. Ja, es liegt leicht. Aber dann denkst du wieder, dass sie noch ein Kind ist. Du hast schon zwei Kinderseelen genommen. Du weißt, dass du das nicht hättest tun dürfen. Du weißt, dass du sie hättest verschonen können. Verschonen müssen. Das Messer in deiner Hand ist schwerer geworden. Du beginnst an dir selbst zu zweifeln. Fragst dich, ob du schwach wirst. Oder schon schwach geworden bist. Und du überlegst, ob du dieses Kind zu deinen Füßen am Leben lassen sollst. Du überlegst, ob ihr Verschwinden allein schon die Erkenntnis der Schuld bei ihrer Mutter auslösen würde. Du zweifelst. Bist immer noch unentschlossen. Aber du hast doch die Macht. Deine Gedanken sagen dir, wenn du die Macht hast, es zu tun, hast du auch die Macht, es nicht zu tun. Und endlich kommst du zu dem Schluss, dass du es Gott entscheiden lässt, ob sie leben soll oder nicht. Du steckst dein Messer ein, drehst dich um und gehst.

Donnerstag, 8. Dezember

Bis Donnerstag Abend waren weitere Ermittlungsergebnisse zusammengetragen. Die Befragung der Lehrer an beiden Schulen hatte ergeben, dass sowohl Helena als auch Vincent Meischl äußerst beliebt waren. Sowohl bei den Lehrerkollegen, als auch bei den Schülern. Im Großen und Ganzen waren keine unliebsamen Vorfälle – auch nicht mit Eltern bekannt. Mit einer Ausnahme: Helena hatte Zoff mit dem Vater eines ihrer Schüler. Der Vater war Muslim und beharrte darauf, dass eine Frau seinem Sohn keine Befehle erteilen konnte. Das nahm Helena nicht hin und es kam zu einer Aussprache im Beisein des Direktors. Der Konflikt konnte einigermaßen beigelegt werden, indem man sich darauf einigte, dass Helena keine Befehle erteilte, sondern nur Lernunterstützung gab.

In der Schulakte von Vincent war eine Notiz über eine *psychologische Betreuung* aufgetaucht. Der Direktor hatte erst gesagt, dass er darüber gar nichts wisse. Wenig später hatte er gemeint, dass er sich *dunkel erinnern* könnte, dass Vincent vor einigen Jahren einen Psychologen aufgesucht hatte. Dies sei – jetzt war es ihm wieder eingefallen – ohnedies auf sein Anraten zustande gekommen. Der Grund war damals, dass sich Vincent nur schwer auf einige ausländische Schüler in seiner Klasse hatte einstellen können. Ein Lehrer am Linzer Gymnasium hatte den Verdacht geäußert, dass Vincent gerne spielte, das hieß wettete, wobei er aber glaubte, dass es nur um unwesentliche Beträge ging.

Die finanziellen Verhältnisse der Familie konnten als *geordnet* bezeichnet werden, wenn man davon absah, dass für das Haus Darlehen von rund 150.000 Euro offen waren, die aber regelmäßig zurückgezahlt wurden. Außer dem Haus war kein nennenswertes Vermögen vorhanden. Es gab ein paar Sparkonten – auch für die Kinder – in einem Gesamtwert von knapp unter 10.000 Euro.

Helena hatte einen Bruder, mit dem erst noch gesprochen wurde, weil sie ihn nicht erreicht hatten. Ihre Eltern lebten in St. Georgen an der Gusen. Sie konnten sich nicht vorstellen, was hier vorgegangen war. Sie hatten die Ehe ihrer Tochter als mustergültig bezeichnet und den Schwiegersohn Vincent als *ausgesprochenen Glücksfall*.

Vincents Vater war bereits verstorben, die Mutter lebte allein in Perg. Sie glaubte nicht, dass die Ehe der beiden sehr harmonisch gewesen wäre. Dabei ließ sie durchblicken, dass sie von ihrer Schwiegertochter nicht sehr viel hielt. Unter anderem sagte sie, dass die liebe Schwiegertochter lieber bei den Kindern zu Hause hätte bleiben sollen – statt sich um ein paar Bälger in Enns zu kümmern. Dann hätte ihr Sohn nicht ständig Hausarbeiten verrichten müssen, denn das hätte ihn an seinem Leben schon schwer gestört. Anna und Nico, die die Befragung durchgeführt hatten, meinten allerdings, dass sie ihre Schwiegertochter einfach nicht mochte, weil sie ihr den Sohn weggenommen hatte.

Der Freundeskreis bestand aus einigen Nachbarn, Lehrern und ehemaligen Schulkollegen. Man war über die Ereignisse durchwegs entsetzt, Erklärungen und Vermutungen konnten keine geliefert werden. Ein Freund von Vincent meinte, dass er etwas *unter dem Pantoffel* gestanden wäre.

Alle Fragen nach eventuellen psychischen Problemen wurden negativ beantwortet.

Die zwei Laptops der Familie waren von Spezialisten durchsucht worden. Im Internet hatte sich Helena relativ häufig mit alternativen Lehrmethoden beschäftigt, in diesem Zusammenhang war sie auch Mitglied in einem ziemlich aktiven Chatroom. Vincent hatte im Internet häufiger Plattformen für Sportwetten besucht und offensichtlich auch Wetteinsätze getätigt. Die Einsätze liefen über Kreditkarte, hatten aber keine wesentlichen Spuren in den Finanzen hinterlassen. Der E-Mail-Verkehr der beiden war nichtssagend. Die ausgewerteten Handy-Telefonate von Vincent und Helena Meischl brachten keine Auffälligkeiten. Gespräche mit Freunden, Lehrer-Kollegen und Eltern.

Helena Meischl war nachweislich am Sonntag, den 4.12. um 15.30 in Innsbruck im Seminarhotel *Schwanensee* angekommen. Das Seminar hatte mit einer Abendveranstaltung von 18.00 bis 22.00 Uhr gestartet. Es war Anwesenheitspflicht gewesen und Helena Meischl war anwesend gewesen. Anschließend war noch ein Umtrunk genommen worden, der je nach Gruppe bis zwei Uhr früh gedauert hatte. Ob Helena hier anwesend gewesen war, konnte noch nicht festgestellt werden. Das wäre, so meinten Klaus und Kai, eine Knochenarbeit, zu der die Zeit gefehlt hätte. Also sollten sie vorläufig davon ausgehen, dass Helena rein technisch die Möglichkeit gehabt hätte, vier Stunden nach Pichling zu fahren und vier auch wieder zurück.

Helena Meischl war noch nicht vernehmungsfähig, der Arzt hatte sie auf Montag oder Dienstag vertröstet. Ihre Hände waren auf Schmauchspuren untersucht worden – Ergebnis negativ.

Vincent und Helena Meischl hatten weder einen Waffenschein, noch eine Waffenbesitzkarte. Die Waffe war 2007 in den Niederlanden registriert und 2010 als gestohlen gemeldet worden. Fingerabdrücke waren nur von Vincent Meischl drauf gewesen, die Techniker meinten, dass die Waffe vorher wohl gründlich gereinigt worden war. Aber auf der Waffe war eine Fremd-DNA gefunden worden, die noch nicht zugeordnet werden konnte. Die Suche in der internationalen DNA-Datenbank lief.

Im Haus war eine Unmenge von Fingerabdrücken sichergestellt worden. Sie liefen alle durch die Datenbank, aber das würde Tage dauern, bisher keine Ergebnisse.

Die Frage, wer von dem Tod des Vaters und der Kinder profitieren würde, fand keine Antwort. Sicherlich, Helena Meischl erbte das Haus, allerdings auch die offenen Darlehen, deren Rückzahlung für sie nicht einfach werden würde. Und überhaupt – von finanziellen Vorteilen zu sprechen, wenn man Ehemann und zwei Kinder verloren hatte, kam allen nur allzu zynisch vor. Wenn die Tat von Helena begangen worden war – und dafür gab es nicht die geringsten Hinweise – dann war aber auch von einem Motiv weit und breit keine Spur.

Neben den noch ausständigen Befragungen würden sie sich als nächstes um die Frage kümmern, was es mit dem Verdacht auf Spielen und Wetten auf sich hatte. Weiters musste der Bruder von Helena Meischl gesucht und befragt werden. Gleiches galt für den Psychologen, der einst Vincent betreut hatte.

Anschließend wurden noch die Ergebnisse im Lesberger-Fall offengelegt. Es waren keine neuen Spuren aufgetaucht. Es war äußerst unwahrscheinlich, dass einer der Garteninteressenten etwas mit dem Mord zu tun hatte. Jedenfalls, solange sich keine neuen Gesichtspunkte ergaben. Die einzige Merkwürdigkeit war gewesen, so berichteten Anna und Nico, dass eine der Telefonnummern, die sie von Obmann Adam Sapfl erhalten hatten, nicht gestimmt hatte. Der Mann hatte von Anfang an erklärt, dass er nie auch nur im Entferntesten an einen Garten gedacht hatte.

Anna berichtete vom abgeschlossenen Schmidt-Fall, dass Friedhelm Schmidt nach wie vor in Haft war, offensichtlich zu seinem Schutz. Schmidt war kooperativ und hatte bereits eine ganze Menge von Namen geliefert, die zu Festnamen in Fußballerkreisen, aber auch unter den Albanern geführt hatten. Das Ganze schien sich zu einem riesigen Wettskandal im Fußball auszuweiten.

»Ute«, sagte Arno abschließend, »hol bitte Sanie aus dem Urlaub zurück und bring sie heute noch auf den Stand der Dinge. Sie soll morgen bereits bei der Lagebesprechung dabei sein.«

»Okay«, antwortete Ute.

»Und du Johann«, wandte sich Arno an Johann Tampf, »eist bitte Toni bei der ‚*Fahndung*' los und erklärst ihm das Wichtigste. Auch er soll, wenn möglich, schon morgen bei uns sein. Neue Teameinteilung. Anna und Nico, Klaus und Sanie, Emma und Kai, Toni und ich.«

»Toni?«, fragte Anna.

»Ja, wir haben so viel zu tun, dass wir jeden Mann brauchen können. Und ein Einstieg ins normale Polizeileben ist bei Toni höchst überfällig. Auch wenn ihr sagen werdet«, grinste Arno, »dass er sich einen besseren Partner verdient hätte.«

**

Sie träumte, dass sie auf einem harten Boden lag. Es war kalt. Sie versuchte sich zu bewegen. Aber irgendwie gelang ihr das nicht. Irgendetwas war mit ihren Armen. Sie schmerzten. Es schien dunkel zu sein. Es war wohl nachts. Lag sie in ihrem Bett? Wie spät war es? Die Augenlider waren so schwer…

Vor ihr Nebelschwaden. Sie zogen langsam vorbei. Dann sah sie eine Gestalt vorbeihuschen. Konnte nicht erkennen, wer das war. Dann tauchte die Gestalt wieder auf. Kam langsam näher. Sie versuchte, durch den Nebel etwas zu erkennen. Die Gestalt kam noch näher. Und da erkannte sie ihn. Kevin!

»Kevin«, rief sie.

Sein Gesicht war ganz nahe. Er starrte sie nur stumm an. Warum sagte er nichts?

»Kevin«, rief sie wieder. Sie wollte ihn berühren. Wollte über seine Wangen streicheln. Aber irgendetwas hielt ihre Hände zurück. Was war das? Was hielt ihre Hände?

Sein Gesicht zerrann. Wurde blasser. Und war dann ganz weg.

»Ke… vin«, stammelte sie.

So ein merkwürdiger Traum! Ihr war kalt. Sie zitterte. Wenn sie doch endlich aufwachen würde. Was machte man, um aus einem Traum zu erwachen?

Eine Reihe von Bildern erschienen ihr, abgehackt, flimmernd, ineinander verschwimmend. Wie ein gerissener Film. Sie spürte die Feuchtigkeit. Und es roch so muffig. So muffig und modrig, wie im Keller. Sie hasste den Keller. Es war schon lange her, dass sie mit Mama im Keller ihres Hauses gewesen war. Das Licht war schummrig gewesen. Und dieser Geruch! Ein Geruch, wie eine ganze Menge verendeter kleiner Tiere. Sie hatte zu Mama gesagt, dass sie nicht mehr in den Keller gehen wollte. Und nun war sie doch wieder hier. Wie war sie hier herunter gekommen?

Warum lag sie im Keller? Nur ein Stockwerk über ihr war Mama. Warum kam sie nicht. Kam nicht, um sie zu holen? Warum? Was hatte sie getan? Nichts! Sie sagte sich, dass sie nichts getan hatte. Denn schließlich war das alles nur ein Traum. Und sie wusste – Träume trugen einem von einem Ort zum anderen. Sie überlegte, aufzustehen. Würde dann der Traum endlich enden?

**

Heute war Toni mit dem Kochen dran. Er hatte sich zu einem *Zwiebelfleisch* entschlossen. Ein Rezept seiner verstorbenen Mutter. Das ging schnell und sie beide liebten es. Am Nachhauseweg hatte er ein halbes Kilo Beiried eingekauft, das er jetzt in Schnitzel schnitt.

Toni Quassers Eltern waren Polen gewesen, er selbst war aber schon in Österreich geboren. Er war 39 Jahre alt, 180 groß, seine sportliche Figur war in den letzten zwei Jahren etwas aus der Fasson geraten, er hatte ein kleines Bäuchlein angesetzt. Sein Gesicht war äußerst attraktiv, früher glattrasiert, heute eher mit Dreitagebart. Sein dunkelblondes Haar war gewellt, aber kurz geschnitten. Er trug eine modische Brille mit runden Gläsern. Früher hatte man ihn öfter lachen gesehen.

Früher, dachte Toni, war alles anders gewesen. Er gab etwas Öl in den Schnellkochtopf, um die mit Salz und Pfeffer gewürzten Rindsschnitzel kurz anzubraten. Früher… war er sowas wie ein Star in der Fahndungsabteilung des LKA OÖ gewesen. Er hatte die Abteilung umgebaut, die Fahndung kompromisslos auf digitale Beine gestellt und sich sein Personal sorgfältig ausgesucht. In den vier Jahren, in denen er die Leitung innegehabt hatte, hatte er die Erfolgsquoten in unglaubliche Höhen geschraubt. In ganz Österreich war man auf ihn aufmerksam geworden. Und er hatte ein Angebot des Bundeskriminalamtes auf dem Tisch gehabt, die Fahndungsabteilung in Wien zu übernehmen. Er hatte es allerdings ausgeschlagen, denn die Arbeit in Linz machte ihm Spaß, er war beliebt gewesen, er war von den Kollegen geachtet und akzeptiert worden und er hatte seinen Ruf genossen. Er wendete die Schnitzel und summte das Lied von Christina Stürmer.

Du begegnest dem Leben mit einem Lachen
breit wie der Nil.
Dich interessiert nicht das Siegen,
dich interessiert das Spiel.
Wohl die Ausnahme bist,
weil du dich am Liebsten an dir selber misst

Auch privat war er rundum zufrieden gewesen. Sie hatten es nie verheimlicht. Und hatten auch im Großen und Ganzen nie Probleme gehabt. Naja, ein paar Idioten gab es immer, aber die zählten nicht. Vor allem zählten sie dann nicht, wenn man Erfolgt hatte. Sie hatten es nicht nur nicht verheimlicht, sie hatten es allen erzählt, die es wissen sollten. Denn sie waren glücklich gewesen. Und sie wollten heiraten.

Du weißt genau die Welt ist so
wie man sie sieht
und wie man krumme Sachen
wieder grade biegt.
Du bist stark genug um auch mal klein zu sein
und fühlst dich nicht nur in dir selbst daheim

Er schnitt dicke Zwiebelringe und legte sie vorsichtig auf das Fleisch im Topf. Goss mit ein wenig Wasser auf und verschloss den Topf. Ja… und dann hatte er diesen Fehler gemacht. Besser gesagt, diese beiden Fehler. Die Vermisstenmeldung war nicht neu gewesen. Die verwahrlost, alkoholisiert und hysterisch wirkende Mutter hatte heuer zum dritten Mal eine Vermisstenanzeige erstattet. Ihre 16-jährige Tochter war wieder einmal verschwunden gewesen. Die ersten beiden Male war das Früchtchen jeweils nach drei Tagen wieder aufgetaucht. Sie hatte ausgesagt, dass sie es zu Hause nicht mehr ausgehalten hatte. Sie hatte ein paar Tage weggemusst, weg von dem handgreiflichen Stiefvater und der besoffenen Mutter. Bei der dritten Anzeige hatte er auf eine Suchmeldung verzichtet. Wie bei den ersten beiden Malen, hatte das Töchterlein auch diesmal die Kreditkarte der Mutter entwendet und in Diskotheken und Restaurants bezahlt. Er hatte keine Fahndungsmeldung veranlasst.

Sie hatten sich in seiner Abteilung nicht über Arbeitsmangel zu beklagen gehabt. Jedes Jahr wurden an die 1.200 Personen vermisst. Das waren durchschnittlich jeden Tag vier abgängige Personen. Ein Großteil davon kehrte zurück oder wurde gefunden. Aber etwa 10 Fälle pro Jahr blieben ungelöst. Als er die Abteilung übernommen hatte waren es 200 gewesen. Was auch darauf zurückzuführen war, dass sie ihre Arbeitszeit und ihre Energie effizient einsetzten. Aber *effizient einsetzen* bedeutete gleichzeitig, dass sie sich mit manchen Fällen *nicht* beschäftigten. Sie wussten, dass für das Verschwinden von Personen nur in den wenigsten Fällen andere Personen verantwortlich waren. Abgängige waren überwiegend aus eigenem Entschluss verschwunden. Die Hauptgründe waren psychische Überlastung, Beziehungsprobleme und Troubles in der Schule. Aber auch wenn er ein Meister des effizienten Ressourceneinsatzes war – es war ein Fehler gewesen, in diesem einen Fall keine Fahndung einzuleiten. Denn nach zwei Tagen wurde das Mädchen gefunden. Vergewaltigt und erschlagen. Die Mutter hatte ihre Chance auf ein bisschen Ruhm und ein bisschen Geld gesehen. Sie hatte ihre – halbwahre – Story der auflagenstärksten Zeitung exklusiv verkauft. Und die hatte natürlich einen riesigen Fall daraus gemacht.

Ich kann nur ahnen wie's dir geht,
wenn man auf einmal nicht mehr drüber steht.
Erst scheint dir alles sonnenklar
und dann plötzlich schneit es
mitten unterm Jahr

Er schälte die gekochten Kartoffeln und zerstampfte sie. Gab ein Ei, Salz und Mehl dazu. Vermengte alles mit den Händen. Und dann hatte ihn alles wie eine Lawine überrollt. Rapport beim Polizeidirektor. Ja, er hatte einen Fehler gemacht. Er gab es ja zu. Einen furchtbaren Fehler. Einen Fehler, der wahrscheinlich einem 16jährigen Mädchen das Leben gekostet hatte. Die Fremdvorwürfe konnten ihm nicht so viel anhaben, wie die Eigenvorwürfe. Er war schuld am Tod eines Mädchens. Auch wenn es nicht bewiesen war, dass eine Fahndung etwas am Verlauf der Ereignisse verändert hätte. Sean hatte alles getan, um ihn aus seinem Selbstzweifel herauszuholen. Aus seinen Depressionen zu befreien. Er war völlig fertig. Konnte keinen Schlaf mehr finden. Es wäre am besten gewesen, wenn er sich Urlaub genommen hätte. Irgendwohin… weit weg gefahren wäre. Aber er hatte noch immer geglaubt, dass er sich da durchbeißen konnte. Und als er eines Morgens das Haus verlassen wollte, um zur Arbeit zu fahren, hatte eine ganze Schar Reporter auf ihn gewartet. Ihr Haus lag gerade außerhalb von Linz, in der Haidfeldstraße in Traun. Sie hatten einen Vorgarten und das Gartentürl war verschlossen gewesen. Er hatte keine Ahnung gehabt, wie die vielen Leute in seinen Garten gekommen waren.

»Herr Quasser«, hatte ein Reporter gerufen und ihm ein Mikrofon unter die Nase gehalten, »was sagen Sie zur eingebrachten Klage?«

»Welche Klage?«, hatte Toni verstört gefragt.

»Wissen Sie gar nicht, dass die Mutter des Mädchens eine Klage über eine Million Euro gegen Sie eingebracht hat?«

»Was…?«

»Sagen Sie endlich, warum Sie keine Zeit für die Fahndung hatten«, rief eine Reporterin aus der zweiten Reihe.

Offiziell – also der Presse gegenüber – war sein Fehler mit Zeitknappheit in der Abfolge der Ereignisse erklärt worden. Ein schmächtiger Reporter, dem das fettige Haar in die Stirn hing, drängte sich nach vorne, streckte ihm ein Mikrofon hin.

»Hatte so eine schwule Sau wie Sie einfach keine Lust oder keine Zeit, die Arbeit zu tun, für die wir Sie bezahlen. Haben Sie sich vielleicht lieber mit Ihrem Schwuchtel-Freund im Bett vergnügt?«

Toni war sprachlos gewesen. Hatte nur noch rot gesehen. Hatte zugeschlagen. Hatte gehört, wie die Nase des Reporters gebrochen war. Hatte dem zurücktaumelnden Mann nachgesetzt, hatte nochmals zugeschlagen. Blut war aus dem Mund des Mannes hervorgesprudelt. Er hatte Zähne ausgespuckt. Dann hatte Toni gespürt, wie er von hinten umklammert wurde. Sean, der hinter ihm aus der Haustür getreten war, hatte ihn zurückgerissen.

Erst scheint dir alles sonnenklar
und dann plötzlich schneit es
mitten unterm Jahr.

Der Teig war noch etwas zu weich. Er gab noch ein bisschen Mehl dazu und knetete nochmals. Er hatte dann einen

Nervenzusammenbruch erlitten. Der Körper wusste schon, wie er sich selber schützte. Er bekam den Presseaufruhr der nächsten Tage gar nicht mit. Auch nicht, dass sich herausstellte, dass es sich bei dem Mann, den er geschlagen hatte, um gar keinen Reporter gehandelt hatte, sondern um einen von der Mutter des Mädchens bezahlten Provokateur. Er hatte auch nicht mitbekommen, dass die Klage zurückgezogen worden war. Als er aus der Psychiatrie entlassen wurde, war er drei Wochen auf Kur gefahren. Bei seiner Rückkunft war dann schon alles gelaufen gewesen. Auf eine Entlassung war verzichtet worden, da sein Anwalt klarlegen konnte, dass Toni zwar einen Fehler gemacht hatte, aber ansonsten weder am Tod des Mädchens noch an dem darauf folgenden Eklat eine Schuld trug. Er war degradiert worden und in die Mordgruppe zu Arno Rack in die Administration versetzt worden.

Der Teig war fertig. Er formte vier Erdäpfelknödel und warf sie ins bereits siedende Wasser. Er war jetzt seit zwei Jahren in Arnos Abteilung. Man hatte ihn dort gut aufgenommen. Überhaupt war er verwundert gewesen, dass er im ganzen LKA nicht gemobbt wurde. Er machte administrative Dienste und alle wussten, dass das nicht seinen Fähigkeiten entsprach. Und für reine Verwaltungsarbeiten gab es in der Mordgruppe nicht genügend zu tun. Er wurde daher immer wieder an andere Abteilungen *ausgeliehen*. Momentan war er in *seiner* alten Fahndungsgruppe tätig, um abgeschlossene Fälle zu archivieren. Arno hatte gesagt, dass er bereits die Genehmigung erhalten habe, dass er ab nächstem Jahr im Außendienst der Mordgruppe eingesetzt wurde. Darauf ruhten seine ganzen Hoffnungen.

Die Knödel schwammen bereits. Das Fleisch war seit 20 Minuten im Drucktopf und musste auch fertig sein. In diesem Moment hörte er die Tür. Sean war nach Hause gekommen. Er sah müde aus. Er eilte auf ihn zu, küsste ihn und sagte, »setz dich gleich, dass Essen ist fast fertig«.

Im gleichen Augenblick klingelte sein Handy. Es war Johann Tampf, der noch heute Abend vorbeikommen wollte, weil er mit ihm was Wichtiges besprechen musste.

Freitag, 9. Dezember

Sanie Detr war schon um vier Uhr früh in ihrem Büro im LKA. Gestern Abend war sie von ihrer Kollegin Ute Ruhs angerufen und gefragt worden, ob sie ihren Urlaub abbrechen könnte. Das sei jedenfalls der Wunsch des Chefs – sie hätten eine ganze Reihe von Morden und könnten jede Hilfe brauchen. Naja, eine Woche Urlaub hatte sie noch eingeteilt gehabt. Da sie aber ohnedies nichts geplant hatte, hatte sie zugesagt. Aber natürlich wollte sie nicht unvorbereitet den Dienst beginnen. Daher war sie in aller Herrgottsfrühe hergefahren, um die aktuellen Akten zu studieren. Ihr Chef Arno würde sagen, dass das typisch für sie war.

Und irgendwie konnte sie ihm schon Recht geben. Sie wusste selbst, dass sie ehrgeizig war. Manche sagten *überehrgeizig*, aber dem konnte sie nicht zustimmen. Als Frau in einem Männerberuf musste man um 50% mehr leisten als die männlichen Kollegen. Und als Frau mit schwarzer Hautfarbe nochmals um 50% mehr als alle anderen. Sie war 33 Jahre alt, fast 180 groß und war eine ausgesprochen negroid-typische Erscheinung: wulstige Lippen, große dunkle Augen, kurz geschnittenes Kraushaar und eine ausgesprochen dunkle Hautfarbe – ihr Kollege Nico hatte mal gesagt »wenn du nachts die Augen zumachst, sieht man überhaupt nichts von dir.« Ziemlich rassistisch, aber das hielt sie aus. Aushalten musste sie ohnedies eine Menge. Abgesehen von den Anfeindungen, denen Schwarze ständig ausgesetzt waren – und bei schwarzen Frauen war das noch einmal ein Stück ärger – traute der Durchschnittsbürger ihr einfach nicht zu, dass sie Kriminalbeamtin war.

Sanie war eine Diola und stammte aus Casamance, der senegalesischen Region südlich von Gambia. Ihre Urgroßeltern waren ebenso wie ihre Großeltern und Eltern katholische Reisbauern gewesen. Ihr Unglück hatte begonnen, als sich ihr Vater anfangs der 80er-Jahre überreden ließ, an friedlichen Demonstrationen für die Unabhängigkeit der Region Casamance teilzunehmen. Diese waren von der MFDC organisiert worden. 1982 waren die Anführer der MFDC verhaftet worden und damit hatte die Katastrophe ihren Ausgangspunkt gefunden. Eine

Spirale von Gewalt und Gegengewalt hatte sich zu drehen begonnen. Die Soldaten der senegalesischen Regierungstruppen hatten einen Bauernhof nach dem anderen, ein Dorf nach dem anderen dem Erdboden gleichgemacht. Schließlich war der Name ihrer Familie auf den Verhaftungslisten aufgetaucht. Von denjenigen, die von den Regierungstruppen verhaftet worden waren, war niemals jemand wieder aufgetaucht. Ihre Eltern hatten sich daher zur Flucht entschlossen. Vater hatte ihr berichtet, dass er ursprünglich nach Amerika wollte. Wie die Flucht abgelaufen war und warum sie nach Europa gekommen waren, das wusste Sanie nicht. Ihre Eltern weigerten sich, darüber zu sprechen. Und sie selbst war zu klein gewesen, um sich daran zu erinnern. Ihre Eltern waren stolz darauf, aus dem Volk der Diola abzustammen. Vater hatte erzählt, dass die Diola früher allen Objekten der Natur eine persönliche Seele und einen innewohnenden Geist zugesprochen hatten. Und so hatten – meinte jedenfalls Vater – die Diola, die als Sklaven nach Nordamerika gebracht worden waren, die Entstehung des Voodoo-Kults in der Karibik maßgeblich beeinflusst. Obwohl ihre Eltern wie die meisten Diola Katholiken waren, wichen sie in einem wesentlichen Punkt vom christlichen Glauben ab. Und zwar in den Vorstellungen über die Zeit nach dem Tod. Ihr Vater behauptete, dass der Mensch aus drei Teilen bestehen würde. Der gute Teil wird reinkarniert, der schlechte Teil wird ausgelöscht und der hervorragende Teil geht ins Paradies. Sanie hatte sich zum Leidwesen ihrer Eltern nie ernsthaft mit dieser Thematik beschäftigt.

Als sie schließlich in Österreich gelandet waren, hatten sie Asyl beantragt und auch bekommen, später dann eine Aufenthaltsgenehmigung. Vor 15 Jahren waren sie eingebürgert worden und hatten jetzt die österreichische Staatsbürgerschaft. Mit 20 war sie in die Polizeischule eingetreten und hatte darauf eine Fixanstellung bei der Polizei bekommen. Vor vier Jahren hatte sie ihren Master in Kriminologie gemacht und sich beim LKA beworben. Sie war zu Arno Rack auf eine einjährige Probezeit gekommen. Seit drei Jahren war sie jetzt fix im Team der Mordgruppe. Man konnte nicht sagen, dass sie besonders analytisch dachte oder gerne originelle Gedankengänge verfolgte. Kreativität war nicht ihre starke Seite, aber sie hatte ein phänomenales Gedächtnis. Noch nach Tagen konnte sie die Aussagen Verdächtiger nahezu wörtlich zitieren.

Bis halb acht hatte sie Akten durchgearbeitet und die dabei aufgetretenen Fragen notiert. Bis acht waren die meisten Kollegen eingetroffen. Sie konnten kaum ein paar Worte wechseln, denn Klaus teilte ihr mit, dass sie ab sofort ein Team waren und drängte gleich auf den Aufbruch. Sie mussten den Muslim ausfindig machen, mit dem Helena Meischl Zoff gehabt hatte.

**

»Bist du bereit, Toni«, fragte Arno, »in das richtige, das echte Polizeileben zurückzukehren?«

»Klar Chef«, grinste Toni Quasser.

»Und nenn mich nicht Chef. Ich heiß Arno.«

»Klar Chef«, feixte Toni.

Sie waren schon nach draußen, auf dem Weg zu Arnos Auto.

»Hast du schon ein Update bekommen?«

»Ich hab mich selbst upgedatet. Johann hat mir gestern Abend die kopierten Akten gebracht. Waren rund 150 Seiten.«

»Die hast du am Abend noch durchgearbeitet?«

»Eher nachts, aber das passt schon.«

»Kannst du mir vielleicht sagen, was wir jetzt machen?«, sagte Toni, als sie schon im Auto saßen.

»Wir fahren zu Michael Ganneder. Helena Meischls Bruder. Wir konnten ihn telefonisch nicht erreichen. Also fahren wir zu ihm raus. Er wohnt draußen in Pichling, in der Solar-City.«

Sie schwiegen einige Zeit.

»Arno, mir ist gestern was aufgefallen«, sagte Toni nach einiger Zeit.

»Und was?«

»Der Friedhelm Schmidt, der Mann von der im Wasserwald ermordeten Luisa Schmidt, der ist doch Mechaniker. Und laut Akten arbeitet er bei *Auto perfect* und davor war er bei *S.Katz GesmbH* beschäftigt.«

»Und?«

»Ich war doch jetzt gerade zur Aushilfe bei der *Fahndung*. Und die bearbeiten gerade einen Vermisstenfall. Die 12-jährige Celine Katz ist verschwunden. Naja... und Katz ist ja nicht gerade ein häufig vorkommender Name...«

»Aha...«, überlegte Arno, »schon wieder so ein Zufall. Ich werde in letzter Zeit von einem Zufall nach dem anderen heimgesucht. Ruf doch gleich mal bei der Fahndung an, ob die Vermisste was mit der Firma Katz zu tun hat.«

»Ähhh..., wär' vielleicht besser, wenn *du* anrufen würdest.«

»Klar«, sagte Arno nach kurzem Überlegen. Er reichte ihm sein Handy. »Wähl du die Nummer, das Handy ist eh auf Freisprechen geschaltet.«

Wenig später hatten sie die Fahndung in der Leitung. Arno verlangte den Leiter zu sprechen und fragte ihn nach Details zum Vermisstenfall Katz. Ja, die Mutter war die Inhaberin der Firma S.Katz GesmbH. Ja, die Tochter war seit vorgestern Abend abgängig. Sie hatten noch keine Ergebnisse. Arno fragte, ob es okay wäre, wenn er mit der Mutter sprechen würde, denn vielleicht gab es einen Zusammenhang mit einem Mordfall, der aber schon geklärt und abgeschlossen war. Es gab keine Einwände, sie würden also nach dem Ganneder-Gespräch zu Sabine Katz fahren.

**

Mit Ganneder hatten sie kein Glück. Als sie bei seiner Wohnung in der Heliosallee läuteten, meldete sich niemand. Sie drückten auf mehrere Klingeln, bis jemand die Haustür öffnete. Sie fragten die unmittelbaren Nachbarn, ob sie wüssten, wo Ganneder war. Ohne Erfolg.

Sie fuhren zurück. Unterwegs riefen sie Sabine Katz an und kündigten ihren Besuch an. Frau Katz war zu Hause und am Telefon schien es, als ob sie ziemlich mit den Nerven am Ende war.

»Toni, wie wär's, wenn du das Gespräch führen würdest?«, fragte Arno.

»Du traust mir das zu, Arno?«, fragte Toni zurück.

»Du weißt, dass ich dir in jeder Hinsicht vertraue. Und schließlich bist du der Spezialist für Vermisstenfälle.«

»Das war ich mal.«

»Das bist du immer noch. Für mich jedenfalls.«

»Danke Arno. Ich weiß das zu schätzen.«

**

Sie erreichten das Haus der Familie Katz. Selbst jetzt im Winter, wo alles kahl und gefroren war, wirkte der Garten, den sie am Weg zur Haustür durchquerten, gepflegt. Sie läuteten an. Fast unmittelbar drauf wurde die Haustür aufgerissen. Vor Ihnen stand eine etwa 40-jährige Frau, etwa 165 groß, das dunkelblonde Haar streng zurückgekämmt und zu einem Ponyschwanz gebunden. Sie hatte eine kleine Narbe auf der Stirn, ihre Augen waren verweint.

»Haben Sie sie gefunden?«, fragte sie anstatt einer Begrüßung.

»Nein, Frau Katz, aber wir möchten mit Ihnen sprechen. Dürfen wir hereinkommen?«, fragte Toni.

Frau Katz bot ihnen einen Platz auf einer Couch in einem gemütlich eingerichteten Wohnzimmer an. Toni stellte sich und Arno vor.

»Frau Katz, können Sie sich einen Grund vorstellen, warum ihre Tochter ausgerissen ist?«, begann Toni das Gespräch.

»Nein überhaupt nicht… naja…«, sie stand kurz davor, die Beherrschung zu verlieren., »wir hatten natürlich schon manchmal… Streit. Aber nichts von Bedeutung. Wegen der Schule… und so…«

Sie begann zu weinen.

»Hat ihre Tochter Schwierigkeiten in der Schule?«

»Ja, Celine hatte Probleme… in ein paar Fächern… aber sie sagte immer, dass sie das schon hinbekommen würde.«

Sie schniefte. Holte sich ein Papiertaschentuch.

»Trinkt ihre Tochter Alkohol?«

»Alkohol? Niemals… sie ist zwölf.«

»Drogen?«

»Nein, mein Kind nimmt keine Drogen.«

Sie hatte wieder zu weinen aufgehört.

»Hat sie einen Freund?«

»Nein, mein Gott, sie ist zwölf.«

»Hatte sie irgendwelche… Schwierigkeiten?«

»Schwierigkeiten? Was meinen Sie damit? Nein, mein Kind hatte keine Schwierigkeiten.«

Toni hatte schon hunderte derartiger Gespräche geführt. Es war immer das gleiche. ‚*Nein, MEIN Kind doch nicht*'. Aus Erfahrung wusste er, dass die Eltern oft ihr eigenes Kind am wenigsten kannten.

»Wer waren ihre Freundinnen?«

»Ich… weiß nur von einer… Ich… ich… ich bin sehr viel in der Firma… weiß daher nicht…«

Sie begann wieder zu weinen.

»Ich war gestern in der Schule«, fuhr sie fort, »und hab nach ihren Freundinnen gefragt. Hab sie gestern alle besucht. Niemand weiß, wo sie sein könnte…«

»Frau Katz, wo ist der Vater?«

»Der Vater…? Er war ein Irrtum. Sonst nichts. Ich hab ihn seit mehr als 12 Jahren nicht gesehen. Er weiß nicht einmal, dass es Celine gibt… Aber das hab ich doch alles schon ihren Kollegen erzählt.«

»Und Celine? Was weiß Celine über ihren Vater?«

»Ich hab ihr erzählt, dass er vor ihrer Geburt gestorben wäre. Und so ist es ja auch… Er war schon vor Celines Geburt für mich gestorben.«

»Frau Katz, wir brauchen den Namen.«

»Das haben doch schon ihre Kollegen… die suchen ihn schon…«

Sie hatte sich jetzt ein wenig erfangen. Weinte nicht mehr.

»Frau Katz, sie sind Inhaberin der Firma S.Katz GesmbH?«, kam Toni jetzt auf ihr eigentliches Thema zu sprechen.

»Ja.«

In diesem Moment klingelte Arnos Handy. Arno entschuldigte sich und ging in den Vorraum um zu telefonieren.

»Wir machen eine kurze Pause«, sagte Toni.

»Möchten sie einen Kaffee?«

»Ja, bitte, sehr nett. Einen kleinen Espresso, wenn sie hätten.«

»Ihr Kollege auch?«

»Ja, ich glaube, der nimmt auch einen kleinen Espresso.«

Sie verließ das Wohnzimmer. Toni hörte, wie sie in der Küche die Kaffeemaschine einschaltete. Als sie mit drei Tassen dampfenden Kaffees zurückkam, hatte auch Arno sein Gespräch beendet.

»Frau Katz«, nahm Toni den Faden wieder auf, »in Ihrer Firma hat einmal ein Herr Friedhelm Schmidt gearbeitet?«

»Friedhelm? Ja, aber der ist schon vor Jahren weg.«

»Warum?«

»Weiß nicht. Hat einfach gekündigt. Hat keine Gründe angegeben. Das war damals nicht leicht für mich. Er war ein… ein Vertrauter. Aber wir hatten nichts miteinander… er war ja verheiratet.«

»Was glauben Sie, war der Grund für seine Kündigung? Hat es irgendeinen Vorfall gegeben?«

»Nein, nichts… ich hab mich selber oft gefragt… aber da war nichts… Vielleicht… aber das war ja schon Monate zurück…«

»Was war da?«

»Na, da ist doch dieser Bus abgestürzt. Der war vorher bei uns in der Werkstatt. Friedhelm und ich sind mehrmals von der Polizei verhört worden. Aber wir konnten beweisen, dass uns keine Schuld traf. Aber Friedhelm…«

»Ja?«

»Friedhelm hat das schon sehr mitgenommen damals.«

»Sind da Menschen um's Leben gekommen? Damals?«

»Ja, ich glaube, dass sieben Menschen gestorben sind.«

»Aber Sie, beziehungsweise Ihre Firma, traf keine Schuld?«

»Nein, wir konnten alles belegen, hatten alles dokumentiert.«

»Frau Katz, haben Sie noch Verbindung mit Friedhelm Schmidt.«

»Nein, hab ihn seit damals nicht mehr gesehen.«

»Wussten Sie, dass Friedhelm Schmidts Frau Luisa ums Leben gekommen ist?«

»Waaaas? Nein. Das wusste ich nicht. Der arme Friedhelm. Er hatte doch eine Tochter…«

Arno hatte Toni ein Zeichen gegeben, dass er jetzt abbrechen sollte.

»Frau Katz, wir werden Ihre Tochter sicher finden. Meine Kollegen und ich tun alles dafür. Danke für Ihre Auskünfte.«

Sie hatten sich verabschiedet, waren zum Auto gegangen.

»Und, was hältst du davon?«, fragte Toni.

»Ich weiß nicht… Die Verbindung scheint ein reiner Zufall zu sein. Scheiß Zufälle. Vielleicht sollten wir mit Schmidt nochmals sprechen. Das werden wir ohnedies müssen. Ich weiß auch nicht… Aber, was viel wichtiger ist, Ute hat mich zuvor angerufen. Michael Ganneder, genannt Mike, ist vorgestern verhaftet worden. Das ist erst seit heute in der Polizeidatenbank. Darum haben wir nichts über ihn gefunden.«

»Und was ist da so spannend dran?«

»Der Grund, warum er verhaftet wurde.«

»Ja?«

»Friedhelm Schmidt hat ausgesagt, dass Ganneder in die Machenschaften der Wett-Mafia verwickelt ist. Ganneder ist Fußballer.«

»Ahhhh… da schau… schon wieder eine Verbindung.«

»Dein Vorschlag?«

»Wir sprechen zuerst mit Schmidt und dann mit Ganneder.«

»Genau – und das machen wir jetzt gleich.«

**

Bei der abendlichen Lagebesprechung berichteten erst Klaus und Sanie. Sie hatten mit Movab Lebed gesprochen. Das war jener Muslim, mit dem Helena Meischl Streit gehabt hatte. Er hatte Klaus – und nur Klaus – erklärt, dass das doch nicht ginge, dass Frauen Männern Befehle erteilten. Sanie hatte er weder begrüßt, noch beachtet. Er war ein typischer Macho, der hauptsächlich vor Frauen großspurig auftrat, da diese – und viele behaupteten, das auch im Koran zu finden – von untergeordneter Bedeutung waren. Das Urteil von Klaus war jedenfalls, dass er nichts mit dem Tod der Meischl-Familie zu tun hatte.

Anna und Nico hatten einen halben Tag damit verbracht, den Psychologen aufzutreiben, der einst Vincent Meischl behandelt hatte. Er wollte sich zuerst auf das Arztgeheimnis zurückziehen, war aber dann doch zu Auskünften bereit, als er erfuhr, dass Vincent tot war. Es war damals darum gegangen, dass Vincent Schwierigkeiten damit hatte, die allgemeine Entwicklung im Schulbereich zu akzeptieren. Er hat fast einen Vortrag darüber gehalten, dass es den Schülern heute an dem nötigen Respekt fehle, dass Werte wie Pünktlichkeit, Genauigkeit, Grüßen und Anstand abhanden kommen würden. Die Lehrer wären zunehmend mit aggressiven Kindern konfrontiert, mit Beschimpfungen, obszönen Gesten und sogar tätlichen Angriffen. Und dass es keine Sanktionsmöglichkeiten gäbe, außer Zurechtweisung, Lob, Tadel oder das Elterngespräch. Aber auch da zeige sich, dass die Eltern oft keine Hilfe waren, denn auch das respektlose Verhalten der Eltern gegenüber Lehrern nehme zu. Er meinte, dass Vincent Meischl nur einer unter vielen hundert anderen Lehrern gewesen sei – nur er hätte eben Gespräch und Hilfe zu diesen problematischen Themen gesucht. Der Psychologe hatte von Meischl ein Bild eines außergewöhnlich verantwortungsbewussten Menschen gezeichnet und er könne sich aus psychologischer Sicht gar nicht vorstellen, dass ein Mensch wie Meischl sich und seine Kinder umgebracht haben könnte.

Emma und Kai hatten die Spieler-Spur verfolgt. Es gab keinerlei Hinweise, dass Meischl um höhere Einsätze als ein paar Euro gespielt hatte. Bei den Internet-Spieleplattformen, auf denen er tätig war, hatte er jeweils seine Kreditkarte als Verrechnungskonto angegeben. Die Kreditkartenabrechnungen zeigten, dass er mal 20, 30 oder 40 Euro gewonnen und auch wieder verloren hatte. Niemals gingen die Beträge über 100 Euro hinaus. Bezüglich eines Alibis von Helena in der Nacht von Sonntag auf Montag hatten sie keine Ergebnisse erzielt. Hier würden sie wohl oder übel darauf warten müssen, dass sie vernehmungsfähig war.

Arno und Toni berichteten von ihrem Besuch bei Sabine Katz. Sie hatten auch nochmals mit Friedhelm Schmidt gesprochen. Er kannte niemanden namens Meischl oder Lesberger. Im Rahmen seines umfassenden Geständnisses hatte er auch den Namen von Michael »Mike« Ganneder angegeben, da dieser früher mit ihm in einer Mannschaft gespielt hatte und in die Schiebereien nicht nur eingeweiht, sondern auch aktiv beteiligt war.

Das Gespräch mit Ganneder war anfangs schwierig gewesen, weil er absolut nichts sagen wollte. Aber als er darauf hingewiesen wurde, dass er unter Umständen an der Beteiligung eines Mordes angeklagt würde, war er gesprächsbereit gewesen. Auch er hatte die Namen Meischl und Lesberger noch nie gehört. Er war zwar wegen seiner Verhaftung völlig verzweifelt gewesen, aber noch verzweifelter war er über das Schicksal seiner Schwester, des Schwagers und seiner Neffen. Er konnte sich überhaupt nicht erklären, was da vorgefallen war. Dass sein Schwager gelegentlich auf Internet-Plattformen spielte, wusste er. Er meinte, dass das aber Spielchen *für Kinder von vier bis sechs Jahren* waren.

»Zusammenfassung«, sagte Arno, »wir haben drei Fälle. Magdalena Lesberger, im Brunnen ertrunken. Hauptverdächtiger war ihr Sohn Martin, den mussten wir aber mangels Beweisen laufen lassen. Luisa Schmidt, ihr wurde im Wasserwald von der ostasiatischen Wettmafia die Kehle aufgeschlitzt, um Druck auf Friedhelm Schmidt auszuüben. Vincent, Luca und Felix Meischl, erschossen. Wahrscheinlich erweiterter Suizid. Und vielleicht haben wir auch noch einen Vermisstenfall – Celine Katz.«

Arno blickte in die Runde, ob jemand etwas zu sagen hatte.

»Auf den ersten Blick«, fuhr er fort, »sind das lauter Einzelfälle. Ohne Zusammenhang untereinander. Aber wir haben zwei Verbindungen festgestellt. Eine Sportwettenverbindung zwischen dem Schmidt- und dem Meischl-Fall. Und vielleicht eine Verbindung zwischen dem Schmidt- und dem Katz-Fall. Das könnte eine Verbindung Katz-Meischl-Schmidt sein. Könnte die Wettmafia das Verbindungsglied sein?«

»Ja, diesen Gedanken sollten wir weiterverfolgen«, sagte Anna.

»Gut. Anna und Nico beschäftigen sich über's Wochenende mit der These ‚*Wettmafia als Verbindungsglied*'.«

»Emma und ich drehen nochmals alles um in unserem erweiterten Suizid«, sagte Kai.

»Okay, dann schlage ich vor, dass Klaus, Sanie und Toni sich alle Fälle vornehmen unter der Voraussetzung, dass alles, was wir jetzt zu wissen glauben, falsch ist. Alle unsere Schlüsse waren falsch – das ist die Prämisse.«

»Das ist eine interessante Aufgabe«, warf Sanie ein.

»Johann, Ute, ihr recherchiert weiter Zusammenhänge.«

»Und was machst du, Chef?«, fragte Toni.

»Ich? Ich gehe in mich.«

Alle hatten sich zum Wochenenddienst bereiterklärt, wobei Arno darauf bestand, dass sich jeder zumindest einen Tag frei nahm.

Samstag, 10. Dezember

Ja, so würde sie es machen. Arno hatte gesagt, dass sie jedenfalls einen der beiden Wochenendtagen frei nehmen sollten. Sie würde morgen Sonntag, ihre Internet-Recherchen fortsetzen – das konnte sie von zu Hause machen. Von ihrem Haus in Altenberg bei Linz.

Für heute Vormittag hatte Ute Ruhs von ihrem Göttergatten ja ohnedies einen wichtigen Auftrag erhalten. Und am Nachmittag – das war schon seit Wochen vereinbart – würde sie sich mit ihren Freundinnen treffen. Mit Erni, Traudi, Melitta und Margit. Sie wurden *Die Teufelsweiber* genannt. Irgendwie waren sie stolz auf diese Bezeichnung, sie wussten aber nicht mehr, von wem sie stammte.

Es war schon fast neun Uhr. Bald würde die neue Gefriertruhe geliefert werden. Ihr Mann Markus hatte nämlich entschieden, dass eine neue Gefriertruhe hermusste. Die alte – Gefriertruhe - tat's zwar noch, aber sie war eben schon alt und man gönnte sich ja sonst nichts. Also hatte sich Markus den Rollmeter gegriffen, um mal das gröbste abzuchecken. Alte Gefriertruhe: 61 cm breit. Aber im Abstellkammerl war Platz genug. Rechts und links waren neben der Gefriertruhe noch gut fünf Zentimeter frei. Also konnte das neue Trucherl schon mal 65 bis 70 cm breit sein.

Markus hatte in den nächsten Tagen die Siemens-Kataloge durchgeschmökert. Er hatte die Möglichkeit, direkt bei Siemens Deutschland zu bestellen – das war um einiges günstiger. Und da auf Seite 19 lachte »sie« ihn an. Das wurde die kühle Gefährtin für die nächsten Jahrzehnte: super Gefrierschocker, ein Komfortfach für selbstgeformte Eiswürfel, der Grüne Punkt für die Sparsamkeit im Energieverbrauch fehlte auch nicht - und ein Mega-Giga-Raumangebot zum Einfrieren von Schnitzeln und Haxln für schwere Zeiten. Die Maße – ein Gedicht für jeden Kenner: 66 x 66 x 108. Der Griff zum Telefonhörer, die Bestellung aufgegeben und den Liefertermin vereinbart. Das alles war in Minutenbruchteilen geschehen.

Und heute war es so weit. Die Lieferung sollte um neun Uhr erfolgen. Direkt aus Passau. Markus konnte leider nicht zu Hause sein, um »sie« in Empfang zu nehmen. Gewissenhaft trug er Ute nochmals telefonisch auf, nur ja um neun Uhr zu Hause zu sein, denn die Lieferung kam pünktlich – mit einem Spediteur aus Passau.

Neun Uhr. Der Spediteur läutete. Ute öffnete. Der bayrische Spediteur erklärte Ute, dass er eigentlich nur verpflichtet war, die Lieferung bis vor die Haustür zu bringen. Aber da ihn Ute so lieb bat, erklärte er sich bereit, das verpackte Trum hinein zu bringen – er wusste noch nicht, welchen Fehler er eben gemacht hatte. Er half sogar beim Auspacken. Und dann stand sie da in ihrer ganzen Pracht. Der weiße Kunststoff glänzte. Fast schien man jetzt schon das leise Schnurren zu spüren, mit der sie mit ihrem Gleichlaufmotor die nächsten Jahre alles erkälten und einfrieren würde, was man einwarf.

Und weil Ute gar so lieb bat, erklärt sich der arme bayrische Spediteur auch noch bereit, die alte Kühltruhe auf die Terrrasse hinauszuschaffen. Die alte – Kühltruhe – konnte nämlich noch nicht entsorgt werden. Die neue war ja noch ganz warm und brauchte einen Tag, bis sie so richtig auf Touren gekommen war und die bereits eingefrorenen Delikatessen aufnehmen und weiter kalt halten konnte.

Die alte Kühltruhe wurde daher jetzt ausgeräumt und der bayrische Spediteur schaffte sie aus dem Abstellkammerl, lud sie auf sein Wagerl auf und fuhr sie durchs Vor- und Wohnzimmer auf die Terrasse hinaus. Oje, die Räder waren aber dreckig. Eine wunderschöne lehmige Spur führte nun quer durch die Wohnung. Naja, dachte Ute, den Parkettboden kriegte sie schon wieder hin – aber der Teppich, tja vielleicht bekamen sie gleich einen neuen...? Aber viel Zeit hatte Ute nicht, über Schmutz und Dreck zu sinnieren, denn sie musste ja mit den eisig-kalten Hendeln und Stelzen hinterherschurln und die Kühltruhe am Balkon wieder einräumen.

»Na, Sie haben ja eine ganze Menge eingefroren«, meinte der Spediteur.

»Was man halt so braucht«, antwortete Ute.

»Ja, ja, Schwein, Rind, Hendl… Aber bei der Menge müssen ja auch Hund und Katze dabei sein…«

Sehr witzig war das nicht. Und Ute dachte gleich wieder an die kleine Celine Katz, die verschwunden war. Sie musste im Netz was finden. Unbedingt! Morgen!

Endlich – geschafft. Ja und weil Ute ihn gar so lieb bat, würde der bayrische Spediteur auch noch den neuen Gefrierschrank im Abstellkammerl aufstellen. Hoppla, das spießte sich aber. Also, das war doch... Das gab's doch nicht... Das spießte sich ja nicht nur, das ging ja gar nicht.... Was hatte es denn da? Nun der Abstellraum war 70 cm breit..., die neue Kühltruhe war 66 cm breit... und die Tür vom Abstellkammerl war 65 cm breit. Hahhhh!

Ute war verzweifelt. Sie rief Markus an. Warum eigentlich? Der konnte die Truhe auch nicht einen Zentimeter schmäler machen. Schon gar nicht telefonisch. Der Bayrische Spediteur schimpfte sich selber einen Deppen, dass er sich das alles angetan hatte. Er versuchte erst gar nicht, die Flucht zu ergreifen, denn gleich bat ihn Ute wieder so lieb… Alte Kühltruhe ausgeräumt, alte Kühltruhe von der Terrrasse ins Abstellkammerl transportiert, alte Kühltruhe wieder eingeräumt, neue Kühltruhe wieder eingepackt und mitgenommen.

Der Bayer verabschiedete sich, nicht ohne zu bemerken, dass er keinen Fahrer für den Lieferbus hatte. Dass er selbst fahren musste, wo er doch eh schon völlig geschafft war. Hoffentlich würde er keinen Unfall bauen.

Diese letzte Bemerkung ging Ute einfach nicht mehr aus dem Kopf. Bus? Busfahrer? Was war da doch gleich gewesen? Sie hatte das Gefühl, einen wahrscheinlich wichtigen Gedanken nicht ganz fassen zu können.

**

Sie hatte doch eine SMS bekommen – oder? Na, klar. Von Kevin. Da hatte gestanden… was hatte da gestanden? Denk nach! Ja, Kevin konnte sie nicht finden. Sie sollte hinaus auf den Parkplatz kommen. Oder? Doch. War sie dann hinaus? Hinaus auf den Parkplatz? Ja… vielleicht… Ja, da war doch dann das Auto gewesen… und Kevin hatte ihr zugewunken… War es so gewesen? Nein, das war nicht möglich. Kevin hatte doch geschrieben, dass er mit dem Bus kommen würde. Oder? Doch! Kevin hatte ihr aus dem Auto zugewunken. Oder hatte sie das geträumt? Nein, nein… Sie war doch eingestiegen… auf der Beifahrerseite. Hatte sich gewundert, dass Kevin eine Kappe aufgehabt hatte… Tief in die Stirn gezogen. Hatte sein Gesicht gar nicht erkennen können. Hatte er dann zu ihr herüber gegriffen? Hatte sie sich gewundert was, das sollte? Hatte sie nicht ein feuchtes Tuch auf ihrem Gesicht gespürt? Auf ihrer Nase? Auf ihrem Mund? Hatte sie nicht noch darüber nachdenken wollen, was denn mit Kevin nur los war…? Was war dann gewesen? Los, denk nach! Was war dann gewesen? Sie konnte sich einfach nicht erinnern. Warum nicht? Das konnte doch nicht so schwer sein…

Nach einer Weile hatte sie sich wiederaufgesetzt. Sie war so unendlich durstig. Wie lange konnte man ohne Trinken leben? Sie hatten in der Schule davon gelernt. Sie wusste, dass es keine exakte Anzahl von Tagen gab, die ein Mensch ohne Wasser überleben konnte. Auch wenn man keine Flüssigkeit durch Urin ausschied, verlor man über Haut und Atmung rund einen halben Liter pro Tag. Sie wusste, dass ihr Körper daher nach und nach austrocknen würde. Sie wusste, dass ein gesunder Mensch jedenfalls drei bis vier Tage ohne Flüssigkeit durchhalten konnte. Aber es hatte auch Fälle gegeben, dass Menschen erst nach 11 oder 12 Tagen verdursteten. Oder war das ihr Wunschdenken?

Denk nach! Denk endlich nach! Was hatte sie noch gelernt? War es nicht so, dass die eigentliche Todesursache eine innere Vergiftung oder ein Kreislaufzusammenbruch war, wenn der Mensch verdurstete? Wenn die Nieren nicht arbeiten und die harnpflichtigen Substanzen nicht mehr abführen konnten, begannen die körpereigenen Gifte alle Organe anzugreifen. Multiorganversagen.

Sie dachte, dass sie das zwar gelernt hatte, aber was brachte ihr das? Nichts? Doch! Sie wusste, dass sie irgendwas tun musste. Irgendwas! Wenn sie nichts tat, würde sie verdursten. Denn – helfen würde ihr hier niemand. Das hatte sie schon begriffen. Sie hatte geschrien, bis sie heiser war. Niemand hatte sie gehört. Niemand war ihr zu Hilfe gekommen.

Also musste sie sich selbst helfen. So einfach war das. Mühsam stand sie auf. Und hielt sich auch nur genauso mühsam auf den Beinen. Wenn sie doch etwas sehen könnte! Sie machte einen vorsichtigen Schritt zur Seite, denn dort musste so etwas wie eine Wand sein. Noch einen Schritt. Ihr linker Arm berührte etwas. Etwas Hartes. Sie bewegte den Arm. Die Wand fühlte sich kalt, hart und feucht an. Wie eine Felswand. Aber… wie konnte sie an einer Felswand sein? Das war doch völlig unmöglich!

Sie setzte nun ein Bein nach vorne. Hielt dabei den Kontakt mit der seitlichen Wand. Machte noch einen langsamen Schritt nach vorne. Sie riss die Augen so weit auf, wie es möglich war. Sie musste irgendwas sehen. Aber sie sah nur Schwärze. Es gab nichts, was sie erkennen konnte. Mutlos wollte sie sich schon wieder auf den Boden sinken lassen. Nein! Du musst was tun! Sonst verdurstest du! Du musst irgendwohin kommen. Irgendwohin, wo ihr jemand helfen würde. Warum half ihr niemand?

»Mamaaaaaaaa«, schrie sie, so laut sie konnte. Horchte, ob irgendjemand auf ihren Schrei antwortete. Aber da war nichts. Absolut nichts. Absolute Stille.

Also machte sie einen weiteren Schritt nach vorne. Vor ihr schien kein Hindernis zu sein. Noch ein Schritt. Und noch einer. Sie wurde mutiger. Beim nächsten Schritt stieß sie heftig mit dem Kopf an etwas Hartes. Sie wäre beinahe umgefallen. Der Kopf schmerzte. Mit dem linken Oberarm tastete sie die Wand vor ihr ab. Gleiche Beschaffenheit. Kalt, hart, feucht, felsig. Etwas lief über ihr Gesicht. Sie schrie. Mein Gott, hier gab es Viecher! War ihr da eben eine Spinne übers Gesicht gekrochen? Wieder schrie sie gellend. Versuchte mit der Schulter übers Gesicht zu wischen. Das ging nicht. Wieder fühlte sie etwas auf ihrem Gesicht. Wieder schrie sie gellend auf. Sank zu Boden. Schrie immer weiter.

**

| Heute 10.00 Sbhf? | *Pepi*

| Komme | *Karl*

| Ich auch | *Herbert*

| Eh klar | *Erich*

| I a | *Christian*

| Ja | *Hans*

| Bin in Innsbruck | *Erich*

| 10.30 | *Dieter*

| Komme auch | *Gerhard*

| Bin dabei | *Niklas*

Soweit die Vereinbarung, sich am Südbahnhof zu treffen. WhatsApp war doch eine klasse G'schicht. Über Gruppen konnte man sich schnell was ausmachen – und wenn keine Frauen bei der Gruppe waren, dann beschränkte sich auch das Ausmaß der Kommunikation auf das notwendige Minimum.

Wie an vielen Samstagen war Niklas Ortner mit dem *F-POK* am Südbahnhof zu finden. *F-POK*, Faustball-Pensionisten-Organisations-Komitee, so nannten sich die Senioren-Faustballer des FBC Askö Urfahr. Darunter einige, die einst in der Bundesliga gespielt hatten, aber auch einige, die über die Bezirksliga nie hinausgekommen waren. Wie auch Niklas, 62 Jahre alt, seit kurzem in der Pension, mit bescheidenem Talent und bescheidener Fitness. Aber das spielte keine Rolle, sogar jetzt im Alter – alle waren über 60 – spielten sie noch Senioren-Staatsmeisterschaften und trainierten halbwegs regelmäßig. *Halbwegs* deswegen, weil fast immer zwei, drei oder vier gerade nicht spielen konnten – das Knie! Das Kreuz! Die Schulter! Aber das wichtigste war, dass sie eine Gruppe von Freunden waren, die einen Teil ihrer Zeit miteinander verbrachten – und vielfach auch mit den Ehepartnern, denn irgendwie gehörten auch die zu den Faustballern.

Der Südbahnhof war in Linz eine Institution. 1859 bis 1872 war das Gelände der Bahnhof der Pferdeeisenbahn Budweis-Linz-Gmunden gewesen. 1949 wurde der ‚Südbahnhof-*Markt*' durch Bürgermeister Koref eröffnet. Seitdem war der Standlmarkt nicht nur das Ziel von Linzern, die heimische Produkte und Spezialitäten einkaufen wollten, sondern vielfach auch ein Treffpunkt für Freunde.

F-POK traf sich immer beim ‚*Marktbuffet – dem pfiffigen Bierstandl*', wie es hieß. Direkt neben dem *Arcimboldo*, von dem aus Radio Oberösterreich jeden Samstag live vom Markt sendete. Wie immer wurden ein paar Biere getrunken.

»Wäähhh, mein Bier hat aber einen grauslichen Geschmack«, beschwerte sich Niklas.

»Meines nicht – schmeckt ganz normal«, meinte Gerhard.

»Meins auch nicht«, bestätigte Hans, »bestell dir halt ein neues.«

Die Diskussionen waren nicht wirklich tiefschürfend, je nach Saison wurde mal über Trump und Putin, über Van der Bellen, Strache, Kern und Kurz gesprochen, mal über Bayern München und Dortmund, mal über Bitcoins, Marcel Hirscher, Müllabfuhr und #*MeToo*. Heute war die BankCard ein Thema – und dass die Quick-Funktion bald aufgelassen würde. Dieter und Christian verwickelten sich in ein Fachgespräch über Dieters seit Längerem im Bau befindliche Wasserleitungen. Es war von Absperrventilen, Fittingen, Eckventilen, Entlüftungsschlüsseln, Rückstauventilen und Überlaufrinnen die Rede – die anderen verloren schnell das Interesse daran. Ach ja, Erich freute sich schon auf kräftige Schneefälle, schließlich hatte er schon den Winterdienst im Voraus bezahlt.

»Trinken wir noch eine Runde?«, fragte Herbert.

»Ehklar, ein Kleines geht schon noch«, meinte Uschi.

Zwischen Siegi, Christa und Pepi fand ein Streitgespräch über die Zubereitung von Sauerkraut statt – Pepi meinte, dass es unbedingt ausgewaschen gehört und nachher mit Wein zum Kochen gebracht werden muss, Siegi bestand auf Lorbeerblättern und Wacholderbeeren, Christa ergänzte, dass ohne gebratene Speckwürfel gar nichts ginge.

»Wo sind denn Erich und Christa?«

»Die sind in Innsbruck – haben's eh geschrieben.«

»Und eure Frauen? Die machen sich ja sehr rar.«

»Traudi ist zu Hause, sie kommt doch eh fast nie mit.«

»Gerda ist mit dem Verkauf ihrer Hauben in Ihrem StartUp auf der Promenade beschäftigt.«

»Ingrid hatte auch keine Lust, mitzukommen. Wo ist eigentlich Elisabeth?«

»Die ist so verkühlt, dass sie sich gar nicht hinauswagt.«

»Na, dann prost Freunde, zum Wohl!«

Es wurde allgemein angestoßen.

In diesem Moment trat Wolfgang, ein Reporter von Radio Oberösterreich, auf sie zu.

»Servus Karl«, meinte er zu Karl, »ich hätte gern ein Interview mit dir gemacht. Über das Europacup-Finale.«

»Okay«, sagte Karl zu.

Und wenig später startete das Life-Interview.

»So klingt er, der Samstag Vormittag, mit Radio Oberösterreich beim ‚Liveformat Arcimboldo'. Und jetzt begrüßen wir auf dem Linzer Südbahnhofmarkt mit einem Riesenapplaus den Faustball Weltpräsident Karl.«

»Ich wünsche den Hörern von Radio Oberösterreich einen Guten Morgen.«

»Sie persönlich zählen ja zusammen mit der Gattin zu den Stammgästen hier am Südbahnhof und Sie sind heute als Faustball-Weltpräsident unterwegs in Richtung ABC in Urfahr.«

»Ja, wir haben die Champions-League des Faustballs, das Europacup-Finale in Urfahr und der FBC Askö Urfahr hat sich schon für's Finale qualifiziert.«

»Wir drücken natürlich den Urfahranern ganz fest die Daumen. Was mich interessiert hätte: was sind denn die Aufgaben eines Faustball-Weltpräsidenten?«

»Ich sehe meine vorrangige Aufgabe darin, den Faustball weltweit zu entwickeln und seit der WM 2011 in Österreich haben wir einen tollen Erfolg.«

»Was können wir uns denn unter einem ‚tollen Erfolg‘ vorstellen?«.

»Inzwischen haben wir im Faustball schon 58 Mitgliedsländer und gerade jetzt werden zwei junge Nationen erstmals Wettkämpfe veranstalten. Und zwar geht es um die ozeanische Meisterschaft. In Melbourne spielen die Meister von Neuseeland und Australien gegeneinander.«

»Wir haben jetzt einen wunderschönen Wintervormittag. Am Nachmittag gibt es das Europacupfinale zwischen Urfahr und Pfungstadt. Wenn wir die Favoritenrolle zuweisen wollen, müssen wir zugeben, dass die hessischen Gäste in der Favoritenrolle sind.«

»Ja, Deutschland dominiert die Faustballszene, insbesondere Dank des außergewöhnlichen Angreifers Patrik. Aber der Ball ist rund – wie einst schon Sepp Herberger festgestellt hat. Die Urfahraner haben gestern gegen den Schweizer Meister eine tolle Performance abgeliefert. Und ich denke, dass unser Linzer Brasilianer Patrick mit seinem gefinkelten und gewitzten Spiel den Angreifern aus Deutschland Paroli bieten kann.«

»Karl, ich denke, so ein Europacup-Finale hat auch einen enormen Wert für die Stadt, für die Region und für ganz Oberösterreich. Es sind ja auch ganz viele Gäste aus Deutschland da.«

»Ja, die Halle wird heute ein Hexenkessel werden. Wer heute noch was erleben möchte, der muss unbedingt zum Finale kommen.«

»Also heute Nachmittag, das große Finale zwischen FBC Askö Urfahr und Pfungstadt… Und wir drücken den Urfahranern…«

Wie vorher kurz abgesprochen, stimmten die F-POK-Mitglieder jetzt im Chor ein.

»…die Daumen.«

»…fest die Damen.«

»…ganz fest die Daumen.«

»Das war aber gar nichts«, meinte Wolfgang, der ORF-Mann, »wir hätten das ja auf einmal gebraucht – und alle zusammen….«

Niklas dachte noch immer daran, dass sein erstes Seiterl so grauslich gewesen war.

‚Ja, trink', hast du gedacht. ‚Trink. Trink in tiefen Zügen'. Du wolltest ihm befehlen, zu trinken. Den Durst zu löschen. Und damit die große Vergeltung in sich einzusaugen. Gespannt hattest du zugesehen, wie er das Glas an die Lippen führte. Du wolltest ihm zurufen, dass er die Schuld seines Zwillings teilt, dass Zwillinge alles gemeinsam tragen. Die Freude, die Trübsal, die Schuld. Du wolltest ihm zurufen, dass er mit seinem Tod die Schuld des Bruders tilgte. Die Schuld löschte, wie seinen Durst. Du weißt, dass sein Bruder nun auch seine Schuld erkennen würde. Erkennen würde er, weil der Schmerz ihn zerreißen würde. Er würde ein Zwilling allein sein. Allein mit sich und seiner Schuld. Du betrachtest ihn noch eine Weile. Ihn und seine Freunde. Er weiß noch nichts. Dann wendest du dich ab. Du hast lange genug zugesehen.

12.00 Uhr.

Als Niklas Ortner zum Mittagessen nach Hause kam, fühlte er sich nicht wirklich gut. Kamilla, seine langjährige Lebensgefährtin, sah ihm das sofort an.

»Hast du was?«, fragte sie Niklas.

»Weiß nicht. Das erste Bier hat mir gar nicht geschmeckt...«

»Aha! Das erste? Und die anderen? Wieviele sind noch gekommen?«

»Naja, zwei Seiterl noch. In so einem Seiterl ist ja auch nicht mehr so viel drin, wie früher.«

»Jaja, du hältst halt auch nicht mehr so viel aus, wie früher.«

»Das ist es nicht…«

»Was ist es dann?«

»Mein Mund… er fühlt sich so… so pelzig an…«

»Pelzig?«

»Ja, irgendwie pelzig. Und mein Rachen brennt. Und mein Mund auch.«

»Na, jetzt essen wir mal, vielleicht wird's besser.«

16.50 Uhr.

»Ist mir schlecht!«, klagte Niklas

»Schlecht?«, fragte Kamilla.

»Ja, übel. Schlecht halt.«

»Hast was Verdorbenes erwischt?«

»Ja, was denn?«

»Hast was gegessen, am Südbahnhof?«

»Nein. Nur drei Seiterl getrunken.«

»Komisch.«

»Ich glaub ich muss… ich muss…«

Niklas war aufgesprungen und auf's Klo gerannt. Würgte das Mittagessen herauf. Gleich drauf war ihm etwas besser.

19.40 Uhr.

Niklas hatte inzwischen schon vier Mal erbrochen. Mein Gott, er konnte doch gar nichts mehr im Magen haben, was er erbrechen könnte. Er begann zu schwitzen. Die Schweißtropfen standen ihm auf der Stirn.

»Niklas, soll ich einen Arzt rufen?«

»Welchen Arzt denn? Es kommt doch niemand.«

»Dann rufe ich eben den Notarzt an.«

»Notarzt! Das ist doch ein wenig übertrieben. Nur weil ich kotze…«

Wieder lief er hinaus auf's Klo. Würgte und Würgte. Blut! Er kotzte ganz eindeutig Blut! Panik stieg in ihm auf. Woher kam das Blut? Das konnte doch nicht normal sein. Was hatte er sich da nur eingefangen?

20.20 Uhr.

Mein Gott. Jetzt hatte er dreimal erbrochen. Nichts anderes als Blut. Er hatte es Kamilla gar nicht gesagt. Sie wäre nur hysterisch geworden. Sie war ohnedies schon besorgt genug. Und jetzt kam auch noch der Durchfall dazu. Der Magen war schon leer. Jetzt ging's also an's Entleeren der Därme. Fühlte sich eh schon so schwach. Musste sich mühsam auf's Klo schleppen. Sein Hemd war mittlerweile komplett durchgeschwitzt. Ihm war so heiß, dass er glaubte, zerspringen zu müssen. Er vermutete, dass er starkes Fieber hatte.

21.50 Uhr.

Wieder schleppte er sich auf's Klo. Der Durchfall wollte nicht enden. Er wusste nicht mehr, wie oft er sich schon entleert hatte. War er schon im Fieberwahn? Als er zurückkam, war Kamilla nun fast völlig aufgelöst. Ihre Aufregung hatte sich von Stunde zu Stunde, von Minute zu Minute gesteigert.

»So Niklas, ich rufe jetzt den Notarzt an. So geht das nicht weiter.«

»Ja…, ich glaub…, wir müssen …was tun«, sagte er schwach, »ich hab schon… ständig Blut erbrochen…«

»Waaas? Und das sagst du erst jetzt?«

»Und jetzt… hab ich auch noch… Blut im Stuhl.«

»Blut im Stuhl?«

»Naja…, ich hab… keinen Stuhl mehr... Ich glaub… ich glaub… ich scheiße nur noch Blut.«

Kamilla wählte in fieberhafter Eile 144.

22.30 Uhr.

Im Rettungswagen wurde er von Koliken geschüttelt. Schließlich erlitt er noch vor Ankunft im Krankenhaus einen Kreislaufkollaps. In der Notaufnahme wurde er sofort durchgereicht. Wurde an Infusionsflaschen angehängt. Die Ärzte schienen ratlos. Dann kam es zu Herzrhythmusstörungen, Blutdruckabfall…

**

Klaus, Toni und Sanie hatten bis zehn Uhr abends gearbeitet. Naja, sie hatten ja auch erst am Nachmittag begonnen. Und sie waren zu einem Ergebnis gekommen, das sie am Montag präsentieren wollten. Sie waren dran, aufzubrechen und nach Hause zu fahren.

»Hat noch jemand Lust auf einen Drink«, fragte Toni.

»Naja…, gar keine so schlechte Idee« antwortete Klaus.

Toni sah Sanie fragend an.

»Ich weiß nicht…«, zögerte Sanie, »es ist schon spät…«

»Ach geh…«, sagte Toni, »Es ist Samstag, was willst du denn schon zu Hause? Z'haus sterb'n d'Leut.«

»Ich… ich sollte wohl… okay, ein Drink ist wahrscheinlich wirklich eine gute Idee. Wo geh'n wir hin?«

»Ich kenne da in der Altstadt so ein kleines Lokal«, sagte Toni, »die haben erst vor ein paar Monaten aufgemacht. Es ist echt gemütlich dort.«

»Gut, dann laufen wir rauf in die Altstadt«, bestimmte Klaus, »die frische Luft wird uns gut tun«.

Die Luft war kalt und trocken. Nach einer Viertelstunde waren sie in der Altstadt. Die von Toni vorgeschlagene Bar war ziemlich voll. Sie bekamen grad noch den letzten freien Stehtisch. Sie nahmen drei kleine Biere.

Ganz loslassen konnten sie noch nicht. Nochmals diskutierten sie ihr heute erarbeitetes Ergebnis. Dann tranken sie noch ein Glas Wein. Und wurden endlich lockerer. Die Zeit verging. Sie bestellten noch drei Gläser Wein…

»Ich muss jetzt aber wirklich…«, sagte Sanie nachdem sie ihr Glas ausgetrunken hatte, »ich brauch meinen Schlaf. Morgen will ich fit sein.«

Sie verabschiedete sich. Klaus und Toni wollten noch ein weiteres Glas trinken. Sanie wollte über den *Alten Markt* und die *Hofgasse* zum *Hauptplatz* hinuntergehen und sich dort ein Taxi schnappen. Es war schon nach Mitternacht geworden. Die Altstadt war fast menschenleer. Am *Alten Markt* kam ihr ein leicht torkelnder Mann entgegen. Sie wich ein paar Schritte aus.

»Heee«, sagte der Mann in ihre Richtung.

Sie kümmerte sich nicht darum und ging weiter. Kurz darauf hörte sie Schritte hinter ihr. Sie blickte sich um. Der Mann hatte kehrtgemacht und kam hinter ihr her. Sie beschleunigte ihre Schritte, wollte heute keine Scherereien mehr. In der *Hofgasse* hatte sie der Mann eingeholt. Er packte sie am Arm.

»Heee«, sagte er wieder. Und dann »wieviel?«

Sanie machte sich aus seinem Griff los und wollte weitergehen.

Wieder packte sie der Mann am Arm.

»Wieviel? Eine Stunde?«

»Lassen Sie mich los«, sagte Sanie ruhig.

»Du sprechen deutsch?« fragte der Mann leicht lallend und überrascht.

»Lassen Sie mich los«, wiederholte Sanie nun schon schärfer.

»Ficki ficki«, lallte der Mann, »eine Stunde. Wieviel?«

Sanie riss sich los.

»Verschwinden Sie, aber schnell!«

»Was?«

»Sie sollen verschwinden!«

»Was bildest du dir ein, du Negernutte«, schrie der Mann.

Er hob den Arm und wollte zuschlagen. Sanie wehrte den Schlag mühelos ab. Der Mann packte sie am Mantel und versuchte erneut, sie zu schlagen. Sanie trat ihm zwischen die Beine. Der Mann brüllte auf und ging in die Knie. Im selben Moment spürte Sanie, wie sie von hinten gepackt wurde. Sie erhielt einen Stoß und landete auf dem Bauch am Kopfsteinpflaster. Sie spürte etwas Schweres auf ihren Rücken drücken. Ihr Kopf wurde gepackt und auf die Pflastersteine gedrückt. Schmerzhaft schrammte ihre Wange über den rauhen Stein. Die Arme wurden ihr auf den Rücken gerissen. Reglos und hilflos lag sie da.

»Leg ihr lieber die Handschellen an. Sie ist sicher eine Illegale. Wahrscheinlich Asylantin…«, hörte sie eine Stimme.

»Glaub nicht, dass Handschellen notwendig sind«, vernahm sie eine zweite Stimme.

»Na, pass nur auf, dass sie dich nicht kratzt. Wahrscheinlich hat sie Aids. Oder was anderes. Fang dir nur ja nichts ein.«

»Lassen Sie mich los«, stöhnte Sanie.

»Was du sagen?« fragte die erste Stimme.

»Lassen Sie mich sofort los«, wiederhole Sanie.

»Na, nur nicht frech werden.«

»Ich werde Sie…« begann Sanie, kam aber nicht weiter. Ein schwerer Tritt traf sie in die Seite. Sie stöhnte.

»He, lass das. Bist du verrückt?«

Das war die zweite Stimme. Die Last auf ihren Rücken hob sich an. Sie hörte das Klicken der Handschellen. Ihre Hände waren auf dem Rücken gefesselt.

»Du aufstehen! Sofort!«

Mühsam schaffte sie es auf die Knie. Dann wurde sie hochgerissen. Sie stand zwei Uniformierten gegenüber.

»Du Ausweis haben?« wurde sie gefragt.

»In der Handtasche«, antwortete sie und nickte in Richtung ihrer Handtasche, die auf dem Boden lag.

»Du sprechen deutsch?« wurde sie heute schon zum zweiten Mal überrascht gefragt. Sie antwortete nicht. Sah zu, wie einer der Uniformierten ihre Handtasche aufhob und sie durchwühlte. Sie schwieg weiter. Endlich hatte der Polizist ihren Dienstausweis gefunden. Er leuchtete mit seiner Taschenlampe darauf. Er kniff die Augen zusammen, betrachtete das Bild auf dem Ausweis. Dann sah er sie an. Wieder das Bild. Dann wieder sie.

»Oh du Scheiße«, murmelte er.

»Was ist?«, fragte der zweite Polizist.

»Sie ist eine Kollegin. Vom LKA.«

»Was?«

Hier! Er zeigte ihm den Ausweis. Beide standen ratlos da und blickten auf ihren Ausweis. Inzwischen hatten sich drei junge Männer eingefunden, die das Geschehen aus gebührendem Abstand neugierig verfolgten.

»Bitte gehen Sie weiter, es gibt hier nichts zu sehen«, sagte Sanie zu den drei Männern barsch. Und zu den Polizisten »könnten Sie mir bitte jetzt endlich die Handschellen abnehmen?«

Einer der Polizisten beeilte sich, die Handschellen aufzuschließen. Sanie fuhr sich mit der Hand über ihre schmerzende Wange. Fühlte etwas Nasses. Blickte auf ihre Hand. Blut. Auch das noch.

»Entschuldigen Sie bitte…« stammelte der eine Polizist, »wir konnten ja nicht wissen…«

»Was?«

»Na, dass Sie Polizistin sind…«

»Und weil sie glauben, dass ich keine Polizistin bin, werfen Sie mich zu Boden, treten mich und legen mir Handschellen an?«

»Ja,… es sah so aus…«

»Wie sah es aus?«

»So… als ob Sie… Sie diesen Mann überfallen hätten…«

»Ich ihn?«

»Ähhh… ja.«

»Er hat mich überfallen. Und ich habe mich gewehrt. Wo ist er denn?«

Die Polizisten blickten sich um.

»Keine Ahnung.«

»Na super. Ich fasse jetzt mal zusammen. Sie lassen einen Mann, der mich überfallen wollte, laufen. Stattdessen fixieren Sie eine Kriminalbeamtin auf dem Boden, misshandeln und treten sie.«

»Wir dachten doch, Sie sind…«

»Ja? Was dachten Sie, dass ich bin?«

»Ähhh…«

»Ich werde es Ihnen sagen. Sie dachten, ich sei eine schwarze Asylantin. Eine illegale Hure. Stimmt's?«

»Naja, so ähnlich…«

»Und Asyslanten behandelt man so – und nicht anders?«
»Nein, natürlich nicht…«
»Bitte zeigen Sie mir Ihre Dienstausweise.«
»Wieso denn? Es ist doch nichts passiert.«
»Nichts passiert? Ich blute. Ich wurde von Ihnen misshandelt. Mein Mantel ist versaut. Das nennen Sie nichts?«
»Ähhh…«
Es hatte nur noch der eine Polizist gesprochen. Offensichtlich der, der auf ihrem Rücken gesessen war und sie fixiert hatte. Der andere, der sie getreten hatte, war verstummt.
»Wird's bald? Ihre Dienstausweise bitte.«
Beide reichten ihr die Ausweise. Sanie prägte sich Namen und Dienstnummern ein und gab die Ausweise zurück.
»Und… was haben Sie jetzt vor?« fragte sie der gesprächsbereite Polizist.
»Das überlege ich mir bis morgen früh. Warten Sie es ab.«
Sie drehte sich um und ging zum Taxistandplatz.

Sonntag, 11. Dezember

Markus hatte gemeint, *sie* solle sich um eine andere neue Kühltruhe umschauen. Sie hatte ihm gesagt, dass *er* ja diese blöde Idee des Einkaufs in Passau gehabt hätte und dass gefälligst *er* sich jetzt um die richtige Kühltruhe umschauen sollte.

Den ganzen Samstag und die ganze Nacht hatte ihr irgendwas im Kopf herumgespukt. Busse. Sie konnte den Gedanken, beziehungsweise die Sache, um die's dabei ging, aber nicht umzingeln. Nicht konkretisieren. Nicht festhalten.

Schon am frühen Vormittag hatte sie sich zum Laptop gesetzt und mit ihren Internet-Recherchen begonnen. Der erste Überblick war nicht ermutigend gewesen. ‚*meischl*' hatte 18.500 Treffer gebracht, ‚*lesberger*' 193.000, ‚*s.katz*' 37 Millionen, ‚*katz*' 51 Millionen und ‚*schmidt*' gar 190 Millionen. Durch die Einschränkung auf Vornamen, Länder, Sprachen und Zeiträume gelangen zwar Eingrenzungen, es waren aber immer noch hunderttausende. Dann gab sie Namenskombinationen ein, erfasste Ausschlüsse. Die Sache blieb äußerst mühsam.

Mittags hatte sie eine Pause eingelegt und sich eine Liste mit Schlüsselwörtern und Schlüsselwortkombinationen angelegt. Am Spätnachmittag war sie in einem Chatroom gelandet, der den Nickname ‚*katz99*' enthielt. Jetzt musste sie sich in ihren Computer im LKA einloggen. Die Berechtigung, dies von einem externen PC zu tun, hatte sie.

Sie startete die Serverüberprüfung. Jetzt wurde die Sache interessant. ‚*katz99*' kam über einen Liwest-Server, also einen, der den unmittelbaren räumlich richtigen Bezug herstellte. Schließlich fand sie 23 Chat-Partner von *katz99*. Die Server-Überprüfungen brachten 14 österreichische Server, fünf deutsche, drei niederländische. Bei den österreichischen Servern war der häufigste Nickname ‚*knight7*'. Und sie sah, dass ‚*knight7*' immer über Internet-Cafés eingeloggt war. Merkwürdig! Internet-Cafés waren früher groß in Mode gewesen – als noch nicht alle über PCs verfügten. Oder über internetfähige Handys. Seit man von jedem Smartphone das Internet erreichen konnte, waren Internet-Cafés auf dem absteigenden Ast. Aber, für diejenigen, die ihre Identität verschleiern wollten, waren Internet-Cafés natürlich eine gute Möglichkeit. Und wenn ‚*knight7*'zu derartigen Verschleierungen griff, dann sagte das auch schon was. Sie glaubte, einen zumindest diskussionswürdigen Anhaltspunkt gefunden zu haben. Aber das konnte bis morgen warten.

Und am Abend erzielte sie einen echten Treffer. Martin Lesberger war der Busfahrer gewesen, der vor Jahren den abgestürzten Unglücksbus gelenkt hatte. Jener Bus, der von der Firma S.Katz serviciert worden war – wahrscheinlich vom Mechaniker Friedhelm Schmidt. Bei diesem Unfall waren sieben Menschen um's Leben gekommen. Sie loggte sich – wie schon ein paar Mal am heutigen Tag – in die Polizeidatenbank ein, um Näheres zu erfahren. Aber es gab keine Akte zu dem Fall. Sie war überzeugt, dass sie diese Akte brauchten. Das Ganze war damals sicher als Verkehrsunfall abgehandelt worden. Es kamen also entweder das Bezirkspolizeikommando Kirchdorf oder das Bezirkspolizeikommando Steyr-Land in Betracht. Wohl eher Steyr Land. Und wenn es zu einer Verhandlung gekommen war – wovon bei sieben Toten auszugehen war – dann war wohl das Bezirksgericht Steyr zuständig gewesen. Das erklärte auch das Fehlen der Akte in der Datenbank. Steyr war noch nicht zur Gänze digitalisiert. Am Sonntag Abend erreichte sie sowohl beim Bezirkspolizeikommando als auch beim Bezirksgericht nur den Journaldienst. Sie hinterließ die Bitte mit dringenden Rückrufen am Montag früh.

Ja, sie sollte wohl ehestens Arno verständigen. Arno hob aber nicht ab. Das war nicht weiter unverständlich, denn es war bereits nach 20 Uhr. Wahrscheinlich war er wo, wo er nicht telefonieren konnte. Sie verschickte eine SMS.

20.07 ‚*hab was gefunden, bitte um rückruf*'

Da sie keinen Rückruf erhielt, versandte sie noch zwei SMS.

20.48 ‚*hab was gefunden, bitte ruf mich dringend zurück*'

21.22 ‚*arno, hier ist Ute. Bitte ruf mich dringend an*'

Kein Rückruf. Musste eben bis morgen warten.

**

Was gestern über ihr Gesicht gelaufen war, waren keine kleinen Tiere, keine Spinnen. Es war Blut gewesen. Als sie sich die Stirn gestoßen hatte. Das hatte sie gemerkt, als einige Blutstropfen ihren Mund erreicht hatten. Hatte es gerochen. Und geschmeckt.

Ihre Stirn hatte schon lange zu bluten aufgehört. Sie musste überlegen! Denk nach! Denk nach! Was sollte sie jetzt tun? Sie war in irgendeinem… Ja was? In einem Ding mit Felswänden. In einer Höhle? Aber jede Höhle hatte einen Ausgang. Und den musste sie finden! Um eine Chance zu haben… Die Chance, nicht zu verdursten.

Wieder stand sie auf. Sie war zu dem Schluss gekommen, dass sie immer an der Wand entlang laufen musste. Also musste sie mit der Schulter ständig Kontakt mit der Wand halten. Und vorsichtig gehen. Jedenfalls nicht hastig.

Jetzt setzte sie einen Schritt nach dem anderen. Vorsichtig. Wie in Zeitlupe. Und sie schien voran zu kommen. Beschloss, die Schritte zu zählen. Wieviele hatte sie schon gemacht. Vielleicht fünfzehn? Oder zwanzig? Also machte sie bei einundzwanzig weiter. Ein Schritt nach dem anderen. Nach fünfzig Schritten machte sie eine Pause. Setzte sich auf den kalten Boden. Sie lauschte. Hatte sich irgendetwas verändert? Konnte sie irgendetwas hören? Sehen? Fühlen? Nichts hatte sich verändert. Absolute Stille. Absolute Dunkelheit. Wahnsinns-Durst.

Mühsam stand sie wieder auf und machte weiter Schritt für Schritt. Mit auf den Rücken gefesselten Händen. Immer wieder ging ihr durch den Kopf, dass sie nicht wusste, wer sie gefesselt hatte. Meli und Sandra waren es nicht gewesen. Das hatte sie inzwischen eingesehen. War es Kevin gewesen? Nein, Kevin würde so etwas nie tun! Warum sollte er auch? Aber wer war es dann gewesen. War sie irgendeinem Verbrecher in die Hände gefallen? Ein Sittlichkeitsverbrecher? Warum hatte ihr Kevin nicht geholfen?

Nach hundert Schritten machte sie wieder eine Pause. Ihre Beine schmerzten. Das kam von den verkrampften Zeitlupenschritten. Bald machte sie sich wieder auf den Weg.

**

Der Bauch war voll. Der Geist leicht von Most umnebelt. Sie waren schon vorzeitig auf ihre Plätze gegangen. Im Musiktheater. Carmina Burana. Carl Orff. Arno Rack war ja eher ein Kulturmuffel, aber ab und zu musste er sich doch zu einer Dosis Kultur bereiterklären. Seine Frau Karin und er waren mit ihren Freunden Fritz und Susi, Maria und Hermann, Gigi und Max, sowie Evi und Fritz am Nachmittag bei einem Mostbauern gewesen. Er hatte einen herrlichen kalten Schweinsbraten gegessen.

Es würde noch ein paar Minuten dauern, bis die Vorstellung begann. Das Theater füllte sich nur langsam. Arno war im Entspannungsmodus. Gestern hatte er sich den ganzen Tag mit ihren Fällen herumgeschlagen. Er hatte Karten mit den Namen der Beteiligten angelegt, hatte versucht, Zusammenhänge zu erkennen, hatte den ganzen Tag die Karten hin- und hergeschoben, war zu keinen neuen Erkenntnissen gekommen. Außer ein paar wilde und verworrene Gedanken, die er vielleicht einmal weiterverfolgen sollte. So hatte er den Samstag frustriert verbracht. Aber heute hatte er den Rat, den er seinen Mitarbeitern erteilt hatte, auch selbst beherzigt. Hatte nicht gearbeitet. Hatte ein herrlich langes Frühstück und einen faulen Vormittag genossen.

Die Plätze waren schon fast voll. Bald würde es losgehen. Bald würde die Tondbandstimme ertönen, die das Publikum ermahnte, die Handies auszuschalten. Vorsichtshalber fragte Fritz gleich jetzt mal in die Runde »habt ihr eh alle das Handy ausgeschaltet?«.

Wer heutzutage etwas auf sich hielt, hatte sein Handy immer und überall dabei. Man war immer und überall für jeden erreichbar - wenn man mit dem Anrufer nicht sprechen wollte, konnte man ihn ja *abweisen*. Praktisch. Und man konnte immer und überall jeden anrufen, mit dem man grad sprechen wollte - meist wurde man ohnedies *abgewiesen*. Obwohl das Telefonieren ja immer mehr in den Hintergrund trat. Fast schon wichtiger waren heutzutage die SMS, MMS und WhatsApps. Auch dienstlich, da auf diese Weise in Sekundenschnelle Info

und Fotos übertragen wurden. Aber es gab eindeutig Handy-Todsünden: wenn das Handy während einer wichtigen Besprechung zu klingeln begann, oder während eines Vortrags, oder im Kino, oder im Theater – so wie heute.
»Habt ihr eh alle das Handy ausgeschaltet?« Das hätt‘ ich fast vergessen, dachte Arno. Er musste seines ja auch noch ausschalten. Der Griff in die Hosentasche. Aber da war‘s nicht. Na, wohl in der anderen. Da war’s aber auch nicht. Nicht in der linken Sakkotasche und auch nicht in der rechten. Nicht im Hemdtascherl. Es war: nirgends.

Mein Gott, wo war sein Handy? Sie waren beim Mostbauer… da hatte er es noch gehabt. Natürlich, dort musste er‘s vergessen haben! Wahrscheinlich lag‘s dort immer noch auf dem Tisch. Und er hatte es nicht einmal ausgeschaltet! Da konnte ja jeder, der es fand, damit herumtelefonieren! Irgendjemand würde schon mit seinem Freund in New York telefonieren – oder mit seinen Verwandten in Singapur, Sydney, London, Paris..... Oder mit einer Sex-Hotline! Mit einer kostenpflichtigen!

Was tun? Arno überlegte, gleich wieder zum Mostbauer hinauf zu fahren. Vielleicht lag sein armes, verlassenes Handy noch dort. Oder sollte er nicht schleunigst beim Mostbauer anrufen, dass man sein Handy - sofern es noch da war - in Sicherheit brachte?

»Hat jemand die Nummer vom Mostbauern?«

Niemand in diesem verdammten Theater hatte die Nummer. Was konnte er sonst machen? Und dann passierte das, was man sich in den Momenten größter Hilf- und Ratlosigkeit am meisten ersehnte. Hoch vom Himmel her sauste ein Geistesblitz hernieder. Die Überdrüber-Idee: das eigene Handy anrufen! Irgendjemand würde schon abheben.

»Fritz, bitte borg mir dein Handy«. Bald würde die Vorstellung beginnen, dann konnte er nicht mehr telefonieren. In fliegender Hast wählte Arno seine eigene Handy-Nummer. Wer würde abheben? Hob ein Böser ab? Dann würde dieser sagen, dass er ihn mal konnte, er sollte doch aus der Leitung gehen, er musste jetzt dringend mit Anchorage telefonieren. Oder hob ein Guter ab? Er würde ihm sagen, dass er sein Handy schon in

Sicherheit gebracht hatte, dass er sich jetzt gleich ins Auto setzen würde, um ihm das Handy zu bringen.

Endlich. Die Verbindung war hergestellt. Gleichzeitig begann im Theater ein Handy zu läuten. Komisch, das war der gleiche Klingelton, wie bei seinem eigenen Handy. Und es klang so nah. Eigentlich ganz nah. Wie gab's denn das? Das Klingeln schien aus seinem Sakko zu kommen. Besser gesagt aus der Innentasche seines Sakkos. Bis er das Scheißding endlich mit fliegenden Fingern herausgenestelt hatte und auf den rettenden roten Knopf gedrückt hatte, hatte das blöde Trumm schon fünf oder sechs Mal geläutet.

In der Reihe vor ihnen hatten sich mittlerweile alle Theaterbesucher zu ihm umgedreht und blickten ihn vorwurfsvoll an. Aber auch die Reihe davor und die davor und die davor.... Alle hatten diesen befremdeten Gesichtsausdruck, die Augenbrauen vorwurfsvoll hochgezogen. Einige grinsten hämisch. Das Licht ging aus, weil die Vorstellung begann. Arno hatte das Gefühl, dass sein hochroter Bluzer den Saal mühelos ausleuchtete.

Tief ein- und ausatmen! Beruhigen! Ist ja nichts geschehen. Hatte er jetzt eh auf lautlos gestellt? Er vergewisserte sich nochmals. Jetzt endlich konnte er sich der Musik widmen.

Montag, 12. Dezember

Als um 06.00 Uhr der Wecker läutete, erreichte Arno nur mit Mühe einen halbwegs wachen Zustand. Gestern war es später geworden. Nach der *Carmina Burana* hatten sie noch einen Drink genommen – oder waren es zwei oder drei gewesen? Jedenfalls hatte er nicht genügend Schlaf bekommen. Er hatte den Eindruck, dass er immer mehr Schlaf brauchte, je älter er wurde. Gerne hätte er sich im Bett nochmals umgedreht, aber es half nichts, er hatte um 08.00 einen Termin beim Staatsanwalt, also musste er aus den Federn. Wenn er gewusst hätte, was ihn heute erwartete, wäre er wohl lieber im Bett geblieben.

Für ein gemütliches Frühstück war keine Zeit, nicht einmal für ein normales. Arno kippte den Espresso hinunter, warf seiner Frau noch ein *‚bis heut Abend'* zu und war auch schon auf dem Weg zum Auto. Es staute mal wieder. Die Verkehrssituation war in Linz ohnedies schon seit Jahren unerträglich gewesen, seit dem Abriss der Eisenbahnbrücke war sie schlichtweg katastrophal. Für einen Weg, für den er unter Tags 10 Minuten benötigte, brauchte er in der Stoßzeit über eine halbe Stunde. Er würde es nur knapp zu seinem Termin schaffen.

Er kontrollierte sein Handy und erinnerte sich, dass er es gestern auf lautlos gestellt hatte. Er hatte vergessen, es wieder zurückzustellen. Ein verpasster Anruf – er war von Ute – und drei SMS. Alle waren von Ute, mit der Bitte um Rückruf. Er rief sie auf dem Handy an.

»Hallo Arno, danke, dass du zurückrufst. Ich glaube, ich hab was gefunden.«

Sie berichtete von *katz99* und *knight7* und ihrem Verdacht, dass das mit dem Verschwinden der jungen Katz zusammenhing. Und dass Martin Lesberger der Fahrer des Unglücksbusses gewesen war und dass sie gestern Abend noch die Akte angefordert hatte.

»Gute Arbeit, Ute«, lobte sie Arno, »bitte bleib dran, dass wir die Akte so bald als möglich bekommen. Und lass Lesberger holen, wir müssen nochmals mit ihm reden. Diese katz99-Sache…? Bist du schon in der Arbeit?«

»Ja.«

»Ist Toni auch schon da?«
»Ja.«
»Gib ihn mir bitte.«
»Ja, Arno, hier Toni, was kann ich für dich tun?«
»Toni, lass dir von Ute alles über *katz99* und *knight7* berichten. Informiere dann die *Fahndung* und frag gleich, ob sie einer offiziellen Kooperation zustimmen. Und fahr zu Sabine Katz und frag sie, ob ihr *katz99* oder *knight7* was sagen. Und setz dich mit der ‚*6er*' in Verbindung, ob sie uns mit den Servern helfen können…«
»Ähhhh, Arno,… das mit der Fahndung… dass ICH das mache… ähhh… hältst du das für eine gute Idee?«
»Traust du dir's nicht zu?«
»Ähhh… ich glaube schon…«
»Na, dann! Toni, du hast niemanden etwas getan. Du hast damals einen Fehler gemacht – und musstest die Konsequenzen tragen. Du musst endlich in das normale Leben zurückfinden. Wo ist denn dein Selbstbewusstsein hingekommen?«
»Schon gut, schon gut. Passt ja eh, Papa… Ich melde mich, wenn ich was hab.«
»Gut. Bis später.«
Arno hatte keine Zeit mehr, über diese neuen Informationen nachzudenken. Er war inzwischen am Ziel. Parkte seinen Wagen ein und lief hoch ins Büro des Staatsanwalts.

**

»He Sanie, was ist denn mit dir passiert?« fragte Toni Quasser, als Sanie ins Büro kam.
»Nichts. Was meinst du?«, fragte Sanie Detr zurück.
»Na, das da. Das Pflaster auf deiner Wange.«
»Hab mich gestoßen.«
»Gestoßen?«
»Ja, gestoßen.«
»Wo? Wie kann man sich an der Wange stoßen?«
»Toni, das geht dich nichts an.«
»Das geht mich nichts an? Ich bin dein Kollege.«
Sanie seufzte.

»Na los, raus mit der Sprache. Was ist geschehen?«

Wieder seufzte Sanie.

»Ich wurde in der Altstadt überfallen.«

»Was?«

»Beruhige dich. Es ist nichts passiert. Ich hab ihm zwischen die Beine getreten. Dann ist er abgehauen.«

»Und dein Gesicht?«

»Das war nicht der…«

»Sondern?«

»Die Polizei.«

»Die Polizei!?!?!«

»Naja, die zwei haben geglaubt, ich sei eine Asylantin… Haben sie gesagt.«

»Und?«

»Sie haben mich zu Boden geworfen, fixiert, getreten und haben mir Handschellen angelegt.«

»Getreten?«

»Naja, es ist ja nichts passiert. Die Rippen tun mir halt ein wenig weh. Und die Schramme auf der Wange vergeht wieder.«

»Wie ist das dann weitergegangen?«

»Als sie meinen Dienstausweis gesehen haben, waren sie ganz kleinlaut. Ich bin mit dem Taxi nach Hause gefahren.«

»Du hast noch keine Anzeige gemacht?«

»Nein.«

»Warum nicht? Das hättest du gleich machen sollen. Dann machen wir das gleich jetzt. Hast du die Namen der Polizisten«

»Nein, das will ich nicht.

»Was? Sanie, so geht das nicht. Du musst Anzeige erstatten. Wir können das nicht so durchgehen lassen. Das bringt die Polizei – uns alle – in Verruf. In der Öffentlichkeit redet man eh schon lange, dass bei der Polizei viele *Rechte* sind.«

»Ja, aber das stößt nicht nur auf Ablehnung, wie du weißt. Sondern auch auf sehr viel Zustimmung.«

»Aber gewaltbereite Polizisten… Das geht nicht. Sanie, du musst Anzeige erstatten. Die beiden müssen zur Rechenschaft gezogen werden.«

»Und was würde das ändern?«

»Ob das was ändert weiß ich nicht. Aber wenn niemand mehr etwas unternimmt, weil sich ‚eh nichts ändert', dann ändert sich wirklich niemals was. Wir dürfen bei sowas nicht wegschaun.«

»Weißt du was, Toni? Ich hab mich eben entschlossen. Ich werde mit den beiden reden.«

»Reden?«

»Ja, ich werde die beiden auf ein Bier einladen und mit ihnen die Sache besprechen. Dann sehe ich ja eh, wie sie sich verhalten.«

»Aber…«

»Du Toni, ich will jetzt nicht mehr darüber sprechen.«

»Okay, ich muss ohnedies rüber zur Fahndung.«

**

»Guten Morgen, Herr Chefinspektor«, wurde Arno von Dr. Osen begrüßt – nicht ohne einen auffälligen Blick auf die Uhr zu werfen. Es war 08.02 Uhr.

»Guten Morgen, Herr Staatsanwalt«, antwortete Arno.

»Sie haben zwei offene Fälle. Lesberger und Meischl. Was gibt's dazu Neues?«

»Vielleicht ist der Schmidt-Fall auch noch offen.«

»Was? Der Schmidt-Fall ist abgeschlossen!«

»Es gibt da Zusammenhänge… Eventuell auch noch mit einem vierten Fall. Dem, der vermissten Celine Katz.«

»Celine Katz? Davon weiß ich nichts. Was ist damit?«

»Das ist vorerst nur ein Vermissten-Fall. Wir ersuchen grad um Kooperation mit der Fahndung?«

»Wieso weiß ich davon nichts?«

»Hat sich erst vor 10 Minuten ergeben.«

»Und was soll das mit dem Schmidt-Fall? Der ist abgeschlossen.«

»Wir haben Zusammenhänge zwischen den vier Fällen hergestellt.«

»Welche Zusammenhänge?«

Arno berichtete, dass Friedhelm Schmidt früher als Mechaniker bei der Firma Katz gearbeitet hatte und Helena

Meischls Bruder Mike Ganneder im Wettmafia-Fall verhaftet worden ist.

»Und wo ist der Zusammenhang mit dem Lesberger-Fall?«

»Der ist vorerst nur sehr lose. Der Sohn der Ermordeten, Martin Lesberger, war Fahrer eines Busses, der in der Firma Katz serviciert wurde.«

Dass das ein verunglückter Bus mit sieben Toten gewesen war, behielt Arno vorerst für sich. Darüber war er sich noch nicht im Klaren. Er brauchte Zeit zum Nachdenken.

»Ist das nicht etwas weit hergeholt?«, fragte der Staatsanwalt.

»Ja, das geb‘ ich zu. Aber wir müssen diesen Spuren nachgehen.«

»Herr Rack, ihre Berichte treffen bei mir nur sehr spärlich ein. Ich will ab sofort zeitnah informiert werden. Der Oberstaatsanwalt sitzt mir im Nacken. Zwei ungeklärte Fälle! Ihm und dem Landespolizeidirektor macht die Presse schön langsam die Hölle heiß. Können wir nicht wenigstens den Meischl-Fall abschließen? Es sieht alles nach erweitertem Suizid aus.«

»Auf den ersten Blick könnte es so aussehen. Aber… wie gesagt, wir haben Hinweise, denen wir nachgehen müssen. Dazu brauchen wir noch Zeit.«

»Zeit ist das, was wir nicht haben. Wir brauchen Ergebnisse!«

»Tut mir leid, aber wir können den Meischl-Fall nicht abschließen. Und wir werden den Schmidt-Fall wieder aufmachen müssen.«

»Sind Sie verrückt? Kommt überhaupt nicht in Frage. Dann hätten wir ja drei offene Fälle. Unmöglich!«

»Na gut, dann lassen Sie uns arbeiten.«

»Ich will ab sofort täglich einen Bericht.«

»Jawohl«, sagte Arno zu, obwohl er genau wusste, dass das zeitlich nur schwer zu schaffen war.

**

Toni wusste eigentlich nicht so recht, warum er gegenüber den Mitarbeitern *seiner* alten Abteilung, dem *Assistenzbereich LKA 1, Fahndung*, solche Hemmungen hatte. Aber es war wohl der Tatsache geschuldet, dass er einst Leiter dieses Bereichs gewesen war. Er hatte dort zwar keine Freunde, aber alle behandelten ihn korrekt, teilweise sogar mit Respekt. Kurz entschlossen griff er zum Telefon und ließ sich einen kurzfristigen Termin beim Leiter der *Fahndung* geben. Den bekam er in 20 Minuten.

Das mit *katz99* und *knight7* war schon eine merkwürdige Sache. Wie ihm Ute erzählt hatte, hatte sie die beiden Nicknames in einem Chatroom gefunden. Aus seiner früheren Tätigkeit in der *Fahndung* wusste er, dass es durchaus nicht ungewöhnlich war, dass persönliche *Dates* aus den Chats entstanden – und dass dabei immer wieder kriminelle Hintergründe festgestellt wurden. Es schien also möglich, dass die 12jährige Celine Katz Opfer eines Pädophilen geworden war. Er überlegte kurz, ob er vor seinem Termin noch in die ‚*6er*' runterlaufen sollte, in den Assistenzbereich LKA 6, IT-Beweissicherung, um dort gleich um Hilfe zu ersuchen. Er besann sich dann aber anders, denn das war schließlich Aufgabe der *Fahndung*.

»Herr Hagge«, sagte Toni kurz darauf zum Leiter der Fahndung, »im Auftrag von Arno Rack ersuchen wir um offizielle Kooperation im Vermisstenfall Katz.«

»Aha, warum?«

»Wir bearbeiten derzeit mehrere Todesfälle, die teilweise offen, teilweise abgeschlossen sind. In diesen Fällen gibt es Zusammenhänge, die bis zum Vermisstenfall Katz reichen.«

»Aha.«

»Im Zuge unserer Recherchen ist gestern auffällig geworden, dass sich in einem Chatroom eine *katz99* mit einem *knight7* unterhalten hat.«

»Aha.«

Der Tonfall von Peter Hagge ließ nun deutliches Interesse erkennen.

»Und auffällig ist dabei, dass *katz99* von einem Liwest-Server kommt und *knight7* von verschiedenen Servern von oberösterreichischen Internet-Cafés.«

Toni hatte nun Hagges uneingeschränkte Aufmerksamkeit.

»Das heißt also… vielleicht… dass *knight7* ein Treffen angebahnt hat…? Oder die kleine *katz99*… also die Celine Katz… hat ein Treffen angebahnt…? Oder hat sich die Celine einfach nur mit dem *knight* getroffen…? Ist mit ihm abgehauen…? Oder der *knight* hat die *katz* entführt? Oder es hat gar kein Treffen gegeben…? Sondern nur einen Chat…? Oder die *katz99* hat gar nichts mit der Celine Katz zu tun…?

Toni erkannte, dass Hagge ein schneller Denker war. Einer, der blitzschnell kombinieren konnte und sich nicht zu bald auf eine Richtung festlegte.

»Herr Hagge, habt ihr schon neue Erkenntnisse im Katz-Fall? Handy-Ortung?«

»Keine Ortung möglich. Celines Handy ist ausgeschaltet. Aber wir haben die Auswertung der Gespräche bekommen. Ein typisches Teenie-Handy. Gespräche mit Schulfreundinnen. Mit denen haben wir gesprochen. Und Telefonate mit der Mutter. Und eine ganz unglaubliche Anzahl von SMS. Für die Auswertung des Handys der Mutter haben wir keine Genehmigung bekommen.«

»Sonst irgendwelche Fortschritte?«

»Die Suchmeldung ist draußen. Den paar Hinweisen, die eingegangen sind, sind wir nachgegangen. Sie haben zu nichts geführt. Eine Freundin von Celine namens Nina hat ausgesagt, dass Celine mit einem Internet-Freund angegeben hätte, den sie *‚ihren Ritter'* nannte… *Knight*…? Ritter…? Diese Nina hatte aber steif und fest behauptet, dass das gelogen war...«

Peter Hagge schwieg und dachte eine Weile nach.

»Aber in dem neuen Licht…«, fuhr er dann zögernd fort, »war das vielleicht gar nicht gelogen…? Gar nicht angegeben…?«

Wieder schwieg er einige Zeit nachdenklich.

»Naja, jedenfalls… Celines übrige Freundinnen wissen nichts – oder geben vor, nichts zu wissen. Es gibt da einen Vater… Wir haben ihn in Belgien ausgeforscht. Er lebt dort seit 10 Jahren. Ist verheiratet, hat drei Kinder. Er wusste nichts von einer Tochter in Österreich… Wir haben also rein gar nichts…

»Außer dem *knight7*«, warf Toni ein.

»Wir werden nochmal mit dieser Nina reden.«

»Was dagegen, wenn ich nochmals mit Sabine Katz spreche?«

»Nein, nur zu. Aber… wenn das jetzt auf eine offizielle Kooperation hinausläuft, möchte ich schon noch mehr Details Ihrer Todesfälle haben.«

Toni berichtete von den Fällen, von den Ermittlungsergebnissen und ihren Vermutungen.

»Kooperation okay«, meinte schließlich Hagge. »Ich möchte Kopien Ihrer Akten haben. Und informieren Sie uns sofort, wenn's was Neues oder Interessantes gibt.«

Sie vereinbarten, dass Hagge die *‚6er‘* um Hilfe bat, *katz99* Celine Katz zuzuordnen. Weiters würden sie in den Internet-Cafés nachforschen, in denen *knight7* tätig war.

**

Hatte sie geschlafen? Das konnte sie sich eigentlich nicht vorstellen. Wie hätte sie jetzt an Schlaf denken sollen? Andererseits war sie so müde gewesen… Nach dreihundertachtzig Schritten…

Sie musste unbedingt etwas trinken! Unbedingt! Aber woher? Wie? Sie musste weiter. Musste den Ausgang finden. Sie nahm den letzten Gedanken vor dem… – Schlaf? – wieder auf. Was ist, wenn ich ständig im Kreis gehe? Dann gehe ich wahrscheinlich, bis ich vor Durst umfalle. Ich gehe, bis ich verdurste. Sie hatte keine Ahnung, ob sie im Kreis ging. Hatte keinerlei Orientierung. Ein paar Mal war sie zu einem Knick in der Mauer gekommen. Mal ein Knick nach rechts, mal einer nach links. Sie hatte keine Ahnung, ob es sich um Abzweigungen handelte oder ob die Höhle – oder der Gang? – nur eine Kurve machte. Sie versuchte nur immer weiter, die linke Schulter an den Steinwänden zu halten. Sie glaubte, das wäre die beste Chance, nicht im Kreis zu gehen.

Nach eintausendzweihundert Schritten sank sie zu Boden. Erschöpft. Vollkommen erschöpft. Schloss die Augen.

Sie war in einen See gefallen. Wie hatte ihr das nur passieren können? Sie erinnerte sich nicht. Aber sie war eine gute Schwimmerin. Über sich sah sie den blauen Himmel. Und die Sonne. Der See war glasklar. Glasklares Wasser! Kaltes Wasser! Das man trinken konnte. Während sie schwamm, versuchte sie zu trinken. Es gelang ihr nicht. Immer weiter öffnete sie den Mund. Aber kein Wasser drang ein. Versuchte mit ihren Lippen das Wasser anzusaugen. Nichts. Ihre Beine wurden schwer. Ihre Arme wurden schwer. Langsam versank sie in den Fluten. Versank im glasklaren Wasser. Hatte den Mund weit geöffnet. Versuchte gierig, das klare Wasser in sich hineinzusaugen…

**

Ute Ruhs war immer noch fasziniert von ihrer Idee, dass alle Fälle irgendwie mit diesem Bus zusammenhingen. Sie hatte schon die wildesten Spekulationen angestellt. Aber logisches Bild wollte sich dabei keines ergeben. Sie brauchten die Akte. Und sie hatte noch immer keinen Rückruf erhalten. Ein Anruf beim Bezirksgericht in Steyr brachte nichts. Immer noch nur der Journaldienst. Also Anruf beim Bezirkspolizeikommando. Dort wurde sie mehrmals verbunden, bis sie endlich an der richtigen Stelle war. Mittlerweile hatte sie ihr Anliegen schon dreimal erklärt. Sie konnte alles schon auswendig herunterleiern. Und ihr Tonfall war mittlerweile schon etwas unwirsch geworden. Als man ihr dann erklärte, dass die Akten *in den nächsten Tagen* herausgesucht würden, explodierte sie.

»Ticken sie eh noch richtig? Ich habe Ihnen gerade erklärt, dass wir die Akten dringendst brauchen. Verstehen Sie? Dringendst! Soll ich Ihnen das buchstabieren?«

»Ich glaube, Sie vergreifen sich etwas im Ton«, wies sie ihr unbekannter Gesprächspartner zurecht. Ute atmete ein paar Mal tief durch.

»Ja, Sie haben recht. Ich entschuldige mich. Können Sie mir helfen? Wie komme ich am schnellsten zu den Akten? Ich kann mich ins Auto setzen und sie direkt bei Ihnen abholen… Wissen Sie, es ist für uns ungeheuer wichtig. Es gibt da vielleicht einen Zusammenhang mit mehreren ungeklärten Mordfällen.«

»Naja… ich könnte ja mal schauen… Warten Sie… Ich könnte sie heute Vormittag im Archiv suchen. Wenn Sie nach der Mittagszeit, so um 14 Uhr hier sind… Und wenn Sie die Akten gleich selber kopieren könnten – wir sind momentan etwas knapp an Personal…«

»Ja, das ist ein guter Vorschlag. Vielen Dank. Ich werde um 14 Uhr bei Ihnen sein. Und wenn Sie mir Ihren Kopierer zur Verfügung stellen, dann wär das ganz super.«

»Okay, also dann bis 14 Uhr.

Ute lief zu Arnos Büro hinüber. Er war noch nicht da. Sie legte ihm einen Zettel auf den Schreibtisch, dass sie die Akten selbst holen würde und dass sie sie dann am Abend schon hätten.

**

Nach seinem nicht sehr erfreulichen Gespräch mit Staatsanwalt Osen hatte sich Arno in seinem Café in der Kaplanhofstraße ein kleines Frühstück gegönnt. Er war auf dem Weg ins Büro, als sein Handy klingelte. Er meldete sich.

»Arno, hier ist Toni. Die Kooperation mit der Fahndung ist perfekt. Und stell dir vor, eine Freundin von Celine Katz hat ausgesagt, dass Celine von einem Internet-Freund gesprochen hat, den sie ‚*Ritter*' nannte«.

»Ja, und…?«, fragte Arno, der nicht sofort begriff.

»Na, Ritter und Knight… *Knight7*. Versteht du?«

»Ahhhh… Da dürfte Ute wirklich was gefunden haben.«

»Die Fahndung bittet jetzt die IT um Hilfe. Ich fahre jetzt zu Sabine Katz.«

»Okay. Wen nimmst du mit?«

»Wen nehme ich mit?«

»Ja, wen nimmst du mit?«

»Niemanden nehm' ich mit. Warum?«

»Toni, du weißt doch von meiner Anweisung, dass alle Außenrecherchen nur zu zweit gemacht werden.«

»Ähhhh… Warum denn?«

»Toni, wir haben eine tote Lesberger, eine tote Schmidt, drei tote Meischls. Fünf Tote. Da draußen laufen wahrscheinlich mehrere brutale Mörder herum. Und vielleicht ein Entführer. Aber ich muss dir das doch nicht wirklich erklären. Meine Anweisung muss doch genügen. Oder?«

»Nein, natürlich nicht, Chef«, sagte Toni kleinlaut, »ich nehm' natürlich jemanden mit, jemanden, der Zeit hat.«

»Alles klar, melde dich, wenn's was Neues gibt. Ach ja, und gib das mit der Freundin von Celine an Johann Tampf durch – er ist unsere Nachrichtenzentrale.«

»Okay, bis später«, verabschiedete sich Toni.

**

Johann Tampf blickte verwirrt auf den Bildschirm. Ihre moderne Büroorganisation brachte es mit sich, dass er jedes Fax, das hereinkam, gleichzeitig auch als E-Mail auf seinen Computer bekam. Was er hier sah, war nicht logisch. Das konnte nicht ihnen gehören, das musste wohl eine Fehlleitung sein. War wohl für den AB 8, ‚*Kriminalpolizeiliche Untersuchung*' gedacht? Aber die Adressierung war eindeutig: *EB LKA 1 Leib/Leben*. Nochmals überflog er die Anzeige gegen Unbekannt, ausgestellt vom Hohipera-Krankenhaus, Intensivstation. Da stand, dass ein Patient mit schweren Vergiftungserscheinungen betreut wurde. Okay, wenn er ‚betreut' wurde, dann war er nicht gestorben – und dann ging das die LKA-Mordgruppe überhaupt nichts an. Das war ja doch die Höhe, jetzt bekamen sie schon eine Anzeige, wenn jemand die falschen Schwammerl verspeist hatte. Vergiftungserscheinung! Pha! Eigentlich wollte er die Anzeige kommentarlos an die ‚*8er*' weiterleiten. Aber irgendwie interessierte ihn die Sache dann doch. Er suchte die Telefonnummer des *Hohipera* heraus und ließ sich mit der Notaufnahme verbinden. Nein leider, der behandelnde Arzt, der die Anzeige aufgegeben hatte, war momentan nicht erreichbar. Nein, da konnten sie am Telefon leider keine Auskünfte erteilen. Irgendwas drängte Johann dazu, Arno zu informieren. Er rief ihn am Handy an. Arno war nicht besonders interessiert. Er meinte, sie hätten ohnedies gerade genug zu tun. Aber wenn Johann jemanden fand, der Zeit hatte, dann sollte er ihn ins *Hohipera* schicken.

Johann erfuhr, dass heute nicht der Tag war, an dem er jemanden begeistern konnte. Aber schließlich erklärte sich Kai bereit, im Krankenhaus vorbeizuschaun, um die Sache aufzuklären.

**

Emma Till hatte am Wochenende nur den Sonntag mit ihrem Freund verbracht. Sie hatten sich einen gemütlichen Tag gegönnt. Aber ganz abschalten hatte sie nicht gekonnt. Die Meischls geisterten ihr immer noch im Kopf herum. Den ganzen Samstag über war sie mit Kai Pirinner nochmals alle bekannten Tatsachen durchgegangen, hatten Aussagen und Akten zum x-ten Mal gelesen und interpretiert. Und sie hatten Theorien aufgestellt – einfache, naheliegende, logische, gewagte, verrückte, unhaltbare. Sie hatten sie diskutiert, verteidigt, verworfen. Und letztendlich hatten sie sich auf ein Ergebnis geeinigt, das sie jetzt dokumentieren würde.

Die Theorie eines Suizides, oder erweiterten Suizides, war nach dem derzeitigen Ermittlungsstand nicht haltbar. Die aufgefundene DNA ließ den unwiderlegbaren Schluss zu, dass beim Ablauf der Ereignisse im Hause Meischl neben Vincent und den beiden Kindern noch eine vierte Person anwesend gewesen war. Und diese Person war nicht Helena Meischl, weil es höchst unwahrscheinlich war, dass sie von Innsbruck kurzfristig nach Pichling zurückgekehrt war und weil die gefundene DNA nicht mit ihrer übereinstimmte. Ebenfalls aus diesem Grund war diese vierte Person auch nicht Helenas Bruder Michael »Mike« Ganneder. Gegen einen Suizid sprach auch, dass dafür keinerlei Motive erkannt werden konnten. Es gab weder Hinweise auf eine psychische Erkrankung von Vincent Meischl, noch gab es Zerwürfnisse, Streitereien, Zwistigkeiten – jedenfalls konnten bei der Befragung von über dreißig Personen keinerlei Hinweise darauf festgestellt werden. Der Schluss lag also nahe, dass es sich um einen Dreifachmord handelte. Was zu der weitaus schwierigeren Frage nach dem Mörder führte. Obwohl es noch zahlreiche ungelöste Detailrätsel gab: Die als gestohlen gemeldete Tatwaffe stammte ursprünglich aus Holland, der zwischenzeitliche Besitz war ungeklärt. War das ein Hinweis auf internationale Verbindungen? Und wenn ja, war das ein Zusammenhang mit der international agierenden ostasiatischen Wettmafia. Ein weiteres Rätsel war die DNA auf der Tatwaffe. Wie kam sie auf den Revolver? Außer dieser DNA gab es keinerlei Spuren von einem Täter. Es musste sich um einen sehr umsichtig und vorsichtig agierenden Täter handeln, wenn es ihm gelang, keinerlei Spuren zu hinterlassen. Warum aber dann die so offensichtliche DNA-Spur?

Emma und Kai hatten sich noch am Samstag mit Anna und Nico in Verbindung gesetzt – wegen der Frage nach der Beteiligung der Wettmafia. Anna hatte gesagt, dass sie und Nico zu dem Schluss gekommen waren, dass die Wettmafia in ihren Fällen keine entscheidende Rolle spielte. Wenn also die Wettmafia als Täter ausschied – wer kam dann als Täter in Betracht? Im Bekannten- und Verwandtenkreis von Vincent und Helena Meischl waren keine Personen mit Gewaltbereitschaft identifiziert worden. Des Weiteren waren nicht einmal Ansatzpunkte für Motive erkennbar. Somit verblieben folgende zwei Möglichkeiten: entweder es handelte sich um einen Täter aus dem Umfeld oder mit zumindest losen Verbindungen zur Familie Meischl mit einem bisher noch unbekannten Motiv oder es handelte sich um einen Psychopaten der – sozusagen rein zufällig – für seine Tat eine Familie aussuchte, ohne die geringsten Verbindungen zu haben. Der durchaus beunruhigende Zusatzgedanke war, dass diese beiden Tätertypen auch für die Morde an Magdalena Lesberger und Luisa Schmidt in Frage kamen.

Der Bericht wurde abgeschlossen mit der Anmerkung, dass das Ergebnis auf wahrscheinlichen Annahmen und scheinbar logischen Schlüssen beruhte.

Emma druckte den Bericht für die nächste Besprechung aus und sandte ihn als Vorabinfo per Mail an Arno und Johann.

**

Kai hatte sich Nico geschnappt, um im Hohipera-Krankenhaus nach der mysteriösen ‚Mord‘-Anzeige zu fragen. Mühsam fragten sie sich zu dem Arzt durch, der die Anzeige verfasst hatte.

»Ich habe nicht viel Zeit«, eröffnete der Arzt das Gespräch.

»Wir hätten nur die Frage, warum Sie eine Anzeige an die Mordgruppe des LKA geleitet haben, wenn der Patient lebt und bei Ihnen betreut wird?«

»Ahh, Sie meinen den ‚Rizin'?«

»Ist das der Name des Patienten?«

»Nein, ich meine die Rizin-Vergiftung, die vorgestern Abend eingeliefert wurde. Sie liegt auf der Intensiv.«

»Sie?«

»Ähhh… die Vergiftung. Ich meinte ‚er'. Er liegt auf der Intensiv.«

»Und warum eine Mord-Anzeige?«

»Na, üblicherweise wird Rizin nicht versehentlich eingenommen. Und ich habe auch noch nie von einem Fall gehört, bei dem Rizin für einen Suizid verwendet wurde.«

»Was ist Rizin?«

»Rizin wird aus dem Ricinus communis, aus der Familie Euphorbiaceae extrahiert…«

»Was? Können sie das auch allgemeinverständlich sagen? Sie sprechen mit dummen Polizisten.«

»Rizin wird aus den Bohnen des Wunderbaums gewonnen, der zur Familie der Wolfsmilchgewächse gehört. Normalerweise wird Rizinusöl daraus hergestellt.«

»Man kann es also nicht versehentlich einnehmen?«

»Wohl kaum.«

»Aber er – oder sie, die Vergiftung – liegt auf der Intensivstation?«

»Ja.«

Der Arzt blickte nervös auf seine Uhr.

»Und warum ‚Mord'? Er lebt doch?«

»Ja, er lebt noch. Wahrscheinlich bis zum Abend.«

»Was?«

»Er wird heute Abend oder in der Nacht sterben.«

»Warum tun Sie nichts dagegen?«

»Hören Sie, bei höheren Rizin-Dosen tritt der Tod fast ausnahmslos ein. Bei einer hohen Dosis, wie wir sie hier haben, wird der Tod etwa zwei Tage nach der Einnahme eintreten. Durch Kreislaufversagen. Agglutinierendes Protein führt zum Verklumpen der roten Blutkörperchen. Es gibt kein Gegengift.«

»Es gibt absolut kein Gegenmittel?«

»Nein. Und alle unsere Stabilisierungsmaßnahmen sind bei dieser hohen Dosis wirkungslos.«

»Daher die Mordanzeige?«

»Ja… Ich muss aber jetzt wirklich…«

»Sagen Sie uns bitte noch, wie er eingeliefert wurde.«

»Er wurde am Samstag Abend mit Übelkeit, Erbrechen, Durchfall und Krämpfen eingeliefert. Flüssigkeitsverlust… Er litt auch unter starker Schleimhautreizung in Mund und Rachen... nach Resorption Änderung der Syntheserate von essentiellen Enzymen, Schädigung von Niere, Leber, Magen, Darm… Wir können nichts für ihn tun… außer der Linderung seiner Schmerzen…«

Der Arzt sprach sehr schnell und abgekürzt. Man merkte ihm an, dass er im Stress war, wenig Zeit hatte.

»Kann man mit ihm sprechen?«

»Sicher. Aber ich muss jetzt wirklich.«

Der Arzt verschwand im Laufschritt. Kai und Nico besorgten sich die Daten des Patienten. Sein Name war Niklas Ortner, Pensionist, eingeliefert von Kamilla Pusch. Sie mussten Arno informieren.

**

Arno hatte gerade die E-Mail von Emma gelesen. Er saß tief in Gedanken versunken an seinem Schreibtisch. Der Bericht von Emma und Kai war logisch und kriminalistisch durchdacht. Aber er brachte sie nicht weiter. Und der gleiche Gedanke, der schon Emma und Kai beunruhigte, brachte auch ihn aus dem Gleichgewicht. Was, wenn es sich tatsächlich um ein und denselben Täter handelte? Dann hatten Sie einen Serientäter! Und wenn das an die Öffentlichkeit kam, war der Teufel los. Sein Handy läutete. Laut Display war es Kai.

»Hallo Kai, was gibt's?«, meldete er sich.

»Arno, ich rufe vom Hohipera-Krankenhaus an. Da ist tatsächlich was dran mit der Anzeige.«

»Und zwar?«

»Ein gewisser Niklas Ortner ist offensichtlich mit Rizin vergiftet worden, einem absolut tödlichen Gift.«

»Aha… Und gibt's dazu Einzelheiten?«

»Naja, dieser Ortner lebt noch. Aber es ist absolut sicher, dass er den heutigen Tag nicht überleben wird. Weil es kein Gegengift gibt. Aber der Arzt meint, dass wir mit ihm sprechen können.«

»Wartet auf mich, ich bin gleich dort.«

Arno hastete zu seinem Auto hinunter. Entschied sich dann aber anders. Das Krankenhaus konnte er zu Fuß erreichen. Und dann hatte er noch etwas Zeit zum Nachdenken.

Er ließ sich mittlerweile nicht mehr einreden, dass das rein zufällig nach Lesberger, Schmidt und Meischl der vierte Mordfall innerhalb kürzester Zeit war. Der sechste Tote! Er war inzwischen überzeugt, dass es da einen einzigen, übergreifenden Zusammenhang gab. Den mussten sie finden. Und wenn sie ihn gefunden hatten, dann hatten sie auch den oder die Täter.

Wieder läutete sein Handy. Es war Johann. Martin Lesberger würde um 15.00 zu einem weiteren Gespräch kommen. Gut, bis dahin würden sie die Akten über das Busunglück noch nicht haben. Aber Lesberger würde ihnen darüber Auskunft geben.

**

Toni hatte Sanie ersucht, ihn bei seinem Besuch von Sabine Katz zu begleiten. Sanie würde es ihm ersparen, ein Protokoll zu schreiben – das konnte sie viel besser aus dem Gedächtnis. Er fuhr selbst, Sanie am Beifahrerssitz.

»Hast du unsere Ergebnisse vom Wochenende schon dokumentiert?«, fragte er Sanie.

»Nein, das macht Klaus.«

»Und? Bist du noch zu einem anderen Schluss gekommen?«

»Nein, ich glaube, wir haben gut gearbeitet.«

»Naja, was man halt unter ‚gut' so versteht. Weiterbringen tut uns das nicht.«

»Nein. Aber erzähl mir bitte mal, was wir bei Sabine Katz tun?«

Toni berichtete ihr von Celines Freundin, die sich erinnerte, dass Celine einen Internet-Freund hatte, den sie ‚Ritter' nannte.

Sanie stellte sofort den Zusammenhang mit *knight7* her, den Ute gefunden hatte.

»Also könnte es sein, dass sie mit diesem Freund ausgerissen ist.«

»Ganz recht. Aber was ist die Alternative, wenn sie nicht ausgerissen ist?«

»Dann ist sie entführt worden. Dann wird das aber ein heftiges Gespräch mit ihrer Mutter.«

»Ja, deshalb will ich zuerst über dieses Busunglück reden. Wenn du einverstanden bist, mach das ich. Es wär vielleicht ganz gut, wenn du dann den zweiten Teil übernehmen könntest. Passt das?«

»Klar.«

Als ihnen wenig später Sabine Katz die Haustür öffnete, sahen sie sofort, dass sie in einem schlechten Zustand war. Die Kleidung war verknittert, die Augen waren rot vom Weinen, die Tränensäcke dick, ihr linkes Auge zuckte, ihre Hände zitterten.

»Haben Sie sie gefunden?«, fragte Sabine Katz anstelle einer Begrüßung. Nur mühsam konnte sie die Hysterie unterdrücken.

»Noch nicht, Frau Katz«, sagte Toni in beruhigendem Ton, der Sabine Katz aber nicht beruhigen konnte.

»Gibt es was Neues? Haben Sie irgendwas herausgefunden? Sagen Sie's mir doch endlich.«

»Ganz ruhig, Frau Katz, wir werden ihre Tochter finden. Und Sie können uns dabei helfen. Wir haben noch ein paar Fragen. Dürfen wir hereinkommen?«

»Natürlich«, antwortete Sabine Katz und trat einen Schritt zurück, um sie vorbeizulassen.

»Frau Katz, ich darf Ihnen meine Kollegin, Frau Detr vorstellen«, nahm Toni das Gespräch wieder auf, als sie im Wohnzimmer saßen.

»Entschuldigen Sie meine Unhöflichkeit«, sagte Katz, nur mühsam einen Schluchzer unterdrückend, »ich hab sie nicht einmal begrüßt.«

»Kein Problem, Frau Katz. Wie gesagt, wir werden Celine finden… Können Sie uns etwas über das Busunglück erzählen?«

»Das Busunglück?« fragte Katz verständnislos.

»Sie haben erzählt, dass ein Reisebus bei Ihnen zum Service war – und dieser dann ein Unglück hatte.«

»Das ist so lange her… Was hat das mit Celine zu tun?«

»Wir sind da auf bestimmte Querverbindungen gestoßen…«

»Welche Querverbindungen?«

»Frau Katz, darüber darf ich nicht sprechen. Erzählen Sie uns einfach, woran Sie sich erinnern.«

»Ja…«, begann sie nach einer Nachdenkpause, »das Reisebüro Azurblaureisen war schon damals mein Stammkunde gewesen. Es war ein relativ neuer Bus… Vielleicht drei oder vier Jahre alt. Wir hatten keine Reparaturen zu machen. Es handelte sich um einen turnusmäßigen Service. Sie wissen schon… Ölwechsel, diverse Kontrollen und so… Wir hatten auch die Bremsen kontrolliert. Das hatten wir dokumentiert. Und das hat uns dann auch bei den Untersuchungen geholfen…«

»Und ihr Mechaniker war Friedhelm Schmidt?«

»Ja.«

»Warum hat Schmidt bei Ihnen gekündigt?«

»Ich habe Ihnen doch schon gesagt, dass ich das bis heute nicht weiß. Was hat das alles mit Celine zu tun?«

»Frau Katz, Sie können Celine und uns am besten helfen, indem sie uns bei unseren Fragen unterstützen… Kannten Sie auch den Busfahrer?«

»Ich weiß nicht, vielleicht hatte ich ihn schon mal gesehen. Er hieß Meßberger… oder so ähnlich.«

»Lesberger?«

»Ja, kann sein.«

Toni warf Sanie einen Blick zu. Natürlich machte sie sich keine Notizen. Sie würde anschließend aus dem Gedächtnis ein perfektes Befragungsprotokoll anfertigen.

»Was wissen Sie über den Unfall?«, fuhr Toni fort.

»Es ist irgendwo in den Bergen passiert… Bei Weyer oder so? Das weiß ich nicht mehr. Es war auf jeden Fall so eine Verkaufsfahrt. Sie wissen schon… wo man für wenig Geld einen tollen Ausflug versprochen bekommt. Ich glaube, das war sogar ein mehrtägiger. Aber in Wirklichkeit wird man von einer Verkaufsveranstaltung zur nächsten gezerrt…«

»Wer war der Veranstalter?«

»Ich glaube das war auch Azurblaureisen.«

»Und wissen Sie, wie das Unglück geschah?«

»Der Bus war auf einer Bergstraße einen Abhang hinuntergekippt. Soweit ich mich erinnere, sind dabei sieben Menschen ums Leben gekommen. 15 haben – teils schwer verletzt – überlebt. Der Busfahrer sprach davon, dass die Bremsen nicht gegriffen hätten. In der Untersuchung ging es also darum, ob wir einen Schaden im Bremssystem nicht bemerkt hätten. Wir haben aber… das sagte ich schon. Man hat auch dem Chauffeur einen Fahrfehler unterstellt. Ich weiß aber nicht mehr, wie die Sache dann ausgegangen ist.«

»Haben Sie jemanden von den Fahrgästen gekannt.«

»Ich? Nein. Wie kommen Sie darauf?«

»Wissen Sie sonst noch was über den Unfall?«

»Ich… es ist schon so lange her… ich glaube, das Wichtigste hab ich Ihnen erzählt.«

»Und gibt's da noch was Unwichtiges?«

»Ähhh… nein… ich weiß sonst nichts.«

»Frau Katz, sagt Ihnen *katz99* etwas«, übernahm jetzt Sanie die Befragung.

»Katz99?«, fragte Katz verständnislos zurück.

»Noch nie gehört? *katz99*?«

»Nein. Was soll das bedeuten?«

»Und *knight7*, haben sie das schon einmal gehört?«

»*knight7*? Nein. Noch nie gehört. Was ist das?«

»Das sind *Nicknames*, die in einem Chatroom verwendet wurden.«

»*Nicknames*?«

»Ja, Pseudonyme. Man verwendet sie anstatt echter Namen.«

»Ich verstehe leider nichts von… Chatrooms… und so… *katz99*? Hat das was mit mir zu tun? Oder mit Celine?«

»Das könnte sein. War ihre Tochter viel im Internet?«

»Ja… sie ist natürlich öfter im Internet… surfen.«

»Wissen Sie, wofür Sie sich da interessiert hat?«

»Ähhh… nein… Leider… Ich bin wohl eine schlechte Mutter, weil ich so wenig über Celine weiß.«

»Deshalb sind Sie keine schlechte Mutter, Frau Katz. Kann es sein, dass Celine übers Internet Bekanntschaften gesucht hat?«

»Bekanntschaften? Ich weiß nicht… Welche Bekanntschaften denn?«

»*Katz99* kam von einem Liwest-Server. Wir lassen gerade die IP-Adresse überprüfen.«

»IP-Adresse…?«

»Über die IP-Adresse können wir herausfinden, ob Celine *katz99* ist.«

»Und was bedeutet das dann?«, fragte Sabine Katz, jetzt merklich beunruhigter.

»Dass Celine als *katz99* mit jemanden gechattet hat, der sich *knight7* nennt.«

»Und? Wer ist dieser *knight7*?«

»Das wissen wir noch nicht. Er hat sich nur über Internet-Cafés eingeloggt.«

»Internet-Cafés? Waum?«, ihre Stimmte drohte jetzt zu kippen, »hat der selber keinen Computer? Oder… Oder heißt das, dass er nicht erkannt werden will? Weil er…«

»Ganz ruhig, Frau Katz, wir…«

»Weil er ihr was angetan hat!«, ihre Stimme überschlug sich, »Mein Gott. Oh mein Gott, Oh mein Gott«.

»Frau Katz, beruhigen Sie sich doch. Wir wissen das doch noch gar nicht sicher. Und wenn – vielleicht hat sie sich nur mit ihm getroffen. Vielleicht wollte sie nur ein paar Tage mit ihm verbringen…«

»Ein paar Tage verbringen? Sind Sie verrückt?«

Sie war aufgesprungen, fuchtelte mit den Armen. Ihre Stimme war in ein Kreischen übergegangen.

»Sind Sie verrückt? Sie ist 12! Sie ist erst 12! Sie ist erst 12 Jahre alt. Ihr seid alle verrückt. Verrrüüüüüückt. Verrrüüüüüückt.«

Sabine Katz war vollkommen ausgezuckt. Sie schrie in einem fort. Sanie und Toni waren erschrocken aufgesprungen. Sanie war auf sie zugetreten. Wollte sie beruhigen. Wollte sie umarmen. Sabine schlug um sich. Schrie immer weiter. Plötzlich verdreht sie die Augen und sackte zusammen.

Toni hatte bereits den Rettungs-Notruf gewählt. Sabine Katz war bewusstlos. Sanie und Toni hatten Sie auf die Couch gebettet. Die Rettung traf nach 10 Minuten ein. Sabine Katz war inzwischen wieder zu sich gekommen – wenn man das so nennen konnte. Sie murmelte vor sich hin. Unverständlich. Der Rettungssanitäter sagte, dass man sie ins Wagner Jauregg Krankenhaus bringen würde.

**

Als Arno das Hohipera-Krankenhaus erreichte, läutete wieder sein Handy. Es war Toni, der ihm vom Gespräch mit Sabine Katz berichtete. Am Eingang warteten bereits Kai und Nico auf ihn. Sie fuhren in den 6. Stock. Eine Krankenschwester wartete bereits auf sie. Sie erklärte ihnen dass der Patient schwere Schmerzmittel erhielt und *Diazepam*. Als sie in die verständnislosen Gesichter der Polizisten blickte, lächelte sie nachsichtig und erklärte, dass es sich dabei um ein Medikament zur Behandlung von Angstzuständen handelte, so etwas wie eine ‚*Wurstigkeitstablette*'. Sie führte sie zu einem Einzelzimmer.

Niklas Ortner lag flach auf dem Rücken im Bett. Er trug randlose Brillen, hatte ein rundes Gesicht und fast eine Vollglatze. Sein dichter weißer Schnurbart gab ihm ein väterliches Aussehen. Er war an mehrere Apparaturen angeschlossen, die regelmäßige Piepstöne von sich gaben.

»Guten Tag Herr Ortner, mein Name ist Arno Rack. Ich bin vom Landeskriminalamt. Können Sie uns einige Fragen beantworten.«

»Ja, das kann ich«, Ortners Stimme klang schwach und gepresst.

»Herr Ortner, das sind meine Kollegen Kai Pirinner und Nico Lauss. Sagen sie uns erst mal, wie es Ihnen geht.«

»Wie soll's mir gehen? Ich sterbe.«

»Die Ärzte haben Sie informiert?«

»Sie haben mir gesagt, dass ich eine Rizin-Vergiftung habe. Und dass es kein Gegenmittel gäbe. Ich werde also in den nächsten 24 Stunden sterben.«

Arno war nun doch überrascht. Er hatte einen völlig gebrochenen Menschen erwartet. Einen Menschen, der den Tod, der in wenigen Stunden eintreten würde, so gelassen hinnahm, ging fast ein wenig über sein Vorstellungsvermögen hinaus. Aber vielleicht lag das an den Medikamenten.

»Herr Ortner, können Sie uns sagen, was geschehen ist?«

»Ja… und nein. Es ist eigentlich nichts geschehen. Am Samstag trank ich am Südbahnhof drei Seiterl Bier. Das erste schmeckte irgendwie komisch…, die anderen nicht mehr. Ich dachte, dass vielleicht das Glas schlecht abgewaschen war. Am Nachmittag wurde mir dann übel. Es ging mir immer schlechter. Am Abend wurde ich hier eingeliefert. So einfach ist das.«

»Glauben Sie, sie haben das Rizin mit dem Bier bekommen?«

»Keine Ahnung. Möglich ist es.«

»Können Sie uns den Ablauf am Südbahnhof schildern.«

»Ich war von 10 bis etwa 11.30 dort. Mit meinen Faustballfreunden. Wir sind fast jeden Samstag dort.«

»Wo genau.«

»Am Marktbuffet beim Arcimboldo.«

»Und sind Sie immer dort? Könnte also jemand wissen, dass sie am Samstag genau dort ihr Bier trinken.«

»Ja, natürlich. Ist ja kein Geheimnis.«

Arnos Handy klingelte. Er druckte den Anruf weg.

»Können Sie uns bitte die Namen geben von den Personen, die mit Ihnen am Südbahnhof waren?«

»Die sind alle im Handy. WhatsApp-Gruppe F-POK. Hier liegt mein Handy, Sie können sich die Kontakte ja direkt auf Ihr Handy schicken.«

»Herr Ortner, bitte entschuldigen Sie uns einen Moment.«

Arno gab Kai und Nico zu verstehen, dass sie mit ihm auf den Gang hinaus kommen sollten.

»So, ihr ladet euch jetzt die Kontakte herunter. Ruft bitte alle an. Und bestellt sie heute noch ein. Alle sollen noch heute zur Vernehmung kommen. Macht Druck. Wenn sich jemand weigern möchte, dann droht ihm an, dass wir ihn mit einer Polizeistreife abholen lassen. Ihr zwei macht die Befragungen. Am Abend will ich die Ergebnisse.«

»Okay«, sagte Kai und wollte wieder ins Krankenzimmer zurück.

»Nein«, sagte Arno, »jetzt, sofort. Ich mache das hier alleine fertig.«

Er ließ die beiden stehen und ging zu Ortner zurück. Nico kam hinter ihm nach.

»Ich brauch noch das Handy. Wegen der Kontakte.«

»Herr Ortner«, nahm Arno den Faden wieder auf, »haben Sie Feinde?«

»Feinde? Nein, Feinde habe ich nicht.«

Arnos Handy klingelte erneut. Wieder drückte er den Anruf weg.

»Können Sie sich niemanden vorstellen, der Sie umbringen will?«

»Nein, darüber hab ich schon nachgedacht. Solche Feinde hab ich nicht.«

»Auch nicht unter den Faustballern, diesen SBOCK?«

»F-POK. Nein. Das sind alles gute Freunde.«

»Sie haben mit niemanden Streit?«

»Nein. Wir verarschen uns manchmal gegenseitig. Vielleicht ist mal der eine oder andere kurzfristig eingeschnappt. Aber das ist nie ein richtiger Streit.«

»Wie war das mit dem ersten Seiterl? Haben Sie es sich selbst geholt?«

»Ja.«

»Konnte Ihnen jemand was ins Bier geben?«

»Tja, eher nicht. Aber man hat ja das Glas nicht immer in der Hand. Möglich wär's schon…«

»Und bemerkt haben Sie nichts.«

»Nein, absolut nichts. Ich habe schon darüber nachgedacht.«

»Herr Ortner, kennen Sie Luisa oder Friedhelm Schmidt?«

»Nein. Noch nie gehört. Wer soll das sein?«

»Oder Helena und Vincent Meischl?«

»Sind das die mit dem Amoklauf? Wo die ganze Familie umgebracht wurde. Ich hab in der Zeitung davon gelesen. Was hat das mit mir zu tun?«

»Vielleicht nichts. Kennen Sie Magdalena oder Martin Lesberger?«

»Lesberger…? Lesberger…? Den Namen hab ich schon mal gehört. Weiß aber nicht, in welchem Zusammenhang.«

»Sabine Katz?«

»Nein, sagt mir auch nichts.«

Niklas Ortners Stimme war mit der Zeit leiser und schwächer geworden. Sie schwiegen beide einige Zeit. Arno wusste nicht mehr, was er noch fragen konnte. Aber er wusste auch nicht, wie er sich verabschieden sollte. Er konnte wohl kaum sagen *‚vorerst vielen Dank...‘*. Denn was sollte *‚vorerst‘* bedeuten? Er konnte wohl auch nicht *‚Auf Wiedersehen‘* sagen. Wie verabschiedete man sich von jemandem, der nur noch Stunden zu leben hatte?

»Gehen Sie einfach«, sagte Ortner, der wohl seine Gedanken erraten hatte, »gehen Sie einfach…«, ein paar Tränen rannen ihm jetzt über die Wangen, »und sagen Sie *Tschau* – das ist neutral«.

Arno sah auf dem Handy, dass es Johann war, der zwei Mal angerufen hatte. Er rief zurück und erfuhr, dass Helena Meischl jetzt ansprechbar war und man ein – wenn auch kurzes – Gespräch mit ihr führen könnte. Er informierte Johann über das Gesprächsergebnis mit Niklas Ortner. Diese *Nachrichtenzentrale*, die Johann jetzt darstellte, war wichtig, damit alle immer den aktuellen Ermittlungsstand erfragen konnten. Arno wählte Annas Nummer.

**

Anna Condère dokumentierte die Überlegungen, die sie am Samstag gemeinsam mit Nico Lauss angestellt hatte. Sie hatten sich mit dem Thema ‚Wettmafia als Verbindungsglied‘ beschäftigt. Nach dem Studium der von der LKA-Betrugsabteilung übermittelten umfangreichen Akten, waren sie zu einem Ergebnis gelangt. Die Wettmafia war ein Wirtschaftsunternehmen – wenn auch mit kriminellen Inhalten, so war doch der wirtschaftliche Erfolg im Vordergrund. Das Geschäftsmodell beruhte zwar auf Drohung, Erpressung und Gewalttätigkeit – jedoch nicht auf Mord. Die an ihren Fällen Beteiligten, Friedhelm Schmidt und Michael »Mike« Ganneder, waren in der riesigen Gesamtorganisation als kleine Lichter zu bezeichnen. Dazu kam, dass die Sportwetten in Österreich im Syndikat nur einen Randbereich einnahmen. Es war als unwahrscheinlich zu betrachten, dass die Wettmafia durch Morde den Normalablauf ihrer Geschäfte gefährdete. Schon gar nicht durch einem Mord mit emotionalen Bedingungen wie dem Tod von zwei Kindern. Ein derartiges Aufsehen wie ein Dreifachmord würde mit den umfangreichen einhergehenden Untersuchungen und Ermittlungen den ‚Geschäftsverlauf' aufs Schwerste behindern. Und wenn man diesem Gedankengang folgte, musste auch die Ermordung von Luisa Schmidt, und damit die Identifizierung von Demirz Lodmedned als Täter, neu hinterfragt werden.

Ihr Handy läutete. Arno war am Apparat.

»Hallo Anna, kannst du ins Wagner Jauregg Krankenhaus fahren? Die Helena Meischl ist aufgewacht. Die Ärzte meinen, wir könnten ein kurzes Gespräch führen. Melde dich bitte an und fahr hin.«

»Ähhh… alleine?«

»Was meinst du?«

»Es ist niemand hier außer Johann, der mich begleiten könnte. Und du hast ja die Anweisung gegeben…«

»Klar. Ich begleite dich. Kannst du mich vorm *Hohipera* abholen?«

»Bin in fünf Minuten dort.«

Bei der Autofahrt zum Wagner-Jauregg-Krankenhaus berieten sie sich über die Vorgangsweise. Erst mal würden sie mit dem zuständigen Arzt sprechen, wie die Meischl beisammen war. Die Befragung würde Anna machen. Arno würde nicht dabei sein, er würde vor dem Krankenzimmer warten. Möglicherweise fühlte sich die Meischl zu sehr unter Druck gesetzt, wenn sie von zwei Polizisten befragt wurde. Und in diesem Fall schien ein Gespräch von Frau zu Frau wohl die richtige Vernehmungsart zu sein. Und sie einigten sich noch darauf, welche Fragen vorrangig beantwortet werden mussten, weil sie doch den Hinweis hatten, dass nur ein *kurzes* Gespräch möglich war.

Der Arzt informierte sie dann, dass Helena Meischl unter der Wirkung von starken Benzodiazepinen – Beruhigungsmitteln – stand. Sie litt an einer *psychogenen Amnesie* und hatte keinerlei Erinnerung an die Geschehnisse nach ihrer Ankunft zu Hause. Sie war bereits von den Ärzten informiert, dass ihr Mann und ihre Kinder tot waren. Der Arzt gestand eine 10minütige

Gesprächsdauer zu, betonte allerdings, dass es aus medizinischen Gründen notwendig werden könnte, das Gespräch auch sofort zu beenden.

Anna betrat das Krankenzimmer. Helena Meischl war wach, aber ihre Augen schienen trüb. An ihrem linken Arm hing auf einem Gestell eine Infusionsflasche.

»Grüß Gott, Frau Meischl. Mein Name ist Anna Condère. Ich bin vom LKA, vom Landeskriminalamt. Können Sie mir einige Fragen beantworten?«

»Ja, ich versuch's«, sagte Helena Meischl leise.

»Frau Meischl, haben Sie keine Nachrichten erhalten, dass Ihr Mann nicht in der Schule und Ihre Söhne nicht im Kindergarten aufgetaucht sind?«

»Ich hatte das Handy fast die ganze Zeit ausgeschaltet. Auf dem Seminar war es nicht zugelassen…«

»Und Sie haben die verpassten Anrufe nicht gecheckt?«

»Nein, leider…«

»Wissen Sie noch, was Sie am Sonntag Abend nach der Abendveranstaltung noch gemacht haben?«

Helena dachte längere Zeit nach.

»Wir sind noch zusammengesessen… haben noch etwas getrunken… ich glaub bis ein oder zwei in der Früh.«

»Können Sie mir sagen, wer da noch dabei war?«

Helena sagte zögernd ein paar Namen auf, die sich Anna notierte.

»Frau Meischl, hatte Ihr Mann psychische Probleme? Kam er mit irgendetwas oder irgendjemanden nicht zurecht?«

»Vincent ist… war… ein Mensch, der mit jedem irgendwie auskommt. Er ist… war… eher tolerant und meinte, dass man jeden so nehmen müsste wie er ist. Er hat nie davon gesprochen, dass ihm irgendwas im Kopf herumgeistert… Weil wir meist gemeinsam über unsere Probleme gesprochen haben…«

»Es gab also Probleme? Welche?«

»Ohhh… keine bestimmten. Es waren eher Alltagssorgen, die die Nacht nicht überstehen…«

»Hatten Sie oder Ihr Mann eine Waffe in Ihrem Besitz?«

»Eine Waffe?«

»Ja, eine Waffe. Eine Schusswaffe.«

»Eine Schusswaffe? Nein. Sowas gibt's bei uns nicht. Wieso fragen Sie das?«

»Frau Meischl, hatten Sie oder Ihr Mann mit jemanden Streit? Haben Sie Feinde?«, fuhr Anna fort, ohne auf ihre Frage einzugehen.

»Feinde? Nein, wir haben keine Feinde. Natürlich gab es mal Auseinandersetzungen… in der Schule… Aber deswegen ist man doch kein Feind – oder?«

»Können Sie sich irgendjemanden vorstellen, der Ihnen das angetan hat?«

Anna vermied sorgfältig, den Dreifachmord direkt anzusprechen. Sie fürchtete, dass Helena das nicht aushalten würde.

»Angetan…?«, wieder schwieg sie längere Zeit, »darf auch ich etwas fragen?«

»Ja, wenn ich ihre Frage beantworten kann… darf…«

»Vincent, Luca und Felix sind tot. Haben mir die Ärzte gesagt. Wie sind sie gestorben?«

»Sie hatten… alle drei Schussverletzungen.«

»Schussverletzungen… Wurden sie umgebracht?«

»Frau Meischl, die Ermittlungen…«, begann Anna. Sie wollte sagen, dass man noch nichts sagen konnte, weil die Ermittlungen noch nicht abgeschlossen waren. Besann sich dann aber anders.

»Ja, sie wurden umgebracht… Und wir werden alles tun, um den oder die Täter zu überführen.«

»Ich weiß…«, sagte Helena, »ich… kann…«

Ihre Stimme erstarb. Die Augen waren ihr zugefallen.

»Frau Meischl… Frau Meischl«, versuchte Anna das Gespräch wieder aufzunehmen. Aber Helena war eingeschlafen.

Anna berichtete Arno von dem Gespräch. Helena hatte sie bei ihren Ermittlungen nicht wirklich weiterbringen können. Auch im Meischl-Fall waren sie meilenweit von einem Verdächtigen und von einem Motiv entfernt. Sie würde die Personen anrufen, deren Namen sie von Helena bekommen hatte – und so ihr Alibi für die vermutliche Mordzeit überprüfen. Aber es würde sie sehr überraschen, wenn das Alibi nicht bestätigt werden würde.

Arno sagte, dass er jetzt schnellstens ins Büro musste, denn Martin Lesberger wartete seit 15.00 auf die neuerliche Vernehmung. Er bat Anna noch, allen auszurichten, dass sie zur Lagebesprechung um 18.00 anwesend sein mussten.

**

Protokoll der Vernehmung von Martin Lesberger, 12.12. 15.30-16.15

Rack: Herr Lesberger, wollten Sie das Geld vom Sparbuch Ihrer Mutter für sich behalten, oder wollten Sie mit Ihren Geschwistern teilen?

Lesberger: Ich wollte es eh teilen.

Rack: Sind Sie sicher? Sie haben jedenfalls mit Ihren Geschwistern nicht über das Geld gesprochen.

Lesberger: Das hatte ich noch vor.

Rack: Herr Lesberger, ich glaube Ihnen nicht. Sie stecken in Geldnöten.

Lesberger (kleinlaut): Ja

Rack: Seit wann sind Sie arbeitslos?

Lesberger: Seit ein paar Jahren. Ich hatte aber zwischendurch immer wieder mal eine Stelle…

Rack: Und was haben Sie da gearbeitet?

Lesberger: Ich bin immer wieder mal für Speditionen gefahren...

Rack: Aber Sie haben immer wieder aufgehört.

Lesberger: Ja.

Rack: Warum?

Lesberger: Wissen Sie, wie das bei LKW-Fahrern ist? Es gibt eine Unmenge von Fahrern aus Georgien, Armenien, Usbekistan, Turkmenistan, Tadschikistan, Iran… Die fahren für einen Hungerlohn. 500 Euro im Monat. Bei 80 Wochenstunden. Wenn ein österreichischer Fahrer einen Job will, kriegt er nicht mehr als die. Denn er fährt für eine ausländische Firma, die auch in Armenien – oder wer weiß wo sonst – ihren Sitz hat. Für diesen Lohn kannst du dir grad mal was zu essen kaufen…

Rack: Aber Sie sind doch Busfahrer?

Lesberger: Ich WAR Busfahrer.

Rack: Wieso sind Sie es nicht mehr?

Lesberger: Weil mich niemand mehr nimmt.

Rack: Wie das?

Lesberger: Seit dem Unfall… nimmt mich niemand mehr.

Rack: Erzählen Sie von dem Unfall.

Lesberger: Ja… Es war eine Verkaufsfahrt. Eine viertägige Reise durch Oberösterreich. Was hat das mit meiner Mutter zu tun?

Rack: Erzählen Sie einfach.

Lesberger: Zwischen Weyer und Gaflenz… auf einer relativ schmalen Bergstraße ist Rollsplit gelegen… Ich bin ohnedies nur 22 kmh gefahren. Es ist mir bis heute unerklärlich…

Rack: Was ist unerklärlich?

Lesberger: Am Kurvenausgang kam der Bus auf dem Rollsplit ins Rutschen. Ich hab sofort gebremst. Aber die Bremsen zogen nicht. Ich weiß nicht warum. Trotz ABS rutschten wir auf dem Rollsplit. Kippten den Abhang hinunter...

Rack: Und?

Lesberger: wir haben uns vier Mal überschlagen. Sieben Menschen sind gestorben, vier haben schwer verletzt überlebt. Ich habe mir die Schulter gebrochen.

Rack: Es gab doch sicher eine Untersuchung?

Lesberger: Ja. Erst wollte man mir die Schuld geben. Dann der Werkstatt, in der der Bus vorher gewesen war. Dann dem Reisebüro… Die Erhebungen gingen über vier Monate. Es gab eine Unmenge von Gutachten. Aber es stellte sich heraus, dass die eigentliche Unfallursache nicht mehr festgestellt werden konnte. Am Fahrtenschreiber konnte man erkennen, dass wir keine überhöhte Geschwindigkeit hatten. Ich hatte 0,0 Promille. Hatte alle Ruhepausen eingehalten. Kein Gutachter konnte mir einen Fahrfehler nachweisen. Trotzdem hat mich der Ortner gekündigt…

Rack: Wie ging die Sache letztendlich aus?

Lesberger: Zuerst gingen alle davon aus, dass es zu einer Gerichtsverhandlung kommen würde. Aber die Staatsanwaltschaft verzichtete schließlich darauf. Sah keine guten Aussichten für einen Schuldspruch – egal wen sie auch anklagen würde. Und die Versicherungen haben gezahlt…

Rack: Wurden sie jemals bedroht?

Lesberger: Bedroht? Nein, bedroht wurde ich nicht… Jedenfalls nicht direkt.

Rack: Was heißt das?

Lesberger: Nein, ich wurde nicht bedroht. Aber ich weiß, dass viele damals glaubten, dass ich schuld gewesen war.

Rack: Warum wurde Ihnen gekündigt, wenn Sie keine Schuld trugen?

Lesberger (nach langem Schweigen): Ich… Ich war… Ich konnte… Wissen Sie, wie es einem geht, wenn man ein Fahrzeug lenkt und es sterben sieben Menschen dabei? Können Sie sich vorstellen, wie das ist?

Rack (leise): Nein, das kann ich nicht.

Lesberger: Ich konnte keinen Bus mehr lenken. Ich hätte wohl Zeit gebraucht. Und wahrscheinlich hätte ich zu einem Psychiater gehen sollen. Ich hatte zwar rechtlich keine Schuld, aber ich hab mir trotzdem die Schuld gegeben. Auch wenn ich mir nichts vorzuwerfen hatte, aber wenn durch einen sieben Menschen ums Leben kommen, dann hat man doch irgendwie Schuld. Oder? Jedenfalls… nachdem meine Schulter verheilt war, hätte ich sofort wieder fahren sollen. Ich konnte einfach nicht… Ich habe wochenlang nicht geschlafen. War völlig am Boden. War völlig fertig, bin auch heute noch völlig fertig…

Rack: Herr Lesberger, wir machen eine Pause.

‚Ortner?‘, dachte Arno. Der vergiftete hieß doch Ortner? Bei einem Verhör hatte man nicht viel Zeit, nachzudenken, man musste seinen Gesprächspartner genau beobachten. Musste zu unterscheiden versuchen zwischen Lüge und Wahrheit, musste Nuancen in den Aussagen erkennen und interpretieren. Ortner? Da musste er noch mal nachhaken. Arno fragte nach Ute. Er erfuhr, dass sie noch nicht aus Steyr zurück war. Er rief sie am Handy an. Sie erklärte, dass die Akte 17 Ordner umfasste. Und sie stand noch immer beim Kopierer. Sie schätzte, dass sie bis 18 Uhr wieder in Linz sein würde.

Protokoll der Vernehmung von Martin Lesberger, 12.12. 16.30-17.15

Rack: Herr Lesberger, sie erwähnten einen gewissen Ortner. Wer ist das?

Lesberger: Der war beim Reisebüro, also bei den Azurblaureisen, für's Personal zuständig. Er war eigentlich kein schlechter Mensch... kein Hardliner... heute weiß ich, dass er nicht anders konnte, als mich zu kündigen.

Rack: Hieß der Niklas Ortner?

Lesberger: Niklas? Nein. Der hieß... Friedrich... glaub ich... oder nein, Ulrich, er hieß Ulrich. Ulrich Ortner.

Rack: Aha. Herr Lesberger, hatten Sie damals – oder heute – engeren Kontakt zu den Fahrgästen.

Lesberger: Nein, ich hab sie zwar immer wieder mal getroffen. Es gab ja so viele Vernehmungen... Aber richtigen Kontakt hatte ich zu keinem. Außer zur Meischl. Die Meischl...

Rack (rief): Was? Meischl? Sagten sie Meischl?

Lesberger: Ja, die Helena Meischl. Ihr ging's auch sehr schlecht. Und sie wusste, was in mir vorging. Oder konnte es sich zumindest vorstellen. Wir haben uns ein paar Mal getroffen. Sie versuchte mich zu trösten.

Rack: Helena Meischl, sie gehörte zu den überlebenden Fahrgästen? War sie verletzt?

Lesberger: Nein, sie war kein Fahrgast. Sie war die Reiseleiterin. Sie war eigentlich Lehrerin, aber im Nebenjob war sie Reiseleiterin. In den Ferien und so... Sie hatte sich beim Unfall den Unterschenkel gebrochen.

Rack: Wissen Sie, ob Helena Meischl irgendwann bedroht wurde?

Lesberger: Nein. Sowas hab ich nie gehört. Die hat doch gar nichts dafürgekonnt.

Rack: Kennen Sie ihren Mann? Vincent Meischl.

Lesberger: Nein, den hab ich nie getroffen.

Rack: Können Sie mir etwas über die Fahrgäste erzählen?

Lesberger: Ja, wissen Sie... ich weiß eigentlich nichts.

Rack: Können Sie sich an gar nichts erinnern?

Lesberger: Naja,... die Überlebenden waren froh, überlebt zu haben. Die Angehörigen der Toten waren natürlich schwer...

wie soll ich sagen? …schwer getroffen. Sie wurden auch psychologisch betreut. Alle bekamen eine psychologische Betreuung – nur die Meischl und ich nicht. Ich glaube, wir hätten sie am nötigsten gehabt.

Rack: Können Sie sich noch an Namen erinnern?

Lesberger: Tja… da war dieser Orrov, ein Ausländer. Und ein Ehepaar Mitgutsch… oder so ähnlich. Die sind damals gestorben. Aber ich weiß nichts über sie. Und dann waren da die Ingrid mit ihrer Tochter… und Bruno und Melissa… ich weiß die Familiennamen nicht. Aber die haben überlebt. Aber auch über die weiß ich nichts – nur die Namen sind mir irgendwie noch geläufig.

Rack: Sagen Ihnen die Namen Friedhelm und Luisa Schmidt etwas?

Lesberger: Nein. Naja, das ist ein Name, der nicht selten ist. Schmidt? Weiß nicht.

Rack: Oder Katz?

Lesberger: Was? Katze?

Rack: Katz.

Lesberger: Katz? Irgendwie kommt mir der Name bekannt vor. Aber ich weiß nicht. Ich komme nicht dahinter, woher.

Rack: Herr Lesberger, danke für die Auskünfte. Sie können jetzt nach Hause gehen. Aber bitte bleiben Sie erreichbar. Und rufen Sie uns bitte an, wenn Ihnen noch was einfällt.

Lesberger: Einfällt?

Rack: Ja, zum Unfall.

Lesberger: Ja, zum Unfall. Ich rufe an, wenn mir was einfällt.

**

18.00 Uhr, Lagebesprechung.

Es war zu spüren, dass alle aufgeregt waren. Der Fall – oder die Fälle – waren in ein neues Stadium getreten. Die Jagdinstinkte waren erwacht.

»Wir müssen jetzt verdammt aufpassen«, begann Arno, »wir sind in einer heiklen Phase unserer Fälle. Und wir dürfen nicht den Überblick verlieren – und auch nicht die nötige Distanz. Ich schlage vor, dass wir chronologisch beginnen. Zuerst die

Ergebnisse der Recherchen, Überlegungen und Theorien aus der Wochenendarbeit. Dann der Reihe nach die Ereignisse des heutigen Tages. Johann bitte, du hast alle Berichte gesammelt, du passt auf, dass niemand was vergisst. Wer beginnt?«

»Ja, dann fang‘ ich gleich einmal an«, sagte Emma, »Kai und ich haben uns mit der Theorie eines Suizides, oder erweiterten Suizides im Fall Meischl befasst.«

Sie legte ihre Überlegungen ausführlich dar – und schließlich das Ergebnis, nämlich dass ein Suizid nach dem derzeitigen Ermittlungsstand auszuschließen war.

»Der Täter ist entweder aus dem Umfeld oder mit zumindest losen Verbindungen zu den Meischls – mit einem bisher noch unbekannten Motiv oder er ist ein Psychopath, der zufällig diese Familie aussuchte. Und eine weitere wichtige Frage ist aufgetaucht: die DNA-Spuren konnten bisher nicht zugeordnet werden. Das heißt also, dass es sich um einen Täter handelt, der bisher noch nicht registriert wurde. Die DNA-Spuren werden für uns also erst von Bedeutung, wenn wir Verdächtige haben.«

»Dazu möchte ich anfügen«, bemerkte Anna, »dass Helena Meischl tatsächlich als Täterin auszuschließen ist, weil sie über ein Alibi verfügt – drei Lehrer haben bestätigt, dass sie am Sonntag abends in Innsbruck war. Das passt zu euren Theorien.«

»Dann sag ich auch gleich was zur DNA«, meldete sich Johann, »das Vergleichsergebnis ist eingelangt. Die DNA-Proben der Fälle Schmidt und Meischl stimmen überein und – wie ihr wisst – ist sie nicht die DNA von Demirz Lodmedned. Damit ist eines hieb- und stichfest – nämlich dass der Mörder der Schmidt auch die Meischls umgebracht hat.«

Eine kurze Zeit hingen alle diesem neuen Gedanken nach.

»Dann komme ich gleich zu unseren Recherchen«, sagte Anna und legte ausführlich ihre Wochenend-Gedankenarbeit dar. Sie blickte immer wieder prüfend in die Runde, ob vielleicht irgendjemand einen Fehler in ihren Gedankengängen bemerkte. Aber immer wieder nahm sie gelegentliches Nicken wahr.

»Nico und ich«, beendete sie ihren Bericht, »glauben nicht an eine Mordbeteiligung der Wettmafia – weder im Meischl- noch Schmidtfall. Auch das passt zu dem bisher gesagten und bedeutet jedenfalls, dass der Schmidtfall NICHT abgeschlossen ist.«

»Sanie«, sagte Klaus, »willst du über unser Ergebnis berichten?«

»Okay«, begann Sanie, »Toni, Klaus und ich hatten die Aufgabe, uns alle Fälle nochmals vorzunehmen.«

Sie berichtete, wie sie alle ihre bisherigen Ergebnisse überprüft und in Frage gestellt hatten.

»Folgendes haben wir als Ergebnis. Erstens, Martin Lesberger ist zwar grundsätzlich *nicht* außer Verdacht – aber er scheint nicht als Täter in Frage zu kommen. Zweitens, die Wettmafia hat Luisa Schmidt *nicht* auf dem Gewissen. Drittens, beim Meischl-Fall handelt es sich *nicht* um erweiterten Suizid. Somit haben wir mit dem Katz-Fall vier Mal – vier Mal! – einen Täter ohne Motiv, den wir noch nicht auf dem Radar haben. Aber auch wir müssen sagen, dass das alles nur reine Theorien sind.«

»Ich habe meine Zeit mit Internet-Recherchen verbracht«, berichtete Ute, »ich habe den Chat einer *katz99* von einem Liwest-Server mit einem *knight7* von verschiedenen Internet-Cafés gefunden. Es ist zwar nur eine Theorie, aber die *katz99* könnte Celine Katz sein…«

»Entschuldige, wenn ich dich unterbreche«, warf Johann ein, »aber vor einer Stunde ist ein Erstbericht von der ‚*6er*' gekommen. Die IP-Adresse von katz99 ist tatsächlich jene von Celine Katz. Bezüglich *knight7* haben wir eine vollständige Liste der Internet-Cafés und der Zeitpunkte des Einloggens. Ich habe mit der *Fahndung* gesprochen, die kümmern sich darum.«

»Danke, Johann. Das kann jetzt Verschiedenes bedeuten. Entweder das bedeutet gar nichts. Oder Celine hat sich mit *knight7* verabredet – dann ist sie entweder mit ihm durchgebrannt oder sie wurde entführt. Da Celine erst 12 ist, spricht leider vieles für eine Entführung. Und wenn wir den Zusammenhang mit unseren Mordfällen berücksichtigen, dann müssen wir auch im Fall der Celine Katz einen Mord in Erwägung ziehen.«

Ute machte eine Pause und blickte in die Runde. Niemand widersprach ihr.

»Am Sonntagabend hab ich dann einen wirklich interessanten Treffer erzielt. Martin Lesberger war der Busfahrer, der vor Jahren einen Unfall mit einem Bus gebaut hat. Jener Bus, der von der Firma S.Katz serviciert worden war – wahrscheinlich vom Mechaniker Friedhelm Schmidt. Bei diesem Unfall waren sieben Menschen um's Leben gekommen. Leider ist die Akte vom Bezirkspolizeikommando Steyr-Land noch nicht digitalisiert. Ich habe sie heute aus Steyr geholt, hab aber noch keine Zeit gehabt, sie durchzusehen.«

»Okay«, meldete sich Arno wieder zu Wort, »auf diesen Busunfall kommen wir später noch zu sprechen. Ich war heute früh bei Staatsanwalt Osen. Er macht Druck, weil er seinerseits von seinem Chef und vom Landespolizeidirektor Druck hat. Die Presse ist schon relativ ungeduldig. Jetzt arbeiten wir aber den heutigen Tag chronologisch ab. Toni, du bist der nächste.«

Toni berichtete, dass er mit der Fahndung eine offizielle Kooperation im Katz-Fall vereinbart hat. Er bat Johann, alle Ermittlungsergebnisse, die einen Zusammenhang mit dem Katz-Fall hatten, sofort an die Fahndung weiterzuleiten. Weiteres berichtete er, dass laut Fahndung eine Freundin von Celine ausgesagt hat, dass Celine von einem Internet-Freund gesprochen hat, den sie ‚Ritter' oder ‚ihren Ritter' nannte.

»Damit ist auch die Verbindung von Celine Katz zu *knight7* mit ziemlicher Wahrscheinlichkeit bestätigt. Ich bin dann mit Sanie zu Sabine Katz gefahren. Sie war schon hochgradig nervös. Auch von ihr haben wir erfahren, dass der Busfahrer damals Martin Lesberger war. Sie konnte aber nicht sehr viel zum Unfall sagen, außer dass das Reisebüro *Azurblaureisen* geheißen hat. Als Sanie sie auf *katz99* und *knight7* ansprach, hat sie offensichtlich Schlüsse daraus gezogen, die ihr dünnes Nervenkostüm nicht mehr bewältigen konnte. Sie ist völlig zusammengebrochen. Wir haben die Rettung angerufen und die hat sie ins Wagner Jauregg gebracht… Übrigens, ich hab vor einer Stunde bei der Fahndung nachgefragt – nichts Neues von der kleinen Katz.«

»Am Vormittag«, ergriff Arno wieder das Wort, »hat Johann eine Mordanzeige zu einem Lebenden hereinbekommen und auch gleich richtig reagiert. Kai und Nico haben dann im

Hohipera erfahren, dass ein gewisser Niklas Ortner mit einer hohen Rizin-Dosis vergiftet wurde. Er wird sterben, daher die Mordanzeige. Ich hab dann mit Ortner gesprochen. Er hat am Samstag mit Freunden ein paar Biere getrunken und höchstwahrscheinlich mit dem Bier das Gift verabreicht bekommen. Er ist öfter am Samstag am Südbahnhof, hat keine Feinde, die ihn umbringen könnten, kennt weder Schmidt noch Meischl, noch Lesberger, noch Katz. Wir haben eine komplette Liste seiner Freunde, die mit ihm am Südbahnhof waren. Kai, Nico, was habt ihr herausbekommen?«

»Ja, es waren schon alle hier. Lauter Pensionisten, daher hatten sie kurzfristig Zeit. Aber, wir haben leider nichts herausbekommen. Sie nennen sich F-POK, das ist keine Geheimorganisation sondern scheint eine lustige Runde von Senioren-Faustballern zu sein, die sich ‚*Faustball-Pensionisten-Organisations-Komitee*' nennen…«

»Du meinst Fußball…«, unterbrach ihn Anna.

»Nein, Faustball. wir haben uns erklären lassen, dass das eine Randsportart ist, aber die weltweit Besten kommen aus Oberösterreich. Okay. Niemand hat was Verdächtiges bemerkt. Dass jemand etwas in Ortners Bier geschüttet hat, ohne dass es jemand bemerkt hätte, hielten alle für möglich – es war an diesem Tag ein ziemliches Remidemi, weil Radio OÖ einen aus der Freundesgruppe am Südbahnhof live interviewt hatte. Alle hielten es für völlig ausgeschlossen, dass Ortner Feinde hat, die ihm nach dem Leben trachten. Wir haben sie auch mit den Namen Schmidt, Meischl, Lesberger und Katz konfrontiert – keine Ergebnisse.«

Anna berichtete, dass sie ein leider nur sehr kurzes Gespräch mit Helena Meischl hatte. Helena hatte das Handy während des Seminars ausgeschaltet gehabt und daher nichts von den Anrufen von Schule und Kindergarten mitbekommen. Und: sie hatten keine Feinde, jedenfalls nicht solche, die ihnen nach dem Leben trachten könnten.

»Na, dann werde ich jetzt mal von der neuerlichen Lesberger-Vernehmung berichten«, ergriff Arno wieder das Wort. »Haltet euch schon mal fest. Lesberger ist arbeitslos, weil er nicht mehr Busfahren kann. Grund ist der Unfall bei der Verkaufsfahrt vor mehreren Jahren. Lesbergers Bus rutschte auf Rollsplit über einen Berghang hinunter und überschlug sich mehrmals. Es gab sieben Tote, die nachherige Untersuchung ist zu keinen Schuldzuweisungen gekommen. Es wurde niemand angeklagt, die Versicherungen haben bezahlt. Aber – und jetzt kommt's – die damalige Reiseleiterin war Helena Meischl.«

Im Besprechungsraum herrschte Schweigen. Noch bevor alle durcheinander redeten, fuhr Arno fort, »und ein gewisser Ulrich Ortner – also nicht Niklas Ortner – hat Martin Lesberger entlassen…«

Arno machte wieder eine Pause, um seinen nächsten Worten Gewicht zu verleihen.

»Wie haben jetzt einen einzigen großen Zusammenhang. Das Busunglück. Lesberger war der Fahrer, Helena Meischl die Reiseleiterin, der Bus war in der Firma Katz zum Service und Friedhelm Schmidt war der verantwortliche Mechaniker.«

»Ähhh… Arno, ich hab jetzt schon den dritten Anruf vom Staatsanwalt. Ich hab sie alle weggedrückt, aber ich glaube, du solltest mal auf deinem Handy nachschauen… Du müsstest eigentlich auch Anrufe vom Osen drauf haben. Du solltest wahrscheinlich zurückrufen.«

»Ruf du ihn bitte zurück und sag ihm«, Arno blicke kurz auf seine Uhr, »sag ihm, dass ich um 21.00 bei ihm bin.«

Johann ging hinaus, um den Anruf zu tätigen.

»Was wir jetzt dringend brauchen«, fuhr Arno fort, »sind die Einzelheiten zu dem Busunglück. Anna und Ute, bitte ihr bearbeitet heute Nacht die 17 Ordner, die Ute mitgebracht hat. Wer kümmert sich um Azurblaureisen?«

»Ja, das mach ich«, sagte Nico.

»Ich helf dir dabei«, meldete sich Klaus.

»Okay, dann brauchen wir noch jemanden, der sich um Ulrich und Niklas Ortner kümmert.«

»Ich, mit Kai«, sagte Emma.

Toni und Sanie erklärten, dass sie auch nicht nach Hause gehen würden, sondern Ute und Anna helfen wollten.

»Gut, dann geh ich jetzt zu unserem Freund, dem Staatsanwalt«, beendete Arno die Besprechung.

**

»Guten Abend, Herr Chefinspektor«, wurde Arno von Dr. Osen begrüßt, »Sie haben mich ja ganz schön lange warten lassen.«

»Tut mir leid, aber wir haben einen wichtigen Durchbruch erzielt.«

»Aha, das sind ja gute Nachrichten. Aber auch ich habe gute Nachrichten.«

»Und zwar?«

»Herr Chefinspektor, die Staatsanwaltschaft beglückwünscht Sie zu Ihrer Arbeit im Dreifachtodesfall Meischl. Aufgrund der Ermittlungsergebnisse ist die Staatsanwaltschaft zu dem Schluss gekommen, dass die Beweise für einen erweiterten Suizid ausreichend sind. Der Fall ist hiermit abgeschlossen.«

»Hahaha«, lachte Arno Rack ungläubig auf, »was soll denn das für Blödsinn sein? Wo gibt's denn einen Beweis für erweiterten Suizid? Oder ist mir als leitender Ermittler da was entgangen?«

»Herr Rack, Sie bezichtigen die Staatsanwaltschaft der Blödheit?«

»Ja, so kann man das nennen, denn sowas Blödes hab ich mein ganzes Leben noch nicht gehört.«

Dr. Franz Osens Gesicht war rot angelaufen. Er beherrschte sich nur mühsam.

»Herr Rack, Sie können das gerne jederzeit dem Oberstaatsanwalt persönlich sagen. Wenn Sie wollen, mache ich Ihnen einen Termin. Und anschließend können Sie gleich zum Landespolizeidirektor gehen und ihm von der Unfähigkeit und ‚Blödheit' der Staatsanwaltschaft berichten…«

»Ja, das kann ich gerne machen, Herr Staatsanwalt. Dann darf ich aber auch gleich von einem Staatsanwalt berichten, der tägliche Berichte einfordert und sie sich dann nicht einmal anhört und stattdessen selbstherrliche Entscheidungen trifft.«

»Ich habe von Ihnen keinen Bericht erhalten, obwohl ich ihn verlangt habe. Das ist ein Dienstvergehen. Ich warne sie. Sie stehen kurz vor einer Suspendierung.«

»Erstens, mein lieber Herr Staatsanwalt, können SIE mich gar nicht suspendieren. Mein Chef ist der Landespolizeidirektor. Zweitens, bin ich hier bei Ihnen um«, Arno blickte auf die Uhr, »um 21.46 Uhr um den von Ihnen geforderten Bericht persönlich zu erstatten. Aber wenn Sie ihn nicht hören wollen… bitte sehr...«

Arno hatte sich erhoben. Er wandte sich zur Tür. Dr. Osen hielt ihn zurück.

»Na, dann sagen Sie schon… ob Sie irgendwas herausgefunden haben… was mich sehr wundern würde.«

Arno setzte sich wieder. Er berichtete vom Zusammenhang mit dem Busunglück vor mehreren Jahren und dass alle vier Fälle mit hundertprozentiger Wahrscheinlichkeit darin verwoben waren.

»Also, Sie berichten mir hier von einer ganzen Reihe von Vermutungen, ich würde sagen, dass das nicht einmal Vermutungen sind, sondern eher wilde Spekulationen…«

»Es ist mir scheißegal, wie Sie das nennen«, gingen Arno jetzt die Nerven durch, »das sind jedenfalls unsere Ermittlungsergebnisse. Und ob es Ihnen passt oder nicht, wir ermitteln im Fall Schmidt weiter und werden auch den Fall Meischl weiter bearbeiten. Sie werden morgen einen weiteren Bericht erhalten und ich kann Ihnen schon jetzt versichern – Sie werden Augen machen.«

»Gut Herr Rack, dann teile ich Ihnen hiermit offiziell mit, dass Sie nicht ermächtigt sind, in den Fällen Schmidt und Meischl weiterhin zu ermitteln. Es liegen gültige Beschlüsse der Staatsanwaltschaft über den Abschluss dieser Fälle vor.«

»Gut, Herr Dr. Osen, dann teile ich Ihnen hiermit offiziell mit, dass meine Arbeitsgebiete nur vom Landespolizeidirektor eingeschränkt werden können… Und mit dem werde ich morgen hoffentlich einen Gesprächstermin haben.«

Wortlos verließ Arno den Raum. Als er sich auf den Weg zu seinen Leuten machte, wurde ihm immer unwohler. Er wusste genau, dass es höchst unprofessionell gewesen war, sich so provozieren zu lassen. Und er wusste, dass er sich mit Dr. Osen einen Feind gemacht hatte. Und er dachte mit einem unguten

Gefühl daran, dass Dr. Osen und der Landespolizeidirektor Freunde waren.

Als er um 22.30 Uhr zu seiner Truppe kam, fand er sie alle mit dem Aktenstudium, beziehungsweise Polizei- und Internetrecherchen beschäftigt.

»Die Zusammenarbeit mit dem Staatsanwalt gestaltet sich momentan etwas schwierig«, informierte er, »ich brauche morgen wache Sinne und leg mich daher schlafen. Ihr schafft das, was wir vereinbart haben, auch ohne mich.«

Johann informierte ihn, dass sie vor zehn Minuten einen Anruf bekommen hatten, dass Niklas Ortner verstorben war.

Du bist so leise, als wärst du gar nicht vorhanden. Du schlüpfst durch die Tür. Gewöhnst deine Augen an die Dunkelheit. Du weißt, dass er sich schon in Sicherheit glaubt. Glaubt, dass er überleben wird. Du siehst, dass er fiebrig ist. Und unruhig. Du fragst dich, warum er so unruhig ist. Ob er dich spürt? Oder ist es die Schuld, die er spürt. Die Schuld, die sein Sohn auf sich geladen hat. Noch weiß er nicht, dass er diese Schuld tilgen wird. Er wird die Tilgung nicht demütig hinnehmen. Er wird sich wehren. Sinnlos wehren. Wo es doch so einfach für ihn wäre. Könnte es einfach geschehen lassen. Und hinübergleiten. Du weißt, dass er das nicht wird. Und du weißt auch, dass ihm alles nichts helfen wird. Nichts helfen kann. Denn es gibt keine andere Möglichkeit, seinem Sohn die Augen zu öffnen. Die Erkenntnis zu bringen. Die Erkenntnis seiner Schuld. Er wird um seinen Vater weinen. Er wird den Schmerz kennenlernen. Durch dich. Du bringst ihm bei, was Schmerz ist. Denn du hast die Macht. Du blickst in die Dunkelheit. Du beschließt, noch eine kurze Weile zuzuwarten.

Paul Allinger war fast 68. Schon vor einigen Jahren hatte er sich aus dem Berufsleben zurückgezogen und seinen 33,3%igen Firmenanteil an Azurblaureisen an seinen Sohn Manfred abgegeben.

Zusammen mit seinen langjährigen Freunden Egon Rüger und Ulrich Ortner hatte er das Reisebüro aufgebaut. Die ersten Jahre waren Goldgräberjahre gewesen. Alles war ihnen gelungen, sie hatten gute Gewinne gemacht und die Firma immer weiter ausgebaut. Dann hatte das Internet vorerst zu kleineren Veränderungen in der Branche geführt. Ihm war schon immer klar gewesen, dass sich die Welt für Reisebüros dramatisch verändern würde. Und so war es gekommen. Kein Stein war auf dem anderen geblieben. Ihnen war auch klargeworden, dass es höchste Zeit war, Jüngere in die Firmenentscheidungen einzubinden. Und da Paul von den drei Firmengründern der älteste war, hatte er auch als erster ‚an die Jugend übergeben'. Sein Sohn Manfred würde auf Zeit gesehen in der Firma das Ruder in die Hand nehmen. Manfred war 44 und hatte das Reisebüro-Handwerk von der Pike auf gelernt.

Paul hatte mit Manfred eine ganz besondere Vater-Sohn-Beziehung. Eine Beziehung, die fest und stark war, die Streit und Diskussion aushielt, die von gegenseitiger Liebe geprägt war. Und Manfred vertrug sich gut mit seinen jetzigen Partnern Egon Rüger und Ulrich Ortner. Einige Monate nachdem Paul den Hut genommen hatte, war dieses schreckliche Unglück passiert. Sie waren mit Klagen überhäuft worden, doch sie hatten sich nichts zu Schulden kommen lassen und waren gut versichert gewesen. Trotzdem war Azurblaureisen am Rande des Ruins gestanden. Weil die Stammkunden und Buchungen drastisch zurückgegangen waren. Schon damals hatte Manfred das Heft fest in der Hand gehabt. Und ER war es, der Ulrich und Egon überzeugt hatte, dass es sich lohnte, weiterzumachen. Denn Ulrich und Egon hätten wohl damals am liebsten ihre Anteile verkauft – wenn es Käufer gegeben hätte.

Obwohl Paul schon vor langer Zeit in Pension gegangen war, hing sein Herz noch immer an ‚seiner' Firma. Aber die Zukunft seines Lebenswerks lag schon lange in den Händen jüngerer. Das war auch richtig so. Der Berufsabschied war ihm sehr schwergefallen und früher hatte er nie geglaubt, dass es in der Pension so schön sein konnte. So frei aller Verpflichtungen! Und wenn man sich etwas vornahm, war es egal ob es heute, morgen oder übermorgen erledigt wurde. Herrlich.

Er lag allein auf seinem Zimmer, das zweite Krankenbett war unbelegt. Wirklich gut ging es ihm nicht. Sein Körper kämpfte noch mit den Nachwirkungen der Narkose. Er konnte nicht wirklich in einen erholsamen Schlaf fallen. Es musste wohl Mitternacht sein und er befand sich in einem Dämmerzustand, einem Stadium zwischen Wachsein und Schlaf. Immer wieder sumpfte er weg, um wenig später wieder wach zu sein. Er nahm wahr, wie die Zimmertüre kurz geöffnet wurde – wahrscheinlich die Nachtschwester auf ihrem nächtlichen Kontrollrundgang. Die Augen fielen ihm wieder zu, er dämmerte dem Schlaf entgegen.

Im Halbschlaf erinnerte er sich, wie es begonnen hatte. Er hatte unbedingt ein Belastungs-EKG machen wollen. Sein Hausarzt hatte ihn zu einem darauf spezialisierten Internisten geschickt. Beim Internisten würde vor dem Belastungstest eine Untersuchung erfolgen müssen. Daher bekam er einen Termin in sechs Wochen.

Nach sechs Wochen war Paul wie vereinbart um 13:00 Uhr beim Internisten. Die Zeit im Wartezimmer vertrieb er sich mit dem Ausfüllen eines Fragebogens. Er wusste noch nicht, dass dieser Fragebogen nur der erste von vielen weiteren war, die er in den nächsten Monaten ausfüllen würde. *Werden regelmäßig Medikamente eingenommen? Wenn ja, welche? Bestehen Allergien, Blutungsneigungen, Infektionskrankheiten, Wundheilungsstörungen? Hatten Sie schon jemals Schmerzen, Übelkeit, Erkältungen, Atemnot beim Treppensteigen, eingewachsene Zehennägel? Schnarchen Sie? Rauchen Sie? Trinken Sie? Wenn nein, warum nicht?* Am Ende kamen die ganz einfachen Fragen: *Werden metforminhaltige Medikamente eingenommen? Wurde schon einmal eine Regionalanästhesie durchgeführt? Besteht Soja-Unverträglichkeit? Besteht eine Veranlagung zur malignen Hyperthermie oder zum Borderline-Syndrom?*

Er wartete genau eine Stunde und 25 Minuten, dann lief er zum Auto, um einen neuen Parkschein hinter die Windschutzscheibe zu legen. Dann musste er nicht mehr allzu lange warten, nach 40 Minuten war er an der Reihe – also nach insgesamt rund zwei Stunden Wartezeit. Für einen Termin, den er sechs Wochen im Voraus vereinbaren musste! Die Untersuchung war nichts für Plaudertaschen. Der Arzt bedeutete ihm wortlos, das Hemd auszuziehen und verwies ihn dann auf ein mit weißem Papier ausgekleidetes Bett. Der Arzt schmierte klebrigen Brei auf ein Gerät, mit dem er auf seiner Brust auf und ab fuhr und dabei mit zunehmendem Stirnrunzeln in einen Bildschirm starrte. Bald war die Stirn in einem Ausmaß gerunzelt, dass Paul vermutete, dass dies nichts Gutes bedeuten konnte. Aber der Internist hatte seine Untersuchung zügig beendet und höflich gemeint »anziehen!« Die weiteren Kommentare waren: »Bauchaorta erweitert« und »brauchen CT«. Paul wusste, dass CT eine Computertomographie war, also das Fotografieren des Körperinneren durch einen Computer. Damit war für ihn eh fast alles klar, aber er wollte jetzt noch etwas belanglos plaudern und fragen, worum's denn da eigentlich ginge… Die nicht ganz erschöpfende Antwort war »brauchen CT«. Er bekam einen gelben Überweisungsschein für das Labor *Thomo-Lab* mit den Anweisungen »Termin machen« und »danach wiederkommen«. Mit der Sekretärin vereinbarte er einen Termin für die ‚Nach-CT-Zeit'. Es war inzwischen halb fünf und die Windschutzscheibe seines Autos zierte ein Strafzettelchen.

Bei seinem Anruf bei *Thomo-Lab* erfuhr er, dass unter zwei Monaten gar nichts gehen würde. Er meinte, dass ja schon ein Termin beim Internisten vereinbart war, der ihn überwiesen hatte – und ob das nicht etwas früher ginge. »Was glauben's denn?« war die – rein rhetorische – Gegenfrage. Paul bekam dann letztendlich doch einen Termin in sieben Wochen. Darauf verschob er seinen Termin beim Internisten.

Als Paul zwei Monate später im *Thomo-Lab* um 7:40 Uhr eintraf, also 20 Minuten vor dem Termin, war die Rezeption noch geschlossen, aber es warteten schon etwa 25 Leute vor ihm. Um neun Uhr wurde ihm ein Packerl Fragebogen in die Hand gedrückt. Die meisten Fragen konnte er schon im Schlaf beantworten. Allerdings war dabei auch ein Spezialfragebogen mit 17 Fragen zum Thema Kontrastmittel.

Wie oft wurden Ihnen Kontrastmittel gespritzt (Antwort: sehr oft)

Wann wurden Ihnen erstmals Kontrastmittel gespritzt (Antwort: 17.04.1973, 18.23 Uhr)

Sind sie allergisch auf Kontrastmittel – wenn ja, warum? – wenn nein, warum nicht? Usw, usw.

Um 10.00 wurde er in eine Wartekabine geführt. Dort musste er einer MTA – das stand jedenfalls auf dem Namensschild an ihrem Arztkittel – nochmals die Kontrastmittelfragen mündlich aus dem Stehgreif beantworten. Schließlich wurde er ins CT-Zimmer gerufen, musste sich auf ein fahrbares Bett legen, mit dem er gleich in den Riesencomputer hineinfahren würde. Nochmals musste er die 17 Kontrastmittelfragen beantworten. Paul fragte, ob sie nicht Jeopardy spielen könnten, bei dem er die Antworten gab und die MTA die Fragen dazu suchen musste.

Pünktlich zu seinem Termin beim Internisten traf Paul um 13:00 Uhr mit den CT-Bildern ein. Er erhielt den ihm schon bekannten Fragebogen überreicht. Paul wandte ein, dass er den schon voriges Mal ausgefüllt hatte. Aber nach dem »Geh sind's so lieb« der Sekretärin, konnte er sich wohl oder übel nicht mehr wehren. Die Atmosphäre war etwas merkwürdig, denn außer ihm war niemand im Wartezimmer. Dort saß er dann – allein – bis 14:30 Uhr, dann lief er hinunter zum Auto, um einen neuen Parkschein zu kaufen. Wieder zurück im Wartezimmer erkannte er, dass nicht nur keine Patienten hier waren, sondern auch kein Arzt. Er sei noch bei Tisch, meinte die Sekretärin. Der Arzt traf allerdings nach einer halben Stunde ein und es war sofort erkennbar, dass eine tief greifende Veränderung in ihm vorgegangen war. Er konnte plötzlich sprechen. Er erklärte, dass das eine ernste Geschichte sei… denn wie bereits vermutet, hatte Paul ein Bauch-Aorten-Aneurysma. Der Arzt meinte, dass auch Albert Einstein an einem Aneurysma in der Bauschlagader gestorben war – das Aneurysma war geplatzt und Einstein war dem Blutverlust erlegen. Maßnahmen seien daher dringend erforderlich. Das war nun doch einigermaßen beunruhigend!

Jaja, er dürfe nun nichts mehr tragen, nichts mehr heben und sich nicht mehr anstrengen… Der Herr Doktor schien erleichtert, dass er Paul nun los war und schrieb eine Überweisung in das Hohipera-Krankenhaus.

OK, nun ging es also darum, einen Termin im Hohipera-Krankenhaus zu erhalten. Paul erinnerte sich, dass Jürgen doch einen Sohn hatte, der Chirurg im Hohipera-Krankenhaus war. Jürgen war sein Freund und langjähriger Anwalt von *Azurblaureisen* – er hatte sie auch damals beraten, als diese Erpresser aufgetaucht waren, die Kapital aus dem Busunglück schlagen wollten. Über Jürgen hoffte er, einen baldigen Termin zu bekommen. Und so war es dann auch. Er musste vorerst in die Ambulanz kommen, wo – nach dem Ausfüllen einiger Fragebögen – nochmals Untersuchungen anzustellen waren. Vor allem wurde dort abgeklärt, welcher Art die Maßnahmen waren. Da war einerseits die Standardoperation, die offene Operation, bei der die Bauchschlagader durch eine Kunststoffprothese ersetzt wird. Das war gleichbedeutend mit kompletter Öffnung des Bauches mit Herausräumen aller unnützen Dinge, wie Gedärmen und dem ganzen anderen Zeug. Klang nicht so gut. Oder der Einsatz einer Stentprothese nach dem Katheterverfahren durch die Leisten-Arterien. Klang besser. Von Stents hatte Paul schon gehört, das schien ein Klacks zu sein. Und ja – nach Studium der CT-Bilder wurde entschieden, dass sich letztere OP-Art machen ließe.

Der Ambulanzarzt verschaffte ihm einen Aufnahmetermin in 14 Tagen. Super!

»Sie müssen am Dienstag um neun Uhr kommen…«, sprach der Ambulanzarzt zu Paul, »jaja, neun Uhr… das müsste reichen«.

Jetzt war Paul klar, wenn er um 9:00 Uhr kam, würde er mittags drankommen und nachmittags schon wieder zu Hause sein. Diesen Aberglauben zerstörte der Ambulanz-Arzt aber sofort, indem er ihm mitteilte, dass der Spitalsaufenthalt mindestens fünf Tage dauern würde. Oho! Scheiße, fünf Tage, das ist ja dann etwas Gröberes – schwante ihm nun erstmals. Er wusste noch nicht, dass er eben eine Fehlinformation erhalten hatte, denn es war ein postoperativer Spitalsaufenthalt von zehn Tagen vorgesehen.

Pünktlich zum vereinbarten Termin meldete Paul sich um 09.00 in der Aufnahme des Hohipera-Krankenhauses. Der erste Tag verging mit allerhand Untersuchungen, aber in erster Linie mit dem Ausfüllen von Fragebögen. Und Aufklärungsbögen. *‚Transfusion von Fremdblut oder Fremdblutbestandteilen‘, ‚Anästhesie bei Erwachsenen und Jugendlichen‘, ‚Stentimplantation bei abdominellen Aortenaneurysma‘.* Alle enden mit 15 absolut gleichen Fragen. Und natürlich mit Einverständniserklärungen. Paul hatte den Eindruck, wenn den Eingriff ein 19jähriger Student machen würde, hätte er auch bereits sein Einverständnis erklärt.

Er musste nochmals in die CT-Abteilung – und erhielt seinen Lieblingsfragebogen über die Kontrastmittel. Was allerdings merkwürdig war, war dass es bei allen Blut-, CT-, Röntgen- und sonstigen Untersuchungen keine Wartezeiten gab. Jetzt, wo er eh im Krankenhaus war und eh Zeit gehabt hätte! Und noch etwas war hier im Krankenhaus merkwürdig. Einige der Schwestern und einige der Ärzte – nicht alle – sprachen mit ihm, als ob er entweder a) ein Trottel oder b) schwerhörig oder c) altersdement oder d) alles zusammen war. Diese typische Sprache, hochdeutsch, langsam und laut, jedes Wort einzeln betonend. Er suchte sich dann immer einen Spiegel, um zu sehen, ob er eh nicht in den letzten Minuten um 20 Jahre gealtert war.

Nun musste er auf den Arzt warten. In seinem Zimmer lag die Zeitung von gestern. Er hatte sie zwar schon überflogen, aber da er Zeit hatte, las er sie genauer. Im Lokalteil: ‚Blutbad in Pichling‘. Er vertiefte sich in den Bericht. Wahnsinn, wo sollte diese allgemeine Brutalität, diese um sich greifende Mordlust noch hinführen? Der Name kam ihm bekannt vor. Meischl? Wo hatte er den schon gehört? Meischl? Meischl? Sie hatten doch… ja… sie hatten doch – als er noch bei *Azurblaureisen* aktiv war – eine Lehrerin fallweise als Reiseleiterin unter Vertrag gehabt. Die hatte doch Meischl geheißen? Merkwürdig. Ob das ihre Familie war? Er wurde vom Arzt, der zur Tür hereinkam, aus seinen Gedanken gerissen. Als Paul über die Operation und ihre

Risiken aufgeklärt wurde, schwante Paul immer Übleres. Man wusste noch nicht, wo er aufwachen würde – im Aufwachraum oder auf der Intensivstation. Also, das alles schien doch nicht ganz risikolos. Aber Hauptsache, er würde irgendwo aufwachen.

Am nächsten Tag erklärte man ihm, dass er erst um die Mittagszeit zur Operation drankommen würde. Er vermutete, dass ja noch Zeit bleiben müsse, für den einen oder anderen Fragebogen. Dem war aber dann doch nicht so. Um dreiviertel neun wurde er schnell, schnell, schnell – abgeholt. Man reichte ihm eine Wurschtigkeitstablette und fuhr ihn im Bett in den Keller. Irgendetwas wurde an ihn angeschlossen. Er hatte noch einen Blick auf die Uhr geworfen - es war kurz vor neun gewesen.

Als Paul aufwachte, lag er mit vielen anderen in einem größeren Raum. Eine vorbeihuschende Krankenschwester fragte er nach der Uhrzeit. Sie meinte es sei 14:00 Uhr. Nun das konnte nun wirklich nicht stimmen, denn dann hätten die ja von neun bis 14:00 Uhr, also sechs Stunden an ihm herumoperiert? Aber er war sowieso noch nicht aus dem Narkoserausch gänzlich erwacht und daher war's ihm wurscht. Er dämmerte wieder weg und erwachte wieder um 17:00 Uhr. Man brachte ihn aufs Zimmer. Eigentlich ging's ihm nicht wirklich gut. Aus den Beinen ragten Kanülen, die Untersuchung eines weiteren Schläucheleins ergab den Befund ‚Harnkatheter'. Auch aus seinem Hals hingen Schläuche.

Da mit dem Rest des Tages ohnedies nichts Produktives mehr anzufangen war, ließ er sich wieder in den restnarkosegeschwängerten Dämmerzustand hinübergleiten.

Wie er die Nacht verbracht hatte, wusste Paul am Morgen nicht mehr genau. Der Morgen begann übrigens um 05:30 Uhr, die Tür wurde aufgerissen, das Licht aufgedreht. Es erklang ein vielstimmiges freundliches »Guten Morgen, Guten Morgen, Guten Morgen!«

»Haben Sie gut geschlafen?«

»Weiß nicht recht.«

Dann wurden einige Infusionsflaschen an die aus seinem Hals ragende Redon-Drain angeschlossen. Zwei Schwestern wuschen ihn. Schließlich schlummerte er wieder weg.

Während des – körperlich – nicht sehr angenehm verlaufenden Tages, erfuhr Paul von einem Arzt, dass die Operation gut verlaufen wäre und dass es jetzt um Eines ginge, nämlich dass die Nähte der Arterien, die in der Leiste verliefen, halten würden. Denn, das sei das größte Risiko. Nähte würden in Arterien nicht sehr gut halten und wenn sie reißen, dann würde man verbluten. Wie beruhigend. Aber das würde schon nicht der Fall sein, meinte man, jedenfalls dürfte er nicht aufstehen und sich auch nicht allzuviel bewegen. Die Krankenschwestern waren nett, kompetent und – zumeist – hübsch. Nur ab und zu näherte sich ein Mäderl, das drohend eine Nadel hochhielt und erklärte, dass sie in Ausbildung wäre und das noch nie gemacht habe und fragte, ob er eh keine Angst hatte. Doch, hatte er. Die eine oder andere Infusionsflasche kam und ging, der Tag verging, der Abend kam. Das Licht wurde gelöscht und Paul versank wieder in unruhigen Schlaf.

Paul wurde gewaltsam aus seinem Dämmerzustand gerissen. Da hatte doch grad noch die Nachtschwester hereingeschaut? Es musste noch immer tiefe Nacht sein. Woher kam dieser plötzliche Druck? Er spürte etwas auf sich liegen und wusste nicht, was das war. Oder ob er nicht überhaupt träumen würde. Er fühlte in seinen Leisten plötzliche furchtbare stechende Schmerzen. Er erkannte…, dass jemand auf ihm kniete. Und seine Knie in seine Leisten bohrte. Er wollte schreien. Konnte es aber nicht. Irgendetwas verschloss seinen Mund. Da war eine Hand. Auf seinem Mund. Die Hand dessen, der auf ihm kniete. Wollte sich wehren. Strampelte. Schlug. Sein von der Operation malträtierter Körper war zu schwach. Furchtbare Schmerzen in den Leisten. Steigerten sich noch. Ob man an Schmerzen sterben konnte? Aaahhhh! Wollte um sich schlagen. Dieser Schmerz! Und dann… Dann… wurden die... Schmerzen langsam… weniger. Immer weniger. Etwas Wohliges breitete sich in ihm aus. Etwas Warmes. Flüssiges. Glitschiges. Der Gedanke... meine Leisten! Die Arterien. Die Nähte. Aufgerissen? Die Schmerzen waren jetzt fast weg. Er schaukelte. Sanft. Wie auf Wellen. Wie auf einem Boot. Schwankte leicht. Keine Schmerzen. Alles leicht. Schmerzlos. Schwerelos.

Dienstag, 13. Dezember

Der Schnee fiel seit den frühen Morgenstunden in dicken Flocken. Für manche viel zu früh, jedenfalls für Linz. In den Bergen hatte es schon vor 14 Tagen geschneit, aber natürlich nicht in Linz. Die Temperatur lag nur leicht unter der Null-Grad-Grenze, was zur Folge hatte, dass der Schnee zwar liegenblieb, aber auf den Straßen und auf den Gehsteigen bald zu einem rutschigen Matsch werden würde.

Im Hohipera-Krankenhaus, das heute Aufnahme hatte, bereitete man sich auf einen Ansturm gebrochener Gliedmaßen vor. Das war aber nicht wirklich die Besonderheit des heutigen Morgens. Wie Wellen breitete sich im Krankenhaus die Nachricht vom Tod eines Patienten aus, dessen Arteriennähte in der Nacht geplatzt waren. Der Mann lag nicht mal auf der Intensivstation. Es war auch keinerlei Lebensgefährdung vorgelegen. Der Patient war bei einem halbwegs guten Gesundheitszustand gewesen – so wie es eben den Umständen nach einer Aneurysma-Operation entsprach. Der Mann war verblutet gewesen, als man in heute morgen fand. Aber Arterien waren eben sehr dünn. Und Nähte konnten sehr leicht reißen...

**

Als der Wecker läutete, glaubte Arno, dass es sich um einen Irrtum handeln musste. Er war doch eben erst kurz eingeschlafen.

»Aufstehen!«, sagte seine Frau Karin und zerstörte in Arno jede Hoffnung, noch ein paar Mützen Schlaf bekommen zu können.

»Wie spät ist es denn?«, murmelte er.

»Es ist halb sechs und du hast um sieben einen Termin bei deinem Chef.«

Ach ja, der Landespolizeidirektor... Nachts hatte er ihn noch über die sogenannte interne Notrufnummer erreicht. Diese Nummer war die private Handynummer des Landespolizeidirektors – und die hatten alle Abteilungsleiter des LKA. Es war ungeschriebenes Gesetz, dass sie wirklich nur in äußerst dringlichen Angelegenheiten verwendet werden durfte. So hatte er seinen Chef kurz vor Mitternacht erreicht, als dieser eben zu Bett gehen wollte. Sein Chef war schon von Dr. Osen über den Disput informiert gewesen, hatte aber für Arno keinen Termin frei. Außer eben um sieben Uhr morgens.

Arno stand auf und blickte aus dem Fenster. Als er sah, dass es wie verrückt schneite und die Straßen schon von einer dicken Schneeschicht bedeckt waren, schwante ihm Übles. Der Verkehr würde heute Morgen wohl überhaupt zum Erliegen kommen. Er durfte aber den 7-Uhr-Termin beim Chef auf keinen Fall versäumen. Also würde er um viertel nach sechs wegfahren müssen. Was die Chance auf ein Frühstück auch heute auf Null reduzierte.

Er hatte zwei SMS bekommen. Eine von Anna. Uhrzeit 05.09! *‚Dienstbeginn 09.00 – wir haben bis fünf Uhr gearbeitet. Ich hab an Chris Tianistov eine SMS geschickt, ob er uns heute vormittag unterstützen kann‘*. Na, da schau! Sie hatten offensichtlich was gefunden. Die andere SMS war von Toni. *‚Hab Peter Hagge im Rahmen unserer Koop für die Morgenbesprechung per SMS eingeladen‘*. Alle dachten mit. Sehr gut.

Mit seinem Chef, dem Landespolizeidirektor Dr. Leo Baad, hatte er immer schon ein gutes Verhältnis gehabt – wenn auch nur dienstlich. Aber Dr. Osen war Leos persönlicher Freund. Mal sehen, was er heute erreichen konnte.

»Guten Morgen, Leo«, begrüßte Arno seinen Chef.

»Guten Morgen, Arno.«

»Danke, dass ich den Termin bekommen habe.«

»Naja, wegen dir bin ich eine Stunde früher aufgestanden.«

»Osen hat schon mit dir gesprochen?«

»Ja, er hat mich gleich nach eurem Gespräch angerufen. Er war ziemlich aufgeregt.«

»Ich… ich hab mich wohl von ihm etwas provozieren lassen.«

»Den Eindruck hab ich auch. Aber worum geht's denn eigentlich? Ich hab nicht soviel Zeit.«

»Leo, wir haben erfolgversprechende Spuren in unseren Mordfällen. Wie du weißt, haben wir vier Mordfälle mit sechs

Toten. Magdalena Lesberger, Luisa Schmidt, Vincent, Luca und Felix Meischl und Niklas Ortner. Und einen dazu passenden Vermisstenfall, Celine Katz. Und wir haben einen großen Zusammenhang gefunden.«

»Moment mal. Niklas Ortner? Von dem weiß ich nichts.«

»Niklas Ortner ist gestern Abend an einer Rizin-Vergiftung gestorben.«

»Aha. Und welchen Zusammenhang hast du gefunden?«

»Es dreht sich ganz offensichtlich alles um ein Busunglück, das vor ein paar Jahren stattgefunden hat.«

»Und wie ist der genaue Zusammenhang.«

»Den genauen Zusammenhang kenne ich noch nicht. Aber meine Leute haben die ganze Nacht gearbeitet. Bis fünf Uhr früh. Ich nehme an, dass wir heute Vormittag den genauen Zusammenhang kennen.«

»Franz Osen sagt, dass er die Fälle Schmidt und Meischl abgeschlossen hat.«

»Ja, aber da liegt er falsch. Luisa Schmidt wurde ganz bestimmt nicht von der ostasiatischen Wettmafia umgebracht und Vincent Meischl hat mit Sicherheit nicht sich und seine zwei Kinder erschossen.«

»Na gut, Arno, ich kenne keinen besseren Ermittler als dich. Ich lasse dir freie Hand bei deinen Ermittlungen. Unter einer Bedingung…«

»Welcher?«

»Die pflegst ab sofort einen anderen Umgang mit Staatsanwalt Dr. Osen. Bitte mäßige dich. Keine Beleidigungen mehr! Verstanden?«

»Okay Boss, verstanden.«

»Noch eine Bedingung…«

»Du sagtest EINE…«

»Na, dann hab ich mich eben gerade anders entschieden. Die zweite Bedingung ist, dass auch ich, so wie Osen, einen täglichen Bericht erhalte.«

»Okay«, seufzte Arno und wollte gerade gehen. »Ach ja, noch etwas.«

»Was?«

»Wir müssen eine Nachrichtensperre verhängen. Wenn die Zusammenhänge frühzeitig rauskommen, gibt's Spekulationen in der Presse ohne Ende. Und wir werden keine Ruhe mehr haben, werden uns vor lauter Anfragen nicht mehr erwehren können.«

»Nachrichtensperre?«, sagte Dr. Baad nachdenklich.

»Die Öffentlichkeit weiß bisher nur von dem relativ unspektakulären, aber ungelösten Fall Lesberger. Vom Schmidt-Fall ist nur bekannt, dass die Wettmafia dafür verantwortlich ist und der Meischl-Fall gilt als erweiterter Suizid als abgeschlossen. Der Katz-Fall ist ein einfacher Vermisstenfall und von Ortner ist noch gar nichts bekannt. Wir dürfen jetzt noch nicht bekanntgeben, dass wir Zusammenhänge gefunden haben!«

»Ja, da geb' ich dir recht. Nachrichtensperre okay. Ich werde das auch mit Osen kommunizieren.«

Es war jetzt kurz vor acht. Anna hatte geschrieben, dass sie sich um neun treffen würden. Er hatte also noch Zeit für ein Frühstück in seinem Lieblingscafé in der Kaplanhofstraße.

Er bestellte das Schlemmerfrühstück mit Schinken, Käse, Butter, einem weichen Ei und zwei Weckerl. Dazu einen doppelten Espresso. Seine Gedanken waren schon bei der Arbeit. Anna hatte Tianistov angefordert. Ganz schön kess. Ohne es mit ihm abzusprechen. Aber er wusste noch nicht, was sie gefunden hatten. Vielleicht war es wirklich so eilig. Dann war er wieder froh, dass er Mitarbeiter hatte, die die Initiative ergriffen.

»Was darf's denn sein?«, hörte er die Kellnerin, die er schon seit Jahren kannte. Sie sah – wie immer – entsetzlich aus. Sie hatte eine Struppelfrisur, allerlei Ringelchen in Ohren, Lippen und Nase. Und ihr Benehmen war – wie immer – provokant.

»Einen Café Latte«, antwortete die gut gekleidete junge Dame, die eben eingetreten war.

»Sie meinen… einen Häferlkaffee?«, fragte die Kellnerin in gelangweiltem Ton.

»Ich, äääh, einen Café Latte…?«

»Wir sind da nicht in Italy.«

»Wie meinen Sie das?

»Nix Italy. Austria!«
»Äääh, na also dann…«
»Eine Latte gibt's bei uns net…hihihi. «
»Ich hätte gerne einen Kaffee mit Milch.«
»Sag ich ja. Einen Häferlkaffee!«
»Gibt's die Milch extra dazu… ich meine separat?«
»Separat?«
»Na, halt nicht drinnen. Extra!«
»Nein, die Milch ist schon drin.«
»Perfekt! Einen Häferlkaffee bitte«

‚*Zwickt's mich*', dachte Arno, schüttelte stumm den Kopf und widmete sich wieder seinem Frühstück.

Um 08.45 war er im Büro. Als er in den noch leeren Besprechungsraum schaute, traute er seinen Augen nicht. Seine Leute hatten riesige Pin-Wände aufgestellt.

OPFER DES BUSUNGLÜCKS [Alter damals]

Ingrid LEHN ✞ 71 Pens. Witwe	Manfred PFÄHL ✞ 53 Fotograf Verh.	Magda MIBITSCH ✞ 60 Pens. Verh.	Doris NERR ✞ 21 BankAng ledig	Dimitri ORROV ✞ 43 Weinhändl ledig	Amelie NESBURG ✞ 20 Studentin ledig	Marianne BERSDORF ✞ 31 Hausfrau Verh.

NÄCHSTE ANGEHÖRIGE (VERDÄCHTIGE) [Alter jetzt]

Anna LEHN Tochter 42 Buchhalt. gesch.	Klara PFÄHL Gattin 51 K-Schw. Witwe	Hubert MIBITSCH Gatte 68 Pens. Witwer	Paula NERR Mutter 45 Aerobic-T verh.	Tom ORROV Bruder 41 Rest-Inh verh.	Johann NESBURG Vater 47 Journal. verh.	Leo BERSDORF Gatte 36 Arb-los verh.

WEITERE ANGEHÖRIGE (VERDÄCHTIGE)

Gitta LEHN Enkelin 15 Schüler	Lasse PFÄHL Sohn 25 Student	Mia MIBITSCH Tochter 39 Trauer-R	Hubert NERR Vater 49 Prok.	Galina ORROV Schwäg. 44 Rest-Ang	Ida NESBURG (2.Ehefr) 36 RA-Kanzl.	Greta BERSDORF (2.Ehefr.) 39 Verkf.
	Astrid PFÄHL Tochter 18	Matthias KOLL ‚SchwS',50 *3Mon. ✞* *HS-Prof.*	Volker NERR Bruder 23 Techn.Z	Irina, Marija Nichten 11/2	Julian NESBURG Bruder,15 *4Mon ✞* *Leukämie*	

VERMEINTLICHE ‚VERANTWORTLICHE'

Martin LESBERGER 29 Arb.-los Fahrer ledig	Sabine KATZ 40 Firmen-I ledig	Friedhelm SCHMIDT 38 Mechaniker verh	Helena MEISCHL 29 Lehrerin Reise-L verh	Manfred ALLINGER 44 GF-Ges. AzurblauR Witwer	Egon RÜGER 57 GF-Ges. AzurblauR verh	Ulrich ORTNER 62 GF-Ges. AzurblauR ledig

ANGEHÖRIGE DER VERMEINTLICHEN ‚VERANTWORTLICHEN' (ZIELE)

✝ Magdalena LESBERGER Mutter 71 Pens Witwe	Celine KATZ Tochter 12 Schülerin	✝ Luisa SCHMIDT Ehegattin 36 Hausfrau verh	✝ Vincent MEISCHL Ehegatte 30 Lehrer verh	Paul ALLINGER Sohn 23 RB-Ang. ledig	Marjana RÜGER Ehegattin 55 Hausfrau	✝ Niklas ORTNER ZwiBruder 62 Pens ledig
Michael LESBERGER 42 Bruder Vers-GA		Tina SCHMIDT 10 Tochter	✝ Luca+Felix MEISCHL 3, 5, Söhne	Konrad ALLINGER 21 Sohn EDV-T.	Christiane RÜGER Tochter 24 Studentin	
Bettina EISINGER Schwester 43 Behi-Betr		Agathe +Tim SCHMIDT Eltern Freistadt		Paul ALLINGER Vater 68 Pens Witwer		

ANNA CONDÈRE	TONI QUASSER	EMMA TILL	NICO LAUSS	KAI PIRINNER	KLAUS DROFOBY	SANIE DETR

Arno stand vor den Pin-Wänden. Studierte sie. Wahnsinn! Wenn diese Zusammenhänge stimmten, dann war hier ein Verrückter am Werk!

»Na, was sagst du zu unserer Nachtarbeit?« frage Anna Condère, die hinter ihm in den Raum getreten war.

»Gute Nachtschicht-Arbeit!«, lobte Arno, »wir werden uns jetzt gleich zusammensetzen, um das zu besprechen.«

»Ja, das müssen wir.«

»Ich hab heute schon mit dem Polizeidirektor gesprochen. Wir haben freie Hand für unsere Ermittlungen – trotz der Steine, die uns der Staatsanwalt in den Weg legen will. Und ab sofort gilt Nachrichtensperre! Ist das allen klar?«

Wieder ging die Tür auf. Es war Chris Tianistov.

»Guten Morgen alle zusammen.«

»Hallo Chris«, antwortete Arno überrascht, »wie hast du das so schnell geschafft?«

»Ich hab beim Frühstück die SMS deiner Kollegin gelesen und mich gleich ins Auto gesetzt. Wenn ich helfen kann…«

Als alle versammelt waren – auch Peter Hagge war eingetroffen – begann Anna.

»Wir konnten noch nicht *alles* recherchieren. Aber was wir nachts ermitteln konnten, ist hier eingetragen. Beim damaligen Busunglück gab es sieben Tote. Darunter haben wir die nächsten Angehörigen aufgelistet. Dabei ist es natürlich so, dass ‚*nächste*' nicht genau definiert ist, daher haben wir noch weitere Angehörige eingetragen. Wenn wir also vorläufig von der Theorie ausgehen, dass sich ein oder mehrere Angehörige der Unfallopfer aus einem bisher noch nicht bekannten Grund ‚rächen' wollen, dann muss man nach sogenannten Verantwortlichen für den damaligen Unfall suchen. Die haben wir aus den Akten ermittelt. Und wenn diese – wie jemand glaubt – ‚Verantwortlichen' bestraft werden sollen, dann kann man das am grausamsten, indem man deren Angehörige tötet. Das heißt, unsere Opfer sind nicht die wirklichen Opfer. Die wirklichen Opfer sind diejenigen, die ein irrer Mörder für das Busunglück verantwortlich hält. Die will er bestrafen.«

»Entschuldigung Anna«, unterbrach sie Tianistov, »aber ich weiß nicht, ob ich da ganz mitkomme. Darf ich das mit meinen Worten erklären – und Sie sagen mir, ob ich das richtig verstanden habe?«

»Bitte sehr«, antwortete Anna reserviert. Sie war offensichtlich über die Unterbrechung nicht erfreut.

»Ihr habt vier Mordfälle und einen Vermisstenfall. Lesberger, Schmidt, Meischl, Ortner und Katz. Die habt ihr als ‚*Ziele*' bezeichnet. Dazu kommen noch Allinger und Rüger, die ihr als ‚*gefährdete Ziele*' einstuft. Und alle haben einen nahen Angehörigen, den man als ‚*Unfallverantwortlichen*' bezeichnen könnte. Stimmt das so?«

»Ja, so ist es.«

»Okay. Aber davon mal abgesehen – was mich verwirrt, ist, dass es nicht nur sieben Unfallverantwortliche, sondern auch sieben Mordfälle gibt. Hat das eine Bedeutung?«

»Unseres Wissens nicht. Jedenfalls haben wir dazu keine Erklärung. Es sollte reiner Zufall sein.«

»Schon wieder ein Zufall«, warf Arno ein.

»Okay. Und die Vermutung ist also«, fuhr Chris fort, »dass eure Mordopfer eine einzige Person auf dem Gewissen hat – und zwar eine, die den Tod ihres Angehörigen rächen will. Also zum Beispiel die Anna Lehn, weil ihre Mutter Ingrid Lehn den Unfalltod gefunden hat. Sie hätte dann theoretisch eure Mordfälle auf dem Gewissen. Ist das die Theorie?«

»Naja… Es ist eine Theorie, die wir heute Nacht, besser gesagt in der Früh aufgestellt haben…«

»Ich meine ja nicht, dass die Theorie abwegig ist«, beruhigte Tianistov, »ich wollte mich nur vergewissern, ob ich Ihnen folgen kann, Anna. Ihr seid schon so lange mit den Fällen beschäftigt – und ich erst seit einer Viertelstunde.«

»Dann erkläre ich mal die ‚*vermeintlichen Verantwortlichen*'», fuhr Anna fort. »Vorausschicken möchte ich, dass damals nach den Untersuchungen des Unfalls alle Verfahren eingestellt wurden. Das heißt, es wurde niemand angeklagt. Das Ergebnis war ‚*eine unglückliche Verkettung verschiedener Umstände*'. Alle beteiligten Versicherungen haben bezahlt. Die Angehörigen der Opfer wurden entschädigt.

Aber es könnte natürlich sein, dass dies jemand nicht akzeptiert und trotzdem meint, dass verschiedene Personen Schuld am Unglück tragen. Martin Lesberger war der Fahrer des Busses. Ihm kann man jedenfalls die Schuld am Unglück geben. Sabine Katz war, beziehungsweise ist, Inhaberin der Werkstatt *S.Katz GesmbH*, die den Bus gewartet hat. Obwohl sie nachweisen konnte, dass sie ordentliche Arbeit geleistet hatten, könnte man natürlich auch vermuten, dass sie Schuld trägt. Das gleiche gilt für den damals einzigen Mechaniker der Firma Katz, Friedhelm Schmidt. Helena Meischl war nur die Reiseleiterin. Ihr eine Schuld zuzuweisen, ist schon ziemlich weit hergeholt, aber was weiß man schon, wie ein krankes Hirn tickt… Manfred Allinger, Egon Rüger und Ulrich Ortner waren die Inhaber der Firma Azurblaureisen, die die Verkaufsfahrt veranstaltet hat – also auch denen könnte man die Schuld zuschieben. Das sind die Personen, die im Akt erwähnt werden. Möglicherweise gibt es noch andere Personen, denen man eine Schuld zuweisen könnte – jedenfalls dann, wenn man nicht ganz richtig im Oberstübchen ist. Ich sag nur mal was, um das zu verdeutlichen. Man könnte auch dem Tankwart, der den Bus aufgetankt hat, die Schuld geben.«

»Kennen wir diesen Tankwart?«, fragte Arno.

»Nein, von dem war nie die Rede. Ich hab nur ein Beispiel gebracht. Aber alle, außer Rüger und Allinger, passen in unser Schema.«

»Gut,« sagte Arno, »gehen wir mal von dieser Theorie aus. Das würde dann heißen, dass der Täter aus der Rubrik ‚*Nächste Angehörige*‘ oder ‚*Weitere Angehörige*‘ stammt. Ihr habt da eure Namen drunter geschrieben. Was bedeutet das?«

»Wir dachten,« sagte Anna, dass sich jeweils einer von uns mit einer vertikalen Linie beschäftigen soll.«

»Okay, dann fang an, Anna«, sagte Arno.

»Bei mir ist es relativ leicht. Wir können davon ausgehen, dass eine 15jährige Schülerin eher nicht in Frage kommt. Bleibt in meiner Linie nur Anna Lehn als mögliche Täterin. Sie hat beim Unglück ihre Mutter verloren.«

»Klara Pfähl«, fuhr Toni Quasser fort, »hat ihren Ehemann verloren – kommt also als Täterin in Frage. Aber ebenso, finde ich, kommen auch die 18jährige Astrid und der 25jährige Lasse in Frage, die damals ihren Vater verloren haben.«

»In meiner Linie scheint es logisch«, sage Emma Till, »dass Hubert Mibitsch als Täter in Frage kommt. Er hatte damals seine Frau verloren. Allerdings ist er 68 Jahre alt und wir müssen erst überprüfen, wie gut er beisammen ist. In zweiter Linie können wir dann Mia Mibitsch verdächtigen, die Tochter der verunglückten Magda Mibitsch.«

Als nächster war Nico Lauss an der Reihe. »Bei mir sind die Eltern der Doris Nerr, also Paula und Hubert Nerr gleichermaßen verdächtig, weil sie bei dem Unfall ihre Tochter verloren haben. Auch den 23jährigen Bruder der Verunglückten dürfen wir nicht außer Acht lassen.«

»Mein Verdächtiger ist eigentlich relativ unverdächtig,« sagte Kai Pirinner, »Tom Orrov, der Bruder des Verunglückten, ist nach den vorliegenden Informationen inhaftiert. Er sitzt eine sechsmonatige Haftstrafe wegen schwerer Körperverletzung ab. Er ist ein Wiederholungstäter. Und gewalttätig. Ich werde natürlich überprüfen, ob er tatsächlich sitzt und ob er eventuell Freigang hat. Seine Frau kommt wohl kaum in Frage – sie sind erst seit zwei Jahren verheiratet.«

»Ich habe nur einen Kandidaten«, meldete sich Klaus Drofoby, »und das ist der Vater der verstorbenen Amelie, Johann Nesburg. Die leibliche Mutter hieß Julia und ist schon lange verstorben. Johanns jetzige Frau ist nicht die Mutter von Amelie.«

»Und als letzte bin ich dran«, sagte Sanie Detr, »und ich hab auch nur einen, nämlich Leo Bersdorf, der beim damaligen Unfall seine Gattin Marianne verloren hat.«

»Ich habe auch noch was beizutragen«, sagte Ute Ruhs, »der Ermittlungsleiter am Unfallort war damals Erich Till, Emmas Vater.«

»Was?«, wunderte sich Emma, »mein Vater?«

»Ja«, bestätigte Ute, »er ist zwar schon in Pension, aber wir könnten ihn fragen, ob er sich an irgendetwas Besonderes erinnert. Etwas, was nicht in den Akten steht.«

»Gute Idee«, sagte Arno, »Emma, rufst du deinen Vater an?«

»Ähhh…«, zögerte Emma, »das möchte ich… also… das möchte ich nicht so gerne… Das Verhältnis zu meinem Vater… also das ist nicht das allerbeste.«

»Ich ruf ihn an«, meldete sich Nico.

Schweigen breitete sich aus. Jeder war schon bei dem Gedanken, welche Schritte als nächstes zu erledigen waren.

»Das heißt also, ihr habt insgesamt 12 Verdächtige, wenn ich richtig mitgezählt habe«, sagte Chris Tianistov, »und ich nehme an, dass ihr mich geholt habt, um sowas wie ein Täterprofil zu bekommen.«

»Ja, das wäre hilfreich«, bestätigte Arno, »will jemand Kaffee?«

»Euer Täter ist männlich, zwischen 35 und 40 Jahre alt und überdurchschnittlich intelligent«, begann Chris, »seine soziale Bindungsfähigkeit ist gestört – was auf sein gestörtes Verhältnis zu seiner Mutter zurückgeht. Er ist verheiratet und hat zwei Kinder. Seine Frau ahnt nichts von seinen Taten. Er ist 180 bis 185 groß, rund 90 kg schwer und hat schüttere, blonde Haare und trägt dunkelgraue Anzüge.«

Es war totenstill im Besprechungsraum geworden. Alle starrten ihn sprachlos an.

»Also, das wäre ein perfektes Täterprofil. Oder? Aber sowas könnt ihr von mir nicht haben – sowas gibt's in der Wirklichkeit nicht…«

Erleichtertes Aufatmen war zu hören. Die meisten hatten schon geglaubt, Tianistov sei verrückt geworden.

»Wir machen das so: ich erzähl euch erstmal was über Serienmorde und Täterprofile. Und dann brauche ich jemanden von euch, der mir alle Einzelheiten zu den Morden erzählt. Erst dann – das wird morgen sein – kann ich versuchen, ein Täterprofil zu erstellen. Man kann nämlich nur durch das Täter-Verhalten am Tatort gewisse Schlüsse auf den Charakter des Mörders ziehen. Ist das so okay?«

Er blickte in die Runde. Sah Nicken.

»Gut. Man spricht von einer Mordserie, wenn eine Person – der Serienmörder – mehrere Morde verübt. Diese Taten kann er über Monate, manchmal sogar Jahre, verüben. Ein sogenannter

Massenmörder – dazu gehört der Amokläufer – tötet während *einer* Tat am *gleichen* Ort *mehrere* Menschen. Dagegen tötet der *Serienmörder* bei *verschiedenen* Taten an *verschiedenen* Orten und Zeitpunkten. Das schließt allerdings nicht aus, dass er bei einer Tat mehrere Personen mehr oder weniger gleichzeitig umbringt. Der Rauschmörder tötet seine Opfer an unterschiedlichen Orten in sehr kurzem zeitlichen Abstand. Bisher alles klar?«

Nicken reihum.

»In unseren Fällen kommen Rausch- und Massenmörder nicht in Frage, denn sie suchen sich ihre Opfer nicht gezielt aus. Der Serienmörder dagegen, hat ein Opfer-Schema im Kopf oder er sucht gezielt bestimmte Personen aus. Das ist bei uns der Fall. Den typischen Serienmörder gibt es nicht. Meist erkennen die Fahnder zunächst auch gar nicht, dass der gleiche Täter für mehrere Verbrechen verantwortlich ist. So war es ja auch bei euch. Der Grund ist, dass der *‚Modus Operandi'*, also das Tatmuster nicht gleichbleibend ist.

Chris machte eine Pause. Blickte in die Runde. Vorerst schien es keine Fragen zu geben.

»Eigentlich gibt es zwei Typen von Serienmördern. Der eine mordet spontan, weil ihn die Situation dazu verleitet hat. Der andere bespitzelt seine Opfer im Vorfeld, plant den Mord genau und nimmt dann auch die entsprechende Waffe mit. Das ist eurer! Auch von den Motiven her gesehen gibt es mehrere Typen. Zum Beispiel Sexualmörder, Raubmörder, Beziehungsmörder, Veranlagungsmörder, Auftragsmörder und so weiter. Wenn eure Theorie stimmt – und ich zweifle keinen Augenblick daran – dann ist euer Täter ein Gesinnungsmörder. Seine Motive sind ideologisch oder religiös. Er verschafft sich durch seine Taten keine persönlichen Vorteile – er erweist seinen Mitmenschen oder etwas *‚Höherem'* – was immer das sein mag – einen *‚Dienst'*.«

»Chris, wenn du ein Täterprofil erstellt hast«, meldete sich Klaus, »was kann da bestenfalls herauskommen?«

»Ihr dürft euch nicht zuviel erwarten. Ich kann euch vorweg die statistischen Daten nennen, das heißt aus Untersuchungen der letzten Jahrzehnte, trifft für mehr als zwei Drittel aller

Serienmördern folgendes zu: männlich, Inländer, 18 bis 39 Jahre alt, ledig oder geschieden, kinderlos und nur unterdurchschnittlich intelligent. Sie haben keinen höheren Schulabschluss und arbeiten in untergeordneter Stellung oder sie sind arbeitslos. Sie sind soziale Außenseiter, vorbestraft, polizeibekannt. Sie haben eine ausgeprägte Persönlichkeitsstörung, sind emotional labil, egozentrisch, verantwortungslos und haben Minderwertigkeitskomplexe. Entweder leben sie sozial isoliert oder sie verbergen ihre Morde geschickt vor ihren Freunden. Als Kind waren sie Opfer von Missbrauch, Gewalt oder emotionaler Kälte. Aber bitte Vorsicht! Das sind nur statistische Daten und können daher leicht in die Irre führen. Nicht aus jedem traumatisierten Kind wird ein Serienmörder und nicht jeder Serienmörder hat eine traumatische Kindheit hinter sich.«

»Wenn ich mir unsere 12 Verdächtigen anschaue«, sagt Sanie Detr, »dann scheint's ganz offensichtlich kaum einen zu geben, auf den Ihre Beschreibung zutrifft.«

»Ja«, grinste Chris, »dann wär's wohl auch zu einfach – nicht wahr?«

»Wir haben nun einen Überblick über Serienmörder bekommen. Gut. Wie gehen wir nun vor? Bitte um Vorschläge.«

»Ich glaube, dass unsere Aufteilung, also die Fall-Zuteilung nicht ganz hinhaut«, sagte Emma. Denn die Anweisung, dass immer nur zu zweit ermittelt wird, wird doch sicher aufrecht bleiben. Oder?«

»Natürlich«, antwortete Arno.

Toni sagte »das kann ja kein Problem sein. Dann übernehmen eben Anna und ich die Spalte Lesberger und Katz.«

»Okay, Nico und ich nehmen Schmidt und Meischl.«

»Klaus und ich nehmen Allinger und Rüger,« ergänzte Kai.

»Sanie, damit musst du mit mir Vorlieb nehmen«, sagte Arno, »und Johann ist wieder unser Verbindungsmann. Alle Neuigkeiten an ihn! Ute, du verbringst den heutigen Tag mit Chris. Ist das okay?«

»Darf ich noch eine Frage stellen?«, meldete sich Peter Hagge zu Wort, »ihr glaubt also allen Ernstes an einen einzigen Täter, obwohl die Vorgehensweisen so unterschiedlich sind?«

»Bei Serientätern ist das zwar außergewöhnlich aber durchaus auch im Bereich des Möglichen«, antwortete ihm Chris Tianistov.

Nachdem niemand mehr das Wort ergriff, fragte Anna, »und wie genau gehen wir vor?«

»Also ich würde vorschlagen«, meldete sich wieder Toni zu Wort, »dass wir zuerst die noch ausständigen Recherchen ergänzen und dann die ‚*Verdächtigen*' besuchen und ein erstes vorsichtiges Gespräch führen.«

»Wollt ihr die Besuche ankündigen?«, fragte Arno.

Das Thema war ein zweischneidiges Schwert. Kündigte man den Besuch, das Gespräch, nicht an, machte man viele Kilometer umsonst. Oft waren drei, vier Besuche notwendig, bis man jemanden antraf. Und dann stieß man oftmals auf Ablehnung und Unverständnis. Einfacher war es, den Besuch anzukündigen, allerdings mit dem Nachteil, dass sich der Verdächtige auf das Gespräch vorbereiten konnte.

»Also ich möchte vorher lieber telefonieren«, sagte Anna.

»Ich möchte lieber unangekündigt hinfahren«, meinte Emma.

»Na gut, dann macht es jeder, wie er will,« bestimmte Arno. »Aber vordringlich ist, dass ihr beide, Kai und Klaus, die Familien Rüger und Allinger warnt. Wenn unsere Theorie stimmt, dann müssten die als nächste an der Reihe sein. Bietet ihnen Polizeischutz an. Lasst einen Streifenwagen vor deren Häusern parken. Und wenn ihr alle neuen Ergebnisse an Johann meldet, dann vergesst nicht, dass ihr mir die ganz wichtigen Sachen auch durchgebt.«

»Ja, noch etwas«, ergänzte Arno nach einer kurzen Pause, »beschafft bitte Fotos von allen Personen – dann können wir uns mehr drunter vorstellen. Wer macht das?«

»Ich«, sagte Ute, »ich werde sie den Tiefen des Internet entreißen…«

»Ihr werdet ja jedenfalls die Alibis überprüfen wollen«, meldete sich Johann zu Wort. »Ich hab für euch Aufstellungen mit den Tatzeiten gemacht.«

Er teilte an alle Zetteln aus.

Magdalena Lesberger, Brunnen: Sa, 22. bis Mi, 26.10.
Luisa Schmid, Wasserwald: Mo, 28.11., 09.30-10.00
Amoklauf Meischl, Pichling: So/Mo, 4./5.12., 23.00-02.00
Celine Katz, Internet Entführung, Mi, 7.12., 17.00-21.00
Niklas Ortner, Südbahnhof: Sa, 10.12., 10.00-11.30

**

»Guten Tag, Herr Rüger, ich bin Klaus Drofoby vom LKA. Wir haben telefoniert. Das ist mein Kollege Kai Pirinner.« Klaus zeigte seinen Ausweis her und deutete auf Kai.

Egon Rügers Büro in der Firma Azurblaureisen war funktionell eingerichtet. Kein Pomp und kein Schnickschnack. Immerhin war Rüger geschäftsführender Gesellschafter. Rüger sah man sein Alter von 57 Jahren nicht an. Schmales Gesicht, brünettes Haar, altmodische Brille, Oberlippenbart. Er war etwa 180 groß und trug einen geschäftsmäßigen dunkelblauen Anzug.

»Meine Herren«, sagte Rüger nachdem er ihnen einen Platz angeboten hatte, »womit kann ich Ihnen helfen?«

»Wir hatten Sie gebeten, Herr Rüger, auch Ihre Kollegen Manfred Allinger und Ulrich Ortner zu unserem Gespräch zu bitten…«

»Ja, das… das ist etwas schwierig… wie sie verstehen werden. Sie werden sich wohl etwas verspäten… Aber sie haben versprochen, zu kommen.«

»Ja, das verstehen wir. Wann werden sie kommen?«

»Das weiß ich nicht genau… unter diesen Umständen…«

»Gut, denn fangen wir schon mal an. Herr Rüger, wir glauben, dass Sie, beziehungsweise Ihre Familie in Gefahr sind.«

»In Gefahr? Ich? Meine Familie? Wie kommen Sie darauf?«

»Es hat eine Reihe von Todesfällen gegeben… besser gesagt Mordfällen… die den Verdacht nahelegen, dass alle Gesellschafter ihres Reisebüros – und ihre Familienmitglieder – ebenfalls Ziel von Mordangriffen werden könnten.«

»Was? Wieso? Warum?«

Egon Rüger war eiskalt geworden. *‚Alle Gesellschafter'*! Erst heute Morgen hatte er erfahren, dass gestern Ulrichs Bruder Niklas gestorben war – angeblich an einer Vergiftung. Und gleichzeitig war auch Manfreds Vater verstorben. Was war hier los?

»Sie werden verstehen Herr Rüger, dass ich Ihnen nicht alle Details nennen kann, weil wir noch ermitteln. Aber so viel, dass sie verstehen, warum sie in Gefahr sind. Wir glauben, dass nicht Sie, sondern in erster Linie Ihre Frau und Ihre Tochter gefährdet sind…«

»Meine Tochter?«, unterbrach ihn Rüger.

»Ähhh… ja…?«

»Meine Tochter Christiane ist tot. Sie ist im Oktober verstorben.«

Klaus und Kai waren sprachlos. Sie starrten Rüger entsetzt an. Kai entschuldigte sich mit dem Hinweis, dass er dringend telefonieren müsse und hinkte hinaus.

»Es ist wohl doch besser, wenn wir auf meine zwei Kollegen warten«, sagte Rüger und fragte bei seiner Sekretärin telefonisch nach, ob Allinger und Ortner schon im Haus seien. Er erhielt die Auskunft, dass sie schon am Weg wären.

»Herr Rüger, Ihre Tochter ist verstorben. Das tut uns sehr leid. Wie ist sie denn gestorben?«, fragte Klaus.

»Sie ist bei einer Bergwanderung abgestürzt.«

Klaus‘ Gedanken überstürzten sich. War das auch ein Mord gewesen? Wenn ja, dann war es der erste gewesen.

»Gab es dabei… irgendwelche Ungereimtheiten… oder offene Fragen.«

»Nein, eigentlich nicht. Außer vielleicht… dass sie eine gute Bergsteigerin war… Und dass es mir bis heute unerklärlich ist. Wissen Sie, sie war niemals leichtsinnig. Sie hatte noch einen Notruf abgesetzt. Die Bergrettung fand ihre Leiche. Ihr Körper war völlig zerschmettert.« Rügers Stimme zitterte. Niemals hatte er an was anderes gedacht, als einen tragischen Unfall. Aber jetzt… Wo diese Polizisten sagten, dass seine Familie in Gefahr sei… Was bedeutete das alles?

»Können sie mir nicht sagen, worum es da genau geht?«, wollte Rüger wissen.

Bevor Klaus antworten konnte, öffnete sich die Tür. Ein leichenblasser Mann trat ein. Klaus wäre fast aus den Latschen gekippt. Er starrte den Mann an, wie ein Gespenst. Das war doch

Niklas Ortner! Den hatte er doch gestern noch im Hohipera-Krankenhaus gesehen. Angeblich dem Tode geweiht. Und in der Nacht hatten Sie die Nachricht bekommen, dass er verstorben war.

»Grüß Gott, ich bin Ulrich Ortner«, sagte er mit leiser Stimme.

»Ulrich…? Sie sind der Bruder von Niklas Ortner«, sagte Klaus, »ich darf Ihnen mein Beileid ausdrücken.«

»Danke. Niklas war mein Zwillingsbruder.«

Wieder ging die Tür auf. Ein jüngerer Mann trat ein. Er war genauso blass, wie Ulrich Ortner. Er schien gute 40 Jahre alt, groß, schlank, Drei-Tage-Bart. Gekleidet war er in Jeans und schwarzem T-Shirt.

»Ich bin Manfred Allinger«, sagte er. Auch er mit leiser Stimme.

Wieder ging die Tür auf. Kai war zurückgekehrt. Er hatte Johann Tampf angerufen und die Info weitergegeben, dass Egon Rügers Tochter Christiane im Oktober abgestürzt war. Und die dringende Bitte, Details dazu zu recherchieren.

Nochmals stellte Klaus sich und Kai vor.

»Ich darf sie bitten, Stillschweigen darüber zu bewahren, was ich Ihnen jetzt erzählen werde… Ist das für Sie in Ordnung?«

»Das ist doch wohl schwer zu sagen, wenn wir noch gar nicht wissen, worum's eigentlich geht«, meinte Manfred Allinger, »Sie sind doch vom LKA. Brauchen wir einen Anwalt?«

»Nein, sie brauchen keinen Anwalt. Aber ich brauche Ihre Zusicherung der Verschwiegenheit. Sonst kann ich Ihnen nichts erzählen.«

Als alle drei ihre Zusage gegeben hatten, berichtete Klaus.

»Vor einigen Jahren ist einer Ihrer Busse verunglückt. Dabei kamen sieben Menschen ums Leben. Es hat damals keine Schuldigen gegeben, es wurde eine Verkettung unglücklicher Umstände festgestellt. Aber nach unseren Ermittlungen und unserer Theorie gibt es jemanden, der das nicht akzeptiert… Er ermordet Angehörige derjenigen, die er als Verantwortliche für das Unglück hält.«

»Mein Gott…«, entfuhr es Rüger.

»Niklas Ortner wurde Opfer eines Giftanschlags. Eben haben wir erfahren, dass auch Christiane Rüger verstorben ist. Bleibt Ihre Familie übrig, Herr Allinger… Nach unserer Theorie befinden sich Ihre Kinder und möglicherweise auch Ihr Vater in größter Gefahr…«

»Mein Vater ist heute Nacht im Hohipera-Krankenhaus verstorben«, unterbrach ihn Manfred Allinger, »aber ihn hat niemand umgebracht. Er ist an einem Aneurysma gestorben.«

»Entschuldigung«, sagte Kai und verließ fluchtartig den Raum. Immer, wenn er es eilig hatte, hinkte er besonders stark.

Wahnsinn! Auch ein Allinger war tot. Damit hatte sich ihre Theorie mehr als bestätigt. Sie mussten sofort mehr über Allingers Tod erfahren.

Klaus war zum zweiten Mal an diesem Vormittag sprachlos. Nur mühsam gelang es ihm, sich wieder zu konzentrieren.

»Ich darf auch Ihnen meine Anteilnahme aussprechen, Herr Allinger. Was ist ein… Aneurysma?«

Manfred Allinger erklärte es und fügte hinzu »Aber das war ganz sicher kein Mord… Vor zwei Stunden… hat man mich vom Krankenhaus angerufen… Man sagte… man sagte mir…« Seine Stimme war immer leiser und schwächer geworden und versagte jetzt.

Kai war wieder zurückgekommen. Wieder hatte er Johann angerufen. Hatte ihm gesagt, er solle alles liegen und stehen lassen, sofort den Todeszeitpunkt von Allingers Vater eruieren und anschließend gleich alle telefonisch informieren.

»Herr Ortner, Herr Allinger, ich verstehe, dass Sie sich jetzt in Ihrem Schmerz nicht in der Lage fühlen, Fragen zu beantworten…«, sagte Klaus. »Wir können das auch auf morgen verschieben. Aber uns wäre schon sehr gedient… Möglicherweise sind weitere Menschen in Lebensgefahr…«

»Nein, es geht schon«, antwortete Allinger und blickte Ortner an. Dieser nickte.

»Danke. Sind Ihnen die Namen der damaligen Opfer noch im Gedächtnis?«, fragte Klaus.

»Ähh… das waren Dimitri Orrov…«, sagte Manfred Allinger langsam und nachdenklich, »Manfred Pfähl… Mibitsch… Wie hieß die mit Vornamen?«

»Ich glaube Magda«, sagte Egon Rüger, »und dann war da noch Amelie Nesburg, Marianne Bersdorf… Ingid Lehn… und… und…«

»Doris Nerr«, warf Ulrich Ortner ein, »das war damals eine schlimme Sache... Natürlich in erster Linie für die Angehörigen. Aber auch für unsere Firma. Die Geschäfte gingen rapid zurück. Niemand wollte mehr einen Bus von uns buchen. Wir waren am Rande des Bankrotts.«

»Dabei waren wir von jeder Schuld freigesprochen worden«, ergänzte Egon Rüger, »wir konnten nachweisen, dass der Bus technisch in Ordnung war und dass er ständig gewartet wurde. Aber das zählte bei unseren Kunden nichts…«

»Haben jemals Angehörige der Opfer mit Ihnen Kontakt aufgenommen?«, fragte Klaus, »damals oder in der jüngeren Vergangenheit?«

»Da war ein gewisser Leo Bersdorf«, sagte Rüger, »er wollte Geld. Das war, nachdem die Versicherungen die Entschädigungen ausgezahlt hatten.«

»Und?«, fragte Klaus.

»Naja,… er sagte, dass er viel zu wenig erhalten habe. Wir waren damals unsicher, wie wir uns verhalten sollten. Aber die Geschäfte gingen so schlecht, dass wir ohnedies kaum Geld zur Verfügung hatten. Außerdem fürchteten wir, dass dann die anderen auch kommen würden, wenn wir ihm was zahlten.«

»Sie haben also abgelehnt. Wie verhielt sich dann Bersdorf?«

»Er schickte noch einige grausliche E-Mails. Aber schließlich gab er auf.«

»Sonst keine Kontakte?«

»Doch«, sagte Ortner, »Tom Orrov, der seinen Bruder verloren hatte. Er war viel konkreter und viel radikaler. Er tauchte persönlich hier in der Firma auf. Er erwischte mich im Büro. Er wollte uns erpressen. 100.000 Euro oder er würde uns ruinieren. Er drohte, der Presse zu erzählen, dass unsere Busse im Grunde Schrott seien… und so weiter. Wir haben ihn wegen Erpressung angezeigt. Aber wir haben danach nie wieder was gehört. Weder von der Polizei, noch von einem Anwalt oder vom Gericht – aber auch nicht von diesem Orrov.«

»Sonst noch was?«

Schweigen. Kopfschütteln.

Klaus fragte noch, ob die Verstorbenen, also Paul Allinger, Christiane Rüger und Niklas Ortner irgendwelche Drohungen erhalten hätten. Ob sie Feinde gehabt hätten, denen man einen Mord zutrauen könnte. Nein, keine Drohungen, keine ernsthaften Feinde, keine Auffälligkeiten.

Klaus schärfte Manfred Allinger ein, seine Söhne Paul und Konrad in Sicherheit zu bringen. Auch Egon Rüger sollte sicherheitshalber seine Frau Marjana wegbringen. Alle weiteren Fragen nach dem Wieso und Warum wehrte er ab. Als sie die Firma Azurblaureisen wieder verlassen hatten, rief Kai Arno an und gab ihm die neuesten Informationen. Wie erwartet, fiel Arno aus allen Wolken.

**

Nur langsam erwachte sie. Sie war doch in einen See…? Nein, sie war in keinen See gestürzt. Sie war weiter in der Dunkelheit. In ihrem kalten, felsigen Gefängnis. Es war nur ein weiterer Alptraum gewesen.

Ihr Mund war ausgetrocknet. Pelzig. Alle Glieder schmerzten. Sie zitterte vor Kälte. Sie überlegte, ob sie einfach liegen bleiben sollte. Ob sie nicht einfach nur sterben sollte. Immer mehr erschien ihr der Tod wie eine Erlösung. Erlösung vor dem Durst.

Du blöde Tussi! Steh sofort auf! Und geh weiter! Eintausendzweihundert sind gar nichts! Du schaffst dreitausend. Du schaffst zehntausend, hundertausend. Steh auf und geh weiter! Und sie stand auf. Und sie ging weiter.

Nach eintausendfünfhundert machte sie wieder eine Pause. Sie beschloss, nun alle dreihundert Schritte eine Pause einzulegen. Aber oft wusste sie nicht mehr, wie weit sie schon gezählt hatte. Wie in Trance setzte sie einen Schritt vor dem anderen. Zweitausendeinhundertneunzehn. Ihre Gedanken schweiften dabei. Ihr Gehirn beschwor Trugbilder herauf. Mal saß sie in ihrem Zimmer, mal frühstückte sie mit ihrer Mutter, mal sprach sie mit Kevin, mal saß sie in der Schule… Zweitausendvierhundertfünf. Immer wirrer wurden ihre Gedanken. Zweitausendachthundertneun. Und plötzlich fühlte sie was anderes. Irgendetwas war anders an ihrer eiskalten Schulter. Glatter! Was war das? Sie fühlte mit ihrer anderen, etwas wärmer gebliebenen Schulter. Ja, das war glatt! Und wärmer! Was war das? Vorsichtig streckte sie den Kopf vor. Stieß mit der Stirn an etwas... etwas weicheres... Hart genug... aber weicher als der Felsen. Sie dreht sich um, fühlte mit den klammen Händen. Das war... das fühlte sich an wie... Holz. Das war Holz! Sie hatte die Tür gefunden! Die Tür!

Nun konnte sie auch einen Schimmer am Boden erkennen. Das war eine Tür. Und darunter drang Licht herein. Licht! Sie konnte es nicht fassen. Sie war an der Tür. Sie war gerettet.

Sie begann mit den Füßen gegen die Tür zu treten.

»Hilfeeee, Hilfeeeeeee, Hilfeeeeeeeeeeee!«

Aber die Tür war massiv. Sie schien unter ihren Tritten nicht zu erzittern. Immer wieder trat sie mit ihren leichten Sportschuhen gegen die Tür. Und schrie um Hilfe. Immer fester trat sie zu. Ein plötzlicher Schmerz in der Großen Zehe. Sie begann mit den Knien gegen die Tür zu treten.

»Hilfeeee, Hilfeeeeeee, Hilfeeeeeeeeeeee!«

Ihre Stimme wurde leiser. Heiserer. Ihre Knie schmerzten. Sie lauschte. Von draußen schien sie Stimmen zu hören. Da waren Menschen. Sie hörte ein Auto vorbeifahren. Mein Gott, diese Menschen da draußen waren so nahe. Warum hörten sie sie nicht? Die mussten sie doch hören. Sie begann mit der Stirn gegen die Holztür zu schlagen. Gleich begann ihr Kopf zu dröhnen. Sie schlug weiter mit dem Kopf gegen das Holz. Ihre Hilfeschreie waren nur noch ein Krächzen. Kraftlos sank sie zu Boden. Ihre Beine schmerzten. Ihre Knie schmerzen. Ihre Füße schmerzten. Der Kopf schmerzte. Der Zeh schmerzte. War er gebrochen? Wieder spürte sie etwas über ihr Gesicht rinnen. Sie hatte sich die Stirn blutig geschlagen. Blut rann ihr über die Augen, über die Wangen, in den Mund.

Sie lag und lauschte. Nichts wies darauf hin, dass sie jemand gehört hatte. Sie bildete sich ein, dass der Durst erträglicher geworden war. War das ein gutes Zeichen? Oder eine schlechtes? Als sie da zitternd auf dem kalten Boden lag, fühlte sie sich schwach. Unsagbar schwach. War ihr Körper schon dehydriert? Wie lange war sie schon hier? Stunden? Tage? Wie lange würde sie noch durchhalten? Wann würde sie verdursten?

Wieder versuchte sie zu rufen. Sie merkte, dass ihre Schreie nur mehr ein schwaches Krächzen waren. Sie erhielt auch keine Antwort. Niemand kam. Niemand half ihr. Was sollte sie tun? Sollte sie überhaupt noch etwas tun? Oder nur hier liegen. Und warten. Warten, dass etwas geschah. Das *was* geschah? Dass der Heilige Geist plötzlich auftauchte und sie befreite? Dass diese Menschen da draußen sie endlich hörten? Was tun?

Höhlen hatten doch mehrere Eingänge? Oder? Aber war sie überhaupt in einer Höhle? Es gab doch keine Höhle, vor der Menschen gingen. Und Autos fuhren. Aber wenn sie in keiner Höhle war, wo war sie dann? Gab es hier mehrere Eingänge? Mehrere Türen? Sollte sie ihren Marsch wieder aufnehmen und die nächste Tür suchen? Vielleicht hatte sie dort mehr Glück?

Sie drehte sich auf den Rücken und trat mit den Fersen gegen die Tür. In der Hoffnung, dass sie so mehr Kraft entwickeln konnte. Mehr Lärm machen konnte. Mit dem einzigen Ergebnis, dass nun auch ihre Fersen schmerzen. Sie krümmte ihren Körper. Zog die Beine an. Zog die Knie an die Brust. Und weinte. Ihr ganzer Körper wurde von einem Weinkrampf geschüttelt.

Eine Weile später war sie wieder ruhiger geworden. Sie musste überlegen! Was sollte sie tun? Hier bei der Türe bleiben und warten, bis Hilfe kam? Oder einen anderen Ausgang suchen? Sie richtete sich auf die Knie auf. Lehnte sich mit dem Rücken gegen die Tür. Stemmte sich langsam hoch, bis sie wieder auf den Beinen war. Ja, sie würde weitergehen. Und die nächste Tür suchen. Wie weit sie kommen würde, wusste sie nicht.

**

Arno und Sanie waren auf dem Weg zu Leo Bersdorf. Dieser hatte bei dem Busunglück seine Gattin Marianne verloren. Sie war 31 Jahre alt und Hausfrau gewesen. Bersdorf war als arbeitslos gemeldet, sein erlernter Beruf war mit Fernmeldetechniker angegeben. Er war 36 Jahre alt und hatte nach dem Verlust seiner Frau ein zweites Mal geheiratet. Seine jetzige Frau Greta war 39 Jahre alt und Verkäuferin beim Kleiderbauer. Sie hatten Leo Bersdorf angerufen und ihr Kommen angekündigt. Er war nicht erfreut gewesen und wollte sich vorerst weigern, die Polizisten zu empfangen. Aber nachdem ihm Sanie vor die Alternative der Vorladung auf die Polizei gestellt hatte, hatte er eingewilligt. Sie hatten vereinbart, dass Sanie die Befragung durchführen würde.

Die Bersdorfs wohnten im 10. Stock eines Hochhauses in Urfahr in der Karlhofstraße. Auf ihr Klingeln tat sich vorerst mal gar nichts. Erst nach dem dritten Mal klingeln ertönt ein Türsummer und sie konnten die Haustür öffnen. Mit dem Lift fuhren sie in den 10. Stock. Sie klingelten mehrmals an seiner Wohnungstür. Wieder geschah lange Zeit nichts. Die Tür wurde nicht geöffnet und es war auch aus dem Inneren der Wohnung kein Laut zu vernehmen. Arno war klar, dass sie der Mann provozieren wollte. Erst nach wiederholtem Klopfen erschien ein Mann an der Tür. Er war etwa 175 groß, hatte fast schulterlanges, ungepflegtes Haar und war unrasiert. Die Augen blickten glasig. Er schien offensichtlich betrunken. Er trat wortlos zurück, um sie einzulassen.

»Was wollt ihr eigentlich«, fragte er unfreundlich.

Nachdem sie sich vorgestellt hatten, sagte Sanie, dass sie ein paar routinemäßige Fragen hätten und bedankte sich, dass er sich für sie Zeit nahm.

Bersdorf wandte sich an Arno und fragte, »wasch will denn die von mir?«

Er lallte etwas. Arno sah ihn nur ausdruckslos an, denn Sanie sollte ja das Gespräch führen.

»Wie gesagt, wir haben ein paar Fragen an Sie.«

»Mit Schlarzen… Schwarzen red‘ ich nix«, sagte Bersdorf.

Arno war gespannt, wie sich Sanie verhalten würde. Er hätte ihr natürlich jederzeit helfen können. Aber er wusste, dass Sanie das nicht wollte und auch sehr gut alleine zurechtkam.

»Herr Bersdorf, wenn Ihnen meine Hautfarbe nicht gefällt, dann brauchen sie auch nicht mit mir zureden. Wir können sie jederzeit mitnehmen.«

»Scheiß Neger«, sagte Bersdorf leise, aber doch so laut, dass Sanie ihn deutlich verstehen konnte.

Sanie überging die Beleidigung und fragte, »Herr Bersdorf, können Sie uns sagen, wo Sie in der Nacht von gestern auf heute waren.«

»Na hier, tschu Hause. Gschlafen. Was sonst?«

»Und am Samstag vormittag?«

»Keine Ahnlung.«

»Bitte denken Sie nach. Es ist wichtig. Für Sie.«

»Na, hier wal ich.«

»Was heißt hier?«

»Na, hier in der Wohnlung. Wo sonst, du Schlampe?« Er wandte sich ab und murmelte »die gehört mal richtisch durchgefickt.«

»Herr Bersdorf, bei der nächsten Beleidigung lasse ich Sie in Handschellen abführen.«

»Ähh… Scheiß…«

»Haben Sie mich verstanden?«

»...achepfgll…«

»Haben sie mich verstanden?«

»Ja-aa-aa-a!«

»Also, Sie waren hier in der Wohnung. Gibt's dafür Zeugen?«

»Wechle… welche Zeugn? War allein.«

»Und ihre Frau?«

»Arbeit.«

»Können Sie uns sagen, wo Sie vorige Woche am Mittwoch waren. So etwa ab 17 Uhr?«

»Hier. Bin immer hier. Meine Flau kommt um halb siebn. Kann das schicher… beschtätng…«

»Vorige Woche, in der Nacht von Sonntag auf Montag?«

»Gemma jetzt den ganzn Knallen… Kalander durch?«

»Wo waren Sie?«

»Hier. Zu Hausche. Bin immer hier.«

Er sagte es so ohne Nachdenken, dass es wohl stimmen musste, dass er immer zu Hause war. Es hatte keinen Sinn, weiter nach einem Alibi zu fragen.

»Herr Bersdorf, seit wann sind Sie arbeitslos.«

»Lange.«

»Wie lange?«

»Weisch nisch. Sehr lange.«

»Sie waren Fernmeldetechniker. Warum sind Sie arbeitslos?«

»Brnot…ähh… Burnout.«

Bersdorfs Kopf sank nach vorne. Er rülpste. Schien einzuschlafen.

»Herr Bersdorf… Herr Bersdorf!«, versuchte Sanie, wieder seine Aufmerksamkeit zu gewinnen.

»Jaa-aa-a.«

»Vor einigen Jahren ist Ihre Frau bei einem Busunglück ums Leben gekommen?«

»Die Mariann?«

»Ja.«

»Die Mariann… die Schlampe…«

»Was heißt das?«

»Das heischt, dss sie eine Schlampe war. Eine Schla-aa-aa-ampe!«

»Sie erhielten damals eine Hinterbliebenen-Entschädigung.«

»Längst wg…«

»Was?«

»Lä-ää-äääängst weg. Das Geld ist pfutsch…«

»Herr Bersdorf, Sie haben damals – nach dem Unfall – von der Firma Azurblaureisen Geld verlangt?«

»Ich?«

»Ja, Sie.«

»Nein. Isch hab kein Geld vrlangt.«

»Herr Bersdorf, es gibt eine Zeugenaussage, dass Sie bei Egon Rüger waren und Geld verlangt haben. Als Entschädigung für den Tod Ihrer Frau. Das können sie nicht abstreiten.«

»Na, wenn schon…«

»Haben Sie noch immer einen Groll auf die Firma Azurblaureisen? Glauben Sie immer noch, dass Sie damals zu wenig Geld erhalten haben?«

»Ntürrlich war's nicht genug…«

»Und daher wollen Sie sich rächen?«

»Rächen?«

»Weil sie nicht genug Geld bekommen haben.«

»Ähhh…«

Sein Kopf war wieder nach vorne gesunken. Sanie warf Arno einen fragenden Blick zu. Sollte sie abbrechen? Arno nickte.

»Gut, Herr Bersdorf. Sagen Sie bitte Ihrer Frau, dass sie mich anrufen soll. Hier ist meine Karte.«

»Vschwinde endlch.«

Sanie stand auf. Zusammen mit Arno verließ sie wortlos die Wohnung.

»Was meinst du?«, fragte Sanie, als sie wieder im Auto saßen, »wie der beisammen ist… Ich glaub nicht, dass der in Frage kommt. Oder?«

»Naja, man kann nie wissen. Er könnte auch ein guter Schauspieler sein. Aber ich glaube, dass du Recht hast. Der hat völlig den Halt verloren. Der könnte wahrscheinlich keine derart ausgeklügelte Mordserie austüfteln.«

»Ich werde jedenfalls noch seine Frau wegen der Alibis fragen.«

»Welche Alibis? Er hat keine. Aber du kannst sie ja fragen, ob er ‚immer' zu Hause ist, wie er behauptet. Übrigens – du hast dich sehr gut aus der Affaire gezogen, hast dich nicht provozieren lassen. Gut gemacht.«

**

Emma Till wusste nicht, wo sie ihr Auto parken sollte. Absolut kein einziger Parkplatz in der Schumpeterstraße. Alle waren für Bewohner reserviert. Nico sagte schließlich, sie solle doch in der Kurve stehenbleiben und das Polizeischild in die Windschutzscheibe legen.

»Du weißt, dass ich trotzdem so nicht stehen bleiben darf?«

»Na, wirst schon keinen Strafzettel bekommen.«

Sie läuteten bei Hubert Mibitsch. Sie waren verblüfft als wenig später der Summer ertönte und sie die Haustür öffnen konnten. Mibitsch wohnte im 1. Stock. Hier läuteten sie nochmals. Die Tür wurde relativ prompt geöffnet. Vor Ihnen stand ein kleiner alter Mann. Er hatte eine runde Brille, angegrautes braunes Haar und einen schlohweißen Vollbart, der ihm das Aussehen eines Zwergerls verlieh. Er lächelte Nico Lauss freundlich an. Sah dann an ihm vorbei und erblickte Emma. Sein Lächeln wurde noch breiter, seine Augen begannen zu glänzen.

»Ja, Mia, dass du mich auch wieder mal besuchst. Ich freu mich ja so…«

Er drängte sich an Nico vorbei und umarmte Emma. Er herzte und drückte sie.

»Ich freu mich ja so!«

»Ähhh… ich glaube…«, begann Emma. Wurde aber sofort unterbrochen.

»So kommt doch herein. Mia! Na sowas. Ist das dein Freund?«, er deutete auf Nico. Sie betraten eine völlig unaufgeräumte Wohnung. Wurden in eine Art Wohnzimmer geführt. Hier standen eine Couch, ein kleiner Tisch und zwei Fauteuils. Alles war über und über mit Zeitungen und Zeitschriften bedeckt. Hubert Mibitsch machte Platz – er warf alles auf den Boden.

»Setzt euch doch bitte. Ich freu mich ja so. Darf ich euch einen Tee machen? Oder lieber einen Kaffee? Wollt ihr was zu essen?«

»Herr Mibitsch«, begann Nico, »ich glaube da liegt ein Missverständnis vor. Wir sind von der Polizei.«

»Nein, sowas! Mia, dein Freund ist Polizist?«

»Nein, Herr Mibitsch«, sagte Emma, »ich bin nicht Mia. Mein Name ist Emma Till…«

»Ja, wann hast du denn deinen Namen geändert. Das weiß ich ja gar nicht. Und Magda hat mir auch nichts gesagt.«

»Magda?«

»Na, deine Mutter. Ich hab gestern noch mit ihr telefoniert. Oder… Oder war es vorgestern? Ist ja egal. Also Mia, du heißt jetzt Emma. Wie nett.«

»Nein… Herr Mibitsch… hören Sie mir doch bitte zu. Mein Name ist Emma Till und ich komme vom LKA.«

»LKA?«, fragte Mibitsch, »was ist das? LKA? Klingt wie Leberkas. Verkaufst du jetzt Leberkäs, Mia? Oder stellst du ihn her?«

»Nein, LKA heißt Landeskriminalamt. Das ist die Polizei.«

»Ja, ich weiß. Das hast du schon gesagt. Dein Freund ist bei der Polizei. Darf ich euch einen Tee machen? Oder lieber einen Kaffee? Wollt ihr was zu essen?«

»Herr Mibitsch«, ergriff nun Nico wieder das Wort, »wir wollen nichts trinken und nichts essen. Wir sind beide von der Polizei und müssen Ihnen ein paar Fragen stellen.«

»Fragen stellen? Mia, was meint dein Freund?«

»Er will Sie nur was fragen«, seufzte Emma. Es schien aussichtslos.

»Ja, ja, ja, ja, ja. Frag mich nur. Darf ich schon Schwiegersohn zu dir sagen? Ihr habt doch sicher vor, zu heiraten. Hab ich recht?«

Er zwinkerte Nico zu.

»Herr Mibitsch…«, begann Nico wieder.

»Aber du brauchst doch nicht Herr zu mir sagen. Wo wir doch bald eine Familie sind. Sag Hubert zu mir. Darf ich euch einen Tee machen? Oder lieber einen Kaffee? Wollt ihr was zu essen? Leberkäs hab ich keinen...«

»Hubert, lebst du hier ganz allein?«, fragte Nico.

»Naja, meistens schon. Wenn Magda nicht da ist. Aber sie wird bald heimkommen. Vielleicht bringt sie Leberkäs mit. Magst du Leberkäs?«

»Ja, den mag ich ganz gern. Aber… Aber wir müssen dann wieder los.«

Mibitsch blickte ihn entsetzt an.

»Was? Jetzt schon? Ihr seid doch gerade erst gekommen. Darf ich euch einen Tee machen? Oder lieber einen Kaffee? Wollt ihr was zu essen?

Er blickte Emma flehentlich an.

»Papa, wir müssen wirklich dringend weg. Wir kommen eh bald wieder«, wollte ihn Emma beruhigen.

Mibitsch sah sie traurig an. Eine Träne rollte über seine Wange. Nico und Emma erhoben sich. Mibitsch blieb sitzen. Leise gingen sie hinaus und schlossen die Wohnungstür hinter ihnen.

»Phuuu«, sagte Emma, »das war aber heftig. So alt ist der doch noch gar nicht.«

»Das sagt gar nichts. Demenzkrank kann man schon mit 50 werden.«

»Mein Gott, so ein Leben…«

Sie gingen zu Emmas Auto. Emma blickte nochmals zurück. Mibitsch stand im ersten Stock am Fenster. Er winkte ihr. Sie winkte zurück. In der Windschutzscheibe hatte sie einen Strafzettel.

**

»Frau Pfähl, wir sind hier, weil wir Ihnen einen paar Fragen stellen müssen«, sagte Anna.

Sie hatten Klara Pfähl angerufen, um einen Gesprächstermin zu vereinbaren. Pfähl hatte gesagt, dass sie gerade vom Nachtdienst gekommen sei und daher todmüde wäre. Sie würde am Vormittag schlafen, aber wenn es um 15 Uhr recht wäre – da könnte sie sich Zeit nehmen. Inzwischen hatten Sie die Information erhalten, dass Paul Allinger, der Vater des Firmenmitinhabers Manfred Allinger, in der letzten Nacht im Hohipera-Krankenhaus verstorben war. In jenem Krankenhaus, in dem Klara Pfähl als Krankenschwester tätig war. Und jetzt hatten Sie erfahren, dass sie auch in der letzten Nacht Dienst gehabt hatte.

»Das sagten Sie schon am Telefon«, erwiderte Klara Pfähl, »aber Sie haben mir nicht gesagt, worum es eigentlich geht.«

Anna entschloss sich zu einem Umweg.

»Es geht um die letzte Nacht. Sie hatten Dienst?«

»Ja…? Ich hatte Nachtdienst.«

»Als mein Kollege Sie um 10.30 Uhr anrief, sagten Sie, dass Sie gerade aus dem Dienst gekommen wären.«

»Ja… Und?«

»Wann endet denn Ihr Dienst?«

»Ähhh… der endet um sechs Uhr.«

»Aber Sie sind erst nach 10 Uhr nach Hause gekommen.«

»Was soll denn das alles? Was wollen Sie von mir? Ich hab noch einige Besorgungen gemacht. Darf ich das nicht?«

»Was haben Sie denn besorgt?«

»Na… dies und das… Was geht Sie das eigentlich an? Sagen Sie mir endlich, worum es geht.«

»Frau Pfähl, war in der letzten Nacht etwas Besonderes los im Krankenhaus?«

»Nein, gar nichts… Wieso?«

»Hat es keinen plötzlichen Todesfall gegeben?«

»Nein. Davon weiß ich nichts. Das heißt… natürlich kann es einen Todesfall gegeben haben. Ich arbeite in einem Krankenhaus. Und da sterben schon mal auch Menschen…«

»Frau Pfähl, ist Ihnen der Name Paul Allinger ein Begriff?«, sagte Toni, der damit Anna ablöste.

»Paul… wie?«

»Allinger, Paul Allinger.«

»Allinger…? Nein, kenn ich nicht…«

»Sind Sie sicher?«

»Naja… Allinger? Vielleicht hab ich den Namen schon mal gehört.«

»Und Niklas Ortner?«

»Ortner…? Nein… kenn ich nicht.«

»Gut, Frau Pfähl«, übernahm jetzt wieder Anna, können Sie uns sagen, wo Sie am Samstag Vormittag waren?«

»Am Samstag Vormittag? Aber warum wollen Sie das wissen?«

»Frau Pfähl, wissen Sie, es ist so: *wir* stellen die Fragen – und *Sie* antworten. Und nicht umgekehrt. Also, können Sie sagen, wo Sie am Samstag Vormittag waren.«

»Am Samstag Vormittag…? Da war ich zu Hause.«

»Zeugen?«

»Zeugen?«

»Ja. Gibt's dafür Zeugen?«

»Ähh… Nein. Ich war allein zu Hause.«

»Und am Mittwoch, den 7. Dezember? Am Abend? So etwa ab 17 Uhr?

»Mein Gott… Da muss ich am Dienstplan nachschauen.«

Sie holte ihre Handtasche. Kramte darin. Fand einen Kalender.

»Da war ich auch zu Hause.«

»Auch allein?«

»Ja.«

»Und in der Nacht von 4. auf 5. Dezember.«

Klara Pfähl sah wieder in ihrem Kalender nach.

»Am 4. hatte ich Tagschicht. War also nachts auch zu Hause. Und hab geschlafen.«

»Und am Montag, 28.11. am Vormittag?«

»Da hatte ich auch Tagschicht. Da hab ich also ein Alibi, darum geht's doch, oder?«

»Ja, es geht um Alibis... Bei Ihrer Arbeit, Frau Pfähl, können Sie da zwischendurch mal weg? Oder gibt's Pausen?«

»Nein, weg kann man nicht. Aber wir haben Pausen. Und einen Pausenraum.«

In diesem Moment klingelte es an der Tür. Klara Pfähl entschuldigte sich kurz, stand auf und ging ins Vorzimmer hinaus. Toni folgte ihr. Er sah, wie sie die Tür öffnete. Sie flüsterte etwas, was er nicht verstehen konnte. Sie flüsterte weiter eindringlich und wollte die Tür wieder schließen.

»Moment,« sagte Toni laut, eilte zur Tür und zog sie wieder auf. Draußen stand ein großer, etwa 50jähriger Mann mit Vollglatze. Er wollte sich gerade zum Gehen abwenden.

»Entschuldigen Sie«, sagte Toni und zog seinen Ausweis heraus, »dürfte ich Sie um Ihren Namen bitten.«

»Ich heiße Johann Nesburg...«

Toni Quasser stutzte. Johann Nesburg? Das war doch einer ihrer Verdächtigen.

»Herr Nesburg, darf ich Sie fragen, was Sie hier machen.«

»Ich wollte Frau Pfähl besuchen. Aber Sie sagte, dass sie Besuch habe. Das sagtest du doch?«, fragte er und blickte Klara Pfähl an.

Inzwischen war auch Anna ins Vorzimmer getreten.

»Bevor wir alle hier im Vorzimmer stehen, schlage ich vor, dass wir uns alle vier ins Wohnzimmer begeben.«

»Ich komme gleich nach«, sagte Toni, öffnete die Haustür und trat in den Garten hinaus. Er rief Klaus Drofoby an.

»Habt ihr schon mit Johann Nesburg gesprochen?«

»Nein, den haben wir noch nicht erreicht«, antwortete Klaus.

»Wir sind gerade bei der Pfähl. Und Nesburg ist gerade gekommen. Auf Besuch, wie er sagt. Wir sprechen auch gleich mit ihm. Ist dir das recht?«

»Nein. Da möchte ich dabei sein.«

»Gut, kannst du gleich herkommen?«

Er hörte, wie Klaus etwas mit Kai besprach. Dann erkundigte sich Klaus nach der Adresse und versprach, in einer Viertelstunde da zu sein.

Als Toni wieder ins Wohnzimmer trat, hatte Anna gerade an Nesburg die Frage nach dem Grund des Besuchs gestellt. Toni räusperte sich und sagte, »Tut mir leid, aber wir müssen noch auf einen Kollegen warten. Das wird eine Viertelstunde dauern.«

Anna warf ihm einen fragenden Blick zu.

»Na, dann könnte ich inzwischen ja Kaffee machen«, sagte Klara Pfähl. »Was darf ich Ihnen anbieten? Espresso? Verlängerter? Milch? Zucker.«

Anna und Toni wählen Verlängerte ohne alles. Klara Pfähl verschwand in der Küche, Johann Nesburg folgte ihr.

»Warum müssen wir warten? Auf wen?«, fragte Anna leise.

»Auf Klaus und Kai. Nesburg gehört ihnen. Sie wollen dabei sein. Werden aber gleich hier sein. Ich besuche die zwei in der Küche – ist ja nicht so hilfreich, wenn sie sich absprechen können.«

Noch bevor der Kaffee fertig war, läutete es an der Tür. Klaus Drofoby und Kai Pirinner stellten sich vor.

Als schließlich wieder alle im Wohnzimmer versammelt waren, wiederholte Anna ihre Frage nach dem Grund von Nesburgs Besuch.

»Ach, nur so… wir kennen uns schon seit einiger Zeit.«

»Wie lange kennen Sie sich schon?«, übernahm Klaus die Gesprächsführung.

»Seit… seit… ja, seit dem Busunglück.«

»Erzählen Sie uns davon.«

Sie erfuhren von den Tragödien des Johann Nesburg. Dass seine Frau Julia vor über 10 Jahren in den Bergen tödlich abgestürzt war und ihn mit einem 5jährigen Sohn und einer 14jährigen Tochter zurückgelassen hatte. Dass seine Tochter Amelie bei dem Busunglück ums Leben gekommen war und dass sein Sohn Julian im August an Leukämie verstorben war. Und dass er ein zweites Mal geheiratet hatte – er ließ sich aber nicht weiter über seine Frau Ida aus.

Klara Pfähl hatte bei dem Busunglück ihren Mann Manfred verloren und wie Nesburg zwei Kinder allein aufgezogen. Der Sohn hieß Lasse und absolvierte ein Auslandssemester in Schweden, ihre Tochter Astrid war vor fünf Wochen ausgerissen und Klara Pfähl hatte keine Ahnung wo sie derzeit war. Anna notierte sich Astrids Telefonnummer und Lasses Universität in Göteborg.

Nesburg und Pfähl hatten sich bei ihren Schilderungen ständig abgewechselt. Klaus stellte eine gewisse Nähe zwischen den beiden fest.

»Haben Sie eine Beziehung?«, fragte Klaus unverblümt.

Von beiden wurde ihre Frage spontan mit ‚nein' beantwortet. Das anschließende Schweigen und die Röte, die Frau Pfähl ins Gesicht gestiegen war, sprachen allerdings Bände.

»Na gut«, fuhr Klaus fort, »Herr Nesburg, wir brauchen von Ihnen einige Angaben. Und zwar, wo sie zu bestimmten Zeitpunkten waren.«

»Warum? Brauche ich ein Alibi?«, fragte er halb belustigt.

»Ja, Herr Nesburg. Ich kann Ihnen soviel sagen, dass es um Gewaltverbrechen geht und daher rate ich Ihnen dringend, mir so genau wie möglich zu antworten.«

»Ist okay, fangen Sie an, schießen Sie los.«

Nesburg klang forsch, wirkte aber dennoch verunsichert. Seine Antworten zogen sich dahin. Mal wollte er *da* gewesen sein, mal *dort*. Und dann wieder doch nicht. Oder vielleicht doch? Alle seine Angaben blieben vage und meist lief es darauf hinaus, dass er sich nicht erinnerte – oder vielleicht doch alleine zu Hause gewesen war. Klaus hatte das Gefühl, dass entweder alles gelogen war oder dass Nesburg tatsächlich beträchtliche Gedächtnislücken hatte. Schön langsam schien Klaus wütend zu werden. Nesburg machte nur zu einem einzigen Datum eine klare Aussage.

»Was? Montag, 28. November?«

»Ja.«

»Das Datum ist mir irgendwie in Erinnerung… Warten Sie…Am 28… Am Vormittag?«

»Ja, am Vormittag«, sagte Klaus ungeduldig.

»Da war ich… war ich… Klara, war das nicht der Tag, an dem die Tote gefunden worden war? Klara, ich habs dir doch erzählt, oder?«

»Ja«, bestätigte Klara Pfähl, »du hast mir erzählt, dass du bei der Polizei warst. Weil doch eine tote Frau gefunden worden war. Im Wasserwald.«

Siedend heiß überkam es Klaus. Hatte er da etwas übersehen? Er blickte Anna fragend an. Dann Kai und Toni. Auch Kai hatte die Stirn kraus gezogen. Auch er schien in seinem Gedächtnis zu suchen. Nesburg war einer der Zeugen gewesen? Der zur gleichen Zeit, als der Mord passiert war, im Wasserwald gewesen war? Hatte da einer Nesburg geheißen? Klaus wusste es einfach nicht. So ein Scheiß… Wie sollte er sich jetzt verhalten? Kai kam ihm zu Hilfe.

»Herr Nesburg, sind Sie oft im Wasserwald?«, fragte er.

»Ja, fast täglich. Ich bin dort Nordic Walken.«

»Und dort haben Sie Luisa Schmidt getroffen?«

»Was…? Nein! Naja, getroffen… Ich treffe jede Menge Menschen im Wasserwald. Manche kenne ich vom Sehen…«

»Aber der Name Luisa Schmidt sagt Ihnen schon etwas?«

»Nein… Also… ja… So hieß doch die Tote? Oder? Glaub‘ ich… glaub‘ ich, habe ich in der Zeitung gelesen…

»Sagt Ihnen der Name Allinger etwas?«

»Allinger? Der Reisebüro-Mensch? Von dem du heute Vormittag am Telefon erzählt hast, Klara?«

Anna zuckte zusammen. Aha, Klara Pfähl hatte Nesburg von Allinger erzählt. Interessant. Vorher hatte sie noch nie von einem Allinger gehört.

»Ähhh…«, sagte Pfähl.

»Das ist aber hochinteressant, Frau Pfähl«, übernahm Anna wieder, »vor einer halben Stunde haben Sie ausgesagt, dass Sie keinen Paul Allinger, kennen. Warum lügen Sie uns an?«

»Ähhh… ich… ich weiß nicht… ich…«, stotterte Klara Pfähl, »ähhh… ich… ich glaube… ich habe wohl den Namen falsch verstanden. Ja, genau. Ich hab Dallinger verstanden, als Sie mich fragten. Und ich kenn keinen Dallinger…«

»Aber Paul Allinger kennen Sie?«

»Nein, ich kenn ihn nicht… Kannte ihn nicht. Er ist heute Nacht in unserem Krankenhaus gestorben.«

»Aha. In Ihrer Abteilung?«

»Nein, ich bin auf der Unfallchirurgie. Allinger war auf der Herzstation.«

»Das wissen Sie alles so genau? Warum?«

»Es war heute Morgen Gesprächsthema im Krankenhaus.«

»Woran ist er gestorben?«

»Er hatte eine OP wegen eines Aneurysma. Die Nähte der Aorta sind aufgerissen.«

»Wie kann so etwas passieren?«

»Eine genähte Aorta ist sehr heikel.«

»Passiert so etwas oft.«

»Ich glaube nicht.«

»Und was bedeutet ‚Reisebüro-Mensch'? Diesen Ausdruck hat doch Herr Nesburg eben gebraucht.«

»Ähhh… Er war vom Reisebüro Azurblaureisen.«

»Und? Das kennen Sie?«

»Es war das Reisebüro, das diese Verkaufsfahrt damals veranstaltet hat… bei der der Bus verunglückt war.«

»Gut… Und wenn Sie plötzlich Paul Allinger doch kennen. Kennen Sie inzwischen auch Niklas Ortner?«

»Nein, den kenn ich wirklich nicht.«

»Und Sie Herr Nesburg?« mischte sich Klaus wieder ein.

Nesburg schreckte hoch. War der eingeschlafen? Das gab's doch gar nicht! Der schlief während einer polizeilichen Vernehmung ein? Wo gab's denn sowas?

»Ähhh… was?«, fragte Nesburg.

»Ob Sie Niklas Ortner kennen?«

»Nein, kenn ich nicht.«

»Er ist auch letzte Nacht gestorben. Auch in Ihrem Krankenhaus, Frau Pfähl«, übernahm wieder Anna.

»Was??!?«

»Sie wussten das nicht?«

»Nein, wie sollte ich? Ich erfahre nicht von allen, die in unserem Krankenhaus sterben – eigentlich von den wenigsten.«

Die vier Polizisten blickten sich an und kamen stillschweigend zur Übereinstimmung, die Vernehmung zu beenden.

»Frau Pfähl, Herr Nesburg, wir bedanken uns für das Gespräch«, sagte Anna. »Bitte rechnen Sie damit, dass wir uns nochmals bei Ihnen melden.«

»Wollen Sie uns nicht endlich sagen, worum es hier geht?«, fragte Klara Pfähl.

»Nein, das können wir im derzeitigen Stadium der Ermittlungen nicht. Aber – wie gesagt – Sie hören wieder von uns.«

Als sie vor dem Haus standen, rief Anna Arno an und gab ihm einen kurzen Bericht. Zu Klaus sagte Sie, »Eine gute Vorbereitung sieht aber anders aus – nicht wahr?«

**

»Herr Primar, ist es richtig, dass der Tod von Paul Allinger gegen Mitternacht eingetreten ist?«, fragte Arno.

Johann hatte ihm kurzfristig einen Termin beim ärztlichen Leiter der Herzstation des Hohipera-Krankenhauses beschafft. Das war nicht einfach gewesen, aber der Hinweis, dass es galt, Spekulationen der Medien zu verhindern, half dann doch. Denn was ein Krankenhaus am wenigsten brauchte, war eine negative Presse.

»Ja, plus minus eine Viertelstunde«, antwortete der Primar.

»Warum wurde sein Tod erst am Morgen entdeckt?«

»Tja… es gab keinen Grund, sich intensiv um den Patienten zu kümmern. Wir haben uns strikt an alle Regelungen und Richtlinien gehalten.«

»Kommt es öfter zu Todesfällen bei derartigen Operationen, Herr Primar?«

»Ich kann Ihnen die Sterbehäufigkeit nicht aus dem Gedächtnis nennen, da müsste ich nachschlagen«.

»Aber es kommt vor?«

»Ja, leider. Die Patienten müssen auch eine entsprechende Erklärung unterfertigen, dass gewisse Risiken bestehen. Wir haben diese Erklärung auch von Herrn Allinger.«

»Können Sie mir erklären, was genau passiert ist?«

»Wir hatten eine aneurysmatische Aufweitung der Aorta abdominalis… anterolateral links gelegener Atheromatosesaum…«

»Entschuldigung Herr Primar, ich bin kein Mediziner, bitte für Laien verständlich.«

»Ähh… Wegen eines Aneurysmas wurde eine Stent-Prothese gesetzt. Eingeführt durch die Schlagadern auf Leistenhöhe… Das heißt, dass beide Schlagadern in der Leiste geöffnet und anschließend wieder zugenäht wurden.«

»Und? Zugenäht ist doch gut – oder?«

»Ja, aber die Wände der Schlagadern sind sehr dünn. Wenn Überdehnungen oder Überstreckungen erfolgen, kann die Naht reißen. Was in diesem Fall geschehen ist.«

»Wer oder was hat die Überdehnung oder Überstreckung verursacht?«

»Das kann nur der Patient selber gewesen sein. Um zu verhindern, dass die Naht reißt, ist eine viertägige Bettruhe verordnet.«

»Und an die hat sich Herr Allinger nicht gehalten?«

»Offensichtlich nicht.«

»Darf ich klarstellen: Sie nehmen das alles nur an. Das heißt, Gewissheit haben Sie nicht?«

»Doch. Das Krankenhaus trifft keine Schuld. Herr Allinger hat unterschrieben…«

»Schon klar. Sie haben sich abgesichert. Aber was sagen Sie, wenn ich behaupte, dass diesen Naht-Riss jemand anderer verursacht hat, als der Patient.«

»Das ist völlig unmöglich!«

»Warum?«

»Wer sollte das gewesen sein?«

»Tja… ein Krankenpfleger, …ein Arzt, …ein Eindringling…«

»Das würde alles… alles auf ein Verschulden des Krankenhauses hinauslaufen… Ich möchte dieses Gespräch jetzt beenden. Ein weiteres Gespräch kann nur mehr unter Beisein unserer Anwälte erfolgen.«

»Gut, Herr Primar, ich melde mich wieder bei Ihnen.

Sanie Detr hatte inzwischen die Dienstpläne eingesehen und eine komplette Liste des letzte Nacht in der Herzstation anwesenden Personals erstellen lassen.

»Der Großteil hat heute wieder Dienst. Ab 18 Uhr. Jene, die heute keinen Nachtdienst haben, wird die Personalabteilung für 19 Uhr herbestellen. Kai und Klaus werden herkommen und die Befragungen durchführen.«

»Gut gemacht.«

»Leider wurde das Patientenzimmer, in dem Allinger gestorben ist, bereits gründlich gereinigt. Eine Untersuchung bringt also nichts mehr. Aber, Chef, ich hab noch was…«

»Was?«

»Der Chirurg, der die OP durchgeführt hat, wartet in seinem Dienstzimmer auf uns.«

»Super! Gehen wir gleich…«

»Herr Doktor, ich mache Ihnen einen Vorschlag«, sagte Arno, nachdem er sich vorgestellt hatte.

»Welchen?«

»Ich weiß, dass es im Zusammenhang mit diesem Todesfall um heikle Haftungsfragen geht. Diese interessieren mich aber nicht. Ich muss einen Mörder fangen. Verstehen Sie?«

»J… jaa… nein… eigentlich nicht«, sagte der Arzt zögernd und verunsichert.

»Ich machen Ihnen den Vorschlag, dass wir ein Gespräch führen, das niemals stattgefunden hat. Ich schicke meine Kollegin hinaus und somit sind wir ganz unter uns.«

»Okay…?«, war der Arzt immer noch vorsichtig.

»Ich beginne mal damit, dass ich Ihnen Ermittlungsergebnisse sage, die ich niemals weitergeben dürfte. Das Gespräch beinhaltet also auch, dass jeder von uns beiden zum Schweigen verurteilt ist. Okay?«

»Okay.«

»Wir haben eine Liste von sieben Personen, die höchstwahrscheinlich alle von ein- und demselben Täter ermordet wurden. Paul Allinger ist einer von diesen sieben. Verstehen Sie, was das bedeutet?«

»Ich ahne es.«

»Was ahnen Sie?«

»Äähhh… dass Sie ziemlich sicher sind, dass unser Patient auch ermordet wurde.«

»Richtig. Sagen Sie mal, wie oft haben Sie schon eine derartige Operation durchgeführt?«

»Wie oft? Naja… sicher über hundert Mal.«

»Und ist es schon vorgekommen, dass…«

»Nein, ich habe davon gehört, dass es so etwas geben kann. Aber meinen Patienten ist das noch nie passiert.«

»Können Sie sich vorstellen, dass nachts fremde Personen auf die Herzstation eindringen?«

»Nein, eigentlich nicht… was sollten Sie dort? Ahh… Sie meinen… Naja, undenkbar scheint es nicht.«

»Wieviele Nachtschwestern haben Dienst?«

»Immer drei.«

»Und was machen die nachts? Schlafen sie?«

»Nein, schlafen ist streng verboten. Es gibt auf den Stationen auch keine Schlafgelegenheiten… also keine offiziellen. Die Schwestern halten sich meist im Schwesternzimmer auf. Alle zwei Stunden machen Sie einen Rundgang durch alle Zimmer.«

»Rundgang?«

»Na, da horchen sie nur kurz ins Zimmer… ob es irgendwelche Auffälligkeiten gibt.«

»Wenn die Schwestern im Aufenthaltszimmer sind – würden sie dann hören, wenn jemand am Gang herumschleicht?«

»Wahrscheinlich nicht.«

»Wäre es für Sie vorstellbar, dass sich jemand unter Tags versteckt? Zum Beispiel auf der Toilette? Und dann nachts durch die Gänge schleicht? Vielleicht in einer Schwestern-Bekleidung? Oder in einem Arztmantel?«

»Naja…«, zögert der Arzt, »vorstellbar wäre es schon.«

»Und nun noch was anderes. Die drei Nachtschwestern sitzen also im Schwesternzimmer. Wäre es auffällig, wenn eine davon – sagen wir mal – eine Viertelstunde nicht da ist.«

»Da ist immer wieder mal eine nicht da. Denn manche Patienten läuten, weil sie nicht schlafen können, weil sie Schmerzen haben,… oder einfach weil sie einsam sind. Dann muss sich eine der Schwestern darum kümmern.«

»Okay, Herr Doktor, Sie haben mir sehr geholfen. Ich danke Ihnen für Ihre Offenheit.«

**

Hubert Nerr war heute mit dem Kochen dran gewesen. Piccata Milanese. Seine Frau Paula war erst vor einer Viertelstunde nach Hause gekommen. Hubert rief seinem Sohn Volker, dass das Essen fertig war.

Ihre Wohnung in der Aubergstraße war modern und zweckmäßig eingerichtet. Die kleine Familie saß um den runden Tisch im Wohn-Essbereich.

»Heute hat Gerda angerufen. Ob wir am Wochenende kommen wollen. Am besten am Samstag zum Abendessen«, sagte Paula.

»Wir haben ja am Samstag eh nichts vor, oder?«, fragte Hubert

»Nein. Soll ich zusagen?«

»Ja, tu das.«

»Hast du Volker schon erzählt… von Gerdas Tresor… auf Gran Canaria?«

»Ja, das war schon eine Sache…«

»Was war denn?«, fragte Volker.

»Wir hatten gerade unsere Bungalows bezogen«, erzählte Paula. »Wir hatten zwei Bungalows nebeneinander bekommen. Wir hatten schon ausgepackt, die wertvollsten Sachen im Tresor verstaut. Der Tresor war im Schlafzimmer in einem Kasten ganz unten eingebaut. Wir saßen mit Gerda und Dieter auf der Terrasse und nahmen einen Drink. Sie hatten uns schon ihre Reisepässe und Kreditkarten gegeben, damit wir sie bei uns im Tresor einsperrten.«

»Da war dann dieser Anruf von der Mietwagenagentur gekommen«, erzählte Hubert weiter. »Wir hatten unser Mietauto ja am Flughafen übernommen. Angeblich hatte der Vormieter seine Sonnenbrillen in unserem Wagen vergessen. Die Agentur wollte kommen und sie holen. Ich lief also zum Parkplatz rüber und wartete auf die Agentur. Es waren aber eh keine Sonnenbillen da. Als ich also ganz in Gedanken versunken vom

Auto zum Bungalow zurückging, hatte ich wohl nicht so sehr auf die Bungalow-Nummern geachtet. Ich sah nur Gerda auf ‚unserer' Bungalow-Terrasse stehen und startete gleich durch hinein ins Schlafzimmer, denn für den bevorstehenden Ausflug brauchte ich ja den Fotoapparat aus dem Safe. Die befremdlichen Blicke von Gerda nahm ich irgendwie nicht wahr. Und dann stand ich vor dem Tresor. Das Tresortürl stand sperrangelweit offen. Der Safe war leer. Um Gottes Willen! Ausgeräumt! Die Pässe weg! Die Kreditkarten weg! Der Fotoapparat weg! Das Geld weg! Das Notebook weg! Und auch die ganzen Sachen von Gerda und Dieter! Wie werden wir da wieder nach Hause kommen?«

»Hat den wirklich wer aufgebrochen?«

»Naja, alles schoss in Sekundenbruchteilen durch meinen Kopf. Dabei war doch eh fast immer jemand beim Bungalow gewesen. Wie hatte da jemand in Windeseile den Safe knacken können? Ich war doch höchstens eine Viertelstunde weg. Als ich gegangen war, waren Mama, Gerda und Dieter noch auf der Terrasse gesessen. Und da kniete ich also nun vor ‚unserem' Safe. Aufgebrochen! Ausgeräumt! Ich: in Panik! Bis Gerda mir ins Schlafzimmer folgt. ‚Ich glaube, du bist im falschen Bungalow', sagt sie. Ääähhh…, ahhh,… ähh… also ich… ach so? Also… Ich war einfach im falschen Bungalow. Nämlich in jenem von Gerda und Dieter. Jedenfalls war der Safe in unserem Bungalow fein säuberlich verschlossen. Und Unversehrt. Gott sei Dank.«

Inzwischen hatten sie das Abendessen beendet. Der Tisch wurde abgeräumt. An der Wohnungstür klingelte es.

Emma Till und Nico Lauss zeigten Ihre Dienstausweise, stellten sich vor und entschuldigten sich für die späte Störung. Ja, meinte Hubert Nerr, man könne schon ein paar Minuten erübrigen. Emma und Nico wurden ins Wohnzimmer gebeten, sie saßen den drei Nerrs gegenüber.

»Worum geht es denn?«, fragt Hubert Nerr. Er war ein schlanker Mann mit einem schmalen Gesicht. Seine Brillen wirkten viel zu groß, über seine Stirnglatze waren quer einzelne Haarsträhnen gekämmt – offensichtlich in der Hoffnung den fehlenden Haarwuchs zu verschleiern.

»Es geht um den Unfall, bei dem Ihre Tochter um's Leben gekommen ist…«, beginnt Emma.

»Was?«, schrie Hubert Nerr, »jetzt, nach so vielen Jahren kommen Sie daher? Damals wollten Sie nicht ermitteln!«

»Hubert, beruhige dich doch«, Paula legte beruhigend ihre Hand auf seinen Arm, »du weißt ja noch gar nicht, was sie wollen.«

Paula Nerr gab ein eher strenges Erscheinungsbild ab. Die dunklen Haare streng zurückgekämmt. Die buschigen Augenbrauen, die fast wuchtige Nase und die vollen Lippen empfand Emma fast irgendwie bedrohend.

»Ja, was wollen Sie eigentlich?«, fuhr Hubert Nerr die Polizisten an.

»Das damalige Untersuchungsergebnis war«, versuchte Emma wieder einen Einstieg, »dass es zu einer Verkettung unglücklicher Umstände…«

»Unglückliche Umstände?«, schrie Hubert Nerr, »So ein Blödsinn. Die haben alle zusammengehalten. Es ist eine zum Himmel schreiende Ungerechtigkeit, dass niemand zur Verantwortung gezogen wurde.«

»Wer trug denn Ihrer Meinung nach die Verantwortung?«, fragte Emma.

»Was weiß denn ich? Der Busfahrer! Das Reisebüro! Die hatten mieselsüchtige Busse. Diese Firma da…, die den Bus hätte reparieren sollen. Die hat auch gepfuscht. Aber den großen Herren war das ja wohl zu heiß. Eine riesengroße Sauerei!«

Die Schimpftiraden gingen noch eine Weile in dieser Tonart weiter. Emma wartete geduldig und hoffte, dass Hubert Nerr sich beruhigen würde. Und dann wurde er tatsächlich leiser. Bis man ihn gar nicht mehr verstand. Plötzlich schlug er die Hände vor's Gesicht und begann zu weinen.

»Sie müssen entschuldigen«, erklärte Paula Nerr, »aber wir haben den Verlust bis jetzt nicht ganz überwunden…«

Emma blickte auf den Sohn. Dieser saß ausdruckslos in seinem Rollstuhl. Was er wohl für eine Krankheit hatte? Oder Verletzung? Na, der kam jedenfalls als Verdächtiger nicht in Frage. Die Familie Nerr schien vom Schicksal nicht gerade begünstigt – die Tochter tödlich verunglückt, der Sohn behindert…

»Darf ich sie fragen«, sagte Emma, nachdem sich Hubert Nerr wieder etwas beruhigt zu haben schien, »wo Sie am Samstag Vormittag waren?«

»Am Vormittag, da sind wir noch im Flieger gesessen«, sagte Paula Nerr.

»Im Flieger?«

»Wir waren zwei Wochen auf Gran Canaria. Wir sind am Samstag Abend zurückgekommen.«

»Können Sie uns sagen, wo Sie genau auf Gran Canaria waren – und in welchem Hotel?«

»Das geht Sie doch gar nichts an«, mischte sich Hubert Nerr nun wieder ein.

»Aber Hubert, wir haben doch nichts zu verbergen. Wenn wir der Polizei helfen können…«

Emma notierte sich die Hoteladresse und verabschiedete sich mit Nico. Paula Nerr brachte sie hinaus.

»Frau Nerr, woran leidet ihr Sohn?«, fragte Anna leise.

»Motorradunfall. Vor zwei Jahren. Querschnittlähmung. Ohne Chance auf Besserung.«

Sie gingen. Hier war nichts zu holen. Die Familie Nerr war aus dem Spiel.

**

Der Entspannungs-Trainings-Raum im WIFI war schon zu zwei Drittel gefüllt. Sesseln waren im Halbkreis aufgestellt.

»Da ist es so ruhig – sind schon alle so entspannt?«, fragte Anna Lehn, als sie den Raum betrat.

Man antwortete ihr nicht. Alle starrten Anna nur an. Niemand grinste. Niemand sagte ein Wort. Na bumm. Das war ja eine Bombenstimmung.

Anna Lehn setzte sich. Schaute die Leute an, die schon da sassen. Ein etwa 45jähriger lümmelte demonstrativ in seinem Sessel. Augen geschlossen. Körpersprache sagte ‚*dieser ganze Scheiß geht mir am Arsch vorbei*‘. Was wollte er dann hier? Vielleicht war er vom AMS geschickt worden? Mit der gleichen

Körpersprache knozte eine jüngere Dame in ihrem Sessel, etwa 30 Jahre alt, sie kaute gelangweilt auf einem Kaugummi.

Weitere Teilnehmer trafen ein. Es war weiter totenstill im Raum. Endlich kam eine weißgekleidete Ärztin und nuschelte was von einem Radio, den sie noch holen müsste. Jedenfalls verschwand sie wieder.

Totenstille.

Die Ärztin kehrte zurück, sagte ihren Namen. Niemand verstand ihn. Sie steckte das Radio an, das kein Radio war, sondern ein Kassettenrecorder – das war wohl das neueste Modell der heurigen Elektronikmesse? Das funktionierte nicht ganz. Nervös drückte die Ärztin ein paar Knöpfe.

Sie seufzte.

Zog den Stecker wieder aus der Steckdose. Steckte ihn neuerlich an.

Nichts!

Sie drückte in rascher Reihenfolge ein paar Tasten.

Sie seufzte, wurde aber dabei unterbrochen, denn es ertönte endlich Rauschen. Sie schien befriedigt und nuschelte was von *Meeresrauschen*.

Frau Ärztin blickte sich jetzt um.

Suchte ihren Sitz, den sie offensichtlich in der Mitte des Halbkreises einnehmen wollte. Dort war aber kein Platz frei.

»…Entschuldigung… mein Platz… könnten Sie…« Sie deutet auf einen älteren Mann, der wider Erwarten verstand, was sie wollte. Er erhob sich und setzte sich auf einen anderen noch freien Sessel.

»…schon wer bei mir…«, meinte die Ärztin.

Sollte wohl heißen, ob schon jemand bei ihr ein Entspannungstraining mitgemacht hatte. Alle starrten sie an. Niemand sagte ein Wort.

»… grummel…«

»…nicht?«

Die Frau Doktor blickte reihum.

»…sind wir denn…«

Könnte geheißen haben ‚Wie viele sind wir denn?'

Sie blickte die der Tür sitzende entspannungswillige Dame an und sagt »eins«.

Offensichtlich meinte sie, dass durchgezählt werden sollte.

Die Frau blickte sie entsetzt an und sagte »eins«.

Die Ärztin nickte und blickte den nächsten an.

Der sagte »Oberlehner«.

Die nächste sagte »Fraunhofer«, der nächste »Schmid«, der nächste »Bachmann«.

Jetzt war der uninteressierte Lümmler dran. Alle blickten ihn gespannt an. Er machte es spannend. Blickte um sich. Schien zu zögern. Und sagte schließlich »fünf«.

Aha, mitgedacht. Aber nicht mitgezählt. Denn er war der sechste. Es ging weiter reihum. Anna hörte vor ihr »Allerseder«, »Markbrantner« und »Müller«.

Jetzt war Anna dran. Sie sagte »elf«, obwohl sie keine Ahnung hatte, die wievielte sie war. Ihr Nachbar sagte »zwölf« und die nächste – und letzte – Dame sagte »Haa?«.

Die Ärztin murmelte, dass die Anzahl nicht stimme. Sie begann die Namen aufzurufen.

»Schmid?«

»Hier!«

»Lehn?«

»Hier!«

»Markbrantner?«

»Hier!«

»Müller?«

»Hier!«

»Fraunhofer?«

»Hier!«

»Lehn?«

»Was schon wieder?«, sagte Anna Lehn. »Ich war schon dran, heißt das vielleicht anders?«

Frau Doktor blickt auf ihren Zettel.

»…grummel… zweimal… grummel… eh wurscht…«

Sie gab auf. Es war ihr egal, wer da war und wer nicht. Aber sie erklärte, dass Meeresrauschen zu hören sei. Ja – die Kassette rauschte noch immer.

Die ältere Dame, zwei Sitze neben Anna, zeigte auf.

»Muss ich was hören?«

»…grummel …hören?«, sagte die Frau Doktor.

»Muss ich was hören?«, fragte sie jetzt lauter.

»...ja... ja... hören...«, sagte die Frau Doktor

»M-u-s-s i-c-h w-a-s h-ö-r-e-n?«, fragte sie jetzt ganz betont und noch lauter.

Jetzt nickte Frau Doktor eifrig. Sie schien verstanden zu haben, dass die Dame nichts – oder wenig? – hörte.

»Ich hab keinen Hörapparat drinnen. Soll ich ihn hineingeben?

Frau Doktor nickte wieder eifrig.

»Ich bring ihn alleine nicht hinein.«

Frau Doktor blickte ratlos.

»Können Sie mir helfen?«

»Iiiich?« Das klang entsetzt.

»Ja, andere können's ja auch. Stellen Sie sich nicht so an. Kommen Sie schon her.«

Folgsam erhob sich Frau Doktor.

Die ältere Dame suchte längere Zeit in ihrer Handtasche nach dem Hörgerät. Anna schaute mal in die Runde, ob schon ein paar eingeschlafen – pardon entspannt – waren. Nein, alle waren noch wach und verfolgten gespannt die Hörapparats-Implantation.

Endlich hatte es Frau Doktor geschafft.

»... grummel... Medientechnikerin... auch noch...«

Die ältere Dame meinte, dass sie noch immer nichts hören könne. Ihr Hörapparat schien nicht zu funktionieren.

Frau Doktor beruhigte sie und sicherte ihr zu, dass das eh wurscht sei. Es ginge eh nur um das Meeresrauschen. Und ob man das Meeresrauschen hörte oder nicht, wäre eh egal.

Die ältere Dame blickte hilflos in die Runde – sie hörte doch nichts!

Schön langsam war es dann so weit. Alle sollten sich zurücklehnen, die Augen schließen und dem Meeresrauschen zuhören. Die Hände zu Fäusten ballen. Anspannen. Und jetzt langsam entspannen. Entspannen...

Die Arme liegen schwer...

...auf den Sessellehnen...

...werden immer schwerer...

...und schwerer...

Anna Lehns Gedanken scheiften ab von der Entspannungsübung. …was die Polizei wohl von ihr wollte? …ob Gitta etwas angestellt hatte?... oder ging es um ein Verkehrsdelikt?... aber es konnte wohl… nichts Tragisches sein… Die hatten doch gesagt, es ginge… was hatten sie gesagt? …es ginge nur… um die Beantwortung… einiger Fragen…

Sie hörte wieder die Stimme der Ärztin.

…die Entspannung…

…ist…

…angenehm…

…so angenehm…

Annas Nachbar rüttelt sie. Entspannungsübung beendet. Anna blickte erstaunt auf die Uhr. Eine halbe Stunde war vergangen… Das gab's doch nicht… War sie etwa eingeschlafen? Jetzt aber schnell nach Hause. Sie hatte doch einen Termin mit dieser Polizistin. Um 20 Uhr. Und es war schon Viertel nach acht.

**

Anna Condère und Toni Quasser warten im Auto auf Anna Lehn. Sie waren schon bei der Wohnungstür gewesen und hatten erfolglos geklingelt. Anna Lehn hatte am Telefon gesagt, dass sie um ungefähr acht Uhr zu Hause wäre, dass sie sich aber ein paar Minuten verspäten konnte. Sie hatten eben beide eine SMS bekommen. *Lagebesprechung um 22.00 Uhr.*

Anna seufzte »das wird noch ein langer Tag heute.«

Als gegen halb neun hinter Ihnen ein Auto hielt und eine Frau ausstieg, stiegen sie ebenfalls aus.

»Frau Lehn?« fragte Toni.

»Ja, das bin ich. Kommen Sie doch bitte mit herein.«

Die Wohnung schien behaglich eingerichtet – jedenfalls, wenn man vom Wohnzimmer auf die anderen Räume schloss.

»Meine Tochter übernachtet heute bei einer Freundin, daher bin ich allein zu Hause«, erklärte Anna Lehn und fügte hinzu, »was kann ich denn für Sie tun?«

Gespräche mit Verdächtigen waren immer heikel. Manche waren agressiv, unkooperativ, logen, schrien, weinten. Das Gespräch mit Anna Lehn war äußerst angenehm. Sie gab klare

Antworten und wirkte in jeder Phase glaubhaft. Als das Busunglück geschah, war sie bereits geschieden gewesen. Ihrer Mutter Ingrid Lehn war eine wichtige Rolle zugekommen, da sie sich um Tochter Gitta kümmerte. Anna Lehn sah das Busunglück als das, was es auch war: als Unglück, als Unfall. Sie schien niemanden die Schuld zu geben und schien auch gegen niemanden einen Groll zu hegen. Sie erinnerte sich an die Namen Martin Lesberger und Helena Meischl und erklärte, dass sie mit zwei Angehörigen von Opfern in loser Verbindung stand – mit Klara Pfähl und Mia Mibitsch. Sie hatte zum Mordfall Schmidt ein bombensicheres Alibi – sie war in der Arbeit gewesen. Zu allen anderen Verbrechenszeitpunkten war sie zu Hause gewesen und ihre Tochter würde das – so meinte sie – in allen Fällen bestätigen können.

Es war bereits halb zehn als sich Anna und Toni verabschiedeten.

**

22.00 Uhr. Lagebesprechung. Ute Ruhs hatte schon die Pinwände mit Fotos ergänzt.

»Entschuldigt bitte, wenn ich mich gleich zu Beginn zu Wort melde«, sagte Peter Hagge, der zu jeder Lagebesprechung eingeladen war. »Aber es ist schon nach 22 Uhr und ich habe versprochen, meine Tochter von der Tanzschule abzuholen… Von der vermissten Celine Katz gibt es nach wie vor nicht die geringste Spur. Wenn ich ehrlich bin, glaube ich nicht, dass sie noch am Leben ist. Erstens weil die Zeitspanne ihres Verschwindens schon viel zu lange ist und zweitens… Naja, was ihr da bisher ermittelt habt, lässt doch darauf schließen, dass sie auch schon tot ist. Wir haben aber alle Kapazitäten für die Überprüfung der Internet-Cafés freigemacht. Leider… Die Überprüfungen haben keine Ergebnisse erbracht. Einerseits, weil es in Internet-Cafés keine Ausweispflicht gibt und andererseits, weil *knight7* nur in Internet-Cafés tätig war, in denen es keine Internet-Nutzungsgebühr gibt – zum Beispiel weil auch Speisen und Getränke angeboten werden. Ein paar Internet-Cafés bieten auch einen Spielbetrieb an und daher gibt's dort sowieso keine

Nutzungsgebühr. Die *Cafés* sind alle stark frequentiert, keines hat eine Videoüberwachung. Die Frage nach einem bestimmten Nutzer kostet dem Personal nicht einmal einen Lächler. Mit einem Wort – Fehlanzeige. Habt ihr noch Fragen…? Sonst würde ich mich gerne verabschieden.«

Als Peter Hagge gegangen war, wurde mit den Berichten zu den Gesprächen, die im Laufe des Tages geführt worden waren, begonnen.

Anna Condère berichtete über Anna Lehn. Lehn hatte ein Alibi bei dem Mord an Luisa Schmidt. Sie war in der Arbeit gewesen. Das wollte Anna morgen noch überprüfen, An den übrigen Tatzeiten war sie alleine zu Hause gewesen. Bestätigen konnte das sicherlich ihre Tochter. Anna meinte, dass Anna Lehn eher nicht für eine derartig brutale Mordserie in Frage kam.

Toni Quasser meinte, dass ihr Gespräch mit Klara Pfähl nicht sehr gut verlaufen war. Die Pfähl hatte sich mehrmals in Widersprüche verstrickt. Sie war zu den fraglichen Zeiten alleine zu Hause gewesen. Ein Alibi konnte sie nur für den Schmidt-Mord bieten, da hatte sie Tagschicht im Krankenhaus. Das *Hohipera* hatte das auch bestätigt. Allerdings war Toni noch nicht klar, was das wert war, nämlich ob Krankenschwestern nicht unbemerkt mal die eine oder andere Stunde abwesend sein könnten. Für Toni war die Pfähl hochverdächtig, insbesondere weil sie im Hohipera-Krankenhaus Schicht hatte, als Paul Allinger starb. Er würde morgen mit der Universität in Göteborg wegen Lasse Pfähl Kontakt aufnehmen. Und mit der Fahndung wollte er besprechen, ob sie vielleicht Tochter Astrid finden konnten.

Emma Till erklärte, dass Hubert Mibitsch an Demenz im fortgeschrittenen Stadium litt und daher aus ihrer Verdächtigenliste ausgeschieden werden musste.

»Bist du dir da sicher?«, fragte Anna.

»Ja – eigentlich schon.«

»Naja«, mischte sich Kai ein, »da wurden schon manche für unschuldig gehalten. Der Jack Unterweger hat ja auch für die ORF-Sendung ‚*Das Traummännlein kommt*' Geschichten geschrieben.«

»Was? So ein Blödsinn«, wehrte sich Emma.

»Kein Blödsinn. Das stimmt«, beharrte Kai.

»Wer bitte ist Jack Unterweger?«, fragte Sanie.

»Jack Unterweger ist wegen des Mordes an elf Prostituierten verurteilt worden. Er hat sich aber erhängt, bevor das Urteil rechtskräftig war…«

»So Kinder«, mischte sich nun Arno ein, »wenn wir bitte bei der Sache bleiben. Einigen wir uns vorerst darauf, dass er nicht mehr verdächtig ist, außer er ist ein Oscar-verdächtiger Schauspieler. Okay?«

Emma fuhr fort, dass ohnedies noch das Gespräch mit seiner Tochter Mia offen war. Und dass sie dann auch gleich überprüfen würde, ob ihr Vater tatsächlich dement war.

Nico Lauss erzählte vom Gespräch mit der Familie Nerr. Die Eltern Paula und Hubert waren von 26. November – also noch vor dem Mord an Luisa Schmidt – bis 10. Dezember auf Urlaub auf Gran Canaria gewesen. Die Anfrage auf Gran Canaria lief. Sohn Volker saß im Rollstuhl. Ein Gespräch mit seinem Arzt würde morgen erfolgen. Wie es aussah, konnte die ganze Familie aus den Verdächtigen ausgeschieden werden. Nico erzählte auch von seinem Anruf bei Erich Till. Dieser konnte sich gut erinnern, weil es einer seiner letzten Aufgaben war, ein Monat später war er in Pension gegangen. Er hatte aber keine Kontakte mit den Hinterbliebenen gehabt und konnte ihnen daher nicht weiterhelfen.

Kai Pirinner hatte bereits überprüft, dass Tom Orrov im Gefängnis einsaß und keinen Freigang hatte. An Besuchern war nur seine Ehefrau registriert. Also schied auch Orrov als Verdächtiger aus.

Klaus Drofoby hatte ganz offensichtlich für Johann Nesburg nichts übrig. Klaus meinte, er sei insgesamt unglaubhaft und tische eine Lüge nach der anderen auf. Er hatte zu keinen Tatzeiten ein Alibi, außer zu Paul Allingers Todeszeitpunkt. Da hätte er angeblich geschlafen und seine Frau würde das bestätigen können. Seine Frau Ida hatte das bei einer telefonischen Rückfrage zwar bestätigt, sie sei aber derartig uninteressiert gewesen, dass diese Bestätigung äußerst fragwürdig erschien. Für Klaus war Nesburg ihr Hauptverdächtiger.

»Wie begründest du das?«, fragte Arno.

»Erstens, weil er zu Luisa Schmidts Tod im Wasserwald war. Das hat er selbst zugegeben. Er hat sich ja sogar bei uns gemeldet.«

»Spricht das nicht eher dafür, dass er unschuldig ist? Warum hätte er sich bei uns melden sollen?«

»Nesburg ist nicht blöd. Ich halte ihn für einen ausgesprochen intelligenten Menschen. Ich schätze, dass er gedacht hat, wenn er sich bei der Polizei freiwillig meldet, wird ihn niemand verdächtigen.«

»Naja, dieser Gedanke ist… zulässig. Weiter.«

»Und zweitens konnte er keinerlei Alibis anbieten.«

»Naja, da ist er aber in guter Gesellschaft. Aber machen wir mal weiter«, forderte Arno.

»Warte einen Moment«, wandte Klaus ein. »Johann wird uns ja dann noch über Christiane Rüger und ihren Absturz in den Bergen informieren. Ein merkwürdiger Zufall ist jedenfalls, dass Nesburgs erste Frau ebenfalls bei einer Bergwanderung ums Leben kam. Dem möchte ich jedenfalls nachgehen. Vielleicht hat Nesburg ja schon seine erste Frau umgebracht.«

»Gut, mach das, Klaus«, sagte Arno, »Sanie, berichtest du über Bersdorf?«

»Leo Bersdorf ist ein Brechmittel«, begann Sanie Detr, »und ganz offensichtlich schwerer Alkoholiker. Seinerzeit hat er von Azurblaureisen Geld gefordert – erfolglos. Für die Schmidt- und Ortner-Fälle hat er kein Alibi. Zu allen anderen Tatzeiten war er zu Hause. Das hat mir seine Frau Greta bestätigt. Sie ist Verkäuferin bei Kleiderbauer und ich hab sie am Spätnachmittag dort aufgesucht. Obwohl Alibis, die von Ehefrauen bestätigt werden, grundsätzlich problematisch sind, glaube ich dieser Frau. Leo Bersdorf ist meiner Meinung nach nicht in der Lage, irgendetwas zu planen und auch durchzuführen.«

»Könnte er ein begnadeter Schauspieler sein?«, fragte Emma.

»Nach meiner Einschätzung ist der Bersdorf echt. Aber mit hundertprozentiger Sicherheit kann man wohl auch das nicht sagen…«

»Sanie, kümmere dich nochmals darum. Frag Nachbarn und Bekannte«, ordnete Arno an und berichtete dann vom Tod Paul

Allingers. Seiner Meinung nach war es Mord. Und nicht einmal schwierig auszuführen gewesen. Klaus und Kai ergänzten das Ergebnis der Befragung der Krankenschwestern. Es hatte niemand etwas Außergewöhnliches bemerkt, aber zwischendurch war angeklungen, dass es schon möglich gewesen war, dass sich jemand ins Krankenhaus eingeschlichen hatte. Somit hatten Sie offiziell den sechsten Mordfall. Und Arno wusste, dass der Bericht von Johann dazu führen könnte, dass sie einen siebenten Mordfall hatten.

Jetzt ergriff Johann Tampf das Wort. »Ich habe zwei wichtige Infos für euch. Die erste betrifft Christiane Rüger, die Tochter von Egon Rüger, dem Mitinhaber von Azurblaureisen. Sie war am Samstag, 15.10. von Spital am Pyhrn aus auf den Großen Sonnkogel gegangen und hatte dann auf der Rotmann-Hütte übernachtet. Am Sonntag, den 16. Oktober war sie gegen sieben Uhr aufgebrochen, um auf einem relativ unbekannten aber nicht ungefährlichen Weg abzusteigen. Um 09.11 Uhr setzte sie mit ihrem Handy einen Hilferuf ab. Das Handy konnte geortet werden. Die Bergrettung fand sie um 11.30. Sie war aus großer Höhe abgestürzt und hatte sich alle Knochen gebrochen. Jede Hilfe kam zu spät. Ihr Leichnam wurde über die Kutterer-Hütte ins Tal gebracht. Christiane war Studentin, 24 Jahre alt und galt als sichere Bergsteigerin. Von einem Fremdverschulden war nie die Rede.«

»Die Bergrettung ist ja auch keine Polizei«, sagte Emma, »und schließlich hatten sie ja auch nicht die Informationen, die wir haben. Wir haben eine Theorie, die mit jedem Mosaiksteinchen realistischer wird. Und es passt ganz genau, dass Christiane Rüger von unserem Täter umgebracht wurde. Sie war die Erste.«

»Na, vorerst mal langsam. Das ist jetzt wirklich nicht mehr als reine Vermutung«, konterte Nico, »genauso gut können wir vermuten, dass Christiane Rüger einem Unfall zum Opfer fiel und Rügers Frau Marjana die nächste auf der Liste unseres Verrückten ist.«

»Ich würde eher Nico recht geben, denn der Tod von Christiane Rüger ist zeitlich etwas problematisch – er wurde viel früher verübt«, mischte sich Arno ein, »aber lassen wir mal sowohl Emmas als auch Nicos Theorie so stehen. Marjana Rüger stufen wir aber weiter als gefährdete Person ein. Wo ist sie eigentlich? Kai, Klaus, wisst ihr das?«

»Egon Rüger sagte, dass er seine Frau sofort wegbringen würde. Wohin, das wollte er nicht sagen. Aber ich nehme an, dass sie in Sicherheit ist«, antwortete Klaus.

»Ich habe noch eine zweite Info, die euch wirklich interessieren wird«, meldete sich Johann wieder zu Wort. »Ich habe alle neuen Daten mit unseren bisherigen Akten abgecheckt.«

Johann verstummte. Machte eine Pause. Theatralisch.

»Na komm schon«, sagte Sanie, »spuck's aus.«

»Emma hatte doch die Theorie aufgestellt, dass sich beim Lesberger-Mord ein Interessent für einen neuen Garten Zugang zur Gartenanlage verschafft hat…«. Wieder legte er eine Pause ein. »Vom Obmann des Gartenvereins, Adam Sapfl, haben wir dann die Daten der Gartenbewerber erhalten… Anna und Nico haben die überprüft… Und ich habe damals protokolliert… Ich zitiere...«

Johann nahm ein Datenblatt zur Hand und las vor. »Die einzige Merkwürdigkeit war, dass eine der Telefonnummern, die wir von Obmann Sapfl erhalten haben, nicht gestimmt hatte. Der Mann hatte von Anfang an erklärt, dass er nie auch nur im Entferntesten an einen Garten gedacht hatte. Zitat Ende.«

Wieder legte Johann eine Pause ein.

»Johann, bitte übertreib es nicht«, warnte Arno.

»Das war die Telefonnummer von… Johann Nesburg.«

»Waaaaas?«, schallte es vielstimmig.

»Das passt, wie die Faust auf's Auge«, rief Klaus. Nesburg ist eh unser Hauptverdächtiger. Ich schlage vor, wir verhaften ihn…«

»Na, mal ganz langsam, Klaus«, beruhigte Arno, »ja, das ist ein weiteres Indiz, das auf Nesburg hinweist. Vergessen wir aber nicht, dass wir noch nicht mit allen Verdächtigen gesprochen haben. Wer hat damals mit Nesburg telefoniert?«

»Das war ich«, meldete sich Anna, »ich weiß noch genau, was ich mit dem Mann gesprochen habe. Nur der Name *Nesburg* war mir entfallen… Aber jetzt… jetzt erinnere ich mich… Der Mann hieß Nesburg. Wir hatten ja ursprünglich keinen Namen. Nur die Telefonnummer.«

»Und die Telefonnummer gehört zu Nesburg«, beharrte Johann.

»Jaja, das wird schon so sein. Aber der Mann hat äußerst überzeugend geklungen. Ich hatte den Eindruck, er wusste gar nicht genau, was eine Gartenanlage ist…«

»Na gut«, sagte Arno, »ich seh‘ das jetzt mal so: wenn wir etwas großzügig denken und uns auch auf unsere Gefühle verlassen, dann haben wir zwei Verdächtige: Johann Nesburg und Klara Pfähl. Wir dürfen aber die anderen noch nicht zur Gänze *außen vor* lassen, denn die Beweise für ihre Unschuld sind zum Großteil noch nicht erbracht. Außerdem haben wir mit drei Verdächtigen noch nicht gesprochen. Ich schlage vor, dass wir uns jetzt mal Chris anhören, welche Hinweise er für uns hat.«

»Ute hat mich gestern umfangreich in alle Details eingeweiht«, begann Chris Tianistov. »Wir haben hier einen ganz speziellen Fall. Wenn sich der Täter wirklich an Personen rächen will, die seiner Meinung nach für den schon jahrelang zurückliegenden Unfall verantwortlich sind – warum tut er das erst jetzt und nicht gleich nach dem Unfall?«

»Ja. Warum?«, fragte Klaus.

»Betrachten wir mal die landläufige Meinung zu Serientätern oder Massenmördern: Für einen ‚normalen‘ Menschen ist es doch jenseits jeder Vorstellungskraft, dass ein Mensch nicht nur einmal, sondern immer wieder tötet. Serienmörder wie Peter Kürten, Joachim Kroll oder Charles Manson sind keine Menschen. Sie sind Bestien in Menschengestalt! Oder? Wir alle empfinden Entsetzen, abgrundtiefes Entsetzen, abgrundtiefe Abscheu vor dieser bösen Seite im Menschen. Wie ist es möglich, dass ein Mensch zu so etwas fähig ist? Wir sagen *‚der ist doch nicht normal‘*. Und das ist auch schon die Antwort. Er ist nicht normal, das heißt, er muss an einer geistigen Erkrankung leiden. Aber sofort drängt sich wieder die Frage auf, warum erst jetzt, warum nicht schon früher? Und auch auf diese

Frage gibt es eine logische Antwort. Die Erkrankung ist erst jetzt aufgetreten.«

»Von welcher Erkrankung sprechen wir?«, fragte Anna.

»Er ist in einem enormen Maß unzurechnungsfähig. Er leidet an einer schweren psychischen Erkrankung. Wahrscheinlich setzt er bei seinen Taten das um, was ihm die Stimmen, die er vielleicht hört, suggerieren. In seinem Wahnsinn hält er das, was er tut, für notwendig. Mit anderen Worten – er leidet an einer schweren paranoiden Psychose. Es scheint sich bei unserem Täter um einen sogenannten ‚organisierten' Serienmörder zu handeln. Er plant seine Morde und ist sich auch deren Auswirkungen bewusst. Lange Zeit, bevor er die erste Tat beging, wurde sein Denken von Fantasien beherrscht. Von gewalttätigen Fantasien. Anfangs hatte er vermutlich eine Tötungshemmung, ganz allmählich eignet er sich Techniken an, um diese Hemmschwelle zu überwinden. Eine dieser Techniken ist, dass er sein Opfer nicht mehr als Menschen mit allen menschlichen Eigenschaften betrachtet, sondern ihn als ‚Ding' sieht. Wichtig dabei ist, die Distanz, die er zu anderen Menschen aufbaut. Er hat vielleicht sogar Familie und Kinder, aber bezogen auf Gefühle, auf Emotionen, ist er ein Außenseiter. Er ist auf sich selbst bezogen und begibt sich in eine Isolation, sodass er sich nicht mehr als Teil unserer Gesellschaft sieht - und damit ist er auch nicht an unsere Gesetze und Regeln gebunden.«

»Das ist ja alles schön und gut, aber…«, will Klaus einwenden, wird aber von Chris unterbrochen.

»Gebt mir bitte noch etwas Zeit, meine Gedanken auszuführen. Bei seinem ersten Mord hat er sich Rechtfertigungen zurechtgelegt. Zum Beispiel, dass das Opfer ja selbst an seinem Schicksal schuld sei…, dass es mit seinem Schicksal einverstanden sei…, dass es sogar den Tod verdient habe. Damit hat er den Spieß umgedreht und anstatt Schuld auf sich zu laden, erweist er der Gesellschaft – oder Gemeinschaft – plötzlich einen Dienst. Man müsste ihm eigentlich dankbar sein, weil seine persönliche Weltordnung oder Moralvorstellung wieder hergestellt ist. Die Gewalt ist zu einem Bestandteil seines Lebens geworden. Und er setzt sie ein, um seine Wünsche und Bedürfnisse umzusetzen.«

Tianistov machte eine Pause, um das Gesagte wirken zu lassen und fuhr dann fort.

»Massenmörder, Serienmörder, Mehrfachmörder – egal wie ihr sie nennen wollt – sie haben, wie eben ausgeführt eine ausgeprägte Persönlichkeitsstörung, sind verantwortungslos, emotional labil, egozentrisch und haben starke Minderwertigkeitsgefühle. Es ist fast ein Muster, dass sie als Kinder Gefühlskälte und Gewalt erlebten oder missbraucht wurden – und diese Erlebnisse nie verarbeiten konnten. Und wenn dann im erwachsenen Alter ein emotionales Ereignis eintritt, das sie wieder nicht verarbeiten können, dann kann das der Auslöser für eine Gewalteskalation sein, wie wir es hier in unserem Fall sehen. Schon lange hatte er den Groll gegen alle möglichen Beteiligten am Busunglück mit sich herumgetragen. Anfangs war es nur ein Groll, der sich aber mit der Zeit immer mehr in Hass mit zunehmenden Rachegedanken verwandelte. Und dann ist irgendetwas eingetreten, was ihn die Rachegedanken verwirklichen ließ.«

»Und was können wir praktisch damit anfangen?«, fragte Klaus.

»Statistisch gesehen sucht ihr einen Mann, denn das Krankheitsbild tritt bei Frauen seltener auf. Er hatte einige Zeit – vielleicht Wochen oder Monate – vor Beginn der Mordserie ein traumatisches Erlebnis. Er ist vielleicht verheiratet oder lebt in einer Beziehung, wobei die Beziehung emotional nicht intakt ist. Er ist intelligent und ihr werdet den Mörder in ihm in einem Gespräch nicht erkennen – er ist ein Schauspieler. Er ist bei klarem Bewusstsein, mit seinen intellektuellen Fähigkeiten verbirgt er seinen Realitätsverlust und seine Wahnvorstellungen.«

»Also haben wir zwei handfeste Anhaltspunkte. Er ist ein Mann und er hatte kürzlich ein traumatisches Erlebnis. Richtig?«, folgerte Klaus.

»Ja, so könnte man es verkürzt darstellen.«

»Wer von unseren Verdächtigen hatte ein traumatisches Erlebnis?«, fuhr Klaus fort, »das sind Klara Pfähl, deren Tochter ausgerissen ist, Mia Mibitsch, deren Mann verstorben ist, Johann

Nesburg, dessen Sohn verstorben ist und Leo Bersdorf, der ein Burnout erlitten hat.«

Er sah sich um, ob ihm jemand widersprach.

»Chris, sag mal, kann ein Burnout auch als traumatisches Erlebnis bezeichnet werden?«

»Ja und nein, unter gewissen Umständen…«

»Aber dann haben wir unseren Mann«, unterbrach ihn Klaus, »es kann sich nur um Nesburg handeln. Die anderen beiden sind Frauen.«

»Klaus, machst du es dir da nicht etwas zu einfach? Chris kann uns Anhaltspunkte geben, aber es sind eben nur Anhaltspunkte. Es sind keine knallharten Fakten…«, gab Arno zu bedenken.

Er registrierte zustimmendes Nicken, aber auch verständnisloses Kopfschütteln – besonders von Klaus.

»Nur um den Überblick zu behalten«, fuhr Arno fort. »Welche Verdächtige haben wir jetzt und wen können wir ausscheiden? Johann Nesburg ist unser Hauptverdächtiger. Als weiterhin verdächtig müssen wir bezeichnen Klara Pfähl und Mia Mibitsch. Eher nicht in Frage kommen Lasse Pfähl, Astrid Pfähl, Anna Lehn und Leo Bersdorf – sie sind aber noch nicht ganz aus dem Schneider. Ausgeschieden sind Hubert Mibitsch, Paula Nerr, Hubert Nerr, Volker Nerr und Tom Orrov. Die 12 Verdächtigen konnten wir also auf sieben reduzieren. Stimmt ihr mir da zu?«

Niemand erhob Einspruch.

»Welche der Verdächtigen haben Alibis? Ute, sei so gut und schreib auf der Flip-Chart mit.«

Johann Nesburg: nur im Fall Allinger
Klara Pfähl: nur im Fall Schmidt
Lasse Pfähl: noch nicht festgestellt
Astrid Pfähl: noch nicht festgestellt
Mia Mibitsch: noch nicht festgestellt
Anna Lehn: in allen Fällen
Leo Bersdorf: in den Fällen Meischl, Katz und Allinger

»So, und was haben wir gegen unseren Hauptverdächtigen in der Hand? Er hat zu keinem der Morde ein Alibi, außer zum letzten, er war im Schmidt-Fall im Wasserwald, er war ein Garteninteressent im Lesberger-Fall und er hatte ein traumatisches Erlebnis. Noch was?«

»Ja«, fügte Klaus an, »er lügt!«

»Ich schlage Folgendes vor«, ignorierte ihn Arno, »wir überwachen ab sofort Nesburg, weil er derzeit unser Hauptverdächtiger ist. Gleichzeitig fahren wir aber fort, unsere Hausaufgaben zu machen, also die gute alte Polizeiarbeit ist gefragt. Und vergesst nicht, die Verdächtigen für Alibis beim Rüger-Mord zu befragen – und dann auch gleich zu überprüfen. Ich werde mit dem Staatsanwalt sprechen wegen eines DNA-Tests und wegen eines eventuellen Haftbefehls für Nesburg. Ich gehe davon aus, dass alle wissen was sie zu tun haben...«

Arno blickte um sich, ob das alle verstanden hatten.

»Ute, bitte mache eine Einteilung für die Nesburg-Überwachung. Ich nehme mal an, dass du jemanden anfordern musst, denn *wir* können das nicht übernehmen.«

Ute nickte.

»Und du Johann, schickst bitte jetzt gleich noch einen Bericht an den Polizeidirektor und an den Staatsanwalt.«

»Was?«, sagte Johann, »jetzt gleich? Heute noch?«

»Ja, *heute*, denn es ist schon seit einer Dreiviertelstunde *heute*. Jetzt gleich!«

Mittwoch 14. Dezember.

»Guten Tag, Frau Mibitsch«, sagte Emma, »vielen Dank, dass Sie sich für uns Zeit nehmen.«

»Aber gerne doch. Der Polizei helfen zu können, macht einen ja direkt stolz.«

Emma stellte sich, Arno und Sanie vor. Nico hatte sich heute Morgen krank gemeldet. Da sie nicht alleine ermitteln durfte, hatte Arno gesagt, dass er und Sanie zum Mibitsch-Gespräch mitkommen würden.

Mia Mibitsch hatte sie ins Haus gebeten und ins Wohnzimmer geführt. Es war kalt und ungemütlich eingerichtet. Die Einrichtung bestand aus zwei Kästen – in einen davon war ein Fernseher integriert – und aus einem großen rechteckigen Tisch mit sechs Stühlen.

Mibitsch hatte Ihnen Tee angeboten. Sie hatten abgelehnt.

»Worum geht es denn?«, fragte Mibitsch.

»Ja… Frau Mibitsch, wir sind da in einer Ermittlung, in der wir einige Aufenthalte und Aufenthaltszeitpunkte rekonstruieren und vergleichen müssen. Ich müsste Ihnen jetzt einige Fragen zu Ihrem jeweiligen Aufenthalt stellen.«

»Also einfach ausgedrückt, sie brauchen Alibis. Meinen Sie das?«

»Ja, so ist es.«

»Da müssen Sie mir aber vorerst erklären, worum es überhaupt geht.«

»Nein, das müssen wir nicht«, mischte sich Arno ein, »bitte beantworten Sie einfach die Fragen von Frau Bezirksinspektorin Till.«

Arno kam diese Frau aalglatt vor. Er wollte sie mit seiner brüsken Zwischenbemerkung aus der Reserve locken. Das gelang aber offensichtlich nicht, denn Mia Mibitsch antwortete ruhig und unbefangen »ja bitte, dann stellen Sie mir Ihre Fragen.«

Emma zählte alle Tatzeitpunkte auf. Mibitsch hatte ihren Kalender zu Rate gezogen. Zu Christiane Rügers Absturz gab sie ihre Nachbarin als Zeugin an, dass sie bei ihr gewesen war. Bei Luisa Schmidts Tod hatte sie eine Trauerbesprechung mit

Hinterbliebenen gehabt. Im Fall Niklas Ortner hatte sie im Urnenhain eine Trauerrede gehalten. Keine Alibis konnte sie anbieten zum Meischl-Fall, zur Katz-Entführung, und zum Allinger-Tod. Sie war jeweils allein zu Hause gewesen.

»Gut Frau Mibitsch. Zu Ihrem Vater… Ist Ihr Vater krank?«, fragte Emma.

»Mein Vater? Wie kommen Sie auf meinen Vater?«

Arno räusperte sich, um daran zu erinnern, dass *sie* die Fragen stellten. Mibitsch warf ihm einen kurzen Blick zu.

»Ja, mein Vater… er ist ziemlich dement.«

»Ziemlich?«

»Er *ist* dement. Hat aber zwischenzeitlich immer wieder kurze Phasen, in denen es ihm relativ gut geht. Es ist schwer zu verstehen, dass das so wechselt. Aber er kommt einstweilen noch alleine zurecht. Er hat eine eigene Wohnung und kann sich selbst versorgen.«

»Und Ihre Mutter?«

»Meine Mutter? Die ist schon vor Jahren verstorben.«

»Verstorben?«

»Ja, es war ein grauenhafter Unfall. Ein Bus ist abgestürzt. Meine Mutter hatte keine Chance. Sie ist sofort tot gewesen.«

»Wer war denn schuld an dem Unfall?«, mischte sich Arno wieder ein.

»Schuld… ja… Schuld…«, Mia Mibitsch ließ sich lange Zeit mit ihrer Antwort. »Wissen Sie«, fuhr Sie dann an Arno gewandt fort, »die Menschen möchten für alle Ereignisse immer einen Schuldigen. Man hatte damals festgestellt, dass niemand Schuld trug… Niemand. Und so ist es auch gewesen. Ich bin von Beruf Trauerrednerin und ich kann mit traurigen Ereignissen umgehen. Es ist mir klar, dass niemand die Schuld an diesem Unfall trug.«

»Glauben Sie nicht, dass vielleicht der Busfahrer schuldig war?«, hakte Arno nach.

»Nein… wie gesagt… es wurde festgestellt, dass niemand Schuld hatte.«

»Frau Mibitsch«, führte nun Emma das Gespräch wieder fort, »ich lese Ihnen ein paar Namen vor und Sie sagen mir, ob sie jemanden davon kennen. Anna Lehn, Klara Pfähl, Paula Nerr, Tom Orrov, Johann Nesburg, Leo Bersdorf.«

»Ja, die kenne ich alle. Sie waren vor Jahren mit mir in der psychologischen Betreuung. Nach dem Unfall. Das heißt *kennen* ist zu viel gesagt. Ich kenne Anna Lehn, Klara Pfähl und Johann Nesburg. Ich bin fast befreundet mit ihnen. Aber zu den anderen habe ich keinen Kontakt. Ich erinnere mich nur, dass dieser Orrov und der Bersdorf ziemlich unangenehme Typen waren.«

»Okay. Und sagen Ihnen die Namen Lesberger, Katz, Schmidt, Meischl, Allinger, Rüger und Ortner etwas?«

»Lesberger…? Ja… hieß nicht damals der Busfahrer so? Wäre möglich. Aber die anderen… Nein, die sagen mir nichts. Schmidt vielleicht? Aber das ist ja kein seltener Name… ich kann ihn nicht zuordnen… Warten Sie… Meischl? War da nicht diese schreckliche Sache in Ebelsberg? Oder Pichling?«

»Frau Mibitsch, Ihr Mann ist kürzlich verstorben«, sagte Arno und wechselte damit das Thema.

»Ja.«

»War das nicht ein weiterer unerträglicher Schicksalsschlag für Sie?«

»Ja.«

»Aber Sie haben auch diesen gut überstanden?«

»Gut? Nein, *gut* nicht. Aber ich habe ihn überstanden.«

»Ihr Mann hieß Koll. Warum heißen Sie Mibitsch.«

»Wir haben nie geheiratet. Wir lebten in einer Partnerschaft.«

»Warum?«

»Einfach… weil wir es so wollten.«

»Frau Mibitsch, man munkelt, dass bei der Klärung der Verschuldensfrage beim Busunglück nicht alles mit rechten Dingen zugegangen wäre«, provozierte Arno nochmals.

»Ach… munkelt man das? Davon habe ich noch nichts gehört.«

»Und was glauben Sie?«

»Wie gesagt, man hat damals festgestellt…«

Sie brach ab und blickte Arno in die Augen.

Nach einem kurzen Moment der Stille, bedankte sich Emma für die Zeit und die Geduld, mit der sie ihre Fragen beantwortet hatte. Die drei Polizisten verabschiedeten sich.

Als sie wieder im Auto saßen, fragte Arno »Na, was denkt ihr?«

»Sie war sehr glaubwürdig«, meinte Emma.

»Das sehe ich auch so«, bestätigte Sanie, »und sie hat sich von dir nicht provozieren lassen.«

»Ja, das stimmt«, sagte Arno, »sie war sehr beherrscht. Aber sie hat uns letztendlich nicht mehr gefragt, warum wir ihr all diese Fragen gestellt haben.«

»Ja, weil du ihr gleich zu Anfang die *Schneid* abgekauft hast«, sagte Emma.

»Möglich…«, stimmte Arno zu.

»Ich möchte nochmals mit Hubert Mibitsch sprechen«, verkündete Emma.

»Ja, mach das mit Sanie. Setz mich bitte in der Nietzschestraße ab. Lagebesprechung um 17 Uhr.«

**

Emma musste wieder nach einem Parkplatz suchen. Sie dreht bereits die zweite Runde, als ihr ein Mann auffiel, der die Straße überquerte. Das war Hubert Mibitsch!

»Sanie, du musst ihm folgen und schaun, was er macht. Ich kann das nicht, denn mich kennt er.«

Emma hielt am Straßenrand und Sanie sprang aus dem Auto. Ging hinter Mibitsch her. Er ging in einen Supermarkt. Sanie folgte ihm. Sie sah, wie er einen Euro in einen Einkaufswagerl schob und langsam an der Vitrine mit den Milchprodukten entlang ging. Sanie schnappte sich auch einen Einkaufswagen. Hielt ein wenig Abstand und beobachtete ihn. Also, einen verwirrten Eindruck machte Hubert Mibitsch ganz und gar nicht. Er kontrollierte bei allen Produkten, die er in seinen Einkaufswagen gab, das Ablaufdatum. Milch, Käse, Rahm,… durchaus nichts Ungewöhnliches. Mibitsch wandte sich dann der Vitrine des Fleischhauers zu. Sanie hielt Abstand, konnte aber hören, was gesprochen wurde.

»Bitte 15 Deka Leberkäs. Aufgeschnitten«, verlangte er von der Verkäuferin.

Bald drauf sagte die Verkäuferin »19 Deka sind's. Ist das recht?«

»Nein das ist nicht recht«, antwortete Mibitsch, »wenn ich 19 Deka will, dann sage ich auch 19 Deka. Ich will aber nur 15.«

Missmutig entfernte die Verkäuferin, zwei Blätter Leberkäs. Mibitsch warf das kleine Leberkäs-Päckchen in den Wagen und ging weiter. Er suchte etwas in der Teigwarenabteilung. Schien das gesuchte nicht zu finden. Er sprach eine Bedienstete an.

»Entschuldigung, ich kann die Vollkorn-Spaghetti nicht finden, können Sie mir helfen?«

»Die sind gleich da hinten«, erhielt er mit einer beschreibenden Armbewegung zur Antwort. Er bedankte sich höflich, fand seine Spaghetti und setzte den Einkauf fort. Sanie fragte sich, ob das der richtige Hubert Mibitsch war – er verhielt sich jedenfalls keineswegs so, wie Emma ihn beschrieben hatte. Schließlich schien er seine Einkäufe erledigt zu haben, denn er wandte sich zur Kasse. Sanie hatte auch ein paar Sachen in ihrem Einkaufswagen. Sie ließ eine Kundin zwischen sich und Mibitsch und stellte sich auch an der Kasse an. Sie wollte noch kontrollieren, ob er irgendwelche sinnlosen Sachen gekauft hatte.

Sie hörte, wie er gefragt wurde »haben Sie eine Kundenkarte?«

»Nein, hab ich nicht.«

»Wollen Sie eine? Da haben Sie viele Vorteile…«

»Nein danke, sehr nett. Aber ich kaufe nicht so oft hier ein. Ich brauch wirklich keine Kundenkarte.«

Also… er hatte wirklich kein einziges Mal auch nur ansatzweise eine Demenz erkennen lassen. Merkwürdig. Als Mibitsch bezahlt hatte, trat Sanie wieder aus der Schlange und stellte ihren Wagen ab. Sie wollte nicht wirklich was kaufen. Sie drängte sich an der Kasse vorbei und sah gerade noch, wie Mibitsch den Supermarkt verließ. Sie eilte ihm nach. Als sie im Freien hektisch nach links und rechts blickte, hörte sie plötzlich Mibitsch's Stimme neben sich.

»Verfolgen Sie mich, junge Frau?«

»Ich… ähhh… nein… wie kommen Sie darauf?«

»Sie müssen schon entschuldigen. Aber Sie sind hinter mir in den Supermarkt gekommen und waren an der Kasse wieder hinter mir. Eine so hübsche Frau fällt mir doch auf. Noch dazu… entschuldigen Sie… aber eine schwarze Frau, fällt doch auf… oder?«

»Tut mir leid. Sie irren sich. Ich habe Sie gar nicht gesehen… Jedenfalls verfolge ich Sie nicht…«

»Na dann… entschuldigen Sie mich… ich muss nach Hause. Ich muss ja noch kochen.«

Er wandte sich ab und ging. Sanie blickte sich um, ob sie Emma oder ihr Auto irgendwo sehen konnte. Ja, ihr Auto stand auf dem kleinen Parkplatz des Supermarkts. Sie stieg ein.

»War das der richtige Mibitsch, dem ich hier gefolgt bin?«

»Na klar.«

»Ja, dann ist er ab sofort wieder auf unserer Verdächtigen-Liste. Der ist nämlich nicht dement. Der hat euch ein Theater vorgespielt.«

**

Wie weit war sie schon gegangen. Sie war so müde! Und erschöpft! Sie konnte sich nicht einmal mehr genügend konzentrieren um ihre Schritte zu zählen. Sie musste jetzt irgendwo bei dreitausendzweihundert sein. Oder?

Wieder stürzte sie. Das vierte Mal. Jedes Mal wurde es schwerer, wieder auf die Beine zu kommen. Und dann wieder Schritt für Schritt. Schritt für Schritt… Trinken! Trinken! In der Dunkelheit sah sie immer wieder Wasser vor sich. Wasser in Gläsern. Wasser in Flaschen… in Seen… Wollte darauf zu laufen. Obwohl sie fantasierte, hatte sie noch genug klare Sinne um nicht die Wand zu verlassen. Sie musste immer mit der linken Schulter an der Wand bleiben. Sonst war sie sowieso verloren.

Schritt für Schritt für Schritt. Und dann konnte sie nicht mehr. Sie fiel auf die Knie, kippte nach vorne und blieb auf dem Bauch liegen. Die Arme noch immer auf dem Rücken gefesselt.

»Jetzt es aus…«, war ihr letzter Gedanke.

**

Arnos nächste Station war die Berichterstattung bei Staatsanwalt Dr. Osen. Er berichtete dem Staatsanwalt mit ruhigen Worten über ihre letzten Ermittlungsergebnisse. Osen versprach, noch heute die Anordnung zur DNA-Abnahme bei Johann Nesburg zu schicken. Das Gespräch war höflich und kalt verlaufen. Osen und Rack würden wohl keine Freunde mehr werden. Arno erhielt auch noch einen kurzen Termin beim Polizeipräsidenten, um auch diesem Bericht zu erstatten.

**

Bis zur Lagebesprechung um 17 Uhr hatte die Überwachung von Nesburg keine Auffälligkeiten ergeben.

Die Alibis von Anna Lehn hatten der Überprüfung standgehalten. Im Schmidt-Fall war sie bei der Arbeit gewesen, im Rüger-Fall hatte sie mit Tochter Gitta das Wochenende verbracht, weil sie ein Konzert besucht hatten. In allen anderen Fällen hatte die Tochter bestätigt, dass sie gemeinsam zu Hause gewesen waren.

Klara Pfähl war bei Christiane Rügers Tod in der Arbeit im Krankenhaus. Das war bereits überprüft. Zum Rüger-Fall hatte Johann Nesburg kein Alibi, Leo Bersdorf dagegen schon.

Die Rücksprache mit der Uni Göteborg hatte ergeben, dass Lasse Pfähl in den letzten Wochen zahlreiche Vorlesungen besucht hatte – er kam daher auch nicht als Täter in Frage. Die Fahndung würde versuchen, das Handy von Astrid Pfähl zu orten.

Volker Nerrs Arzt hatte bestätigt, dass dieser tatsächlich auf seinen Rollstuhl angewiesen war. Aus Gran Canaria war die Nachricht gekommen, dass die Familie Nerr tatsächlich dort 14 Tage Urlaub gemacht hatte – sie war anhand von Bildern identifiziert worden.

Gespräche mit den Nachbarn von Leo Bersdorf hatten ergeben, dass dieser tatsächlich kaum mal seine Wohnung verließ. Bersdorf war fast von allen als schwerer Alkoholiker beschrieben worden, der mehr oder weniger ständig *durch den Wind* war.

Klaus hatte den Absturz von Nesburgs erster Frau durchleuchtet. Nesburg konnte keine Schuld treffen, weil der Bergunfall in Südamerika stattgefunden hatte und sich Nesburg zu dieser Zeit in Österreich aufgehalten hatte.

Emma und Sanie hatten die Alibis von Mia Mibitsch noch am Nachmittag überprüft. Sie waren bestätigt worden.

Sanie berichtete vom Verhalten von Hubert Mibitsch im Supermarkt. Emma und sie hatten ihn daraufhin nochmals zu Hause aufgesucht. Er hatte dieselbe Show abgezogen, wie beim ersten Besuch durch Emma und Nico. Er hatte Emma als seine Tochter bezeichnet und nur wirres Zeug geredet. Die Meinung in Arnos Team war gespalten. Schließlich einigte man sich darauf, ihn vorerst wieder in die Verdächtigenliste aufzunehmen. Arno hatte sich aus dieser Diskussion herausgehalten. Er machte einen nachdenklichen Eindruck.

Ute korrigierte auf der Flipchart die Alibiliste.

Johann Nesburg: nur im Fall Allinger
Klara Pfähl: in den Fällen Schmidt, Rüger
Lasse Pfähl: in allen Fällen
Astrid Pfähl: noch unklar
Mia Mibitsch: in den Fällen Schmidt, Ortner, Rüger. In den anderen Fällen allein zu Hause.
Anna Lehn: in allen Fällen
Leo Bersdorf: in den Fällen Meischl, Katz, Allinger und Rüger. In den anderen Fällen allein zu Hause.

Anna Lehn und Lasse Pfähl waren damit raus aus den Verdächtigen. Wohl oder übel auch Mia Mibitsch und Leo Bersdorf, weil es eben keinen Zeugen geben konnte, wenn man alleine zu Hause war. Als Verdächtige blieben also nur mehr Johann Nesburg und Klara Pfähl übrig – und mit Einschränkungen noch Astrid Pfähl und Hubert Mibitsch. Wobei jedoch keiner einer 18jährigen eine derartige Mordserie zutraute. Bei Hubert Mibitsch war die Sache schwierig, weil keine Alibis überprüft werden konnten.

Es war bereits 19.30 Uhr als das Fax des Staatsanwalts eintraf mit der Ermächtigung, Nesburg – notfalls auch zwangsweise – eine DNA-Probe abzunehmen. Ein immer noch nachdenklicher Arno bat Johann, den Auftrag dazu weiterzugeben – das mussten sie nicht auch noch selber erledigen.

Sie vereinbarten den Dienstbeginn am nächsten Morgen um sieben Uhr. Da würden sie dann die weiteren Schritte festlegen.

**

Arno saß mit seiner Frau auf der Couch. Sie hatten eine Flasche Weißwein geöffnet. Weißburgunder vom Weingut Kollerhof, Leutschach, Südsteiermark. Einer seiner Lieblingsweine. Er hatte gehofft, sich bei einem Glas Wein entspannen zu können. Aber es gelang nicht. Seine Gedanken kreisten unablässig um den Fall. Irgendwas stimmte da nicht. Aber er konnte nicht umzingeln, was ihm so gegen den Strich ging. Immer wieder hatte Karin versucht, ihn aus seinen Gedanken zu reißen. Er hatte nur einsilbig geantwortet. Wenn es wirklich dieser Nesburg war, dann würde die DNA-Untersuchung wohl mehr Gewissheit bringen. Er war nahezu überzeugt, dass die bei den Mordopfern gefundene DNA nicht mit Nesburgs identisch war.

Sein Handy läutete. Er nahm ab.

»Herr Chefinspektor Rack, hier ist Inspektorin Lara Santak, es gibt da leider ein Problem…«

»Ja?«

»Ähhh… also, ich bin im Überwachungsteam von Johann Nesburg… Wir erhielten den Auftrag zur Abnahme der DNA… Den können wir leider derzeit nicht erfüllen…«

»Warum nicht?«

»Ähhh… wir haben ihn verloren.«

»Verloren?«

»Er ist mit seinem Auto weggefahren und wir haben ihn verfolgt. Aber im Abendverkehr… naja, da haben wir ihn verloren…«

»So ein Scheiß!«, schimpfte Arno, riss sich dann aber gleich wieder zusammen. »Okay, lösen Sie die Fahndung nach ihm aus. Brauchen Sie mich dazu?«

»Nein.«

**

Sie schloss die Wohnungstür auf. Erst jetzt merkte Sie, wie müde sie war. Es war auch wirklich ein langer Tag gewesen. Sie würde sich eine Kleinigkeit zum Essen herrichten und dann noch ein gemütliches Bad nehmen. Vielleicht mit einem Glas Rotwein.

Im Vorzimmer zog sie ihre Schuhe aus, hängte den Mantel in die Garderobe. Auf dem kleinen Kästchen lag noch die Post vom Vortag. Sie war noch nicht dazugekommen, sie durchzusehen. Sie blätterte sie kurz durch. Eh lauter Werbung. Und Werbebriefe. Sie legte sie wieder zurück und ging in die Wohnküche.

Als sie den Lichtschalter betätigte, machte es nur einen leisen Klick, aber es wurde nicht hell.

»Schon wieder die Glühbirne…«, seufzte sie und dachte, dass sie endlich mal die alten Birnen gegen neue LED-Lampen austauschen mussten. In dem wenigen Licht, das aus dem Vorzimmer hereindrang tastete sie sich zum Küchenblock, um dort die Beleuchtung einzuschalten. Als sie den Schalter gefunden hatte, stelle sie fest, dass auch diese Lampe nicht funktionierte.

Merkwürdig, dachte sie, gleich beide Lampen ausgefallen? Sie blickte sich um, um auf die kleine Stehlampe zuzugehen, als sie eine Bewegung wahrnahm. Dort bei der Sitzgruppe, im Dunkeln, schien sich etwas bewegt zu haben. Das war doch unmöglich, was sollte sich dort bewegen? Angestrengt starrte sie in das dunkle Eck. Da war es wieder! Es war eine Gestalt! Jemand war in ihrer Wohnung!

»Wer sind Sie? Wie kommen Sie hier herein?«, rief sie.

Die dunkle Gestalt löste sich langsam. Sie schien sich um ihre eigene Achse zu drehen. Und kam rasch auf sie zu. Sie dreht sich nun rasend schnell. Wirbeltc auf sie zu. Sie dachte, wie ein

Derwisch. Bevor sie sich noch bewegen konnte, spürte sie einen heftigen Schlag an ihrer rechten Seite. Sie stürzte zu Boden.

»Was… was… was soll denn das«, keuchte sie.

Vom Boden blickte sie auf die schwarze Gestalt, die sich weiter wie ein Kreisel drehte und um sie herum zu tanzen schien. Sie wusste nicht mehr ob sie wach war oder träumte. Das konnte es doch alles nicht geben. Die tanzende Gestalt… das war… das war… ein Derwisch. Wie kam ein Derwisch in ihre Wohnung?

Sie fühlte etwas Warmes über ihren Oberschenkel laufen. Mein Gott, war das Blut? Woher kam das Blut? War sie verletzt? Sie hatte doch nur einen Schlag gespürt. Sie tastete nach ihrer Leiste. Fühlte, dass genau hier ihre Jean aufgeschnitten war. Durch diesen Schnitt pulsierte ihr Blut hervor. Mein Gott! Das Blut! Es sprudelte nur so aus ihr heraus. Sie versuchte, ihre Hände auf die Wunde zu drücken. Das Blut quoll zwischen ihren Fingern hervor. Warum so viel Blut? Die Schlagader! Die Schlagader verlief durch die Leiste. Mein Gott, war ihre Schlagader verletzt? Sie musste die Blutung stoppen! Aber wie? Sie drückte die Hände noch fest auf ihre Leiste. Das Blut sprudelte unvermindert weiter.

»Helfen Sie mir!«, rief sie dem noch immer tanzenden Derwisch zu, »so helfen Sie mir doch«.

Der Derwisch hielt nicht an. Tanzte um sie herum. Sagte kein Wort.

»Um Himmels Willen, helfen Sie mir doch, ich verblute…«

Der Derwisch tanzte weiter.

Sie fühlte, wie sie eine ungeahnte Schwäche ergriff. Hatte keine Kraft mehr, auf die Wunde zu drücken. Sah im Halbdunkel, wie sich die Blutlache unter ihr ausbreitete. Sah hilfesuchend zu dem tanzenden Derwisch auf.

Ihr schoss durch den Kopf, dass sie vor einigen Jahren in der Turkei, einen Derwisch-Tanz miterlebt hatte. Die Tanzenden Derwische, das waren doch die Anhänger dieses Ordens… Wie hieß der doch gleich? Mevlevi? Sie näherten sich mit diesem Tanz Allah an. Aber wo war das rote Fell? Der Derwisch brauchte doch das rote Fell, den Mittelpunkt der Welt. Und wo war sein weißes Gewand? Er musste doch ein weißes Gewand anhaben, nur der Umhang war dunkel. Er musste sich doch seines Umhangs entledigen, um spirituell wiedergeboren zu werden?

Die Umrisse des tanzenden Derwischs wurden unscharf. Sie nahm nur noch ein wirbelndes schwarzes Knäuel wahr. Warum war sie so müde? Fühlte ihr warmes Blut durch ihre Finger quellen. Sie war so müde. Und der Derwisch tanzte immer noch. Wie lange konnte der tanzen?

Sie konnte die Augen nicht mehr offen halten. Kälte durchströmte sie. Sie war so unsagbar müde.

Du siehst, dass sie nur mehr Minuten zu leben hat und weißt, dass es nichts mehr zu tun gibt. Eine tiefe Befriedigung durchdringt dich. Nun war auch noch der letzte Schuldige bestraft. Er, der sich keiner Schuld bewusst gewesen war. Und nun würden ihm die Augen geöffnet. Die Schmerzen über seinen Verlust würden ihn endlich seine Schuld erkennen lassen. Denn du bist die Bestrafung. Du bist das Instrument, das Schuld erkennen lässt. Denn du hast die Macht dazu.

Johann Nesburg hatte mit seinen ehemaligen Journalisten-Kollegen Konrad und Armin ausgemacht, dass sie sich endlich wieder mal auf ein Bier trafen. Sie hatten sich eh schon lange nicht mehr gesehen. Aber die beiden waren vielbeschäftigt, daher war es gar nicht so einfach gewesen, einen Termin zustande zu bringen.

Schließlich hatten sie sich auf heute Abend geeinigt. Aber erst um 20 Uhr. Im *Schlosserl.* Das war früher immer ihre Stammkneipe gewesen. Aber er hatte die Zeit übersehen gehabt und war schon spät dran gewesen. Er würde es kaum rechtzeitig schaffen. Also hatte er ein wenig auf's Gas gedrückt. War etwas zu schnell gefahrn. Über zwei Kreuzungen war er grad noch bei gelb drüber gekommen. Schließlich war er um zehn nach acht eingetroffen, Konrad und Armin waren schon beim ersten Bier.

»Scheiß Flüchtlinge! Gestern war sogar die Autobahn gesperrt… Weil man so einen Migrantentransporter entdeckt hatte. Eine halbe Stunde bin ich gestanden. Die gehören eh alle in einen Lastwagen eingesperrt. Und angezündet. Ich würde mit denen kurzen Prozess machen,« sagte Konrad, als er gerade von seinem vierten Bier getrunken hatte.

Johann war perplex. Stundenlang hatten sie über Gott und die Welt gesprochen, hatten alte Erinnerungen aufgefrischt, hatten Spaß gehabt. Und ganz plötzlich war Konrad ausgerastet. Was sagst du dazu? Zu einem Freund, den du seit 20 Jahren kennst? Und schließlich hatte er gar nichts gesagt. Weil… Ja, weil… Da konnte man ja gar nicht mehr argumentieren. Der sprach doch tatsächlich davon, Menschen umzubringen. Sollte er da sagen »das darf man nicht?« Sinnlos. Was bringt jemanden dazu, sowas zu denken? Sowas zu sagen? Leben wir nicht in einer zivilisierten Welt? In welcher Welt lebt der eigentlich?

Aber Konrad ließ nicht locker.

»Scheiß Asylanten! Überall diese Scheiß-Asylanten«.

»Ja, hast du schon mal mit einem gesprochen? Hast du überhaupt schon mal einen Asylanten aus der Nähe gesehen? Hattest du schon einen Kontakt?«, fragte ihn Armin.

»Nein! Aber sie sind überall. Überall.«

»Was heißt überall?«

»Na, wo du auch hinschaust. Die schönen neuen Wohnungen, die gebaut wurden. Linz Mitte. Da drinnen wohnen lauter Asylanten.«

»Geh, woher willst du denn das wissen?«

»Das haben sie mir gesagt. Da brauchst ja nur mal vorbeigehen. Lauter Kopftüchlweiber. Für die…, für die da haben sie Geld. Für unsere Laute haben sie eh nichts. Da ist dann nichts da, für unsere Leute.«

»Was meinst du damit, dass für unsere Leute kein Geld da ist?«

»Na, schaut euch einmal um. Überall Arbeitslose. Obdachlose. Für unsere Leute ist kein Geld da. Für unsere Leute ist keine Arbeit da. Das ausländische Gesindl nimmt unseren Leuten die Arbeit weg. Unsere Leute gehen zu Grunde. Aber denen, diesen arbeitsscheuen Asylantengesindel, schieben sie es hinten hinein.«

»So ein Blödsinn. Wir haben Arbeitslosenunterstützung, Notstandshilfe…

»Trotzdem, das muss alles anders werden.«

»Was soll denn anders werden?«

»Anders werden muss... muss… dass nicht so viele Flüchtlinge zu uns kommen.«

»Aber die Leute, die zu uns flüchten, sind arme Teufel. Die flüchten vor dem Krieg. Die flüchten aus ihrer Heimat.«

»Geh red‘ doch nicht. Das sind lauter Gauner. Lauter Wirtschaftsflüchtlinge. Und Terroristen.«

»Natürlich müssen auch Gauner, Wirtschaftsflüchtlinge und Terroristen dabei sein. Es zieht sich durch die ganze Menschheit, dass ein bis fünf Prozent Gauner sind – oder nicht ganz *dicht*. Das ist auch bei uns so. Und das wird bei den Flüchtlingen nicht anders sein. Aber willst du damit sagen, dass wir niemandem helfen sollen. Dass wir gar niemandem helfen, weil ein paar da drunter sind…«

»Jedenfalls nicht für unser Geld.«

»Aber wir leben doch in einem Land, in dem es uns gut geht. Dir geht’s doch gut. Oder? Uns allen geht’s gut.«

»Ja, noch! Jetzt noch. Warte einmal ab, was alles kommen wird. Da werden wir noch schön schau‘n. Was willst du denn machen, wenn sie auf einmal die Steuern verdoppeln? Oder wenn sie dir sagen, dass du einmal keine Pension bekommen wirst. Na, was machst du dann?«

»Aha! Dir geht's also um's Geld. Nicht um Ausländer, Flüchtlinge, Asylanten. Du hast Angst um dein Geld.«

Johann sah auf die Uhr. Es war eh schon kurz vor zwei. Er konnte das nicht mehr länger mit anhören.

»Wisst ihr was? Ich kann mir dieses idiotische Gequatsche nicht mehr länger anhören. Konrad, du bist nicht nur ein Arschloch, du bist auch ein Idiot.«

Er stand auf, zahlte an der Theke und verließ wortlos das Lokal. Er rief sich ein Taxi. Denn fahren konnte er nicht mehr.

Donnerstag, 15. Dezember.

»Sechs Jahre habe ich keinen Alkohol getrunken, nicht geraucht, keinen Sex gehabt…«

Anna und Kai waren schon eine Viertelstunde vor der für sieben Uhr angesetzten Lagebesprechung im Büro. Sie standen in der kleinen Küche und ließen sich zwei kleine Espressi aus der kleinen Kaffeemaschine herunter. Kai blickte Anna ernst an.

»Sechs Jahre?«, fragte Anna.

»Ja, dann bin ich in die Schule gekommen.«

»Kai, du bist…«

»Hör zu! Wenn ich einmal beim Heurigen mit einem Glas Wasser sitze…«

»Ja?«, fragte Anna.

‚…dann wurde ich entführt und will euch ein Zeichen geben.«

»Waaas?«

»Na, meine letzte Aktivität war: Drachen getötet. Beziehungsstatus: Wieder Single.«

»Kai, gescheiter wirst du auch nicht mehr.«

»Anna«, sagte er eindringlich, »zu unserer Zeit gab es *Sex, Drugs & Rock'n Roll*. Heute wird das ersetzt durch *Laktoseintoleranz, Veganismus & Helene Fischer*.«

»Woher hast du diese blöden Sprüche?«

»Sag mal, kriegst du keine WhatsApp-Nachrichten?«

»Aha, daher…«

»Los, wir müssen zur Lagebesprechung. Lass uns *Halt-die-Klappe* spielen. Du fängst an!«

Arno berichtete von der nächtlichen Information, dass Nesburg verschwunden war.

»Halt… um halb sechs, ist die Meldung hereingekommen«, meldete sich Johann zu Wort, »dass Nesburg wieder aufgetaucht ist. Er war zu Hause und schlief seelenruhig.«

»Was, wie ist das möglich?«, fragte Arno.

»Das weiß ich nicht. Ich weiß nur, dass sich das Überwachungsteam gemeldet hat, dass sie Nesburg in seinem Haus vorgefunden haben. Die DNA-Abnahme wurde bereits durchgeführt.«

»Gut. Hast du die Eilanalyse beauftragt?«

»Natürlich.«

»Wo ist eigentlich Emma? Und Nico?«, frage Arno Rack verwundert.

»Nico hat gestern Vormittag gesagt, dass er hohes Fieber habe«, antwortete Anna Condère, »und am Abend hat er angerufen, dass er mit einer Lungenentzündung im Krankenhaus liegt und wohl länger ausfallen würde. Aber Emma? Keine Ahnung«, »ich hab sie heute noch nicht gesehen. Vielleicht hat sie verschlafen?«

»Sieht ihr aber gar nicht ähnlich.«

Niemand sagte etwas.

»Na ruft sie mal endlich jemand an?«, sagte Arno ungeduldig.

Anna schnappte ihr Handy und ging hinaus um zu telefonieren. Wenig später kam sie zurück.

»Sie meldet sich nicht. Nur die Mailbox.«

»Na, vielleicht schläft sie ja wirklich noch, versuch es bitte später noch Mal.«

»Wie machen wir mit Nesburg weiter?«, fragte Klaus.

»Es ist wohl das beste wenn wir das Ergebnis des DNA-Tests abwarten«, antwortete Arno, »bis dahin wird er weiter überwacht.«

»Sollten wir ihn nicht gleich…«

»Nein, Klaus, später!«, unterbrach ihn Arno. »Wir überprüfen heute nochmals die Alibis von Klara Pfähl. Sprecht mit den Krankenschwestern, die damals Dienst hatten. Und holt Nesburgs Frau herein. Verhört sie nach allen Regeln der Kunst. Mal sehen, ob sie dabei bleibt, dass Johann Nesburg zum Todeszeitpunkt von Allinger zu Hause war und geschlafen hat.«

»Was machen wir mit Hubert Mibitsch?«, fragte Sanie.

»Bringt ihn zum Amtsarzt. Er soll ihn untersuchen und ein Statement abgeben, ob er fähig wäre, diese Mordserie begangen zu haben. Aber wir brauchen kein Gutachten, sondern eine Sofortauskunft. Klar?«.

Die Tür ging auf, Peter Hagge trat ein.

»Guten Morgen, wir haben Astrid Pfähl gefunden.«

»Aha. Und wo?«

»Sie ist in Spanien. Ihr Handy wurde geortet. Wir haben bei der spanischen Polizei um Amtshilfe ersucht. Sie werden sie verhören und feststellen, wie lange sie schon dort ist und ob sie zwischenzeitlich zurückgekehrt sein könnte.«

»Gut. Von Celine Katz gibt's wohl nichts Neues?«

»Nein. Wie gesagt, wir glauben nicht, dass sie noch lebt.«

»Aber finden müssen wir sie trotzdem. Auch wenn sie wirklich tot sein sollte. Es ist schon merkwürdig. Unser Täter hat bisher nie versucht, seine Opfer zu verstecken…«

»Außer Magdalena Lesberger«, wandte Anna ein.

»Jaja«, antwortete Arno gedankenverloren. »Na, dann an die Arbeit… Emma ist ja immer noch nicht hier«, bemerkte Arno dann mit tadelndem Ton.

»Ich ruf gleich noch Mal an.« Anna wählte auf ihrem Handy Emmas Nummer. Hörte nur das Freizeichen. Und dann »Emma Till, Nachrichten nach dem Ton«. Sie legte auf.

»Noch immer nur die Mailbox.«

»Okay. Nico wäre mit Emma eingeteilt… Kai, das übernimmst heute du. Ihr beide sprecht mit den Krankenschwestern. Fahr bei ihr in der Volksfeststraße vorbei und hol sie gleich ab.«

**

»Meine Damen und Herren«, sagte Margret zu den zwölf Besuchern, die sie heute durch den Schlossbergstollen führen würde. »Herzlich willkommen zur heutigen Führung durch den Schlossbergstollen.«

Sie blickte in die Runde, ob ihr auch alle zuhörten.

»Der Schlossbergstollen ist ein ehemaliger Luftschutzbunker. Direkt über uns befindet sich das Linzer Schloss. Den Eingang, vor dem wir hier stehen, ist nur einer von mehreren. Ein weiterer ist beispielsweise im Römerbergtunnel. Der Schlossbergstollen ist auch mit dem Linzer Schloss verbunden. Die Ursprünge des Schlossberges und des Linzer Schlosses gehen weit zurück. Im Jahr 799 wurde der deutsche Name Linz erstmals urkundlich erwähnt und schon damals gab es hoch über der Donau eine Burganlage. Dass Linz viel älter ist, dürfte ja bekannt sein –

bereits 400 vor Christus sind entlang der Donau mehrere Befestigungsanlagen entstanden und die Siedlung auf dem Freinberg trug wahrscheinlich den keltischen Namen ‚*Lentos*'. 400 nach Christus wurde Linz als ‚*Lentia*' im römischen Staatshandbuch eingetragen. Wann die Burganlage errichtet wurde, ist nicht genau bekannt. Die Reste davon sind jedenfalls noch heute im Schlosspark zu sehen. Unser Weg wird uns heute tief in den Berg, den Schlossberg, hineinführen. Ich sehe, dass sie alle schon mit Helmen ausgerüstet sind. Bitte nehmen Sie sie während der gesamten Führung nicht ab – hier drinnen ist Helmpflicht. Bitte überprüfen Sie, ob ihre Lampen funktionieren.«

Margret wartete, bis alle ihre Lampen ein- und wieder ausgeschaltet hatten und fuhr dann fort.

»Wie gesagt, der Schlossbergstollen ist ein ehemaliger Luftschutzstollen. Er ist sehr weitverzweigt, das ganze Jahr über herrscht dort drinnen eine Temperatur von konstanten 10 Grad Celsius. Sie werden sehen, dass Tropfsteine, Fluchttreppen und Nischen das Bild der Gänge prägen. Die Wände der Gänge sind aus behauenem Granit. Da unten gibt es nichts als Dunkelheit, Kühle und Stille. Wir werden also gleich aus diesem sonnigen Wintertag abtauchen in eine Welt der Finsternis. Wir haben hier heraussen momentan plus neun Grad, die Temperatur da unten unterscheidet sich also nicht wesentlich. Die Gänge und Nebengänge sind insgesamt 14 Kilometer lang. Wenn mir also einer von Ihnen verloren geht, werden wir ganz schön lange suchen müssen.«

Margret wartete, bis das etwas gezwungene Lachen der Besucher verklungen war.

»Während des zweiten Weltkrieges wurde der Schlossbergstollen als Fluchtraum für die Zivilbevölkerung verwendet. Bis zu 5.000 Menschen fanden hier Platz. Sie müssen sich vorstellen, wie das Warnsystem funktionierte. Rund zwei Stunden nach dem Ertönen der ersten Warnsirenen würden die Bomber eintreffen. Die Bevölkerung hatte also rund zwei Stunden Zeit, in den Luftschutzbunker zu eilen. Linz hatte insgesamt 22 Luftangriffe zu überstehen. Aber die Sirenen heulten natürlich viel öfter. Wenn es sich um einen Fehlalarm handelte, konnten die Zivilisten den Stollen rasch wieder verlassen. Aber manchmal mussten sie auch tagelang ausharren. Oft auch in absoluter Finsternis, weil die Stromversorgung da unten natürlich nicht gesichert war. Wenn oben eine Bombe einschlug, bekam man das als entfernten Lärm und leichte Erschütterung mit. Aber nun habe ich genug geredet. Wir wollen mit der Besichtigung beginnen. Sind Sie bereit?«

Margret holte den Schlüssel aus ihrer Hosentasche hervor, mit dem sie das Vorhängeschloss öffnen wollte. Verblüfft hielt sie inne, als sie den Schlüssel in das Schloss stecken wollte. Das Schloss war offen. Das heißt, nicht richtig offen, sondern aufgezwickt. Das war noch nie geschehen. Irgendjemand musste sich gewaltsam Zutritt verschafft haben.

»Bitte warten Sie noch einen Moment«, sagte sie nervös zu ihren Gästen. Margret war seit 30 Jahren Fremdenführerin in Linz. Unter anderem machte sie – wenn auch selten – Führungen durch den Schlossbergstollen. Sie war unsicher, was sie nun zu tun hatte. Sie überlegte fieberhaft. Sie kam zu dem Schluss, dass sie die Tür erst mal öffnen musste, um weitere Entscheidungen treffen zu können.

Sie entfernte das Schloss. Öffnete die nach außen schwingende Tür. Sie leuchtete mit ihrer Lampe in den Gang. Das Licht verlor sich nach wenigen Metern. Nichts zu sehen. Sie leuchtete auf den Boden. Da waren Fußspuren im Staub am Boden. Konnten die vom letzten Rundgang vor acht Monaten sein? Wohl kaum, sie sahen frischer aus.

»Was ist denn das auf der Tür?«, hörte sie einen ihrer Gäste fragen.

Sie wandte sich um und sah ihn fragend an.

»Hier auf der Tür«, sagte der Mann, »das sieht aus wie Blut.«

Margret sah die Flecken auf der Innenseite der Tür. Ja, tatsächlich, das schien Blut zu sein. Sie holte ihr Handy aus der Tasche und wählte 122.

**

Sanie Detr hatte lange überlegt, ob sie wirklich mit den beiden Polizisten, die sie Samstag Nacht misshandelt hatten, sprechen wollte. Aber *so* sang- und klanglos wollte sie die Sache doch nicht vorbeigehen lassen. Also hatte sie sie telefonisch zu einem Gespräch eingeladen.

Die beiden saßen schon in dem Café und warteten auf Sanie. Sie waren in Zivilkleidung. Als Sanie an ihren Tisch trat, erhoben sich beide und gaben ihr die Hand. Sie setzten sich. Sanie bestellte drei kleine Biere, obwohl sie wusste, dass das während der Dienstzeit höchst *unpassend* war.

»Danke, dass Sie meiner Einladung gefolgt sind«, eröffnete Sanie das Gespräch.

»Ja, aber was wollen Sie von uns?«, fragte der eine Polizist, den Sie heimlich den *Treter* nannte. Er hatte damals in der Nacht kaum gesprochen. »Wir haben Ihnen nichts getan.« Sein Ton war aggressiv.

Sanie sagte nichts, sah die beiden abwechselnd an.

»Also, was wollen Sie von uns?«

»Wenn das ihr Stil ist, ein Gespräch zu führen, dann überlege ich mir, gleich wieder zu gehen.«

»Moment mal«, meldete sich der andere zu Wort, den sie insgeheim den *Fessler* nannte, weil er es war, der ihr die Handschellen angelegt hatte, »so war das nicht gemeint. Wir können uns nur nicht vorstellen, was sie mit uns besprechen wollen. Sie haben keine Anzeige erstattet…?«

»Nein, ich habe keine Anzeige erstattet.«

»Warum nicht?«

»Weil ich glaube… Ich glaube, dass es Streifenpolizisten auch nicht leicht haben.«

»Naja…«

»Ich bin über ein Jahr lang auf Streife gewesen und weiß daher wie es da zugeht. Man wird zu einer Rauferei gerufen. Muss versuchen zu schlichten. Und dabei immer aufpassen, nicht selbst Prügel zu beziehen. Man buchtet jemanden ein und der ist nächsten Tag wieder auf der Straße und geht seinen kriminellen Geschäften nach…«

»Ja, so ist es«, pflichtete ihr der *Treter* bei. Jetzt in einem versöhnlicheren Ton.

»Aber wir sind bei der Polizei. Und die Polizei ist dazu da, dass die Gesetze gewahrt werden. Wir dürfen dabei nicht selbst die Gesetze brechen.«

»Wir haben keine Gesetze gebrochen…«

»Doch das haben Sie. Sie haben mich getreten, als ich auf dem Boden lag. Mir ist schon klar, dass Sie sich abgesprochen haben. Und dass Sie glauben, dass es in etwaigen Aussagen zwei zu eins steht. Und dass Sie glauben, dass man einer einzelnen Aussage – meiner – kein Glauben schenken wird. Da irren Sie sich. Aber um das geht es hier und jetzt nicht. Ich will mit Ihnen die Sache diskutieren. Nicht die etwaigen Folgen. Ich will wissen, ob Sie glauben, richtig gehandelt zu haben. Oder ob Ihnen klar ist, dass Sie falsch gehandelt haben. *Das* will ich mit Ihnen besprechen.«

»Uns ist schon klar, dass wir überreagiert haben…«, gab der *Fessler* zu.

»Überreagiert? Sie behaupten ernsthaft, dass Sie *überreagiert* haben? So in dem Sinne von ‚*wir fühlten uns bedroht*', oder ‚*wir waren in Gefahr*'. Und ‚*dann haben wir eben überreagiert und auf eine auf dem Boden liegende gefesselte Frau eingetreten*'. Meinen sie das?«

»Nein, natürlich nicht.«

»Oder meinen Sie, dass Sie auf mich nur eingetreten haben, weil sie glaubten, ich sei eine Zuwanderin, ein Flüchtling, eine Asylantin?«

»Nein…«

»Doch! Ich glaube, dass es so war. Wissen Sie, ich bin tatsächlich ein Flüchtlingskind. Nach Österreich gekommen vor mehr als zwanzig Jahren. Und das, was mir in jener Nacht mit Ihnen beiden passiert ist, ist mir nicht unbekannt. Es vergeht kaum ein Tag, an dem ich nicht wegen meiner Hautfarbe angefeindet werde. Angefeindet, beschimpft und manchmal sogar angegriffen. Ich kenne das schon lange. Aber ich akzeptiere es nicht. Denn wenn ich das akzeptiere, akzeptiere ich auch, dass andere Flüchtlinge so behandelt werden. Und das werde ich niemals tun.«

»Was geschehen ist, hat nichts mit Ihrer Hautfarbe zu tun.«

»Meinen Sie? Als sie meine Hautfarbe sahen, haben Sie sofort gedacht ‚*Flüchtling*', ‚*Asylant*'. Und Sie haben mich behandelt, wie sie Flüchtlinge und Asylanten behandeln.«

»Nein, das stimmt nicht. Okay, wir haben nicht überreagiert, sondern einen Fehler gemacht. Wir haben falsch gehandelt.«

»Vielleicht stammen Sie selbst von ausländischen Flüchtlingen ab? Keine Ahnung. Sie haben beide Familiennamen, die nicht österreichisch klingen. Reden Sie mal mit Ihren Eltern, woher Ihre Vorfahren stammen. Vielleicht sind die auch irgendwann mal nach Österreich gekommen und waren plötzlich in einem fremden Land, unter fremden Menschen, in einer fremden Kultur. Fragen Sie Ihre Eltern, ob sie wissen, wie die sich gefühlt haben…«

Schweigen.

»Ich möchte eigentlich nur, dass Sie künftig, wenn Sie vor einer Entscheidung stehen, wie Sie einen Ihnen unbekannten Menschen behandeln, sich fragen, wie es diesem Menschen geht und welche Behandlung er verdient. Nur das möchte ich. Denn es gibt kriminelle Inländer und kriminelle Ausländer. Aber es gibt auch redliche Inländer und redliche Ausländer. Ich möchte, dass Sie das künftig beachten. Und ansonsten, will ich den Vorfall vergessen.«

Schweigen. Es war alles gesagt. Sanie bezahlte die drei – ungetrunkenen – Biere, verabschiedete sich und verließ das Café.

»Blöde Funsn«, sagte der *Treter*.

Der *Fessler* nickte.

**

Arno saß seit längerer Zeit bewegungslos an seinem Schreibtisch. Aber seine Gedanken rasten. Was stimmte hier nicht? Was war Ihnen entgangen?

Arnos Handy klingelte. Es war Kais Nummer. Arno nahm ab.

»Hallo Kai, was gibt's?«

»Arno… Arno…«

Seine Stimme schien zu brechen. Arno überkam ein ungutes Gefühl.

»Na, was ist?«

»Arno… ich kann gar nicht…« Er verstummte. Schien zu schluchzen. »Emma… Emma ist tot.«

»Was?!?!?«

»Emma ist tot. Sie liegt in ihrer Wohnung. Kannst du kommen?«

»Bin sofort da.«

»Ich habe ein paar Minuten geläutet«, berichtete Kai Pirinner. »Dann habe ich sie am Handy angerufen. Und da war mir, als ob ich aus der Wohnung Emmas Klingelton hörte. Der abbrach, als ich auflegte. Also probierte ich es nochmals. Wieder dasselbe. Schließlich hab ich den Schlüsseldienst angerufen. Ich dachte mir, dass sie vielleicht krank geworden sei und mich nicht hörte…. Und dann lag sie da. Genauso, wie jetzt.«

Emma lag am Boden. Die Augen geschlossen. Die Hände selbst im Tod noch auf ihre Leiste gepresst. Unter ihr eine riesige Blutlache. Arno dachte, ich habe gar nicht gewusst, dass ein Mensch so viel Blut in sich hat.

»Gerichtsmedizin und Spurensicherung sind schon unterwegs«, sagte Kai leise.

Arnos Telefon läutete. Es war Hagges Nummer.

»Rack?«

»Hagge hier. Wir haben sie?«

»Wen?«

»Die kleine Katz.«

»Waaaas?«

»Die Celine Katz. Sie war im Schlossbergstollen eingeschlossen. Vor einer Viertelstunde wurde sie gefunden. Sie lebt.«

**

Klaus Drofoby war sich sicher. Ganz sicher. Johann Nesburg war gestern den Beschattern entwischt. Am Abend. *Er* war es gewesen, der Emma umgebracht hatte. Klaus war bei Emmas Wohnung eingetroffen, als schon die Gerichtsmedizinerin und die Spurensuche bei der Arbeit waren. Er hatte nur einen kurzen

Blick auf Emma geworfen. Hatte den Anblick nicht ertragen können. Hatte sich gleich wieder aus der Wohnung geschlichen.

Dann war er in seinem Auto gesessen. Hatte mit den Fäusten auf das Lenkrad geschlagen. »Emma! Emma! Emma! Warum?«, hatte er geschrien. »Warum ist das geschehen? Warum? Warum? Warum?« Er – Klaus – war es gewesen, der immer dafür plädiert hatte, Nesburg zu verhaften. Aber Arno hatte ja nicht gewollt!

Er war mit dem Auto hierher gerast. Zu Nesburgs Wohnung in der Grillparzerstraße. Er stürzte aus seinem Auto. Vorbei an dem Überwachungswagen. Er registrierte nicht die überraschten Blicke des Überwachungsteams. Lief durch die Hausdurchfahrt auf den kleinen Parkplatz und dann auf den Hauseingang zu. Drückte alle Glocken gleichzeitig. Wenig später ertönte der Türsummer. Irgendjemand hatte ihm aufgemacht. Er lief am Lift vorbei, sprintete in den zweiten Stock, immer zwei Stufen auf einmal nehmend. Er läutete an Nesburgs Wohnungstür. Als nicht sofort geöffnet wurde, hämmerte er mit den Fäusten an der Tür. Noch immer nichts. Er trat zwei Schritte zurück und trat die Tür mit dem Fuß ein. Im Vorzimmer stand ein völlig verdutzter Nesburg.

Mit einem lauten Brüller stürzte sich Klaus auf ihn. Nesburg fiel. Sofort war Klaus über ihm. Saß auf seinem Oberkörper. Schlug mit den Fäusten in Nesburgs Gesicht. Nesburg versuchte, seine Schläge abzuwehren. Klaus umklammerte seinen Hals. Und drückte zu. So fest er nur konnte. Nesburg wand sich unter ihm. Versuchte die Hände von seinem Hals loszureißen. Wurde blau im Gesicht. Seine Kräfte schienen zu erlahmen. Da wurde Klaus zurückgerissen. Er stürzte auf den Rücken. Wollte sich sofort wieder hochrappeln. Vier Hände hielten ihn am Boden.

»Ganz ruhig«, hörte er, »ganz ruhig.«

**

Lagebesprechung. Arnos Team war auf sechs Leute geschrumpft. Anna, Ute und Sanie, ihre Augen waren gerötet. Kai, Toni und Johann, ihre Gesichter waren grimmig, weil sie darunter ihre Trauer verbergen wollten.

Alle waren still. Lange Zeit sagte niemand etwas.

Arno Rack räusperte sich schließlich. »Ich musste Klaus suspendieren. Nesburg wurde ins Krankenhaus gebracht.«

Wieder trat Stille ein.

Nochmals räusperte sich Arno. »Das haben wir übersehen…«, sagte er leise und zögernd, »das habe *ich* übersehen... Es ist meine Schuld… Es ist meine Schuld, dass Emma tot ist.« Eine Träne rollte ihm über die Wange.

»Es ist nicht deine Schuld«, antwortete Anna genauso leise. »Wir alle haben es übersehen. Es ist unser aller Schuld.«

Die Tür wurde leise geöffnet. Peter Hagge trat ein. Setzte sich schweigend zu ihnen.

Jeder wusste, was Arno mit *übersehen* gemeint hatte. Emmas Vater war als erfolgloser Ermittler ebenfalls auf der Liste des Mörders gestanden. Und Emma war als Opfer auserkoren gewesen. *Das* war es, was sie übersehen hatten.

Wieder räusperte sich Arno. »Ja…, vielleicht haben wir es alle übersehen… aber ich bin der Chef und…« Seine Stimme brach. Es war totenstill im Besprechungszimmer. Wieder lief Arno eine Träne über die Wange.

Wieder trat Stille ein. Noch war niemand bereit, zur Tagesordnung überzugehen. Nach ein paar Minuten sagte Anna »Emma war meine Freundin. Sie war eine gute Freundin. Und eine hervorragende Polizistin.«

Wieder sagte niemand etwas. Schließlich sagte Arno heiser »Danke Anna für diese Worte… Ja, sie war eine hervorragende Kriminalistin. Und sie hätte von uns verlangt, dass wir ihren Mörder suchen. Und das werden wir jetzt tun.«

»Wird man uns weiter ermitteln lassen?«, fragte Toni, »schließlich gelten wir jetzt alle als befangen.«

»Wir werden sehen«, antwortete Arno, »niemand kennt den Fall so gut wie wir. Alle anderen müssten sich erst tagelang einarbeiten…« Und nach einer kurzen Pause fragte er »Was haben wir Neues?«

Hagge räusperte sich. »Also… Die spanische Polizei hat Astrid Pfähl verhört. Sie scheint von nichts zu wissen. Sie lebt in einer Art Kommune. Lauter junge Leute, die in Andalusien überwintern wollen. Sie haben in diesem Umfeld herumgefragt. Die kleine Pfähl scheint mit Sicherheit Spanien seit Wochen nicht verlassen zu haben. Ihr könnt sie also von eurer Verdächtigenliste streichen.«

»Und was ist mit Celine Katz?«, fragte Arno.

»Celine Katz war offensichtlich die ganze Zeit seit ihrer Entführung im Schlossbergstollen eingesperrt. Das sind mehr als sieben Tage. Sie war bewusstlos, als man sie gefunden hat. Sie ist total dehydriert. Liegt im Krankenhaus. Kann noch nicht vernommen werden.«

»Wie ist sie entdeckt worden?«

»Für heute war eine der seltenen Führungen durch den Stollen angesetzt. Für Touristen. Die Führerin fand das Schloss aufgebrochen. Ihr fielen Blutflecken an der Tür auf. Offensichtlich hat sich Celine Katz verletzt, als sie verzweifelt an die Tür geschlagen und um Hilfe gerufen hat. Die Reiseführerin hat dann sofort die Polizei verständigt. Die Suchtrupps haben sie eine Stunde später gefunden. Die Ärzte sagten, dass die Katz es keinen weiteren Tag ausgehalten hätte. Sie wäre verdurstet. Es gibt noch keinen Bericht der Spurensicherung. Das wird auch noch dauern, denn es sind 14 Kilometer Gänge zu untersuchen.«

»Was uns zu der Frage führt…«, sagte Arno nachdenklich, »warum sie überhaupt noch lebt. Warum hat sie unser Mörder am Leben gelassen?«

Als niemand antwortete, setzte er ungeduldig nach »Na, was ist? Seid ihr stumm geworden? Warum ist sie nicht tot?«

»Weil er glaubte, dass sie im Stollen ohnedies sterben würde.«

»Weil er sie dort eingeschlossen hatte und nicht mehr zurück konnte, um sie zu töten.«

»Weil er Erbarmen mit dem armen Mädchen hatte.«

»Weil er sie schon tot geglaubt hatte.«

»Weil er nie vorhatte, ihr etwas anzutun.«

»Gut«, sagte Arno, »dann nimmt sich jeder diese fünf Thesen vor und sammelt bis morgen Argumente pro und contra – sowie, was das für unseren Fall bedeuten könnte.«

Alle nickten.

»So…«, seufzte Arno, nehmen wir uns jetzt den Mordfall Till vor«. Bewusst hatte er nicht ‚Emma‘ gesagt, denn sie brauchten jetzt einen möglichst unvoreingenommenen Verstand. »Die Gerichtsmedizinerin hat die Todeszeit mit 20.30 bis 21.00 angegeben. Todesursache war – vorbehaltlich anderer Ergebnisse aus der Obduktion – Verbluten. Die Verblutung erfolgte infolge der totalen Durchtrennung der Aorta in der Leiste. Der Tod ist binnen Minuten eingetreten. Als Mordwaffe wird ein Tapezierermesser oder auch Stanleymesser vermutet. An Emma… an Emma Till wurden keine Abwehrverletzungen festgestellt. An der Tür gab es keine sichtbaren Einbruchsspuren. Johann, hast du schon Ergebnisse der Spurensicherung bekommen?«

»Nein.«

»Grundsätzlich würde das Fehlen von Einbruchspuren und Abwehrverletzungen darauf hindeuten, dass Emma den Mörder gekannt hat, ihn vielleicht sogar eingelassen hat«, bemerkte Anna.

»Wo ist eigentlich ihr Freund?«, fragte Toni.

»Ihr Freund ist in Amsterdam. Dienstlich. Er wurde verständigt. Du wirst doch nicht andeuten wollen, dass wir ihren Freund verdächtigen müssen.«

»Ähhh… Nein.«

»Ich glaube«, legte Anna dar, »dass es ganz klar ist, wer der Täter ist. Für mich gibt es gar keinen Zweifel, dass Emma Teil unserer Mordserie ist. Wenn wir davon ausgehen, dass Celine Katz überlebt, dann ist Emma das neunte Opfer unseres Serientäters. Und wenn wir mal Hubert Mibitsch *außen vor* lassen, dann haben wir uns gestern darauf geeinigt, dass wir nur mehr zwei Verdächtige haben. Johann Nesburg und Klara Pfähl. Toni und ich haben direkt vor unserer Lagebesprechung mit Nesburg im Krankenhaus gesprochen. Er gibt an, dass er gestern mit zwei ehemaligen Kollegen in einer Kneipe namens *Schlosserl* war. Und zwar von 20 Uhr bis etwa zwei Uhr früh. Wir werden das heute noch überprüfen.«

Kai berichtete, dass er mit Sanie bei Klara Pfähl gewesen war. Sie hatte Tagschicht gehabt, die um 18 Uhr geendet hatte. Sie sagte aus, dass sie vom Krankenhaus direkt nach Hause gefahren sei und den ganzen Abend allein gewesen wäre. Sie hatte also kein Alibi.

»Das macht aber alles nicht wirklich Sinn«, ergriff Arno wieder das Wort. »Eigentlich waren wir doch mehr oder weniger überzeugt, dass unser Täter Nesburg ist. Jetzt hat der aber ein Alibi. Aber die zweite Verdächtige, Klara Pfähl, hat kein Alibi. Aber sie hat für zwei Morde, nämlich Rüger und Schmidt nachgewiesene Alibis.«

»Das lässt aber schon einen logischen Schluss zu«, sagte Sanie.

»Nämlich?«

»Bonnie and Clyde. Pfähl und Nesburg.«

»Ein Paar als Serienmörder?«

»Naja, da gibt es viele historische Beispiele. Gerald und Charlene Gallego, Raymond Fernández und Martha Beck, David und Catherine Birnie…

»Jaja, schon gut«, unterbrach sie Arno. Aber Pfähl und Nesburg? Ist das denkbar?«

»Nun – sie scheinen ein Paar zu sein, leugnen das aber. Und wenn man die Alibis übereinanderlegt, dann hat zu jeder Tat mindestens einer von beiden kein Alibi.«

»Aber Nesburg ist doch verheiratet.«

»Na und? Das ist doch nur der Grund, warum sie ihr Verhältnis leugnen.«

»Bonnie & Clyde… Na, eine ziemlich abenteuerliche Theorie. Aber wir werden diese Möglichkeit im Auge behalten. …übrigens, war Hubert Mibitsch schon beim Amtsarzt?«

»Nein«, sagte Kai, »wir sind nicht mehr dazugekommen… wegen Emma. Und die Befragung der Pfähl schien uns wichtiger. Und dringender.«

»Bringt ihn bitte gleich morgen früh zum Arzt. Ich muss jedenfalls jetzt weg zu einer Besprechung beim Polizeipräsidenten. Wir sehen uns morgen. Da werden wir dann hoffentlich auch die Ergebnisse der DNA-Untersuchung haben.«

»Wie geht's mit Klaus jetzt weiter?«, fragte Toni noch, als Arno bereits aufgestanden war.

»Ja Toni, gerade du kennst das ja. Es wird ein Disziplinarverfahren geben. Degradierung und Versetzung sind das mindeste. Wenn nicht gleich Entlassung… Das geht jetzt alles seinen Weg. Wir können ihm da nicht mehr wirklich helfen. Wir werden natürlich unsere Aussagen machen und seinen zweifellos guten Ruf bestätigen. Ob das was nützt? Ich weiß es nicht. Als ich heute Klaus nach diesem… diesem Vorfall begegnet bin, war das für mich ein richtiger Schock. Nicht nur, weil ich ihn noch nie unordentlich bekleidet gesehen habe… Ausgerechnet Klaus, unser Muster an Korrektheit und Coolness… Aber er hatte sich sosehr in seine Theorie verstrickt, dass nur Nesburg der Täter sein kann, dass er schließlich ausgerastet ist. Ich möchte hier keine Moralpredigt halten, aber das ist ein gutes Beispiel, dass man sich selbst nie persönlich von einem Fall vereinnahmen lassen darf. Überlegt euch das alle einmal…«

»Und was wird das für Auswirkungen auf unseren Verdächtigen haben? Schließlich ist er von einem Polizisten verprügelt und beinahe erwürgt worden? Er wird Klaus – und den Staat – wahrscheinlich verklagen?«

»Ja, das wird sich alles noch herausstellen.«

Freitag, 16. Dezember

»Arno«, rief Johann Tampf gehetzt, »der DNA-Vergleich ist da. Er stimmt mit Nesburg überein.«

Arno war wie vor den Kopf geschlagen. Das hatte er nicht erwartet.

»Okay, lass ihn herbringen. Keine Verhaftung. Nur zur Zeugeneinvernahme.«

»Und… wo ist er?«

»Wo er ist? Er wird doch überwacht.«

»Aha… gut…«

Arno ging in Annas Büro, berichtete ihr vom DNA-Vergleich. Sie sollte Arno bei der Vernehmung assistieren. Da kam Johann hereingestürzt.

»Ähhh… Arno… er wird nicht mehr überwacht.«

»Was?«

»Ich glaub… mit der Einlieferung ins Spital… da ist wohl die Bewachung aufgelöst worden.«

»Scheiße! Ist der im Spital?«

Johann stürzte wieder hinaus. Nach drei Minuten kam er wieder.

»Er ist nicht mehr im Spital. Sie haben ihn nach der Erstversorgung entlassen.«

»Mein Gott, geht denn hier alles schief? Schick sofort jemanden zu ihm nach Hause. Vielleicht ist er dort. Wenn ja, sollen sie ihn gleich herbringen.«

**

Zeugen-Vernehmungsprotokoll Johann Nesburg, 16.12., 09.53 Uhr.

Rack: Herr Nesburg, wollen sie einen Anwalt?

Nesburg: Warum? Bin ich verhaftet?

Rack: Noch nicht. Vorerst handelt es sich nur um eine Zeugenbefragung. Aber Sie haben das Recht, diese Befragung zu verweigern.

Nesburg: Nein, warum? Und ich brauch auch keinen Anwalt. Wenn nicht wieder irgendein Polizist über mich herfällt…

Rack: Herr Nesburg, es tut mir leid, dass mein Kollege ausgerastet ist. Aber ich möchte mit Ihnen über den Tod Ihrer Tochter Amelie sprechen. Wie war das damals für Sie, als das Busunglück passierte?

Nesburg: Wie es war? Ich hatte nach dem Tod meiner Frau die beiden Kinder allein großgezogen. Es war… Es war eine… Tragödie.

Rack: Wie haben Sie diesen Schicksalsschlag bewältigt?

Nesburg: Das weiß ich nicht. Irgendwie… Irgendwie habe ich das alles geschafft. Ich musste ja für meinen Sohn da sein.

Rack: Haben Sie eine Entschädigung erhalten?

Nesburg: Entschädigung! Wie kann man für den Verlust einer Tochter entschädigt werden? Ja, Geld wurde mir überwiesen… Weiß nicht mehr wieviel.

Rack: Wer war denn nun wirklich schuld an dem Unfall?

Nesburg: Es war wahrscheinlich ein Unfall… ein Unfall, an dem niemand wirklich schuld war. Es wurde alles genau untersucht… Es war eben ein Unglücksfall.

Rack: Aber zum Beispiel der Busfahrer.

Nesburg: Der Busfahrer? Das war ein armer Teufel. Alle wollten ihm die Schuld geben. Aber er hatte sein Bestes getan.

Rack: Und die anderen?

Nesburg: Welche anderen?

Rack: Zum Beispiel die Reiseleiterin. Was war mit der?

Nesburg: Was soll mit ihr gewesen sein?

Rack: Hatte die Schuld?

Nesburg: Wie kann eine Reiseleiterin schuld an einem Unfall sein? Können Sie mir endlich sagen, warum Sie mir all diese Fragen stellen? Zu einem Unglück, das vor Jahren passiert ist?

Rack: Herr Nesburg, dazu kommen wir noch. Sagen Sie… die Firma, die den Bus gewartet hat – hat die vielleicht gepfuscht?

Nesburg: Keine Ahnung. Aber, das wurde doch alles untersucht.

Rack: Das Reisebüro, das die Fahrt veranstaltet hat vielleicht?

Nesburg: Wie kann ein Veranstalter dafür verantwortlich sein, dass ein Bus auf einer Bergstraße abstürzt?

Rack (nach einer kurzen Pause): Herr Nesburg, ich nehme Ihnen das nicht ab… Herr Nesburg, Herr Nesburg!

Anmerkung: Nesburgs Kopf war noch vorne gesunken. Er hatte keine Antwort gegeben. Rack war aufgestanden und hatte ihn an der Schulter gerüttelt.

Nesburg: Ähhh… was ist?

Rack: Herr Nesburg, könnten Sie sich bitte etwas konzentrieren. Ich sagte, ich nehme Ihnen nicht ab, dass Sie das Unglück so hingenommen haben. Ich nehme Ihnen nicht ab, dass Sie gegen niemanden einen Groll hegen.

Nesburg: Groll? Ja, einen Groll habe ich schon… gegen das Schicksal. Wer dafür verantwortlich ist, weiß ich nicht. Ist das Gott? Wenn ja, dann ist er ein unbarmherziger Gott.

Rack: Was sagt Ihnen der Name Lesberger?

Nesburg: Lesberger? Weiß nicht.

Rack: Lesberger hieß der Busfahrer. Und das wollen Sie nicht wissen?

Nesburg: Ach? Lesberger? Ja, kann sein.

Rack: Und Katz? Sagt Ihnen Katz irgendwas?

Nesburg: Katz? Nein.

Rack: Meischl?

Nesburg: Nein.

Rack: Pfähl?

Nesburg: Nein.

Anmerkung: Nesburgs Kopf war wieder nach vorne gesunken.

Rack (laut): Herr Nesburg, hören Sie mich?

Nesburg: Ja… ja…

Rack: Sie wollen sagen, der Name Pfähl sagt Ihnen nichts.

Nesburg: Ahhh… Sie meinen Klara? Natürlich kenn ich Klara Pfähl. Sie ist eine gute Freundin.

Rack: Freundin? Nicht mehr?

Nesburg: Ähh… nein.

Rack: Wollen Sie sagen, dass sie mit Klara Pfähl keine Beziehung haben?

Nesburg: Beziehung? Ja. Ich meine nein. Ich habe keine Beziehung mit ihr.

Rack: Herr Nesburg, der Tod Ihres Sohnes vor ein paar Monaten…

Anmerkung: Nesburg war wieder eingeschlafen

Rack: Wir machen eine Pause.

Anna und Arno hatten den Vernehmungsraum verlassen.

»Das gibt's doch gar nicht!«, sagte Arno, »der schläft während einer polizeilichen Vernehmung laufend ein. Ist der so übermüdet? Oder was?«

»Das ist das gleiche Muster wie bei unserem ersten Gespräch im Haus von Klara Pfähl. Er macht auf mich insgesamt einen desorientierten Eindruck«, antwortete Anna, »sollen wir ihn von einem Arzt untersuchen lassen?«

»Wenn das so weitergeht, werden wir das wohl müssen.«

Der zweite Teil der Zeugeneinvernahme gestaltete sich ähnlich. Er gab nur einsilbige Antworten, berichtigte sich dann gleich wieder, konnte sich meist nicht erinnern, schlief mehrmals ein. Um 11.20 Uhr wurde das zweite Verhör abgebrochen. Der Amtsarzt wurde gerufen, um Nesburg zu untersuchen. Arnos Team traf sich zu einer kurzen Besprechung.

»Mit Nesburg sind wir keinen Schritt weiter gekommen. Er schläft pausenlos ein.«

»Was sagt er denn zum DNA-Vergleich?«, fragt Sanie.

»So weit sind wir gar nicht gekommen. Nach der Untersuchung machen wir weiter. Aber, was momentan ganz wichtig ist – wie steht es um Nesburgs Alibi?«

Nesburgs Alibi war bis ins Detail überprüft worden. Er war zur fraglichen Zeit im *Schlosserl*, das wurde nicht nur von beiden Freunden Nesburgs bestätigt, sondern auch vom Personal.

Niemand von Klara Pfähls Nachbarn hatte sie vorgestern Abend das Haus verlassen gesehen. Das sagte aber nichts, weil es ohnedies nur zwei Nachbarhäuser gab, die Sicht auf die Eingangstür hatten. Pfähls Haus am Koppelweg lag knapp außerhalb von Linz und gehörte schon zu Leonding. Es war durchgehend mit einer Hecke umgeben und schwer einsehbar. Es hatte sie auch niemand mit dem Auto wegfahren gesehen. Eine Nachbarin hatte die Vermutung geäußert, dass Klara Pfähl mit einem *Glatzkopf* ein *Pantscherl* hatte – wie sie sich ausdrückte.

Hubert Mibitsch war inzwischen dem Amtsarzt vorgeführt worden. Der Arzt hatte nach der Untersuchung gemeint, dass schwere Demenz vorliege und er sich nicht vorstellen könne, dass dieser Mensch imstande war, einen Plan zu erarbeiten und auch auszuführen.

Zwei Berichte von der Spurensicherung waren eingetroffen. In Emmas Wohnung hatten sie absolut nichts gefunden. Auch das nicht sehr sichere Schloss an der Wohnungstür wies keine Einbruchspuren auf, was nur zwei Schlüsse zuließ: entweder Emma hatte selbst geöffnet oder das Schloss war mit einem Spezialwerkzeug geknackt worden.

Die Tatortspurensicherung hatte im Schlossbergstollen bis jetzt ebenfalls nichts gefunden. Kein Wunder, bei 14 Kilometer Stollenlänge. Celines Handy und Laptop waren nicht gefunden worden. Das Schloss an der Eingangstür war mit einem Bolzenschneider geknackt worden. Die Frage, warum Celine als einziges Opfer überlebt hatte, blieb weiter offen.

**

Der Arzt, der Nesburg untersucht hatte, konnte *auf die Schnelle* keine Diagnose stellen. Er schlug eine eingehende psychologische Untersuchung vor. Dafür war jetzt allerdings keine Zeit. Der Arzt hatte ihm ein Amphetaminpräperat verabreicht.

Bei der dritten Einvernahme am Nachmittag war Nesburg aufmerksamer. Es wurde deutlich, dass er enorme Erinnerungslücken hatte. Arno hatte dabei das Gefühl, dass das nicht gespielt war – er stellte eine gewisse Verzweiflung bei Nesburg fest, wenn dieser sich nicht erinnern konnte. Er blieb steif und fest bei der Aussage, dass er zu dem Busunglück auf niemanden einen Groll hegte. Er versicherte immer wieder, dass das Busunglück nur einer aus einer ganzen Reihe von Schicksalsschlägen war, die ihn getroffen haben – aber dass dies eben *Schicksal* war und nicht von jemanden mut- oder böswillig herbeigeführt.

Neu war, dass sich Nesburg zu erinnern glaubte, dass er am 7.12., dem Tag der Entführung von Celine Katz, den Abend bei Klara Pfähl verbracht hatte. Zu diesem Zeitpunkt wurde das Verhör neuerlich unterbrochen.

Da Klara Pfähl zu Protokoll gegeben hatte, an diesem Abend alleine zu Hause gewesen zu sein, wurde sie ins Präsidium gebracht und neuerlich verhört. Dabei gestand sie ein, nicht alleine gewesen zu sein, sondern den Abend mit Nesburg verbracht zu haben. Damit gaben sich Pfähl und Nesburg gegenseitig ein Alibi, was damit als wertlos zu werten war.

Zeugen-Vernehmungsprotokoll Johann Nesburg, 16.12., 15.30 Uhr.

Rack: Herr Nesburg, die Staatsanwaltschaft wird Sie vermutlich des mehrfachen Mordes anklagen.

Nesburg: Des mehrfachen Mordes? Sie spinnen ja! Entschuldigung. Ich meine… Sie irren sich. Ich habe niemanden ermordet.

Rack: Sie werden des Mordes an Christiane Rüger, Magdalena Lesberger, Luisa Schmidt, Vincent, Luca und Felix Meischl, Niklas Ortner, Paul Allinger und Emma Till, sowie der Entführung und Freiheitsberaubung von Celine Katz angeklagt.

Nesburg (*schüttelt nur den Kopf*)

Rack: Ein Geständnis wird sich im Prozess günstig für Sie auswirken.

Nesburg: Günstig? Was meinen Sie mit günstig? Werde ich dann statt zwanzig mal lebenslänglich nur neunzehn mal lebenslänglich bekommen?

Rack: Herr Nesburg, gestehen Sie endlich.

Nesburg: Was würden Sie an meiner Stelle machen?

Rack: Was meinen Sie damit?

Nesburg: Versetzen Sie sich mal in meine Lage. Ich habe nichts getan. Niemanden umgebracht. Niemanden entführt. Was soll ich tun? Was würden Sie tun? Was soll ich gestehen? Was würden Sie gestehen?

Rack: Wir haben Beweise. Richtige Beweise, Herr Nesburg.

Nesburg: Nein. Nein, das können Sie nicht haben. Keine Beweise! Denn ich habe nichts getan. Sie können nur Vermutungen haben. Keine Beweise.

Rack: An den Leichen von Luisa Schmidt und Vincent Meischl haben wir DNA-Spuren sichergestellt. DNA-Spuren, die mit Ihrer DNA übereinstimmen. Was haben Sie dazu zu sagen?

Nesburg: DNA-Spuren? Das ist… das ist… nicht möglich. Das kann nicht sein. Sie müssen sich irren. Wie kann es DNA-Spuren von mir geben, wenn ich nichts getan habe?

Rack: Ein Irrtum ist ausgeschlossen. Die DNA-Technik ist unbestritten. Sie wird in allen Prozessen als unwiderlegbarer Beweis anerkannt.

Nesburg (schweigt)

Rack: Herr Nesburg?

Nesburg (schweigt)

Anmerkung: Nesburg weint.

Rack: Herr Nesburg?

Nesburg: Könnten Sie mir einen Gefallen tun?

Rack: Wahrscheinlich nicht. Welchen Gefallen verlangen Sie denn von mir?

Nesburg: Bringen Sie mir einen Strick. Bitte, bringen Sie mir einen Strick. Ich will nicht mehr leben. Ich will dieses Leben nicht mehr. Ich will *mein* Leben nicht mehr. Es ist ohnedies schon sinnlos geworden. Es braucht mich niemand mehr. Meine Frau ist tot. Meine Tochter ist tot. Mein Sohn ist tot. Was soll *ich* noch hier? Bitte bringen Sie mir einen Strick.

Rack: Herr Nesburg, ein Geständnis…

Nesburg: (*schreit*) Hören Sie auf mit Ihrem Geständnis. Geständnis. Geständnis. Geständnis. Geständnis. Geständnis. Geständnis.

Rack: Beruhigen sie sich, Herr Nesburg.

Nesburg: (*ruhiger*) Beruhigen, jaja beruhigen… Bringen Sie mir einen Strick. Sie haben die Beweise… haben Sie gesagt. Also ist ja alles bewiesen. Wo kann ich unterschreiben? Geben Sie mir einen Zettel, ich unterschreibe. Ich unterschreibe alles…

Rack: So geht das nicht Herr Nesburg. Ich breche jetzt die Vernehmung ab. Ich teile Ihnen mit, dass sie wegen des Verdachts auf mehrfachen Mord verhaftet sind.

Nesburg: (*schweigt*)

Rack: Ich empfehle Ihnen, einen Anwalt zu Rate zu ziehen.

Nesburg: (*schweigt*)

Rack: Wenn Sie sich keinen Anwalt leisten können, wird Ihnen einer zur Verfügung gestellt.

Nesburg: (*schweigt*)

**

Rack berichtete abends seinem Team von der Vernehmung.

»Aber er hat doch bereits gestanden, oder?«, fragte Kai.

»Nein, gestanden hat er nicht«, entgegnete Arno.

»Aber du hast doch gesagt, dass er unterschrieben hätte?«

»Ja… er hätte alles unterschrieben.«

»Na… und… warum hat er nicht?«

»Das wäre nicht okay gewesen, Kai. In seinem psychischen Zustand hätte er alles unterschrieben. Und du weißt, wie das mit unterschriebenen Geständnissen ist... Man kann sie nicht mehr wirklich zurücknehmen. Da bleibt dann immer hängen, ‚*aber gestanden hat er ja doch schon*'.«

»Trotzdem, wenn wir…«

»Kai, bitte hör auf. Immerhin bezichtigen wir einen Mann des mehrfachen Mordes. Und er hat zu zwei Zeitpunkten unwiderlegbare Alibis. Gut… *ein* unwiderlegbares, das zweite stammt von seiner Frau. Trotzdem…«

»Was ist mit der Pfähl?«, fragte Toni. »Die beiden geben sich jetzt gegenseitig ein Alibi. Und die Pfähl hat eindeutig gelogen, weil sie vorher gesagt hatte, dass sie allein zu Hause war. Das alles stützt doch unsere Theorie, dass die beiden zusammenarbeiten.«

»Ja…«, meinte Arno nachdenklich. »Und da sind dann noch die DNA-Spuren. Der Täter hat niemals Fehler gemacht. Nicht den kleinsten. Aber zweimal hat er seine DNA hinterlassen… Wisst ihr, mein Bauchgefühl sagt mir, dass wir nicht richtig liegen. Dass da irgendwas nicht stimmt.«

»Bauchgefühl?«, fragte Kai. »Seit wann gibst du was auf Bauchgefühle?«

»Das Bauchgefühl warnt. Es warnt vor Konstellationen, die nicht harmonisch sind. Es warnt vor Zusammenhängen, die irgendwo einen Widerspruch in sich tragen, ohne dass man diesen konkret benennen könnte. Das Bauchgefühl ist ein noch nicht geborener Gedanke.«

Jetzt herrschte Schweigen.

»Sollen wir die Pfähl verhaften?«, fragte Anna schließlich.

»Auf welcher Grundlage? Mit welcher Anklage? Dass sie ein Verhältnis mit einem verheirateten Mann hat? Und dass sie dieses nicht preisgeben wollte und daher nichts davon gesagt hat, dass Nesburg bei ihr war? Wie stellst du dir das vor?«

»Wie machen wir jetzt weiter?«

»Ich glaube, das muss ich mit dem Staatsanwalt und dem Polizeidirektor besprechen. Ist die Celine Katz schon vernehmungsfähig?«

»Nein«, sagte Ute Ruhs, »noch keine Freigabe durch die Ärzte.

»Okay. Johann, wir machen jetzt noch gemeinsam den Bericht fertig.«

Sowohl der Staatsanwalt als auch der Polizeidirektor waren nicht mehr erreichbar – weder persönlich noch telefonisch.

Samstag, 17. Dezember.

Ein wunderschöner Wintermorgen. Ein strahlend blauer Himmel. Die Temperaturen waren schon am Morgen auf 10 Grad gestiegen. Nirgends war mehr Schnee zu sehen. Die Wettervorschau berichtete, dass mit keinen weißen Weihnachten zu rechnen sei.

Arnos Stimmung passte nicht zum prächtigen Wetter. Er hatte schlecht geschlafen, war immer wieder aufgewacht und hatte sofort wieder an ihre Mordserie gedacht. Noch in der Nacht hatte er sich vorgenommen, dass er heute versuchen würde, mit Celine Katz zu sprechen, dass er nochmals mit Nesburg sprechen würde und dass er sich am Morgen ein ausgiebiges Frühstück gönnen würde.

**

Im Krankenzimmer von Celine Katz hatte er nicht nur diese, sondern auch ihre Mutter vorgefunden. Sabine Katz war nicht erfreut, dass er mit Celine sprechen wollte. Widerwillig hatte sie aber schließlich zugestimmt, unter der Bedingung, dass sie dabei war. Celine glaubte weiterhin, dass sie mit einem *Kevin* unter dem Nickname *Knight7* gechattet hatte. Es war ihr aber klar, dass sie in das Auto eines Fremden gestiegen war. Diesen hatte sie nicht sehen können, da er eine Schirmkappe tief ins Gesicht gezogen hatte und es bereits finster war. Celine behauptete, dass kein Licht im Wagen angegangen war, als sie einstieg. Unmittelbar nach dem Einsteigen hatte ihr der Fahrer ein feuchtes Tuch gegen Mund und Nase gepresst. Das war alles. Dann war sie in der Dunkelheit aufgewacht und hatte bis zu ihrer Rettung keine Menschenseele mehr gesehen oder gehört. Auf die Frage, ob der Fahrer des Autos ein Mann oder eine Frau war, wusste sie keine Antwort – meinte aber schließlich, dass es ebensogut auch eine Frau gewesen sein könnte.

Arno fuhr in die Nietzschestraße, um nochmals mit Nesburg zu sprechen. Im Journaldienst fragte er zuerst, ob der von ihm gestern mit dem Bericht angeforderte Haftbefehl der

Staatsanwaltschaft schon ausgestellt war. Er war vor einer Viertelstunde eingetroffen. Er ließ Nesburg in ein Vernehmungszimmer bringen. Ein Mitarbeiter des Journaldiensts war anwesend.

Vernehmungsprotokoll Johann Nesburg, 17.12., 10.49 Uhr.

Rack: Herr Nesburg…

Nesburg: Haben Sie mir den Strick mitgebracht?

Rack: Sie brauchen keinen Strick. Haben Sie schon einen Anwalt?

Nesburg: (*schweigt, zuckt die Schultern*)

Rack: Sie brauchen einen Anwalt. Ich habe Ihnen gestern gesagt, dass sie verhaftet sind. Haben Sie das verstanden.

Nesburg: (*schweigt, nickt*)

Rack: Sie müssen in das Mikrofon sprechen.

Nesburg: (*schweigt, schüttelt den Kopf*)

Rack: Sollen wir Ihnen einen Anwalt besorgen?

Nesburg: (*schweigt, zuckt die Schultern*)

Rack: Herr Nesburg, ich möchte nochmals mit Ihnen sprechen. Wollen Sie das ohne Anwalt tun?

Nesburg: (*schweigt, zuckt die Schultern*)

Rack: Sie müssen in das Mikrofon sprechen.

Nesburg: (*schweigt*)

Rack: Wollen Sie nicht mit mir sprechen?

Nesburg: (*schweigt, zuckt die Schultern*)

Rack: Wenn Sie nichts zu mir sagen, können wir auch kein Gespräch führen.

Nesburg: (*schweigt*)

Rack: Ist Ihnen klar, dass Sie sich zu den Vorwürfen äußern müssen. Wenn Sie das nicht tun, nimmt die Sache ihren Lauf. Ihnen wird der Prozess gemacht und der Richter wird Sie verurteilen.

Nesburg: (*schweigt, zuckt die Schultern*)

Rack: Wenn Sie gestehen, wird sich das mildernd auf das Urteil auswirken.

Nesburg: (*schweigt*)

Rack: Jetzt reden sie doch endlich mit mir.

Nesburg: (*schweigt*)

Rack: (seufzt) gut, die Vernehmung ist beendet.

Anmerkung: Rack steht auf und will den Raum verlassen.

Nesburg: Herr Rack, darf ich Sie noch etwas fragen.

Rack: Ja?

Nesburg: Können Sie sich einen Moment – nur einen kurzen Moment vorstellen – dass ich nicht der Gesuchte bin. Dass ich nichts getan habe. Nur ganz kurz. Stellen Sie es sich bitte einfach vor…

Rack: Ja.

Nesburg: Und was würden Sie mir jetzt raten, zu tun. Was kann ich tun? Was soll ich tun. Ich bin so verzweifelt.

Anmerkung: Nesburg weint.

Nesburg: Ich weiß nicht, was ich tun soll. Ich habe Ihnen schon so oft gesagt, dass ich nichts getan habe. Was kann ich noch sagen? Ich kann doch nichts anderes tun, als Ihnen zu sagen, dass ich nichts getan habe.

Rack: Herr Nesburg, besorgen Sie sich einen Anwalt. Das können Sie tun. Und ich kann Ihnen nur raten, es zu tun. Sie haben mich gefragt, was sie tun können. Ich sage Ihnen, nehmen Sie sich endlich einen Anwalt.

Nesburg: (*schweigt, weint jetzt hemmungslos)*

Rack verließ den Raum.

Arno rief in der Staatsanwaltschaft an. Nein, Dr. Franz Osen war nicht anwesend, es sei Samstag. Arno erklärte, dass es sich um einen Notfall handle. Man versprach, Dr. Osen zu informieren. Vielleicht würde er zurückrufen, versprechen konnte man nichts.

Als nächsten rief er seinen Chef, den Polizeidirektor Dr. Leo Baad an. Von ihm hatte er die private Notfallnummer.

»Baad?«, meldete sich der Polzeidirektor.

»Hallo Leo, entschuldige, dass ich dich am Wochenende störe…«

»Arno, ich habe deinen Bericht auf's Handy bekommen. Gratuliere. Das habt ihr tadellos gemacht… aber, warum rufst du an?«

»Ja, es ist so, dass ich dringend mit dir und Osen sprechen muss.«

»Dringend? Wie dringend?«

»Heute noch!«

»Naja… wenn's wirklich so dringend ist… Ich könnte mich um 15.00 Uhr auf eine Stunde freimachen.«

»Super! Aber wir brauchen auch Staatsanwalt Osen dazu. Ich erreiche ihn nicht.«

»*So* dringend ist es? Du machst es ja richtig spannend. Ich hab Osens Privatnummer. Ich spreche mal mit ihm. Ich ruf dich zurück.«

Baad hatte einfach aufgelegt. Arno konnte nur warten.

**

Arno war schon um zehn vor drei in der Nietzschestraße. Besprechungsraum 3. Baad hatte ihn angerufen, dass der Termin in Ordnung gehe und dass auch Osen kommen würde.

Die beiden kamen fünf vor drei.

»Herr Rack, ich hoffe, Sie haben einen triftigen Grund, um uns am Wochenende hier hereinzuzitieren«, begann Osen.

»Ich habe Sie nicht zitiert, ich habe um eine Gespräch *gebeten*«, antwortete Rack.

»Na, wie auch immer. Was haben Sie so Dringendes mit uns zu besprechen?«

»Ich bin mir nicht sicher, dass… nein falsch, ich bin mir sicher, dass Nesburg nicht unser Täter ist.«

»Waaas?«, riefen Baad und Osen gleichzeitig.

Rack schwieg.

»Aber Nesburg hat gestanden!« ereiferte sich Osen.

»Nein, hat er nicht.«

»Herr Rack, ich habe mir heute Mittag die Vernehmungsprotokolle aufs Handy schicken lassen…«

»Ja, und?«

»Nesburg hat gesagt, er unterschreibt.«

»Ja, das hat er.«

»Und? Wo ist das unterschriebene Geständnis?«

»Das gibt es nicht.«

»Und warum nicht? Nesburg hat seine Unterschrift angeboten.«

»Weil ich mich jeden Tag im Spiegel sehen muss.«

»Was soll das heißen?«

»Das soll heißen, dass *ich nicht* hinter dem Erfolg herrenne, dass *ich nicht* Karriere machen will um jeden Preis. Dass *ich nicht* über Leichen gehe. Dass *ich* keinen Menschen ins Gefängnis schicke, der unschuldig ist.«

»Herr Rack, verstehe ich das richtig? Sie sagen, dass *ich* über Leichen gehe und dass *ich* unschuldige Menschen ins Gefängnis schicke?«

»Ja, Sie haben es erfasst.«

»So, jetzt kommt mal beide wieder runter. Ich darf doch um etwas Gessprächskultur bitten«, meldete sich Baad erstmals zu Wort. Arno, du schießt über das Ziel hinaus! Ich erwarte, dass du dich bei Staatsanwalt Dr. Osen entschuldigst.«

»Wofür soll ich mich entschuldigen? Ich bin es, der angegriffen wurde…«

»Arno!« sagte Baad warnend.

»Gut«, lenkte Arno jetzt ein, »Es tut mir leid. Aber, ich betone nochmals, dass ich nicht glaube, dass Nesburg der Täter ist.«

»Und warum nicht?«, ereiferte sich Osen. »Warum soll er auf einmal nicht der Täter sein? Ihre eigenen Untersuchungsergebnisse lassen doch gar keinen anderen Schluss zu.«

»Ich betrachte unsere Untersuchungen noch nicht als abgeschlossen.«

»Tja, da haben Sie aber Pech. Die Staatsanwaltschaft wird Anklage erheben und – nur zu Ihrer Information – ich habe vor einer halben Stunde mit dem Herrn Polizeidirektor beschlossen, dass wir am Dienstag eine Pressekonferenz abhalten werden und den Täter dieser ganz unwahrscheinlichen Mordserie präsentieren werden.«

Arno war blass geworden. »Eine Pressekonferenz?«, fragte er entsetzt.

»Ja«, bestätigte Baad, »am Dienstag«.

»Aber… das geht nicht… das könnt ihr nicht machen.«

»Doch, wir können«, sagte Osen höhnisch. »Nesburg hat bei zwei Morden seine DNA-Spuren hinterlassen. Das alleine würde schon reichen. Aber er hat auch keine Alibis. Und er war beim

Schmidt-Mord im Wasserwald. Er hat sich als Interessent für einen Garten ausgegeben. Offensichtlich, um sich Zutritt zu verschaffen und die arme Magdalena Lesberger zu ermorden. Und er hatte vor kurzem mit dem Tod seines Sohnes und letzten Kindes ein traumatisches Erlebnis, das die Mordfantasien in ihm ausgelöst hat.«

»Herr Dr. Osen, erstens, die DNA-Spuren sind unlogisch und blödsinnig. Der Täter hat überhaupt nie irgendwelche Spuren hinterlassen. Warum sollte er ausgerechnet bei zwei Morden so unvorsichtig vorgehen, dass er DNA-Spuren hinterlässt? Sie selbst haben mir noch vor wenigen Tagen erklärt, dass man DNA-Spuren nicht trauen kann. Erinnern Sie sich? Das war im Meischl-Fall. Sie sagten – ich erinnere mich genau – *vielleicht stammt die DNA vom Auffinder der Leiche, von einen Spurensicherer, von einem Arzt oder vom Messerschleifer.* Sie haben sogar den Skandal um die verunreinigten Wattestäbchen erwähnt. Damals hat Ihnen das in Ihren Kram gepasst. Heute plötzlich, sind für Sie die DNA-Spuren ein unumstößlicher Beweis.«

»Aber das sind doch…«

»Lassen Sie mich ausreden. Zweitens, im Wasserwald zu sein ist noch kein Verbrechen. Ich bin auch öfter im Wasserwald und habe deswegen noch lange niemanden ermordet. Drittens, die Telefonnummer des Garteninteressenten kann ein Irrtum sein, ein Ziffernsturz oder was auch immer. Es könnte auch eine absichtlich gelegte Spur sein. Viertens haben viele Menschen ein traumatisches Erlebnis ohne gleich zum Mörder zu werden. Und fünftens… fünftens hat er zu zwei Tatzeiten Alibis.«

»Ja, ja, Arno«, mischte sich Baad wieder ein, »du hast uns jetzt gesagt, dass deine eigenen Beweise angezweifelt werden können. Willst du jetzt die Verteidigung von Nesburg übernehmen? Und sag uns endlich mal, wen du dann für den Täter hältst, wenn es Nesburg nicht war.«

»Ja… ich weiß es nicht… *noch* nicht. Wir brauchen noch Zeit. Wir haben irgendwo etwas übersehen. Oder einen Fehler gemacht. Ich weiß es nicht.«

»Was macht dich eigentlich so sicher, dass es Nesburg nicht ist?«

»Ich habe schon aufgezählt…«

»Nein, das alleine kann es nicht sein, Arno. Das sind Zweifel. Okay. Aber du zweifelst ja nicht. Du sagst doch, Nesburg war es nicht. Warum?«

»Leo, ich habe mit diesem Menschen gesprochen. Mehrmals. Er ist völlig verzweifelt. Sagt immer wieder, dass er nichts getan hat. So *kann* man nicht schauspielern. Ich glaube ihm.«

»Ja, ja der Glaube… Glaube, Liebe und Hoffnung. Wir sind doch hier bei keiner religiösen Veranstaltung. Herr Rack, ich habe immer geglaubt, dass sie ein fähiger Polizist sind…«

»Sehen Sie, das ist der Unterschied. Ich habe nie geglaubt, dass Sie ein fähiger Staatsanwalt sind.«

»Sie sind kein fähiger Polizist. Im Gegenteil, Sie sind ein unfähiger Polizist. Und Ihnen droht ein Disziplinarverfahren. Weil Sie dem Verlangen eines Verdächtigen – nämlich ein Geständnis unterschreiben zu wollen – nicht nachgekommen sind.«

»Sie können mich mal…«

»Okay, okay«, wollte Baad beruhigen. »Arno, du hast keine wirklichen Argumente. Du hast nur ein Bauchgefühl. Einen Glauben… Übrig bleibt, dass die Beweise gegen Nesburg erdrückend sind. Ich muss mich auf die Seite des Staatsanwalts stellen. Auch ich *glaube* etwas, nämlich, dass du mit Nesburg schon den Täter hast. Und es ist unsere Pflicht, die Öffentlichkeit darüber zu informieren. Wir sind ohnedies schon stark im Verzug, weil wir überhaupt noch nicht veröffentlich haben, dass es diese großen Zusammenhänge gibt und dass es sich um einen Serientäter handelt. Um eine Mordserie. Dass neun Menschenleben von einem Täter ausgelöscht wurden.«

»Du willst wirklich diese Pressekonferenz machen?«

»Ja. Du kannst schon mit den Vorbereitungen beginnen. Ich will die Unterlagen bis Monat Mittag auf meinem Tisch.«

»Das kannst du vergessen.«

»Wie bitte?«

»Du hast mich genau verstanden.«

»Das kann ich nicht akzeptieren.«

»Mach doch die Pressekonferenz mit diesem Kasperl hier«, er deutete auf Osen. »Mich kriegst du jedenfalls nicht dazu. Ich werde dir keine Unterlagen vorbereiten. Und wenn du darauf bestehst, dass ich dabei bin, dann werde ich bei der Pressekonferenz die Wahrheit sagen.«

»So das reicht. Franz, lässt du uns bitte allein?«

Nachdem Staatsanwalt Dr. Franz Osen den Raum verlassen hatte, herrschte zunächst Schweigen zwischen Arno Rack und Dr. Leo Baad.

»Arno, du bringst mich Osen gegenüber in eine unangenehme Lage. Ich kann das von dir nicht so hinnehmen. Du bist nur einen einzigen Schritt von einer Suspendierung entfernt. Du hast Glück, dass ich dich mag und dass ich *weiß*, dass du ein äußerst fähiger Kriminalist bist.«

Baad machte eine Pause. Arno schwieg.

»Du bist ab sofort beurlaubt. Frau Condère wird vorübergehend die Leitung deiner Abteilung übernehmen.«

Montag, 19. Dezember

Beurlaubt! Das war ihm auch noch nie passiert. Und er kannte auch niemanden, dem das je passiert wäre. Das gab's doch nur in Romanen.

Den Sonntag hatte Arno Rack wie in Trance verbracht. Hatte nicht gewusst, ob er sich weiter mit dem Fall beschäftigen sollte. Schließlich war er zu Anna Condère gefahren und hatte ihr alles berichtet. Zu dem schon seit Monaten vereinbarten Klassentreffen am Abend hatte er gar nicht mehr gehen wollen. Aber nachdem er schon zugesagt hatte, hatte er sich dann doch kurzfristig zur Teilnahme entschlossen. Aber er hatte das Treffen dann vorzeitig verlassen. Bald hatte er bemerkt, dass er einfach keinen Sinn dafür hatte. Für die Fröhlichkeit und Unbeschwertheit, die eben an einem Treffen ehemaliger Klassenkameraden herrschte. Jetzt war er froh, früh gegangen zu sein. Denn diese Treffen konnten schon mal ganz schön ausarten. Alkoholmäßig!

Welche Möglichkeiten hatte er nun? Als Beurlaubter. Nun, die naheliegendste war, Urlaub zu machen, zu entspannen, zu relaxen. Abzuwarten, was da noch kommen würde. Aber dazu war er zu sehr Polizist. Was anfangs nur ein Bauchgefühl war, war in seinem Geist nahezu zur Gewissheit geworden. Nesburg war es nicht. Das war zu einfach. Nesburg war auch nicht der Typ, der neun Menschen ermordete. Noch dazu in einer derart ausgeklügelten Weise! Dazu war Nesburg aus seiner Sicht einfach nicht imstande.

Nun, eine andere Möglichkeit war, auf privater Basis weiter zu ermitteln. Aber was brachte das? War er wirklich gescheiter als alle anderen? Glaubte er wirklich, nur *er* konnte den Mörder entlarven? Und warum sollte er das tun? Es war ihm nicht nur untersagt, es war viel komplizierter. Wenn er auf privater Basis weiter ermittelte, war das dann schon ein Dienstvergehen. Bisher war er von Leo Baad nur beurlaubt worden. Die mildeste Form einer Suspendierung – ohne Eintrag in die Personalakte. Und was konnte er ohne Polizeiapparat und ohne seine Kollegen schon ausrichten? Er blickte auf die Uhr. Es war kurz vor sechs und noch stockdunkel. Aber Schlaf konnte er keinen mehr finden.

Er erhob sich, schlich aus dem Schlafzimmer. Erledigte die Morgentoilette. Nahm die Kaffeemaschine in Betrieb. Machte sich einen Espresso. Er würde eine Runde im Wasserwald joggen. Vielleicht bekam er da den Kopf frei. Er zog seine Jogging-Dress an und verließ leise die Wohnung. Fuhr mit dem Auto zu »seinem« Parkplatz im Wasserwald.

Es dämmerte jetzt schon leicht und er konnte genug sehen. Es war kalt, wolkenverhangen und unfreundlich. Vom Parkplatz aus wandte er sich nach rechts. Wie immer lief er anfangs nur ganz langsam. Der Boden war nass und matschig. Zuerst über die kleine Lichtung durch das kurze Waldstück und dann hinaus auf die große freie Fläche. Rechts von ihm die kleine Gartensiedlung und daneben die paar Häuser, die geduckt unter hohen Bäumen standen. Denen hatte er früher nie Beachtung geschenkt. Aber dort wohnte, wie er seit kurzem wusste, Mia Mibitsch. Sie war in den Fall verwoben. Zwar nicht verdächtig, immer immerhin entfernt beteiligt.

Er spürte, wie sich seine Muskeln langsam erwärmten und erhöhte das Tempo. Ja, wenn er sich schon entschloss, privat weiter zu ermitteln, was konnte er dann tun? Was gab es noch zu ermitteln, was sie nicht schon ermittelt hatten? Die Lösung musste in den Ergebnissen liegen, die ihnen schon vorlagen. Sie hatten nur was übersehen. Was Entscheidendes. Aber was war es? Die wenigsten Detailkenntnisse hatten sie über den Absturz von Christiane Rüger. Hatten sie hier etwas übersehen? Hatten sie etwas versäumt?

Als er nach 40 Minuten doch einigermaßen außer Atem wieder bei seinem Auto zurück war, hatte er einen Entschluss gefasst. Er würde nach Spital am Pyhrn fahren und sich dort umhören. Mit einigen Leuten sprechen. Dort – weit weg von Linz – würde ihn auch niemand bei seiner illegalen Tätigkeit ertappen.

Als er zurück nach Hause fuhr, machte er wie so oft bei der kleinen Bäckerei halt und kaufte frisches Gebäck. Seine Frau Karin war schon erwacht und wartete auf ihn. Beim Frühstück fragte sie ihn vorsichtig, wie das denn jetzt weitergehen würde. Er hatte ihr gestern von seiner Beurlaubung erzählt. Er zuckte auf diese Frage nur die Schultern. Erzählen wollte er nicht, was er vor Kurzem beschlossen hatte. Nach dem Frühstück verließ Karin die Wohnung, um zur Arbeit zu fahren. Arno schnappte sich Anorak und Winterschuhe – man wusste ja schließlich nicht, ob in Spital am Pyhrn schon Schnee lag.

**

Kurz nach zehn erreichte er Spital am Pyhrn. Er stellte seinen Wagen ab und genehmigte sich im Dorfcafé einen Espresso. Er würde mit dem Arzt Dr. Thomas Endscheri und dem Bergretter Nikolaus Aerchen sprechen. Er wollte die Adressen der beiden googeln – und stellte entsetzt fest, dass er sein Handy zu Hause gelassen hatte. Das war ihm auch schon seit Ewigkeiten nicht passiert. Er fuhr zum Rathaus und erkundigte sich. Aerchen und Endscheri wohnten beide in Spital am Pyhrn. Als erstes suchte er den Arzt auf.

Es war nicht einfach, ihn zu sprechen. Der Doktor hatte Ordination und das Wartezimmer war voll. Bei der Sekretärin wollte er sich nicht als Polizist vorstellen, also setzte er sich in das Wartezimmer und harrte aus, bis er an der Reihe war. Nach einer guten Stunde war es soweit.

»Na sowas«, begrüßte ihn der Arzt, »wir kennen uns noch nicht. Es kommt äußerst selten vor, dass jemand zu mir kommt, den ich nicht kenne.«

»Mein Name ist Arno Rack«, stellte sich Arno vor.

»Und was fehlt *uns* denn?«

»Ich muss gestehen, dass mir gar nichts fehlt. Ich bin Chefinspektor beim LKA und komme aus Linz. Ich hätte ein paar Fragen an Sie.«

»Aus Linz? Fragen an mich? Da bin ich aber gespannt.«

»Sie erinnern sich sicher noch an die junge Frau, die im Oktober abgestürzt ist?«

Dr. Endscheris Gesicht verdüsterte sich. »Ja daran kann ich mich noch gut erinnern. Ich konnte ihr nicht mehr helfen. Sie war schon verstorben, als wir sie erreichten. Sie ist ganz offensichtlich sofort beim Sturz ums Leben gekommen. Schlimme Sache. Eine hübsche junge Frau. Aber warum fragen Sie?«

»Wir haben Grund zur Annahme, dass es sich um keinen Unfall gehandelt hat.«

»Kein Unfall? Was dann?«

»Mord.«

»Mord?«

»Ja… Es ist eigentlich nicht richtig, dass ich *Grund zur Annahme* sage. Es besteht mehr oder weniger Gewissheit.«

»Und wie kann *ich* ihnen da helfen?«

»Ist Ihnen damals etwas merkwürdig vorgekommen?«

»Lassen Sie mich nachdenken… Da ist irgendwas gewesen… Aber ich weiß nicht mehr… Da war etwas… Ja, jetzt hab ich's wieder. Das Handy. Das war schon merkwürdig…«

»Was genau war merkwürdig?«

»Nun, es war in ihrem Rucksack.«

»Und?«

»Na, sie hatte doch den Notruf betätigt. Sehen Sie, sie hatte vom Sturz so schwere Verletzungen, dass sie keinesfalls nach dem Sturz noch einen Notruf absetzen hätte können. Also musste sie schon vor dem Sturz angerufen haben. Also haben wir uns zusammengereimt, dass sie vielleicht vorher schon einen kleineren Unfall hatte, dann angerufen hatte und erst dann abgestürzt war… Jedenfalls haben wir gesehen, dass der Notruf von *ihrem* Handy gekommen war.«

»Das Ganze klingt ziemlich unwahrscheinlich, oder?«

»Ich weiß. Sehr logisch klingt das nicht. Wir haben das damals auch bei der Polizei ausgesagt, aber dort hatte man auch keine andere Erklärung.«

»In den Akten steht aber nichts von diesem… diesem merkwürdigen Umstand.«

»Nicht?«

»Nein. Ist Ihnen sonst noch etwas aufgefallen?«

»…nein«, erwiderte der Arzt nach einigem Nachdenken.

»Ich danke für Ihre Auskünfte. Wissen Sie, wie ich Nikolaus Aerchen erreiche?«

»Wenn er keinen Einsatz hat, müsste Nick jetzt im Sägewerk erreichbar sein.«

Arno ließ sich den Weg zum Sägewerk beschreiben und verabschiedete sich. Er beschloss, den Weg zu Fuß zu laufen. Er ließ sich diese Handy-Sache nochmals durch den Kopf gehen. Neben der etwas weit hergeholten Erklärung des Arztes gab es noch eine andere Möglichkeit. Sie hatten vermutet, dass sie über die Felswand gestoßen worden war. Die Frage war nur, von wem? Hatte sie ihn gekannt? War sie mit ihm unterwegs gewesen? Oder hatte ihr jemand aufgelauert?

Wenn also die Rüger nicht den Notruf abgesetzt hatte, dann konnte es nur ihr Mörder gewesen sein. Und einem Fremden hätte sie wohl kaum ihr Handy gegeben. Es könnte so gewesen sein: Christiane Rüger war mit einem Begleiter unterwegs gewesen. Dieser hatte sich ihr Handy ausgeborgt, unbemerkt den Notruf abgesetzt, das Handy zurückgegeben, das Rüger wieder in ihrem Rucksack verstaut hatte. Und erst dann war sie über die Felskante gestoßen worden. Wenn das alles stimmte, dann war der Mörder mit ihr bekannt gewesen. Aber warum sollte der Mörder einen Notruf abgesetzt haben? Sie mussten überprüfen, wer von den Verdächtigen am ehesten mit ihr bekannt gewesen sein könnte. Diesen Tipp musste er Anna geben. Aber vorerst wollte er mit dem Bergretter reden.

Als er Nikolaus Aerchen im Sägewerk gefunden hatte, sich vorgestellt und den Grund seines Besuchs genannt hatte, meinte dieser, dass er ohnedies eine Pause machen musste.

Auf die Frage, ob ihm was merkwürdig vorgekommen wäre, erzählte Aerchen die gleiche Handy-Geschichte wie der Arzt.

»Sind Ihnen in dieser Zeit Fremde aufgefallen, die sich hier aufgehalten haben?«

»Tja, wir sind ein Fremdenverkehrsort und hier gibt es immer Fremde.«

»Christiane Rüger ist am frühen Morgen von der Rotmann-Hütte aufgebrochen. Wissen Sie, ob sich dort Fremde aufgehalten haben?«

»Auch auf unseren Berghütten halten sich immer Fremde auf. Sogar überwiegend. Die Einheimischen übernachten kaum mal auf einer Hütte.«

»Ich habe jetzt die Akte nicht mehr ganz im Kopf. Wissen Sie, wie der Hüttenwirt hieß?«

»Die Hüttenwirt*in*. Agnes bewirtschaftet die Hütte schon mehrere Jahre.«

»Wissen Sie, was sie im Winter macht? Also eigentlich möchte ich wissen, ob und wo ich sie erreichen kann.«

»Sie wohnt in einem kleinen Häuschen außerhalb des Ortes. Gleich diese Straße hier entlang.«

Agnes schien um die 60 Jahre alt und noch gut in Form.

»Bitte setzt dich in die Stube, ich brauch noch fünf Minuten, dann bin ich bei dir.«

Er setzte sich in der gemütlichen Stube an den großen rechteckigen Tisch. Na, hoffentlich brauchte Agnes nicht allzu lange. Auf der Eckbank lag in der Ecke ein altes Hüttenbuch. Um sich die Zeit zu vertreiben, schlug er es auf. Aha, die Hütte war wohl früher als Selbstversorgerhütte vermietet worden. Gleich auf der ersten Seite, war eine lustige Gesellschaft abgebildet. Er las den Eintrag.

> *Wir sind relativ und heute beisammen. Doch morgen ist uns leider doch noch alles bewusst, weil wir – Robert, Astrid, Reinhard (Örni), Martin (Polli), Klaus (Streif), Gitti, Hannes (der Schnarcher), Walter (Walli derf nur mei Schwager sagn), Klaus, Wolfgang, Gundi, Birgit, Pepi (Il Presidente), Resi – heute den Baumstock äußerst vielfältig bearbeitet haben. Prosecco, Schnaps, Wein, Bier und alles Sonstige mit Promille können uns äußerst geil, hemmungslos und unzurechnungsfähig, beziehungsweise gewalttätig machen. Nach dem Sonnenuntergang müssen wir Knallköpfe endlich pinkeln weil der Abgrund tiefgründig ist. Das laute Stöhnen durchdringt die vorweihnachtliche, besinnliche Ruhe ohne Kaiserschmarrn, trotzdem trinken wir Alkohol und hoffen auf baldige Erlösung. An und für sich wollen,*

müssen, sollen, beziehungsweise dürfen Erwachsene um -20 Grad oder vielleicht mit Tarnkappe saufen. Murmeltiere wandern lautlos. Nordafrikanische Steppentänzer können vielleicht Schneebälle genauso jonglieren wie Eskimos. Fallensteller (Trapper) möchten Touristen ebenfalls emotional in die Eier hauen. Schlaglöcher ermöglichen Autostoßdämpfern, Bremsbelägen und Eistüten erschütternde, beinharte Qualitätstests. Zwei Heizkörper sehen weniger als drei Könige. Besinnlich, begehrliche Weihnachten!

Astrid, Brigitte, Hannes, Martin, Pepi, Reinhard, Robert, Walter, Wolfgang, Alois, Birgit, Klaus, Ulli, Wolfgang, Astrid, Kuno, Resi, Matthäus, Klaus, Sandra, Ulli, Manuela, Werner, Jürgen, Michi, Edith, Brigitte, Martina, Dominik, Thomas, Wolfgang.

Na, die waren aber schon ganz schön gut drauf gewesen. Als Agnes eintrat, schlug er das Hüttenbuch zu.

»Kannst Agnes zu mir sagen«, sagte sie in der freundlichen Verbundenheit von Hüttenwirten.

»Agnes, ich wollte Sie fragen, ob Sie sich an Fremde auf der Hütte erinnern – damals, als die junge Frau abgestürzt ist.«

»Ob ich mich an Fremde auf der Hütte erinnere? Ja weißt, mindestens die Hälfte meiner Gäste kenne ich nicht, habe sie vorher noch nie gesehen.«

»Wieviele Gäste haben Sie denn so?«

»Ich habe zwanzig Betten im Matratzenlager. Und die sind manchmal voll, manchmal nicht. Unter Tags kommen bis zu 100 Gäste, um was zu trinken oder zu essen.«

»Und an diesem Tag, an dem Christiane Rüger abgestürzt ist?«

»Da kann ich mich ziemlich genau erinnern. Am Vortag war nämlich eine Polterei. Vom Andreas. Da waren an die zwanzig junge Burschen oben. Die haben's ganz schön rund gehen lassen.«

»Und die haben Sie alle gekannt.«

»Nein, da waren viele Freunde von Andreas, die ich noch nie gesehen hab.«

»Haben die alle auf der Hütte übernachtet?«

»Nein, von den Polterern gar niemand. Die sind um etwa zwei Uhr früh abgestiegen. Hatten alle Fackeln mit.«

»Aber andere Gäste hatten Sie auch. Neben Christiane Rüger, haben ja wohl auch noch andere bei Ihnen übernachtet.«

»Ja, das waren wahrscheinlich fünf oder sechs. Vielleicht auch zehn. Weiß nicht mehr.«

»Führen Sie Buch über die Übernachtungen?«

»Nur über die Anzahl. Die Namen erfrage ich nicht. Die meisten tragen sich eh ins Hüttenbuch ein.«

Arno erinnerte sich aus den Ermittlungsakten, dass sich die Rüger ins Hüttenbuch eingetragen hatte. Außer ihr waren noch sechs weitere Einträge vorhanden gewesen. Soweit es möglich gewesen war, hatten Sie die Namen überprüft – was aber nichts ergeben hatte.

»Agnes, wenn ich vermuten würde, dass jemand auf der Hütte gewesen ist, der Christiane Rüger gekannt hat. Was fällt Ihnen dazu ein?«

»Ja mei…«, zögerte sie, »ich hab nicht aufpasst, ich hab alle Hände mit den Polterern zu tun g'habt... Kann mich an nichts Besonderes erinnern… Aber…«

»Was *aber*?«

»Ich hab ein paar Fotos gemacht. Für's Hüttenbuch. Weil die Polterei doch was Besonderes war.«

»Haben Sie die Fotos noch?«

»Ja, was meinst? Natürlich hab ich die noch. Hab sie ausdrucken lassen. Aber ich bin noch nicht dazu gekommen, dass ich sie ins Hüttenbuch einpicke.«

»Und… wo sind die Fotos jetzt?«

»Na, in der Hütte.«

»Können wir da jetzt rauf?«

»Na, *wir* sicherlich nicht. Denn ich hab heute mein Enkerl zum Aufpassen. Der kommt in einer halben Stunde. Kann also nicht weg.«

»Kann ich allein rauf?«

»Weiß nicht, ob du kannst. Der Weg wird ein wenig matschig sein. Schnee ist nur oben. Und auch nicht allzu viel. Müsste schon gehen.«

»Finde ich den Weg?«

»Der Weg ist gut markiert, den findest du schon.«

»Wie lange brauche ich für den Aufstieg?«

Sie musterte ihn nochmals. »Schwer zu sagen. Wenn du gut drauf bist vielleicht eineinhalb Stunden. Vielleicht auch zweieinhalb.«

»Kann ich den Schlüssel haben?«

»Sicher.«

»Wo finde ich die Fotos?«

»Im großen Gastraum steht eine Anrichte. Darauf liegt das Hüttenbuch. Und in der Lade liegen die Fotos.«

**

Wenig Schnee! Ha! Die ersten eineinhalb Stunden war er gut vorangekommen, wenn seine Beine mittlerweile auch über und über voll Dreck waren. Aber jetzt hatte der Schnee begonnen. Vorerst wirklich wenig. Aber nun watete er schon fast knietief. Kam nur noch langsam voran. Hoffentlich begann es nicht zu regnen oder zu schneien. Besorgt sah er in den wolkenverhangenen Himmel. Vielleicht war das ganze ohnedies nur eine Schnapsidee. Was konnte er von den Fotos erwarten? Vielleicht war darauf irgendjemand zu erkennen. Aber, da Agnes ja die Polterer fotografiert hatte, war das eher unwahrscheinlich. Einen Versuch war es schließlich doch wert.

Der Weg war nicht zu verfehlen gewesen. Jede Menge Wegweiser, die zur Rotmann-Hütte führten. Erst hatte er vorgehabt, im Ort noch etwas zu essen. Dann hatte er aber nachgerechnet. Zwei Stunden hin, zwei zurück, dann würde es schon zu dämmern beginnen. Also hatte er sich mit knurrendem Magen auf den Weg gemacht. Der nächste Wegweiser verkündete, dass es bis zur Hütte noch eine Viertelstunde wäre. Er lag also gut in der Zeit.

Als er endlich die Hütte erreichte, war er ziemlich erschöpft. Er sah auf die Uhr. Zweieinviertel Stunden. Na, eh nicht so schlecht. Er schloss die Hütte auf. Drinnen war es dunkel. Ob's hier elektrisches Licht gab? Er fand aber keinen Schalter. Wahrscheinlich wurde hier mit Petroleumlampen geleuchtet. Er wollte sein Handy zücken, um die Taschenlampe einzuschalten. Er fluchte leise, als er sich erinnerte, dass er sein Handy ja vergessen hatte. Nur die offene Tür ließ etwas Licht hereindringen. Im Halbdunkel tastete er sich durch den Gastraum bis er ein Fenster fand. Er öffnete es und die Fensterläden. Fand die Anrichte, das Hüttenbuch und die Lade mit den Fotos. Es war ein ganzer Stapel. Er trug die Fotos hinaus und ließ sich auf eine feuchte Bank sinken.

Er blätterte die Fotos durch. Sie waren auf der Rückseite mit dem Datum beschriftet. Sieben Fotos fand er mit dem Datum 15. Oktober 2017. Darauf waren in erster Linie junge Männer zu sehen, die schon etwas zu tief ins Glas geschaut hatten. Bei zwei Fotos waren im Hintergrund Gesichter zu sehen, die offensichtlich nicht zu der Poltergesellschaft gehörten. Auf einem Foto war ein Gesicht, das er kannte.

‚Mein Gott!', dachte er, das gibt's doch nicht! Das ist doch die…! Oder?'

Die Frau hatte sich im Moment des Fotografierens abgewandt. So als wollte sie nicht auf dem Bild sein. Aber es war zu spät gewesen. Aber durch die Drehung des Kopfes, war das Gesicht verschwommen und verwischt. Ganz sicher war er sich nicht. Aber je länger er das Bild betrachtete, desto überzeugter war er, dass *sie* es war. War dies die Lösung? Hatte *sie* Christiane Rüger über den Felsrand gestoßen? War *sie* die Mörderin, die sie suchten? Aber *sie* hatte doch sowohl für den 16. Oktober ein Alibi, als auch für die Morde an Luisa Schmidt und Niklas Ortner. Aber ein Zufall konnte das nicht sein. Sie hatten jede Menge Verdächtige. Und einer davon war am Vorabend des Mordes auf der Hütte gewesen. So einen Zufall gab es nicht. *Sie* war die Täterin! Und damit war auch Johann Nesburg entlastet. Er hatte recht behalten.

Es war schon nach 15 Uhr. Er musste sich beeilen, um wenigstens noch einen Teil des Wegs bei Tageslicht zurücklegen zu können. Er steckte das Foto ein, schloss das Fenster, versperrte die Hütte und machte sich hastig auf den Rückweg.

Was war jetzt zu tun? Sollte er seine Kollegen informieren? Das war nicht sehr günstig. Wenn er sich als ihr Chef nicht an die Anordnungen hielt und illegal ermittelte, gab das ein verheerendes Bild. Also, was tun? Sollte er Anna Condère anrufen? Aber er würde sie damit in eine unmögliche Lage bringen. Sie *musste* eine Meldung machen, aber das *würde* sie sicherlich *nicht*. Nein, Anna zu informieren, war ebenfalls keine gute Idee. Und überhaupt – wenn er sich mit dem Foto irrte, dann würde er nur Chaos stiften. Er musste mit *ihr* reden! Mit *ihr*, der Mörderin. Ja, das war die Lösung. Er würde ihr das Foto zeigen und beobachten, wie sie reagiert. So konnte er Klarheit erlangen. Und dann konnte er noch immer entscheiden, wie er weiter vorgehen würde. Ja, das war es! Er würde mit ihr ein Gespräch führen.

**

Als er sein Auto erreichte, war es bereits dunkel. Er brachte den Hüttenschlüssel bei Agnes vorbei und machte sich auf den Heimweg. Er dachte immer wieder darüber nach, wie er das Gespräch mit *ihr* anlegen würde. Jedenfalls würde es kein guter Einstieg sein, wenn er unangemeldet kam. Er fluchte leise, als ihm wieder einfiel, dass er sein Handy vergessen hatte. Er hatte keine Ahnung, ob es heute noch Telefonzellen gab. Na, wahrscheinlich schon. Wenn, dann am ehesten bei einer Raststation. Er fuhr bei der Raststation Pankraz ab. Bestellte einen kleinen Espresso und fragte die junge Kellnerin nach einer Telefonzelle. Sie sah ihn an, als ob er ein Gespenst wäre.

»Eine Telefonzelle?« fragte sie ungläubig.

»Ja, eine Telefonzelle. Haben sie noch nie davon gehört?«

»Na, schon. Aber eine Telefonzelle gibt's hier nicht.«

»Wissen Sie, wo eine ist?«

»Nein, keine Ahnung.«

Er stieg wieder ins Auto und fuhr weiter Richtung Linz. Wie konnte er an ein Telefon kommen? Das war doch wirklich grotesk! Hatte man mal kein Handy mit, war man aufgeschmissen. Sollte er nach Hause fahren und sein Handy holen? Nein, Karin würde ihn mit Fragen löchern. Aber er könnte jemanden fragen, ob er ihm sein Handy borgte. Er könnte doch einfach beim nächsten Parkplatz Halt machen. Wo war der nächste Parkplatz? Ahh... ein Schild kündigte einen in 10 Kilometer an. In der Nähe von Ried im Traukreis fuhr er auf den Autobahnparkplatz. Keine anderen da, außer ihm. Enttäuscht stieg er wieder ein und fuhr weiter. Immer wieder kehrten seine Gedanken zu seinen Kollegen zurück. War es nicht doch besser, wenn er sie informierte? War es schlau, alleine zu einer Verdächtigen zu fahren ohne jemandem etwas davon zu sagen? Er war sich unschlüssig. Letztendlich kam er zu dem Schluss, dass er Anna informieren müsste. Er würde nichts über seine Ermittlungen sagen, nur dass er eine Verdächtige besuchen würde. Er würde nicht sagen, dass er sie für die Mörderin hielt, denn dann würden sie sofort zu ihr fahren und sie vernehmen. Er wollte sie aber unbedingt zuerst alleine sprechen.

**

Autobahnparkplatz Alhaming. Hier parkten eine ganze Menge Autos. Menschen vertraten sich die Beine. Arno ging auf einen jungen Mann zu. Er zog einen 10-Euro-Schein aus der Brieftasche und fragte, ob er ihm sein Handy leihen würde. »Na, klar«, meinte der junge Mann und steckte den 10-Euro-Schein ein.

Arno musste zuerst die Auskunft anrufen, um die Telefonnummer zu erfahren. Dann rief er an.

»Hallo?« fragte eine weibliche Stimme.

»Guten Abend. Hier ist Chefinspektor Arno Rack.«

»Ja…?«, fragte die Stimme vorsichtig.

»Ich hätte noch ein paar kurze Fragen an Sie. Kann ich Sie heute noch besuchen?«

»Ich… ich… ich bin nur die Nachbarin. Sie packt gerade.«

»Sie packt? Kann ich sie sprechen?«

»Sie ist im ersten Stock und hat es sehr eilig…«

»Sie hat es eilig? Fährt sie fort?«

»Ja, ihre Schwester… in Australien… die liegt im Sterben.«

Damit war alles klar. Sie wollte flüchten. Wer weiß, wo sie wirklich hinfliegen würde. Wer weiß, ob und wann sie sie jemals finden würden. Er schätzte den Weg ab, den er noch vor sich hatte. In einer Viertelstunde könnte er dort sein.

»Ach wie tragisch«, sagte er, »dann will ich sie jetzt nicht stören. Unsere Fragen haben Zeit, bis sie wieder zurückkommt. Am besten, Sie sagen ihr gar nichts von meinem Anruf, wir wollen sie ja nicht beunruhigen.«

»Gut.«

»Auf Wiedersehen.«

In fliegender Hast wählte er die Nummer von Anna Condère. Nach dem ersten Klingeln wurde er weggedrückt. Scheiße! Er wählte die Nummer nochmals. Wurde wieder weggedrückt. Offensichtlich hatte Anna zu tun. Und die Nummer des Anrufers war ihr unbekannt. Sie würde höchstens abnehmen, wenn er immer wieder anrief. Dazu hatte er aber jetzt keine Zeit.

Er gab das Handy dem jungen Mann zurück, der in der Nähe schon ungeduldig wartete. Er lief zu seinem Auto, sprang hinein. Gab Gas, dass die Reifen quietschten und fuhr auf die Autobahn. Ganz entgegen seiner sonstigen Gewohnheit, hielt er sich an kein Tempolimit. Mit 170 raste er Linz entgegen.

**

Als er in der Brunnenfeldstraße am westlichen Rand des Wasserwalds eintraf, fuhr er ganz langsam auf den kleinen Parkplatz vor das Häuschen mit Garagenanbau. Im Haus brannte Licht, sie war also noch da. Er musste sich zwingen, nicht zur Haustür zu rennen, sondern im Normaltempo darauf zuzugehen. Er wollte gerade die Klingel betätigen, als er sah, dass die Haustüre nur angelehnt war. Vorsichtig drückte er sie ein Stück auf. Blickte in den dunklen Flur. Am Ende stand eine Tür halb offen. Licht drang heraus. Das war das Wohnzimmer. Oder die Küche? Sie hielt sich wohl in diesem Zimmer auf. Er war unschlüssig, ob er eintreten sollte oder lieber klingeln.

»Kommen Sie nur rein, ich hab Sie schon erwartet.«

Die Stimme kam aus dem Zimmer mit der halboffenen Tür. Sie kam ihm merkwürdig vor. Irgendwie verzerrt.

Er entschloss sich, einzutreten.

»Kommen Sie nur weiter, ich bin hier im Wohnzimmer.«

Arno ging durch den dunklen Flur. Erreichte die Tür des erleuchteten Zimmers. Drückte sie auf. Es war niemand im Raum.

»Kommen Sie nur rein, ich hab Sie schon erwartet.«

Verständnislos blickte er auf den kleinen Kassettenrecorder, der auf dem Tisch stand. Wunderte sich, dass es derartige Geräte noch gab. Dann explodierte sein Kopf.

**

Der Schmerz war fast unerträglich. Sein Kopf schien zu zerplatzen. Was war nur mit seinem Kopf los? War er erkältet? War eine Grippe im Anzug? Oder hatte er gestern Abend zu viel getrunken? Hatte er getrunken? Er hörte jemanden stöhnen. Wollte sich im Bett auf die andere Seite drehen. Aber das ging irgendwie nicht. Wieder dieses Stöhnen. Wer war das? Dann merkte er, dass er selbst es war. Öffnete die Augen. Blickte in ein Gesicht. Es war unscharf. Er konnte nicht erkennen, wer das war. Es schien eine Frau zu sein. Mit einem schmalen Gesicht. Lange, hell-brünette Haare. Der Mund schien sich zu bewegen. Wie kam diese Frau in sein Schlafzimmer? Etwas Nasses klatschte ihm ins Gesicht. Eine Welle des Schmerzes raste durch seinen Kopf. Er schloss wieder die Augen.

»Herr Rack, wachen Sie auf.«

Er öffnete wieder die Augen. Die Stimme schien aus einiger Entfernung zu kommen. Oder kam sie aus dem Mund dieser Frau? Wer war diese Frau?

»Herr Rack, wachen Sie auf. Wachen Sie auf. Wachen Sie auf.«

Wieder klatsche etwas Nasses, Kaltes in sein Gesicht. Wieder fuhr ihm der Schmerz durch den Kopf.

»Wachen Sie auf. Wachen Sie auf.«

Das Bild der Frau wurde schärfer. Nahm Konturen an. Das war doch… Das war doch die Mibitsch? Oder? Wie kam die hierher?

»Sind Sie endlich wach, Herr Rack?«

Arno stöhnte. Mein Gott! Jetzt fiel es ihm wieder ein. Er hatte doch… er hatte doch mit der Mibitsch reden wollen. Da war ein Kassettenrekorder gewesen. So ein altmodisches Ding.

»Wachen Sie auf, Herr Rack.«

Er hatte das Gefühl, dass er auf dem Rücken lag. Auf einem kalten Boden. Was war passiert? Er wollte sich aufrichten. Aber das ging nicht. Seine Arme gehorchten ihm nicht. Er wollte die Beine bewegen. Auch die gehorchten ihm nicht.

»Herr Rack, es tut mir sehr leid, aber ich musste sie fesseln. Sie müssen mir jetzt genau zuhören. Verstehen Sie mich?«

Arno versuchte zu nicken. Gleich wieder dieser Schmerz im Kopf.

»Warten Sie, ich bringe Ihnen eine Kopfschmerztablette.«

Die Frau verschwand aus seinem Blickfeld. Er hörte eine Tür fallen. Er war allein. Erkannte, dass seine Arme auf dem Rücken gefesselt waren. Auch seine Beine waren mit dickem Klebeband umwickelt. Er blickte sich um. Er schien in einem Keller zu liegen. Weiß getünchte Wände. Der Raum war relativ niedrig. Vielleicht 1,90 oder 2 Meter hoch. Unter der Decke ein winziges Fenster. Vergittert. An der Wand stand eine kleine Kommode, darauf ein Fernseher. Ein Stehtisch. Eine alte, abgesessene Couch.

Die Tür öffnete sich. Mibitsch kam herein. In der Hand ein Glas Wasser. Sie hielt ihm zwei Pillen vor die Augen.

»Nehmen Sie die, dann werden die Kopfschmerzen gleich leichter.«

Sie steckte ihm die Pillen zwischen die Lippen, hob seinen Kopf leicht an und flößte ihm das Wasser ein.

»Herr Rack, wie gesagt, es tut mir sehr leid, dass ich sie fesseln musste. Aber das haben Sie selbst verschuldet. Ich habe Sie nicht gebeten, mich aufzusuchen. Verstehen Sie, was ich sage?«

»Ja«, krächzte Arno.

»Sie müssen mir jetzt genau zuhören. Es ist sehr wichtig. Für mich. Aber letztendlich auch für Sie. Ich muss Ihnen ein paar Fragen stellen. Sie müssen Sie mir beantworten. Im Gegenzug können Sie im Anschluss auch an mich Fragen stellen. Und ich werde sie ehrlich beantworten, wenn auch Sie mir ehrlich antworten.«

Arno nickte matt.

»Vorher möchte ich noch sagen, dass Sie keine Angst haben müssen. Ich verspreche, dass Ihnen nichts geschehen wird… Ihnen wird nichts geschehen. Ist Ihnen das klar?«

Arno nickte.

»Wer weiß davon, dass Sie mich besuchen?«

Arno überlegte fieberhaft. Wenn die Mibitsch erfuhr, dass kein Mensch wusste, dass er sie besuchen wollte, dann war sein Leben keinen Pfifferling mehr wert. Er musste ihr also vorspielen, dass seine Kollegen informiert waren.

»Ich… ähhh… ich…«

»Halt«, sagte Mia Mibitsch, »bevor sie etwas sagen. Ich erwarte von Ihnen die Wahrheit. Ich erwarte absolute Ehrlichkeit. Aber selbst wenn Sie mich belügen, werde ich Ihnen auch nichts antun. Sie haben zwei Töchter, Katja und Leni, die an der Uni im Auhof studieren und eine Frau. Ihre Frau Karin arbeitet in der Werbeagentur *Mastell und Partner* in der Waldeggstraße 47. Ich nehme an, dass Ihnen diese Menschen am Herzen liegen. Und wir beide treffen jetzt folgende Vereinbarung: Sie können mich drei Mal belügen. Bei jeder Lüge stirbt einer der Menschen, die sie lieben. Nach drei Lügen haben sie niemanden mehr. Niemanden. Ist Ihnen das klar?«

Arno nickte. Die Mibitsch war brandgefährlich. Ganz offensichtlich hatte sie all diese Morde begangen. Und sie würde keine Hemmungen haben, Karin und seine Töchter ebenfalls zu ermorden. Die Fähigkeiten dazu hatte Sie. Und sie hatte alles recherchiert. Kannte sogar die Arbeitsstelle von Karin. Er beschloss, diese Risiken nicht einzugehen. Er beschloss die Wahrheit zu sagen.

»Niemand weiß, dass ich zu Ihnen gefahren bin«, sagte Arno.

»Warum nicht?«

»Weil ich gar nicht im Dienst bin. Ich bin beurlaubt.«

»Warum?«

»Weil ich bezweifelt habe, dass Johann Nesburg der Mörder ist.«

»Bezweifelt?«

»Nicht nur bezweifelt… Ich habe mich geweigert, an der Pressekonferenz teilzunehmen. Ich habe, gedroht, meine Zweifel publik zu machen…«

»Woher haben Sie das Foto?«

»Foto?«

»Ich habe es in Ihrer Sakkotasche gefunden. Woher haben Sie es? Ich habe gedacht, dass ich auf keinem der Fotos erkennbar bin. Da habe ich wohl einen Fehler gemacht. Woher haben Sie das Foto?«

»Die Hüttenwirtin hat es gemacht. Ich habe erst heute davon erfahren und es in der Rotmann-Hütte entdeckt.«

»Aha, Sie haben nach dem Foto gesucht? Sehr schlau. Aber, wenn Sie doch beurlaubt sind…?«

»Ich habe heimlich weiterermittelt.«

»Aha. Das Foto hat also sonst niemand gesehen?«

»Nein.«

»Sehr gut. Ich fasse also zusammen. Niemand weiß, dass Sie zu mir fahren wollten. Niemand kennt das Foto. Niemand weiß, dass Sie heimlich ermittelt haben. Niemand weiß, wo sie heute waren. Niemand weiß, dass Sie den Fall mehr oder weniger gelöst haben. Niemand hat mich in Verdacht. Ist das richtig?«

»Das ist richtig«, antwortete Arno hoffnungslos.

»Wo ist Ihr Handy, Herr Rack? Sie hatten es nicht bei sich und in Ihrem Auto war es auch nicht.«

»Ich habe es zu Hause vergessen.«

»Okay…, wenn das stimmt, ist es ja ganz praktisch. Enthebt mich einer Sorge. Sie waren in Spital am Pyhrn. Mit wem haben Sie dort gesprochen?«

»Mit dem Arzt, dem Bergretter und mit Agnes, der Hüttenwirtin. Ich weiß nicht, wie sie mit Familiennamen heißt.«

»Und Sie haben denen Ihren Namen genannt?«

»Ja.«

»Die könnten also aussagen, dass Sie heute bei Ihnen waren?

»Ja.«

»Gut. Erstens ist es unwahrscheinlich, dass sie befragt werden. Und zweitens wissen die ja nichts von Ihrer Entdeckung. Oder?«

»Nein, sie wissen nichts.«

»Herr Rack, ich werde jetzt Ihre Angaben überprüfen. Wenn ich Sie bei einer Lüge ertappe, stirbt eine Ihrer Töchter. Möchten Sie noch etwas berichtigen? Oder hinzufügen?«

»Nein.«

»Gut, dann lassen wir's für heute gut sein. Es ist schon spät. Wir können morgen weitersprechen.«

Sie sah ihn freundlich an. Das jagtc Arno einen Schauer über den Rücken. Diese Frau war verrückt. Mia Mibitsch zog ihn hoch und schubste ihn Richtung Couch, auf die er schwer fiel.

»Ach ja, übrigens... Dieser Raum ist komplett schallisoliert. Wenn Sie also glauben, sich durch Rufen und Schreien bemerkbar machen zu können... Verausgaben Sie sich nicht. Es ist zwecklos. Sie werden nur heiser. Sonst nichts...«

Sie nickte ihm freundlich zu. »Gute Nacht«, wünschte sie und hauchte ihm eine Kusshand zu. Sie löschte das Licht und verließ den Raum. Arno hörte, wie ein Schlüssel im Schloss gedreht wurde und offensichtlich ein Balken oder Riegel vorgeschoben wurde.

Dienstag, 20. Dezember

»Anna, Sie müssen mir helfen. Ich weiß nicht, was ich tun soll.«

Anna Condère war verwundert. Die Frau ihres Chefs rief sie um halb acht Uhr morgens an? Was war da los?

»Karin? Was ist passiert?«

»Arno… Arno ist nicht nach Hause gekommen. Er war die ganze Nacht weg. Und er ist auch heute früh noch nicht zurück.«

»Karin, Sie wissen, dass Arno beurlaubt ist?«

»Ja, das hat er mir erzählt.«

»Kann er da nicht ein paar Tage weggefahren sein? Um Abstand zu gewinnen? Ich glaube, die Beurlaubung ist ihm sehr nahe gegangen.«

»Ja, das mag schon sein. Aber Arno fährt nie weg, ohne mir etwas zu sagen. Vor allem nicht, wenn es sich gleich um einen ganzen Tag und eine ganze Nacht handelt.«

»Bleiben Sie ganz ruhig, Karin. Wir werden sein Handy orten und dann wissen wir im Handumdrehen, wo er ist«.

»Er hebt nicht ab. Ich habe ihn schon hundert Mal angerufen.«

Anna wusste genau, dass sie Karin ein wenig zu viel versprochen hatte. Eine Handy-Ortung bedurfte einer Genehmigung. Und Sie war sich eher sicher, dass sie diese nicht ohne Weiteres bekommen würde. Wo konnte Arno stecken? Hatte er sich eine Auszeit genommen? Das war nach seiner Beurlaubung nicht unwahrscheinlich. Aber dass er seiner Frau nicht Bescheid gesagt hatte? Merkwürdig. War ihm etwas passiert? Aber was? Hatte er einen Unfall gehabt? Sie rief Ute Ruhs an, dass sie einen Rundruf bei den Krankenhäusern machen sollte. Dann rief sie Arnos Handy an. Es meldete sich nur die Mailbox. Ihr nächster Anruf war beim Staatsanwalt Franz Osen. Wie befürchtet, weigerte sich der, die Ortung zu genehmigen. Mit der Begründung, dass es sich noch um keinen Notfall handle, wenn jemand mal ein paar Stunden später nach Hause kommen würde.

Anna war gestern den ganzen Tag damit beschäftigt gewesen, die Unterlagen für die Pressekonferenz zusammenzustellen.

Nach Arnos Verweigerung der Teilnahme, war sie bestimmt worden, als Auskunftsperson teilzunehmen. Und natürlich die Unterlagen für den Polizeipräsidenten vorzubereiten. Sie beschloss, ihn anzurufen, schließlich war er Arnos unmittelbarer Chef – und sie wusste, dass er Arno und seine Arbeit schätzte.

Die Sekretärin meldete sich und erklärte, dass der Polizeipräsident beschäftigt sei.

»Ja, ich weiß«, sagte Anna, »er studiert meine Unterlagen für die Pressekonferenz um 10 Uhr. Deshalb möchte ich ihn sprechen.«

Die Sekretärin stellte sie durch.

»Herr Dr. Baad, hier ist Anna Condère. Ich wollte Sie fragen, ob alles klar ist oder ob Sie noch irgendwas brauchen.«

»Nein Frau Condère, ich bin mit dem Studium Ihrer Unterlagen fast durch. Gute Arbeit. Für mich ist alles klar.«

»Herr Dr. Baad…«, Anna zögerte.

»Ja? Ist noch was?«

»Ja… Arno Rack ist verschwunden.«

»Was? Was heißt verschwunden?«

»Er ist seit 36 Stunden abgängig,« trug sie absichtlich etwas dick auf, »niemand weiß, wo er sich aufhält. Wir bräuchten eine Handy-Ortung…«

»Ja, und?«

»Der Staatsanwalt erteilt keine Genehmigung.«

Der Polizeipräsident schwieg einige Zeit.

»Ich kümmere mich darum. Wir sehen uns um halb zehn.«

20 Minuten später traf das Fax der Staatsanwaltschaft mit der Ortungsgenehmigung ein. Sie gab das Fax an Kai Pirinner weiter. Er sollte sich darum kümmern. Dann fragte sie bei Ute Ruhs nach, ob der Rundruf bei den Krankenhäusern was ergeben hatte. Nein, Ute war schon fast durch. Negativ.

Nun musste sie schön langsam ihre Unterlagen zusammensuchen und sich auf den Weg in die Pressekonferenz machen.

**

Naturgemäß hatte Arno schlecht geschlafen. Nicht nur die gefesselten Arme und Beine hatten ihm zu schaffen gemacht, er hatte die ganze Situation und seine eigene Lage immer wieder durchdacht. Was konnte er tun? Gar nichts. Die einzige Möglichkeit, die er hatte, war mit Mia Mibitsch zu sprechen und sie zur Aufgabe zu bewegen. Aber die Erfolgsaussichten schienen nicht gut. Zu rationell, zu kalt war das Verhalten der Mibitsch. Sie hatte keine Fehler gemacht. Mit Ausnahme des Fotos auf der Rotmann-Hütte. Andererseits hatte sie versprochen, ihn zu verschonen. Aber wie sollte das gehen? Wenn sie ihn am Leben ließ, dann hieß doch das automatisch, dass sie sich aufgab. Dass sie sich stellte. Und es musste sein Ziel sein, dies zu beschleunigen. Eine weitere Möglichkeit war natürlich, dass sie ihre Flucht plante. Nach reiflicher Überlegung schien ihm das ziemlich wahrscheinlich. Ihm war längst klargeworden, dass er gestern nicht mit der Nachbarin telefoniert hatte, sondern mit der Mibitsch selbst. Sie hatte ihm mit der Geschichte, dass ihre Abreise nach Australien bevorstand, zu höchster Eile angetrieben und dadurch erreicht, dass er unvorsichtig wurde. Er hatte nichts anderes mehr im Sinn gehabt, als rechtzeitig hier einzutreffen. Und in der Eile hatte er auch darauf verzichtet, Anna zu informieren. Das rächte sich jetzt bitter.

Eine andere Möglichkeit war – und an diese wollte er gar nicht denken – dass sie einfach log. Dass sie nicht im Geringsten die Absicht hatte, ihn am Leben zu lassen. Nur… dann war das alles hier gar nicht notwendig. Warum sollte sie sich die Mühe machen, ihn gefangen zu halten, wenn sie ihn am Ende sowieso tötete? Das ergab auch keinen Sinn.

Diese Gedanken waren ihm wieder und wieder durch den Kopf gegangen. Die ganze Nacht. Er war zwischendurch immer nur kurz eingenickt. Deshalb fühlte er sich jetzt am Morgen wie gerädert. Sein Kopf schmerzte.

Dann hörte er, dass ein Riegel vor der Tür weggeschoben wurde, gleich drauf einen Schlüssel, der sich im Schloss drehte. Die schwere Tür wurde geöffnet. Mia Mibitsch trat ein. Völlig unbekümmert. Sie verschwendete wohl keinen Gedanken daran, dass er sich nachts hätte befreien können und sie jetzt überwältigen könnte. Sie bückte sich und hob ein Tablett auf, das sie am Boden abgestellt hatte. Ein Frühstückstablett. Sie kam herein und schubste die Tür zu.

»Guten Morgen!«, rief sie fröhlich, »haben Sie gut geschlafen?«

Sie stellte das Tablett auf dem Stehtisch ab. Kaffee. Schinken. Zwei Semmeln. Butter. Und ein gekochtes Ei. Die Frau war definitiv verrückt! Mühsam setzte Arno sich auf der Couch auf.

»Wir müssen jetzt einige Vorbereitungen treffen«, sagte sie und ging nochmals nach draußen. Sie kam zurück mit einer Katze auf dem Arm und einer Spule in der Hand.

»Das ist die Katze der Nachbarin«, erklärte sie, »sie heißt Minki. Kommt manchmal zu mir rübergelaufen. Ich geb‘ ihr dann meistens ein Schälchen Milch. Aber… Sie sehen ja, dass sie nicht mehr die jüngste ist. Sie ist ihrem Lebensende schon sehr nahe. *Sehr* nahe!«

Sie hatte die Katze auf dem Boden abgesetzt und begann jetzt die Spule abzuwickeln. Es handelte sich offensichtlich um ein hauchdünnes Stahlseil, das an einem Ende eine Schlaufe hatte. Etwa wie ein Lasso.

»Herr Rack, Sie bekommen jetzt eine kleine Vorführung, damit sie alles richtig verstehen.«

Sie legte der Katze die Schlinge um den Hals. Fädelte das andere Ende durch einen Haken an der Decke, der über dem Stehtisch angebracht war.

»Ich bin ja so froh, dass ich meinen Keller schon frühzeitig auf etwas Derartiges vorbereitet habe. Bin ich nicht weitsichtig? Passen Sie jetzt gut auf!«

Sie wickelte das lose Ende des Stahlseils auf die Spule. Langsam zog sie das Stahlseil straff. Und riss dann mit einem plötzlichen Ruck an. Arno sah, wie die Katze kurz hochgeschleudert wurde. Und ohne Kopf wieder zu Boden fiel. Das Stahlseil hatte den Kopf glatt abgetrennt. Die Frau war verrückt! Vollkommen verrückt!

»So«, sagte sie vergnügt, »ich werde die Katze dann später mitnehmen. Jetzt wird erst mal gefrühstückt. Es soll Ihnen ja an nichts fehlen. Jetzt aber auf mit Ihnen, Sie müssen sich genau unter den Haken an der Decke stellen.«

Sie half Arno auf die Beine und schob ihn langsam unter den Haken. Er konnte sich mit seinen gefesselten Beinen nur zentimeterweise mit tippelnden Bewegungen fortbewegen. Als er unter dem Haken stand, legte sie ihm die blutige Schlinge um den Hals, zog sie fest. Er spürte das Seil auf seiner Haut. Sie zog das Seil immer straffer. Bis er fast das Gefühl hatte, er müsste sich auf die Zehen stellen, um den Druck auf seinen Hals zu vermindern. Sie befestigte jetzt das Seil an einen weiteren Haken in der Wand.

»So, fertig«, sagte Mibitsch, »ich werde Ihnen jetzt die Fesseln lösen. Aber fallen Sie mir ja nicht um. Und machen Sie keine unnötige Bewegung. Denn dann ist ihr Kopf ab. Das haben Sie ja gesehen.«

Er stand völlig still. Fühlte, wie die Klebebänder an seinen Armen und wenig später seinen Beinen, durchschnitten wurden. Die Mibitsch tanzte ausgelassen um ihn herum.

»Perfekt! Das passt! Genauso habe ich es mir vorgestellt.«

Arno begriff, dass er zwar nun die Hände und Beine frei hatte, sich aber keine fünf Zentimeter bewegen konnte, ohne dass ihm der Kopf abgeschnitten wurde.

Arno stand vor dem Stehtisch mit dem Frühstückstablett. Den Kopf konnte er nur wenige Zentimeter bewegen, ohne dass ihm das Stahlseil schmerzhaft in den Hals schnitt.

»So. ich lasse Sie jetzt wieder allein. Frühstücken Sie nur ordentlich. Dass Sie mir nur ja nicht vom Fleisch fallen.«

Damit verließ sie sein Verließ.

Arno hatte keinen Appetit. Obwohl er seit 24 Stunden nichts gegessen hatte. Er überdachte seine Lage. Nachdem die Durchblutung in seinen Armen und Beinen wieder funktionierte, versuchte er mit den Fingern das Seil um seinen Hals zu lockern. Keine Chance, es saß zu stramm. Selbst wenn er es lockern konnte, keinesfalls konnte er es über den Kopf ziehen. Er konnte den Kopf gerade so weit wenden, dass er sah, wie das Seil durch den Haken an der Decke lief und dann quer herunter an einem Haken in der Wand befestigt war. Er überlegte, wie reißfest das Stahlseil wohl war. Es war außerordentlich dünn und konnte daher nicht allzu widerstandsfähig sein. Ob es reißen würde, wenn er sich fallen ließ? Ob es seine 80 kg abreißen würden? Er glaubte eher nicht daran. Und das Risiko wollte er – noch – nicht eingehen. Denn wenn es nicht riss, würde es ihm den Kopf glatt abschneiden. Mit diesem Experiment mit wahrscheinlich tödlichem Ausgang würde er noch warten. Warten, bis zu einem Zeitpunkt, zu dem er die absolute Gewissheit hatte, dass er sterben würde. Er kam zu dem Schluss, dass er derzeit keine Chance hatte, sich zu befreien. Die Mibitsch war eine Perfektionistin. Kein Wunder, dass sie sie nicht als Mörderin identifizieren hatten können.

Eine halbe Stunde später kehrte Mia Mibitsch zurück.

»Sie haben ja gar nichts gegessen! Sie Schlimmer! Ich werde Ihnen das Frühstück aber hierlassen, vielleicht bekommen Sie ja später Hunger. Und ich schalte Ihnen den Fernseher ein. Vielleicht haben sie ja Lust, die neuesten Nachrichten zu verfolgen.«

Sie verstaute den Katzenkadaver in einem Plastiksackerl und war wieder weg.

**

Die Pressekonferenz war gut gelaufen. Der Polizeipräsident hatte mit ruhigen und sicheren Worten vorgetragen, dass die Gewaltverbrechen von der Abteilung Leib und Leben des LKA aufgeklärt wurden und Johann Nesburg des siebenfachen Mordes angeklagt wird. Die Anfrage dazu, warum nur des *sieben*fachen Mordes, wenn es doch neun Tote gegeben hätte, beantwortete Dr. Baad routiniert, dass die Ermittlungen zu zwei Fällen noch nicht abgeschlossen waren. Zwei weitere Journalistenanfragen hatte sie selbst mit Bravour beantwortet. Eigentlich hätte sie ein gutes Gefühl haben müssen, aber da waren zwei beunruhigende Dinge. Einerseits, dass Arno so strikt darauf beharrt hatte, dass Nesburg nicht der Täter war und andererseits die Tatsache, dass Arno verschwunden war.

Als Anna Condère zurückkam, schaute sie gleich bei Ute Ruhs vorbei. Nein, kein Arno Rack war in ein Krankenhaus eingeliefert worden. Als sie gerade ihr Büro betreten hatte, wurde die Tür gleich wieder geöffnet. Kai teilte ihr mit, dass eben die Ortung von Arnos Handy erfolgreich gewesen war. Es befand sich an Arnos Adresse! Also Gott sei Dank, Arno war zurückgekehrt. Die ganze Aufregung umsonst. Sofort rief sie Arnos Nummer an. Aber es meldete sich wieder nur die Mailbox. Anna wählte die Nummer von Karin Rack.

»Rack«, meldete sich eine zittrige Stimme.

»Anna, hier. Na, alles wieder gut?« fragte Anna.

»Was – gut?«, fragte Karin zurück.

»Ähhh… wo sind Sie?«

»Zu Hause. Ich konnte einfach nicht arbeiten gehen.«

»Aber Arno ist doch…«

»Was ist mit Arno?

»Er ist doch wieder zu Hause?«

»Nein. Wie kommen Sie darauf?«

»Wir haben Arnos Handy bei euch zu Hause geortet. Er muss doch wieder zurück sein.«

»Nein, er ist nicht zurück.«

»Karin, ich komme sofort zu Ihnen.«

»Ich weiß nicht mehr, was ich tun soll«, empfing sie Karin, »ich habe alle unsere Freunde angerufen. Niemand hat ihn gesehen, niemand weiß, wo er ist.«

»Ja, aber das Handy wurde in eurer Wohnung, beziehungsweise im Umkreis eurer Wohnung geortet.«

»Was heißt das dann?«

»Ich rufe jetzt nochmals Arnos Handy an. Karin, sie horchen, ob sie es irgendwo läuten hören. Wenn es stummgeschaltet ist, hört man nur den Vibrationston. Aber man kann ihn hören.«

Drei Anrufe waren nötig, bis sich herausgestellt hatte, dass Arnos stummgeschaltetes Handy in der Wohnzimmersitzgruppe zwischen die Polster gerutscht war. Betroffen sahen sich Anna und Karin an.

»Wissen Sie, wann Arno gestern die Wohnung verlassen hat?«

»Nein, wir haben uns nach dem Frühstück verabschiedet und als ich abends um sechs nach Hause kam, war er nicht da.«

»Das heißt, er kann die Wohnung um acht oder neun Uhr oder erst abends verlassen haben?«

»Ja.«
»Wo ist eigentlich sein Auto?«
»Weg. Jedenfalls steht es nicht auf dem Mietparkplatz.«
»Kann ich mich mal in Arnos Arbeitszimmer umsehen?«
»Ja, bitte. Gleich das erste links.«
Anna betrat das Zimmer. Eine ganze Wand war mit Regalen bedeckt. Lauter Bücher. Sie hatte gar nicht gewusst, dass Arno so viel las. Ansonsten gab es nur einen Schreibtisch mit einem Sessel, einen halbhohen Schrank, auf dem ein kleiner Fernseher stand und ein anscheinend bequemer Fernsehsessel. Am Schreibtisch lagen einige Papiere herum. Anna sah sie sich genauer an. Ein paar Rechnungen. Ein Anbot für die Neutapezierung einer Eckbank. Und ein A4-großer Zettel, dicht beschrieben. Arnos Handschrift. Anna las.

Helmut, früher Redy wegen seiner roten Haare, von denen aber nicht mehr viele übrig sind, ist im Vorstand einer Handelskette,

Wolfgang, war schon immer ein gescheiter Kerl, hat mittlerweile einen hohen Job in einem Stahlkonzern,

Pepi, früher leidenschaftlicher Pokerspieler, hat es bei einer Regionalbank in die zweite Ebene geschafft,

Dieter, Kommerzialrat, Geschäftsführer in der Verpackungs-industrie,

Toni, früher Sportskanone, hat als Lehrer begonnen, bis ihm das Schicksal ganz tragisch mitgespielt hat,

Fredl, der ewig Blaue, der immer ein wenig Ausgeflippte, der ‚Andere', ist – fast unvorstellbar – Lehrer geworden,

Erwin, schon in der Schule der Seriöse, hat daher auch den seriösen Beruf des Steuerberaters ergriffen,

Josef, er war aus dem Mühlviertl gekommen, Beamtenlaufbahn, sportlich,

Christian, früher enger Freund von JosefS, Vorstandmitglied bei einem Energieunternehmen,

Rudi, früher Eierkopf, spielt bei einem führenden IT-Provider eine wichtige Rolle,

Karl, hatte immer die Treffen organisiert, hat sich einen Namen in der Fremdenverkehrs-Branche gemacht,

Rudi, Sprachen-Genie, lebt seine Begabung auch in seinem Beruf aus,

Peter, der Eisenbahnfan, der heute noch stundenlang über Züge reden kann,

Felix, der Senior, hatte schon in frühester Jugend geheiratet, war Schuldirektor geworden,

Erich, war schon immer ein Filou gewesen, lebt seinen Spieltrieb als Croupier aus,

Josef, das Urgestein aus Hallstatt, hat eine schöne Karriere gemacht,

Fritz, war immer der ‚Sir', stellt in der Diakonie seinen Mann,

Karl, stammt aus einer Fleischerfamilie, trat dort aber keine Nachfolge an, Werbefirma, Politiker,

Helmut, der nie zu einer wirtschaftlichen Ausbildung gepasst hatte und daher auch Schauspieler geworden war

Michael, der eine Bankkarriere eingeschlagen hatte.

Ihr Freunde, erhebt eure Becher
und schlürft das erfrischende Nass.
Seid jeder mir heute ein Zecher,
rückt wacker zu Leibe dem Fass.
Lasst fröhliche Waisen erklingen
und unseren Bund uns erneu'n!
Heut wollen wir lachen und singen
und uns des Lebens erfreu'n.

Merkwürdig. Was das wohl war? Ob es in irgendeinem Zusammenhang mit seinem Verschwinden stand? Eine Liste von Verdächtigen? Nein, die Namen und die Beschreibungen sagten ihr gar nichts. Sie ging wieder zurück zu Karin.

»Karin, wissen Sie, was das hier ist?«

Karin las sich die Notizen durch. »Ach, das sind wohl seine ehemaligen Klassenkameraden. Am Abend, bevor er verschwand, war er noch beim Klassentreffen. Hat sich wohl einige Notizen gemacht.«

»Kann das Klassentreffen in irgendeinem Zusammenhang mit seinem Verschwinden stehen?«

»Nein, das glaub ich nicht.«

»Gut, ich fahre jetzt zurück ins Büro. Wir werden eine Vermisstenanzeige machen. Alle Polizeidienststellen und Streifenwagen werden verständigt. Wir werden ihn schon finden. Machen Sie sich mal keine Sorgen.«

**

Im Fernsehen lief ORF 2. Arno hatte aus der ZIB um 13 Uhr erfahren, dass Leo bei der Pressekonferenz verkündet hatte, dass Nesburg des siebenfachen Mordes überführt und angeklagt war. Seine schlimmsten Befürchtungen hatten sich bewahrheitet. Die Ermittlungen waren so gut wie abgeschlossen und das bedeutete auch, dass niemand nach ihm suchen würde, jedenfalls nicht bei Mia Mibitsch. Aber… aber wo war sein Auto? Er war doch mit dem Auto gekommen. Vielleicht würde man sein Auto vor Mibitschs Haus finden?

**

Anna hatte zuerst mit der Fahndungsabteilung gesprochen. Sie würden sofort alle notwendigen Maßnahmen einleiten. Dann hatte sie das gesamte Team zusammengetrommelt.

»Ihr wisst es vielleicht schon. Arno wird vermisst«, begann Anna. »Er hat gestern zwischen acht und achtzehn Uhr seine Wohnung verlassen, ist mit dem Auto weggefahren und ist seither nicht mehr aufgetaucht. Er hat auch niemanden über seinen Aufenthaltsort oder seine Vorhaben informiert. Er wurde in kein Krankenhaus in Linz eingeliefert. Sein Handy hat er zu Hause gelassen – oder vergessen. Die Vermisstenfahndung wurde eben eingeleitet.«

»Kann sein Verschwinden nicht eine ganz logische Erklärung haben?«, fragte Kai Pirinner, »er war wegen seiner Beurlaubung sicherlich deprimiert. Vielleicht vergönnt er sich ein paar Tage Ruhe?«

»Ja, möglich«, meldete sich Johann Tampf, »aber ähnlichschaun tut ihm das nicht. Er würde seine Familie sicher nicht im Unklaren lassen. Er muss doch wissen, dass sie sich um ihn sorgen.«

»Gut«, sagte Anna, »dann listen wir mal auf, welche Möglichkeiten uns dazu einfallen. Aber bitte ohne Kritik. Reines Brain-Storming. Ute schreibt mit. Okay? «

»Er wurde entführt. Von zu Hause oder unterwegs.«

»Er hatte einen Unfall.«

»Er hat sich was angetan.«

»Er hat das Gedächtnis verloren.«

»Er ist in den Süden geflogen und will eine paar Wochen nichts mehr wissen von der Welt.«

»Er hat ein Verhältnis und ist mit einer Frau zusammen.«

»Er liegt in einem Krankenhaus außerhalb von Linz.«

»Er hatte eine Autopanne und irrt ohne Handy herum.«

»Er ist abgehauen, um es allen zu zeigen, dass ohne ihn nichts geht.«

»Er hat sich sinnlos betrunken und schläft irgendwo seinen Rausch aus.«

»Er macht einen Verwandtenbesuch.«

»Er ermittelt privat weiter.«

»Er ermittelt privat weiter und meldet sich nicht, damit er uns nicht in Schwierigkeiten bringt.«

Dann waren alle verstummt. Keine neuen Ideen mehr.

»Wenn er privat weiter ermittelt…«, sagte Anna nachdenklich, »dann kann da nicht wirklich was Gutes dabei herausrauskommen. Er hat mich am Sonntag besucht… Er war… desorientiert… völlig durch den Wind. Seine Beurlaubung hat ihn… wie soll ich sagen… hat ihn total aus der Bahn geworfen. Wenn er privat weiter ermittelt… dann könnte er… Fehler machen. Schwere Fehler. Bei seinem Zustand…«

Es herrschte betroffenes Schweigen.

»Gut«, sagte Anna schließlich, »wir konzentrieren uns auf die wahrscheinlichsten Möglichkeiten, beziehungsweise auf jene, die uns Ansatzpunkte liefern. Sanie, die Spurensicherung soll sich in seinem Haus umsehen. Ute, bitte ruf alle Krankenhäuser in Oberösterreich an. Die Flugverbindungen von Hörsching weg gehören überprüft. Johann übernimmst du das bitte? Kai, und Toni, ihr macht euch bitte Gedanken, in welche Richtung ihr ermitteln würdet, wenn ihr Arno wärt. Ich spreche nochmals mit Karin Rack, wen sie angerufen hat und ob's da noch welche gibt, bei denen sie nachfragen könnte – auch Verwandte. Bei der Gelegenheit spreche ich auch mit den Töchtern, ob denen irgendwas aufgefallen ist.«

In diesem Moment wurde an der Tür geklopft. Ein Uniformierter trat cin und meldete, dass Arno Racks Auto gefunden wurde. Am Aubrunnerweg 55.

»Das ist in Urfahr, Nähe der Uni«, sagte Toni.

»OK, vielleicht ist er von dort mit einem Öffi weitergefahren. Überprüf bitte, wohin man da fahren kann und schick auch die Spurensicherung zum Auto. Und natürlich, ob im Umkreis irgendwelche verdächtige oder aktenkundige Personen wohnen.«

**

Arno stand am Stehtisch. Schließlich hatte er sich doch über das Frühstück hergemacht und es heißhungrig verschlungen. Schön langsam wurde er jetzt müde. Sein Kopf schmerzte weiter. Das musste ein ordentlicher Schlag gewesen sein. Er blickte aus dem winzigen, verschmutzten Fenster. Er sah, dass es nicht nur innen vergittert war, sondern auch außen. Er konnte einen kleinen Ausschnitt des Wasserwaldes sehen. Sah undeutlich in der Ferne einen Mann mit einem Hund spazieren. Das hätte er sich auch nie träumen lassen. Dass er direkt auf seinem bevorzugten Sportpark einmal gefangen gehalten wurde. Er schätzte, dass er an dem Haus, in dem er sich befand, ein paar Hundert Mal vorbeigelaufen war. Und über die Wiese vor dem Haus, auf die er nun blickte. Würde er jemals wieder da draußen laufen? Konnte er diese Gefangenschaft, in den Händen einer Wahnsinnigen, überleben? Gerade weil Mibitsch wahnsinnig war, war sein Überleben sehr ungewiss. Erstmals in seinem Leben hatte er Todesangst. Würde er Karin, Katja und Leni noch einmal wiedersehen? Er wünschte sich so sehr an die Seite von Karin, mit ihr kuscheln, mit ihr schmusen. Er wünschte sich an die Seite seiner Töchter, noch einmal mit ihnen sprechen, sie noch einmal an sich drücken. Was würde aus ihnen werden? Karin war eine starke Frau, sie stellte nicht nur in ihrem Beruf, sondern in ihrem ganzen Leben ihren *Mann*. Sie konnte sich helfen, sie würde auch ohne ihn im Leben zurechtkommen. Katja und Leni? Auch sie waren auf dem Weg in die Selbständigkeit. Auch sie würden ihren Weg ohne ihn machen.

Die Tür wurde entriegelt. Aufgesperrt. Mia Mibitsch erschien wieder.

»Herr Rack, werden sie eh nicht müde? Nicht, dass sie mir umfallen und auf einmal ohne Kopf vor mir liegen.«

Arno antwortete nicht.

»Möchten Sie lieber liegen?«

Arno antwortete wieder nicht.

»Oder sitzen?«

Arno gab keine Antwort.

»Aha, Sie sprechen nicht mehr mit mir? Wissen Sie, Sie haben mich gestern mit ihrem *Überfall* ganz schön vor Probleme gestellt. Ihr Auto direkt vor meinem Haus! Wie sieht denn das aus? So, als könnte man Sie hier finden? Naja, ich musste gleich los, nachdem ich Sie niedergeschlagen und gefesselt hatte. Musste das Auto wegbringen. Ich dachte mir, Urfahr sei weit genug von hier weg. Und außerdem hat man von dort mit der *Bim* eine gute Anschlussmöglichkeit zur Rückfahrt.«

Damit war für Arno auch der kleine Hoffnungsschimmer, dass sein Auto vor Mibitschs Haus entdeckt wurde, erloschen.

»Meine Nachbarn können aber ihr Auto trotzdem gesehen haben. Wenn die Polizei sie befragt, kann mich das in Schwierigkeiten bringen. Ich werde wohl sagen müssen, dass Sie mich tatsächlich besucht haben. Kurz. Und dass Sie dann wieder weggefahren seien. Ich werde ihnen erzählen, dass Sie mir erzählt haben, dass Sie beurlaubt sind… Warten wir mal ab, was geschieht. Aber sagen Sie Herr Rack, das mit dem Kassettenrekorder war schon eine gute Idee. Oder? Sie waren so überrascht, dass Sie gar nicht auf die Idee kamen, ich würde hinter der Tür auf sie lauern.«

»Ich muss auf die Toilette«, sagte Arno.

»Ja, das hab ich einkalkuliert. Dabei müssen Sie aber sehr vorsichtig sein. Dass sie nicht den Kopf verlieren. Ich werde Ihnen genau sagen, was sie zu tun haben. Denken Sie stets daran, dass ich das Ende der Leine in meinen Händen halte. Und ein einziger Ruck genügt…«

Arno fühlte, wie seine Beine gefesselt wurden. Dann sah er zu, wie sie das Stahlseil vom Wandhaken löste, durch den Deckenhaken führte und das Seilende um eine Spule wickelte, die sie in die rechte Hand nahm.

»Drehen Sie sich um, und schauen Sie mich nicht mehr an!«

Arno drehte sich um und wurde von Mibitsch dirigiert. Seine Beine hatten kaum Bewegungsspielraum. Er konnte sich nur trippelnd forbewegen, konnte nur Fünf-Zentimeter-Schritte machen. Er wurde durch die Tür hinaus auf einen Kellerflur geführt und zu einer kleinen Tür, hinter der offensichtlich die Toilette war. Das Stahlseil war immer straff gespannt und schnitt schmerzhaft in seinen Hals. Kurz überlegte er, ob er einen Versuch wagen könnte, die Mibitsch zu überwältigen. Aber sie ging mindestens zwei Meter hinter ihm. Sie lag außerhalb seiner Reichweite. Noch dazu mit seinen gefesselten Beinen! Als hätte sie seine Gedanken erraten, fühlte er einen leichten Ruck am Stahlseil. Er keuchte auf, als ihm der dünne Draht schmerzhaft in die Haut schnitt. Nein, das konnte er vergessen. Derzeit keine Chance, die Mibitsch zu überwältigen. Er musste abwarten. Zeit gewinnen.

»Öffnen Sie die Tür!« befahl Mibitsch.

Dahinter war die Toilette.

»Na los schon«, sagte Mibitsch, »seien sie nur ja nicht g'schamig. Ich kann Sie natürlich nicht allein lassen, das sehen Sie doch wohl ein?«

Arno verrichtete sein Geschäft und wurde anschließend wieder in sein Verließ geführt. Mibitsch fädelte das Stahlseil wieder durch den Decken- und dann Wandhaken. Bald stand er wieder neben dem Stehtisch, wieder unfähig sich zu bewegen.

»Wollen Sie wissen, wie ich das mit der Rüger-Tochter gemacht habe? Ich bin sicher, Sie wollen es wissen. Es war eigentlich ganz einfach. Ich habe sie einige Zeit beobachtet und festgestellt, dass sie ein Stammcafé hat. Das besuchte sie fast täglich. Als es einmal sehr voll war, betrat ich das Café, sah mich um und setzte mich zu ihr an den Tisch. Sie studierte eine Wanderkarte. Ich gab mich als Wanderbegeisterte aus und kam mir ihr ins Gespräch. Es folgte noch das eine oder andere *zufällige* Treffen im Café und wir freundeten uns an. Ich nannte ihr natürlich einen falschen Namen. Man kann ja nicht wissen, mit wem die Leute reden und was sie alles erzählen. Dann kam die Zeit, dass wir einen gemeinsamen Ausflug in die Berge vereinbarten. Wir gingen über die Rotmann-Hütte auf den großen Sonnkogel. Leider hat sich dabei nie eine Gelegenheit zur Bestrafung ergeben. Also übernachteten wir auf der Rotmann-Hütte. Leider machte die blöde Wirtin Fotos. Ich hatte mich immer abgewendet, um nirgends drauf zu sein. Offensichtlich hab ich das einmal nicht geschafft. Naja, nobody is perfect. Nächsten Morgen stiegen wir über eine wenig begangene Route ab. Christiane kannte den Weg und warnte mich, dass er steil und nicht ungefährlich wäre. Da wusste ich, dass meine Chance kommen würde. Als sie mir erklärte, dass es jetzt wirklich gefährlich würde, borgte ich mir ihr Handy aus und setzte einen Notruf ab. Ein paar Minuten später stürzte sie dann leider über eine Felskante.«

»Warum haben Sie den Notruf abgesetzt? Das war doch gar nicht nötig. Die Rüger wäre eben erst später gefunden worden. Umso günstiger für Sie.«

»Grundsätzlich haben Sie recht. Aber ich hatte mir ein Alibi gesichert. Und ich wollte keine Chance vertun, beweisen zu können, dass *ich* es *nicht* gewesen war.«

»Sie haben ein Alibi von Ihrer Nachbarin erhalten, soweit ich mich erinnere.«

»Ja, sie ist schon ziemlich alt und am Rande der Debilität. Es ist das Haus gleich da drüben, ich besuche sie regelmäßig. Ich hatte damals am Vortag ihre Wohnzimmeruhr um eine Stunde zurückgestellt. Nachdem ich also die Rüger über die Felskante gestoßen hatte, musste ich mich schon einigermaßen beeilen, nach Hause zu kommen. Ich brauchte nicht mal zwei Stunden inclusive Abstieg bis ich hier im Haus zurück war. Jedenfalls lief ich nach meiner Ankunft sofort zur Nachbarin hinüber. Dort habe ich dann – vollkommen unabsichtlich – die Uhr fast von der Kommode gestoßen. Aber eben nur fast. Aber das hat bei der Nachbarin so einen großen Eindruck hinterlassen, dass sie – sozusagen unvergesslich – wusste, dass ich um 10.15 Uhr morgens bei ihr war, obwohl es in Wirklichkeit natürlich schon 11.15 war. Also konnte ich unmöglich als Täterin in Frage kommen, da der Notruf doch um 09.10 abgesetzt worden war. Genial! Nicht wahr?«

»Kriminell, nicht genial«, sagte Arno.

»Nein, ich bin nicht kriminell«, schrie die Mibitsch plötzlich los, »haben Sie verstanden, ICH BIN NICHT KRIMINELL!«

Ihre Stimme überschlug sich. Ihr Gesicht war wutverzerrt.

»Sie wissen überhaupt nichts!«, schrie sie ihm ins Gesicht, »überhaupt nichts! Ich bin nicht kriminell! Ich bin die Macht! Und ich bestrafe!«

Die Augen waren ihr aus den Höhlen getreten. Ihr Gesicht war Arnos jetzt ganz nah. Speichel tropfte aus ihren Mundwinkeln. Sprühte ihm ins Gesicht.

»Ich bestrafe! Die Schuldigen! Hören Sie? Die Schuldigen!«

Das war kein Schreien mehr. Das war ein einziges Gekreische.

»Alle, die Schuld an dem Busunfall sind! Verstehen Sie? Alleee! Alleeeeeeee! Alle, die nicht zur Verantwortung gezogen wurden«, kreischte sie weiter, »alle die ihre Schuld nicht bekennen! Alle die ihre Schuld nicht einsehen! ALLEEE! Verstehen Sie?! ALLEEEEEEE!«

Sie atmete schwer. Rang um Luft. Ihr Gesicht war rotblau angelaufen. Sie spuckte ihm ins Gesicht. Dann wandte sie sich ganz plötzlich um und verließ den Raum.

Arno war geschockt. Die war ja noch verrückter, als er bisher angenommen hatte. Einerseits heischte sie ganz offensichtlich um Anerkennung. Um Bewunderung. Andererseits bildete sie sich ein, nur zu bestrafen. Also nichts Unrechtes zu tun. Und ihre Stimmung konnte innerhalb einer Sekunde völlig kippen. Arno war sich klar darüber, dass ein derartiger Stimmungsknick für ihn auch gefährlich werden konnte.

Wenige Minuten später öffnete sich die Tür. Mibitsch trat wieder ein. Ihre Miene war wieder beherrscht. Sie hatte einen friedlichen, ja fast fröhlichen Ausdruck im Gesicht. Verrückt!

»Herr Rack, ich glaube, dass Sie mir ermüden. Ich werde Sie jetzt auf das Bett zurückbefördern. Bitte drehen Sie die Hände auf den Rücken.«

Arno tat, wie ihm geheißen. Er fühlte, wie seine Arme wieder mit dem dicken Klebeband umwickelt wurden. Dann seine Beine. Jetzt löste Mibitsch das Stahlseil vom Wandhaken und dann auch die Schlinge um seinen Hals. Sie buxierte ihn zum Sofa und half ihm, sich zu setzen.

**

»Bitte denken Sie nach, ob Ihnen in der letzten Zeit irgendetwas Merkwürdiges, etwas Sonderbares aufgefallen ist.«

Anna hatte gebeten, dass sie mit Karin und ihren Töchtern gemeinsam sprechen könnte. Nun saß sie den dreien gegenüber. Alle dachten angestrengt nach. Nein, sie wüssten nicht, was. Alles war wie immer gewesen. Mit der Ausnahme eben, dass Arno beurlaubt worden war. Anna erklärte, dass die Spurensicherung gleich eintreffen würde und dass sie das nicht beunruhigen sollte, es wäre reine Routine. Sie trug allen dreien noch auf, eine Liste von Personen zu erstellen, bei denen sich Arno aufhalten könnte – auch wenn es unwahrscheinlich war. Anschließend sollte Karin überprüfen, ob sie schon alle angerufen hatte.

Als Anna in ihrem Büro zurück war, trafen die ersten Ergebnisse ein. Sie waren aber keineswegs ermutigend. Auch in den oberösterreichischen Krankenhäusern gab es keinen Arno Rack, auch keine unidentifizierten Personen. Auf den Passagierlisten der wenigen Flüge, die von Linz weggingen, schien Arno auch nicht auf. Arnos Auto stand unweit der Endstation der Straßenbahn. Von dort konnte man nahezu jedes Verkehrsmittel und damit fast jeden Punkt in Linz erreichen. Also auch eine Sackgasse.

Sanie Detr betrat ihr Büro. Sie schien was auf dem Herzen zu haben.

»Was gibt's Sanie?«, fragte Anna.

»Erstens wollte ich vorschlagen, dass wir uns den Computer von Arno vorknöpfen. E-Mails und so. Vielleicht finden wir etwas. Hier im Dienst und zu Hause.«

»Findest du nicht, dass das schon ein sehr drastischer Eingriff in die Privatsphäre ist?«

»Naja, wenn er vermisst wird… Da sollten wir keine Möglichkeiten auslassen…«

»Grundsätzlich hast du recht. Aber ich finde, das ist noch zu bald. Sein Verschwinden kann auch ganz banale Gründe haben.«

»Okay…«. Sie zögerte.

»Ist noch was?«

»Ja… da ist noch die offene Frage nach den zwei Morden. Du weißt schon. An Paul Allinger und Emma…«

»Ja, ich weiß. Die Ermittlungen sind aber eingestellt.«

»Aber Dr. Baad hat doch gesagt, dass noch ermittelt wird…«

»Scheiße, ja ich weiß. Ich weiß auch nicht, was wir jetzt tun sollen. Wenn nur Arno hier wäre, der wüsste, wie wir jetzt vorgehen sollen.«

»Übrig bleibt, dass Nesburg für diese beiden Morde ein Alibi hat.«

»Ja, eines stammt von seiner Frau! Die lügt wahrscheinlich.«

»Warum sollte sie lügen? Ihr Mann ist des siebenfachen Mordes überführt. Warum sollte sie da bei den zwei übrigen Morden lügen? Und das zweite Alibi ist mehrfach bestätigt worden.«

»Ja, ja, ja. Jetzt müssen wir erst mal Arno finden.«

**

Mia Mibitsch hatte sich einen Sessel geholt und sich Arno gegenüber gesetzt.

»Die Gartenanlage zu betreten war ganz einfach«, begann Mia Mibitsch. Sie hatte übergangslos und ohne Einleitung oder Erklärung zu sprechen begonnen.

»Kein Mensch hat mich gefragt, was ich hier mache. Natürlich hatte ich mein Aussehen etwas verändert – sicher ist sicher. Ich habe sogar mit dem Obmann gesprochen, als er in der Vereinshütte war. So bin ich auch zu dem Schlüssel für den

Brunnenschacht gekommen und konnte mir einen Nachschlüssel anfertigen lassen. Das mit der Lesberger war dann ganz einfach. Eine etwas einfältige Frau. Sie hat auf mich als Garteninteressentin gewartet. Na und schwups, besser gesagt *und schubs* – sie kicherte – war sie schwimmen gegangen.«

Sie machte eine Pause und sah Arno merkwürdig forschend in die Augen.

»Da habe ich dann auch eine erste Spur zu Nesburg gelegt. Ich habe den Obmann von diesem Gartenverein angerufen und gesagt, dass mein Mann und ich Interesse an einem Garten hätten. Und hab die Handynummer von Nesburg hinterlassen. Da war dann Nesburg bei euch ziemlich *unten durch*, als ihr das herausgefunden habt.«

»Waaas? Wieso wissen Sie das?«

»Was?«

»Dass wir das herausgefunden haben…?«

»Ich weiß alles. Können Sie sich vorstellen, wie viele Stunden, Tage, ja Monate, ich auf Planung und Durchführung aufgewendet habe?«

»Aber diese Interna…?«

»Kennen Sie eigentlich Ihr Team gut, Herr Rack? Kennen Sie jeden Einzelnen? Vertrauen Sie jedem Einzelnen? Vertrauen Sie jedem Einzelnen *absolut*?«

Arnos Gedanken rasten. War es möglich, dass diese Frau, einen Kontakt zu seinem Team hatte? Hatte er in seinem Team einen Verräter? Eine Verräterin? Das war nicht möglich! Das war gänzlich unmöglich!

»Ihr seid ja eigentlich ganz gute Ermittler«, sagte Mibitsch anerkennend, »aber Sie müssen auch zugeben Herr Rack, dass meine Planung auch *nicht ohne* ist.«

»*Nicht ohne*? Frau Mibitsch, sie sind eine mehrfache Mörderin. Sie bezeichnen Ihre mörderischen Unternehmen als *nicht ohne*?«

»Sie wollen mich wieder provozieren? Ja? Naja, Sie scheinen schon ein wenig neidisch zu sein. Auf meine Weitsicht. Auf mein Organisationstalent. Auf meine Ideen. Auf meine Perfektion. Aber hören sie erst einmal, wie ich das mit Luisa Schmidt gemacht habe. Hier hatte ich nämlich Hausvorteil. Ich habe sie erwischt – nicht einmal fünfhundert Meter von hier entfernt. Hatte sie schon ein paar Mal beobachtet. Sie lief immer um die gleiche Zeit. Ihr Hund und sie selbst waren eine leichte Beute. Und das Alibi! So einfach! Ich hatte das trauernde Ehepaar zu mir zur Vorbereitung auf die Trauerrede eingeladen. Hier zu mir! In dieses Haus! Und dann habe ich gesagt, dass ich sie jetzt alleine lassen würde. Damit sie sich sammeln könnten. Und damit sie mir für die Trauerrede ein paar wichtige Eckpunkte aus dem Leben des Verstorbenen aufschreiben könnten. Sie haben gar nicht bemerkt, dass ich das Haus verlassen hatte. Schließlich war ich ja auch in zwölf Minuten wieder zurück. Das Risiko war nur, dass mich einer der vielen Spaziergänger sehen würde. Aber so ein Kapuzenpulli wirkt ja Wunder. Und bei der Schmidt habe ich auch meine zweite Spur zu Nesburg gelegt. Ich vermute mal, dass die für ihn *tödlich* war. Wissen Sie Herr Rack, genau wie Sie, ist der Nesburg auch öfter im Wasserwald gewesen. Allerdings ist er nicht gejoggt, wie Sie, sondern *ge-nordic-walkt*. Sagt man so? Also, und da ist er mal total verkühlt gewesen. Hat dauernd in seine Taschentücher geschneuzt und gerotzt. Und eines dieser Taschentüchlein habe ich mir geschnappt. Und so entstand die DNA-Spur bei Luisa Schmidt. Übrigens auch die bei den Meischls. Was sagen Sie jetzt? Jetzt *müssen* Sie mich bewundern!«

»Frau Mibitsch, sie sind krank. Sie brauchen dringend Hilfe.« Arno hatte sich entschlossen, den ersten Anlauf zu machen, Mibitsch zur Aufgabe zu bewegen. »Wir können Ihnen helfen«, fuhr er fort, »wir können Ihnen die besten Ärzte besorgen…«

»Reden Sie nicht so blöd daher! Sie beleidigen meine Intelligenz!«, unterbrach sie ihn. Wütend stand sie auf, packte ihren Sessel und verließ den Raum.

**

Die Spurensicherung hatte weder in Arnos Wohnung, noch in seinem Auto irgendwas gefunden. Fingerabdrücke von seiner Familie, von einigen aus der eigenen Abteilung und wahrscheinlich einigen Freunden. Nichts Auffälliges. Toni und Kai waren zu dem Ergebnis gekommen, dass sie sich um die

Morde an Allinger und Emma kümmern würden, wenn sie privat ermittelten – und vor allem um die Tatsache, dass Nesburg für die beiden Fälle ein Alibi hatte.

»Okay«, sage Anna, »Toni und ich sprechen nochmals mit Ida Nesburg und überprüfen nochmals das Alibi zum Mord an Emma. Johann und Ute, ihr nehmt euch nochmals die Akten Allinger und Till vor. Geht alles nochmals durch. Schaut, ob ihr irgendetwas findet, das wir bisher übersehen haben.«

»Sollen wir nicht auch nochmals mit jenen sprechen, die ursprünglich im weiteren Kreis der Verdächtigen waren?«, fragte Sanie.

»Das heißt, dass wir weiter ermitteln. Das dürfen wir eigentlich nicht«, wandte Anna ein.

»Aber wir ermitteln ja nicht in den alten Fällen, sondern im neuen Fall des vermissten Arno Rack – oder?«, entgegnete Sanie.

»Ja, so könnten wir unsere Untersuchungen rechtfertigen«, sagte Kai.

»Nein, das ist mir zu gefährlich«, sagte Anna.

»Gefährlich! Haaa! Gefährlich! Was heißt hier gefährlich? Es geht um Arno. Wir müssen was tun!«, sagte Toni voller Wut, »wenn dir leichter ist, dann sprich es doch mit dem Polizeidirektor ab. Aber eine Empfehlung ist das nicht! Denn, wenn er ablehnt, können wir nichts mehr tun. Aber wenn er es nicht weiß…«

»Ich überleg's mir«, antwortete Anna defensiv.

**

»Warum ist Nesburg nur für sieben Morde angeklagt? Und nicht für neun?«, fragte Mia Mibitsch laut und unwirsch.

Arno saß auf der Couch. Die Mibitsch war hereingestürmt.

»Das kann ich Ihnen nicht sagen.«

»Warum nicht?«

»Das ist Amtsgeheimnis. Ich würde mich strafbar machen, mit Ihnen darüber zu reden.«

»Und darüber machen Sie sich in Ihrer Situation noch Gedanken? Dass Sie sich strafbar machen?«

Arno schwieg.

»Es tut mir leid Herr Rack, aber ich muss es wissen.«

»Keine Chance«, sagte Arno.

»Nun, dann muss ich sie dazu zwingen. An wem hängen Sie mehr? An Katja oder an Leni?«

Arno fühlte, wie ihm der Schweiß ausbrach.

»Wen wollen Sie opfern, Herr Rack? Katja? Leni? Sie haben die Wahl.«

»Weil Nesburg zu zwei Morden ein Alibi hat«, zischte Arno.

»Aha? Zu welchen?«

»Allinger und Till.«

»Und hat die Klara Pfähl zu diesen ein Alibi?«

»Die Klara Pfähl?«

»Ja, Sie haben mich schon verstanden.«

»Weiß ich nicht mehr.«

»Katja oder Leni? Leni oder Katja?«

Arno dachte nach. »Nein, hat sie nicht«, sagte er dann.

»Perfekt!«, freute sich Mibitsch, da werde ich dann noch was unternehmen müssen…«

Sie stand auf und verließ mit ihrem Sessel den Raum.

**

»Ute, Kai, Toni und Sanie, ihr sprecht morgen nochmals mit Anna Lehn, Klara Pfähl und Mia Mibitsch und Leo Bersdorf. Aber immer zu zweit, ja? Keine Ausnahme. Ich glaube zwar nicht daran, dass wir was grundlegend Neues finden, aber man kann ja nie wissen. Provoziert sie ein wenig – aber vorsichtig. Und schaut, ob ihr irgendwelche Spuren von Arno findet.«

»Und wenn uns jemand nach dem Grund für diese neuerlichen Gespräche fragt?«

»Dann sagt, dass ihr darüber aus ermittlungstechnischen Gründen nicht sprechen dürft.«

»Hast du mit dem Polizeidirektor gesprochen?«

»Nein. Ihr macht das auf meine Verantwortung.«

»Gibt's irgendeine Neuigkeit? Irgendeine Spur von Arno?«

»Nein.«

Mittwoch, 21. Dezember

Wie am Vortag hatte Arno ein reichliches Frühstück bekommen. Nun stand er wieder mit der Schlinge um den Hals am Stehtisch. Durch das kleine Fenster hinaus auf den Wasserwald, sah er, dass es leicht schneite. Aber der Schnee blieb nicht liegen. Es flankerlte nur.

Er musste sich was ausdenken. Er brauchte einen Plan. Einen Plan, der dazu führte, dass die Mibitsch aufgab und er am Leben blieb. Die Mibitsch wollte ganz eindeutig bewundert werden. Das war gestern klar herausgekommen. Und sie wollte nicht kriminell sein. Sie fühlte sich als Rächerin, die Schuldige bestrafte. Vor allem beschäftigte ihn, was das Ziel der Mibitsch war. Wie sollte die ganze Sache aus ihrer Sicht enden? Endete sie damit, dass alle Schuldigen bestraft waren und sie ihre Aufgabe erledigt hatte? Und dass sie künftig ein freies Leben führen konnte? Sie hätte dann in ihrem Leben nur ein mörderisches Vierteljahr hinter sich und konnte wie bisher weiterleben? Das konnte sie doch nicht wirklich allen Ernstes glauben? Und das würde voraussetzen, dass Nesburg für den Mörder gehalten wurde. Dass er verurteilt wurde und sozusagen in der Versenkung verschwand. Das bedingte aber auch gleichzeitig, dass er – Arno – nicht am Leben bleiben durfte. Aber wenn sie auch ihn umbrachte, dann war immer noch ein Täter auf freiem Fuß. Die Ermittlungen würden wieder aufgenommen werden. Also… das war dann wohl nicht das Ende, das sich die Mibitsch vorstellte. Da war es schon wahrscheinlicher, dass sie flüchten wollte. Aber wohin konnte man heutzutage in einer globalen Welt flüchten, ohne jemals gefunden zu werden? Das bedeutete ein Leben voller Angst vor Entdeckung. Ein Leben auf der Flucht. Und das könnte sie ja schon jetzt haben. Warum hielt sie ihn hier gefangen, statt die Flucht zu ergreifen? Schon längst hätte sie über alle Berge sein können. Nein, das war es wohl auch nicht. Blieb nur mehr die Möglichkeit, dass sie nach Vollzug ihrer Rache, aufgeben wollte. Dass sie sich dann stellen wollte. Aber ihre Rache war doch schon vollzogen. Es bliebt nichts mehr zu tun. Wenn sie sich stellen wollte, dann hätte sie das schon getan. Es sei denn, ihre

Rache war noch nicht zu Ende. Dann würde das Morden weitergehen.

Er musste mehr herausfinden, musste etwas über ihre Pläne erfahren. Und das konnte er wohl am besten, indem er ihr Vertrauen gewann, weil er ihrer Eitelkeit schmeichelte. Er würde ihr bestätigen, dass sie ein Genie war. Gut, das war noch kein richtiger Plan, aber immerhin etwas, woran er arbeiten konnte.

Aber, was Arno am meisten beschäftigte, war Mibitsch's Frage an ihn, ob er wirklich alle in seinem Team genau kannte, ob er jedem einzelnen vertraute. Sie wusste immer wieder Interna, die sie nur aus dem engsten Polizeikreis haben konnte. Hatte sie einen Helfer bei der Polizei? War dieser am Ende sogar in seinem Team? Diese Fragen hatten ihn sogar in seine Träume verfolgt. Das war undenkbar! Viel wahrscheinlicher war, dass ihn diese Frau nur verunsichern wollte.

»Herr Rack, möchten Sie auch noch über die anderen Bestrafungen Bescheid wissen?«

»Die werden sie genauso perfekt durchgeführt haben, wie die drei ersten«, antwortete Arno.

»Ja, sie sagen es. Als ich am späten Abend ins Haus der Meischls gekommen bin, habe ich gedacht, dass die Kinder schon schlafen würden. Leider waren sie noch auf und haben mich gesehen. Der Meischl hat sie eh gleich zu Bett geschickt. Ich habe mich als Kollegin von der Helena Meischl ausgegeben und gesagt, dass ich was sehr Ernstes mit ihm – dem Vincent Meischl – besprechen müsste. Tja, und so war es dann ganz leicht, die nächste Bestrafung vorzunehmen. Leider – ich muss wirklich sagen *leider* – mussten auch die Kinder miteinbezogen werden. Das war eine meiner Fehlplanungen.«

»Woher hatten Sie den Revolver?«

»Das, lieber Herr Rack, ist eine lange Geschichte. Aber nur ganz kurz: mein Mann war ein Schusswaffennarr. Er hat Schusswaffen gesammelt, aber da er keinen Waffenschein hatte, musste er sich alle illegal besorgen. Vielleicht zeige ich Ihnen mal die Sammlung, es sind noch ganz viele Waffen da. Also, das ist ja nun wirklich nicht interessant. Viel interessanter ist, dass ich Nesburgs Taschentuch hier nochmals verwendet habe. Es gab somit eine zweite DNA-Spur, die für Nesburg nicht gerade hilfreich war, wie ich annehme. Oder?«

»Naja, das mit der falsch gelegten DNA-Spur ist schon eine geniale Sache. Nesburg war damit so gut wie überführt.«

»Sehen Sie, schön langsam begreifen Sie, wie gut ich vorausplane. Aber mein Meisterstück war die Bestrafung der Katz. Wollen Sie wissen wie ich das gemacht habe? Sicher, das wollen Sie. Nun, die Sache hat langer Vorarbeit bedurft. Zuerst habe ich bei ihrer Mutter angerufen, mich als Lehrerin ausgegeben und Celines E-Mail-Adresse erfragt. Dann habe ich ihr ein Werbe-E-Mail mit dem Teenie-Chatforum geschickt. Dann musste ich nur noch warten, bis sie dort auftauchte. Mit *katz99* war alles klar gewesen. Ich hatte vorgegeben, *knight7* zu sein und sie schließlich dazu gebracht, zum Kino zu kommen. Die kleine Celine glaubte, bei unserem gemeinsamen *Date* ihren Ritter zu treffen – stattdessen traf sie mich. Dort habe ich im Auto auf sie gewartet und sie betäubt. Na, was sagen Sie?«

»Ja, sehr schlau. Aber warum haben Sie sie verschont?«

»Das war eine kleine… wie soll ich sagen?... Schwäche. Ich wollte die Bestrafungen eigentlich ohne Kinder durchführen. Bei den Meischls musste ich leider gegen meine Prinzipien verstoßen. Und darum habe ich mir gesagt, dass ich das Kind – und die Celine ist ja wirklich noch ein Kind – verschone. Ja, ja, ja, ich weiß, Sie werden jetzt sagen, dass das keine gute Planung war, dass es hier einen Knick in den perfekten Abläufen gibt. Aber ich habe es nun einmal so beschlossen, man muss auch auf unerwartete Widernisse vorbereitet sein und ad hoc agieren. Und im Grunde ist mir trotzdem wieder alles gelungen. Die Bestrafung wurde alleine durch das mehrtägige Verschwinden der Tochter vollzogen.«

»Ja, das ist richtig. Diese kleine Planabweichung hat nicht dazu geführt, dass Ihnen die Polizei näherkommt.«

Sie sah ihn misstrauisch an. Hatte er zu dick aufgetragen? Hatte er zu durchsichtig versucht, ihr zu schmeicheln? Die Mibitsch war hochintelligent. Er musste vorsichtig sein. Aber das Misstrauen verschwand wieder.

»Nun mal ganz was anderes. Wissen Sie, was ein Babyphone ist, Herr Rack?«

»Natürlich.«

»Und dann wissen Sie auch, dass ein Babyphon nur in einer Richtung funktioniert. Das heißt, auf einer Station kann man hören und auf der anderen kann man sprechen. Umgekehrt geht das nicht. Nicht wahr? Ich habe hier unten den Anschluss für ein Babyphone. Und das wird Ihnen einen besonderen Genuss verschaffen. Ihre Kollegen haben sich nämlich angesagt. Sie werden mich heute Nachmittag besuchen. Ein Kontrollinspektor Quasser und eine Abteilungsinspektorin Detr. Die sind aus Ihrem Team, oder?«

»Ja.«

»Ich weiß nur, dass sie ein paar *abschließende Fragen* klären wollen. Ich bin schon gespannt, worum es da geht. Und Sie wohl auch. Ich werde Ihnen gestatten, über das Babyphone mitzuhören. Das wird doch sicher spannend – oder? Freuen Sie sich darauf? Sie können dann ja aus sozusagen sicherer Entfernung beurteilen, wie gut die beiden sind. Es ist nur schade, dass die beiden im Haus sein werden und sie gar nichts tun können, um sich bemerkbar zu machen. Schade, was? Aber jetzt habe ich zu tun, ich muss Sie alleine lassen, wenn Sie gestatten.«

Arno stand weiter am Stehtisch, die Stahlschlinge um den Hals.

**

Die große schlanke Frau im mittleren Alter trat auf die junge Studentin zu.

»Entschuldigen Sie mich bitte«, sagte sie mit starkem französischem Akzent, »konnte Sie sein bitte so nett, zu machen ein Foto von mir?«

Sie hielt ihr ihr Handy hin.

»Sie mussen wissen, mein Sohn hatte studiert hier. Ich mochte ihm mitbringen die Foto als Erinnerung.«

»Aber gerne«, antwortete die Studentin.

»Bitte machen Sie so, dass man sieht Park und Gebäude der Universität in Hintergrund.«

Die Studentin machte das Foto und wollte das Handy zurückgeben.

»Bitte Sie machen mehrere«, sagte die große Frau.

Als die Studentin noch einige Bilder gemacht hatte, sagte die Frau, »das waren sehr nett von Ihnen. Darf ich haben noch ein… wie sagt man… Selfi… von uns beiden?

»Ja bitte, wenn Sie das möchten«, sagte die Studentin etwas verwundert.

**

Anna Condère dachte über das Gespräch nach, dass sie gemeinsam mit Toni mit Ida Nesburg geführt hatten. Sie hatte wieder beteuert, dass ihr Mann Johann in der erwähnten Nacht nicht weggewesen war. Und sie war sehr glaubhaft gewesen – das war übrigens auch Tonis Meinung. Nein, er konnte auch nicht ohne ihr Wissen weggewesen sein, denn sie habe einen sehr seichten Schlaf. Sie wäre ganz sicher aufgewacht, wenn sich Johann aus dem Bett geschlichen hätte. Sie waren auch nochmals im *Schlosserl* gewesen. Das Personal hatte nochmals bestätigt, dass er den ganzen Abend hier gewesen war – höchstens mal kurz auf der Toilette. Da das Lokal nur über vier Tische verfügte, war es so übersichtlich, dass diese nochmalige Aussage auch wirklich glaubhaft war.

Die Alibis waren bestätigt. Wasserdicht! Wer hatte dann die beiden Morde begangen? Verdammt noch mal, sie mussten irgendetwas übersehen haben.

Am Nachmittag setzte sie sich mit Johann und Ute zusammen.

»Na, ist euch beim Aktenstudium noch was aufgefallen?«

»Naja…«, druckste Ute herum.

»Was ist?«, fragte Anna.

»Naja… etwas Neues haben wir nicht entdeckt, aber wir haben noch einmal über unsere Theorie nachgedacht…«

»Welche Theorie?«

»Du erinnerst dich… Es war nicht wirklich eine Theorie. Bonnie & Clyde… Pfähl & Nesburg.«

Anna runzelte die Stirn.

»Arno hat damals gesagt ‚unwahrscheinlich, aber wir behalten das weiter im Auge'. Wir haben aber nicht mehr darüber nachgedacht. Aber wenn sie es beide waren, dann ergeben die

Alibis einen Sinn. Zu zwei Tatzeitpunkten hat Nesburg ein Alibi und die Pfähl keines. Zu zwei hat die Pfähl ein Alibi und Nesburg keines. Und sie sind ja ein Paar.«

»Trauen wir das der Pfähl zu?«, frage Anna.

»Aber nach unseren ersten Gesprächen, haben wir es ja auch dem Nesburg nicht zugetraut – oder? Erinnert ihr euch nicht mehr?«, konterte Ute, »die Pfähl könnte jedenfalls den Mord an Paul Allinger verübt haben. Sie war schließlich im Dienst im Hohipera-Krankenhaus. Und wenn sie fähig ist, Allinger zu ermorden, dann wäre sie auch fähig gewesen, Emma umzubringen. Und vielleicht war sie es auch, die Celine Katz entführt hat. Arno hat nach seinem Gespräch im Krankenhaus mit Celine Katz am Samstag noch ein Kurzprotokoll hinterlassen. Ich zitiere… *‚naja, wenn Sie mich so fragen, es könnte auch eine Frau gewesen sein*‘.«

»Das ist… das sind gar keine so abwegigen Gedanken. Sollten wir aus diesem Gesichtspunkt nochmals mit der Pfähl sprechen?«

»Ich habe für Toni und Kai heute Nachmittag einen Termin bei ihr vereinbart.«

»Okay, ruf sie an und sag ihnen, dass der Termin hinfällig ist. Lasst die Pfähl hereinbringen, wir verhören sie nochmals.«

Ute und Johann waren schon aufgestanden, als Anna noch bemerkte »ich glaube aber nicht, dass uns das bei unserem Hauptproblem, nämlich dem Verschwinden von Arno weiterbringt.« Sie klang ziemlich deprimiert.

**

Arno war bereits müde. Immer noch stand er mit der Schlinge um den Hals in seinem Verließ. Er hatte keine Gelegenheit gehabt, die Mibitsch zu bearbeiten, dass sie aufgab und sich stellte. Er musste unbedingt die nächste Gelegenheit ergreifen.

Mia Mibitsch betrat den Raum. Sie hatte ein kleines Gerät in der Hand.

»Geht es Ihnen gut Herr Rack? Was ich hier habe, ist *Ihr* Teil des Babyphons. Die Empfangsstation. Ich werde sie jetzt hier anstecken.«

Sie wies auf eine kleine Steckdose für einen Rundstecker in der Wand. Arno hatte ihn bisher für einen ungebrauchten Antennenanschluss gehalten.

»Ich gehe jetzt rauf und spreche zu Ihnen. Das ist ein Test, um festzustellen, ob sie auch alles gut mitkriegen.«

Die Frau war ja noch verrückter, als ich bisher dachte. Sie wollte ihn doch tatsächlich ihr Gespräch mit seinen Kollegen mithören lassen. Was hatte das für einen Zweck? Wozu war das gut? Arno hatte sich bereits den Kopf darüber zermartert. Sie spielte, war das einzige was ihm dazu eingefallen war. War es ein Spiel ohne Sinn und Zweck? Nur um des Spielens Willen? Er war zu keinem anderen Ergebnis gekommen. Auch jetzt nicht.

»Hallo, Herr Rack?«, tönte Mibitschs Stimme aus dem Babyphone. »Sprechprobe. Eins, zwei, drei…, hahaha, hören Sie mich? Ich spreche aus einiger Entfernung zur Aufnahmestation. Wenn Sie mich also jetzt hören, dann werden Sie auch das ganze Gespräch mit der Polizei verfolgen können.«

Wenig später war die Mibitsch zurück.

»Na, konnten Sie mich hören. Laut und deutlich?«

»Ja«, zischte Arno zwischen den zusammengebissenen Zähnen durch.

»Haben wir heute schlechte Laune, Herr Rack? Das täte mir aber leid. Denn ich bin bester Laune. Hatte heute eine ganz, ganz nette Zusammenkunft mit einer reizenden jungen Dame. Aber dazu später… Habe ich Ihnen schon von Niklas Ortner berichtet? Nein? Das war nicht einfach gewesen. Ich wusste, dass er jeden Samstag um zehn Uhr am Südbahnhof war, um mit seinen Freunden das eine oder andere Seiterl zu trinken. Ach… da fällt mir ein, haben Sie Durst, Herr Rack? Wenn Sie wollen kann ich Ihnen ein kleines Bier servieren.«

»Nein danke«, sagte Arno.

»Also, mein Begräbnis begann um zehn Uhr. Ich hatte die Trauerfeier so zusammengestellt, dass in den ersten dreißig Minuten nacheinander die Trauerlieder abgespielt wurden. Das erledigten ja eh die Mitarbeiter des Urnenhains. Erst um 10.30 begann meine Rede. Ich hatte also bis 10.20 Zeit, Rizin in Ortners Bier zu mischen – was bei dem Wirbel am Südbahnhof nicht schwer war. Jedenfalls war ich pünktlich zu meinem

Auftritt um 10.30 am Friedhof. Bei der Überprüfung meines Alibis dachtet ihr natürlich nicht daran, dass ich um 10.00 noch gar nicht anwesend war. Na, was sagen Sie?«

»Tja… das war alles ziemlich… planvoll.« Arno wollte nicht schon wieder übertreiben. aber trotzdem ein Lob durchklingen lassen.

»Fragen Sie sich gar nicht, woher ich das Rizin hatte?«

»Woher hatten Sie das Rizin?«

»Rizin wird aus dem Wunderbaum gewonnen, Herr Rack. Die Samen des Wunderbaums sind hoch toxisch. Der Wunderbaum war ja ursprünglich ein tropisches Gewächs, ist aber in unseren Breiten als Zierpflanze beliebt. Und so ein Wunderbaum ist in meinem kleinen Garten vor dem Haus gewachsen… Was sagen Sie dazu?«

Sie sah ihm forschend in die Augen.

»Ich werde Ihnen sagen, was Sie sich gerade fragen. Nämlich, warum haben wir die Gärten der Verdächtigen nicht nach einem Wunderbaum abgesucht? Nicht wahr?«

Arno nickte.

»Das haben sie vergessen. Habe ich recht? Ich bin Ihnen überlegen… Sehen Sie das ein? Denn Sie hätten gar keinen gefunden. Ich habe ihn schon lange ausgegraben und entsorgt. Sehen Sie, auch wenn Sie schlauer gewesen wären – ich wäre immer *noch* schlauer gewesen.«

»Ja, das ist offensichtlich so«, gab Arno betont kleinlaut zu.

»Die Allinger-Bestrafung war dagegen ganz einfach gewesen«, fuhr sie fort. »Ich brauchte nur eine Schwesterntracht und um Mitternacht ist im Krankenhaus tote Hose. Niemand passt auf irgendwas auf. Er starb ziemlich schnell. Weil seine Nähte an den Schlagadern aufrissen. Man verblutet da sehr schnell. Dies hat mich auch auf die Idee bei der Till gebracht. Ja… ich weiß, es war ihre Kollegin. Sie haben sie gemocht? Nicht wahr? Es tut mir leid, dass ich damit auch Sie getroffen habe. Aber der alte Till hatte nachlässig ermittelt. Er musste bestraft werden. Ich habe im Dunkeln auf sie gewartet. Meine Augen waren an das Dunkel gewöhnt. Ihre nicht. Und sie glauben gar nicht, wie scharf ein Tapezierermesser ist. Es hat ihre Schlagader in der Leiste durchschnitten wie Butter. Na, na, na, Herr Rack, nur mit der Ruhe…«

Bei der Erzählung zum Mord an Emma Till waren Arno die Augen aus den Höhlen gequollen. Er riss mit seinem Hals am Stahlseil, dass es sich tief in seine Haut grub. Blutstropfen traten hervor.

»Sie sind eine Mörderin!«, schrie er. »Eine Bestie in Menschengestalt. Sie sind nicht nur abgrundtief schlecht, sie sind krank! Sie sind irre! Irre!«

»Ich habe Ihnen schon gesagt, dass ich keine Mörderin bin«, schrie Mia Mibitsch zurück. »Ich führe Bestrafungen durch. Notwendige Bestrafungen. Ich bin die Strafe! Ich bin die Macht!« Ihr Geschrei war immer lauter geworden. Die letzten Worte hatten sich überschlagen. Speichel trat ihr aus dem Mund.

»Nein, Sie sind nicht die Macht! Sie sind nicht die Strafe! Sie sind eine Irre! Sie sind eine ganz gemeine Verbrecherin! Eine Verbrecherin, sonst nichts!«, schrie ihr Arno in rasender Wut entgegen.

Mibitsch schlug ihn mit der Faust ins Gesicht. »Sie verstehen gar nichts!«, schrie sie. »Sie sind zu blöd, zu geistig minderbemittelt, um irgendetwas zu verstehen.«

»Mörderin!«, schrie ihr Arno ins Gesicht.

Sie fuhr ihm mit den Fingernägeln ins Gesicht. Riss seine Wangen auf. Blut troff aus den langen Kratzern. Sie war völlig ausgerastet.

»Ich bin die Bestrafung! Keine Mörderin!«, schrie sie mit schriller Stimme.

Sie wandte sich ab, riss die Tür auf, lief hindurch. Schlug die Tür mit einem lauten Knall wieder zu. Der Riegel wurde vorgeschoben. Der Schlüssel drehte sich im Schloss.

Arno war deprimiert. Er wollte ihr schmeicheln, sie bewundern. So wollte er mit ihr ins Gespräch kommen, um sie zum Aufgeben zu bewegen. Stattdessen hatte er die Nerven verloren. Vollkommen. Aber auch sie. Auch sie war komplett ausgerastet. Vielleicht machte sie beim Gespräch mit seinen Kollegen einen Fehler. Vielleicht…

Als erstes hörte Arno aus dem Babyphone die Türklingel. Dann entfernte Stimmen. Er konnte nichts verstehen. Dann lauter »Frau Mibitsch, das ist sehr kooperativ von Ihnen, dass Sie für uns gleich einen Termin haben«, hörte er Toni Quasser.

»Aber das ist doch selbstverständlich. Man hilft doch der Polizei, wenn man kann. Sagen Sie, hat Johann Nesburg schon gestanden?«

»Darüber dürfen wir keine Auskunft geben, Frau Mibitsch.

»Ja, ich verstehe schon. Wissen Sie, ich kenne den Nesburg schon seit Jahren. Nein, sowas. Das hätte ich auch nie von ihm gedacht. Verzeihen Sie, darf ich Ihnen etwas anbieten? Ein kleines Bier vielleicht?«

»Nein danke, wir sind im Dienst.«

»Aber es ist doch schon nach vier. Ihr Dienst muss ja bald zu Ende sein.«

»Nein danke.«

»Vielleicht einen Kaffee?«

»Nein danke. Frau Mibitsch, wann war das genau, als Chefinspektor Rack bei Ihnen angerufen hat.«

»Ähhh… Angerufen? Ich weiß nicht. Ich glaube, es hat jemand anderer angerufen. Ich weiß aber nicht wie der hieß.«

»Wann war das?«

»Na, heute am Vormittag. Vielleicht gegen neun?«

»Wer hat da angerufen?«

»Ich weiß nicht mehr. Er hat nur gefragt, ob ich heute um 16 Uhr für Sie beide Zeit hätte.«

»Ach… den Anruf meinen wir nicht. Chefinspektor Rack hat doch vorher bei Ihnen angerufen, oder?«

»Nein… nicht dass ich mich erinnern könnte… Nein, ich glaube… ich bin ganz sicher.«

»Hm, merkwürdig«, sagte Toni, »er ruft doch immer an, wenn er einen Zeugen befragt. Wann ist er dann bei Ihnen eingetroffen?«

»Eingetroffen? Bei mir? Bei mir ist er nie eingetroffen. Sollte er das? Hat er das gesagt?«

»Ja,… es hat ganz den Anschein… also… vielleicht…« Tonis Stimme war immer nachdenklicher geworden.

»Ja, vielleicht ist das ein Irrtum«, ergriff jetzt Sanie Detr das Wort. »Frau Mibitsch, was anderes. Wir haben Zeugenaussagen, dass Sie mehrmals über die Unfähigkeit der Behörden geschimpft haben. Und zwar im Zusammenhang mit dem Busunglück vor vier Jahren. Waren Sie mit dem Untersuchungsergebnis unzufrieden?«

Ja, dachte Arno. Sanie du bist auf dem richtigen Weg. Provozier sie doch noch ein bisschen. Vielleicht verliert sie wieder die Nerven.

»Unzufrieden?«, fragte Mibitsch, »unzufrieden ist nicht der richtige Ausdruck. Ich war damals überrascht. Ja, überrascht.«

»Inwiefern überrascht?«

»Nun, wir alle dachten doch damals, dass der Busfahrer – wie hieß er doch gleich? – einen Fehler gemacht hatte. Das dachten alle. Ja wirklich. Und daher war ich überrascht, dass das nicht so war.«

»Aber Sie hatten damals Ihre Mutter verloren. Das muss doch geschmerzt haben?«

»Ja, das hat geschmerzt. Sehr sogar.«

»Und, waren Sie da nicht erbost, dass niemand schuld war?«

Ein paar Sekunden war nichts zu hören. Ja, jetzt, dachte Arno, jetzt. Jetzt ist es soweit, jetzt dreht sie gleich durch. Aber gleich darauf vernahm er Mibitschs beherrschte Stimme.

»Wissen Sie, es gibt Schicksalsschläge, an denen niemand schuld ist. Sie kommen einfach. Das muss man auch so hinnehmen.«

»Und jetzt haben Sie auch noch Ihren Mann verloren…«

»Ja… ein weiterer Schicksalsschlag.«

»Und auch den können Sie so ohne weiteres ertragen?«

Sanie bewegte sich nun sehr am Rand des Erlaubten. Sowohl rechtlich, als auch moralisch. Wieder war es eine Zeit lang still.

»Als Sie vorige Woche – ich glaube, es war auch der Mittwoch – mit ihrem Chef… dem Herrn Rack bei mir waren, hat mir doch Herr Rack die gleichen Fragen gestellt. Warum stellen Sie mir nochmals diese Fragen?« antwortete Mibitsch leise und gequält. »Ich bin von Beruf Trauerrednerin. Und ich bin tagein tagaus mit der Trauer der Hinterbliebenen um ihren

Verlust konfrontiert. Ich möchte nicht sagen, dass man das daher gewöhnt. Aber man kann mit der Zeit besser damit umgehen…«

»Ja, Frau Mibitsch, das war's schon wieder«, ergriff jetzt wieder Toni das Wort. »Danke dass Sie uns Ihre Zeit gewidmet haben«.

‚Das war's also schon wieder?', fragte sich Arno verzweifelt. Er begann zu schreien. Aus Leibeskräften schrie er »Halloooo, Toniiiii, Sanieoooo, ich bin hier. Hieeeeeer. Hilfeeeeee, Hilfeeeeee!«

Er wusste, dass ihm das nichts nützen würde. Man würde ihn dort oben nicht hören können. Versuchen musste er es trotzdem.

»Hilfeeeeee, Hilfeeeeee! Hilfeeeeee, Hilfeeeeee!«

Aus und vorbei, dachte Arno enttäuscht. Seine Kollegen hatten nichts erreicht. Nichts herausgefunden. Seine Rettung war räumlich so nahe und doch so unendlich weit weg.

»Das war's schon wieder?«, fragte Mibitsch. »Ja, wenn ich Ihnen damit helfen konnte… Ich habe aber geglaubt, dass diese… diese Mordserie schon aufgeklärt wäre. Habe ich jedenfalls im Fernsehen gesehen. Sie wissen schon. Die Pressekonferenz.«

»Das sind nur noch die letzten ergänzenden Abklärungen. Danke vielmals. Und auf Wiedersehen.«

Die Stimmen entfernten sich wieder. Mibitsch begleitete sie ganz offensichtlich hinaus. Arno hätte weinen können. Vor Enttäuschung. Vor Wut. Vor Angst. Vor Ungewissheit.

**

Bei der abendlichen Lagebesprechung berichtete Anna zuerst, dass sie am Nachmittag zu einer Besprechung beim Polizeipräsidenten war. Gemeinsam mit Peter Hagge, dem Leiter der Fahndung. Von Arno gab es nicht die geringste Spur. Der Polizeipräsident würde noch heute entscheiden, ob man mit der Suche an die Öffentlichkeit gehen sollte.

Die neuerliche Vernehmung von Klara Pfähl hatte nichts Neues erbracht. Sie behauptete weiter, dass sie in der Nacht, als Paul Allinger ermordet wurde, ihre Schicht nicht verlassen hatte und dass das mehreren ihrer Kolleginnen aufgefallen wäre, wenn sie weg gewesen wäre. Sie zeigte sich noch immer erschüttert darüber, dass Johann Nesburg ein mehrfacher Mörder war und hatte immer wieder betont, dass sie ihm das eigentlich niemals zugetraut hätte. Sie hatte sich in keine Widersprüche verwickelt. Und nein, Arno Rack hatte nicht mit ihr Kontakt aufgenommen.

Nico, Kai, Toni und Sanie berichteten von ihren Gesprächen mit Anna Lehn, Leo Bersdorf und Mia Mibitsch Ähnliches. Bersdorf war Sanie Detr gegenüber wieder ausfällig geworden und hatte sie als *Scheißausländerin* beschimpft. Die neuerlichen Aussagen stimmten mit den bereits gemachten überein. Niemand hatte etwas von Arno gehört. Mit Ausnahme von Hubert Mibitsch. Dieser hatte behauptet, dass er mit ihm auf ein Bier gewesen war – beim *Landhofwirt*, der schon vor sechs Jahren geschlossen worden war.

Arnos beide Computer – zu Hause und im Dienst – waren untersucht worden. Nichts! Der Gesprächsnachweis auf seinem Handy hatte auch nichts ergeben. Es war eine ziemlich ratlose Gruppe, die sich schließlich für heute verabschiedete. Niemand hatte eine Idee, was man unternehmen könnte, um Arno zu finden.

**

»Herr Rack, haben Sie mein Gespräch mit Ihren Kollegen mitgehört? Spannend, was? Naja, sie sind leider wieder gegangen. Ich nehme mal an, dass Sie gerufen haben. Habe ich recht?«

Mibitsch lachte leise. »Ja, Sie haben um Hilfe gerufen. Ich habe Ihnen doch gesagt, dass der Raum schalldicht ist. Oder?«

Arno antwortete nicht.

Mibitsch hatte ihren alten Kassettenrekorder mitgebracht.

»Sie werden jetzt auf Band sprechen, Herr Rack. Hier ist ihr Text.«

Sie hielt ihm ein Blatt Papier hin. Arno las.

Hallo Anna, hier Arno. Ihr müsst unbedingt Klara Pfähls Haus durchsuchen. Ihr werdet dort eine Mordwaffe finden. Bitte sag niemanden etwas von meinem Anruf. Ich kann jetzt nicht sprechen. Ich melde mich wieder.

»Das soll ich auf Band sprechen? Vergessen Sie es.«

»Ich ersuche Sie sehr höflich darum, Herr Rack. Sprechen Sie es mal zur Probe.«

»Niemals!«

»Wie gesagt, vorerst bitte ich Sie nur darum…«

»Warum sollte ich sowas auf Band sprechen? Was haben Sie damit vor?«

»Wenn das Ihre Bedingung ist… Bitte sehr… Ich glaube, dass wir neben Nesburg noch einen zweiten Täter brauchen. Eine Täter*in*, in diesem Fall. Sie haben doch gesagt, dass Nesburg bei der Allinger- und bei der Till-Bestrafung ein Alibi hat. Also muss er mit jemandem zusammengearbeitet haben. Die Pfähl, haben Sie gesagt, hat zu diesen Bestrafungen kein Alibi. Also, haben die beiden als Paar gehandelt.«

»Sie sind krank, niemals werde ich sowas auf's Band sprechen.«

»Und man wird«, fuhr Mibitsch unbeirrt fort, »ein Küchenmesser mit Blutspuren der Luisa Schmidt bei ihr finden und ein Tapezierermesser mit dem Blut von Emma Till. Schlau, was?«

Arno kam zum ersten Mal der Gedanke, dass Mia Mibitsch wirklich genial war. Die Theorie, dass Nesburg und Pfähl als Paar gemordet hatten, hatte ursprünglich von Sanie gestammt. Sie hatten sie schon in der Gruppe diskutiert. Wenn man nun bei Pfähl zwei Tatwaffen fand, dann würde aus dieser Theorie eine Art von Gewissheit werden. Damit waren dann auch die letzten Ungereimtheiten ausgeräumt, man hatte eben zwei Täter und die gesamte Mordserie war endgültig abgeschlossen.

»Aber ihr Plan wird nicht funktionieren. Denn ich werde nichts auf Band sprechen.«

»Ich glaube doch, dass Sie das werden… Ich soll Ihnen schöne Grüße von Leni ausrichten…«

»Was meinen Sie damit?«, fragte Arno plötzlich verunsichert.

Wortlos hielt ihm Mia Mibitsch ein Foto hin. Ein Selfie. Es zeigte sie mit Arnos Tochter Leni. Aufgenommen im Uni-Park.

»Was… was…«, stammelte Arno.

»Jaja, wir haben uns schon angefreundet. Leni und ich. Sie ist eine nette junge Frau«, sagte Mibitsch mit leiser Stimme. Und schrie dann plötzlich los, »glauben Sie, dass ich jederzeit an sie rankomme? GLAUBEN SIE DAS, ODER GLAUBEN SIE ES NICHT?«

Arno war dem Zusammenbruch nahe. Die beiden letzten Tage hatten sein Nervenkostüm stark angegriffen. Nicht nur die Angst um sein eigenes Leben, vielmehr die ständigen Drohungen von Mibitsch gegen seine Familie. Er war am Rande seiner Kräfte.

»Glauben Sie, dass ich es schaffe, Ihrer Leni etwa anzutun? Glauben Sie mir das? Es ist dann auch eine Strafe. Sie sind es, der bereuen wird, mir nicht gehorcht zu haben.«

Arno wusste genau, dass Leni keine Chance hatte, wenn Mibitsch ihr nach dem Leben trachtete. Und er zweifelte keinen Augenblick daran, dass Mibitsch ihre Drohung wahrmachen würde.

»Ja…«, sagte Arno gebrochen, »ich spreche das…«

»Nein, Sie *sprechen* nicht, Sie *flüstern*.

Mehrmals musste Arno die Nachricht auf Band *flüstern*, bis Mia Mibitsch zufrieden war.

Mibitsch fuhr zu einer Telefonzelle am Bindermichl. Wählte Klara Pfähls Telefonnummer.

»Klara, ich muss dringend was mit dir besprechen.«

»Um diese Zeit? Es ist schon neun vorbei«, wandte Pfähl ein.

»Das ist doch noch keine Zeit, wir könnten noch ein Glas Wein trinken.«

»Okay, komm vorbei.«

Das war dann etwas heikel geworden. Wäre nicht gut gewesen, wenn die Nachbarn sie gesehen hätten. Gott sei Dank hatte es leicht geschneit und niemand hatte sich etwas gedacht, dass sie den Schal um den Kopf gewickelt hatte.

Mia hatte mit Klara über Johann gesprochen – und dass das wirklich niemand hätte ahnen können und so weiter. Sie hatten ein Glas Wein getrunken und die KO-Tropfen hatten binnen fünf Minuten gewirkt. KO-Tropfen hatten ja den Vorteil, dass das Opfer vorerst nicht bewusstlos, sondern nur willenlos wurde. In aller Eile hatte sie die beiden Messer deponiert und zwei Koffer gepackt, sodass der Anschein erweckt wurde, dass Klara geflohen war. Das war wichtig, denn so würde nur noch deutlicher zutage treten, dass sie die Komplizin von Johann war. Dann hatten sie beide das Haus mit Klaras Handtasche und zwei Koffer verlassen – Klara mit sehr unsicheren Schritten. Ihr Auto musste hierbleiben – das ging nicht anders, hatte aber den Vorteil, dass Klara Pfähls verschwinden noch mysteriöser wurde. In Mias Auto war Klara dann vollkommen apathisch gesessen. Hatte sich überhaupt nicht mehr gerührt.

Wieder bei ihrem Haus angekommen, fuhr Mia Mibitsch in die Garage und fesselte Klara Pfähl. Durch den direkten Hauszugang brachte sie sie in den Keller.

Jetzt hatte sie noch zwei wichtige Sachen zu erledigen. Sie fuhr wieder zur gleichen Telefonzelle am Bindermichl. Sie rief Anna Condère an und als diese sich meldete, spielte sie Arnos Tonbandaufnahme ab. Dann fuhr sie zum Hauptbahnhof. Sie studierte die Fahrpläne und schlenderte dann zu Gleis 6. Hier würde der nächste Zug abfahren. Ziel: Hamburg. Der Zug fuhr ein. Die Türen öffneten sich. Reisende stiegen aus. Andere ein. Mia Mibitsch wartete. Kurz bevor sich die Türen wieder schlossen, warf sie Klaras Handy in den Zug.

**

Anna Condère wollte eben zu Bett gehen, als ihr Handy läutete. Es schien keine Teilnehmernummer auf. Sie zögerte. Sollte sie jetzt noch abnehmen? Tat es doch.

»Hallo Anna, hier Arno. Ihr müsst unbedingt Klara Pfähls Haus durchsuchen...«

Er flüsterte. Das Flüstern klang merkwürdig verzerrt. Sie musste sich anstrengen, ihn zu verstehen.

»...ihr werdet dort eine Mordwaffe finden. Bitte sag niemandem etwas von meinem Anruf. Ich kann jetzt nicht sprechen. Ich melde mich wieder.«

»Arno, wo bist du denn…«

Er hatte schon aufgelegt. Was war denn das gewesen? Sein Flüstern hatte irgendwie so… so… angestrengt geklungen. Warum hatte er geflüstert? Warum hatte er gleich wieder aufgelegt? Merkwürdig. Aber trotzdem überkam Anna eine große Erleichterung. Ihm war nichts passiert. Und ganz klar war die Vermutung bestätigt worden, dass er geheim weiterermittelte.

Sie sollten Klara Pfähls Haus durchsuchen. Und sie würden dort eine Mordwaffe finden. Arno musste irgendwas herausbekommen haben. Damit war auch die *Bonnie-&-Clyde-Theorie* bestätigt worden. *Sie sollte niemand von dem Anruf erzählen.* Wohl, weil er sonst mit seinen illegalen Ermittlungen aufgeflogen wäre. Aber, warum *konnte er nicht sprechen*? Er musste irgendwie in Eile gewesen sein. Ach Arno, was machst du für Sachen…?

Sie war jetzt wirklich in der Bredouille. Wenn sie nichts von Arnos Anruf erzählte, würde die Fahndung nach ihm weitergehen. Nichts von dem Anruf zu sagen, war eindeutig ein Dienstvergehen. Ganz zu schweigen davon, dass Karin und ihre Töchter weiter im Ungewissen blieben und litten. Und wie sollte sie zu einem Durchsuchungsbefehl für Klara Pfähls Haus kommen? Da fehlten ihr alle Ideen dazu.

Sie überlegte hin und her. Kam zu keinem Schluss. Sie konnte das alleine nicht schaffen. Sie musste mit jemandem reden. Aber jeder, mit dem sie sprach, kam in die gleiche Verlegenheit wie sie. Mein Gott, ohne Arno konnte sie diese Abteilung nicht leiten.

Kurz vor Mitternacht hatte sie sich zu einem Entschluss durchgerungen. Sie wählte, die Nummer, die sie erst vor zwei Tagen erhalten hatte. Sie musste es lange läuten lassen, bis ihr Anruf endlich angenommen wurde.

»Baad«, hörte sie eine verschlafene Stimme.

»Herr Polizeidirektor, entschuldigen Sie bitte, hier ist Anna Condère…«

»Wissen Sie, wie spät es ist?«

Leo Baad war, gelinge gesagt, ungehalten. Die Condère war offensichtlich nicht fähig… Dabei hatte sie Arno immer gelobt. Jetzt hatte sie seit zwei Tagen seine Geheimnummer und rief schon an.

»Ja, ich bitte um Entschuldigung, aber ich komme nicht zurecht. Ich habe ein Problem, dass sehr dringlich ist, das ich aber nicht lösen kann.«

»Und… was ist das?«, fragte er unwirsch.

»Das… das… das muss ich Ihnen persönlich erklären. Darf ich morgen früh gleich zu Ihnen kommen?«

»Also…«, Leo Baad zögerte, sagte aber dann doch, »um 06.45 in meinem Büro. Wehe Ihnen, wenn es nicht wichtig ist.«

Anna wollte noch eine Rechtfertigung anbringen, aber der Polizeipräsident hatte schon aufgelegt.

**

Arno lag gefesselt auf seinem Bett. Wurde aus seinen wirren Träumen gerissen. Die Tür seines Verlies‘ stand offen. Vom Kellerflur drang Licht herein. Mia Mibitsch zog etwas Schweres in den Raum. Schleifte etwas über den Beton. Dann fiel die Tür wieder zu. Der Schlüssel wurde gedreht. Der Riegel vorgeschoben. Arno dachte darüber nach, was die Mibitsch da zu ihm hereingeschleppt hatte. Konnte aber wegen der vollkommenen Dunkelheit nichts sehen.

Donnerstag, 22. Dezember

06.50 Uhr

»Herr Präsident, ich entschuldige mich nochmals für die nächtliche Störung…«, begann Anna.

»Schon gut, was haben Sie auf dem Herzen?«

»Arno Rack hat mich gestern Abend angerufen.«

»Waaas? Ist er wieder aufgetaucht?«

»Nein, nicht wirklich. Er hat nur am Telefon was zu mir gesagt und dann gleich wieder aufgelegt. Ich konnte ihn nicht einmal fragen, wo er ist. Aber… ich glaube, dass er privat weiterermittelt…«

»Waaas? Wie kommen Sie darauf?«

»Er hat gesagt, dass wir unbedingt das Haus von Klara Pfähl durchsuchen müssten. Weil wir dort eine Mordwaffe finden würden. Und dass ich niemanden von seinem Anruf erzählen sollte. Er würde sich wieder melden.«

»Das war alles?«

»Ja. Und ich weiß jetzt natürlich nicht, wie ich zu einem Durchsuchungsbefehl kommen soll. Und der Aufforderung, niemandem von seinem Anruf zu erzählen kann ich sowieso nicht nachkommen.«

»Woher kam der Anruf?«

»Aus dem Festnetz. Das habe ich gestern noch feststellen lassen. Nicht zurückverfolgbar.«

»Wie kommt er auf die Pfähl? Können Sie sich das zusammenreimen?«

»Ja, doch. Wir haben intern die Theorie diskutiert, dass Nesburg einen Helfer haben könnte. Eine Helfer*in*. Johann Nesburg und Klara Pfähl haben eine Beziehung, obwohl sie das nicht zugeben. Aber wenn sie es beide waren, dann ergeben die Alibis einen Sinn. Zu zwei Tatzeitpunkten hat Nesburg ein Alibi und die Pfähl keines. Zu zwei hat die Pfähl ein Alibi und Nesburg keines.«

»Bonnie & Clyde…«, sagte Baad nachdenklich. »Gibt es irgendwelche Beweise, oder sind das alles nur Vermutungen?«

»Bisher sind es nur berechtigte Annahmen. Ich nehme an, dass Arno diese Theorie weiterverfolgt hat.«

»Und, was meinen Sie? Sollen wir das Haus der Pfähl durchsuchen?«

»Arno ist der beste Kriminalist, den es gibt. Wenn *er* das sagt, sollten wir es unbedingt tun.«

»Hhmm… ich spreche mit Dr. Osen. Gut, dass sie gleich zu mir gekommen sind.«

**

07.00 Uhr

Das erste fahle Tageslicht sickerte durch das kleine Fenster. Arno richtete sich halb auf. Das da am Boden… es bewegte sich. Angestrengt sah Arno durch das Halbdunkel. Das war ein Mensch! Gefesselt wie er. Er lag auf dem Bauch. Wer war das?

»Hallo?«, fragte Arno halblaut.

Die am Boden liegende Gestalt bewegte sich. Sie hatte blonde Haare. Das war eine Frau! Sie schaffte es, sich von der Bauch- in die Rückenlage zu rollen. Das war die Pfähl! Klara Pfähl! Arnos Gehirnzellen begannen, ihre Arbeit aufzunehmen. Die Mibitsch hatte die Pfähl entführt. Wahrscheinlich um ihre Flucht vorzutäuschen. Anna Condère würde das Haus der Pfähl durchsuchen und dort eine Tatwaffe finden, die Mibitsch dort versteckt hatte. Damit war Klara Pfähl als Mittäterin praktisch überführt. Die Alibis plausibel. Fall gelöst.

»Hallo? Wer ist da?« fragte Klara Pfähl vom Boden her.

»Frau Pfähl, ich bin Arno Rack. Wir kennen uns.«

»Mein Gott. Sie sind doch der Kommissar. Was bedeutet das alles? Warum bin ich gefesselt? Ich kann mich nicht erinnern, was mit mir geschehen ist. Mir ist so übel. Ich bin schwindlig. Wie komme ich hierher? Wer hat mich hergebracht?«

Klara Pfähl begann zu schluchzen.

Arno spann seine Gedanken weiter. Der Fall war dann gelöst, wenn Klara Pfähl nicht mehr auftauchte. Oder… oder tot war. Wie konnte die Mibitsch ihren Tod inszenieren, ohne dass erneut eine Suche nach einem unbekannten Mörder gestartet wurde? Ein Unfall? Vielleicht. Arme und Beine der Pfähl waren mit Schals gefesselt. Nicht sehr effektiv, aber Arno ahnte, was das zu bedeuten hatte. An Klara Pfähl sollten keine Fesselspuren feststellbar sein. Jedenfalls beantworteten die neuen Aktivitäten der Mibitsch auch eine Frage. Nämlich, wie sie sich den weiteren Fortgang vorstellte. Keineswegs hatte sie die Absicht, sich zu stellen. Ganz im Gegenteil. Sie wollte keinesfalls gefasst werden. Damit musste sie eine logische Aufklärung der Mordserie konstruieren. Mit Nesburg und Pfähl als Täter. Nesburg, ohnedies schon inhaftiert. Und Pfähl tot? Und Rack tot?

**

10.15 Uhr

Die Hausdurchsuchung bei Klara Pfähl hatte bereits um 08.30 stattgefunden. Sie hatte zwei Ergebnisse gebracht. Erstens, sie hatten in einem Versteck in der Küche unter der Spüle ein Küchenmesser und ein Tapezierermesser gefunden. Beide mit Blutspuren. Vermutlich die Tatwaffen bei den Morden an Luisa Schmidt und Emma Till. Die Blutspuren auf beiden Messern würden sofort untersucht werden.

Zweitens, Klara Pfähl war verschwunden. Die Unordnung im Schafzimmer deutete darauf hin, dass offenbar Kleidungsstücke hastig zusammengesucht worden waren. Klara Pfähls Auto stand im Carport. Also musste sie das Haus zu Fuß verlassen haben oder mit einem Taxi gefahren sein. Die Umfrage bei den Taxizentralen lief bereits. Ebenso die Großfahndung nach Klara Pfähl. Pfähls Laptop war bei der Auswertung.

**

10.30 Uhr

»Einen wunderschönen Vormittag«, begrüßte sie Mia Mibitsch, als sie das Kellerverlies betrat. Sie hatte heute kein Frühstück gebracht.

Mit Klara Pfähl hatte Arno ab einem bestimmten Zeitpunkt kein einziges Wort mehr wechseln können. Er hatte ihr erklärt, dass sie von Mibitsch hierher gebracht worden war. Und dass Mibitsch die Person war, die neun Menschen umgebracht hatte. Daraufhin hatte Pfähl nur noch geschluchzt und geweint. Sie hatte auf keine seiner Fragen mehr reagiert, auch tröstende Worte hatten nicht geholfen.

Arno hatte erwartet, dass er wieder aufstehen musste und ihm die Stahlschlinge um den Hals gelegt wurde. Aber Mibitsch machte keine Anstalten dazu.

»Ist die schon die ganze Zeit so?« fragte Mibitsch und deutete auf Klara Pfähl.

Arno nickte. Mibitsch beugte sich zu Pfähl hinunter.

»Du blöde Kuh«, schrie sie, »hör sofort mit dem Gejammer auf! Sonst lernst du mich kennen. Hör sofort auf!«

Pfähl schien nicht einmal dieses Geschrei gehört zu haben. Sie schluchzte weiter. Mibitsch schnappte sich das Klebeband, riss große Stücke ab und wollte offebsichtlich Klara Pfähl den Mund verkleben. Sie entschied sich dann aber doch anders, warf die Klebebandstücke zu Boden.

»So Herr Rack, nun haben wir wieder Ruhe und können ein vernünftiges Gespräch führen. Ich bin zuerst bei Klaras Haus vorbeigefahren. Jede Menge Polizeiautos! Das hat Ihre Stellvertreterin aber wirklich gut gemacht. Ich war nicht hundertprozentig überzeugt, dass sie Ihrer Aufforderung zur Hausdurchsuchung auch nachkommt. Aber sie hatte gleich heute Morgen das Haus durchsuchen lassen. Ich nehme mal an, dass die beiden Messer gefunden wurden. Und damit ist die Suche nach Klara voll im Gang. Aber sie werden sie nicht finden. Denn niemand wird sie bei mir suchen. Was sagen Sie dazu Herr Kriminalkommissar?«

»Was soll ich dazu sagen?«

»Jetzt dürfte bei euch – bei der Polizei – auch alles klar sein, nicht wahr? Nesburg & Pfähl. Pfähl & Nesburg. Sie haben gemeinsam die neun Menschen umgebracht.«

Mit Schaudern dachte Arno daran, dass das wirklich so sein würde. Die Beweise waren so erdrückend, dass niemand mehr daran zweifeln würde.

»Ach ja,… ich hatte heute keine Zeit, Frühstück zu machen. Ich hoffe, Sie verzeihen mir. Aber ich werde Ihnen dann Wasser bringen. Sonst verdursten Sie mir noch…«

**

11.20 Uhr

Das Blut auf den gefundenen Tatwaffen stammte tatsächlich von Luisa Schmidt und Emma Till. Damit bestätigt sich der bereits vorhandene Verdacht, dass Johann Nesburg und Klara Pfähl gemeinsam gehandelt haben. Wahrscheinlich hat Pfähl Luisa Schmidt umgebracht und wahrscheinlich auch Paul Allinger und Emma. Das erklärt auch die Alibis von Nesburg zu den beiden letzten Morden.

Wo konnte die Pfähl sein? Flughafen und Bahnhof wurden überwacht. Aber da waren sie wahrscheinlich zu spät dran. Wenn sie nachts geflohen war und Linz verlassen wollte, war sie schon über alle Berge.

Anna wartete dringend auf die Ortung von Klara Pfähls Handy. Und auf die Auswertung ihres Laptops. Hier hofften sie, auf Adresslisten von Freunden zu stoßen. Dort konnten sie dann nachfragen. Und Pfähls Kinder Lasse und Astrid mussten befragt werden. Vielleicht hatten die eine Idee, wo sich ihre Mutter verstecken konnte.

Die geplante Fotofahndung nach Arno in Zeitungen und TV war jetzt, wo er sich gemeldet hatte, abgesagt worden. Wo konnte er sein? Irgendwie kam es Anna so vor, als ob die Suche nach Pfähl und Arno ident wäre. Wenn sie Klara Pfähl fanden, fanden sie vermutlich auch Arno.

In diesem Augenblick erhielt sie die Handy-Ortung. Klara Pfähl war in Hamburg. Sie war mit dem Zug gefahren, wie der Log-in-Verlauf zeigte. Was machte die in Hamburg, verdammt noch mal?

**

12.40 Uhr.

»Wussten Sie, dass es das Elternhaus von Manfred Pfähl immer noch gibt?«

Arno sah sie verständnislos an.

»Manfred Pfähl? Den kennen Sie nicht? Das war Klaras Mann. Er war es doch, der bei dem Busunglück ums Leben gekommen ist. Ja, und sein Elternhaus steht leer. Gar nicht weit von hier. Auf der anderen Seite des Wasserwaldes. Drüben am

Zeilergang. Klara hofft noch immer, dass da mal eines ihrer Kinder einziehen wird. Sie hat mir erzählt, dass das Haus schon ziemlich heruntergekommen ist. Eh klar, wenn es so lange unbewohnt ist… Aber für unseren Zweck passt's schon noch, nicht wahr, Herr Rack?«

»Für unseren Zweck…?«

»Ach ja, Sie wissen ja noch nicht, was weiter passieren wird. Ich dagegen weiß es schon. Denn ich habe es geplant. Genial! Auch den Schlüssel für das Haus habe ich gefunden. Hing an Klaras Schlüsselbrett. Fein säuberlich beschriftet. Mit der Adresse. Bin schon mal dort gewesen. Der ganze Garten verwildert und überwuchert. Ideal!«

»Ideal, wofür?«, fragt Arno.

»Ach, Sie werden schon sehen. Und wieder werden Sie mich bewundern… Aber jetzt müssen Sie was trinken. Ich lasse Ihnen die Mineralwasserflasche hier… Ach, Sie können nicht alleine trinken? Weil sie gefesselt sind? Na so was… Warten Sie, ich helfe Ihnen…«

Mibitsch ließ erst Arno aus der Flasche trinken. Dann wandte sie sich Klara Pfähl zu. Setzte auch ihr die Flasche an die Lippen. Pfähl trank gierig.

»Herr Rack, wissen Sie über die Besonderheit von KO-Tropfen Bescheid?«

Natürlich wusste das Arno, er schüttelte aber den Kopf.

»Nun, dass sollten Sie aber. Als Polizist. Das Wesentliche an KO-Tropfen ist, dass sie vom Körper vollständig abgebaut werden und später nicht mehr nachweisbar sind. Aber die Wirkung ist auch in vielen Fällen sehr hilfreich. Wer KO-Tropfen verabreicht bekommt, wird nicht gleich ohnmächtig. Er wird nur willenlos. Und das ist oft ein entscheidender Vorteil. Ich nenne Ihnen ein Beispiel. Gestern, als ich Klara hierhergebracht habe, konnte ich sie natürlich nicht aus ihrem Haus über den Boden schleifen. Wie hätte das ausgesehen? Was hätten die Nachbarn dazu gesagt? Aber mit den KO-Tropfen ist sie brav mit mir zum Auto gegangen. Man darf sie nur nicht zu hoch dosieren. Sonst wäre sie mir in Bewusstlosigkeit gefallen. Aber das können wir natürlich nicht brauchen… Willenlosigkeit genügt. Schlau, nicht wahr?«

»Frau Mibitsch, ich habe Ihnen eh schon mehrmals gesagt, wie sehr ich Sie bewundere«, sagte Arno ironisch. Was ihm von Mibitsch einen wütenden Blick einbrachte.

**

12.55 Uhr.

»Wir haben Klara Pfähl noch nicht gefunden, Herr Dr. Baad«, sagte Anna Condère. Sie war zitiert worden, um persönlich Bericht zu erstatten.

»Und Arno Rack?«

»Auch nicht, leider. Ich vermute, wenn wir einen der beiden finden, haben wir beide gefunden.«

»Wie kommen Sie darauf?«

»Es ist nur ein Gefühl. Aber ich bin sicher, dass Arno noch immer ermittelt.«

»Verdammt noch mal, was macht er denn da? Er ist beurlaubt. Was ist daran nicht zu verstehen? Na, der kann was erleben! Was ist mit Pfähls Handy, Computer…?«

»Das Handy haben wir in Hamburg geortet. Dort bewegt es sich nicht. Es ist merkwürdig, denn es ist am Bahnhof eingeloggt. Jener Bahnhof, an dem auch die Züge aus Linz ankommen. Es ist unwahrscheinlich, dass sich die Pfähl dort länger aufhält. Es besteht auch die Möglichkeit, dass sie es dort verloren oder deponiert hat. Wir lassen die letzten beiden Züge durchsuchen, die aus Linz dort angekommen sind.«

»Gibt ihr Computer was her?«

»Ja, wir haben Adresslisten gefunden. Aber das sind ziemlich viele. Sie werden derzeit abgearbeitet. Das heißt, wo es möglich ist, fahren Streifen direkt hin, wo nicht, da wird telefonisch rückgefragt.«

»Aber sie kann doch nicht vom Erdboden verschwunden sein.«

»Leider hat unsere Fahndung zu spät eingesetzt. Erst nach der Hausdurchsuchung. Und wenn sie noch nachts geflohen ist…«

»...dann kann sie schon überall sein«, ergänzte Leo Baad.

»Kurz bevor ich zu Ihnen aufgebrochen bin, haben wir den Sohn Lasse Pfähl am Telefon erreicht. Er ist ja in Göteborg auf

Auslandssemester. Wir haben ihn gefragt, ob er eine Ahnung hat, wo sich seine Mutter aufhalten könnte. Das war nicht einfach, denn er wollte unbedingt wissen, *warum* wir sie suchen. Er hat dann einige Freunde genannt, die wir aber alle schon aus der Adressliste des Laptops haben.«

»Sonst nichts Greifbares?«

»Naja,... wir haben im Kalender, der in Pfähls Haus sichergestellt wurde, eine Notiz gefunden. ‚*Grundsteuer nicht vergessen*'. Aus den ebenfalls sichergestellten Kontoauszügen geht hervor, dass sie die Grundsteuer für ihr Haus per Dauerauftrag bezahlt. Daher schien uns die Notiz im Kalender merkwürdig.«

»Und?«

»Wir haben Lasse Pfähl gefragt, ob er etwas von einer weiteren Liegenschaft wisse. Er hat gemeint, es gäbe da ein Haus. Aber er wisse darüber nicht wirklich Bescheid. Seine Mutter hatte ihn mehrmals genervt, ob er da nicht einziehen wollte. Ute Ruhs forscht derzeit nach. Vielleicht findet sie ja was.«

**

13.05 Uhr.

Arno verstand das alles nicht. Was wollte die Mibitsch? Was hatte sie vor? Nicht, dass er etwas dagegen unternehmen konnte. Jedenfalls nicht, solange er derart gefesselt war. Schon lange hatte er die Versuche aufgegeben, seine Fesseln zu lockern. Zu stabil waren die Klebebänder. Zu eingeschränkt sein Bewegungsspielraum. Was wollte sie mit dem Haus von Manfred Pfähl? Welche Rolle spielte das? Er fühlte sich zunehmend schwach. Die Umrisse in seinem kleinen Verlies verschwammen vor seinen Augen. Jetzt kam auch noch eine leichte Übelkeit dazu. Er konnte sich nicht mehr konzentrieren. Was wollte die Mibitsch mit diesem Haus...? Die Augen wollten ihm zufallen. Er riss sie wieder auf. Was war mit ihm nur los? War am Ende... war da etwas... im Wasser... drinnen gewesen? War da...? KO-Tropfen...?

**

14.30 Uhr.

Klara Pfähls Handy war in Hamburg in einem Zug gefunden worden. Das brachte sie aber nicht weiter, denn von ihr gab es nach wie vor keine Spur. Hatte die Pfähl das Handy verloren? Oder hatte sie es nur im Zug hinterlassen, um ihre Spur zu verwischen? Hatte sie es vielleicht schon in Linz im Zug deponiert? War sie überhaupt nach Hamburg gefahren?

Die Adressenliste aus dem Laptop war inzwischen abgearbeitet. Keine Ergebnisse. Aber vor Kurzem hatten sie Pfähls Tochter Astrid in Andalusien telefonisch erreicht. Sie hatten sie nach einem Haus befragt. Astrid Pfähl sagte, dass es ein Haus des Vaters gibt. Sein Elternhaus. Sie wüsste aber nicht genau wo es war. Sie hatte in Erinnerung, dass es irgendwo am Rand des Wasserwaldes war. Sie selbst sei aber noch nie dort gewesen.

Am Rand des Wasserwalds! Sehr witzig! Sie hatten die Landkarte konsultiert und waren zur Überzeugung gekommen, dass es wahrscheinlich rund 200 bis 300 Häuser am Rand des Wasserwalds geben musste. Und wenn man noch einen etwas weiteren Kreis zog, dann waren es über 1.000. Ute Ruhs hatte noch keine Ergebnisse.

**

15.15 Uhr.

Mia Mibitsch lenkte ihren Van in die kleine überwucherte Einfahrt. Stellte den Wagen zwischen tiefhängenden Zweigen ab. Es war schon eine ziemlich schwere Arbeit gewesen, die beiden aus dem Keller hinauf in die Garage zu schaffen. Sie hatte die Fußfesseln lösen müssen. Denn alleine schleppen konnte sie sie nicht. Und die beiden waren gegangen. Willenlos. Sie hatte sie stützen müssen. Zwar waren sie immer wieder gestolpert, so dass sie sie auffangen hatte müssen. Letztendlich hatte sie beide im Kofferraum verstaut gehabt.

Jetzt kam noch eine kritische Arbeit. Sie musste sie ins Haus bringen. Mibitsch stieg aus, lief die paar Schritte zur Haustür. Sperrte auf. Drinnen war es genauso kalt wie draußen.

Zuerst zerrte sie Rack aus dem Kofferraum. Mit ihrer Hilfe stolperte er ins Häuschen. Dort ließ sie ihn auf den Boden sinken. Fesselte wieder seine Beine. Dann die gleiche Prozedur mit der Pfähl. Nun war alles angerichtet.

**

15.20

Ute hatte die Adresse gefunden. Zeilergang 88, am östlichen Rand des Wasserwaldes. Als Besitzerin war Klara Pfähl grundbücherlich eingetragen. Als Nachfolgerin des verstorbenen Manfred Pfähl.

Anna, Kai, Toni und Sanie machten sich auf den Weg, um das Haus zu überprüfen. Toni schlug vor, die Cobra anzufordern. Anna meinte, dass das nicht notwendig sei, denn sie gingen schließlich ja nur einem vagen Verdacht nach – die Wahrscheinlichkeit, dass sich Klara Pfähl in diesem Haus aufhielt, war nicht sehr hoch. Toni setzte aber schließlich durch, dass sie Schutzwesten trugen.

Toni steuerte den Wagen in die Prinz-Eugen-Straße und fuhr dort auf die A7-Mühlkreisautobahn auf. Gleich nach der Abfahrt Voestalpine standen sie im Stau. Bis zur Abfahrt Wienerstraße waren es nur noch 600 Meter. Aber nichts ging mehr. Alle Fahrspuren waren zu. Niemand bildete eine Rettungsgasse. Toni platzierte das Blaulicht am Dach. Schaltete das Folgetonhorn ein. Das nützte nichts. Niemand machte Platz.

**

15.25 Uhr.

Nur mühsam drangen Arnos Gedanken wieder an die Oberfläche. Träge und langsam. Als würden sie in Öl treiben. Er fühlte sich matt und verkatert. Er konnte sich auch nicht genau an die letzten Stunden erinnern. Da war ein Film gerissen. Dunkel erinnerte er sich, dass er in einem Kofferraum gelegen war. Nun lag er auf einem kalten Boden. Arme und Beine gefesselt. Mühsam versuchte er, sich etwas aufzurichten. Neben ihm lag Klara Pfähl. Ebenso gefesselt. Auf einem Sessel saß Mia Mibitsch. Sah ihn unbewegt an.

»Können Sie mich hören, Herr Rack?«

Die Worte klangen, als würden sie von weit her kommen. Nur verzerrt drangen sie an Arnos Ohr.

»Können Sie mich hören? Wachen Sie auf. So wachen Sie doch endlich auf. Konzentrieren Sie sich. Können Sie mich hören?«

»Ja«, krächzte Arno heiser.

»Wollen Sie mir zuhören? Wollen Sie wissen, wie alles endet?«

»Endet?«, fragte Arno verständnislos.

»Sie sind doch Polizist. Sie wollen sicher alles wissen. Das ist doch ihr Beruf…«

Mia Mibitsch machte eine Pause. Erst jetzt sah er, dass sie dünne Einweghandschuhe übergestreift hatte.

»Ich werden Ihnen jetzt bald die Fesseln lösen. Bald, Herr Rack. Darauf haben Sie ja doch schon so lange gewartet. Wissen Sie, wo Sie hier sind?«

»Nein…«

»Sie sind in Manfred Pfähls Haus. Nicht sehr gemütlich hier, nicht wahr? Alles dreckig. Und kalt. Saukalt.«

Sie blickte sich in dem halbdunklen Raum um.

»Aber für unsere Zwecke genügt das. Es genügt nicht nur, es passt ausgezeichnet…. Tja, nun zur Frage, wie es weitergeht.«

Mia Mibitsch stand auf. Ging zu einem kleinen Tisch. Holte zwei Gegenstände, die Arno nicht erkennen konnte. Mia Mibitsch setzte sich wieder auf den Sessel. Nun erkannte Arno, was sie geholt hatte. Sie hielt eine kleine Pistole und ein Messer in der Hand.

»Wissen Sie, Herr Rack, alle Bestrafungen sind abgeschlossen. Was jetzt folgt, hat nichts mehr mit Bestrafung zu tun. Es ist einfach… eine… Notwendigkeit.«

Arno verstand gar nichts. Noch immer klang Mibitschs Stimme verzerrt. Er schüttelte den Kopf, als wollte er den Nebel aus seinem Gehirn entfernen.

»Hier wird gleich großes Unglück geschehen. Der Herr Chefinspektor Dr. Arno Rack war der Mörderin Klara Pfähl auf der Spur. Aber sie konnte ihn in ihre Gewalt bringen. Fesselte den Herrn Chefinspektor. Er konnte sich aber schließlich befreien. Es kam zum Kampf.«

»Wa… wa… was…«, stammelte Arno. Er verstand kein Wort.

**

15.30 Uhr

»Scheiß Verkehr!« Toni war schon extrem ungeduldig. »Jede Minute fünf Meter, das gibt's doch nicht!«

»Reg dich ab, Toni«, durch Schimpfen geht's auch nicht schneller«, versuchte Anna, ihn zu beruhigen.

»Sollen wir vielleicht die Wache in Schörgenhub anrufen, dass sie schon mal hinfahren?«

»Glaub nicht, dass das nötig ist. In ein paar Minuten sind wir hier durch.«

**

15.35 Uhr.

Mia Mibitsch erhob sich von ihrem Sessel. Das Messer in ihrer rechten Hand. Stieß es Klara Pfähl in die Brust. Und ließ es stecken. Die gefesselte Pfähl bäumte sich auf. Und lag dann still. Blut sickerte aus ihrer Bluse.

»Um Gottes Willen!«, schrie Arno, »sie hat Ihnen doch gar nichts getan.«

»Nein, das nicht. Aber es ist notwendig.«

Mia Mibitsch hatte die Pistole in die Hand genommen.

»Ja, Herr Rack. Es ist zum Kampf gekommen. Sie haben sich mit dem Messer gewehrt. Aber Klara Pfähl hatte noch die Kraft, ihre Pistole abzufeuern.«

»Damit kommen Sie nicht durch«, stieß Arno hervor, »man wird Spuren finden… an der Pfähl… an mir…«

»Aber, aber, Herr Chefinspektor. Welche Spuren? Das weiche Tuch, mit dem die Pfähl gefesselt war, hinterlässt keine Spuren.

Und geknebelt habe ich sie nicht. Schlau, nicht wahr? Und die Spuren, die man an Ihnen finden wird, stammen natürlich davon, dass sie ja fast einen Tag lang in Gefangenschaft der Pfähl waren. «

»Aber… aber…«, stammelte Arno.

»Darum liegt ja auch die Drahtschlinge hier«, sie deutete auf den Boden, »die die Spuren an ihrem Hals erklären.«

Sie hielt Arno den Revolver an die Stirn.

»Aber…«, keuchte Arno, »Sie haben versprochen, dass mir nichts geschieht…«

»Ich habe gelogen«, sagte Mia Mibitsch. Und drückte ab. Schoss Arno Rack eine Kugel in den Kopf.

**

15.43 Uhr

Anna Condère, Kai Pirinner, Toni Quasser und Sanie Detr trafen am Zeilergang 88 ein. Zwölf Minuten hatten sie im Stau auf der Autobahn verloren. Toni parkte den Wagen am Zeilergang drei Häuser weiter. Vorsichtig näherten sie sich dem heruntergekommenen Haus. Drangen in den verwilderten Garten ein. Nichts deutete darauf hin, dass hier jemand Unterschlupf gefunden hatte.

»Ich glaube, das ist eine falsche Spur«, meinte Anna leise.

»Und *ich* glaube, dass da kürzlich ein Auto gestanden ist«, flüsterte Sanie.

»Wie kommst du darauf?«

»Na, Spuren gibt's keine. Aber das Gras ist zerdrückt und einige Zweige sind abgebrochen.«

Die Haustür war verschlossen. Anna beorderte Kai und Sanie auf die Rückseite. Sie würde mit Toni die Tür öffnen. Gewaltsam. Gefahr im Verzug!

Im Haus fanden sie Klara Pfähl und Arno Rack. Das Blut war noch nicht einmal gestockt. Sie mussten nur um Minuten zu spät gekommen sein.

Die Spurensicherung sollte später feststellen, dass das in der Brust von Klara Pfähl steckende Messer Arno Racks Fingerabdrücke trug. Und Klara Pfähl hielt im Tod noch eine

Pistole in der Hand, aus der vor kurzem zweimal geschossen worden war. Eine Kugel steckte in der Mauer. Eine in Arnos Kopf. An Klara Pfähls Hand fanden sich Schmauchspuren. Es musste ein erbitterter und tödlicher Kampf stattgefunden haben. Aber die Spurenlage war klar.

Freitag, 22. Dezember

Mordserie geklärt!

Heldenhafter Einsatz eines LKA-Beamten Pärchen mordete wie Bonnie & Clyde

Wie gestern kurz vor Redaktionsschluss aus dem LKA (Landeskriminalamt) verlautet, wurde die einzigartige Mordserie in Linz nun endgültig aufgeklärt. Als Täter wurden neben dem bereits inhaftierten freien Journalisten J.N. auch die Krankenschwester K.P. identifiziert (für beide gilt die Unschuldsvermutung). Wesentlichen Anteil an der Aufklärung hatte der LKA-Beamte A.R., der jedoch bei seinem heldenhaften Einsatz den Tod fand. Ebenso ums Leben kam die Verdächtige K.P.

Wie bereits berichtet, handelt es sich bei den Todesfällen um die in einem Brunnen ertrunken aufgefundene Magdalena L., die im Linzer Wasserwald ermordete Luisa S., die in einem Einfamilienhaus in Linz-Pichling erschossen aufgefundenen Vincent, Luca und Felix M.

Erst kürzlich war bekanntgeworden, dass zu dieser Mordserie auch die vor mehr als zwei Monaten bei einem Bergunfall ums Leben gekommene Christiane R, der einem Giftanschlag zum Opfer gefallene Niklas O., der im Krankenhaus nach einer Operation verstorbene Paul A., sowie die Kriminalbeamtin Emma T. gehören.

Über die Hintergründe dieser überaus brutalen Mordserie schweigt die Polizei weiterhin. Seit gestern ist jedenfalls bekannt, dass die Beschuldigten ein Liebespaar waren und gemeinsam getötet haben – wie einst das berüchtigte Paar Bonnie & Clyde. Morgen werden in einer eilig anberaumten Pressekonferenz weitere Einzelheiten zu dieser in Oberösterreich einzigartigen Mordserie veröffentlicht werden.

EPILOG

5. Jänner.

»Liebe Karin, liebe Katja, liebe Leni. Liebe Angehörige, liebe Trauergäste, wir sind heute hier, um uns von einem lieben Ehegatten, Vater und Freund zu verabschieden.

Chefinspektor Dr. Arno Rack hat kurz vor Weihnachten, am 22. Dezember in Ausübung seiner dienstlichen Pflicht den Tod gefunden. Es ist immer schwer zu ertragen, wenn uns ein Mensch ganz plötzlich verlässt. Nicht nach einer langen Krankheit, nicht nach einem schweren Todeskampf. Sondern plötzlich und unerwartet. Antoine de Saint-Exupéry sagt dazu: *Und wenn du dich getröstet hast – und man tröstet sich immer – wirst du froh sein, mich gekannt zu haben. Du wirst immer mein Freund sein. Du wirst dich daran erinnern, wie gerne du mit mir gelacht hast.*

Ich selbst hatte im Verlauf dieser unglückseligen und dramatischen Ereignisse der letzten Wochen die Ehre, Arno Rack persönlich kennenzulernen. Zwar nur kurz und flüchtig. Aber selbst in diesen vorüberhuschenden Augenblicken habe ich einen Eindruck von seiner Kraft erhalten, von seiner Lebensenergie, von seiner Einfühlsamkeit.

Arno war ein liebevoller Gatte und Vater. In seiner Arbeit im LKA war er ein scharfsinniger und erfolgreicher Ermittler, ein kollegialer und verständnisvoller Vorgesetzter, ein geachteter Kollege und ein verlässlicher Mitarbeiter. Arno war ein Mensch mit Handschlagqualität. In seinem Privatleben, das – wie seine geliebte Karin sagte – immer zu kurz gekommen ist, war er ein fröhlicher und abenteuerlustiger Mensch. Seine Frau Karin sagt über ihn »er hat mich zum Lachen gebracht«.

Arno Rack wurde in Linz geboren. Hier besuchte er auch die Volks- und Hauptschule. Er wollte Elektrotechniker werden und die HTL besuchen. Aber bei der schriftlichen Aufnahmeprüfung hatte er ‚Maschine' mit ‚ie' geschrieben. Das war damals noch ein Grund, den Zugang zu einem technischen Beruf zu verwehren. Also besuchte er das Gymnasium. Nur durch einen Zufall ist er nach der Matura bei der Polizei gelandet. Genauso zufällig hat er seine Frau kennengelernt. Seine damalige Freundin hatte ihn versetzt und er war in einem kleinen Café mit Karin ins Gespräch gekommen. Sie verliebten sich sofort ineinander. Er war 23 Jahre alt, als sie heirateten. Einige Jahre später kamen seine beiden angebeteten Töchter Leni und Katja zur Welt. Bei der Polizei machte er unterdessen Karriere. Er absolvierte fünf Jahre neben der nie vernachlässigten Arbeit ein Jura-Studium und erwarb den Doktortitel. Schließlich stieg er beim LKA zum Chefinspektor des *Ermittlungsbereichs Leib und Leben* auf. In einem heldenhaften Einsatz konnte er die größte je in Oberösterreich verübte Mordserie aufklären… Und dabei fand er tragischerweise den Tod.

Neben der Arbeit hat Arno die Familie viel bedeutet. Mit seinen Lieben unternahm er ausgedehnte Reisen, lernte so die Welt kennen. Und obwohl seine Arbeit große Anforderungen an ihn gestellt hat, hat er seine Freunde nie vernachlässigt. Sein großes Hobby war das Tarockieren, nur selten versäumte er einen der wöchentlichen Tarockabende. Fit hielt er sich mit Laufen, so war er öfter am Freinberg, am Pfenningberg und im Wasserwald joggen. Aber auch dafür hätte er gerne mehr Zeit gehabt.

Sein Lebensmotto war, dass man mit anderen Menschen stets so umgehen sollte, wie man auch selbst von Anderen behandelt werden wollte. Und er gab nie auf, Neues zu erfahren, Neues zu erlernen. Seine Mitarbeiter sagen, dass sie von ihm viel gelernt haben – nicht nur Dienstliches, sondern auch sehr viel für's Leben. Einer seiner schlimmsten Stunden in seinem Arbeitsleben war, als er vom Tod seiner hochgeschätzten Mitarbeiterin Emma Till erfahren musste, die – ebenso wie einige Tage später er selbst – im Zuge der selben Mordermittlungen ums Leben kam.

Liebe Angehörige, liebe Trauergäste, ihr stellt euch die Frage, wo Arno jetzt sein mag. Ihr sagt euch, dass er nicht mehr da ist. Dass er niemals mehr da sein wird. Einst sagte Ernest Hemingway: *Nur wenige Menschen sind wirklich lebendig und die, die es sind, sterben nie. Es zählt nicht, dass sie nicht mehr da sind. Niemand, den man wirklich liebt, ist jemals tot.*

Wir verabschieden uns nun von Arno mit einem Spruch von Laotse. *Ich bin von euch gegangen nur für einen kurzen Augenblick und gar nicht weit. Wenn ihr dahin kommt, wohin ich gegangen bin, werdet ihr euch fragen, warum ihr geweint habt.«*

Die Trauerrednerin Mia Mibitsch senkte pietätvoll den Kopf und trat drei gemessene Schritte vom Rednerpult zurück.

Dank

Vielen Dank an meine Frau Traudi und meinen Sohn Robert, die mein Buch kontrollgelesen haben und mich mit Anregungen unterstützt haben.

Mehr zum Buch „Wasserwald“ und zum Autor unter
www.pepitichler.at

Vom selben Autor ist erschienen

Pepi Tichler

Die Tichler-Saga

Mich wundert, dass ich trotzdem geboren wurde

Die Zeiten, in denen unsere Vorfahren lebten, waren keine »guten alten«. Das Leben war bestimmt von Mühen, Plagen, Entbehrungen und Unsicherheiten. Eine Welt voll Gewalt, Willkür, Betrug und Gefahr. Aber auch eine Welt der Hilfsbereitschaft, Freundschaft und Liebe. Der Autor erzählt die Geschichte seiner Familie in einem Zeitbogen von 700 Jahren. Vom Raum Zwettl in Niederösterreich bis zum unteren Mühlviertel und Linz.

ISBN 978-3-902952-26-4

Taschenbuch, 480 Seiten, 19,50 €
Erschienen im Bayer-Verlag
Erhältlich im Buchhandel.
Oder unter pepi.tichler@gmx.at

Leserstimmen zur Tichler-Saga

…Früher hab ich viel gelesen… Und dieses Buch ist seit langer Zeit wieder das erste. Es war so spannend, dass ich jede Nacht bis weit nach Mitternacht gelesen habe…

…hab es regelrecht verschlungen. Die viele Not und Ungewissheit unserer Vorfahren ist mir noch nie so bewusstgeworden, und ich meine jetzt gar nicht Krieg und Verbrechen, sondern den normalen Überlebenskampf der Bauern und Handwerker.

…habe das Buch im Urlaub gelesen. Ich fand es sehr gut, fesselnd, sehr spannend.

…hat mich an Erzählungen von meiner Großmutter und Mutter erinnert.

…also ich finde, das ist Dramatik in Vollendung. Einfach großartig!

…die Geschichten waren sehr berührend. Mit diesem Buch ist Ihnen wirklich ein „großer Wurf“ gelungen. Nochmals herzliche Gratulation.

…Die Wortwahl, die eingebauten Dialekttexte geben dem Ganzen etwas Belebendes. Tragisches wird von witzigen Geschichten abgelöst. Einfach köstlich!

…Eine spannende, interessante Lektüre. Oft konnte ich gar nicht aufhören, wollte weiterlesen! In dieser Zeit der Familiensaga, durch die Jahrhunderte, erfährt man viel über das Leben und Leiden dieser Menschen.

…es gibt selten Bücher, bei denen ich nicht nach drei Seiten schon wegschlafe. Die Tichler-Saga hat es aber geschafft, dass ich mich zum Weglegen des Buches immer wieder zwingen musste, weil es immer spannender und immer noch spannender wurde. “So, jetzt muasi aufhean, wei sunst schau i Morgn ganz bled aus da Wesch” – hab ich mir immer wieder sagen müssen!